Мэтью Перл в 1997 году закончил с отличием Гарвардский университет по специальности «английская и американская литература», а в 2000-м — Йельскую школу юриспруденции. Тогда же он написал первую версию романа «Дантов клуб». В 1998 году Перл стал лауреатом престижной «Премии Данте», вручаемой Американским Обществом Данте за научный вклад в дантоведение. Мэтью Перл — редактор и комментатор последнего переиздания «Ада» Данте Алигьери в переводе Генри Уодсворта Лонгфелло.

Роман Мэтью Перла «Дантов клуб» вошел в списки бестселлеров десятков западных периодических изданий (среди прочего — «New York Times», «Boston Globe», и «Washington Post»). «US News & World Report» объявил этот роман лучшей книгой 2003 года, «Library Journal» — лучшим первым романом, «Borders» — лучшим триллером 2003 года.

Вебсайт Мэтью Перла — www.thedanteclub.com.

Мэтью Перл — новая яркая звезда художественной литературы. Он умен, изобретателен и необычайно одарен. Причудливые интриги, классические темы, герои-интеллектуалы. Разве можно такое не полюбить?

Дэн БРАУН, *автор «Кода да Винчи»*

«Дантов клуб» — чистое удовольствие для читателя, замечательно насыщенный, но не перегруженный, захватывающий, но не банально сенсационный. Мне особенно понравился его темп. Эту книгу нужно смаковать.

Питер СТРАУБ, *соавтор «Черного дома»*
(вместе со Стивеном Кингом)

«Дантов клуб» — абсолютно состоявшийся роман. Мэтью Перлу изумительно удалось возродить дух времени, он оживляет прошлое в великолепно выписанных персонажах и оригинальном сюжете.

Дэвид Лисс

Искусное переплетение вымысла и малоизвестных фактов, классических жанровых компонентов и небанальных литературно-исторических открытий, блестящее владение писательскими приемами, постоянное смещение фокуса повествования при неизменном внимании к деталям — таков рецепт коктейля, позволивший Перлу создать не просто филигранно сработанный детектив, но прежде всего — по-настоящему хорошую литературу. Можно порадоваться за российских читателей: переводчица Фаина Гуревич оказалась на высоте, воссоздав на русском языке захватывающий и тонкий детективный роман, написанный влюбленным в литературу автора для влюбленного в литературу читателя.

«Time Out Москва»

В изобретательном литературно-историческом триллере «Дантов клуб» некто, в деталях знакомый с «Божественной комедией», инсценирует убийства, зеркально отражающие кары Дантова «Ада». Если учесть, что невероятно умный автор-дебютант Мэтью Перл — гарвардский и йельский специалист по Данте, в 1998 году получивший премию Американского Общества Данте, нам повезло, что он ограничился лишь тем, что написал книгу. Его триллер блещет эрудицией.

«The New York Times»

Со времен «Имени розы» Умберто Эко роман подобной научной плотности не пользовался международным успехом такого масштаба.

«The Observer»

Судья, заживо съеденный личинками. Священник, похороненный вниз головой, с сожженными ступнями. Вините не Ганнибала Лектора, а фантазии итальянца Данте Алигьери, чей Ад стал краеугольным камнем романа Мэтью Перла. В 1865-м году в Массачусетсе знаменитые «Поэты у камина» — Оливер Уэнделл Холмс, Джеймс Расселл Лоуэлл и Генри Уодсворт Лонгфелло — собираются вместе, чтобы перевести на английский «Ад» Данте, однако серия загадочных убийств превращает их из дилетантов в детективов. Это превращение седых поэтов в героев неожиданно, однако 27-летний Мэтью Перл умело смешивает коктейль из литературного анализа и напряженного сюжета, очеловечивая исторических персонажей

«People Magazine»

Триумф Мэтью Перла в том, что он смешал две культуры: благополучные, рафинированные люди от литературы сталкиваются с таинственными и убогими улицами Бостона XIX столетия. В результате получилась книга, от которой невозможно оторваться. Эта история сошествия самого Дантова клуба в Ад поразит поклонников триллеров и поклонников Данте.

«The Wall Street Journal»

Любого, кто восхищается умными историческими романами, книга Мэтью Перла поразит.

«The New York Daily News»

Несколько лет назад в Йельском университете ходили слухи о молодом писателе, его большой книге про Данте и его издательском гонораре — еще больше. Речь шла о студенте Йеля Мэтью Перле, чье знание «Божественной комедии» достойно зрелых ученых. Герои Перла очаровательно эксцентричны. Перл поместил поэму Данте в центр литературно-исторического детектива: он написал умную и увлекательную книгу о жестоком появлении Данте в американском литературном каноне. Неплохо для Данте, которого Вольтер когда-то объявил сумасшедшим. И уж точно неплохо для Перла.

«The Los Angeles Times»

Matthew Pearl
The Dante Club

Мэтью Перл
ДАНТОВ КЛУБ
ПОЛНАЯ ВЕРСИЯ: АРХИВ «ДАНТОВА КЛУБА»

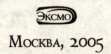

Москва, 2005

УДК 81(1—87)
ББК 84(7США)
П26

Matthew PEARL
The Dante Club

Перевод с английского *Фаины Гуревич*

Художественное оформление
и макет *Антона Ходаковского*

Перл М.
П26 Дантов клуб. **Полная версия:** Архив «Дантова клуба» / Пер. с англ. Ф. Гуревич. — М.: Изд-во Эксмо, 2005. — 559 [1] с.

ISBN 5-699-14153-7

Бостон, 1865 год. Несколько крупнейших американских поэтов заканчивают первый в Западном полушарии перевод «Божественной комедии», но Дантов Ад становится явью. Новая Англия потрясена целой серией садистских убийств виднейших добропорядочных граждан города, подлинных столпов общества. Поэт Лонгфелло, доктор Холмс, профессор Лоуэлл и их издатель Филдз считают своим долгом понять, что перед ними — цепочка жутких мистических совпадений или сам великий флорентиец шестьсот лет спустя вернулся мстить за неправедное изгнание.

А потому мы желаем лишь одного — предупредить тебя, читатель. Если ты намерен изучать эту книгу дальше, вспомни сначала, что слова кровоточат.

В это издание историко-литературного триллера Мэтью Перла вошли новые материалы: предисловие автора к русскому изданию и Архив «Дантова клуба» — утраченные главы романа, не вошедшие в окончательное американское издание.

УДК 81(1—87)
ББК 84(7США)

ISBN 5-699-14153-7

Copyright © 2003 by Matthew Pearl
© Перевод. Ф.Гуревич, 2005
© Оформление. А.Ходаковский, 2005
© ООО «Издательство «Эксмо», 2005

СОДЕРЖАНИЕ

✠

Для чего мы читаем Данте.
Предисловие автора к русскому изданию 9

Предупреждение читателю 15

Песнь первая 19

Песнь вторая 169

Песнь третья 369

Историческая справка 492

Благодарности 495

Архив «Дантова клуба». «Утраченные главы» 497

ДЛЯ ЧЕГО МЫ ЧИТАЕМ ДАНТЕ?

✠

Другого Данте никогда не будет. Не только потому, что флорентийский поэт XIII столетия был уникальным талантом, но также и оттого, что современные условия вряд ли допустят появление нового Данте. Давайте вспомним о его характере — весьма несносном, даже если судить по той малости, которую мы о нем знаем. Данте был уверен в собственной правоте — чего бы дело ни касалось. Данте твердо держался идиосинкратического католицизма, а его система ценностей существенно отличалась от той, что диктовал официальный Ватикан, запретивший многие работы флорентийца; Данте был достаточно убежден в своих религиозных представлениях, чтобы нарисовать пейзаж не нанесенного на карты Чистилища и рассказать, как выглядит Святая Троица; он был настолько уверен в ошибочности религий-конкурентов, что поместил их вождей в ад; он не сомневался, что для управления человечеством необходимы два владыки — Папа и вселенский император. Все это вместе позволило Данте сочинить «Божественную Комедию» — разработать Ад, Чистилище, Рай, их обитателей и описать свое путешествие. Представьте, каково это — распределять своих друзей, родных и немалое число священников по отделам загробного мира. Не обладая достаточной самоуверенностью, подобную поэму сочинить невозможно.

Вспомним, что во времена Данте (согласно исследованиям, он начал свою великую работу в 1307 году и закончил в 1317-м) знание было конечно. Один человек мог в той или иной степени знать все. Иными словами: если человек, подобно Данте, оставался вечным студентом и обладал выдающимися способностями, он мог с полными на то основаниями полагать, что владеет всеми знаниями этого мира по истории, математике, естественным наукам, религии, политике, литературе и искусству.

Проходили годы, множились знания и системы основных верований, и Дантовой поэме с ее жесткими рамками приходилось все труднее. Первой из земель за пределами Италии прочла и перевела Данте Испания. Однако Святая инквизиция, не желая допускать даже зачатков культурной дифференциации, точно так же шарахнулась от Дантова порицания католических догм. Это помогло на несколько веков удержать Европу от широкого признания флорентийского поэта. Вольтер и прочие властители дум Франции XVIII века, усмотрев варварство в описаниях адских воздаяний, еще глубже похоронили Данте под тяжестью своего неодобрения. Все XIX столетие идеология и теология Данте оставались главными причинами, из-за которых запрещалось или разрешалось читать его поэму. В XX веке русский поэт Осип Мандельштам взял с собой томик Данте, отправляясь в политическое заключение; сходным способом воспринимала поэта и Анна Ахматова, однако к этому трогательному признанию автора «Божественной Комедии» сокамерником по адской тюрьме необходимо добавить, что в случае Данте эту тюрьму поэт создал для себя сам.

Что бы сегодня мы сказали о человеке с такими крепкими убеждениями, какие позволили Данте написать свою великую поэму? В сложившейся после Второй мировой войны обстановке мы назвали бы его демагогом и экстремистом, а будь он политическим лидером (как во Флоренции одно время Данте), то диктатором и тираном. Возможно, мы решили бы, что он опасен, и, возможно, оказались бы правы.

Тем не менее именно сейчас Данте популярен во всем мире больше, чем когда-либо в истории. При том что с тех пор, как, изгнанный из родной Флоренции, он начал писать свою поэму, минуло семьсот лет. Что же мы все это время находим в Данте?

Данте искренне надеялся, что его поэма изменит мир. Он верил, что она принесет прочное единство — теологическое, культурное и лингвистическое — Италии, Европе и всем остальным. По мере того как разные культуры все дальше уходили друг от друга, Дантова поэма все полнее раскрывала перед читателями свои возможности. Чем дальше мы отодвигаемся от застывшего Дантова чувства реальности, тем доступнее становится эта реальность, столь детально разработанная в «Комедии». Как будто в мире, разделившемся на множество религий, сект и культур (даже католики находят мало общего в своей сегодняшней теологии), все мы наконец-то смогли понять и почувствовать видение Данте, не принадлежащее никому конкретно. Есть нечто умиротворяющее в помещении себя самого в центр безграничной убежденности. Мы потому, в частности, так активно избегаем демагогии, что слишком ясно видим ее притягательность. Однако в случае Данте догмы давно лишились своей убойной силы, а его политические и даже большинство теологических взглядов потеряли актуальность. В поэму могут верить все, независимо от личного опыта. В этом смысле она действительно связывает людей и наконец-то исполняет то, что задумывал Данте, — творит новое единство.

Правду сказать, мы читаем поэму не так, как хотел автор. Но ведь произведения искусства и культуры очень редко воспринимаются в контексте, задуманном их творцами, — достаточно вспомнить о картинах, некогда принадлежавших домам и храмам, а сейчас разбросанных по разным музеям. Я, честно говоря, не уверен, что поэма Данте когда-либо вообще читалась так, как хотелось ее автору. Насколько можно судить, Данте искренне желал убедить читателей, будто и вправду совершил путешествие сквозь три сферы загробной жизни — прошел тот же путь, что и упомянутые во вступлении Эней и святой Павел. Однако я не нашел внятных свидетельств тому, чтобы какой-либо читатель когда-либо, даже в Дантовы времена, всерьез воспринял это заявление. Даже его сын Пьетро, написавший самый первый комментарий к поэме. Иногда я задумываюсь, есть ли вообще на свете человек, поверивший, что из сумрачного леса, где мы встречаем Данте в первой песни *Inferno*, поэт действительно спустился в ад. Я был бы счастлив встретить такого читателя. Но Данте все равно был бы недоволен, узнав, что не все оказались так же восприимчивы, как этот воображаемый читатель.

Ведь отчасти поэтому нас так вдохновляет и будоражит литература — читая, мы трансформируем ее, подобно тому, как Данте транс-

Мэтью Перл

формировал своего любимого Вергилия, когда назначил его центральным персонажем «Комедии». По плану Данте Вергилий даже обрел новую судьбу, горькую и сладостную — он храбрый проводник и одновременно вечный гражданин ада. Увлечение Данте Вергилием частично основано на «Энеиде», где рассказывается об истоках Рима, и Данте сам пытался разобраться в настоящей и будущей судьбе Италии. Потому он и приводит Вергилия в мир своих новых картин. И хотя по сюжету нехристианин Вергилий остается в конечном итоге за чертой, отделяющей ад от чистилища, стараниями Данте поэзия Вергилия никогда не окажется ни за какой чертой.

Можно утверждать, что «Божественная Комедия» маркирует собою начало современной литературы — литературы идей. Оттого, постепенно видоизменяя наши читательские парадигмы, мы всегда берем с собой Данте, ибо перемены касаются не только нынешней литературы, но и ее истоков; именно так в свое время поступил он сам. Мы находим в Данте новые концепции, новые черты, принципы, подарки нашему времени. Объем знаний, которыми обладал поэт, был существенно ограничен, однако воображение его не признавало границ и создало произведение намного более многозначное, чем, возможно, рассчитывал он сам, когда писал свою поэму. Потому в сегодняшнем чтении и признании Данте такую важную роль играет перевод, и потому переводы Дантовых текстов обладают собственной ценностью, независимой от ценности оригинала. Перевод — это способ испытать текст на прочность и заново его открыть. Читая «Комедию», мы узнаем не только то, что она говорит сейчас, но и то, что она скажет завтра.

*Мэтью Перл,
май 2005 г.*

*Лино, моему профессору,
и Иэну, моему учителю*

ПРЕДУПРЕЖДЕНИЕ ЧИТАТЕЛЮ

ПРЕДИСЛОВИЕ Ч. ЛЬЮИСА УОТКИНСА,
почетного профессора Бейкера-Валерио
по итальянской литературе, культуре и риторике

*«Питсфилд Дэйли Репортер»,
рубрика «Блокнот Сообщества», 15 сентября 1989 г.*

МУХА, ИСПУГАВШАЯ ЛЕКСИНГТОНСКОГО МАЛЬЧИКА,
СТАНОВИТСЯ ИСКРОЙ «ВОЗРОЖДЕНИЯ»

Во вторник вечером в отдаленной части Катамаунтских гор поисковая группа обнаружила Кеннета Стэнтона, десятилетнего жителя Лексингтона. Ученик пятого класса был доставлен в медицинский центр Беркшира с опухолью и тяжелым недомоганием, причиной которого стали яйца, отложенные в его ранах неизвестного вида насекомыми.

Доктор К. Л. Лэндсман, энтомолог Бостонского института и музея Харв-Бэй, сообщил, что извлеченные образцы мясных мух исторически не распространены в штате Массачусетс. Особый интерес вызывает тот факт, сказал Лэндсман, что насекомые и их личинки, очевидно, принадлежат к виду, который энтомологи считали полностью вымершим приблизительно пятьдесят лет назад. *Cochliomyia hominivorax,* известная в Новом Свете разновидность мясной мухи, была описана французским врачом в 1859 году в бытность его на одном из островов Южной Америки. К концу XIX века количество этих опасных насекомых возросло до эпидемического уровня, став причиной гибели сотен тысяч голов скота по всему западному полушарию и, как сообщают, нескольких человек. В пятидесятых годах нашего века была разработана специальная правительственная программа, позволившая с помощью гамма-излучения полностью уничтожить этот вид: оно стерилизовало самцов и тем положило конец способности самок к размножению.

ДАНТОВ КЛУБ

Случай с Кеннетом Стэнтоном может внести вклад в так называемое лабораторное «возрождение» этого вида в исследовательских целях.

— Несмотря на то что уничтожение *Cochliomyia hominivorax* было разумной инициативой, необходимой для здоровья общества, — сказал Лэндсман, — с помощью новых исследовательских методик, применяемых к контролируемой популяции, мы сможем узнать много нового.

На вопрос, как он сам оценивает подобную таксономическую удачу, Стэнтон ответил:

— Учитель биологии всегда гордился моими успехами!

Взглянув на титульную страницу книги, вы, наверное, задаетесь вопросом, какое отношение эта заметка имеет к Данте, однако скоро увидите, что связь существует — и весьма тревожная. Прошлым летом издательство «Рэндом Хаус» предложило мне, как признанному авторитету в американских исследованиях «Божественной Комедии», написать за их обычный пустяковый гонорар предисловие к данной книге.

В основу работы мистера Перла положена реальная история представления Данте нашей культуре. В 1867 году поэт Генри Уодсворт Лонгфелло закончил первый в Америке перевод «Божественной Комедии» — революционной поэмы Данте, повествующей о загробном мире. В настоящее время число переводов Дантовой поэмы на английский превышает количество переводов на другие языки, и основная их часть выпущена в Соединенных Штатах. Американское Общество Данте в Кембридже, штат Массачусетс, по праву считается старейшей в мире организацией, занимающейся изучением и пропагандой поэзии великого итальянца. Как отмечал Т. С. Элиот, Данте и Шекспир поделили между собой современный мир, причем Дантова половина увеличивается с каждым годом. Однако до того, как вышла работа Лонгфелло, Данте был в этой стране совершенно неизвестен. Мы не говорили на языке итальянцев, очень редко его преподавали, чересчур малое число людей путешествовало за границу, и на всей территории Соединенных Штатов жила лишь малая и разрозненная горстка итальянцев.

С присущей мне проницательностью критика я решил, что, за исключением этого существенного обстоятельства, все изложенные в

ПРЕДУПРЕЖДЕНИЕ ЧИТАТЕЛЮ

«Дантовом Клубе» экстраординарные события являются скорее хорошо выстроенной фабулой, чем историей. Однако, поискав в базе данных «Лексис-Нексис» подтверждение своим догадкам, я с изумлением наткнулся на приведенную выше заметку из газеты «Питсфилд Дэйли Репортер». Я немедленно связался с доктором Лэндсманом из института Харв-Бэй, и после нашего разговора у меня сложилась более полная картина произошедшего четырнадцать лет назад несчастного случая.

Отстав от родителей, отправившихся в Беркшир ловить рыбу, Кеннет Стэнтон вышел на заросшую тропу, где наткнулся на странное скопление мертвых животных: сначала ему попался енот с налитым кровью пупком, затем лиса, а после — черный медведь. Мальчик рассказывал потом, что его словно гипнотизировали эти абсурдные знаки. Он оступился и упал на ряд острых камней. Потеряв сознание и сломав лодыжку, он стал добычей мясных мух. Пять дней спустя, когда все указывало на поправку, лежавший в постели десятилетний Кеннет Стэнтон вдруг забился в конвульсиях. Вскрытие обнаружило двенадцать личинок *Cochliomyia hominivorax* — вида насекомых, вымершего, как все были уверены, полвека назад.

Возродившийся вид, который и прежде являл невиданную приспособляемость в любом климате, проник с тех пор на Ближний Восток, видимо, с грузоперевозками, и сейчас, пока я пишу эти строки, уничтожает животноводческую отрасль, а с нею вместе — и всю экономику северного Ирана. В последнее время на основе исследований, опубликованных в прошлом году в «Рефератах по энтомологии», в научных кругах распространилась теория дивергентной эволюции мух, которые в северо-восточной части Соединенных Штатов появились примерно в 1865 году.

На вопрос, с чего это все началось, не существует другого ответа, кроме — я вынужден скрепя сердце признать — того, что изложен в «Дантовом клубе». Полтора месяца назад я поручил восьми коллегам-преподавателям из четырнадцати, занятых в этом семестре, еще раз внимательно изучить рукопись Перла. Они проанализировали ее от корки до корки, составили каталог филологических и историографических моментов, а также с неугасающим интересом отметили мелкие неточности, виной которым — только авторское эго. Изо дня в день мы с коллегами наблюдаем все новые свидетельства

ДАНТОВ КЛУБ

той поразительной мрачности и торжества, что охватывали Лонгфелло и его помощников в год шестисотлетия Данте. Я отказался от вознаграждения, ибо эта заметка уже не предисловие, каковое я собирался писать в начале своей работы, но предупреждение. Смерть Кеннета Стэнтона распахнула запертые до поры врата — сквозь них в наш мир входит Данте, а следом — пока еще дремлющие тайны нынешнего века. А потому я желаю лишь одного — предупредить тебя, читатель. Если ты намерен изучать эту книгу дальше, вспомни сначала, что слова кровоточат.

Профессор Ч. Льюис Уоткинс
Кембридж, Массачусетс

ПЕСНЬ ПЕРВАЯ

✠

I

Зажатый меж двух горничных, Джон Куртц, шеф бостонской полиции, дышал вполсилы. С одной стороны у него вставали дыбом волосы: там рядом рыдала и голосила молитвы — незнакомые (ибо католические) и невнятные (ибо она рыдала) — та самая ирландка, что нашла тело; со второй же отрешенно безмолвствовала ее племянница. Гостиная была надлежаще обставлена креслами и кушетками, но в ожидании своем обе женщины все крепче жались к гостю. От последнего требовались немалые усилия, дабы не пролить чай, поскольку черный власяной диван из-за их смятения изрядно сотрясался.

Будучи шефом полиции, Куртц не раз имел дело с убийствами. Не столь, однако, часто, чтобы они стали обычным делом — одно в году, редко два, а бывало и так, что Бостон проживал все двенадцать месяцев без достойных внимания злодейств. Те немногие, что все же свершались, оказывались не так ужасающи, чтобы человеку в положении Куртца являться с соболезнованиями. В любом случае, чувства его были слишком переменчивы, дабы он мог отличиться на этом поприще. Помощник шефа полиции Эдвард Саваджи, изредка сочинявший стихи, справлялся с делом куда лучше.

Но это — *это* было единственным словом, которое шеф полиции Куртц осмеливался применить к жуткому происшествию, поменявшему жизнь целого города, — было не просто убийством. Оно было убийством бостонского брамина[1], члена касты Новой Англии — аристократичнейшей, в Гарварде обученной, Унитарией благословленной и заседающей в салонах. И даже более того: жертвой злодеяния оказался высший судебный чин штата Массачусетс. *Это* не только отняло у человека жизнь — что некоторые убийства осуществляют даже с милосердием, — но сокрушило его безвозвратно.

Женщина, которую они дожидались в лучшей гостиной поместья «Обширные Дубы», получив телеграмму, села в Провиденсе на самый ранний поезд, который только смогла застать. Вагон первого класса громыхал с раздражающей медлительностью, однако само путешествие, как и все ему предшествующее, происходило точно в нераспознаваемом забытьи. Женщина заключила уговор с собой и с Богом: если ко времени ее прибытия в доме не будет их семейного священника, то и сама телеграмма окажется ошибкой. В нем не было особого смысла — в этом полувысказанном пари с самой собой, однако женщине требовалось измыслить такое, во что она смогла бы сейчас поверить, и оно бы удержало ее от того, чтобы лишиться чувств. Замерев на пороге перед ужасом и утратой, Эдна Хили смотрела в никуда. Войдя же в собственную гостиную и едва отметив, что священника там нет, она затрепетала от беспричинной победы.

Куртц, крепкого сложения человек с кустистыми усами горчичного цвета, отметил, что и сам дрожит. Еще только направляясь в экипаже к «Обширным Дубам», он разучивал предстоявшую речь.

— Мадам, нам очень жаль, что пришлось вызвать вас сюда. Дело в том, что верховный судья Хили... — Нет, так нельзя, нужно ее подготовить. — Мы сочли, что вам будет лучше, — продолжал он, — узнать о печальных обстоятельствах здесь, у себя в доме, где вы сможете чувствовать себя покойнее. — Он подумал, что идея была благородной.

---

[1] «Бостонский брамин» — титул, изобретенный в 1860 г. писателем и врачом Оливером Уэнделлом Холмсом; применяется до сих пор по отношению к самым известным и уважаемым людям Новой Англии. — *Здесь и далее прим. переводчика.*

ПЕСНЬ ПЕРВАЯ

— Вы и не могли бы найти нигде судью Хили, шеф Куртц, — ответила женщина и приказала ему сесть. — Мне жаль, что вам пришлось понапрасну беспокоиться, но произошла ошибка. Верховный судья уехал в Беверли, он и сейчас там, ему необходимы несколько дней для спокойной работы, пока я с сыновьями в Провиденсе. Никто и не ожидал его ранее завтрашнего дня.

Куртц не решился ей возразить.

— Ваша горничная, — он указал на старшую из служанок, — обнаружила его тело, мадам. Неподалеку от реки.

Но горничная Нелл Ранни уже раскаивалась в своем открытии. Она не замечала, что в кармане ее фартука завалялось несколько перепачканных кровью личинок.

— Видимо, несчастье произошло пару дней назад. Боюсь, вашему супругу не удалось никуда уехать. — Куртц переживал, что слова его звучат чересчур резко.

Эдна Хили заплакала — поначалу легко; так могла бы плакать женщина, узнав о смерти домашней собачки, — задумчиво, сдержанно и совсем без гнева. Оливково-бурое перо на ее шляпке клонилось вниз с величавым упрямством.

Нелл жадно смотрела на миссис Хили, а чуть погодя милосердно произнесла:

— Лучше бы вам зайти попозже, шеф Куртц, коли не трудно.

Джон Куртц был признателен ей за позволение сбежать из «Обширных Дубов». Он с подобающей торжественностью дошагал до своего нового возничего: молодой полицейский приятной наружности опускал подножку коляски. Торопиться было некуда, особенно если вообразить, какие страсти кипят сейчас в Центральном участке меж неистовыми членами городского управления и мэром Линкольном, который давно уже точил на Куртца зуб за малую частоту рейдов по игорным «преисподним» и вертепам, не позволявшую мэру осчастливить газетчиков.

Но шеф полиции не успел отойти далеко — воздух раскололся ужасающим воплем. Дюжина каминных труб изрыгнула его облегченное эхо. Обернувшись, Куртц с дурацкой отрешенностью увидел, как летит прочь шляпка с перьями, а Эдна Хили, простоволосая и дико встрепанная, выскакивает на крыльцо и швыряет прямо ему в голову некое белое полосатое пятно.

Потом Куртц вспоминал, что зажмурился: очевидно, то был единственный способ предотвратить катастрофу — зажмуриться. Он готов был подчиниться собственному бессилию — убийство Артемуса Прескотта Хили его доконало. Но не сама смерть. В 1865-м, как и в прежние годы, смерть была в Бостоне частым гостем: младенческие болезни, чахотка, прочие безымянные, но неумолимые хвори, неудержимые пожары, уличные беспорядки; молодые женщины умирали в родах в таком великом множестве, точно с самого начала они предназначались иному миру; и помимо того — исключая последние полгода — война, тысячами уносившая бостонских мальчиков и посылавшая родным черные дощечки с их именами. Но дотошное и абсурдное — *тщательное и бессмысленное* — умерщвление единственного человеческого существа руками неизвестно...

Чья-то сила ухватила Куртца за пальто и повалила на мягкую, иссушенную солнцем траву. Брошенная миссис Хили ваза рассыпалась на тысячу сине-матовых черепков, ударившись о корявый нарост дуба (одного из тех, что дали имя поместью). Наверное, подумал Куртц, следовало послать сюда помощника Саваджа, пускай бы разбирался.

Патрульный Николас Рей, возничий Куртца, выпустил руку шефа и поднял его на ноги. Лошади заржали и попятились к середине дороги.

— Он делал то, что мог! Мы делали, что могли! Мы невиновны, что бы вам ни говорили, слышите, шеф! За что нам это? Я же теперь совсем одна! — Эдна Хили воздела стиснутые ладони и произнесла нечто поразительное: — Я знаю, шеф Куртц! Я знаю, кто это сделал! Я знаю!

Обвив толстыми руками кричавшую женщину, Нелл Ранни гладила ее по голове, утешала и баюкала, как давным-давно нянчилась с детьми Эдны и Артемуса Хили. А ее хозяйка извивалась, царапалась и плевалась так, что пришлось вмешаться младшему офицеру полиции Николасу Рею.

ПЕСНЬ ПЕРВАЯ

Однако гнев новоиспеченной вдовы уже угас, свернувшись кольцом у просторной черной блузы служанки, за которой не было ничего, кроме щедрого сердца.

Никогда еще старый особняк не отзывался такой пустотой. Эдна Хили, как это с ней часто бывало, отправилась навестить родных, прилежных Салливанов из Провиденса, а муж остался поработать над имущественным спором двух крупнейших банковских концернов. Судья в обычной для себя сердечной, однако невнятной манере распрощался с семейством и, едва миссис Хили скрылась из виду, великодушно отпустил прислугу. Его жена и минуты не могла прожить без домочадцев, сам же он предпочитал независимость. Вдобавок ко всему, он был не прочь пропустить рюмочку хереса, а прислуга торопилась доложить хозяйке о любых нарушениях воздержания, ибо, хоть и любила судью, миссис Хили боялась пуще огня.

Назавтра он отправлялся в Беверли, дабы спокойно позаниматься там весь конец недели. Слушания, требовавшие присутствия судьи Хили, были назначены лишь на среду — к тому дню он и намеревался возвратиться по железной дороге обратно в город, в судебную палату.

И пусть судья Хили не придавал тому большого значения, но уж кому как не горничной Нелл Ранни, которая вот уж двадцать лет — с тех пор как голод и болезни выгнали ее из родной Ирландии, — прислуживала в доме, было знать, сколь необходимы чистота и порядок такому важному джентльмену, как председатель суда. Потому Нелл и явилась в понедельник, а явившись, тотчас узрела возле чулана подсохшие капли чего-то красного и, чуть погодя, такие же полоски — у подножия лестницы. В тот раз она подумала, что, должно быть, какой-то раненый зверек пробрался в дом, а после выбрался обратно.

В гостиной на портьере сидела муха. Нелл Ранни спровадила ее сквозь открытое окно щелканьем языка и визгом, подкрепленным взмахами перьевой метелки. Но когда горничная взялась полировать длинный обеденный стол красного дерева, муха объявилась вновь. Нелл решила, что, должно быть, цветные кухарки беспечно насорили крошками. Беглянок — такими эти «свободные» девки были всегда, такими и останутся — заботила не истинная чистота, а одна лишь видимость.

Насекомая гадина, по мнению Нелл, жужжала громче паровоза. Горничная прибила ее скрученным в трубку «Норт-Американ Ревью». Раздавленное создание оказалось в два раза больше обычных домашних мух и имело три черные полосы поперек синевато-зеленого туловища. *А что за рожа!* — подумала Нелл Ранни. Узрев такую голову, судья Хили, прежде чем отправить сию тварь в мусорную корзину, наверняка пробормотал бы нечто восторженное. Едва не четверть всего тела занимали выпученные переливчато-рыжие глаза. В их полыханьи проглядывал странный оттенок — оранжевый, возможно, красный. Что-то между, а еще — желтое и черное. *Медь:* огненная воронка.

На следующее утро Нелл опять явилась в дом убираться на верхнем этаже. Едва она переступила порог, прямо у нее перед носом стрелой пронеслась другая муха. Вооружившись тяжелым судейским журналом, возмущенная Нелл Ранни двинулась вслед за мухой вверх по парадной лестнице. Вообще-то она пользовалась черной, даже когда бывала в доме одна. Но сейчас обстоятельства вынуждали пересмотреть приоритеты. Сняв башмаки и мягко ступая большими ногами по теплой ковровой дорожке, она проследовала за мухой до спальни судьи Хили.

Огненные глаза омерзительно таращились, туловище выгибалось, как у изготовившейся к галопу лошади, а сама мушиная морда гляделась в этот миг человеческой образиной. В последний раз и на много лет вперед, слушая монотонное жужжание, Нелл Ранни находила в нем некое умиротворение.

Она рванулась вперед и обрушила «Ревью» на окно и на муху. Однако, едва не споткнувшись обо что-то в своей атаке, тут же поглядела вниз на попавшее под ее босые ноги препятствие. И подняла с полу замысловатую штуку — полный набор зубов от верхней части рта.

Она тут же выпустила его из рук, но все ж вгляделась повнимательнее: вещь точно порицала горничную за непочтительность.

То были вставные зубы, исполненные с тщательностью художника модным нью-йоркским дантистом, ибо судья Хили желал подобающе выглядеть за судейским столом. Он так был ими горд, что рассказывал о том любому, кто соглашался слушать, не понимая, что тщеславие, повлекшее за собой страсть к подобным мелочам, должно противостоять их обсуждению. Зубы вышли малость ярковаты и чересчур новы — будто летнее солнце выглядывало из человеческого рта.

Уголком глаза Нелл узрела, что на ковре запеклась лужица густой крови. Рядом расположилась аккуратная стопка парадной одежды. Вещи были знакомы Нелл Ранни не менее собственного белого фартука, черной блузы и колыхающейся черной юбки. Слишком часто ей доводилось латать их рукава и карманы: судья никогда не заказывал новые костюмы у мистера Рэндриджа, исключительного портного со Скул-стрит, ранее, чем в том возникала настоятельная потребность.

Спускаясь по лестнице за башмаками, горничная отметила на балясинах брызги крови, невидные ранее из-за покрывавшей ступени красной плюшевой дорожки. За большим овальным окном гостиной, что открывалось в безупречный сад, выходивший в свой черед к лугу, после в перелесок, сухое поле и, наконец, к реке Чарльз, роились мясные мухи. Нелл отправилась из дому узнавать, в чем дело.

Мухи собрались над мусорной кучей. Горничная приблизилась, и от ужасной вони на глаза ее навернулись слезы. Вооружаясь тачкой, Нелл попутно вспоминала теленка, которого с разрешения хозяев пестовал в поместье мальчик, помогавший конюху. С тех пор, однако, миновал не один год. Помощник с теленком выросли, покинули «Обширные дубы», и все осталось, как было испокон веку.

Мухи эти принадлежали к новой огнеглазой породе. Были еще желтые шершни, питавшие нездоровый интерес ко всякой гниющей плоти. Но гораздо многочисленнее летучих тварей оказалась гора щетинистых, белых, с хрустом шевелящихся катышей — гребенчатых червей, плотно облепивших нечто... Нет, они не просто облепили, они извивались, вспучивались, прорывались, проваливались, *жрали* друг друга над... Но что поддерживало жуткую гору, кишащую этой белой мерзостью? С одного края кучи виднелось нечто вроде колючего клока светло-каштановых прядей...

Чуть далее кучи возвышалось короткое древко с изорванным флагом, белым с обеих сторон; он хлопал на нетвердом ветру.

Нелл более не могла себя обманывать — она знала, чтó лежит под кучей, но в страхе молилась, чтобы это оказался теленок. Глаза не могли не различить наготу, широкую сутулую спину, щель меж огромных снежно-белых ягодиц, по которым без устали ползали мертвенно-бледные личинки величиной с фасолину, а далее — непропорционально короткие, раскинутые по сторонам ноги. Над телом, точно охраняя, кружил плотный, не в одну сотню, комок мух. Затылок укрывали белые червяки, исчислявшиеся скорее тысячами, нежели сотнями.

Отпихнув прочь осиное гнездо, Нелл перетащила судью в тележку. Затем наполовину прокатила, наполовину проволокла обнаженное тело через луг, сад и прихожую, занесла в кабинет. Устроила на горе судебных бумаг, положила голову судьи к себе на колени. Из носа, ушей и полураскрытого рта посыпались на пол целые горсти личинок. Горничная отрывала поблескивающих червей с затылка. Катыши были влажными и горячими. Она ловила увязавшихся за ней в дом огнеглазых мух, давила их ладонью, отрывала крылья и в тщетной мстительности швыряла одну за другой через всю комнату. А произошедшее следом заставило ее возопить столь неистово, что вопль этот наверняка разнесся по всей Новой Англии.

Два грума, примчавшиеся из соседской конюшни, увидали, как Нелл Ранни, безумно стеная, ползет на четвереньках из кабинета.

— Что стряслось, Нелли, что? Ради Бога, что с тобой?

ПЕСНЬ ПЕРВАЯ

Когда впоследствии Нелл Ранни рассказала Эдне Хили, что, умирая у нее на руках, судья Хили застонал, вдова ринулась на крыльцо швырять вазу в шефа полиции. То, что все эти четыре дня ее муж мог быть в сознании и даже понимать происходившее, оказалось для нее слишком непереносимо.

Открыто объявленное знание миссис Хили о том, кто убил ее мужа, обернулось явной неопределенностью.

Его убил Бостон, — убеждала она шефа Куртца, когда унялась дрожь. — Весь этот отвратительный город. Он съел его живьем.

Она потребовала, чтобы Куртц отвез ее к телу. Ради этого помощники коронера три часа отдирали от трупа четвертьдюймовых закрученных в спираль личинок, разнимали их крошечные, однако твердые рты. Но выеденная по всему телу плоть не заросла, а жуткая опухоль на затылке точно пульсировала личинками, хотя их всех оттуда убрали. Ноздри почти не разделялись меж собой, подмышки съедены. Лицо без вставных зубов ввалилось и обмякло, будто мертвый аккордеон. Но самым унизительным и жалким был вовсе не истерзанный вид этого тела и даже не то, что его объели червяки и покрыли мухи с шершнями, а сама нагота. Некоторые трупы, говорят, более всего напоминают раздвоенную редиску с причудливо вырезанной головой. И обнаженное тело судьи Хили было из тех, кои не предполагается видеть никому, кроме его жены.

Все это открылось глазам Эдны Хили в затхлом холоде коронерской, и в тот же миг она поняла, что значит быть вдовой и какую при этом доводится испытать нечестивую ревность. Резко взмахнув рукой, она вдруг ухватила с полки бритвенной остроты ножницы. Куртц вспомнил о вазе и отшатнулся, налетев спиной на сконфуженно чертыхнувшегося коронера.

Эдна упала на колени и любовно срезала колтун с буйной судейской шевелюры. Задравшиеся до колен обширные юбки заполнили все углы тесной комнатенки; маленькая женщина распростерлась над холодным лиловым телом, одна рука в газовой перчатке щелкала ножницами, вторая ласкала всклоченный пучок волос, плотный и жесткий, как лошадиная грива.

— М-да, сроду не видал, чтоб человека так объели черви, — вяло проговорил Куртц, оставшись в мертвецкой, когда два его помощника ушли провожать Эдну Хили до дома.

Коронер по фамилии Барникот обладал маленькой бесформенной головой, грубо проколотой рачьими глазами. Ноздри его раздулись в два раза от ватных шариков.

— Личинки, — поправил он и усмехнулся. Поднял с полу извивающуюся белую фасолину. Какое-то время личинка корчилась на мясистой ладони, затем Барникот отправил ее в кремационную печь, где та зашипела, почернела и вспучилась дымом. — Не такой уж это обыкновенный случай — когда трупы гниют посреди поля. Правду сказать, наш судья Хили привлек крылатое общество, более уместное для брошенной посреди двора туши — бараньей или же козлиной.

Правда заключалась в том, что число мух, вскормившихся в судье за те четыре дня, что он пролежал во дворе, действительно переваливало за все пределы, но не обладавший достаточной ученостью Барникот был не в состоянии это осмыслить. Коронера назначали из политических соображений, и должность эта не требовала особой медицинской или научной компетенции — одной лишь терпимости к мертвецам.

— Горничная, перенесшая тело в дом... — начал Куртц. — Так вот, очищая рану от насекомых, она полагает, что видела, я право не знаю, как это... — Барникот кашлянул, чтоб Куртц поскорее заканчивал. — Она слыхала, как Хили перед смертью стонал. Так она говорит, мистер Барникот.

— О, весьма вероятно! — Барникот беспечно рассмеялся. — Личинки мясных мух живут только в мертвых тканях, шеф. — А потому, объяснил он, мушиные самки, дабы отложить яйца, ищут раненую скотину или порченое мясо. Ежели и случается находить личинок в ранах живых тварей, которые, будучи без сознания или по какой иной причине, неспособны от них избавиться, то черви эти все едино глодают лишь омертвелые ткани, отчего не бывает такого уж большого вреда. — На голове рана выглядит вдвойне, а то и втройне больше первоначальной величины. Значит, ткани были уже мертвы и ко времени червячного пиршества верховный судья был уже вполне кончен.

— Стало быть, он умер, — сказал Куртц, — от того самого удара по голове, коим нанесли первоначальную рану?

— О, весьма вероятно, шеф, — подтвердил Барникот. — И удар был достаточно силен, дабы выбить зубы. Вы говорите, судью нашли во дворе?

Куртц кивнул. Барникот пустился рассуждать про то, что злодейство не было умышленным. Негодяй, когда бы стремился к убийству, все ж добавил бы своему предприятию какую-никакую гарантию — пистолет, скажем, или топор.

— Да хотя б кинжал. Нет, что ни говорите, это более напоминает обычный взлом. Негодяй забирается в спальню, шарахает верховного судью по голове, лишает сознания, тащит из дому и, пока тот валяется во дворе, забирает что есть ценного в доме; возможно, у него и в мыслях не было, что Хили так плох, — добавил коронер едва ли не с симпатией к незадачливому вору.

Куртц смотрел на него зловеще.

— Из дому ничего не взято. Совсем ничего. С верховного судьи сняли одежду и аккуратно сложили — всю, вплоть до кальсон. — Голос скрипнул, точно на него кто-то наступил. — Бумажник, золотая цепочка и часы также были положены вместе с костюмом!

Рачий глаз Барникота открылся широко и выпучился на Куртца.

— Его раздели? И ничего не взяли?

— Чистое безумие, — сказал Куртц: это обстоятельство поражало его заново уже в третий или четвертый раз.

— Подумать только! — воскликнул Барникот, оглядываясь по сторонам и будто ища, кому бы рассказать.

— Вам и вашим помощникам предписано сохранять абсолютную конфиденциальность. Таково распоряжение мэра.

Вы понимаете, не правда ли, мистер Барникот? За этими стенами — ни слова!

— Ну конечно, шеф Куртц. — Барникот рассмеялся, коротко и безответственно, как ребенок. — Тяжеленько, должно быть, волочь на себе этакого толстяка, как наш старина Хили. Одно для нас очевидно — прикончила его не безутешная вдовушка.

Куртц привлек все аргументы, разумные и чувственные, разъясняя в «Обширных дубах», отчего ему потребно время разобраться в этом деле до того, как о нем прознает публика. Пока служанка поправляла одеяло, Эдна Хили не проронила ни слова.

— Посудите сами, когда вокруг истинный цирк, когда газетчики в открытую обсуждают наши методы, — что возможно отыскать?

Взгляд миссис Хили, обычно быстрый и поверхностный, теперь был печально неподвижен. Даже служанки, всегда страшившиеся ее сердитых выволочек, плакали сейчас над нею не меньше, чем над несчастным судьей Хили.

Куртц отступил назад, почти готовый капитулировать. Но тут Нелл Ранни внесла в комнату чай, и он заметил, что миссис Хили плотно прикрыла глаза.

— Наш коронер мистер Барникот сообщает, что ваша горничная ошиблась: верховный судья не мог быть жив, когда она его нашла, — это невозможно, женщине, очевидно, почудилось. По числу личинок Барникот полагает, что верховный судья уже скончался.

Оборотясь, Эдна Хили смотрела на Куртца с неприкрытым недоумением.

— Уверяю вас, миссис Хили, — продолжал Куртц убежденно, как никогда. — Личинки мух по самой своей природе едят одни лишь мертвые ткани.

— Стало быть, он не страдал все это время? — надтреснутым голосом умоляюще вопросила миссис Хили.

ПЕСНЬ ПЕРВАЯ ✶

Куртц твердо качнул головой. Прежде чем отпустить его из «Обширных дубов», Эдна позвала Нелл Ранни и запретила ей когда-либо вообще повторять самую ужасную часть своего рассказа.

— Но, миссис Хили, я ж знаю, я... — лепетала горничная, тряся головой.

— Нелл Ранни! Усвойте мои слова!

Затем, точно в награду Куртцу, вдова согласилась утаить обстоятельства смерти ее мужа.

— Но вы должны, — воскликнула она, хватаясь за рукав его плаща. — Вы должны поклясться, что найдете убийцу.

Куртц кивнул:

— Миссис Хили, наш департамент приложит все усилия, привлечет все возможности, настоящие и...

— Нет. — Бесцветная рука крепко цеплялась за пальто, и Куртц подумал, что даже когда он уйдет из этого дома, она будет держать его столь же непоколебимо. — Нет, шеф Куртц. Не приложить усилия. Найти. Поклянитесь.

У него не было выбора.

— Клянусь, миссис Хили. — Он не собирался более ничего говорить, но распиравшие грудь сомнения все же вынудили язык произнести слова. — Так либо иначе.

Дж. Т. Филдс, издатель поэтов, еле втиснувшись в приоконное кресло своего кабинета на Новом Углу, вникал в отрывки, отобранные Лонгфелло для нынешнего вечера, когда младший клерк доложил о визитере. Из холла тотчас возникла тощая, заточенная в жесткий сюртук фигура Огастеса Маннинга. Гость вошел с таким видом, точно представления не имел, как его угораздило очутиться на втором этаже этого заново отстроенного особняка на Тремонт-стрит, где теперь размещалась «Тикнор, Филдс и Компания».

— Превосходно обосновались, мистер Филдс, превосходно. Хоть вы все едино останетесь для меня тем младшим партнером, что проповедовал перед скромной писательской паствой на Старом Углу за этой вашей зеленой шторой.

Филдс, ныне старший партнер и самый преуспевающий издатель в Америке, лишь усмехнулся и, перебравшись за письменный стол, поспешно дотянулся ногой до третьей из четырех педалей — A, B, C и D, — расположенных в ряд под креслом. В дальнем кабинете, напугав посыльного, легонько звякнул отмеченный литерой «C» колокольчик. «C» означало, что издателя необходимо прервать через двадцать пять минут, «B» — через десять и «A» — через пять. Издательский дом «Тикнор и Филдс» состоял эксклюзивным публикатором официальных текстов, брошюр, ученых записок Гарвардского университета, а также трудов по его истории. Потому доктор Огастес Маннинг, к чьим пальцам сходились нити от всех университетских кошельков, был наделен в тот день самым щедрым «C».

Маннинг снял шляпу и провел рукой по голой ложбине меж двух пенистых власяных волн, ниспадавших по обеим сторонам его головы.

— Будучи казначеем Гарвардской Корпорации[1], — начал он, — я принужден уведомить вас о возможных затруднениях, привлекших наше внимание не далее как сегодня, мистер Филдс. Вы, безусловно, понимаете, что, ежели издательский дом связан обязательствами с Гарвардским Университетом, от него требуется, по меньшей мере, безупречная репутация.

— Доктор Маннинг, я смею полагать, что во всей Америке не найдется издательского дома с репутацией столь же безупречной, что наша.

Сплетя вместе кривые пальцы и сложив их башенкой, Маннинг испустил длинный царапающий вздох — а возможно, кашель, Филдс не сказал бы точно.

— Нам стало известно, что вы планируете к изданию новый литературный перевод мистера Лонгфелло, мистер Филдс. Разумеется, мы с почтением склоняемся перед многолетним

---

[1] Исполнительный управляющий орган Гарвардского Университета.

трудом, каковой мистер Лонгфелло посвятил Университету, и, безусловно, его собственные поэмы достойны всяческих похвал. Однако же из того, что нам довелось слышать о новом намерении, о его предмете, ежели выводить заключение, опираясь на несообразные...

Взгляд Филдса стал настолько холоден, что сложенные башенкой кисти Маннинга расползлись в стороны. Издатель надавил каблуком на четвертую педаль, самую срочную, не терпящую отлагательств.

— Вам, очевидно, известно, мой дорогой доктор Маннинг, как ценит общество труды моих поэтов. Лонгфелло. Лоуэлл. Холмс. — Триумвират имен укрепил его решимость.

— Мистер Филдс, во имя блага общества мы и ведем сейчас нашу беседу. Ваши авторы держатся за фалды вашего сюртука. Дайте же им здравый совет. Не упоминайте нашу встречу, ежели вам угодно, а я со своей стороны также сохраню конфиденциальность. Мне известно, сколь сильно вы печетесь о процветании вашего издательского дома, и я не сомневаюсь, что вы примете в расчет все последствия вашей публикации.

— Благодарю за откровенность, доктор Маннинг. — Филдс выдохнул в широкую лопату бороды, изо всех сил пытаясь держаться своей знаменитой дипломатии. — Я со всей серьезностью рассмотрел последствия и готов к ним. Когда бы вы ни пожелали получить назад незавершенные университетские публикации, я тотчас же с радостью и безо всякой платы передам вам во владение печатные формы. Но вы осознаете, надеюсь, что крайне меня обидите, ежели выскажетесь пренебрежительно на публике о моих авторах. Да, мистер Осгуд.

В двери проскользнул Дж. Р. Осгуд, старший клерк издательства, и Филдс распорядился показать доктору Маннингу новое помещение.

— Излишне. — Слово просочилось из жесткой патрицианской бороды гостя, незыблемой, как само столетие, и доктор Маннинг поднялся. — Я полагаю, вам предстоит провести не один день в столь приятном для вас месте, мистер Филдс, —

сказал он, бросив холодный взгляд на сверкающие чернотой панели орехового дерева. — Однако помните: настанет время, и даже вам будет не под силу оградить ваших авторов от их же амбиций. — Он подчеркнуто вежливо поклонился и направился к лестнице.

— Осгуд, — приказал Филдс, захлопывая дверь. — Необходимо разместить в «Нью-Йорк Трибьюн» заметку о переводе.

— Так, значит, мистер Лонгфелло его уже завершил? — просиял Осгуд.

Филдс поджал свои полные капризные губы:

— Известно ли вам, мистер Осгуд, что Наполеон застрелил некоего книгоношу за чрезмерную напористость?

Осгуд задумался.

— Я никогда о подобном не слыхал, мистер Филдс.

— Счастливое достижение демократии заключено в том, что мы вольны бахвалиться нашими книгами столько, сколько можем себе позволить, и не опасаться при том за собственную шею. Когда дело дойдет до переплета, всякое семейство всякой респектабельности должно лечь спать оповещенным. — По тому, как он это произнес, можно было решить, что все, находившиеся в миле от Нового Угла, принуждены поверить, что так оно и будет. — Мистеру Грили, Нью-Йорк, для немедленного включения в полосу «Литературный Бостон». — Он молотил пальцами воздух, давя на него, точно музыкант на клавиши воображаемого фортепьяно. При письме запястье Филдса сводило судорогой, а потому Осгуд служил замещающей рукой для всякой издательской бумаги, не исключая поэтических озарений.

Текст сложился у Филдса в голове в почти готовую форму.

— «ЧЕМ ЗАНЯТЫ В БОСТОНЕ ЛЮДИ ЛИТЕРАТУРЫ: До нас дошли слухи, что из-под пресса "Тикнор, Филдс и Компании" готовится к выходу новый перевод, могущий привлечь серьезнейшее внимание во всех странах света. Автор перевода — джентльмен нашего города, чья поэзия вот уже много лет по праву принимает поклонение публики по обеим сторонам Атлантики. Нам также известно, что сему джентльмену оказывают всяческую поддержку превосходнейшие литературные умы Бостона...» Задержитесь, Осгуд. Исправьте на «Новой Англии». Не хотим же мы обидеть нашего старого Грина, правда?

— Разумеется, нет, сэр, — умудрился ответить Осгуд, не отрываясь от своих каракулей.

— «...превосходнейшие умы Новой Англии, дабы осуществлять корректуру, а также окончательную читку этого нового и тщательно продуманного поэтического переложения. Содержание работы в данный момент не сообщается, за исключением того, что ранее она не представлялась глазам читателей и, безусловно, поменяет весь наш литературный ландшафт». *Et cetera*. Пусть Грили поставит под матерьялом подпись: «Анонимный источник». Все записали?

— Я отошлю завтра утром первой же почтой, — сказал Осгуд.

— Отправьте в Нью-Йорк телеграммой.

— Для публикации на следующей неделе? — Осгуд решил, что ослышался.

— Да, да! — Филдс всплеснул руками. Издатель нечасто приходил в такое возбуждение. — Я вам более скажу — неделю спустя мы подготовим новую заметку!

Уже в дверях Осгуд обернулся и осторожно спросил:

— Что за дело было у доктора Маннинга, мистер Филдс, ежели это не тайна?

— И говорить не о чем. — Филдс выпустил в бороду долгий вздох, явно опровергая сказанное. Затем воротился к пухлой подушке из сложенных у окна рукописей. Внизу раскинулся Бостон-Коммон[1]: гуляющие там упорно держались летних нарядов, а кое-кто — даже соломенных шляп. Осгуд вновь взялся за дверь, однако Филдс ощутил потребность в объяснениях. — Ежели мы продолжим нашу работу над Лонгфелловым Данте, Огастес Маннинг усмотрит в том повод разорвать все издательские контракты меж Гарвардом и «Тикнор и Филдс».

---

[1] Самый крупный общественный парк Бостона.

— Но это же тысячи долларов — и вдесятеро больше в последующие годы! — встревоженно воскликнул Осгуд.

Филдс терпеливо кивнул:

— Н-да. Вы знаете, Осгуд, отчего мы не стали публиковать Уитмена[1], когда он принес нам «Листья травы»? — Филдс не дождался ответа. — Оттого, что Билл Тикнор опасался, как бы некоторые чувственные пассажи не навлекли на издательский дом неприятностей.

— Сожалеете ли вы об этом, мистер Филдс?

Вопрос был издателю приятен. Тон его речи понизился с начальственного до менторского.

— Нет, мой дорогой Осгуд. Уитмен принадлежит Нью-Йорку, как прежде принадлежал По. — Последнее имя он произнес с горечью, по туманной до сей поры причине. — Пускай хранят то немногое, чем владеют. Однако здесь, в Бостоне, шарахаться от истинной литературы воистину непозволительно. И сейчас мы этого не сделаем.

Он имел в виду «сейчас, когда нет Тикнора». Это не означало, что покойный Уильям Д. Тикнор не обладал литературным чутьем. Литература, можно сказать, струилась у Тикнора в крови либо пребывала в каком-то главнейшем органе, поскольку его кузен Джордж Тикнор был некогда значительной фигурой литературного Бостона, предшественником Лонгфелло и Лоуэлла на посту первого Смитовского профессора Гарварда. Но Уильям Д. Тикнор начинал свою карьеру в Бостоне на ниве составного финансирования и привнес в издательское дело, бывшее тогда всего лишь дополнением к книгопродаже, мышление проницательного банкира. А потому не кто иной, как Филдс, распознавал гениальность в полузаконченных рукописях и монографиях — тот самый Филдс, что лелеял дружбу с великими поэтами Новой Англии, в то время как прочие издатели по причине малого профита либо закрывали перед ними двери, либо умышленно затягивали розничную продажу.

---

[1] Уолт Уитмен (1819—1892) — американский поэт. Первый и самый известный его сборник «Листья травы» вышел в 1855 г.

Филдс, будучи молодым клерком, проявил, по общему разумению, сверхъестественные (либо «весьма подозрительные», как отзывались о них другие служащие) способности: по манерам и наружности посетителя он предугадывал, какая именно книга окажется для него желанна. Изначально он держал эту способность при себе, но вскоре прочие клерки, открыв в нем подобный дар, превратили его в источник частых пари: для тех же, кто ставил в них против Филдса, остаток дня складывался весьма неудачно. Вскоре Филдс поменял лицо индустрии, убедив Уильяма Тикнора, что куда достойнее вознаграждать авторов, нежели жульничать с ними, и осознав сам, что известность превращает поэтов в уважаемых персон. Сделавшись партнером, Филдс приобрел «Атлантик Мансли» и «Норт-Американ Ревью», ставших трибуной для его авторов.

Осгуду никогда не быть человеком буквы, подобно литератору Филдсу, а потому он с некой опаской приглядывался к идеям Истинной Литературы.

— Для чего Огастесу Маннингу угрожать нам такими мерами? Это же очевидный шантаж, — негодующе заметил старший клерк.

Филдс лишь улыбнулся и подумал про себя, сколь многому Осгуда еще предстоит учить.

— Все мы шантажируем кого только возможно, Осгуд, в противном случае мы ничего не достигнем. Поэзия Данте чужеродна и не изучена. Корпорация озабочена репутацией Гарварда и контролирует всякое слово, выпускаемое из университетских ворот, Осгуд, — неизученное, непостижимое страшит их вне всякой меры. — Филдс взял в руки купленное в Риме карманное издание *Divina Commedia*. — В этом переплете достанет возмущения, чтобы изобличить всех и вся. Мысль у нас в стране движется с быстротой телеграфа, Осгуд, в то время как наши прекрасные институции волокутся позади в почтовой карете.

— Но как публикация способна воздействовать на их доброе имя? Они же никогда не санкционировали перевод Лонгфелло.

Издатель напустил на себя негодование.

— Да уж, несомненно. Но, к их печали, некоторые союзы пока еще существуют, и едва ли могут быть расторгнуты.

Филдс был связан с Гарвардом как университетский издатель. Прочие же ученые мужи — куда более крепкими нитями: Лонгфелло по праву считался самым почетным гарвардским профессором, пока десять лет назад не вышел в отставку, дабы посвятить себя поэзии; Оливер Уэнделл Холмс, Джеймс Расселл Лоуэлл и Джордж Вашингтон Грин были гарвардскими выпускниками, а Холмс и Лоуэлл — еще и уважаемыми профессорами: Холмс занимал пост на Паркмановской кафедре анатомии в Медицинском колледже, Лоуэлл же руководил курсами новых языков и литературы в Гарвардском колледже, сменив на этой должности Лонгфелло.

— Данный великий труд будет напитан как из сердца Бостона, так и из души Гарварда, мой дорогой Осгуд. И даже Огастес Маннинг не настолько слеп, чтобы этого не предвидеть.

Доктор Оливер Уэнделл Холмс, профессор медицины и поэт, несся по стриженым дорожкам Бостон-Коммон так, будто за ним гнались (дважды он, однако, притормозил, чтобы дать автограф). Доктор торопился в издательство, и доведись вам пройти достаточно близко либо стать одним из тех скакунов, что ради книжки с автографом готовы в любой миг обнажить перо, вы наверняка бы услыхали в докторе Холмсе бурление. Карман шелкового муарового жилета прожигал сложенный вдвое прямоугольник бумаги, каковой и погнал маленького доктора на Угол (вернее сказать — в кабинет издателя), нагнав перед тем страху.

Остановленный поклонниками, Холмс с живостью интересовался заглавиями их любимых стихов.

— Ах, *это*. Говорят, президент Линкольн читал его по памяти. М-да, правду сказать, он и сам мне в том признавался... — Округлость мальчишеского лица Холмса и небольшой рот, вдавленный в обширную челюсть, заставляли предполагать,

ПЕСНЬ ПЕРВАЯ

что доктору потребны усилия, дабы держать этот рот закрытым сколь-нибудь значимый промежуток времени.

После автографных скачек доктор Холмс, поколебавшись, остановился только раз — у книжной лавки «Даттон и Компания», где велел отложить для себя три романа и четыре поэтических тома совершенно новых и (по всей вероятности) молодых нью-йоркских авторов. Литературные заметки еженедельно объявляли о публикации наиболее выдающейся книги столетия. «Несоизмеримая оригинальность» являлась в таком изобилии, что за неимением лучшего ее легко было принять за самый распространенный национальный продукт. Притом что всего за пару лет до войны кто угодно мог счесть, будто в мире существует один только «Деспот обеденного стола» — серия эссе, в коих Холмс вопреки ожиданиям изобрел новую литературную позицию — персонального наблюдения.

Он ворвался в огромный выставочный зал «Тикнор и Филдс». Подобно древним евреям эпохи Второго Храма, вспоминавшим о прежней святыне, чувства доктора Холмса невольно отторгали это лоснящееся полированное благолепие и контрабандой доставляли память о сырых закоулках книжной лавки «Старый Угол», что располагалась на пересечении Вашингтон-стрит и Скул-стрит и в коей не одно десятилетие ютился издательский дом, а с ним — и все его литераторы. Новую резиденцию на углу Тремонт-стрит и Гамильтон-плейс авторы Филдса именовали Угол, либо Новый Угол — частично по привычке, но также из ностальгии по временам их молодости.

— Добрый вечер, доктор Холмс. Вы к мистеру Филдсу?

Мисс Сесилия Эмори, миловидная секретарша в голубой шляпке-таблетке, встретила доктора Холмса облаком духов и теплой улыбкой. Месяц тому назад, когда Угол еще только обустраивался, Филдс нанял секретарями нескольких женщин, не посчитавшись с хором критиков, осуждавших подобную практику в заведениях, где постоянно толкутся одни лишь мужчины. Идея почти целиком исходила от жены Филдса Энни, своенравной и обворожительной (черты эти обычно родственны).

— Да, моя прелесть. — Холмс поклонился. — Он у себя?

— Ах, неужто до нас снизошел великий деспот обеденного стола?

Сэмюэл Тикнор, один из клерков, как раз натягивал перчатки, завершая длительное прощание с Сесилией Эмори. Отнюдь не среднего клерка издательского дома, Тикнора ждала в очаровательном уголке Бэк-Бея жена с домочадцами.

Холмс пожал ему руку.

— Замечательное место, этот Новый Угол, не правда ли, дорогой мистер Тикнор? — Он рассмеялся. — Я несколько удивлен, что наш мистер Филдс до сих пор в нем не заблудился.

— Да полноте, — серьезно пробормотал Сэмюэл Тикнор, сопроводив свою реплику не то легким смешком, не то хмыканьем.

С намерением препроводить Холмса на второй этаж появился Дж. Р. Осгуд.

— Не придавайте ему значения, доктор Холмс. — Осгуд фыркнул, наблюдая, как Тикнор задумчиво прогуливается по Тремонт-стрит, а после, точно нищему, сует деньги торговцу орехами. — Подумать только: по одной лишь общности имен молодой Тикнор вдруг уверился, будто ему причитается окно с тем же видом на Коммон, что и его отцу, будь тот жив до сей поры. Да еще желает, чтоб все о том знали.

Доктор Холмс не имел времени на сплетни — по меньшей мере, сегодня.

Осгуд отметил, что Филдс занят с клерками, а потому Холмсу полагается проследовать в чистилище Авторской Комнаты — роскошной гостиной, отданной на радость и удобство издательским писателям. В иной день Холмс с удовольствием провел бы там время, восхищаясь литературными безделицами и автографами, развешанными по стенам, среди которых попадалось также его имя. Вместо этого его внимание опять обратилось к чеку, и он судорожно извлек его из кармана. В издевательской цифре, выведенной небрежной рукой, Холмс видел свое падение. В случайных каплях чернил отражалась его грядущая жизнь — поэта, измученного происшествиями последних лет и невозможностью дотянуться вновь до своих же вершин. Он сидел в тишине, грубо теребя чек большим и указательным пальцами, как, очевидно, Аладдин мог бы тереть свою старую лампу. В воображении возникало множество бесчестных свеженьких авторов, коих Филдс привлекал, пригревал и обхаживал.

Дважды Холмс покидал Авторскую Комнату и дважды убеждался, что кабинет Филдса заперт. Однако во второй раз, прежде чем он успел повернуть обратно, из-за дверей донесся голос Джеймса Расселла Лоуэлла, поэта и редактора. Лоуэлл говорил убедительно (как всегда), даже театрально, и доктор Холмс, вместо того чтобы постучаться либо повернуться и уйти, принялся расшифровывать беседу, поскольку был почти убежден, что она имеет к нему касательство.

Сощурив глаза, точно желая передать ушам часть общих способностей, Холмс уже почти разобрал некое интригующее слово, как вдруг на что-то наткнулся и едва не повалился на пол.

Молодой человек, столь нежданно возникший перед подслушивателем, в глупом покаянии всплеснул руками.

— В том нет вашей вины, мой юный друг, — смеясь, проговорил поэт. — Я доктор Холмс, а вы...

— Теал, доктор, сэр. — Перепуганный посыльный умудрился кое-как представиться, после чего залился краской и стремглав унесся прочь.

— Я смотрю, вы познакомились с Даниэлем Теалом. — Из холла возник старший клерк Осгуд. — Навряд ли смог бы держать гостиницу[1], но чрезвычайно старателен. — Холмс посмеялся вместе с Осгудом: бедный малый, не успел как следует опериться, а уже, можно сказать, столкнулся лбом с самим Оливером Уэнделлом Холмсом! Вновь подтвержденная значимость принудила поэта улыбнуться.

— Не хотите ли взглянуть — возможно, мистер Филдс уже на месте, — предложил Осгуд.

---

[1] Аллюзия на фразу Марка Твена: «Любой святой мог творить чудеса, но лишь немногие из них смогли бы содержать гостиницу».

Дверь отворилась изнутри. В щель выглянул Джеймс Расселл Лоуэлл, величественно неопрятный, с проницательными серыми глазами — они всегда выделялись в единстве волос и бороды, каковую он сейчас разглаживал двумя пальцами. В кабинете Филдса он был наедине с сегодняшней газетой.

Холмс представил, что скажет Лоуэлл, если доктор вдруг надумает поделиться с тем своей тревогой: «В такое время, Холмс, необходимо отдавать все силы Лонгфелло и Данте, а не нашему ничтожному тщеславию...»

— Входите, входите же, Уэнделл! — Лоуэлл уже смешивал для него что-то в стакане.

— Вы не поверите, Лоуэлл, — произнес Холмс, — но я только что слышал из кабинета голоса. Привидения?

— Когда Кольриджа[1] спросили, верит ли он в привидения, тот ответил отрицательно, пояснив, что слишком много их перевидал. — Лоуэлл ликующе рассмеялся и загасил тлевший конец сигары. — В Дантовом клубе нынче сбор. Я всего лишь читал вслух, дабы оценить звучание. — Лоуэлл указал на лежавшую с краю стола газету. Филдс, объяснил он, спустился в буфет.

— Скажите, Лоуэлл, вы не слыхали часом, чтобы «Атлантик» менял гонорарную политику? То есть, я не знаю, возможно, вы и не давали им стихов для последнего номера. Вы ведь и так, безусловно, заняты в «Ревью». — Пальцы Холмса теребили в кармане чек.

Лоуэлл не слушал.

— Вы только поглядите, Холмс, что за прелесть! Филдс превзошел самого себя. Вот здесь. Смотрите. — Он заговорщицки кивнул и стал наблюдать со вниманием. Газета была перегнута на литературной странице и пахла сигарой Лоуэлла.

— Я всего лишь хотел спросить, мой дорогой Лоуэлл, — гнул свое Холмс, отвергая газету. — Не было ли в недавнее время... о, премного благодарен. — Он взял бренди с водой.

---

[1] Сэмюэл Тейлор Кольридж (1772—1834) — английский поэт, критик и философ.

ПЕСНЬ ПЕРВАЯ

Появился Филдс, широко улыбаясь и расправляя запутавшуюся бороду. Он был необычно оживлен и столь же доволен собой, сколь и Лоуэлл.

— Холмс! Какая приятная неожиданность. Я только собрался послать кого-нибудь в Медицинский колледж, чтобы вы встретились с мистером Кларком. С чеками за последний номер «Атлантика» вышла досадная неприятность. За ваши стихи вам выписали семьдесят пять вместо ста. — С тех пор как из-за войны разогналась инфляция, самые крупные поэты получали за стихотворение сто долларов — исключая Лонгфелло, которому платили сто пятьдесят. Обладателям менее почетных имен полагался гонорар между двадцатью пятью и пятьюдесятью.

— В самом деле? — переспросил Холмс, едва не задохнувшись от счастья, и вдруг смутился. — Что ж, больше — всегда лучше.

— Эти новые клерки такие разгильдяи, вы себе не представляете. — Филдс покачал головой. — Я ощущаю себя рулевым громадного судна, друзья мои, кое непременно сядет на мель, стоит мне ослабить внимание.

Холмс удовлетворенно откинулся на спинку и наконец-то бросил взгляд на зажатую в его руке «Нью-Йорк Трибьюн». В изумленном молчании он вжался в кресло, позволив толстым кожаным складкам поглотить себя почти целиком.

Джеймс Расселл Лоуэлл явился на Угол из Кембриджа исполнить давно откладываемые обязательства перед «Норт-Американ Ревью». Кучу работы в «Ревью», одном из главнейших журналов Филдса, Лоуэлл с успехом перекладывал на младших редакторов, в чьих именах он вечно путался, и все же окончательное одобрение требовало его присутствия. Филдс знал, что Лоуэлл более других обрадуется рекламе — более даже, чем сам Лонгфелло.

— Изысканнейший ход! В вас, несомненно, есть что-то от еврея, мой дорогой Филдс! — воскликнул Лоуэлл, отбирая у Холмса газету. Друзья не придали значения этому странному дополнению, ибо давно смирились с теоретизированиями

Лоуэлла по поводу того, что все людские способности, не исключая его собственных, неизвестно каким путем являются еврейскими, на худой конец — происходят от еврейских.

— Книготорговцы разорвут меня на куски, — похвалялся Филдс. — Мы купим себе прекрасный выезд за один только бостонский профит!

— Мой дорогой Филдс, — оживленно рассмеялся Лоуэлл. Затем хлопнул по газете, точно она хранила в себе тайный выигрыш. — Будь вы издателем Данте, в его честь, уж наверное, устроили бы во Флоренции карнавал!

Оливер Уэнделл Холмс также смеялся, но в следующих его словах прозвучала умоляющая нотка:

— Будь Филдс издателем Данте, Лоуэлл, тот никогда не очутился бы в изгнании.

Доктор Холмс извинился, сказав, что прежде чем отправиться к Лонгфелло, ему необходимо разыскать мистера Кларка, финансового клерка, и Филдс отметил в Лоуэлле беспокойство. Поэт не обладал талантом скрывать неудовольствие ни при каких обстоятельствах.

— Как вы думаете, мог бы Холмс более отдавать себя нашему делу? — спросил Лоуэлл. — Читал газету, точно там некролог, — язвительно добавил он, зная чувствительность Филдса к тому, как одобряются его рекламные трюки. — Его собственный.

Но Филдс лишь посмеялся:

— Холмс поглощен своим романом, только и всего, — а еще размышлением, сколь беспристрастной окажется критика. Да и потом, в голове его вечно сто забот сразу. Вы же знаете, Лоуэлл.

— В том-то и дело! Ежели Гарвард продолжит нас устрашать... — начал было Лоуэлл, но после решил сказать иначе. — Мне бы не хотелось, чтобы кто-либо заключил, будто мы не решаемся дойти до конца, Филдс. Вы никогда не задумывались о том, что наш клуб для Уэнделла не единственен?

Лоуэлл и Холмс всегда были не прочь поточить друг о друга остроумие, Филдс же им в том всячески препятствовал. Состязались они по большей части за благосклонность публики. На последнем банкете миссис Филдс слыхала своими ушами, что в то время как Лоуэлл разъяснял Гарриет Бичер Стоу[1], почему «Том Джонс»[2] является лучшим романом из всех когда-либо сочиненных, Холмс убеждал ее мужа, профессора богословия, в том, что во всех богохульствах мира повинна религия. Но издатель беспокоился не столько о возвращении прежних трений меж двумя его лучшими поэтами, сколько о том, что Лоуэлл примется непреклонно убеждать их всех в верности своих сомнений. Этого Филдс допустить никак не мог — уж лучше терпеть беспокойные причуды Холмса.

Филдс разыграл представление, изобразив, сколь он гордится Холмсом; для этого ему пришлось встать рядом с висевшим на стене и взятым в рамку дагерротипом маленького доктора, положить руку на сильное плечо Лоуэлла и заговорить с проникновенностью:

— Без Холмса наш Дантов клуб потерял бы душу, мой дорогой Лоуэлл. Определенно, доктор несколько разбросан, однако на том и покоится его обаяние. Он из тех, кого доктор Джонсон[3] именовал «клубными людьми». Но ведь все это время он был и остается с нами, не правда ли? И с Лонгфелло.

Доктор Огастес Маннинг, казначей Гарвардской Корпорации, оставался в тот вечер в Университетском Холле гораздо позднее прочих членов. Часто поворачивая голову от стола к темному окну, отражавшему расплывчатый свет лампы, он размышлял об опасностях, что, возрастая ежедневно, грозили потрясти самые основы Колледжа. Не далее как сегодня во время десятиминутного утреннего моциона он записал

---

[1] Гарриет-Элизабет Бичер Стоу (1811—1896) — американская писательница, поборница освобождения негров. Самый известный ее роман «Хижина дяди Тома» написан в 1852 г.
[2] «История Тома Джонса, найденыша» — самый известный комический роман английского писателя и драматурга Генри Филдинга (1707—1754), написанный им в 1749 г.
[3] Сэмюэл Джонсон (1709—1784) — английский писатель и публицист.

имена некоторых преступников. Трое студентов вели беседу у Грэйс-Холла. Приближение казначея они заметили слишком поздно: подобно фантому, доктор Маннинг перемещался неслышно даже по шуршащим листьям. Теперь нарушители будут вызваны для выяснения на преподавательский совет — именно за то, что решились собраться во Дворе группой более двух человек.

Также сегодня утром на установленной Колледжем шестичасовой службе Маннинг привлек внимание наставника Брэдли к студенту, глядевшему в упрятанную под Библией книгу. Нарушитель-второкурсник получит приватный выговор за чтение во время службы, равно как и за возмутительную тенденциозность в выборе автора — французского философа-имморалиста. На ближайшем собрании профессуры Колледжа юноше вынесут приговор: на него будет наложен штраф в несколько долларов, а класс недосчитается баллов в своем статусе.

Теперь же Маннинг размышлял над тем, что ему делать с Данте. Стойкий приверженец классического образования и классических языков, он, как поговаривали некоторые, целый год вел на латыни все свои личные и деловые сношения; другие, правда, в том сомневались, отмечая, что жена его не знает языка, в то время как третьи намекали, будто сие обстоятельство как раз и подтверждает достоверность истории. Живые языки, как их величали Гарвардские собратья, были не более чем дешевым подражанием либо низким извращением. Итальянский, равно как испанский либо немецкий, некоторым образом отражали распущенность политических страстей, жадность до всего телесного и недостаток морали в декадентской Европе. Доктор Маннинг не имел намерения потворствовать проникновению иноземной заразы, дабы она распространялась повсеместно под личиной литературы.

Из своего кресла доктор Маннинг уловил в приемной щелканье и удивился. Любой звук был в тот час нежданным, поскольку секретарь уже отправился домой. Маннинг подошел к дверям и нажал на ручку. Она не поддалась. Поглядев вверх, доктор увидал торчащее из косяка металлическое острие, а после — другое, несколькими дюймами правее. Маннинг с усилием дернул дверь, затем — еще и еще раз, сильнее и сильнее, пока не заболела рука, однако дверь со скрипом и нехотя, но все ж раскрылась. С другой ее стороны балансировал на табурете некий студент: вооружившись деревянной доской с шурупами, он смеху ради намеревался запечатать казначееву дверь.

Окружавшая преступника компания при виде Маннинга бросилась врассыпную.

Доктор Маннинг стащил студента с табурета.

— Наставник! Наставник!

— Простая шутка, я вам все объясню! Отпустите меня! — Шестнадцатилетний юноша выглядел пятью годами моложе и, пойманный мраморными глазами Маннинга, очевидно, перепугался.

Несколько раз лягнувшись, он впился зубами доктору в руку, отчего тот принужден был ослабить хватку. Сей же миг объявился дежурный наставник и уже в дверях поймал студента за ворот.

Маннинг приблизился к ним размеренным шагом и глядя холодно. Он смотрел так долго, становясь постепенно как бы меньше и тщедушнее на вид, что даже наставник ощутил неловкость и громко спросил, что необходимо делать. Маннинг взглянул на свою руку, где меж костяшек остались следы зубов с ярко вздувшимися пузырьками крови.

Слова его исходили точно не изо рта, а прямо из жесткой бороды.

— Потребуйте от него имена соучастников, наставник Пирс. И дознайтесь, не пил ли он крепкого. После чего сдайте на руки полиции.

Пирс замялся:

— Полиции, сэр?

Студент возмутился:

— Это ж пустяковая шалость — к чему вмешивать полицию в дела университета?

— Немедля, наставник Пирс!

ДАНТОВ КЛУБ

Огастес Маннинг запер за ними дверь и уселся — прямо и с достоинством, игнорируя бешенство, от которого он едва не задохнулся, возвращаясь в кабинет. Он опять взял в руки «Нью-Йорк Трибьюн», дабы напомнить себе, какой именно вопрос требовал его безотлагательного внимания. Он читал рекламную заметку Дж. Т. Филдса на странице «Литературный Бостон», рука его саднила в том месте, где была прокушена кожа. Вот какие мысли шествовали сквозь казначееву голову: Филдс верит, будто в своей новой крепости он недоступен... Лоуэлл облачается в подобную заносчивость, точно в новое пальто... Лонгфелло все так же неприкосновенен; мистер Грин — реликт, умственный паралитик, притом уж давно... *Однако доктор Холмс...* сей Деспот встречает в дебаты из опасений, но не из принципов... Ужас на лице маленького доктора, когда он много лет назад наблюдал за происходившим с профессором Вебстером[1] — когда еще не было ни обвинения в убийстве, ни виселицы, а всего лишь потеря места, столь почитаемого в обществе: преподавательского титула и карьеры гарвардского мужа... *Да, Холмс: доктор Холмс станет нашим главнейшим союзником.*

---

[1] В 1840 г. гарвардский профессор химии Джон Вебстер был обвинен в убийстве и расчленении трупа врача и представителя богатейшей бостонской династии доктора Джорджа Паркмана. В результате громкого судебного процесса, привлекшего внимание ученой общественности Америки и Европы, Джон Вебстер был приговорен к повешению. Приговор привели в исполнение, однако в деле осталось множество невыясненных обстоятельств, заставляющих юристов и по сей день возвращаться к этому случаю.

II

По всему Бостону всю ночь собирали полицейские стадо подозреваемых — по шестеро, по приказу шефа. Пригнав в Центральный участок очередную компанию, всякий офицер подозрительно оглядывал гурты своих коллег, дабы увериться, что его разбойники ничем не хуже. Чинно поднимаясь из Могил — подземных камер, — детективы в штатском, не желая соприкасаться с людьми в мундирах, обменивались условными знаками и незавершенными кивками.

Детективное бюро учредили в Бостоне согласно европейскому образцу — оно было призвано обеспечить точное знание о местонахождении злоумышленников, а потому и детективов в большинстве отбирали из бывших воров. Не владея сколь-нибудь удовлетворительными методами расследования, те пускали в ход старые трюки (среди них любимейшие — вымогательство, запугивание и подлог), дабы обеспечивать свою долю арестов и получать соответствующее жалованье. Шеф Куртц лез из кожи вон, уверяя детективов, равно как и газетчиков, что новой жертвой злодеяния стал некий Джон Смит. Менее всего ему сейчас было нужно, чтобы эти прохиндеи надумали сшибить деньгу с убитых горем состоятельных Хили.

Кое-кто из приведенных субъектов распевал похабные песенки, другие прикрывали руками лица. Третьи осыпали угрозами и бранью препроводивших их сюда полицейских. Несколько подозреваемых жались друг к другу на расставленных вдоль стены деревянных скамьях. Были явлены все криминальные слои: от самых крупных — высочайшего класса мошенников — до форточников, щипачей и прелестных жучек в шляпках-таблетках, из тех, что завлекают прохожих в переулки, где соучастники довершают начатое. Жареные орехи градом сыпались из рук уличных ирландских забледышей — примостившись с сальными пакетами на публичных балконах, оборванцы высматривали сквозь прутья мишени для своей стрельбы. Метательными снарядами им также служили тухлые яйца.

— Кто тебе похвалялся, что пришил фраера? Ты меня слушаешь?

— Откудова сбруя рыжая, парняга? А платок шелковый?

— А гадовка тебе на что?

— Ну и как оно? Ты пришить никого не думал, приятель, — а то б сам увидал.

Эти и подобные вопросы выкрикивали взмыленные офицеры. Мастерски обходя личность жертвы, шеф Куртц взялся было описывать кончину Хили, однако довольно скоро его прервали.

— Эй, шеф. — Здоровый черный бандюга изумленно закашлялся, не сводя выпученных глаз с угла комнаты. — Эй, шеф. Што ль ищейка новая? Што ль у него и форма имеется? Што ль у тебя ниггеры в детективах? Чего ж тогда меня не берешь?

В ответ на хохот Николас Рей лишь еще более распрямился. Он вдруг осознал, что до сей поры не участвовал в допросе и одет в штатское.

— Не, мужики, он не черный. — Вертлявый расфуфыренный хлыщ, выступив вперед, окинул патрульного Рея взглядом опытного оценщика. — По мне, так полукровка, точный образчик. Мать рабыня, папаша — батрак на плантации. Правду говорю, дружок?

Рей шагнул поближе к ряду подозреваемых.

— Вам бы лучше ответить на вопрос шефа, сэр. Давайте, пока можно, помогать друг другу.

— Душевный у тебя базар, белоснежка. — Вертлявый хлыщ одобрительно поднес палец к тонкому усу, что, загибаясь скобкой от верхней губы, а после вокруг рта, как бы намеревался дать начало бороде, но вместо этого обрывался, не дойдя до низу.

Шеф Куртц ткнул дубинкой в брильянтовую булавку для галстука на груди Лэнгдона Писли.

— Не зли меня, Писли!

— Побережнее, между прочим. — Первый бостонский медвежатник стряхнул с жилета пыль. — Свечка за восемь сотен, шеф, куплена по закону!

Зареготали все, включая иных детективов. Куртц не мог себе позволить заводиться из-за Лэнгдона Писли — сегодня уж всяко.

— Сдается мне, в тех сейфах, что разнесли в воскресенье на Коммершиал-стрит, без тебя не обошлось, — сказал Куртц. — Вот за нарушение святого дня и переночуешь нынче в Могилах, двухпенсовые буланы, небось, заждались!

В нескольких футах от Писли утробно расхохотался Уиллард Бёрнди.

— Ладно, мой дорогой шеф, кой-чего я тебе выложу. — Писли сел и к радости всех присутствующих (включая восторженную галерку), театрально возвысил голос. — Наш друг мистер Бёрнди уж всяко не имеет касательства к прогулкам по Коммершиал-стрит. А не владело ли теми сейфами старушечье общество?

Ярко-розовые глаза Бёрнди удвоились в диаметре; отпихнув кого-то с пути, он рванулся к Писли — под хлопки и гиканье галерочных оборванцев меж двумя буянами уже готовилась разгореться драка. Представление обещало стать не хуже тех тайных боев в крысиной яме, за которые в подвалах Норт-Энда брали со зрителей по двадцать пять центов.

Пока офицеры усмиряли Бёрнди, из ряда вытолкался сконфуженный человек. Его дико шатало. Николас Рей едва успел ухватить незнакомца, прежде чем тот повалился на пол.

Человек был тщедушен, обладал темными глазами — красивыми, но изнуренными — и сохранял на лице своенравную мину. Он выставлял напоказ шахматный ряд сгнивших зубов, а также дыр от оных, шипел и вонял медфордским ромом.

Вдобавок то ли не замечал, то ли не придавал значения кляксам тухлых яиц, покрывавшим его одежду.

Вышагивая вдоль перетасованной галереи разбойников, Куртц вновь пустился в разъяснения. Он рассказал, как в поле у реки обнаружили голого человека, всего покрытого мухами, осами и личинками, как они въедались ему под кожу и высасывали кровь. Кто-то из присутствующих, сообщил Куртц, убил несчастного ударом в голову, выволок из дому и бросил на терзание природным паразитам. Упомянул он и другую странность — флаг, изорванный и белый, что был воздвигнут рядом с телом.

Рей удерживал на ногах своего ошалелого подопечного. Нос и рот у того были красны, перекошены и затмевали собою жиденькую растительность. Человек припадал на одну ногу — результат позабытого увечья либо драки. Рука тряслась в дикой жестикуляции. Со всякой новой деталью, высказываемой шефом полиции, незнакомец сотрясался все сильнее.

Подошел помощник Саваджа:

— Ну и чучело! Кто его привел, Рей, вы не знаете? Мы фотографировали новичков для каталога, а этот, однако, так и не назвал своего имени. Молчит, что твой сфинкс египетский!

У сфинкса имелся бумажный воротничок, спрятанный под болтавшимся с одного боку неряшливым черным шарфом. Сфинкс тупо таращился в пустоту и описывал чересчур длинными руками неровные концентрические круги.

— Может, чего нарисовать хочет? — пошутил Саваджс.

Руки незнакомца именно рисовали — некую карту, что в самое ближайшее время неизмеримо помогла бы полицейским, когда б те знали, что́ им потребно искать. Человек этот был весьма близок к месту, где убили судью, — но вовсе не к обшитым дорогими панелями гостиным Бикон-Хилла. Нет, он рисовал в воздухе образ не земного обиталища, но мрачного преддверия иного мира. Ибо *там* — там, все лучше и лучше понимал он по мере того, как кончина Артемуса Хили обрастала подробностями у него в уме, — это произошло там, где свершаются воздаяния.

— Полагаю, он невменяем, — прошептал Рею помощник шефа Савадж, когда новые многозначительные жесты остались втуне. — И, судя по запашку, хорошо набрался. Накормлю-ка я его хлебом с сыром. Приглядите тут за нашим другом Бёрнди, ладно, Рей? — Савадж кивнул на записного смутьяна — тот, завороженный душераздирающими описаниями Куртца, тер сейчас трясущимися руками свои розовые глаза.

Мягко изъяв трепещущего человека из объятий патрульного Рея, помощник шефа повел его на другой конец комнаты. Однако по пути незнакомец встрепенулся, зарыдал в голос, затем случайным с виду усилием оттолкнул помощника шефа полиции — да так, что тот полетел на скамью головой вперед.

Человек подскочил к Рею со спины, затем, обвив левой рукой шею, вцепился в правую подмышку, правой снес шляпу, зажал глаза и развернул голову так, что офицерское ухо оказалось поймано грубыми мокрыми губами. Он шептал — столь медленно, отчаянно и хрипло, столь исповедально, что один лишь Рей знал о том, что слова вообще были произнесены.

Среди разбойников началась радостная сумятица.

Столь же нежданно незнакомец выпустил Рея и ухватился за рифленую колонну. Обежал ее вокруг и бросился вперед. В голове у Рея застряли темные шипящие слова — бессмысленный звуковой шифр, резкий и могущественный, нес в себе гораздо более смысла, чем можно было вообразить. *Dinanzi*. Рей силился запомнить, услышать шепот опять — и одновременно (*etterne etterno, etterne etterno*), пытаясь не потерять равновесия, ринулся за беглецом. Но тот швырнул себя вперед столь великим усилием, что не смог бы остановиться, когда бы даже хотел: то был последний миг его жизни.

Он пробил толстую плоскость эркерного окна. Идеальный серп стекла завертелся в изящном танце, зацепился за черный шарф и, аккуратно разрезав гортань, выбросил поникшую голову вперед, точно человек желал ударить ею воздух. Сквозь массу осколков он полетел на двор.

Все погрузилось в молчание. Стружки стекла, мягкие, точно снежинки, хрустели под тупоносыми башмаками Рея, когда он шел к оконной раме смотреть вниз. Раскрытое, как бутон, тело лежало на толстой подушке из осенних листьев, линзы разбитого оконного стекла резали это тело и его постель в калейдоскоп желтого, черного и румяно-красного. Первыми прибежавшие во двор оборванцы орали, тыкали пальцами и плясали вокруг изломанного трупа. Рей же, спускаясь по лестнице, не мог избежать слов, что по неясной причине завещал ему этот человек, как последнее деяние своей жизни: *Voi Ch'intrate. Voi Ch'intrate.* Входящие. Входящие.

✠

Проносясь галопом сквозь железный портал Гарвардского Двора, Джеймс Расселл Лоуэлл чувствовал себя примерно как сэр Лонфэл[1], герой и искатель Грааля из самой популярной лоуэлловской поэмы. Воистину в тот день поэт частично сошел бы за благородного рыцаря, — очерченный строгим осенним колером, он восседает на белом коне, когда б не предпочитаемая им наружность: бороду он подстригал квадратом на два-три дюйма ниже подбородка, однако усам позволял свисать гораздо длиннее. Кое-кто из недругов и многие друзья замечали меж собой, что это, возможно, не лучший выбор для мужественного во всем прочем лица. Лоуэлл же полагал, что бороду носить надлежит, иначе Господь ее бы не дал, — хоть и не уточнял, какой именно стиль потребен теологически.

Свое воображаемое рыцарство он с особой страстью ощущал в последние дни, когда Двор все более походил на вражескую цитадель. Несколькими неделями ранее Корпорация убеждала профессора Лоуэлла принять предложения по реформе, коя элиминировала бы множество вставших перед его департаментом помех (к примеру, за изучение новых языков студенты получали бы половину баллов, причитавшихся им за языки классические), а в обмен Корпорация имела бы право окончательного одобрения всех лоуэлловских курсов. Поэт громо-

---

[1] Поэма «Видение сэра Лонфэла» впервые была опубликована Джеймсом Расселлом Лоуэллом в 1848 г.

гласно отверг сделку. Если им необходимо провести свое предложение, пусть тащат его сколь полагается долго через двадцатиглавую гидру Попечительского Совета Гарварда.

Однако, выслушав в один прекрасный вечер совет президента, Лоуэлл понял, что желание попечителей утверждать все его курсы — лишь цветочки.

— Лоуэлл, вам необходимо отменить семинар по Данте, и Маннинг все для вас сделает. — Президент конфиденциально взял профессора под локоток. Тот сощурился.

— Так вот оно что! Вот для чего все затеяно! — Профессор с возмущением повернулся к нему лицом. — Я не позволю водить себя за нос и не стану им кланяться! Они выжили Тикнора. Господи, да они посмели обидеть самого Лонгфелло. Всякий, полагающий себя джентльменом, попросту обязан возвысить против них голос, более того — всякий, не сдавший экзамен на магистерскую степень подлеца.

— Вы нехорошо обо мне думаете, профессор Лоуэлл. Видите ли, я не более вас контролирую Корпорацию, а это означает извечные хождения к ним на поклон. Увы, я всего лишь президент этого колледжа. — Он сдавленно рассмеялся. И в самом деле, Томас Хилл был всего-навсего президентом Гарварда, притом новым — третьим в этом десятилетии, — потому-то члены Корпорации обладали значительно большей властью, нежели он. — Они полагают Данте неуместным в программе вашего департамента, это очевидно. Они не уступят в назидание другим, Лоуэлл. Маннинг не уступит! — предупредил Хилл и опять взял Лоуэлла под руку, точно готовясь сей же миг увести поэта прочь от некой опасности.

Лоуэлл заявил, что не позволит членам Корпорации выносить вердикт литературе, в коей те ни черта не смыслят. На это Хилл даже и не пытался возражать. Не смыслить в новых языках было для Гарвардских собратьев делом принципа.

К их следующей встрече президент вооружился обрывком синей бумаги с записанной на ней от руки цитатой из недавно усопшего и весьма почитаемого британского поэта, в коей тот высказывался о Дантовой комедии.

— «Что за ненависть к людской расе! Что за ликующая насмешка над вечным и неумолимым страданием! Читая, мы зажимаем ноздри, мы затыкаем уши. Встречал ли кто-либо когда-либо прежде столь много собранной вместе невыносимой вони, грязи, экскрементов, крови, увечий, воплей боли, мифических чудовищ воздаяния? Мне остается лишь утверждать, что никто никогда не писал более аморальной и нечестивой книги»[1]. — Хилл удовлетворенно улыбнулся, точно сочинил все это сам.

Лоуэлл рассмеялся.

— Стоит ли позволять англичанам помыкать нашими книжными полками? Почему мы не отдали Лексингтон «красным мундирам» и не избавили генерала Вашингтона от мучений войны? — Что-то промелькнуло у Хилла в глазах и напомнило профессору Лоуэллу студенческую непосредственность; это вселяло надежду, что президент поймет. — До той поры, пока Америка не научится любить литературу не как досужее развлечение или бессмыслицу, необходимую к запоминанию в колледже, но как очеловечивающую и облагораживающую энергию, мой дорогой преподобный президент, она не постигнет того высокого смысла, что лишь один и объединяет людей в нацию. Того смысла, что из мертвых имен произрастает в живую силу.

Хилл гнул свое:

— Сама мысль о путешествии в загробную жизнь, опись адских мук — она же неприкрыто груба, Лоуэлл. И подобная работа столь неуместно носит титул комедии! Это средневековье, это схоластика, это...

— Католицизм. — Слово заставило Хилла умолкнуть. — Вы это имеете в виду, преподобный президент? Чересчур много Италии, чересчур много католицизма для Гарвардского Колледжа?

Хилл лукаво приподнял белесую бровь.

---

[1] Цитата из книги «Пентамерон и Пентаголия» британского поэта и писателя Уолтера Лэндора (1775—1864).

ПЕСНЬ ПЕРВАЯ

— Признайтесь же: для наших протестантских ушей невыносимо столь оскорбительное упоминание Господа.

Правда заключалась в том, что, как и гарвардские собратья, Лоуэлл с неудовольствием смотрел на толпы ирландских папистов, наводнившие припортовые районы и удаленные пригороды Бостона. Но даже помыслить о том, чтобы счесть поэму указкой Ватикана...

— Да, мы приговариваем людей к вечным мукам, не снисходя до разъяснений. Данте назвал свою поэму комедией, мой дорогой сэр, поскольку вместо латыни написана она грубым итальянским языком, а еще потому, что, в отличие от трагедии, заканчивается счастливо — поэт возносится на небеса. Взамен того, чтоб мучительно сотворять великую поэму из чужеродного и искусственного, он устроил так, что поэма сотворялась из самого поэта.

Лоуэлл с удовлетворением отметил, как рассердился президент.

— Помилуйте, профессор, неужто вы не видите злобы и мстительности в человеке, подвергающем немилосердным пыткам тех несчастных, чья вина отмечена в реестре грехов? Вообразите видное лицо наших дней, объявившее, что место его врага в аду! — воскликнул тот.

— Мой дорогой преподобный президент, я воображаю это прямо сейчас. И поймите правильно. Туда же Данте посылает и своих друзей. Вы можете сказать о том Огастесу Маннингу. Жалость без суровости оборачивается малодушным эгоизмом, ничтожной сентиментальностью.

Члены Гарвардской Корпорации — президент, а также шесть благочестивых и ответственных мужей, не входящих в число профессоров колледжа, — твердо держались курса обучения, установленного давным-давно и вполне их устраивавшего: греческий, латынь, древнееврейский, древняя история, математика и естественные науки, — а стало быть, и своего утверждения, что низкие современные языки и литература останутся нововведением, призванным всего лишь разнообразить курсы. После ухода профессора Тикнора Лонгфелло добился некоторых успехов, положив начало семинару Данте, а также наняв преподавателем разумнейшего изгнанника из Италии Пьетро Баки. Дантов семинар, ввиду малого интереса к предмету и языку, был, соответственно, и менее всего популярен. Однако поэта радовало то усердие, с которым постигало курс столь небольшое число умов. Ну а самым усердным был Джеймс Расселл Лоуэлл.

Теперь, после десяти лет уже лоуэлловской борьбы с администрацией, приближалось событие, коего профессор ждал давно и время для которого наступило с неотвратимостью судьбы — Америка открывала Данте. Но препятствовал тому не только Гарвард, скорый на решения и скрупулезный в своем противодействии: существовала помеха и внутри самого Дантова клуба — Холмс и его виляния.

Лоуэлл иногда прогуливался по Кембриджу со старшим сыном доктора, Оливером Уэнделлом Холмсом-младшим. Дважды в неделю будущий юрист выходил из дверей Датской школы юриспруденции именно в тот час, когда Лоуэлл завершал лекции в Университетском Холле. Холмс вряд ли был счастлив сыном, поскольку умудрился вызвать в том жесткую неприязнь — если бы только Холмс умел слушать, вместо того чтоб заставлять Младшего говорить. Лоуэлл как-то спросил молодого человека, упоминал ли доктор Холмс их Дантов клуб.

— А как же, мистер Лоуэлл. — Младший был высок и хорош собою, а отвечал с ухмылкой. — Еще и об Атлантическом клубе, Союзном клубе, Субботнем клубе, Научном клубе, Исторической ассоциации и Медицинском обществе...

На последнем ужине Субботнего клуба в Паркер-Хаусе Лоуэлл сидел рядом с Финеасом Дженнисоном, новым и самым богатым бостонским промышленником, когда все это вместе вдруг омрачило разум профессора.

— Вас опять допекает Гарвард, — сказал Дженнисон. Лоуэлл был ошеломлен: неужто у него на лице можно читать с той же легкостью, что и на грифельной доске. — Да не скачите вы так, мой дорогой друг. — Дженнисон добавил это, рассмеявшись так, что затряслась глубокая ямка на подбородке. Близкие родственники богача утверждали, будто золотисто-льняные волосы и царственная ямочка еще в детстве сулили тому невероятную удачу, хотя, если придерживаться фактов, ямочка была скорее цареубийственной, ибо досталась от предка, отрубившего голову Карлу I. — Позавчера мне выпал шанс поговорить кое с кем из Корпорации, только и всего. Вы же знаете, в Бостоне либо в Кембридже моего носа не минует ничто.

— Строите нам еще одну библиотеку? — спросил Лоуэлл.

— Ученые мужи буквально кипели, говоря меж собой о вашем департаменте, да. Настроены весьма решительно. Я, безусловно, не желал бы лезть в ваши дела, однако...

— Между нами, дорогой Дженнисон: они вознамерились избавиться от моего курса Данте, — перебил его Лоуэлл. — Порою я думаю, что они готовы сражаться против Данте столь же пылко, сколь я — за него. Предложили даже увеличить прием студентов ко мне на курс, лишь бы я позволил Корпорации запрещать или одобрять темы семинаров. — На лице Дженнисона нарисовалась озабоченность. — Разумеется, я отказался, — добавил Лоуэлл.

Дженнисон расплылся широкой улыбкой:

— В самом деле?

Их беседа была прервана несколькими тостами; среди прочих была зачитана и собравшая более всего аплодисментов импровизированная рифмовка, каковую развеселые гости потребовали от доктора Холмса. Тот, скорый как обычно, попутно умудрился привлечь всеобщее внимание к красотам неотшлифованного стиля:

> Иные поэзы столь гладко читать,
> Сколь шаром бильярдным спину чесать.

— Послеобеденные вирши убили бы всякого поэта, но не Холмса, — с восхищенной улыбкой произнес Лоуэлл. Глаза его подернулись дымкой. — Порой я ощущаю, будто сделан не из профессорского теста, Дженнисон. В чем-то лучше, в чем-то хуже. Во мне много чувствительности и мало тщеславия —

физического тщеславия, я бы сказал. Это необычайно утомляет. — Он помолчал. — И почему, просидев столько лет в профессорском кресле, я все так же остро чувствую мир? Что вы, король индустрии, должны думать о столь ничтожном существовании?

— Детские разговоры, мой дорогой Лоуэлл! — Дженнисона точно утомил предмет беседы, но через миг он вновь почувствовал интерес. — На вас лежит обязанность перед миром и самим собой — бо́льшая, нежели на простом наблюдателе! Я не желаю более слушать о ваших колебаниях! Я не знаю, кто такой Данте и почему он спасет мою душу. Но гении, подобные вам, мой дорогой друг, призваны Богом сражаться за всех отверженных этого мира.

Лоуэлл что-то неслышно пробормотал, но, несомненно, стушевался.

— Именно, именно, Лоуэлл, — настаивал Дженнисон. — Не вы ли убеждали Субботний клуб, что простые торговцы также достойны сидеть за одним столом с вашими друзьями-небожителями?

— Как они могли вам отказать после вашего предложения купить Паркер-Хаус? — рассмеялся Лоуэлл.

— Отказали бы, оставь я борьбу за право принадлежать к великим людям. Могу я процитировать своего любимого поэта: «Так осмелься ж свершать то, что смеешь желать»[1]? О, как это прекрасно!

Лоуэлл рассмеялся еще более от мысли, что его пытаются воодушевить его же собственными стихами, однако так оно и было на самом деле. И почему нет? По мысли Лоуэлла, истинная поэзия низводит до сути единственной строки растворенную в людском уме неясную философию, делая ее доступной пониманию, полезной и применимой.

Теперь, по пути на очередную лекцию, на него нагоняла зевоту одна лишь мысль о том, что придется войти в аудиторию

---

[1] Строка из стихотворения Джеймса Расселла Лоуэлла «Ода основателям Гарварда», написанного в июле 1865 г.

к студентам, пока еще убежденным в возможности узнать все о чем-то.

Лоуэлл привязал коня перед входом в Холлис-Холл, у старой водоразборной колонки.

— Ежели полезут, лягни их, старичок, как следует, — сказал он, прикуривая сигару. Лошади и сигары были под запретом при Гарвардском Дворе.

Неподалеку, лениво прислонясь к стволу вяза, стоял человек. Одет он был в жилетку с ярко-желтыми квадратами, лицо имел сухопарое, скорее даже истощенное. Поворотившись под косым углом, человек этот, слишком старый для студента и потрепанный для преподавателя, смотрел на поэта со знакомым жадным сиянием во взоре, что бывает лишь в глазах литературных поклонников.

Известность значила для Лоуэлла немногое — он попросту любил думать, что друзья найдут в его сочинениях нечто для себя хорошее, и после его кончины Мэйбл Лоуэлл сможет гордиться своим отцом. С другой стороны, он считал себя *teres atque rotundus*[1] — внутренний микрокосм, сам себе автор, публика, критик и последователь. При всем при том, слова мужчин и женщин с улиц не могли его не трогать. Он гулял по Кембриджу, и тоскливое желание столь сильно заполняло сердце, что даже от равнодушного взора случайного незнакомца на глаза наворачивались слезы. Однако почти ту же боль несла с собой встреча с непроницаемым, оцепенелым взглядом узнавания. Профессор точно становился прозрачным и отдельным от всего — поэт Лоуэлл, призрак.

Лоуэлл шел мимо, а наблюдатель в желтой жилетке так и стоял, прислонясь к дереву, и лишь коснулся полей своего черного котелка. Поэт смущенно склонил голову, щеки его горели. Торопясь в университетский городок сражаться с каждодневными обязанностями, Лоуэлл не заметил, в каком странном напряжении пребывал незнакомец.

---

[1] «Гладким и круглым» (*лат.*) — цитата из «Сатир» (II, 7, 86) римского поэта Квинта Горация Флакка (65—8 до н. э.).

ДАНТОВ КЛУБ

Доктор Холмс влетел в крутой амфитеатр. В ответ — бурное топанье башмаков тех, кому карандаши и блокноты сдерживали руки; при его появлении раздались возгласы. Засим последовали громкие «ура» от самых буйных (Холмс называл их «юными варварами»), что собрались в вышине классной комнаты, именуемой «Горой» (точно дело происходило в Ассамблее Французской революции). Здесь Холмс каждый семестр конструировал с изнанки человеческое тело. Здесь четырежды в неделю пятьдесят любящих сыновей ловили всякое его слово. Стоя у подбрюшия амфитеатра, Холмс ощущал свой рост равным этим двенадцати футам, а не своим пяти с половиной (да и тем отчасти благодаря башмакам на толстой подошве, пошитым лучшим сапожником Бостона).

Оливер Уэнделл Холмс единственный из профессоров без труда сносил лекции, назначенные на час пополудни, когда голод и усталость соединялись с усыпляющим духом двухэтажной кирпичной коробки на Норт-Гроув. Кое-кто из завистливых коллег поговаривал, что литературной славой доктор обязан своим студентам. Однако большинство юношей, что предпочли медицину юриспруденции и теологии, происходили из низов, а потому до Бостона из всей литературы сталкивались разве что с немногими стихами Лонгфелло. Тем не менее весть о литературной известности Холмса распространялась подобно сенсационному слуху, а обладатели «Деспота обеденного стола» пускали томик по кругу, сопровождая передачу книги недоуменными взглядами: «Как, вы до сих пор не читали Деспота?» И все ж литературная репутация Холмса среди студентов более всего напоминала репутацию репутации.

— Сегодня, — объявил доктор, — мы перейдем к предмету, с коим вы, как я полагаю, вовсе не знакомы. — Он сорвал чистую белую простыню с женского трупа и, воздев ладони к топочущим башмакам, выкрикнул следующее:

— Уважение, джентльмены! Уважение к человечности и самому прекрасному творению Бога!

Потерявшись в океане внимания, доктор не узрел среди студентов незваного гостя.

— Да, предметом сегодняшней лекции является женское тело, — продолжал Холмс.

В первом ряду залился краской робкий молодой человек по имени Алва Смит, один из полудюжины обладателей тех ярких лиц, к коим естественным образом обращаются на лекциях профессора, дабы найти посредника меж собой и прочими студентами; соседи были только рады понасмешничать над его смущением.

Холмс это заметил.

— Наш Смит являет собой образец тормозящего воздействия сосудодвигательных нервов на мелкие артерии, что вдруг расслабляет и наполняет кровью поверхностные капилляры — сей приятный феномен некоторые из вас будут наблюдать нынче вечером на щеках юных персон, коих они намерены посетить.

Смит хохотал вместе со всеми. И тут Холмс услыхал невольное реготанье — надтреснутое и медленное, каким оно обычно становится с годами. Скосив глаза, он увидал в проходе преподобного доктора Патнама, не особо влиятельного члена Гарвардской Корпорации. Распорядители хоть и представляли высший уровень надзора, в действительности никогда не посещали аудиторий своего университета, а о том, чтобы проделать путь от Кембриджа до медицинского корпуса, размещенного так, чтобы находиться поближе к госпиталям, на противоположном берегу реки, для большинства администраторов не могло быть и речи.

— Теперь, — растерянно проговорил Холмс, располагая инструменты над трупом, к коему подошли два демонстратора. — Позвольте мне погрузиться в глубину нашего предмета.

Когда лекция завершилась и варвары вволю потолклись в проходах, Холмс повел преподобного доктора Патнама к себе в кабинет.

— Вы, мой дорогой доктор Холмс, представляете собою золотой образец американского литератора. Никто, помимо вас, не прилагает столь много усилий в столь различных областях. Ваше имя стало эталоном ученого и писателя. Не далее как вчера некий английский джентльмен поведал мне, сколь уважают вас у него на родине.

Холмс рассеянно улыбнулся.

— Что он сказал? Что он сказал, преподобный Патнам? Вы знаете, я люблю, когда сгущают краски.

Патнам нахмурился — ему не нравилось, когда его прерывали.

— Несмотря на это, Огастес Маннинг весьма обеспокоен некоторыми проявлениями вашей литературной деятельности, доктор Холмс.

Холмс удивился:

— Вы имеете в виду работу мистера Лонгфелло над Данте? Лонгфелло — переводчик. Я всего лишь адъютант, ежели можно так выразиться, притом не единственный. Рекомендую дождаться готовой работы; вы, несомненно, получите немало удовольствия.

— Джеймс Расселл Лоуэлл. Дж. Т. Филдс. Джордж Грин. Доктор Оливер Уэнделл Холмс. Неплохой подбор адъютантов, не правда ли?

Холмс был раздосадован. Он не думал, что их клуб представляет для кого-либо интерес, и не любил говорить о нем с посторонними. Дантов клуб был одной из немногих сфер, до которых публике не было дела.

— Ежели бросить в Кембридже камень, с уверенностью попадешь в автора двухтомника, мой дорогой Патнам.

Сложив руки на груди, Патнам ждал. Холмс махнул куда-то в сторону:

— С такими делами разбирается мистер Филдс.

— Умоляю, выйдите из столь сомнительного сообщества, — проговорил Патнам с гробовой серьезностью. — Убедите ваших друзей. Профессор Лоуэлл, к примеру, всего лишь...

— Ежели вам потребен человек, коего слушает Лоуэлл, мой дорогой преподобный Патнам, — со смехом перебил его Холмс, — вы совершенно напрасно свернули к медицинскому колледжу.

— Холмс, — мягко сказал Патнам. — Я пришел по большей части предупредить вас, ибо полагаю вас своим другом.

ПЕСНЬ ПЕРВАЯ

Когда бы доктор Маннинг узнал, что я разговариваю с вами подобным образом... — Патнам помолчал, затем понизил голос до увещевающего: — Дорогой Холмс, ваше будущее окажется соединенным с Данте. Мне страшно подумать, что станет с вашей поэзией, вашим именем, когда Маннинг довершит начатое. Подумайте о вашем нынешнем положении.

— У Маннинга нет причин вредить мне лично, пускай даже он не одобряет тот интерес, что избрал себе наш маленький клуб.

Патнам ответил и на это:

— Мы говорим об Огастесе Маннинге. Не забывайте.

Когда доктор Холмс поворачивался боком, вид у него делался такой, будто он проглотил глобус. Патнам часто задумывался, отчего некоторые мужчины не носят бород. Он ощущал оживление даже на ухабистой дороге в Кембридж, ибо знал, что доктора Маннинга весьма порадует его отчет.

Артемуса Прескотта Хили, 1804—1865, хоронили на главном склоне кладбища «Гора Оберн»; большой семейный участок был куплен одним из первых много лет назад.

Немало браминов и по сей день порицали Хили за принятые перед войной малодушные решения. Однако все соглашались, что лишь крайний радикал способен оскорбить память верховного судьи штата, презрев последние почести ему.

Доктор Холмс склонился к жене:

— Всего четыре года разницы, Амелия.

Коротко мурлыкнув, та потребовала разъяснений.

— Судье Хили шестьдесят лет, — шепотом продолжал Холмс. — Или скоро было бы. Всего четырьмя годами старше меня, дорогая, почти день в день! — В действительности разница составляла почти месяц, но доктор Холмс был искренне поражен близостью годов умершего к его собственным. Амелия Холмс указала взглядом, что во время надгробной речи недурно бы хранить молчание. Холмс захлопнул рот и стал смотреть на тихие акры кладбища.

Он не мог похвастать особой близостью к покойному — как и мало кто иной, даже среди браминов. Верховный судья Хили состоял в Попечительском совете Гарварда, и время от времени Холмс имел возможность насладиться плодами его административных талантов. Также Холмс знал судью по Фи-Бета-Каппа[1], ибо в прежние времена тот председательствовал в сем почетном сообществе. Доктор Холмс носил на часовой цепочке ключ ФБК — этот предмет и терзали его пальцы, пока тело Хили укладывали в новую постель. По крайней мере, размышлял Холмс с врачебным сочувствием к смерти, бедному Хили не пришлось страдать.

Самым долгим было их общение в суде в те потрясшие Холмса времена, когда более всего ему хотелось целиком уединиться в мире поэзии. Как и все дела о тяжелых преступлениях, процесс Вебстера слушался триумвиратом, председательствовал верховный судья, и защита потребовала от доктора Холмса свидетельств о склонностях Джона У. Вебстера. Тогда, много лет назад, в час жаркого разбирательства, доктор Холмс впервые оценил тяжеловесный и убийственный стиль речи, посредством которого Артемус Хили излагал свои законные убеждения.

— Профессора Гарварда не совершают убийств, — заявил в пользу Вебстера тогдашний президент университета, заняв трибуну незадолго до Холмса.

Убийство доктора Паркмана произошло в лаборатории, расположенной под лекционным залом Холмса, и как раз во время его занятий. С Холмса довольно было уже того, что он дружил как с убийцей, так и с жертвой, а потому не знал, о ком сокрушаться более. Ладно еще, что обычный раскатистый смех студентов заглушил звуки, с коими профессор Вебстер разрубал на куски тело.

— Благочестивый человек, всей душой преданный Богу...

Пронзительный голос священника сулил усопшему рай, лицо выражало родственную заботу, и Холмсу это было не по

---

[1] Студенческое землячество, куда входили дети из самых знаменитых американских семейств.

душе. Виновны принципы — любые красоты религиозных церемоний были не по душе сыну священника и последовательного кальвиниста, твердо и до конца противостоявшего унитарианскому перевороту. Оливера Уэнделла Холмса, равно как и его боязливого младшего брата Джона, в детстве окружала жуткая бессмыслица, до сей поры стоявшая у доктора в ушах: «Грешил Адам, а каяться нам». К счастью, защитой им служил острый ум матери — та шептала в сторону шуточки, пока преподобный Холмс с гостями-пасторами отмаливал авансом вечный первородный грех. Мать говорила, что скоро появятся новые идеи: особенно сии слова были необходимы Уэнделлу, потрясенному рассказом про то, как дьявол повелевает душами. И новые идеи появились — как для Бостона, так и для Оливера Уэнделла Холмса. Кто, помимо унитарианцев, смог бы построить Гору Оберн — одновременно сад и место упокоения.

Пока Холмс, дабы чем-то себя занять, пересчитывал явившихся знаменитостей, многие головы поворачивались в его сторону, ибо сам он принадлежал к известному кругу, нареченному различными именами — «святые Новой Англии» или «Поэты у Камина». Но как бы их ни называли, то был высший литературный контингент страны. Рядом с Холмсами стоял Джеймс Расселл Лоуэлл — поэт, профессор и редактор лениво покручивал длинный свисающий ус, пока Фанни Лоуэлл не потянула его за рукав; с другого боку расположился Дж. Т. Филдс, издатель величайших новоанглийских поэтов, голова и борода его устремлялись вниз строгим треугольником серьезного размышления и являли собою идеальное соседство для розовых ангельских щек и превосходной осанки его юной жены. Лоуэлл и Филдс были не более Холмса близки верховному судье Хили, но явились на церемонию из уважения к его чину и близким (с которыми Лоуэлл вдобавок ко всему состоял в некоем сложном родстве).

Разглядывая трио литераторов, присутствующие напрасно искали самого известного из их компании. Генри Уодсворт Лонгфелло вначале собирался вместе с друзьями на Гору

Оберн, до которой от его дома было несколько минут пешего хода, но вместо этого, как обычно, остался сидеть у камина. Мало существовало на свете дел, способных вытащить поэта за пределы Крейги-Хауса. После стольких лет работы публикация, ставшая почти реальностью, требовала сосредоточенности. Помимо того, Лонгфелло опасался (и к тому были основания), что, явись он на Гору Оберн, внимание присутствующих вместо семейства Хили обратится на него. Когда бы Лонгфелло ни показывался на улицах Кембриджа, прохожие тотчас принимались шептаться, дети — пихаться локтями, а шляпы — подниматься в воздух в таком великом множестве, точно весь округ Миддлсекс одновременно являлся на богослужение.

Холмс запомнил картину, виденную им еще до войны, когда он вместе с Лоуэллом ехал в конном экипаже. Они миновали тогда окно Крейги-Хауса, за которым, точно в раме, горел камин, а Фанни и Генри Лонгфелло сидели у фортепьяно в окружении пятерых прекрасных детей. В ту пору лицо Лонгфелло еще было открыто миру.

— Всякий раз вздрагиваю, глядя на дом Лонгфелло, — сказал тогда Холмс.

Лоуэлл, только что жаловавшийся на кривое эссе Торо[1], которое он в то время редактировал, ответил легким смешком, весьма отличным от тона Холмса.

— Их счастье полно настолько, — продолжал доктор, — что никакие перемены попросту не смогут пойти им во вред.

Распространяясь по безмолвным акрам кладбища, речь преподобного Янга все более приближалась к священному шепоту, Холмс же, смахнув с бархатного воротничка желтый листок, обвел взглядом каменные лица присутствующих и тут заметил преподобного Элишу Тальбота: знаменитый кембриджский пастор был неприкрыто раздражен трепетным приемом, оказанным речи Янга, — без сомнений, Тальбот повторял про себя, что бы на месте другого пастора сказал он

---

[1] Генри Дэвид Торо (1817—1862) — американский писатель и философ, проповедовал бегство от цивилизации и возвращение к ценностям природы.

сам. Холмс также восхитился сдержанностью вдовы Хили. Громко рыдающие вдовы обычно быстрее прочих находят новых мужей. Еще он случайно задержал взгляд на мистере Куртце в тот миг, когда шеф полиции настойчиво протиснулся к вдове Хили и притянул ее поближе, очевидно, пытаясь в чем-то убедить: сделано это было в столь краткой манере, что их обмен фразами походил на повторение более раннего разговора — шеф Куртц не то чтобы уговаривал вдову, скорее о чем-то ей напоминал. Та уважительно кивнула — но как же натянуто, подумал Холмс. Шеф Куртц испустил вздох облегчения, коему позавидовал бы сам Эол.

Ужин в доме 21 по Чарльз-стрит проходил тише обычного, хотя совсем тихим он не бывал никогда. Гости всякий раз покидали сей дом в изумлении от той скорости, не упоминая уже о громкости, с которой говорили Холмсы, а также недоумевая, слушают ли члены этого семейства друг друга, хотя б когда-либо. Дело было в заложенной доктором традиции, согласно которой лучший рассказчик получал добавочную порцию повидла. В тот вечер более обычного болтала дочь Холмса; «маленькая» Амелия рассказывала о недавней помолвке мисс Б. с полковником Ф. и о том, что их швейный кружок собирается подарить молодоженам на свадьбу.

— А что, отец, — с легкой усмешкой сказал Оливер Уэнделл Холмс-младший, герой. — Думаю, ты сегодня лишишься повидла. — За столом Холмсов Младший гляделся чужим: от семейства маленьких и быстрых людей его отличали не только шесть футов росту, но также стоическая размеренность в речах и движениях.

Холмс задумчиво улыбнулся над тарелкой жаркого:

— Однако, Уэнди, тебя также почти не слышно.

Младший терпеть не мог, когда отец звал его этим именем.

— Да уж, не видать мне добавки. Но ведь и тебе, отец, тоже. — Он поворотился к младшему брату Эдварду, который с недавних пор лишь изредка появлялся дома, ибо жил при Колледже. — Говорят, они собирают подписи, дабы в честь бедного Хили именовать кафедру в школе юриспруденции.

ДАНТОВ КЛУБ

Представляешь, Недди? После того как он выгнулся перед Законом о беглых рабах[1], после всех этих лет. Бостон прощает одних лишь мертвых, я так понимаю.

На вечерней прогулке доктор Холмс, увидав детей, игравших в шарики, высыпал им горсть пенни, дабы те сложили на тротуаре слово. Он избрал «узел» (а чем плохо?), и когда медные буквы расположились в надлежащем порядке, оставил монеты детям. Он был рад, что бостонское лето уносилось прочь, а с ним — иссушающая жара, от которой у доктора Холмса лишь сильнее расходилась астма.

Усевшись неподалеку от дома под высокими деревьями, Холмс задумался о Филдсовой заметке в «Нью-Йорк Трибьюн» и о «превосходнейших литературных умах Новой Англии». Их Дантов клуб: Лоуэлл почитал своей миссией открыть Америке поэзию Данте, у Филдса имелись издательские планы. Да, академические и деловые интересы. И лишь для Холмса триумф клуба означал бы триумф людей, чью дружбу он почитал величайшей своей удачей. Более всего он любил свободную беседу и те яркие искры, что разгорались всякий раз, когда друзья отвлекались от поэзии. Дантов клуб был целительным сообществом — особенно в последние годы, что столь нежданно всех состарили; он соединил Холмса и Лоуэлла, затянув враждебную трещину; соединил Филдса с его лучшими авторами — в первый год, когда не стало Уильяма Тикнора, а с ним — опеки; соединил Лонгфелло с наружным миром или хотя бы с близкими литературе его посланниками.

Холмс не обладал особым талантом к переводу. В нем присутствовало необходимое воображение, однако не было того Лонгфелловского качества, что позволяло одному поэту целиком открыться голосу другого. Тем не менее, принадлежа к нации, слабо соотносящейся с другими странами, Оливер Уэнделл Холмс счастливо причислял себя к знатокам Данте — более, правда, к поклонникам, нежели к филологам. Во

---

[1] Загон о беглых рабах был принят в 1850 г. как составная часть компромиссного соглашения с рабовладельческим Югом. Он позволял плантаторам преследовать беглых рабов на территории других штатов.

ПЕСНЬ ПЕРВАЯ

времена его учебы в университете аристократ от литературы профессор Джордж Тикнор уже не мог долее сносить вечные помехи, чинившиеся Гарвардской Корпорацией его стараниям на посту первого Смитовского профессора. Уэнделл Холмс, меж тем, с двенадцати лет свободно владевший греческим и латынью, изнывал от скуки в положенные академические часы, по большей части посвященные тупой зубрежке и повторениям Эврипидовой «Гекубы», давно уже разжеванной до бессмыслицы.

Впервые они повстречались в гостиной Холмсов: жесткие черные глаза профессора Тикнора задержались на студенте, который в этот миг перетаптывался с ноги на ногу. «Ни минуты не постоит спокойно», — вздыхал отец Оливера, преподобный Холмс. Тикнор предположил, что итальянский язык приучит юношу к дисциплине. Ресурсы департамента пребывали тогда в слишком плачевном состоянии, и профессор не мог формально предлагать студентам изучение языка. Однако Холмс получил на время словарь, подготовленный Тикнором, и учебник грамматики, а также «Божественную Комедию» Данте — поэму, разделенную на три «песни»: *«Inferno», «Purgatorio»* и *«Paradiso»*.

Ныне Холмс подозревал, что гарвардская верхушка натолкнулась на Данте случайно, как это бывает с проницательными невеждами. Наука и медицинская школа разъясняли доктору деяния природы, свободной от страха и предрассудков. Он верил, что подобно тому, как на смену астрологии пришла астрономия, так и «теономия» заместит в конце концов свою тупоголовую сестрицу. С этой верой Холмс преуспевал — и как поэт, и как профессор.

Позже доктора Холмса подкосила война, а еще — Данте Алигьери.

Это началось летним вечером 1861 года. Холмс сидел в Элмвуде, имении Лоуэлла, и переживал известие о том, что Уэнделл-младший вступил в 25-й Массачусетский полк. Лоуэлл являл собою подходящее лекарство для докторских нервов — он дерзко и громогласно выражал убежденность, что мир во все времена ведет себя в точности так, как он, Лоуэлл, и предсказывал; а если переубедить собеседника не удавалось, делался саркастичен.

В то лето общество безмерно тосковало без обнадеживающего присутствия Генри Уодсворта Лонгфелло. Поэт разослал друзьям записки, отказываясь заранее от всех приглашений, кои вынудили бы его покинуть Крейги-Хаус; объяснял он это занятостью. Он начал переводить Данте, объявил Лонгфелло, и не намерен останавливаться. «Это сделано в часы, когда ничего более уже невозможно».

Письмо всегда немногословного Лонгфелло стенало в голос. Он был спокоен внешне, внутренне же истекал кровью.

Потому Лоуэлл только что не врос в землю у дверей Лонгфелло и на содействии настоял. Он не раз сокрушался, что невежественным в новых языках американцам недоступны даже ничтожные и малочисленные британские переводы.

— Дабы продать этим ослам книгу, мне потребно поэтическое имя! — восклицал Филдс в ответ на апокалиптические воззвания Лоуэлла касательно того, что Америка не внемлет Данте. Когда Филдсу требовалось удержать своих авторов от рискованных затей, он напоминал им о тупости читающей публики.

Лоуэлл не раз подбивал Лонгфелло заняться переводом трехчастной поэмы и даже угрожал, что сядет за него сам, хотя не имел к тому внутреннего устремления. Теперь он не мог не помочь. Помимо всего прочего, Лоуэлл был одним из немногих американских ученых мужей, хоть что-то знавших о Данте, — точнее, не что-то, а все.

Он расписывал Холмсу, сколь глубоко Лонгфелло захвачен Данте, — он судил по тем отрывкам, которые Лонгфелло ему показывал.

— Он родился для этого дела, я убежден, Уэнделл!

Лонгфелло начал с *«Paradiso»*, после перешел к *«Purgatorio»*, и, наконец, — к *«Inferno»*.

— С заду наперед? — спросил заинтригованный Холмс.

Лоуэлл кивнул и усмехнулся:

— Полагаю, наш дорогой Лонгфелло, прежде чем спускаться в Ад, пожелал убедиться в существовании Рая.

— Я так и не смог дойти до Люцифера, — сказал Холмс, по поводу *Inferno*. — Чистилище и Рай — это музыка надежды, там чувствуешь, как приближаешься к Богу. Но эти жестокости — омерзительно, средневековый кошмар! Сему фолианту пристало лежать под подушкой Александра Великого!

— Дантов Ад в той же мере часть мира надземного, в коей — и подземного, избежать его невозможно, — отвечал Лоуэлл. — Возможно противостоять. Слишком часто в нашей жизни мы слышим голоса из глубины Ада.

Сила Дантовой поэзии более всего отзывается в тех, кто не исповедует католической веры, ибо верующие неизбежно находят способ уклониться от Дантовой теологии. Для удаленных теологически вера Данте выглядит столь завершенной и несгибаемой, что, подкрепленная поэзией, неодолимо проникает в самое сердце. Оттого Холмс и страшился Дантова клуба — сие общество могло стать провозвестием нового Ада, чему поддержкой будет непревзойденный гений поэта. И, хуже того, Холмс боялся, что он сам — он, кто потратил целую жизнь, дабы убежать от дьявольских проповедей отца, — сам частично окажется тому виной.

Поздним вечером 1861 года чаепитие поэтов в элмвудском кабинете прервал посыльный. Доктор Холмс знал почти наверняка: это принесли телеграмму, пунктуально переадресованную из его собственного дома и сообщавшую, что бедный Уэнделл-младший погиб в некой жуткой битве, возможно, от изнеможения — из всех резонов лишь «смерть от изнеможения» представлялась Холмсу с леденящей четкостью. Но это оказался слуга Генри Лонгфелло, прибывший из расположенного по соседству Крейги-Хауса; в короткой записке говорилось, что от Лоуэлла потребна помощь в переводе некоторых песен. Лоуэлл убедил Холмса пойти вместе с ним.

— У меня столько недопеченных пирогов, что я до жути боюсь новых, — отшутился по первости Холмс. — Уж больно она заразна, эта ваша дантемания.

ДАНТОВ КЛУБ

К занятиям Данте Лоуэлл склонил также и Филдса. Не будучи итальянистом, издатель в некоторой мере изучил этот язык во время деловых поездок (свершавшихся более ради удовольствия и ради Энни, ибо чересчур малое число книг включалось в торговые обмены между Римом и Бостоном), теперь же он ушел с головой в словари и комментарии. Филдс, как любила повторять его жена, имел обычай интересоваться тем, что интересовало других. Старый Джордж Вашингтон Грин, что тридцать лет назад в совместном путешествии по итальянской провинции подарил Лонгфелло книгу Данте, окидывал взглядом работу, приезжая к ним в город из Род-Айленда. Приверженный распорядку Филдс предложил для их заседаний вечер среды и кабинет Крейги-Хауса, а славившийся умением давать всему имена доктор Холмс окрестил сообщество «Дантовым клубом»; сам же он при этом частенько называл себя и друзей «спиритами» — утверждая, что, если как следует приглядеться, у камина Лонгфелло возможно запросто встретиться лицом к лицу с самим Данте.

Новый роман — вот что вынесет имя Холмса на вершину публичного внимания. Это будет та самая Американская История, кою читатели ждут от книготорговцев и библиотекарей, — та, которую Готорн[1] искал безнадежно и до самой смерти, книга, возвышающая души не хуже Германа Мелвилла[2], однако вылепленная из причуд, ведших его к безвестности и уединению. Данте хватило смелости сделаться почти божественным героем, пронеся свою слабую душу сквозь бахвальство поэзии. В отместку Флоренция лишила его дома, мирной семейной жизни, изгнала из города, который он так любил. В нищете и одиночестве поэт защищал свою нацию, обретая мир и покой в одном лишь воображении. Доктор Холмс, как это было ему свойственно, намеревался достичь совершенства во всем, и притом сразу.

---

[1] Натаниэл Готорн (1804—1864) — американский писатель, мастер аллегорической и символической прозы.

[2] Герман Мелвилл (1819—1891) — американский романист, поэт и автор коротких рассказов. Самый известный его роман «Моби Дик» вышел в 1851 г.

ПЕСНЬ ПЕРВАЯ

А как только роман получит национальное признание, пускай попробует доктор Маннинг и прочие хищники мира покуситься на его, доктора Холмса, репутацию! На волне все умножающегося почитания Оливер Уэнделл Холмс в одиночку защитит от нападок Данте и принесет победу Лонгфелло. Но если перевод выйдет на поле битвы чересчур поспешно, он лишь углубит раны, уже нанесенные докторскому имени, и Американская История пройдет незамеченной, коли не сказать хуже.

Явственно, точно судебный вердикт, Холмс видел, что необходимо сейчас делать. Он должен затянуть все так, чтобы успеть подготовить роман прежде перевода. Дело тут не только в Данте, дело в Оливере Уэнделле Холмсе и его литературной судьбе. Данте, между прочим, терпеливо ждал сотни лет, перед тем как объявиться в Новой Англии. Что добавят лишние месяцы?

В вестибюле полицейского участка на Корт-сквер Николас Рей поднял глаза от блокнота и после долгого корпения над бумагой зажмурился от света газовой лампы. Перед столом стоял здоровенный медведь, точнее — облаченный в индиговый мундир человек и, будто младенца, укачивал бумажный пакет.

— Вы патрульный Рей, верно? Сержант Стоунвезер. Не хотел вам мешать. — Человек протянул внушительную лапу. — Нервное это, должно быть, дело — служить первым негритянским полисменом, кто бы что ни говорил. Вы чего там пишете, Рей?

— Вам что-то нужно, сержант? — спросил патрульный.

— Это вам что-то нужно. Вы ж разузнавали по всему участку про того кошмарного забулдыгу, что выпрыгнул в окно, нет? Ну вот, а я его и приволок на дознание.

Рей посмотрел, не открылась ли дверь Куртцева кабинета. Сержант Стоунвезер вытащил из пакета черничный пирог и теперь в промежутках между словами отправлял его по куску в рот.

— Вы помните, где его подобрали? — спросил Рей.

— А то — пошел искать, кто за себя не в ответе, точно по инструкции. Винные лавки, публичные заведения. Ну и заглянул в Южном Бостоне на конную станцию — пара знакомых карманников прям-таки обожают там ошиваться. Этот ваш забулдыга валялся на скамейке, вроде спал, но при том еще и трясся — то ли белая горячка, то ли черная трясучка, шут его разберет.

— Вы его знали прежде? — спросил Рей.

Стоунвезер вещал сквозь набитый рот:

— На конке вечно алкаши да бездельники шибаются. Этого вроде не видал. Правду сказать, вовсе не собирался тащить его в участок. С виду-то безобидный.

Рей удивился:

— Так отчего же передумали?

— Чертов забулдыга сам напросился! — Эти слова Стоунвезер вытолкнул из себя, оставив в бороде крошки пирога. — Как дошло, что я хулиганье собираю, так и попер прямо на меня: руки вперед, видать, наручников захотелось, прям тебе главный убийца на всем участке! Ну вот, думаю, небесам угодно, чтоб я притащил его на дознание. Юродивый какой-то. На все воля божья, я так полагаю. А вы что думаете, патрульный?

Того оборванца Рей представлял только в полете — по-другому образ не складывался.

— По пути он что-нибудь говорил? Чем вообще занимался? Болтал с кем-нибудь? Может, читал газеты. Книгу?

Стоунвезер пожал плечами:

— Не приметил. — Пока он выискивал в карманах носовой платок, чтобы вытереть руки, Рей с отвлеченным интересом отметил торчавший из-под кожаного пояса револьвер. В тот день, когда губернатор Эндрю назначил Рея на службу в полицию, городское управление выпустило резолюцию, накладывавшую на нового патрульного особые ограничения. Рею не полагалось носить форму, иметь при себе оружие опаснее дубинки, а также арестовывать белых, кроме как в присутствии другого офицера.

ПЕСНЬ ПЕРВАЯ ✴

В тот первый месяц город назначил Николаса Рея надзирать за вторым участком. Капитан подразделения решил, что новому полицейскому лучше всего патрулировать Ниггер-Хилл, в других местах толку не будет. Но и там нашлось немало чернокожих, не доверявших офицеру-мулату и презиравших его, — притом что второй патрульный этого района боялся бунтов. В полицейском участке было немногим лучше. Лишь двое-трое полицейских разговаривали с Реем, прочие же подписали письмо шефу Куртцу, где рекомендовалось прервать эксперимент с цветным офицером.

— Вам и вправду охота знать, что его допекло — а, патрульный? — спросил Стоунвезер. — Бывает, человек попросту ломается — сколько раз такое видел.

— Он погиб в полицейском участке, сержант Стоунвезер, — сказал Рей. — Но мысленно он пребывал в другом месте — далеко и от нас, и от покоя.

Постичь такие сложности Стоунвезеру было не под силу.

— Жаль, мало я разузнал про беднягу, да.

В тот же день шеф Куртц и помощник шефа Саводж отправились с визитом на Бикон-Хилл. Восседавший на облучке Рей был тише обыкновенного. Выходя из коляски, Куртц спросил:

— Все думаете об том проклятом бродяге, патрульный?

— Так и не узнал, кто он, шеф, — ответил Рей.

Куртц насупился, но глаза его и голос потеплели:

— М-да, а что узнали?

— Сержант Стоунвезер подобрал его на коночной станции. Возможно, обитал неподалеку.

— На коночной станции! Да он мог прибыть откуда угодно.

Рей не перечил и не спорил. Слушавший все это помощник шефа Саводж уклончиво произнес:

— У нас есть приметы, шеф, еще с дознания.

— Слушайте сюда, — объявил Куртц. — Оба. Старая курица Хили либо угомонится, либо выцарапает мне глаза. А она не угомонится до тех пор, пока мы не покажем ей, кому рубить башку. Рей, оставьте в покое попрыгунчика, вы меня слышите? У нас довольно забот, и мы не станем переворачивать мир ради одного забулдыги, пускай тому вздумалось помереть под нашими ногами.

Окна «Обширных Дубов» были занавешены тяжелыми черными шторами, пропускавшими бледные полоски дневного света только с боков. Вдова Хили оторвала голову от горы расшитых листьями лотоса подушек.

— Вы нашли убийцу, шеф Куртц, — не столь спросила, сколь сообщила она вошедшему Куртцу.

— Моя дорогая мадам, — сняв шляпу, шеф Куртц расположил ее на столике у изножия кровати. — Наши люди не смыкают глаз. На ежеутренних заседаниях оповещается о ходе расследования... — Куртц обрисовал гипотезы: два человека должны были Хили деньги, имелся также отъявленный злоумышленник, коему пять лет назад верховный судья вынес обвинительный приговор.

Вдова удерживала голову достаточно прочно, чтобы горячие компрессы могли балансировать на белых выступах ее лба. С тех пор как прошли похороны, а также различные мемориальные службы в память верховного судьи, Эдна Хили отказывалась покидать свою спальню и отказывала любым визитерам, помимо ближайших родственников. С ее шеи свисал хрустальный медальон с заключенным в нем спутанным судейским локоном; по требованию вдовы Нелл Ранни прикрепила сие украшение к цепочке.

Два сына миссис Хили, широкие в плечах и с большими, как у верховного судьи, головами, однако и близко не столь массивные, как отец, сидели по бокам дверей, погрузившись в кресла, точно два гранитных бульдога.

Роланд Хили прервал Куртца:

— Мне непонятно, отчего вы продвигаетесь столь медленно, шеф Куртц.

— Стоит нам только назначить награду! — дополнил старший сын Ричард недовольство брата. — С достаточной суммой мы бы уж наверное кого-нибудь поймали! Нечеловеческая жадность только одна и способна подвигнуть эту публику.

Помощник шефа выслушал их слова с профессиональным терпением.

— Мой дорогой мистер Хили, стоит нам открыть истинные обстоятельства кончины вашего отца, как вы утонете в ложных доносах от тех, кого привлекают одни лишь доллары. Вам необходимо держать публику в неведении и позволить нам продолжить поиски... Верьте моим словам, друзья, — добавил он, — широкая известность не доставит вам приятных минут.

Заговорила вдова:

— Человек погиб на вашем дознании. Вы что-либо о нем узнали?

Куртц воздел руки:

— О, сколь часто на допросах в полиции оказываются добрые граждане из одних и тех же семейств, — сказал он и криво усмехнулся. — Смиты либо Джонсы.

— А этот? — спросила миссис Хили. — Он из какой семьи?

— Он не сообщил нам своего имени, мадам. — Куртц раскаялся и спрятал улыбку под растрепанным бугром усов. — Однако у нас нет причин полагать, что этот человек владел какой-либо информацией об убийстве судьи Хили. Он был несколько не в себе, а также под мухой.

— Положительно невменяем, — добавил Савадж.

— Отчего же он пришел в такое отчаяние, что даже покончил собой, шеф Куртц? — спросил Ричард Хили.

Отличный вопрос, подумал Куртц, однако он не желал этого показывать.

— Мне не передать, сколь многие из найденных на улицах утверждают, будто их преследуют демоны; при том они сообщают описания своих обидчиков, включая рога.

Миссис Хили подалась вперед и сощурилась.

— Шеф Куртц, где ваш возничий?

Куртц поманил из прихожей Рея.

— Мадам, позвольте представить вам патрульного Николаса Рея. Вы просили взять его с собой, поскольку он видел человека, погибшего на том дознании.

— Офицер полиции — негр? — с видимым неудобством спросила вдова.

— В действительности мулат, мадам, — с гордостью доложил Саваджер. — Патрульный Рей первый в штате. Первый в Новой Англии, можно сказать. — Он протянул руку, и Рею пришлось ее пожать.

Миссис Хили с натугой вывернула голову и вытянула шею, дабы удовлетворительно рассмотреть мулата.

— Вы тот самый офицер, что был в ответе за бродягу — того, который погиб?

Рей кивнул.

— Скажите мне тогда, офицер. Что, по вашему разумению, вынудило его это сделать?

Глядя на Рея, шеф Куртц нервно кашлянул.

— Я не могу утверждать определенно, мадам, — честно отвечал Рей. — Я не могу утверждать, что он понимал либо отдавал себе отчет в опасности своего физического состояния.

— Он говорил с вами? — спросил Роланд.

— Да, мистер Хили. То бишь пытался. Но, боюсь, его шепот невозможно осмыслить, — сказал Рей.

— Ха! Вы не в состоянии выяснить, что за бездельник умер у вас на руках! Может, и вы полагаете, будто мой муж заслужил такой ужасный конец, шеф Куртц!

— Я? — Куртц беспомощно оглянулся на Саваджа. — Мадам!

— Я больная женщина, видит Бог, но я не позволю водить себя за нос! Вы считаете нас порочными глупцами и желаете нам попасть в ад!

— Мадам! — Саваджер повторил вслед за шефом.

— Я не доставлю вам удовольствия увидеть на этом свете мою смерть, шеф Куртц! Ни вам, ни вашему неблагодарному нигеру! Мой муж делал все, что в его силах, нам нечего стыдиться! — Компрессы рухнули на пол, а вдова принялась царапать себе шею. Это новое насилие отозвалось на коже свежими ранами и красными полосами. Вдова Хили рвала шею, ногти вгрызались в плоть, выцарапывая грозди невидимых насекомых, кои таились в расселинах ее разума.

Сыновья повскакивали с кресел, но смогли всего лишь отшатнуться к дверям, куда так же беспомощно пятились Куртц и Савадж, точно вдова могла в любой момент вспыхнуть пламенем.

В следующий миг Рей спокойно шагнул к кровати.

— Мадам Хили. — Он этого царапанья шлейки ее ночной сорочки свесились с плеч. Дотянувшись до лампы, Рей прикрутил фитиль, так что теперь был виден один лишь силуэт вдовы. — Мадам, я хочу, чтобы вы знали: однажды ваш муж помог мне.

Она притихла.

У дверей Куртц и Савадж обменялись удивленными взглядами. Рей говорил слишком тихо, и с другого конца комнаты они не могли разобрать всех слов, а потому боялись, как бы вдова в своем безумии опять что-либо не выкинула. Но видно было даже в темноте, как спокойна становилась она, как тиха и задумчива, несмотря на тяжелое дыхание.

— Расскажите, пожалуйста, — попросила она.

— Еще ребенком женщина из Виргинии привезла меня на праздник в Бостон. Аболиционисты забрали меня у нее и привели к верховному судье. Верховный судья объявил, что по закону раб, пересекший границу свободного штата, получает свободу. Он поручил меня заботам цветного кузнеца Рея и его семьи.

— Тогда нас еще не погубил этот проклятый Закон о беглых рабах. — Веки миссис Хили захлопнулись, она вздохнула, рот страдальчески изогнулся. — Я знаю, что думают друзья из вашей расы, — все из-за мальчика, из-за Симса. Верховный судья не позволял мне являться на заседания, но тогда я пошла — слишком много было разговоров. Симс был похож на вас, красавец негр, только темнее — как чернота в людских душах. Верховный судья не отослал бы его назад, когда б его не вынудили. У него не было выбора, поймите. Но вам он дал родных. Семью, в коей вы были счастливы.

Рей кивнул.

— Почему ошибки заглаживаются лишь последствиями? Почему их нельзя исправить тем, что было прежде? Это так тяжело. Так тяжело.

К вдове вернулось некоторое здравомыслие, она теперь знала, что необходимо сделать, когда офицеры уйдут. Но от Рея ей требовалось еще одно.

— Умоляю, скажите, он говорил с вами, когда вы были ребенком? Судья Хили так любил разговаривать с детьми — более, чем со взрослыми. — Она вспомнила Хили и их собственных детей.

— Он спросил меня, хочу ли я остаться здесь, миссис Хили, прежде чем подписал распоряжение. Он сказал, что в Бостоне меня никто не тронет, но я должен решить сам: бостонец отвечает за себя, но также и за город, в ином случае я навсегда останусь изгоем. Он сказал мне, что когда люди Бостона предстают перед жемчужными вратами, ангелы предупреждают их: «Вам здесь не понравится, ибо сие не Бостон».

Он слышал этот шепот, пока вдова Хили засыпала; слышал сквозь убогость своей тряской квартиры. Каждое утро слова были у него на языке. Он чувствовал их вкус, погружался в их терпкий запах, кололся о заскорузлую щетину того, кто их произносил, но когда бы он ни пытался повторить шепот, на облучке либо перед зеркалом, получалась нелепица. Он часами просиживал с пером в руке: высыхали чернила, но записанные на бумаге слова обладали еще меньшим смыслом, нежели произнесенные вслух. Он видел этот шепот, эту гнилостную вонь, на него смотрели потрясенные глаза, и тело вновь пробивало собою стекло. Человек без имени упал с неба — эта мысль преследовала Рея — прямо ему в руки; он не смог его удержать, и человек упал обратно. Рей заставлял себя выбросить незнакомца из головы. Но как же ясно он видел тот полет, двор и человека, ставшего кровью и листьями, опять и опять, ровно и неизменно, точно картинки из волшебного фонаря.

ПЕСНЬ ПЕРВАЯ

Остановить падение — к черту Куртца с его приказами. Найти смысл словам, повешенным в мертвом воздухе.

✠

— Ни с кем иным я бы его не отпустила, — сморщив личико, объявила Амелия Холмс и поправила воротник мужнего плаща, дабы прикрыть шею. — Мистер Филдс, он не должен был нынче выходить. Я так за него волнуюсь. Послушайте, как он дышит, это все астма. Скажи мне, Уэнделл, когда ты будешь дома?

Прекрасно оснащенная коляска Дж. Т. Филдса стояла у дома номер 21 по Чарльз-стрит. Пути было всего два квартала, однако Филдс никогда не позволял Холмсу ходить пешком. Доктор стоял на крыльце, дышал с трудом и винил в том холодную погоду, как прежде — жару.

— Ох, откуда ж мне знать? — ответил доктор Холмс несколько раздраженно. — Я отдаю себя в руки мистера Филдса.

Амелия помрачнела:

— Мистер Филдс, так когда ж вы привезете его обратно?

Филдс подошел к вопросу со всей серьезностью. Благополучие жен заботило его не менее самочувствия авторов, а миссис Холмс за последнее время изрядно переволновалась.

— Я б не желала, чтобы Уэнделл что-либо публиковал, мистер Филдс, — обронила она в начале этого месяца, когда они завтракали все вместе в маленькой комнатке Филдсов, поглядывая сквозь цветы и зелень на умиротворенную реку. — Газетчики только и знают, что критиковать, так какой резон?

Филдс открыл было рот, намереваясь ее успокоить, однако Холмс был слишком скор — возбужденного или напуганного доктора обогнать в речах не мог никто, особенно когда дело касалось его самого.

— Как ты не понимаешь, Амелия, я написал такую книгу, никакие критики не придерутся. Настоящая Американская История — мистер Филдс давно убеждал меня взяться. Сама увидишь, дорогая, это лучшее, что я делал.

— Ох, да ты всегда так говоришь, Уэнделл. — Она с грустью покачала головой. — Лучше бы тебе это оставить.

Филдс знал, как терпеливо сносила Амелия отчаяние Холмса, когда продолжение «Деспота» — «Профессор за обеденным столом» — было объявлено простым самоповтором, хотя Филдс сулил книге успех. Тем не менее Холмс исполнил намерение и продолжил серию сборником «Поэт за обеденным столом». Критики не оставили от него камня на камне, а сдержанные похвалы снискал лишь «Элси Венир» — первый роман Холмса, сочиненный им на одном дыхании и опубликованный незадолго до войны.

Новая плеяда критиков из нью-йоркской богемы обожала нападать на бостонскую элиту, Холмс же представлял свой замечательный город как нельзя лучше — он, помимо всего прочего, присвоил Бостону титул «Вселенская Ось» и назвал свой класс «бостонскими браминами» в честь соответствующих каст из более экзотических стран. Теперь головорезы, именовавшие себя «Молодой Америкой» и обитавшие на Манхэттене в разбросанных по всему Бродвею подземных кабаках, объявили, что лучшие авторы Филдса — «Поэты у Камина» — не выдерживают проверки временем. Что сделали, дабы предотвратить эту катастрофическую гражданскую войну, любители изящных рифм и деревенской жизни из кружка Лонгфелло, хотелось бы им знать. Увы, Холмс в предвоенные годы говорил все более о компромиссах и даже подписал вслед за Артемусом Хили резолюцию в поддержку Закона о беглых рабах, согласно которому убежавшие негры возвращались хозяевам — так все надеялись избежать конфликта.

— Ну как ты не видишь, Амелия, — продолжал Холмс тогда за завтраком. — Я заработаю деньги, что в том дурного? — Он вдруг посмотрел на Филдса. — Ежели со мной что произойдет и я не успею завершить роман, вы ведь не оставите несчастную вдову без гроша, правда? — Они тогда смеялись.

Теперь, стоя у своей коляски, Филдс поднял глаза к пестрому небу, точно ища там ответа, которого ждала Амелия.

ПЕСНЬ ПЕРВАЯ

— Часов в двенадцать, — сказал он. — В двенадцать вас устроит, моя дорогая миссис Холмс? — Он смотрел на нее честными карими глазами, зная прекрасно, что приведет доктора не ранее двух.

Поэт оперся на руку издателя.

— Весьма подходящий вечер для Данте. Амелия, мистер Филдс меня не оставит. Это ли не величайшая любезность, кою один человек когда-либо оказывал другому: увести меня сегодня к Лонгфелло, оторвать от всех моих дел, от лекций, романа и званых обедов. Вообще-то я и вправду весь вечер должен был просидеть дома.

Филдс решил не слышать последнего замечания, как бы опрометчиво это ни выглядело.

В 1865 году по Кембриджу гуляла легенда о том, что Генри Уодсворт Лонгфелло всегда знает точно, когда нужно выйти на крыльцо своего солнечно-желтого колониального особняка, дабы встретить посетителя — будь то долгожданный гость или нежданный посыльный. Разумеется, легенда была всего лишь легендой, и по большей части тяжелую дверь Крейги-Хауса, названного так по имени прежнего владельца, отворял слуга — особенно в последние годы, когда Генри Лонгфелло был не в настроении вообще с кем-либо встречаться.

Но в тот вечер, когда лошади Филдса подкатили коляску к Крейги-Хаусу, верный деревенским преданиям Лонгфелло стоял в дверях дома. Выглядывая в окно экипажа, Холмс узрел его высокую фигуру еще с улицы, задолго до того, как изогнулась, а после прервалась живая изгородь. Лонгфелло стоял под фонарем и мягким снегом вполне безмятежно, облик его утяжеляла волнистая львиная борода и безукоризненно подогнанный сюртук — именно так в представлении публики и должен выглядеть поэт. Образ оформился после невосполнимой утраты — смерти Фанни Лонгфелло, — когда мир, чудилось, решил запечатлеть в себе поэта (как если бы умерла не его жена, а он сам), точно божественное явление, призванное ответить за весь людской род; поклонники искали возможности увековечить его аллегорией гениальности и страдания.

Три девочки Лонгфелло, забросив игру с нежданным снегом, побежали в дом; в прихожей они на миг остановились скинуть боты, и тут же вскарабкались по причудливо изогнутой лестнице.

> Я смотрю с высоты кабинета,
> Как восходят по лестнице дети,
> Как Аллегра смешлива, а Элис строга
> И мила златокудрая Эдит.

Пройдя по этой широкой лестнице, Холмс стоял теперь в кабинете Лонгфелло, у лампы, что заливала сиянием письменный стол поэта. Все три девочки к тому времени уже скрылись из виду. Так он и ходит по живым стихам, — улыбнулся про себя Холмс и пожал лапу писклявой собачке, которая тут же выставила напоказ все свои зубы и затрясла поросячьим туловищем.

Затем Холмс обратился с приветствием к немощному ученому мужу с козлиной бородкой — тот сидел, скрючившись, у камина в придвинутом кресле и рассеянно глядел в огромный фолиант.

— Как поживает наш самый живой Джордж Вашингтон из всей коллекции Лонгфелло, мой дорогой Грин?

— Лучше, лучше, спасибо, доктор Холмс. Однако на похороны Хили так и не собрался. — Джорджа Вашингтона Грина они называли не иначе, как стариком, хотя на самом деле ему было всего шестьдесят лет — на четыре года более, нежели Холмсу, и на два — Лонгфелло. Историка и отставного унитарианского пастора составило на десять лет хроническое недомогание. Однако раз в неделю мистер Грин садился в Восточном Гринвич-Виллидже на поезд, с энтузиазмом предвкушая очередную среду в Крейги-Хаусе, равно как и проповеди, кои старый пастор соглашался читать, когда бы к нему ни обратились; иногда, правда, вместо них он рассказывал истории о войне и революции, собирать которые ему было написано на роду — с таким-то именем.

— Лонгфелло, вы там были?

— Увы, нет, мой дорогой мистер Грин, — ответил Лонгфелло. Последний раз он был на Горе Оберн еще до погребения Фанни Лонгфелло, а когда хоронили ее саму, не мог встать с постели. — Убежден, церемония вышла достаточно представительной.

— Ну еще бы, Лонгфелло. — В задумчивости Холмс прижал к груди руки. — Достойно и прекрасно отдали дань.

— Пожалуй, чересчур представительной, — объявил Лоуэлл, появляясь из библиотеки со стопкой книг в руках и не обращая внимания на то, что Холмс уже ответил на вопрос.

— Старый Хили знал, что делал, — мягко возразил Холмс. — Его место было в суде, а не на варварской политической арене.

— Уэнделл! Вы не то говорите, — властно объявил Лоуэлл.

— Лоуэлл. — Филдс посмотрел на него со значением.

— Подумать только, мы стали охотниками за рабами. — Лоуэлл лишь на миг отступил от Холмса. Он приходился Хили шести- или семиюродным братом — все Лоуэллы приходились, по меньшей мере, шести- или семиюродными родственниками лучшим браминским фамилиям, — но это лишь усиливало его неприязнь. — Неужто вы струсили бы точно так же, Уэнделл? Предположим, решение зависит от вас — вы что, надели бы на мальчика Симса кандалы и отослали бы его на плантацию? Ответьте мне, Холмс. Нет, вы мне ответьте.

— Мы обязаны уважать горе семьи, — спокойно сказал Холмс, обращаясь с этим замечанием по большей части к тугому на ухо Грину; тот вежливо кивнул.

Внизу звякнул колокольчик, и Лонгфелло извинился. Среди его гостей могли быть профессора и духовные чины, короли и сенаторы, но по этому сигналу Лонгфелло шел слушать вечернюю молитву Элис, Эдит и Энни Аллегры.

К тому времени, когда он вернулся, Филдс успел деликатно перевести разговор на иной предмет, затем поэт вместе со всеми посмеялся над пересказанной Холмсом и Лоуэллом историей. Наконец хозяин бросил взгляд на ходики красного дерева от Аарона Уилларда — Лонгфелло всегда был неравнодушен к старинным часам, но не из-за точности, а оттого что ему представлялось, будто они тикают не так торопливо, как прочие.

— Начинаем урок, — мягко сказал он.

Комната погрузилась в тишину. Лонгфелло опустил над окнами зеленые жалюзи. Холмс прикрутил фитили у ламп, прочие расставили в ряд свечи. Перекрывая друг друга, ореолы пламени сообщались с дрожащим светом камина. Пятеро ученых и пухлый скотч-терьер Трэп занимали предопределенные для них места вдоль стен небольшой комнаты.

Лонгфелло достал из ящика пачку бумаг и роздал каждому гостю по несколько страниц Данте на итальянском, к коим прилагался украшенный вензелем лист с подстрочным переводом. В мягко сплетенном кьяроскуро камина, лампы и свечных фитилей чернильные росчерки Лонгфелло точно отрывались от бумаги, и страницы Данте оживали у всех на глазах. Данте писал свои стихи *terza rima,* трехстрочными строфами, где первая строка рифмовалась с третьей, а средняя передавала рифму первой из следующей строфы — поэма клонилась вперед в постоянном движении.

Холмс всегда наслаждался тем, как Лонгфелло открывает их Дантовы встречи — декламацией первых строк «*Commedia*» на превосходном, однако застенчивом итальянском.

— «Земную жизнь пройдя до половины, я очутился в сумрачном лесу, утратив правый путь во тьме долины»[1].

---

[1] Все цитаты из поэмы Данте Алигьери «Божественная комедия» приведены в переводе М.Л. Лозинского.

III

На заседаниях Дантова клуба хозяин первым делом зачитывал корректуру, внесенную им с минувшей недели.

— Отличное решение, мой дорогой Лонгфелло, — воскликнул Холмс. Он радовался, когда одобрялась хотя бы одна из предложенных им поправок — с прошлой же среды в финальную корректуру Лонгфелло таковых вошло целых две. Холмс переключил внимание на песни, отобранные к нынешнему вечеру. Он готовился с особым тщанием, ибо нынче ему предстояло убеждать друзей в своем намерении защищать Данте.

— В седьмом круге, — говорил Лонгфелло, — Данте рассказывает, как они с Вергилием попали в черный лес. В каждую область Ада Данте вступает вслед за своим почитаемым проводником, римским поэтом Вергилием. По пути он узнает судьбу грешников и выделяет из всякой группы одного либо двух, дабы те обратились к миру живых.

— Этот утерянный лес рано или поздно становится личным кошмаром для всякого читателя Данте, — сказал Лоуэлл. — Поэт пишет подобно Рембрандту, погружая кисть в темноту, светом же ему служат отблески адского пламени.

У Лоуэлла, как обычно, всякая строка Данте была на кончике языка: он жил в поэме — и духовно, и телесно. Холмс едва ли не впервые в жизни завидовал чужому таланту.

Лонгфелло читал перевод. Голос его звенел глубиной и правдой без капли резкости и был подобен журчанию воды под свежим снегом. Видимо, он частично убаюкал Джорджа Вашингтона Грина, ибо сей ученый муж, что столь уютно расположился в обширном угловом кресле, все более погружался в сон, навеянный мягкими интонациями поэта и мирным теплом очага. Маленький терьер Трэп, растянув свой пухлый живот под креслом Грина, также задремал; их совместный храп сливался в ворчание басов Бетховенской симфонии.

В следующей песни Данте очутился в Лесу Самоубийц, тени грешников обратились там в деревья, истекавшие вместо сока кровью. После их настигают иные кары: жестокие гарпии с головами женщин и телами птиц, с когтистыми лапами и раздутыми животами, пробираясь сквозь ветви, клюют и терзают всякое дерево, что встает у них на пути. Но не одно лишь великое страдание несут деревьям раны и изломы, в них — возможность выразить боль, поведать Данте свою историю.

— Кровь и слова должны идти рука об руку, — заключил Лонгфелло.

После двух песней воздаяния, наблюдателем коего стал Данте, книги были отмечены закладками и сложены, бумаги перемешаны, а восхваления произнесены. Лонгфелло объявил:

— Урок окончен, джентльмены. Сейчас всего лишь половина десятого, и после работы нам потребно подкрепиться.

— Знаете, — сказал Холмс, — пару дней тому назад наши Дантовы труды представились мне в ином свете.

Постучал Питер, чернокожий слуга Лонгфелло, и неуверенным шепотом сообщил о чем-то Лоуэллу.

— Хочет видеть меня? — прерывая Холмса, изумился тот. — Кто станет искать меня здесь? — Питер, запинаясь, пробормотал что-то невнятное, и Лоуэлл загремел на весь дом: — Во имя небес, кому вздумалось явиться сюда в вечер заседания клуба?

Питер склонился еще ниже:

— Миста Лоуэлл, они говорят, они полицейские, са.

Войдя в прихожую, патрульный Николас Рей потоптался, отряхивая с башмаков свежий снег, и застыл перед целой армией скульптурных и живописных Джорджей Вашингтонов. В первые дни американской революции этот дом служил Вашингтону штаб-квартирой.

Питер с сомнением вздернул подбородок, когда Рей показал ему свою бляху. Гостю было сказано, что в среду вечером беспокоить мистера Лонгфелло никак не возможно, и будь ты хоть сто раз полицейским, придется ждать в гостиной. Комната, куда препроводили Рея, была облечена неосязаемой легкостью — обои в цветочек, готические карнизы с желудями, занавеси. В нише под охраной каминной доски стоял женский бюст розового мрамора: над мягко высеченным лицом вились нежные каменные кудри.

В гостиную вошли двое мужчин, и Рей поднялся. Первый обладал струящейся бородой и тем достоинством, что заставляет человека смотреться выше, хотя росту он был вполне среднего; спутник его выглядел крепко, уверенно и покачивал моржовыми усами так, будто они желали быть представлены прежде хозяина. То был Джеймс Рассел Лоуэлл — он изумленно и весьма надолго застыл на месте, а после ринулся вперед.

И рассмеялся с самодовольством человека, знавшего о чем-то заранее.

— Подумать только, Лонгфелло, я совсем недавно читал в газете освободившихся рабов про этого парня! Герой негритянского полка, пятьдесят четвертого, Эндрю назначил его в департамент полиции за пару дней до убийства президента Линкольна. Какая честь познакомиться с вами, мой друг!

— Пятьдесят пятого полка, профессор Лоуэлл, они схожи. Благодарю вас, — сказал Рей. — Профессор Лонгфелло, прошу меня простить, что отвлек вас от вашего общества.

— Мы как раз завершили серьезную часть, офицер, — с улыбкой ответил Лонгфелло. — Мистера вполне достаточно. — Из-за серебряных волос и ниспадающей бороды он походил на патриарха гораздо старше своих пятидесяти восьми лет. Глаза же оставались голубыми и юными. На Лонгфелло был безупречный сюртук с позолоченными пуговицами и облегавший фигуру жилет цвета воловьей кожи. — Я уже много лет как снял мантию, уступив место профессору Лоуэллу.

— Который так и не привык к этому дурацкому титулу, — пробормотал Лоуэлл.

Рей обернулся:

— Я зашел к вам в дом, и юная леди любезно направила меня сюда. Сказала, что в среду вечером вы и на выстрел не приблизитесь ко всякому иному месту.

— О, это, должно быть, моя Мэйбл! — рассмеялся Лоуэлл. — Надеюсь, она не выставила вас за дверь?

Патрульный улыбнулся.

— Очаровательнейшая юная леди, сэр. Меня прислали к вам, профессор, из Университетского Холла.

Лоуэлл ошеломленно застыл.

— Что? — прошипел он. Затем взорвался — щеки и уши полыхнули горячим бургундским, голос прожег горло. — Они послали ко мне офицера полиции! На каком основании? Эти люди способны лишь дергать за нитки марионеток из Городского Управления, а изложить свое мнение самостоятельно им не под силу! Я требую объяснений, сэр!

Рей хранил невозмутимость, подобно мраморному бюсту жены Лонгфелло. Поэт обвил ладонью руку своего друга:

— Видите ли, офицер, профессор Лоуэлл совместно с некоторыми нашими коллегами любезно помогает мне в одном литературном начинании, кое, однако, не встречает одобрения в правлении Колледжа. Потому-то и...

— Мои извинения, — сказал полицейский, задерживая взгляд на предыдущем ораторе, с чьего лица сошла краска столь же внезапно, сколь и появилась. — Я упомянул Университетский Холл, ничего не имея в виду. Я разыскиваю эксперта в языках, и студенты назвали мне ваше имя.

— В таком случае, офицер, *мои* извинения, — произнес Лоуэлл. — Однако вам повезло, раз вы меня нашли. Я говорю на шести языках, подобно уроженцу... Кембриджа. — Поэт засмеялся и разложил протянутую Реем бумагу на инкрустированном столе розового дерева. Затем стал водить пальцем поперек небрежных наклонных букв.

Рей увидал, как высокий лоб Лоуэлла собрался морщинами.

— Эти слова мне сообщил некий джентльмен. Что бы ни выражали они, говорил он очень тихо и весьма нежданно. Я смог лишь заключить, что сие — необычный иноземный язык.

— Когда это было? — спросил Лоуэлл.

— Недели три тому назад. Весьма странное и нежданное происшествие. — Рей прикрыл глаза. Он вспомнил, как тот человек сжимал ему голову. Он слышал эти слова совершенно явственно, однако произнести вслух ему не доставало воли. — Боюсь, моя транскрипция достаточно приблизительна, профессор.

— Чепуха какая-то! — Лоуэлл передал бумагу Лонгфелло. — Сомнительно, чтобы в этих иероглифах можно было что-либо разобрать. Почему бы вам попросту не спросить того человека, что он имел в виду? Или хотя бы — какой избрал язык?

Рей не решился ответить. Лонгфелло сказал:

— Офицер, у меня в кабинете заперты голодные филологи, чью мудрость можно подкупить лишь макаронами и устрицами. Не будете ли вы так любезны оставить нам эту бумагу?

— С радостью, мистер Лонгфелло, — сказал Рей. Он внимательно оглядел поэтов, а после добавил: — Должен вас просить не упоминать никому о моем визите. Он соотносится с неким щекотливым полицейским расследованием.

Лоуэлл скептически поднял брови.

— Конечно, — заверил его Лонгфелло и склонил голову, точно желая сказать, что подобное доверие в Крейги-Хаусе подразумевается само собою.

— Только не пускайте сегодня к ужину этого доброго Церберова крестника, мой дорогой Лонгфелло! — Филдс заправил салфетку за воротник рубашки. Они расселись по местам вокруг обеденного стола. Трэп протестующе заскулил.

— Как можно, Филдс, он же настоящий друг поэтов, — возразил Лонгфелло.

— Ага! Жаль, вас не было здесь в минувшую среду, мистер Грин, — не унимался Филдс. — Пока вы отлеживались в постели, а мы разбирались в кабинете с одиннадцатой песнью, этот настоящий друг поэтов великолепно разобрался с оставленной на столе куропаткой!

— Таковы его воззрения на «Божественную комедию», — с улыбкой произнес Лонгфелло.

— Странная история, — с рассеянным интересом заметил Холмс. — Я про то, что рассказал полицейский. — В теплом свете канделябра он некоторое время изучал оставленную Реем записку, затем перевернул ее и передал дальше.

Лоуэлл кивнул.

— Напоминает Нимрода[1]: что бы ни услыхал наш офицер Рей, для него это прозвучало младенческим лепетом мира.

— Я бы предположил, что это жалкая попытка итальянского. — Джордж Вашингтон Грин сконфуженно пожал плечами, затем глубоко вздохнул и передал записку Филдсу.

И вновь сосредоточился на еде. Всякий раз, когда, отложив книги, Дантов клуб отдавался застольной беседе, историк погружался в себя — ему было не под силу соперничать в яркости с вращавшимися вокруг Лонгфелло звездами. Жизнь Грина складывалась из кое-как подогнанных друг к другу малых посулов и великих провалов. Как публичный лектор он никогда не был достаточно силен, дабы удержать профессорский титул, на посту же священника так и не дослужился до собственного прихода (его лекции, говорили очернители, своей чопорностью напоминают проповеди, в проповедях же он чересчур увлекается историей). Сочувствуя старому другу, Лонгфелло всегда посылал на тот конец стола лучшую порцию любимого, по его разумению, стариковского кушанья.

— Патрульный Рей, — с восхищением произнес Лоуэлл. — Образцовый человек, вы согласны, Лонгфелло? Солдат вели-

---

[1] Вавилонский царь, во время правления которого произошла неприятность с Вавилонской башней.

кой войны и первый цветной полицейский. Увы, наш профессорский удел — стоять у причала и смотреть на тех немногих, кто уплывает вместе с пароходом.

— Однако благодаря нашим интеллектуальным упражнениям мы будем дольше жить, — возразил Холмс. — Ежели верить статье из последнего «Атлантика», ученость положительно влияет на долголетие. Кстати, поздравляю с очередным прекрасным выпуском, мой дорогой Филдс.

— Да-да, я также видел! Отличный матерьял. Весьма недурно для столь юного автора, Филдс, — заметил Лоуэлл.

— Гм-м... — Филдс усмехнулся. — Скоро я буду принужден консультироваться с вами, прежде чем позволять своим авторам касаться пером бумаги. Легко же разделалось «Ревью» с нашей «Жизнью Персиваля»[1]. Посторонний читатель, должно быть, весьма удивлен — как же это вы проявили ко мне столь мало почтения!

— Полноте, Филдс, на эту чушь и дуть не следует, сама рассыпается, — отвечал Лоуэлл. — Вам лучше знать, надо ли было публиковать книгу, коя мало того что ничтожна сама по себе, так еще преграждает путь куда более достойным работам на тот же предмет.

— Я спрашиваю присутствующих, верно ли поступил Лоуэлл, напав в *моем* периодическом издании «Норт-Американ Ревью» на книгу, выпущенную *моим* же издательством!

— В свой черед я спрошу, — парировал Лоуэлл, — читал ли кто-либо эту книгу и согласен ли он опровергнуть мое заключение.

— От имени присутствующих я бы рискнул ответить «нет», — заявил Филдс, — ибо уверяю вас, с того дня как вышла статья Лоуэлла, не было продано более ни единой книги!

Холмс постучал вилкой по стакану.

— Настоящим обвиняю Лоуэлла в убийстве, ибо он безвозвратно уничтожил «Жизнь».

Все засмеялись.

---

[1] Книга Джулиуса Уорда «Жизнь и письма Джеймса Гейтса Персиваля» в действительности была выпущена издательством «Тикнор и Филдс» в 1866 г.

— Она умерла, не родившись, судья Холмс, — отвечал подсудимый, — я всего лишь заколотил гроб!

— Скажите... — Грин как бы между прочим решил вернуться к излюбленной теме. — Кто-либо обратил внимание, как выпали в этом году Дантовы числа?

— Они точно сходятся с 1300 годом, — кивнул Лонгфелло. — И тогда, и теперь Страстная пятница выпадает на двадцать пятое марта.

— Великолепно! — воскликнул Лоуэлл. — Пятьсот шестьдесят лет назад Данте снизошел в *citta dolente,* город скорби. Путь это будет год Данте! Добрый знак для перевода. — Затем он спросил с ребячливой улыбкой: — Или недобрый? — Собственные слова напомнили ему об упорстве Гарвардской Корпорации, и улыбка поникла.

Лонгфелло сказал:

— Завтра я возьму наши последние песни *«Inferno»* и снизойду в преисподнюю типографии — к *Malebranche*[1] из «Риверсайд-Пресс»; мы подтягиваемся к финалу. В конце года я пообещал прислать Флорентийскому Комитету частное издание *«Inferno»*, дабы внести скромный вклад в поминовение шестисотой годовщины рождения Данте.

— Знаете, мои дорогие друзья, — хмуро проговорил Лоуэлл, — проклятые гарвардские остолопы все не угомонятся — довели себя до белого каления от страсти закрыть мой Дантов курс.

— Плюс к тому Огастес Маннинг предупредил меня о последствиях публикации, — вставил Филдс, расстроенно барабаня по столу пальцами.

— Отчего они решили зайти так далеко? — с тревогой спросил Грин.

— Не мытьем так катаньем они жаждут отодвинуться от Данте как можно далее, — мягко объяснил Лонгфелло. — Они боятся его влияния, он чужак — и католик, мой дорогой Грин.

---

[1] В «Божественной Комедии» Данте так зовутся демоны, охраняющие рвы восьмого круга Ада.

ПЕСНЬ ПЕРВАЯ

Холмс принялся на ходу изобретать объяснение:

— Полагаю, некоторым образом можно понять, отчего они подобным образом отнеслись к Данте. Скольким отцам, дабы навестить своих сыновей, пришлось в этом июне отправиться на Гору Оберн вместо выпускной церемонии? Скольким иным не потребен более ад, ибо все мы совсем недавно из него воротились?

Лоуэлл налил себе уже третий или четвертый бокал красного фалернского. Филдс с противоположного конца стола успокаивающими взглядами тщетно пытался привести поэта в чувство. Наконец Лоуэлл воскликнул:

— Начав однажды бросать книги в огонь, они отправят нас в такую преисподнюю, из коей мы нескоро выберемся, мой дорогой Холмс!

— Ох, не нужно думать, будто я сплю и вижу, как бы надеть на американские мозги плащ, чтоб они, не дай Бог, не промокли под дождем адских вопросов, мой дорогой Лоуэлл. Но возможно ведь... — Холмс колебался. Минута была подходящей. Он обернулся к Лонгфелло: — Возможно ведь представить менее амбициозный способ публикации, мой дорогой Лонгфелло, — сперва частное издание тиражом в несколько дюжин, кои наши друзья и коллеги, несомненно, оценят, увидят всю силу поэмы, а уж после распространять ее среди публики.

Лоуэлл едва не подпрыгнул в кресле:

— Доктор Маннинг вам что-либо говорил? Доктор Маннинг посылал к вам кого-либо с угрозой, Холмс?

— Лоуэлл, прошу вас. — Филдс дипломатично улыбнулся. — Маннинг и близко не появится подле Холмса, да еще с подобными вещами.

— Что? — Холмс притворился, будто не разобрал последней реплики. Лоуэлл по-прежнему ждал от него ответа. — Разумеется, нет, Лоуэлл. Маннинг из тех грибов, что произрастают во всяком из старейших университетов. Однако мне видится, нам ни к чему разжигать новые конфликты. Я лишь пытаюсь отвлечь вас от столь лелеемого нами Данте. Речь о войне, а не о поэзии. Слишком часто врачи стремятся затолкать в горло больным как можно больше лекарств. Нам потребно судить с благоразумием даже самые добрые наши порывы и к литературным продвижениям относиться с осторожностью.

— Чем больше союзников, тем лучше, — сказал Филдс, обращаясь ко всем сразу.

— Но нельзя же ходить вокруг тиранов на цыпочках! — объявил Лоуэлл.

— Но нельзя и сражаться впятером против всего мира, — дополнил Холмс. Он с волнением отметил, что мысль о задержке пришлась Филдсу по душе, а значит, Холмс завершит свой роман до того, как нация прослышит о Данте.

— Я устрою самосожжение, — вскричал Лоуэлл. — Нет, я раньше соглашусь час просидеть взаперти вместе со всей Гарвардской Корпорацией, нежели позволю отсрочить публикацию перевода.

— Разумеется, мы не станем менять наших планов, — сказал Филдс. Паруса, на которых уже собрался лететь Холмс, тут же поникли. — Однако Холмс прав, мы напрасно несем это бремя сами, — продолжал издатель. — Настоятельно необходимо найти поддержку. Я постараюсь призвать старого профессора Тикнора, дабы он пустил в дело остатки своего влияния. И, возможно, мистера Эмерсона[1] — не зря же он прочел Данте много лет назад. Никто на свете не предскажет заранее, возможно ли будет продать пять тысяч книг. Но ежели проданы первые пять тысяч, следующие двадцать пять разойдутся уже с более чем абсолютной уверенностью.

— Они надумали уволить вас с преподавательской должности, мистер Лоуэлл? — перебил Грин, все еще поглощенный мыслями о Гарвардской Корпорации.

— Джейми для этого — чересчур известный поэт, — возразил Филдс.

— Мне наплевать, что они сделают со мной, наплевать на все их уважение! Я не отдам филистерам Данте!

---

[1] Ральф Уолдо Эмерсон (1803—1882) — американский просветитель, поэт и эссеист, основоположник новоанглийского трансцендентализма. Призывал американцев развивать интеллектуальную независимость от Европы.

— Так же как любой из нас! — быстро подхватил Холмс. К его удивлению, победа досталась ему; более того, все убедились не только в его правоте, но и в том, что он может защитить друзей от Данте, а Данте — от излишнего рвения друзей. Его последнее восклицание снискало за столом одобрительные отклики.

— Верно, верно, — а также: — Именно! Именно! — раздавалось со всех сторон, и голос Лоуэлла звучал громче прочих.

Поглядев на остатки наколотого на вилку фаршированного помидора, Грин склонился, намереваясь разделить это богатство с Трэпом. Из-под стола он заметил, что Лонгфелло встал.

И хотя в надежном и уютном Крейги-Хаусе собралась всего лишь пятерка друзей, та радостная торжественность, с которой Лонгфелло вознамерился произнести тост, погрузила столовую в полную тишину.

— За здоровье присутствующих.

Вот и все, что он сказал. Однако по громогласности прокатившегося «ура» можно было решить, будто провозглашается новая Декларация Независимости. Потом настал черед вишневого пирога и мороженого, коньяка с горящими сахарными кубиками и сигар, что освобождались от оберток и прикуривались от расставленных в середине стола свечей.

Прежде чем вечер подошел к концу, Филдс уговорил Лонгфелло рассказать гостям историю этих сигар. Дабы вынудить поэта говорить о себе, потребны были уловки, и лучше прочих в дело шел какой-либо посторонний предмет, к примеру — те же сигары.

— Я зашел по делам на Угол, — начал Лонгфелло, и Филдс уже заранее рассмеялся, — а там мистер Филдс уговорил меня заглянуть с ним в табачную лавку по соседству: ему был потребен для кого-то подарок. Табачник вынес коробку сигар особого сорта — клянусь, я о таких и не слыхивал. А после и говорит с честнейшим видом: «Эти сигары, сэр, предпочитает курить Лонгфелло».

— И что ж вы ему ответили? — сквозь всеобщее ликование поинтересовался Грин.

— Поглядел на табачника, поглядел на сигары, ну и говорю: «Что ж, надо попробовать», — заплатил и велел прислать всю коробку.

— И как они вам теперь, мой дорогой Лонгфелло? — У Лоуэлла в горле застрял от смеха десерт.

Лонгфелло вздохнул:

— Что делать, табачник был прав. Они весьма хороши.

✠

— «Все к лучшему, придется вооружиться предусмотрительностью, и, раз уж меня изгоняют из самого дорогого для меня места, я стану...» — недовольно бубнил студент, водя пальцем по итальянскому тексту.

Вот уже который год кабинет Лоуэлла в Элмвуде служил ему классной комнатой для уроков Данте. В свой первый семестр, едва вступив в должность Смитовского профессора, Лоуэлл потребовал у администрации помещение, но получил лишь унылую конуру в подвале Университетского Холла; столами и профессорской кафедрой там служили длинные деревянные доски, оставшиеся, должно быть, еще от пуритан. Курс его недостаточно заполнен, было сказано Лоуэллу, дабы претендовать на ту классную комнату, которая была бы ему желанна. Значит, так тому и быть. В собственной резиденции в распоряжении профессора была трубка, дровяной камин и лишний повод не покидать дом.

Студенты собирались дважды в неделю, дни назначал Лоуэлл — порой то были воскресенья, и профессору нравилось думать, что они встречаются в тот же день недели, в каковой Боккаччо несколько веков назад проводил во Флоренции свои первые лекции, посвященные Данте. В соседней комнате, соединенной с кабинетом двумя арочными проемами, часто сидела, слушая отца, Мэйбл Лоуэлл.

— Вспомните, Мид, — проговорил профессор Лоуэлл, когда студент умолк, состроив кислую мину. — Вспомните, как в пятом небе рая, в небе мучеников, Каччагвида предсказала

ПЕСНЬ ПЕРВАЯ

Данте, что вскоре после возвращения в мир живых поэт будет изгнан из Флоренции — под угрозой смерти на костре ему запретят даже приближаться к городским вратам. А теперь, Мид, зная об этом, переведите следующую фразу: *io non perdessi li altri per I miei carmi*.

По-итальянски Лоуэлл говорил бегло и технически безупречно. Однако Мид, гарвардский третьекурсник, предпочитал думать, что американский акцент профессора проявляется в слишком тщательном выговаривании слогов — будто те никак друг с другом не связаны.

— «Я не потеряю других мест из-за моих стихов».

— Следите за текстом, Мид! *Carmi* — это песни: не одни лишь стихи, но именно музыка его поэтического голоса. В те времена, уплатив менестрелю деньги, можно было избрать одно и то же как рассказ, песню либо проповедь. Проповедь в песнях и песнь в молитвах — вот что такое «Комедия» Данте. «С моими песнями я не утрачу мест иных». Гладко читаете, Мид, — добавил Лоуэлл и провел рукой, точно потянулся, — что означало у него некое общее одобрение.

— Данте повторяется, — уныло заявил Плини Мид. Сидевший рядом Эдвард Шелдон беспокойно поежился. — Вы же сами говорите, — продолжал Мид, — небесный пророк предсказал Данте, что он найдет убежище и покровительство Кена Гранде[1]. Так какие еще ему потребны «иные места»? Абсурд во имя поэзии.

На это Лоуэлл ответил:

— Когда Данте со всем мужеством своих трудов пишет о будущем доме, об «иных местах», которые ищет, он говорит не о том, как жил в 1302-м — году изгнания, — но о своей второй жизни — о той, что на сотни лет вперед уготована его поэме.

Мид упорствовал:

---

[1] Канграндe делла Скала (1291—1329) — правитель Вероны и с 1316 г. — покровитель изгнанного из Флоренции Данте. Этому человеку Данте посвятил третью часть «Божественной Комедии» и ему же сын Данте Джакопо отправил после смерти отца тринадцать незавершенных песней «Рая».

— Но ведь «дражайший город» в действительности никто и никогда у него не отнимал, Данте сам его отверг. Флоренция давала ему возможность вернуться домой к жене и детям, однако он отказался!

Плини Мид был не из тех, кто поражает гениальностью соучеников либо преподавателей, однако, узнав не так давно свои оценки за минувший семестр — и в высшей степени не удовлетворясь ими, — он стал смотреть на Лоуэлла с кислой миной. Свой низкий балл, благодаря которому в выпуске 1867 года Мид скатился с двенадцатого места на пятнадцатое, он объяснял тем, что посмел возражать Лоуэллу в дискуссиях о французской литературе, и, соответственно, — нежеланием профессора признавать свою неправоту. Мид с радостью покинул бы курс новых языков, но, согласно установленным Корпорацией правилам, однажды вступив, студент обязан оставаться в департаменте не менее трех семестров — хитрость, побуждавшая юношей опасаться макнуть в это море хотя бы палец. Таким образом, Мид принужден был терпеть этого великого краснобая Джеймса Расселла Лоуэлла. И Данте Алигьери.

— Какую такую возможность? — рассмеялся Лоуэлл. — Полное прощение и восстановление прав на жилище во Флоренции в ответ на требование поэта об оправдании и выплате внушительной суммы! Даже Джонни-мятежника[1] мы приняли обратно в Союз с куда меньшим ущемлением. Кем нужно быть, чтобы, громогласно требуя справедливости, удовлетвориться столь гнилостным сговором со своими гонителями?

— И все же Данте остается флорентийцем, что бы мы ни говорили! — провозгласил Мид, заговорщически поглядывая на Шелдона и как бы ища у того поддержки. — Шелдон, неужто вы не видите? Данте беспрерывно вспоминает о Флоренции, с флорентийцами встречается в загробной жизни, говорит с ними и пишет о том в изгнании! Для меня очевидно, друзья, — он жаждет одного лишь возвращения. Смерть

---

[1] Общее обозначение восставших против Федерации южных штатов.

в изгнании и нищете для такого человека — великое и окончательное поражение.

Эдвард Шелдон с раздражением отметил, сколь радуется Мид тому, что принудил Лоуэлла умолкнуть; поднявшись, профессор сунул руки в карманы весьма потертого смокинга. Однако Шелдон знал Лоуэлла и по пыхтению трубки видел, как меняется у того настроение. Профессор вступал в иную плоскость умственного знания, расположенную много выше элмвудского кабинета, где он вышагивал сейчас по ковру в своих туго зашнурованных башмаках. Обычно Лоуэлл не допускал первокурсников до усложненных литературных курсов, однако юный Шелдон был настойчив, и профессор решился поглядеть, как пойдут дела. Благодарный за предоставленную возможность, Шелдон давно искал случая защитить Лоуэлла и Данте от нападок Мида — последний был из тех, кто мальчишкой ничтоже сумняшеся укладывает медяки на железнодорожные рельсы. Шелдон открыл было рот, однако Мид стрельнул глазами, и все шелдоновские мысли сами собою затолкались обратно.

Лоуэлл взглянул на него с нескрываемым разочарованием, затем обернулся к Миду.

— У вас в роду не было евреев, мой мальчик? — спросил он.

— Что? — воскликнул оскорбленный Мид.

— Ладно, это неважно, очевидно — не было. Мид, тема Данте — человек, но не просто человек. — Последние слова Лоуэлл произнес с тем кротким смирением, кое приберегал специально для студентов. — Итальянцы вечно дергают Данте за полы одежды, принуждая встать на их сторону в политике и образе мыслей. Как это на них похоже! Ограничить поэта Флоренцией либо Италией означает отнять его у человечества. Мы читаем «Потерянный рай»[1] как поэму, но «Ко-

---

[1] «Потерянный рай» — поэма Джона Мильтона (1608—1674), одного из величайших поэтов Англии, крупнейшего публициста и деятеля Великой английской революции, опубликованная им в 1667 г.

медию» Данте — как хронику нашей внутренней жизни. Помните, мальчики, Исайю, 38:10?

Шелдон глубоко задумался; Мид сидел с упрямым каменным лицом, нарочно не желая вспоминать отрывок.

— «*Ego dixi: In dimidio dierum meorum vadam ad portas inferi*»! — провозгласил Лоуэлл и, бросившись к заставленной книгами полке, в мгновение ока нашел латинскую библию, а в ней — процитированный стих. — Видите? — Он опустил раскрытую книгу на ковер у ног своих студентов, радуясь более всего, что точно помнит цитату. — Перевести? — спросил он. — «Я сказал себе: в преполовение дней моих должен я идти во врата преисподней». Не о том ли самом думали наши старые сочинители Священного Писания? В середине нашей жизни мы все, всякий из нас, встаем лицом к лицу с заключенным в нас адом. Какова первая строка Дантовой поэмы?

— Пройдя до середины нашей жизни, — с радостной готовностью отозвался Шелдон; сидя у себя в комнате в Стоутон-Холле он по многу раз опять и опять перечитывал вступительные строки *«Inferno»*: никакие иные стихи не захватывали его столь полно, ничей иной плач не вселял в него столько мужества. — Я очутился в темном лесу, ибо потерял верную дорогу.

— «*Nel mezzo del cammin di nostra vita*. Пройдя до середины *нашей* жизни». — Лоуэлл повторил эти слова, столь пристально всматриваясь туда, где находился камин, что Шелдон оглянулся, подумав, что за спиной у него наверняка стоит красавица Мэйбл Лоуэлл, однако тень от ее сидящей фигуры все так же виднелась в смежной комнате. — «*Нашей* жизни». С первых строк своей поэмы Данте вовлекает в путешествие нас, *мы* наравне с ним совершаем это паломничество, и мы обязаны смотреть в лицо нашему аду с той же прямотой, с коей делает это Данте. Поймите, величайшая и вечная ценность поэмы в том, что она — автобиография человеческой души. Вашей и моей в той же мере, в коей и Дантовой.

Слушая, как Шелдон читает по-итальянски следующие пятнадцать строк, Лоуэлл размышлял про себя: как хорошо учить студентов чему-то стоящему. До чего же глуп был Сократ, когда надумал изгнать поэтов из Афин! И с какой радостью станет смотреть Лоуэлл на посрамление Огастеса Маннинга, как только перевод Лонгфелло снищет огромный успех.

Назавтра, прочтя лекцию о Гёте, Лоуэлл выходил из Университетского Холла. И был немало ошеломлен, когда едва не столкнулся с мчавшимся на всех парах итальянцем, одетым в потертое, однако старательно отглаженное мешковатое пальто.

— Баки? — воскликнул Лоуэлл.

Много лет назад Лонгфелло взял Пьетро Баки преподавателем итальянского языка. Корпорация, однако, с опаской относилась к иностранцам, особенно — к итальянским папистам, а что Баки был изгнан из своей страны как раз Ватиканом, на это мнение не влияло. Когда же руководство департаментом принял Лоуэлл, Корпорация отыскала подходящий повод, дабы отстранить Пьетро Баки от работы — таковым стала его невоздержанность и денежная несостоятельность. В день увольнения итальянец кричал профессору Лоуэллу:

— Ноги моей здесь не будет, я лучше умру. — Теперь по странной прихоти Лоуэллу захотелось поймать Баки на слове.

— Мой дорогой профессор. — Баки протянул руку бывшему начальнику, который, по обыкновению, энергично ее пожал.

— Э-э, — начал было Лоуэлл, раздумывая, спросить или нет, как же это Баки, вполне живого и здорового, занесло на Гарвардский Двор.

— Решил погулять, профессор, — объяснил итальянец. При этом он с беспокойством поглядывал в сторону, и профессор решил оставить шутки при себе. Однако, еще только оборачиваясь и удивляясь появлению итальянца, Лоуэлл отметил, что направляется тот навстречу смутно знакомой фигуре. Неподалеку мелькнул человек в черном котелке и клетчатом жилете — поклонник, что пару недель назад стоял, привалясь к стволу вяза. Какие у них с Баки дела? Лоуэлл решил присмотреться, поздоровается ли итальянец с неизвестным персонажем, явно сейчас кого-то дожидавшимся. Но тут во Двор выплеснулось море студентов, счастливых оттого, что завершились наконец греческие чтения, и загадочная пара — ежели эти двое и вправду соотносились друг с другом — скрылась из виду.

Выбросив из головы встречу, Лоуэлл направился к школе юриспруденции, подле которой Оливер Уэнделл-младший объяснял обступившим его соученикам их ошибку в трактовании некоего закона. Внешне он не так уж сильно отличался от доктора Холмса — можно было подумать, что маленького доктора натянули на распялку вдвое выше его роста.

Доктор Холмс топтался без дела у подножия черной лестницы своего дома. Задержавшись перед низким зеркалом, он достал гребень и зачесал набок густой каштановый чуб. Подумал, что наружность не очень-то ему льстит. «Более удобства, менее украшений», — часто говорил он людям. Лицо смуглого оттенка, четкой формы изогнутый нос, крепкая шея — он точно видел в зеркале отражение Уэнделла-младшего. Недди, другой сын Холмсов, оказался невезуч настолько, что, повторив наружность отца, унаследовал вдобавок его неполадки с дыханием. Доктор Холмс и Недди были Уэнделлами, как часто говорил преподобный Холмс, Уэнделл же младший — истинным Холмсом. С такой кровью Младший, несомненно, вознесет отцовское имя — что там Холмс, эсквайр, берите выше — его превосходительство Холмс, а то и Президент Холмс[1]. Заслышав топот тяжелых башмаков, доктор вздрогнул и поспешно ретировался в соседнюю комнату. Затем в другой раз неспешным шагом приблизился к лестнице, уставив глаза в некую старую книгу. В дом ворвался Оливер Уэнделл Холмс-младший и одним мощным скачком взлетел на второй этаж.

---

[1] Доктор не ошибся. Оливер Уэнделл Холмс-младший (1841—1935) — знаменитый американский юрист, член Верховного суда США с 1902 по 1932 гг., автор классических трудов по юриспруденции.

— Уэнди, — с быстрой улыбкой окликнул его Холмс. — Это ты?

Младший притормозил посередине пролета.

— Здравствуй, отец.

— Твоя мать только что спрашивала, не видал ли я тебя нынче, и я вспомнил, что нет, не видал. Где ты был так поздно, мой мальчик?

— Гулял.

— Правда? Один?

Младший нехотя остановился. Из-под темных бровей он глядел на отца, оглаживавшего сейчас деревянную балясину у подножия лестницы.

— Вообще-то я разговорился с Джеймсом Лоуэллом.

Холмс напустил на себя удивление:

— С Лоуэллом? И часто вы в последнее время бываете вместе? С профессором Лоуэллом?

Широкие плечи сына слегка приподнялись.

— М-да, а могу я поинтересоваться, о чем ты говорил с нашим дорогим общим другом? — продолжал Холмс с миролюбивой улыбкой.

— О политике, о том, как я воевал, об адвокатской школе. Кажется, мы неплохо поболтали.

— Видишь ли, Уэнделл, в последние дни у тебя появилось чересчур много свободного времени. Мне не нравятся эти ваши с мистером Лоуэллом бессмысленные экскурсии. — Никакого ответа. — Они отвлекают тебя от учебы, как ты не понимаешь. Это непозволительно, не правда ли?

Младший рассмеялся:

— Всякое утро только и слышно: «Какой смысл, Уэнди? Юристу никогда не стать великим человеком, Уэнди». — Он произнес это с легкой хрипотцой. — Теперь же ты хочешь, чтобы я прилежнее изучал юридические науки?

— Именно, Уэнди. Это стоит пролитого пота, это стоит нервов и фосфора. На ближайшем заседании Дантова клуба я непременно поговорю с мистером Лоуэллом о вашем новом обычае. Убежден, он со мной согласится. Мистер Лоуэлл сам был некогда юристом и знает, чего это требует. — Весьма удовлетворенный прочностью своей позиции, Холмс направился в холл.

Младший хмыкнул. Доктор обернулся:

— Что-то еще, мой мальчик?

— Просто подумал, — сказал Младший, — что надо бы расспросить тебя о Дантовом клубе, отец.

Уэнделл-младший никогда не высказывал интереса к отцовским литературным и профессиональным занятиям. Он не читал ни стихов доктора, ни его первого романа, не видно его было и в лекционных залах, где Холмс рассказывал о последних достижениях медицины либо об истории поэзии. Сие отношение проявилось явственнее после того, как Холмс опубликовал в «Атлантик Мансли» свои «Поиски капитана», рассказав в них о путешествии по Югу, предпринятом им после ошибочной телеграммы, сообщавшей о гибели Уэнделла Холмса-младшего в сражении.

Младший тогда лишь бегло просмотрел гранки, чувствуя, как опять ноют его раны. Он не мог поверить — неужто отец и вправду считает, будто войну можно затолкать в несколько тысяч слов, по большей части посвященных умиравшим на госпитальных койках повстанцам да гостиничным клеркам из малых городков, вопрошавшим автора, не тот ли он самый Деспот Обеденного Стола.

— Я имею в виду, — продолжал Младший с дерзкой ухмылкой, — не наскучило ли тебе числиться в его членах?

— Прошу прощения, Уэнди? Что ты хочешь этим сказать? Что ты вообще знаешь о клубе?

— Просто мистер Лоуэлл говорит, что твой голос слышен более за ужином, нежели в кабинете. Для мистера Лонгфелло сия работа — сама жизнь, для Лоуэлла — призвание. Видишь ли, он не столько говорит о своих убеждениях, сколько действует согласно оным; точно так же, будучи адвокатом, он защищал рабов. Для тебя же это лишний повод позвенеть бокалом.

— Лоуэлл сказал?.. — начал было Холмс. — Знаешь что, Уэнделл!

Но, поднявшись на второй этаж, Младший уже закрылся у себя в комнате.

— Да ты понятия не имеешь о Дантовом клубе! — кричал доктор Холмс.

Он беспомощно шагал по дому, пока, наконец, не уединился в кабинете. Его голос слышен более за столом? Чем дольше он повторял про себя это голословное обвинение, тем больнее оно жгло: стремясь принизить вклад Холмса и возвысить собственный, Лоуэлл расчищал себе место по правую руку Лонгфелло.

Слова Младшего, сказанные звучным баритоном Лоуэлла, гремели у Холмса в ушах все следующие недели, пока он писал, упорно продвигаясь вперед, — что вообще-то было ему несвойственно. Обычно всякая новая мысль озаряла докторский ум, подобно пророчеству Сивиллы, сам же писательский труд сопровождался тупым давлением во лбу, прерываемым лишь совместным появлением слов и неожиданного образа, кои порождали в Холмсе вспышку бешеного энтузиазма и довольства собою — в такие минуты он пускался в легкомысленные игры с языком и сюжетом.

В любом случае многочасовая и непрерывная работа расшатывала его организм. Ноги Холмса имели склонность холодеть, голова — гореть, мышцы — напрягаться, и он чувствовал, что попросту обязан сей же миг подняться из-за стола. Прекратив работу незадолго до одиннадцати вечера, он брал какое-либо легкое чтение, дабы очистить мозг от всего, что в нем скопилось. Чересчур долгий умственный труд оставлял в докторе ощущение тошноты, подобное пресыщению. Он частично приписывал это утомлению и вредному для нервов климату. Броун-Секвар[1], парижский коллега Холмса, как-то сказал, что животные в Америке не столь сильно истекают кровью, сколь в Европе. Это ли не поразительно? Однако, несмотря на все биологические препоны, теперь Холмс писал как одержимый.

---

[1] Шарль-Эдуар Броун-Секвар (1817—1894) — французский психолог и невролог, один из основателей эндокринологии и нейропсихологии.

— Знаете, лучше бы мне самому поговорить с профессором Тикнором, дабы он помог нам с Данте, — сказал Холмс Филдсу. Зайдя на Угол, доктор сидел сейчас у издателя в кабинете.

— Это еще что? — Филдс читал одновременно три бумаги: рукопись, контракт и письмо. — Где договоры о гонорарах? Дж. Р. Осгуд протянул ему следующую кипу бумаг.

— Вы слишком заняты, Филдс, вам необходимо думать о новом выпуске «Атлантика» — в любом случае, голове потребно давать отдых, — настаивал Холмс. — Между прочим, профессор Тикнор был когда-то моим учителем. Я, пожалуй, лучше кого-либо смогу убедить старика, Лонгфелло будет рад.

Холмс еще помнил времена, когда в литературных кругах Бостон именовался не иначе, как Тикнорвиллем: с человеком, не вхожим в библиотечный салон Тикнора, попросту не желали считаться. Кабинет некогда звали Тикноровым тронным залом, теперь же и гораздо чаще — Тикноровым айсбергом. Бывший профессор снискал в обществе дурную славу изысканного лентяя с одной стороны, и анти-аболициониста с другой, но репутация первого в городе литературного мастера оставалась неизменной. Его авторитет еще мог сослужить им добрую службу.

— Мою жизнь терзает много больше созданий, нежели я могу вынести, мой дорогой Холмс. — Филдс вздохнул. — Нынче один лишь вид рукописи, точно рыба-меч, разрубает меня пополам. — Он надолго задержал взгляд на Холмсе, а после согласился отправить доктора на Парк-стрит. — Только не забудьте высказать ему мое почтение, прошу вас, Уэнделл.

Холмс знал, что Филдс и сам был рад переложить разговор с Джорджем Тикнором на кого-либо иного. Профессор Тикнор — этот титул по-прежнему считался необходимым, хотя, выйдя в отставку, Тикнор вот уже тридцать лет никого и ничему не учил — не очень-то высоко ставил своего младшего кузена Уильяма Д. Тикнора, и это снисходительное отношение распространялось также на его партнера Дж. Т. Филдса, в чем доктор Холмс убедился лишний раз, ступив на шаткую лестницу дома номер 9 по Парк-стрит.

— Только и болтовни, что о профите да о том, что книги либо продаются хорошо, либо идут в убыток, — говорил профессор Тикнор, неприязненно поджимая сухие губы. — Этим недугом страдал мой кузен Уильям, доктор Холмс, и тем же заразил моего племянника. Проливающему трудовой пот не до́лжно опекать литературное искусство. Вы согласны, Холмс?

— Однако мистер Филдс обладает на редкость проницательным взором, разве не так? Он знал заранее, что ваша «История» добьется успеха, профессор. Ныне он убежден, что Данте, переведенный Лонгфелло, также найдет своего читателя. — В действительности, Тикнорова «История испанской литературы», если не учитывать постоянных сотрудников журналов, снискала совсем мало читателей, однако профессор счел это верным признаком успеха.

Тикнор проигнорировал Холмсовы заверения в лояльности и мягко убрал руки с неуклюжего агрегата. У него был печатный аппарат — по его собственным словам, нечто вроде миниатюрного типографского пресса, сооруженного, когда профессорские руки стали дрожать чересчур сильно и писать он уже не мог. Получалось так, что все последние годы Тикнор не видел собственного почерка. Когда вошел Холмс, профессор Тикнор трудился над неким письмом.

Хозяин, облаченный в бархатную шапочку и шлепанцы, вновь окинул критическим взором гостя, оценив его наряд, качество галстука и платка.

— Боюсь, доктор, даже если мистер Филдс и знает, что́ читают люди, ему никогда не понять, *отчего* они это читают. Энтузиазм ближайших друзей все более уводит его в сторону. Опасная характерность.

— Вы же сами не раз повторяли, насколько важно распространять среди образованного класса знание об иноземных культурах, — напомнил Холмс. При задвинутых шторах библиотеки один лишь огонь слабо освещал профессорское лицо, милосердно скрывая морщины. Холмс провел рукой по лбу. Тикноров Айсберг только что не вскипал от вечно растопленного камина.

— Необходимо прикладывать усилия, дабы понять наших чужестранцев, доктор Холмс. Ежели тем, кто прибывает, мы не поможем приспособиться к нашему национальному характеру и не принудим их добровольно подчиниться нашим установкам, то настанет день, и столь великое число изгоев приспособит к себе нас самих.

Однако Холмс гнул свое:

— Но между нами, профессор, каков шанс, что перевод Лонгфелло найдет отклик у публики? — Холмс был столь неподдельно сосредоточен, что Тикнор всерьез задумался над ответом. Его преклонные года и стремление отгородиться от ненужных расстройств предусматривали дюжину изобретенных им стандартных ответов, относящихся как к собственному здоровью, так и к мировым проблемам.

— Вне всяких сомнений, мистер Лонгфелло создаст нечто изумительное, я так полагаю. Не потому ли я избрал его своим преемником в Гарварде? Не забывайте, я и сам не раз воображал, как было бы прекрасно представить людям Данте, однако Корпорация превратила мою должность в форменный фарс... — Иссиня-черные глаза Тикнора заволоклись туманом. — Никогда не предполагал, что доживу до того дня, когда появится американский перевод Данте; я не могу даже помыслить, какой будет завершенная работа. Примет ли ее не приученная к перчаткам публика — иной вопрос, и ответ на него должен дать человек уважаемый, однако отделенный от почитающих Данте ученых мужей. Я не вправе садиться на эту скамью подсудимых. — Последние слова Тикнор произнес, светясь необузданной гордостью. — Вместе с тем я все более убеждаюсь, что в тот день, когда широкая публика прочтет Данте, мы возложим себя на алтарь педантичной глупости. Не истолкуйте превратно, доктор Холмс. Я отдал Данте много лет своей жизни — так же, как и Лонгфелло. Не спрашивайте, что принесет Данте человеку, спросите, что человек принесет Данте — когда войдет в его небо, вечно строгое и неумолимое.

IV

В то воскресенье преподобный Элиша Тальбот, пастор Второй унитарной церкви Кембриджа, пробирался по населенному мертвецами подземному коридору, удерживая в руке фонарь и огибая шаткие гробы и кучи сломанных костей. Пожалуй, он мог бы сегодня обойтись и без керосиновой лампы, ибо вполне уже приспособился к выверенной темноте этого извилистого прохода, да и ноздри сжались, став непроходимыми для малоприятного коктейля разложения. Однажды, подбадривал себя Тальбот, он преодолеет путь и без лампы, одной лишь Божьей помощью.

На миг ему послышался хруст. Пастор обернулся, но ни гробницы, ни аспидные колонны не шевелились.

— Есть кто живой? — пронзил черноту столь знаменитый меланхоличный голос. Возможно, не самое подходящее для священника замечание, но суть была в том, что Тальбот боялся. Подобно множеству людей, проведших бо́льшую часть жизни в одиночестве, он страдал от неимоверного числа тайных страхов. Смерть нагоняла на него ужас гораздо сильнее положенного — и этого он стыдился более всего. В том, очевидно, был один из резонов, заставивших пастора бродить средь подземных гробниц своей церкви — требовалось побороть столь необычный страх телесного тлена. Возможно, это также объяснит — если кому-либо приспичит писать его биографию, — отчего Тальбот столь рьяно предпочитал рационалистические перцепции унитаризма кальвинистским демонам прежних поколений. Нервно сопя в самую лампу, Тальбот довольно быстро достиг дальнего конца склепа, а там и лестничного колодца, обещавшего скорое возвращение к теплому свету газовых фонарей и более короткий, нежели по улицам, путь домой.

— Кто здесь? — спросил он и обвел вокруг себя лампой, на этот раз уверенный, что слышал шорох. Опять ни звука. Шорох был слишком тяжелым для крыс и слишком тихим для уличных мальчишек. Моисей тебя забери, подумал он. Преподобный Тальбот поднял к глазам тихо потрескивающую лампу. Ему доводилось слышать о том, что разбойничьи шайки, не найдя иного места из-за войны и преследований, постепенно обживают заброшенные склепы. Тальбот решил, что утром пришлет сюда полицейских — пускай разбираются. Хотя разве был от них толк днем ранее, когда он сообщил об украденной из сейфа тысяче долларов? Кембриджская полиция даже пальцем не шевельнула. Оставалось лишь радоваться, что кембриджские воры оказались не менее бестолковы, а то с чего бы они проигнорировали прочее, весьма внушительное, содержимое сейфа.

Преподобный Тальбот был сама добродетель — в глазах соседей и паствы он всегда оставался на высоте. Разве что временами делался чересчур страстен. Тридцатью же годами ранее, едва приняв на себя распорядительство Второй церковью, он дал согласие на привоз в Бостон рекрутов из Германии и Нидерландов, коим обещалось попечение его прихода и весьма доходная работа. Если католикам позволено столь мощным потоком литься из Ирландии, отчего бы не добавить к ним немного протестантов? Работа нашлась на строительстве железной дороги, и множество рекрутов умерло от истощения и болезней, оставив по себе сирот и неприкаянных вдов. Тальбот ловко уклонился от разбирательства, а затем потратил не один год, уничтожая следы своего участия в деле. Однако принял предложенную строителями плату за «консультации», а, убеждая себя, что непременно вернет деньги, так этого и не сделал. Вместо возврата спрятал их с глаз долой и с тех пор все решения в своей жизни принимал, тщательно подсчитывая чужие прегрешения.

Преподобный Тальбот неуверенно отступил назад и вдруг уперся во что-то твердое. Застыв, он на миг подумал, что утратил свой внутренний компас и попросту столкнулся со стеной. Вот уже много лет, как Элишу Тальбота не прижимал к себе иной человек — никто его даже не касался, если не считать рукопожатий. Теперь, однако, не было сомнений даже для него: теплые руки, обвившиеся вокруг пасторской груди и забравшие лампу, принадлежат постороннему существу. Хватка была полна страсти и грубости.

Придя опять в сознание, Тальбот в короткий миг вечности понял, что окружен совсем иной, непроницаемой тьмой. Едкий запах склепа проникал в легкие, но щеки царапала густая холодная влага, в рот заползала соль, в коей он узнал собственный пот, а из уголков глаз на лоб стекали слезы. И холод — холод был, точно в доме изо льда. Лишенное одежды тело лихорадочно сотрясалось. И совместно с холодом застывшую плоть поедал жар, неся с собой неведомое Тальботу непереносимое чувство. Может, это ужасный кошмар? Ну да, конечно! Всему виной та редкостная дрянь, которую он в последнее время читал перед сном — чудовища, демоны и все в таком духе. И все же Тальбот не помнил, как выбирался из склепа, не помнил, чтобы подходил к скромному дому, обшитому досками персикового колера, не помнил, как наливал в умывальник воду. Он вообще не покидал подземного мира Кембриджа. Каким-то образом пастор определил, что удары сердца сместились вверх. Оно висело над ним, отчаянно колотясь и устремляя кровь *вниз* к голове. Тальбот дышал, слабо постанывая.

Пастор чувствовал, как его ноги бешено молотят воздух, чувствовал жар и знал, что это не сон — он сейчас умрет. Странно. Самым дальним ощущением был для него страх. Возможно, он весь истратился еще при жизни. Вместо страха пастора охватила глубокая и злобная ярость — этого не может быть, это несправедливо: один сын Божий умирает, а все другие живут, как ни в чем не бывало.

В последний миг он слезливым голосом попытался прочесть молитву:

— Господи, прости, ежели я виновен. — Но вместо молитвы изо рта вырвался пронзительный крик и растворился в безжалостном грохоте сердца.

V

В воскресенье двадцать второго октября 1865 года вечерний выпуск «Бостон Транскрипт» объявлял на первой странице о награде в десять тысяч долларов. Подобной сумятицы, стольких остановок лязгающих экипажей возле мальчишек-газетчиков не помнил никто: в последний раз они происходили целую жизнь назад, когда началась атака на форт Самтер[1], и все полагали, что девяностодневная кампания в состоянии положить конец дикому сопротивлению Юга.

Вдова Хили отправила шефу Куртцу короткую телеграмму, уведомляя его о своих планах. Способ был избран умышленно, ибо вдова хорошо знала, что на полицейском участке прежде Куртцевых телеграмму увидит множество иных глаз. Она отписала в пять бостонских газет, сообщила миссис Хили, в посланиях раскрыты истинные обстоятельства смерти ее мужа и обещано вознаграждение за всякие известия, могущие привести к поимке убийцы. Дабы противостоять коррупции, укоренившейся в детективном бюро, городское управление выпустило директиву, запрещавшую полицейским получать награды, однако посторонняя публика могла обогащаться по своему усмотрению. Вдова понимала, что Куртца не обрадует ее шаг, однако шеф полиции так и не исполнил данного ей обещания. Вечерний выпуск «Транскрипта» объявил о новости первым.

---

[1] 12—14 апреля 1861 г. с обстрела войсками Конфедерации форта Самтер началась американская Гражданская война.

ДАНТОВ КЛУБ

Теперь Эдна Хили воображала особые способы, коими злодея необходимо заставить страдать и каяться в содеянном. Лучше всего притащить убийцу на Виселичный Холм[1], но не вешать, а, раздев донага, сперва предать огню, и затем попытаться (безуспешно, разумеется), изъять из пламени. Ужасные картины вгоняли ее в трепет. Попутно они исполняли другую роль: отвлекали вдову от мыслей о муже и от все растущей неприязни за то, что он оставил ее одну.

Кисти вдовы Хили теперь были охвачены рукавицами, не позволявшими раздирать кожу. Страсть эта стала в ней постоянной, и одежда уже не могла прикрыть раны от увечий, нанесенных вдовою самой себе. Однажды ночью ей приснился кошмар — вдова Хили выскочила из спальни и принялась лихорадочно искать потайное место, куда можно спрятать медальон с мужниным локоном. Наутро сыновья и слуги обыскали «Дубы» от половых досок до потолочных стропил, но так ничего и не нашли. И, пожалуй, к лучшему. С этой штукой на шее вдова Хили так никогда бы и не уснула.

Благодарение Богу, она не знала, что все четыре ужасающих дня, пока стояла осенняя жара, верховный судья Хили медленно бормотал: «Господа присяжные заседатели...», — опять и опять, пока в трепетную губку его мозга сотня за сотней проникали голодные черви: рана была глубока, мухи плодовиты, и всякая давала жизнь сотням жадных до плоти личинок. Сперва верховный судья Артемус Прескотт Хили перестал шевелить конечностями. Затем, полагая, что отмахивается ногами, стал двигать пальцами рук. Через некоторое время начали путаться слова. «Заседа присяжные господатели...». Он понимал, что это чепуха, но не мог ничего поделать. Часть его мозга, отвечавшая за грамматику и синтаксис, была уже отведана существами, неспособными оценить вкус пищи, но оттого не менее в ней нуждавшимися. Все эти четыре дня всякий раз, когда на короткое время возвра-

---

[1] Виселичный Холм — место, на котором приводились в исполнение приговоры сэйлемским ведьмам — женщинам и мужчинам, обвиненным в колдовстве во время процессов 1692—1693 гг.

щалось сознание, и мучения заставляли Хили поверить, что он уже мертв, он молился о новой смерти. «Бабочки и последняя постель...» Он смотрел вверх на потрепанный флаг и удивлялся малыми остатками своего разума.

Ризничий Второй унитарной церкви Кембриджа записывал в церковный ежедневник события последней недели; был уже вечер, но преподобный Тальбот ушел совсем недавно. Сегодня утром пастор прочел захватывающую проповедь. После задержался, обласканный пылкими похвалами церковных дьяконов. Однако ризничий Грегг про себя нахмурился, когда Тальбот попросил его отпереть тяжелую каменную дверь в конце того крыла, где располагались кабинеты.

Казалось, прошло всего несколько минут, и тут ризничий услыхал нарастающий крик. Разносясь будто из ниоткуда, этот крик, несомненно, исходил из самой церкви. Едва ли не произвольно, подчиняясь погребенной мысли, ризничий Грегг приложил ухо к аспидной двери, что вела к подземным склепам, в промозглые церковные катакомбы. Вне всякого сомнения, крик этот, сейчас прекратившийся, был отзвуком другого, исходившего из пустоты за дверью! Ризничий отвязал от пояса лязгающие ключи и отпер замок, как совсем недавно делал это для Тальбота. Затаил дыхание и ступил вниз.

Ризничий Грегг поступил на службу в церковь двенадцать лет назад. Тогда-то он впервые и услыхал речи Тальбота — пастор выступил в серии публичных дебатов с епископом Фенвиком[1], посвященных выяснению, насколько опасно для Бостона возвышение католической церкви.

В том вопросе Тальбот рьяно отстаивал три главнейших пункта:

1. суеверные ритуалы и роскошные кафедральные соборы католической веры составляют вместе нечестивое идолопоклонничество;

---

[1] Эдвард Доминик Фенвик (1768—1832) — американский римско-католический прелат, первый епископ Цинциннати (1822—1832).

2. стремление ирландцев селиться кучно вокруг своих кафедралов и монастырей рано или поздно перерастет в секретный сговор против Америки, а пока означает сопротивление американизации;

3. папизм, иными словами — явная возможность иноземного контроля над всеми аспектами жизни католиков, — угрожает независимости иных американских религий, ибо способен обратить американцев в свою веру и ставит целью распространиться на всю страну.

Разумеется, ни один из настроенных антикатолически унитарианских священников не одобрял насильственных действий — вроде поджога монастыря, учиненного бостонской голытьбой, прознавшей по чьим-то словам, будто в темнице там содержатся похищенные протестантские девочки, из коих католики вознамерились сделать монашек. На камнях погромщики писали мелом «К ЧЕРТУ ПАПУ!». В том, однако, явилось не столь разногласие с Ватиканом, сколь беспокойство за уходящую к ирландцам работу.

За стойкость в тех дебатах, а также за силу антикатолических проповедей и статей преподобного Тальбота прочили в преемники профессору Нортону на его должности в Гарвардской Богословской школе. Пастор отказался. Он слишком любил оставлять за дверью тихий по случаю Божьего дня Кембридж, входить воскресным утром в заполненный народом молитвенный зал, слушать торжественный гул органа и облаченным в простую мантию колледжа вступать на кафедру. Несмотря на устрашающее косоглазие и глубокие меланхолические интонации, вроде тех, что появляются в голосе человека, когда в его доме лежит непогребенный мертвец, на кафедре Тальбот держался уверенно, и паства оставалась ему верна. Только эта власть и имела для него значение. Жена его умерла при родах в 1825 году, и с тех пор Тальбот не имел ни семьи, ни желания ее заводить — ему довольно было радостей церковного братства.

ПЕСНЬ ПЕРВАЯ

Масляная лампа ризничего Грегга лишилась света, а сам он — присутствия духа. Лицо его окутывал пар дыхания, под бакенбардами зудело. В Кембридже стояла осень, в подземных же склепах Второй унитарной — глубокая зима.

— Есть кто-нибудь? Сюда нельзя... — В темноте подземелья голос точно не имел под собой физической опоры, и ризничий поспешно захлопнул рот. В углах склепа он заметил маленькие белые точки. Когда они увеличились в числе, ризничий остановился и нагнулся, дабы рассмотреть, что это за мусор, но тут его внимание привлек раздавшийся впереди резкий хруст. Ноздрей достигла вонь, ужасающая даже среди ароматов склепа.

Прикрывая шляпой лицо, ризничий продвигался вперед сквозь тоскливые аспидные арки, меж вытянувшихся на грязном полу гробов. У стен мелькали огромные крысы. Виднелся колеблющийся свет — но не его собственной лампы, а впереди, и оттуда же доносился шипящий треск.

— Кто там? — в другой раз осторожно спросил ризничий и, повернув за угол, ухватился за грязный камень стены. — Именем Господа! — вскричал он.

Из пасти неровно вырытой ямы торчали человеческие ноги, точнее — лодыжки, тогда как икры и все прочее тело были втиснуты в землю. Обе ступни охватывал огонь. Суставы сотрясались дико — как если бы ноги дергались взад-вперед, отбиваясь от боли. Плоть на подошвах уже расползлась, и яростное пламя добралось до щиколоток.

Ризничий Грегг повалился на спину. Рядом на холодной земле лежала кучка одежды. Он схватил что-то сверху и принялся лупить по яркому пламени, пока оно не погасло.

— Кто вы? — вскричал он, но человек, представленный ризничему лишь ногами, был мертв.

Через секунду ризничий Грегг понял, что одежда, которой он минуту назад сбивал пламя, была пасторской мантией. Ползком по тропинке из людских костей, что выпирали прямо из земли, он воротился к аккуратной кучке и принялся в ней копаться: нижнее белье, знакомая пелерина, белый шарф и тщательно начерненные туфли всеми любимого преподобного Элиши Тальбота.

Захлопывая дверь собственного кабинета на втором этаже медицинского колледжа, Оливер Уэнделл Холмс едва не столкнулся с шагавшим по коридору городским патрульным. В тот вечер Холмс готовился к следующему дню, а потому задержался дольше, планируя завтра начать пораньше, дабы после успеть поговорить с Уэнделлом-младшим, прежде чем завалится обычная компания сыновних друзей. Патрульный разыскивал кого-либо, облеченного властью, ибо, как он объяснил Холмсу, шефу полиции необходимо воспользоваться прозекторской университета, и уже послали за профессором Хэйвудом, дабы тот освидетельствовал недавно обнаруженное тело несчастного джентльмена. Коронера, то бишь мистера Барникота, разыскать не представлялось возможным — патрульный не стал говорить, что Барникот по выходным дням не раз был замечен в публичных заведениях и явно пребывал сейчас в неподходящем для освидетельствования виде. Найдя кабинет декана пустым, Холмс рассудил, что как бывший декан (да, да, пять лет у штурвала, с меня довольно, пятьдесят шесть уже, кому нужна подобная ответственность? — Холмс поддерживал обе стороны беседы) он имеет полное право удовлетворить просьбу патрульного.

Полицейская коляска привезла шефа Куртца и помощника шефа Саваджа; в помещение торопливо внесли покрытые одеялом носилки, их сопровождали профессор Хэйвуд и его помощник-студент. Хэйвуд преподавал в Колледже хирургическую практику и весьма рьяно интересовался вскрытиями. Пренебрегая возраженьями Барникота, полиция время от времени приглашала профессора для консультаций в мертвецкую — к примеру, когда обнаруживала замурованного в подвале младенца либо повешенного в чулане взрослого.

Холмс с интересом отметил, что шеф Куртц поставил двух констеблей сторожить двери. Кому приспичит в столь поздний час вторгаться в медицинский колледж? Куртц отвернул покрывало, обнажив до колен ноги трупа. Этого оказалось достаточно. Холмс едва не задохнулся при виде этих голых ног, ежели только можно употребить такое слово.

Ноги до лодыжек — и только их — кто-то сообразил облить, судя по запаху, керосином, а после поджечь. «Сгорели до костей», — с ужасом подумал Холмс. Из щиколоток торчали две неуклюже вывернутые в суставах культи. Насилу распознаваемая кожа вздулась под огнем и потрескалась. Розовые ткани расползлись. Профессор Хэйвуд склонился над трупом, дабы рассмотреть получше.

Хоть доктор Холмс и вскрыл за свою жизнь не одну сотню трупов, он, в отличие от коллег-медиков, не обладал стальным желудком, а потому принужден был отшатнуться от смотрового стола. Профессор не раз покидал лекционный зал, когда собирались давать хлороформ живому кролику, и умолял демонстраторов сделать так, чтобы это создание перестало пищать.

Сейчас у Холмса кружилась голова, в комнате вдруг сделалось совсем мало воздуху, а та малость, что еще осталась, растворилась в эфире и хлороформе. Доктор не знал, сколько продлится осмотр, однако пребывал в убеждении: до того, как он хлопнется на пол, совсем недолго. Хэйвуд раскрыл тело, и, выставляя напоказ красное страдальческое лицо мертвеца, стал снимать с глаз и щек комья земли. Холмс обвел глазами обнаженную фигуру.

Едва он успел отметить знакомое лицо, Хэйвуд склонился ниже, а шеф Куртц принялся засыпать его вопросами. Никто не просил Холмса хранить молчание, и, будучи гарвардским Паркмановским профессором анатомии и физиологии, он вполне мог принять в дискуссии участие. Однако Холмсова самообладания хватило лишь на то, чтоб ослабить шелковый ворот. Он судорожно моргал, не зная, что лучше — задержать дыхание, сберегая уже набранный запас кислорода, или дышать быстрыми порциями, поглощая прежде других людей остатки доступного воздуха: отчетливость этих других в столь плотной атмосфере убеждала Холмса, что все они тоже вот-вот грохнутся на пол.

Кто-то из присутствующих спросил Холмса, хорошо ли он себя чувствует. У человека было приятное запоминающееся лицо, блестящие глаза и наружность мулата. Говорил он, точно знакомый, и сквозь дурноту Холмс вспомнил: офицер, что приходил к Лоуэллу на заседание их Дантова клуба.

— Профессор Холмс? Согласны ли вы с оценкой профессора Хэйвуда? — Шеф Куртц — очевидно, из вежливости — вовлекал его в процесс, однако Холмс уплывал в никуда, расположенное чересчур близко к этому телу, а потому не мог бы изречь ничего, кроме самоочевидных медицинских фраз. Холмс силился сообразить, запомнилось ли ему хоть что-либо из диалога Хэйвуда с шефом Куртцем: вроде бы Хэйвуд говорил, что покойный был еще жив, когда его ноги предавались огню, и, очевидно, пребывал в позиции, не позволявшей ему погасить пламя, а также что состояние его лица и отсутствие иных ран не исключают смерти от сердечного приступа.

— Что вы, конечно, — заметил Холмс. — Да, конечно, офицер. — Холмс попятился к дверям, точно сбегая от смертельной опасности. — Предполагаю, джентльмены, вы тут и без меня справитесь, верно?

Шеф Куртц с профессором Хэйвудом продолжали свой катехизис, а Холмс плелся — сперва к дверям, потом до коридора и, наконец, во двор, с каждым быстрым отчаянным вдохом набирая столько воздуха, сколько мог вместить.

На Бостон опускался фиолетовый час, а доктор, бесцельно бродя мимо рядов ручных тележек, вдоль булочек с тмином, кувшинов имбирного пива, а также прокопченных солнцем ловцов устриц и омаров, что протягивали ему своих чудовищ, никак не мог пережить свой недавний позор у трупа преподобного Тальбота. Занятый сим конфузом, он и не подумал сбросить с себя тяжесть знания о смерти Тальбота, не помчался к Филдсу или Лоуэллу, дабы выплеснуть на них сенсационную новость. Как мог он, доктор Оливер Уэнделл Холмс, лекарь и профессор медицины, прославленный лектор и реформатор врачебного дела, столь позорно трепетать у трупа, будто не труп это был, а призрак из сентиментального романа с продолжением? Уэнделл-младший был бы немало поражен, узнав о малодушном поведении родителя. Молодой Холмс не делал секрета из своей убежденности, что был бы лучшим врачом, нежели старый, — равно как и лучшим профессором, мужем и отцом.

Не достигнув двадцати пяти лет, Младший успел побывать на войне и вдоволь насмотреться на искореженные тела, скошенные артиллерийским огнем, на опадавшие, точно осенние листья, конечности, на ампутации, которые топорами и пилами проводили хирурги-дилетанты, пока перепачканные кровью добровольные санитары прижимали орущих раненых к снятым дверям вместо операционных столов. Когда кузен спросил, отчего у Уэнделла-младшего столь быстро отрастают усы, в то время как его собственные не могут продвинуться далее начальной стадии, Младший резко ответил:

— Они напились крови.

Теперь же доктор Холмс призывал на помощь все свои знания о выпечке самого лучшего хлеба. Он вспоминал, как его некогда учили вычислять на бостонском рынке лучшего торговца — по одежде, повадкам и происхождению. Руки щупали и стискивали образцы — резко, отвлеченно и притом властно, как положено рукам врача. Он касался лба носовым платком, и тот становился мокрым. Жуткая старуха за соседним прилавком ткнула пальцем в кусок солонины. Отвлечься на простую задачу удалось ненадолго.

Дойдя до лотка некой ирландской матроны, доктор вдруг понял, что трепет, охвативший его в медицинском колледже, укоренен глубже, нежели представлялось вначале. Едва ли тот был вызван одним лишь отвратительным видом изувеченного тела и его безмолвной, но жуткой историей. И вряд ли только тем, что подобную жестокость обрушили на Элишу Тальбота — неотъемлемого от Кембриджа, как Вяз Вашингтона[1]. Нет — в убийстве было что-то знакомое, слишком знакомое.

Купив буханку теплого черного хлеба, Холмс направился к дому. Он спрашивал себя, не приснился ли ему когда-либо сон, обладавший столь странным налетом предвидения. Однако Холмс не верил в подобные страхи. Возможно, он прочел описание ужасающего действа, а потом увидал тело Тальбота, и детали нахлынули без предупреждения. Но какому тексту под силу содержать подобный кошмар? Только не медицинскому журналу. И не «Бостон Транскрипт», разумеется, ибо убийство свершилось совсем недавно. Холмс встал посреди улицы, вообразил, как проповедник месит воздух горящими ногами, как шевелится пламя...

— *Dai calcagni a le punte*, — прошептал Холмс. От пят к ногтям — продажные церковники, Святоскупцы, вечно горящие в своих скальных котлованах. Сердце упало. — Данте! Это Данте!

Амелия Холмс расположила в середине накрытого обеденного стола блюдо с холодным пирогом из дичи. Отдала распоряжение прислуге, разгладила платье и выглянула на крыльцо встретить мужа. Амелия была убеждена, что пять минут назад из окна верхнего этажа видела, как Уэнделл поворачивает на Чарльз-стрит — наверняка с хлебом, который она просила его принести к ужину, ибо они ждали гостей и среди прочих — Энни Филдс. (Какая же хозяйка отважится тягаться с салоном Энни Филдс, если не все у нее в доме на высшем уровне?) Однако Чарльз-стрит была пуста, не считая размазанных древесных теней. Наверное, Амелия увидала через окно иного коротышку в точно таком же длинном фраке.

Генри Уодсворт Лонгфелло изучал записку, оставленную патрульным Реем. Поэт прорывался сквозь сумятицу букв, мно-

---
[1] Знаменитое дерево, стоя под которым, в 1775 г. Джордж Вашингтон принял на себя командование революционной армией.

гократно переписывал текст на отдельные листы, переставлял слова и знаки, формируя новую путаницу и отвлекая себя от мыслей о прошлом. Дочери уехали в Портленд, в гости к его сестре, оба сына, каждый сам по себе, отправились за границу, так что Лонгфелло предстояли дни одиночества, предвкушать которые оказалось приятнее, нежели переживать.

Утром того самого дня, когда был убит Элиша Тальбот, поэт сидел перед рассветом в своей кровати, не очень уверенный, спал ли вообще. В том не было ничего для него необычного. Бессонница не вызывалась тяжелыми видениями, он не метался и не ворочался в постели. Дымка, в которую он погружался ночью, представлялась вполне покойной и чем-то даже напоминала сон. Лонгфелло радовало уже то, что, когда после долгой бессонной вахты наступало утро, он все же чувствовал себя отдохнувшим хотя бы от того, что столько часов пролежал в постели. Но иногда в бледном нимбе ночника Лонгфелло чудилось, будто из угла спальни на него смотрит нежное лицо: она умерла здесь, в этой самой комнате. Тогда он подскакивал на месте. После едва оформившейся радости сердце проваливалось в такой ужас, что это стоило любых кошмаров, кои Лонгфелло мог припомнить или вообразить, ибо какие бы фантомы ни являлись ему ночью, наступало утро, и он вновь был один. Лонгфелло облачался в плотное льняное белье, и длинные серебряные пряди его бороды казались тяжелее, чем когда он укладывался в постель.

Спускался по боковой лестнице он уже во фраке и с розой в петлице. Поэт не любил расхлябанности даже дома. Над нижней площадкой висел портрет молодого Данте работы Джотто[1] с дырой вместо одного глаза. Джотто писал свою фреску во дворце Барджелло, во Флоренции, однако за последующие века ее успели замазать краской и забыть. Ныне осталась только литография поврежденной росписи. Данте позировал Джотто до того, как на него обрушились муки из-

---

[1] Джотто ди Бондоне (1266/67—1337) — выдающийся итальянский художник XIV столетия, разработавший многие из тех методов, которые нашли потом применение в живописи Ренессанса.

гнания, вся эта война со злосчастной судьбой — в те годы он был лишь безмолвным поклонником Беатриче, юношей среднего роста, со смуглым, меланхоличным и задумчивым лицом. Большие глаза, орлиный нос, линия нижней губы придавала чертам почти женскую мягкость.

Молодой Данте редко говорил, когда его не спрашивали, — так гласит легенда. Более всего он любил раздумья, не позволявшие мыслям переключиться на что-либо внешнее. Отыскав однажды в аптеке Сиены редкую книгу, Данте погрузился в чтение и целый день провел на скамейке, даже не заметив проходившего у него перед носом уличного карнавала: он попросту не видел ни музыкантов, ни танцовщиц.

Устроившись в кабинете с миской овсянки — каковая пища зачастую служила ему также и обедом, — Лонгфелло все перечитывал в голове записку патрульного Рея. Он сочинил для этих каракулей миллион возможных переводов с дюжины языков, прежде чем спрятать иероглифы — так заклеймил их Лоуэлл — на отведенное для них место в дальнем ящике стола. Из того же ящика он извлек корректуру *Inferno* — песен Шестнадцатой и Семнадцатой — с аккуратно вписанными поправками, кои друзья измыслили на последнем Дантовом сеансе. Собственных стихов Лонгфелло в последнее время на столе не было. Филдс издал новый том «Домашней библиотеки», включив туда самые известные его поэмы, и все уговаривал довершить «Рассказы придорожной гостиницы», надеясь подстегнуть таким способом новые стихи. Но Лонгфелло был убежден, что никогда более ничего не напишет, и не желал даже пытаться. Перевод Данте стал некогда интерлюдией к его собственной поэзии, ко всем его Миннегагам, Присциллам и Эванджелинам[1]. Началось это четверть века назад. Последние же четыре года Данте был его утренней молитвой и дневной работой.

---

[1] Миннегага — персонаж поэмы Лонгфелло «Песнь о Гайавате» (1855), Присцилла — персонаж поэмы «Сватовство Майлза Стендиша» (1858) и Эванджелина — героиня одноименной и самой известной поэмы Лонгфелло, написанной в 1847 г.

ПЕСНЬ ПЕРВАЯ ✤

Наливая себе вторую и последнюю чашку кофе, Лонгфелло размышлял о письме, которое, если верить слухам, отослал своим английским друзьям Фрэнсис Чайлд[1]: «Лонгфелло и его кружок подхватили тосканскую лихорадку — сравнительно с Данте сам Мильтон у них теперь гений второго сорта». Для английских и американских ученых ценителей Мильтон служил золотым образцом религиозного поэта. Однако Рай и Ад он наблюдал сверху и снизу, с почтением, но извне — безопасное преимущество. Филдс, дипломатично следя за тем, чтобы никого не задеть, немало смеялся, когда в Авторской Комнате на Углу Артур Хью Клаф[2] пересказывал комментарий Чайлда; Лонгфелло, однако, выслушал этот их обмен с некоторым раздражением.

Он окунул перо в чернила. Из трех замысловато изукрашенных письменных приборов один он любил более прочих, ибо тот принадлежал ранее Сэмюэлу Тейлору Кольриджу, затем — лорду Теннисону[3]: последний и прислал его Лонгфелло в подарок, сопроводив пожеланиями успеха в переводе Данте. Затворник Теннисон принадлежал к непростительно малому для той страны числу людей, понимавших Данте, почитавших его и знавших всю «Комедию», а не только отдельные эпизоды из *«Inferno»*. Испания высказывала поначалу приверженность Данте, после удушенную официальными догмами и растоптанную инквизицией. Во Франции с легкой руки Вольтера распространилась враждебность к Дантовому «варварству», каковая продолжалась и по сей день. Даже в Италии, где Данте был известен наиболее широко, его то и дело ставили к себе на службу боровшиеся за власть фракции. Лонгфелло часто думал о двух желаниях, более всего мучивших Данте, когда вдали от возлюбленной Флоренции он сочинял «Боже-

---

[1] Фрэнсис Чайлд (1825—1896) — американский ученый и просветитель. Изучал, собирал и систематизировал народные баллады.
[2] Артур Хью Клаф (1819—1861) — поэт, выражавший в своих произведениях сомнения в религиозных догмах.
[3] Альфред Теннисон (1809—1892) — английский поэт, считающийся лучшим представителем викторианской эпохи в поэзии.

ственную Комедию»: первое — победить и вернуться на родину, чему так и не суждено было воплотиться, и второе — опять увидеть свою Беатриче, что было невозможно.

Данте бесприютно скитался, принужденный для записи сочинений едва ли не одалживать чернила. Приближаясь к стенам чужого города, он не мог не вспоминать о том, что никогда более не войти ему в ворота Флоренции. Вглядываясь в башни феодальных замков, венчавших дальние холмы, он чувствовал, сколь высокомерны сильные и унижены слабые. Любой ручей, любая речка напоминали ему об Арно; любой услышанный голос сообщал своим чуждым говором о том, что поэт — в изгнании. Поэма Данте — это, по меньшей мере, поиски дома.

Лонгфелло был педантом: раннее утро он отводил для письма, позднее — для личных занятий, отказывая до полудня любым визитерам, исключая, разумеется, детей.

Поэт разложил пачку неотвеченных писем и пододвинул ближе коробку, в которой хранил бумажные квадратики с автографами. Публикация «Эванджелины» несколько лет назад заметно расширила его известность, и с тех пор он регулярно получал письма от незнакомых людей, в большинстве своем — с просьбами автографов. Молодая женщина из Виргинии вложила в письмо украшенную ее собственным портретом *carte de visite*[1], приписав на обратной стороне: «Есть ли в том изъян?» — и пониже адрес. Лонгфелло поднял бровь и оставил ей стандартный автограф без комментариев. Затем подумал, что стоило написать: «Молодость — также изъян». Запечатав две дюжины конвертов, он сочинил любезный отказ другой леди. Не хотелось выглядеть неучтивым, однако сия ходатайка требовала пятьдесят автографов, объясняя, что сделает из них таблички с именами гостей и расставит на обеденном столе. Совсем по-иному поэта немало позабавила история другой женщины — та рассказала о девочке, которая, найдя у себя на подушке паука-долго-

---

[1] Визитная карточка (*фр.*).

ножку, помчалась в гостиную. Когда ее спросили, в чем дело, малышка объявила: «У меня в комнате — мистер Лонгфелло!»[1]

Он рад был найти в пачке свежей почты записку от Мэри Фрер, молодой леди из Оберна, Нью-Йорк, с каковой он познакомился летом в Нахантe: вечерами, уложив девочек спать, они часто гуляли по каменистому берегу, беседуя о новинках поэзии и музыки. Лонгфелло написал ей длинное письмо, рассказав, сколь часто все три его дочери спрашивают о ее делах и умоляют узнать, где мисс Фрер намерена провести следующее лето.

От писем его отвлекал постоянный соблазн расположенного перед столом окна. Всякую осень поэт ждал возрождения творческих сил. Груда осенних листьев на решетке для очага походила на пламя. Он замечал, что теплый ясный день убывает быстрее, нежели это виделось из бурых стен его кабинета. Окно выходило на открытый луг — Лонгфелло купил недавно еще несколько акров, и теперь луг простирался до переливчатой реки Чарльз. Поэта забавляла всеобщая убежденность в том, что он пошел на эти траты, дабы прекрасный вид поднял стоимость его владений, тогда как на самом деле ему хотелось попросту его сберечь.

На деревьях теперь висели не только листья, но и темные плоды, на кустах — не только соцветия, но и гроздья ягод. В ветре слышалась грубоватая сила — голос не любовника, но мужа.

День шел своим чередом. После ужина Лонгфелло отпустил прислугу и решился просмотреть наконец все нечитанные газеты. Однако, включив в кабинете лампу, он провел за ними лишь несколько минут. Вечерний выпуск «Транскрипта» открывался объявлением Эдны Хили. Статья содержала подробности убийства Артемуса Хили, кои вдова утаивала до сей поры «по настоянию шефа полиции и прочих официальных персон». Лонгфелло не мог читать дальше, хотя опреде-

---

[1] По-англ. долгоножка — daddy-long-legs («длинноногий папочка»). Фамилию «Longfellow» можно перевести как «длинный приятель».

ленные детали этой заметки, как он понял в следующие полные событий часы, непрошено проникли в его сознание; не боль самого судьи сделалась невыносимой для Лонгфелло, но страдание его вдовы.

Июль 1861 года. Лонгфелло должны были уже быть в Наханте. Там их ждал прохладный морской бриз, однако по причине, коей никто сейчас не помнил, они оставались в пылающем солнцем и жарой Кембридже.

В кабинет из соседней с ним библиотеки ворвался мучительный вопль. Две маленькие девочки закричали от ужаса. В тот вечер Фанни Лонгфелло с восьмилетней Эдит и одиннадцатилетней Элис запечатывала в памятные пакетики только что остриженные девчоночьи локоны; маленькая Энни Аллегра уже крепко спала наверху. В пустой надежде впустить в дом немного воздуха Фанни открыла окно. Самая правдоподобная версия последующих дней — ибо никто не видал прежде ничего подобного, никто воистину не мог видеть ничего столь скорого и столь случайного — заключалась в том, что чешуйка горячего сургуча упала на легкое летнее платье. Фанни вспыхнула в один миг.

Лонгфелло стоял в кабинете у конторки, намереваясь черным песком просушить только что сочиненное стихотворение. Из соседней комнаты, крича, вбежала Фанни. Ее платье было пламенем и охватывало тело, точно подогнанный по фигуре восточный шелк. Лонгфелло обернул ее пледом, повалил на пол.

Когда пламя погасло, он отнес дрожащее тело по лестнице в спальню. Позже ночью доктор дал Фанни эфир, и она уснула. Утром она храбрым шепотом уверяла Лонгфелло, что ей почти не больно, выпила кофе и впала в кому. Отпевание проходило в библиотеке Крейги-Хауса, совпав с восемнадцатой годовщиной их свадьбы. Огонь пощадил одну лишь голову, и прекрасные волосы убрали венком апельсиновых соцветий.

Собственные ожоги удерживали поэта в постели, но он слышал, как плачут его друзья, мужчины и женщины, там внизу, в гостиной: они оплакивали его, он знал это, а не только Фанни. В бредовом, но тревожном сознании он различал людей по плачу. Ожоги на лице вынудили его отрастить тяжелую бороду — не столько ради сокрытия шрамов, сколько потому, что он не мог теперь бриться. Бурые пятна на худых ладонях долго не заживали, саднили и напоминали о несчастье, затем побелели и стали незаметны.

Лонгфелло лежал тогда в спальне, забинтованные руки были подняты кверху. Целую неделю, проходя мимо его дверей, девочки слышали, как из комнаты в коридор выплескиваются одни и те же окутанные бредом слова. Ладно еще маленькая Энни не могла их понять.

— Почему я ее не спас? Почему я ее не спас?

Когда смерть Фанни стала для него реальностью, когда он смог, не теряя самообладания, опять смотреть на своих девочек, Лонгфелло отпер ящик для бумаг, куда некогда сложил фрагменты перевода Данте. Большинство из них сочинялось в легкие времена школьных упражнений и никуда не годилось. То не была поэзия Данте Алигьери, то была поэзия Генри Лонгфелло — язык, стиль, ритм — строки содержали в себе его собственную жизнь. Начав заново, на этот раз — с *Paradiso*, он уже не стремился подгонять стиль, дабы повторить Дантовы слова. Он стремился к Данте. Лонгфелло искал спасения у себя за столом, его оберегали три юные дочери, их гувернантки, терпеливые сыновья — теперь непоседливые взрослые мужчины, — слуги и Данте. Лонгфелло вскоре понял, что едва ли сможет написать хотя бы слово своих стихов, но был не в состоянии оторваться от работы над Данте. Перо в его руке ощущалось кувалдой. Трудно орудовать им с проворством, но что за неуловимая мощь...

А вскоре он обнаружил за своим столом подкрепление: сперва Лоуэлла, затем Холмса, Филдса и Грина. Лонгфелло не раз повторял, что они учредили свой Дантов клуб, дабы заполнить чем-либо промозглые новоанглийские зимы. То был робкий способ выразить, насколько этот клуб для него важен. Внимание к огрехам и недоработкам оказалось не самой приятной для Лонгфелло чертой их взаимодействия, но когда критика становилась особенно острой, ее сглаживал завершающий ужин.

Возвратясь к редакции последних песен *Inferno*, Лонгфелло вдруг услыхал с улицы глухой стук. Трэп залился визгливым лаем.

— Мастер Трэп? В чем дело, старина?

Однако Трэп, не найдя источника беспокойства, зевнул и зарылся обратно в теплую соломенную подстилку своей корзинки из-под шампанского. Лонгфелло выглянул из окна неосвещенной столовой и сперва не увидел ничего. Затем из темноты появилась пара глаз, а вслед за нею — что-то вроде слепящей вспышки. У Лонгфелло заколотилось сердце — не столько от самого явления, сколько от вида лица, ежели то и вправду было лицо; встретившись глазами с хозяином дома, оно вдруг исчезло, а от дыхания Лонгфелло запотело стекло. Поэт отпрянул, ударился о буфет и головой столкнул на пол фамильный сервиз Эпплтонов (как и весь Крейги-Хаус, подаренный к свадьбе отцом Фанни). Сложносоставной дребезг и последовавшее за ним звучное эхо заставили Лонгфелло нелепо и сдавленно вскрикнуть.

Трэп скреб когтями и тявкал изо всех своих немощных сил. Лонгфелло выскочил из столовой в гостиную, затем к лениво затухавшему очагу библиотеки, где принялся внимательно всматриваться в окно в поисках каких-либо иных признаков этих глаз. Он надеялся, что в дверях сейчас появится либо Джейми Лоуэлл, либо Уэнделл Холмс с извинениями за то, что в столь поздний час нечаянно испугали хозяина. Но рука Лонгфелло дрожала, а за окном не было ничего, помимо темноты.

Крик Лонгфелло пронесся вдоль Брэттл-стрит, однако уши Лоуэлла были в тот миг наполовину погружены в ванну. Опустив веки, профессор слушал пустой плеск воды и размышлял о том, на что ушла жизнь. Окошко у него над головой было открыто и снабжено подпоркой, а ночь стояла холодная.

Войди сейчас Фанни, она бы немедля отправила его в теплую постель.

Лоуэлл добился известности, когда большинство именитых поэтов оставались значительно его старше, включая Лонгфелло и Холмса, родившихся примерно на десять лет ранее. Лоуэлл настолько сжился с титулом «молодой поэт», что, потеряв его к сорока восьми годам, уверился, будто сделал что-то не так.

Он равнодушно попыхивал четвертой за день сигарой, не обращая внимания на то, как пепел пачкает воду. Он помнил времена, всего несколько лет назад, когда его тело в этой же ванне чувствовало себя много просторнее. Он недоумевал, куда подевалась запасная бритва, спрятанная им за пару лет до того на верхней полке. Неужто Фанни или Мэб, оказавшись более проницательными, нежели он позволял себе думать, почуяли черные мысли, столь часто нагонявшие на него трепет именно в этой ванне? В юности, еще до знакомства со своей первой женой, Лоуэлл носил в кармане жилета стрихнин. Говорил, что каплю черной крови он унаследовал от несчастной матушки. Примерно тогда же Лоуэлл приставил ко лбу взведенный пистолет, но так и не решился нажать на курок, чего до сей поры искренне стыдился. Он льстил себе, думая, что смог бы отважиться на столь безвозвратный поступок.

Когда умерла Мария Уайт Лоуэлл, муж, проживший с ней девять лет, впервые почувствовал себя старым, точно нежданно обрел прошлое, нечто чуждое настоящей жизни, из которой он оказался теперь изгнан. Лоуэлл спрашивал Холмса, что думает профессор медицины о его черных мыслях. Холмс порекомендовал пунктуальный отход ко сну в десять тридцать вечера, а по утрам — холодную воду вместо кофе. Это даже к лучшему, думал теперь Лоуэлл, что Уэнделл сменил стетоскоп на профессорскую кафедру — у доктора никогда не доставало терпения до конца наблюдать боль.

После смерти Марии у маленькой Мэйбл служила гувернанткой Фанни Данлэп; человек посторонний, возможно, сказал бы, что это неизбежно — в глазах Лоуэлла она заняла место Марии. Он легче, нежели опасался заранее, привык к новой простушке-жене, за что друзья не раз его порицали. Но Лоуэлл не выставлял свое горе напоказ. В глубине души он питал отвращение к сентиментальности. И потом, чем дальше, тем менее реальной представлялась ему Мария. Она была видением, смыслом, бледным небесным отблеском, звездой, тающей перед восходом солнца. «Моя Беатриче», — писал Лоуэлл у себя в дневнике. Но даже эта необременительная догма требовала всех сил его души — время шло, и ныне мысли Лоуэлла занимал разве что прозрачнейший призрак Марии.

Помимо Мэйбл, Мария родила ему троих детей: один дожил до двух лет, другие умерли еще раньше. Смерть последнего, Уолтера, произошла за год до смерти самой Марии. Вскоре после свадьбы у Фанни случился выкидыш, и с тех пор она не могла иметь детей. Таким образом, у Джеймса Рассела Лоуэлла осталась единственная дочь, и ее без затей растила бесплодная мачеха.

Когда Мэйбл была еще маленькой, Лоуэлл полагал достаточным, если она вырастет сильной и простоватой маленькой шалуньей, любительницей лазать по деревьям и лепить из грязи пирожки. Он учил ее плавать, кататься на коньках и проходить в день двадцать миль, как привык это делать сам.

Однако с незапамятных времен у Лоуэллов рождались сыновья. Три племянника Джейми Лоуэлла отправились на военную службу и сложили головы в армии Союза. В том заключалось их предназначение. Дед Лоуэлла был автором первого в Массачусетсе закона, запрещавшего рабство. Однако Дж. Р. Лоуэлл не родил сына, у него не было Джеймса Рассела Лоуэлла-младшего, и некому оказалось внести вклад в самое благое деяние века. Проживший всего несколько месяцев Уолт гляделся крепышом, и, можно не сомневаться, вырос бы столь же высоким и храбрым, как капитан Оливер Уэнделл Холмс-младший.

Лоуэлл не отказал своим рукам в удовольствии подергать за моржовые усы — намокшие кончики закручивались, как у заправского султана. Он размышлял о «Норт-Американ Ревью» и о том, сколь много он съедает времени. Возня с рукописями и корреспонденцией явно выходили за круг его способностей, и эту работу издавна брал на себя более пунктуальный соредактор Чарльз Элиот Нортон[1] — до той поры, пока не отправился в путешествие по Европе, ибо миссис Нортон было крайне важно поправить здоровье. Разбирательства со стилем, грамматикой и пунктуацией в чужих материалах, а также постоянные просьбы друзей, как обладавших, так и не обладавших способностями к сочинительству, но одинаково желавших публикаций, убивали в Лоуэлле всякое стремление писать самому. Преподавательская рутина так же и с не меньшим успехом гасила поэтические порывы. Более, нежели когда-либо, он ощущал, как Гарвардская Корпорация заглядывает ему через плечо, выпытывает, допрашивает, раскапывает и разрыхляет, врубается, вворачивается, вгрызается (наверняка, изрыгая проклятия) ему в мозг, точно целая армия калифорнийских переселенцев. Дабы оживить воображение, ему потребен всего-то год свободы — не делать ничего, лишь смотреть, как расплываются по траве солнечные блики. Навестив недавно в Конкорде Готорна, Лоуэлл позавидовал: его друг соорудил себе на крыше башню, попасть в нее можно только сквозь секретный люк, над которым романист водрузил тяжелое кресло.

Лоуэлл не услышал на лестнице шагов и не заметил, как распахнулась дверь ванной. Фанни притворила ее за собой.

Лоуэлл виновато сел.

— Сквозняка почти не ощущается, дорогая.

В широко расставленных, почти восточных глазах Фанни бегали тревожные искры.

— Джейми, здесь сын садовника. Я спросила, в чем дело, но он желает говорить только с тобой. Я отвела его в музыкальную комнату. Бедняга совсем запыхался.

---

[1] Чарльз Элиот Нортон (1827—1908) — американский ученый-гуманист. Преподавал в Гарварде историю искусства, основал журнал «Нэйшн», а также перевел на английский язык прозу Данте.

Лоуэлл завернулся в халат и, перепрыгивая через ступеньки, сбежал по лестнице. У пианино, будто нервный музыкант перед концертом, застыл неуклюжий молодой человек с торчащими из-под верхней губы лошадиными зубами.

— Сэр, простите, что побеспокоил... я шел по Брэттл, и мне показалось, в Крейги-Хаусе шум какой-то... подумал было заглянуть к профессору Лонгфелло, не стряслось ли чего — все говорят, такой человек хороший, — только ж он меня не знает совсем...

У Лоуэлла заколотилось сердце. Он схватил мальчика за плечи:

— Какой шум, говори.

— Треск вроде сильный. Как будто что-то разбилось. — Молодой человек безо всякого успеха пытался изобразить звук руками. — Этот глупыш — Трэп, да? — лаял так, что Плутон проснется. И вроде громко кричали, сэр. Я таких воплей отродясь и не слыхивал, сэр.

Лоуэлл велел мальчику ждать, а сам помчался к шкафу с одеждой, откуда извлек домашние туфли и брюки из шотландки, в нормальные дни вызывавшие у Фанни эстетические возражения.

— Джейми, ты никуда не пойдешь, — объявила Фанни Лоуэлл. — В такой час на улице одни душители!

— Лонгфелло, — сказал Лоуэлл. — Мальчик говорит, там что-то стряслось.

Фанни притихла. Лоуэлл пообещал ей взять с собой охотничье ружье, повесив его на плечо, и зашагал за сыном садовника по Брэттл-стрит.

Даже у дверей Лонгфелло все не мог унять дрожь, а увидав у Лоуэлла ружье, затрясся пуще прежнего. После он извинился за беспокойство и без прикрас описал происшествие, настаивая, что ему от волнений попросту что-то почудилось.

— Карл. — Лоуэлл опять взял за плечо сына садовника. — Сбегай-ка в участок и приведи-ка патрульного.

— Да что вы, в том нет нужды, — проговорил Лонгфелло.

— Тут прошла волна грабежей, Лонгфелло. Полиция проверит соседские дома и убедится, что все в порядке. Подумайте также о других.

Лоуэлл ждал от Лонгфелло новых возражений, но тот согласился. Лоуэлл кивнул Карлу, и мальчишка, подхлестываемый страстью к приключениям, рванул в Кембриджский полицейский участок. Лоуэлл поднялся в кабинет, плюхнулся в кресло рядом с Лонгфелло и запахнул над брюками халат. Лонгфелло принялся извиняться, что по столь ничтожному поводу вытащил Лоуэлла из дому, — он настаивал, чтобы друг воротился в Элмвуд. Но также настаивал и на свежезаваренном чае.

Однако Джеймсу Расселлу Лоуэллу отчего-то думалось, что страх Лонгфелло был отнюдь не ничтожным.

— Фанни скажет, что так и должно быть, — сказал он, усмехаясь. — Мою привычку открывать в ванной окно она именует «смертью от купания».

Даже теперь, произнося перед Лонгфелло имя Фанни, Лоуэлл ощущал неловкость и умышленно менял тон. Это имя отнимало у Лонгфелло нечто важное — рана его была свежа. О своей Фанни он не говорил никогда. Не сочинил в память о ней ни сонета, ни элегии. Его дневник не содержал ни единого упоминания о смерти Фанни Лонгфелло: первой записью после ее гибели стали строки из стихотворения Теннисона: «Спи, моя радость, нежное сердце, спи в тишине»[1]. Лоуэлл, кажется, понимал, отчего в последние пять лет Лонгфелло целиком погрузился в Данте и почти не писал собственных стихов. Если бы он сочинял свое, искушение записать ее имя буквами стало бы чересчур сильным — и тогда она сделалась бы всего лишь словом.

— Возможно, некий любопытный забрел поглазеть на дом Вашингтона, — мягко усмехнулся Лонгфелло. — Я не рассказывал, как на минувшей неделе один такой явился глядеть на «штаб-квартиру генерала Вашингтона, будьте добры»?

---

[1] Строка из стихотворения Теннисона, озаглавленного инициалами Дж. С.

Уходя, и, очевидно, размышляя, куда б направиться далее, он спросил, не живет ли неподалеку Шекспир.

Оба рассмеялись.

— Евина дочь! Что же вы ему ответили?

— Что ежели Шекспир и перебрался в наши места, я его пока что не встречал.

Лоуэлл откинулся на спинку плетеного кресла.

— Прекрасный ответ, как всегда. С таким числом убогих Кембриджу давно пора зваться святым градом. Вы работали над Данте, в этот час? — Корректура, которую недавно доставал Лонгфелло, лежала сейчас на зеленом столе. — Мой дорогой друг, ваше перо никогда не просыхает. Вы изнуряете себя, право слово.

— Я совершенно не устаю. Иногда, правда, чувствую, как увязаю, ровно колеса в глубоком песке. Но что-то подталкивает меня к этой работе, Лоуэлл, и не дает отдыху.

Лоуэлл изучал корректуру.

— Песнь Шестнадцатая, — сказал Лонгфелло. — Пора отдавать в печать, но у меня сомнения в одной части. Когда Данте встречает трех флорентийцев, он говорит: *«S'i' fossi stato dal foco coperto...»*

— «Будь у меня защита от огня, — прочел Лоуэлл перевод друга, когда тот договорил эту строку по-итальянски. — Я бросился бы к ним с тропы прибрежной, и мой мудрец одобрил бы меня». Да, нам не должно забывать, что Данте не просто изучает Ад; проходя сквозь него, он навлекает на себя как физическую, так и метафизическую опасность.

— Не могу подобрать достаточно верную английскую версию. Кто-то, возможно, скажет, что в переводе голос иноязычного автора неизбежно меняется, подчиняясь гладкости стиха. Напротив, переводчик подобен свидетелю в суде: я желал бы поднять правую руку и поклясться говорить правду, всю правду и ничего, кроме правды.

Трэп залаял и принялся царапать Лонгфелло брючину. Хозяин улыбнулся:

— Трэп столь часто бывал в печатной конторе, что полагает, будто все это время также переводил Данте.

ПЕСНЬ ПЕРВАЯ

Однако Трэп облаивал отнюдь не философию перевода. Терьер бросился в переднюю. За дверьми раздался громоподобный стук.

— А, полиция, — воскликнул Лоуэлл, пораженный быстротой появления. Он подкрутил мокрые усы.

Лонгфелло отворил дверь.

— Вот так неожиданность, — воскликнул он со всем радушием, на какое был в тот миг способен.

— Как? — В широком проеме стоял Дж. Т. Филдс, стаскивая с головы шляпу и сдвигая к переносице брови. — Я получил записку, пока играл в вист — на той раздаче я бы разнес Бартлетта[1] в пух и прах! — Он коротко улыбнулся и повесил на крючок шляпу. — В записке говорилось, чтобы я немедля шел сюда. У вас все в порядке, мой дорогой Лонгфелло?

— Я не посылал никаких записок, Филдс, — извинился Лонгфелло. — Холмс был не с вами?

— Нет, мы прождали его полчаса, потом стали сдавать.

Послышался сухой шорох, звук приближался. Миг спустя показалась низкорослая фигура Оливера Уэнделла Холмса: сминая высокими каблуками полдюжины листьев за один шаг и свернув для быстроты с кирпичной дорожки, доктор несся к дому Лонгфелло. Филдс отпрянул, и Холмс с сопением влетел мимо него в прихожую.

— Холмс? — только и сказал Лонгфелло.

Неистовый доктор с ужасом узрел, сколь заботливо Лонгфелло прижимает к груди стопку Дантовых песней.

— Господи боже, Лонгфелло, — вскричал доктор Холмс. — Уберите это прочь!

---

[1] Джон Бартлетт (1820—1905) — редактор и хозяин книжного магазина при Гарвардском университете. В 1855 г. выпустил книгу «Знакомые цитаты», в основу которой легли заметки о книгах и авторах, которые он собирал для своих покупателей.

VI

Убедившись, что дверь плотно затворена, Холмс с барабанной быстротой выложил, как по дороге с рынка его осенило и как он помчался обратно в медицинский колледж, где — благодарение небесам! — выяснилось, что полиция уже отправилась обратно в Кембриджский участок. Холмс послал записку брату, у которого играли в вист, с просьбой передать Филдсу, чтоб тот немедля шел в Крейги-Хаус.

Доктор схватил за руку Лоуэлла и торопливо потряс ее — не столь в приветствии, сколь от радости, что профессор уже здесь

— Я хотел посылать за вами в Элмвуд, мой дорогой Лоуэлл, — сказал он.

— Холмс, вы упомянули полицию? — спросил Лонгфелло.

— Лонгфелло, друзья, прошу вас — пойдемте в кабинет. Обещайте сохранить все, что я вам расскажу, в строжайшей тайне.

Никто не возражал. Им нечасто доводилось видеть доктора в столь серьезном расположении духа — чересчур долго тот шлифовал свою роль аристократического комедианта к восторгу Бостона и досаде Амелии Холмс.

— Совершено убийство, — объявил Холмс приглушенным шепотом, точно проверяя, нет ли в доме лишних ушей, а может, не позволяя жуткой истории достичь набитых фолиантами шкафов. Он поворотился спиной к камину в искреннем опасении, как бы его речь не вышла сквозь трубу наружу. — Я был в медицинском колледже, — начал он наконец, — разбирался с некой работой, когда явились полицейские и потребовали помещение для дознания. Они внесли тело — покрытое грязью, вы понимаете?

Холмс замолчал, и то был отнюдь не риторический прием: оратору недоставало дыхания. От волнения он пренебрег явственными признаками астмы.

— Холмс, а мы-то здесь при чем? Для чего вы меня вытащили от Джона, не дав доиграть? — спросил Филдс.

— Погодите. — Холмс резко взмахнул рукой. Затем отодвинул купленную для Амелии буханку хлеба и выудил из кармана носовой платок. — Этот труп, этот мертвец, у него ноги... Господи, помоги нам!

Глаза Лонгфелло вспыхнули яркой синевой. Он ничего не говорил, но внимательно присматривался к Холмсовым ужимкам.

— Выпьете чего-нибудь, Холмс? — мягко спросил хозяин.

— Да. Большое спасибо, — согласился доктор, вытирая взмокший лоб. — Мои извинения. Я несся сюда стрелой, от беспокойства даже не подумал взять кэб, не мог утерпеть, а в конке боялся с кем-либо встретиться!

Лонгфелло невозмутимо прошагал в кухню. Холмс ждал питья. Лоуэлл и Филдс ждали Холмса. Лоуэлл качал головой, глубоко сожалея, что его друг оказался столь несдержан. Вновь появился хозяин — принес стакан бренди со льдом, любимого Холмсова напитка. Доктор схватил стакан. Бренди обволакивало горло.

— Женщина искушала мужчину, дабы он ел, мой дорогой Лонгфелло, — проговорил доктор. — Никто и слыхом не слыхивал, чтоб Ева упрашивала Адама выпить, ибо в том он знал толк изначально.

— Довольно, Уэнделл, — поторопил его Лонгфелло.

— Замечательно. Я видел. Вы понимаете? Я стоял подле трупа, так близко, как сейчас к Джейми. — Доктор Холмс шагнул к креслу Лоуэлла. — Человека сожгли заживо, перевернули головой вниз, ногами в воздух. Обе подошвы, джентльмены, сожжены ужасающе. Их прожарили так, что я никогда... м-да, я буду помнить их, пока мать-природа не укроет меня фиалками!

— Мой дорогой Холмс, — проговорил Лонгфелло, однако Холмс еще не закончил и не желал прерываться даже ради Лонгфелло:

— Он был без одежды. Возможно, ее сняла полиция — нет, я убежден, его так и нашли, они о том упоминали. Я видел его лицо, понимаете. — Холмс потянулся за бренди, но обнаружил в стакане лишь следы. Он сжал зубами кусочек льда.

— Священник, — сказал Лонгфелло.

Обернувшись, Холмс недоверчиво на него уставился и разгрыз боковыми зубами ледяшку.

— Да. Именно.

— Лонгфелло, вам-то откуда знать? — Филдс обернулся, вдруг сбитый с толку историей, не имевшей, как он все еще полагал, к нему отношения. — В газетах быть не могло, поскольку Уэнделл все это видел только... — И тут до Филдса дошло. До Лоуэлла тоже.

Лоуэлл набросился на Холмса, точно намереваясь его поколотить:

— С чего вы решили, что тело держали вниз головой, Холмс? Вам сообщила полиция?

— Да нет.

— Вы ищете повод, дабы мы забросили перевод, вас пугают неприятности от Гарварда. Все это домыслы.

— Им нет нужды сообщать мне то, что я и без них прекрасно вижу, — огрызнулся доктор Холмс. — Никто из вас не изучал медицину. Лучшую часть моей жизни в Европе и Америке я отдал постижению азов моей профессии. Послушайте, когда либо вы, либо Лонгфелло вдруг заговорите о Сервантесе, я почувствую себя невеждой — да, я вполне осведомлен о Сервантесе и почитаю его, однако принужден буду слушать вас, поскольку вы, а не я потратили время на его изучение!

Теперь Филдс видел, что Холмс взволнован не на шутку.

— Мы понимаем, Уэнделл. Прошу вас.

ПЕСНЬ ПЕРВАЯ

Когда бы Холмс не остановился и не перевел дыхание, он лишился бы чувств.

— Труп *был* поставлен на голову, Лоуэлл. Я видел следы слез и пота, стекавшего вверх по его лбу, — слышите меня: стекавшего вверх. Лицо было налито кровью. И лишь разглядев этот застывший на лице ужас, я узнал преподобного Элишу Тальбота.

Имя их сразило. Старого тирана Кембриджа перевернули головой вниз, лишили свободы, ослепили землей и оставили в невозможности пошевелиться, кроме разве что отчаянно болтать горящими ногами — в точности как Дантовых Святокупцев, духовных лиц, принимавших плату за употребление во зло своего сана...

— Это не все, ежели вам угодно. — Холмс стремительно разгрыз ледяшку. — На освидетельствовании полицейский упомянул, что его нашли в подземном склепе Второй унитарной церкви — церкви Тальбота! Выше пояса тело покрыто землей. Но ни пятнышка ниже. Его закопали нагого, вниз головой, с торчащими вверх ногами!

— Когда его нашли? И кто? — строго спросил Лонгфелло.

— Ради всего святого, — вскричал Холмс. — Откуда мне знать подобные частности?

Лонгфелло наблюдал, как подползает к одиннадцати малая стрелка лениво тикающих часов.

— В вечерней газете вдова Хили объявила о награде. Судья Хили не умер естественной смертью. Она убеждена, что сие также было убийством.

— Но Тальбота не просто убили, Лонгфелло! Неужто я принужден говорить вслух то, что ясно, как Божий день? Это Данте! Кому-то потребовался Данте, дабы убить Тальбота! — Холмс кричал, возмущение красило его щеки в пунцовый цвет.

— Вы читали вечерний выпуск, мой дорогой Холмс? — терпеливо спросил Лонгфелло.

— Конечно! Кажется. — В холле медицинского колледжа он бегло просмотрел газеты, когда шел готовить к понедельнику анатомические схемы. — Что там?

Лонгфелло нашел газету. Филдс развернул.

— «Новые зловещие подробности таинственной смерти верховного судьи Артемуса С. Хили», — прочел Филдс, достав перед тем из кармана жилета квадратные очки. — Типичная ошибка наборщика. Второе имя Хили — Прескотт.

Лонгфелло сказал:

— Прошу вас, Филдс, пропустите первую колонку. Читайте, как нашли тело — на лугу за домом Хили, неподалеку от реки.

— Окровавленное... лишенное костюма и белья... противоестественно покрытое кишащими...

— Далее, Филдс.

— Насекомыми?

Мухи, осы, личинки — перечисляла газета виды насекомых. А неподалеку, во дворе «Обширных Дубов», был найден флаг необъяснимого для семейства Хили происхождения. Лоуэллу очень хотелось отвергнуть мысль, гулявшую вслед за газетой по комнате, но вместо этого он повалился в плетеное кресло и откинулся на спинку; нижняя губа его тряслась, как выходило всякий раз, когда ему нечего было сказать.

Все обменялись умоляющими взглядами, точно высматривая среди себя умнейшего, кто растолковал бы прочим, что это всего лишь совпадение, случайная аллюзия либо хорошо поставленный розыгрыш, а после опроверг бы очевидный вывод: преподобного Тальбота зажарили вместе со Святоскупцами, верховного же судьи Хили бросили к Ничтожным. Однако всякая новая подробность лишь убеждала в том, что опровержение невозможно.

— Все сходится, — сказал Холмс. — Для Хили все сходится: грех невовлеченности и воздаяние. Чересчур долго он не желал отзываться на закон о беглых рабах. Но Тальбот? Я не слыхал и намека, чтобы он как-либо осквернил свою кафедру — помогай мне, Феб! — Холмс подпрыгнул, увидав прислоненное к стене ружье. — Лонгфелло, ради всего святого, это еще зачем?

Лоуэлл вздрогнул, вспомнив, для чего он первоначально явился в Крейги-Хаус.

— Видите ли, Уэнделл, Лонгфелло почудилось, будто у его дома бродит грабитель. Мы отправили садовникова сына за полицией.

— Грабитель? — переспросил Холмс.

— Фантом, — Лонгфелло покачал головой.

Неловко вскочив, Филдс топнул по ковру.

— Самое время! — Он обернулся к Холмсу. — Мой дорогой Уэнделл, вас запомнят как доброго гражданина своей страны. Сейчас явится полицейский, мы сообщим ему, что у нас есть известия об этих убийствах, и пускай ведет сюда своего шефа. — Филдс пустил в ход свой излюбленный начальственный тон, однако, взглянув на Лонгфелло, тут же осекся.

Лонгфелло не шевелился. Каменно-голубые глаза смотрели вперед на основательно потрепанные корешки его собственных книг. Неясно было, слышал ли он вообще эту часть разговора. Столь редкий отрешенный взгляд, молчание, руки перебирают пряди бороды, неукротимое спокойствие оборачивается холодом, девичий румянец глядится смуглостью — от всего этого друзьям сделалось не по себе.

— Да, — сказал Лоуэлл, пытаясь пролить на замечание Филдса нечто вроде всеобщего облегчения. — Разумеется, мы изложим полиции наше предположение. В нем наверняка содержится животворная весть, коя, безусловно, поможет растолковать все это безобразие.

— Нет! — Холмс задыхался. — Мы не должны никому говорить. Лонгфелло! — в отчаяньи воскликнул доктор. — Это необходимо сохранить в тайне! Все, кто сейчас находится в этой комнате, — вы обещали держать язык за зубами, и пусть разверзнутся небеса!

— Полноте, Уэнделл. — Лоуэлл склонился над миниатюрным доктором. — Нынче не время держать руки в карманах! Убито два человека, двое джентльменов нашего с вами круга!

— Да, но кто мы такие, чтоб влезать в это кошмарное дело? — взмолился Холмс. — Полиция проведет расследование. Уж наверняка они отыщут злоумышленника и без нашего участия!

— Кто мы такие, чтобы влезать! — с издевкой повторил Лоуэлл. — У полиции нет ни единого шанса даже помыслить об этом, Уэнделл! Они будут гоняться за собственным хвостом, а мы — сидеть на месте!

— Вы предпочитаете, чтоб они гонялись за нашим хвостом, Лоуэлл? Что мы понимаем в убийствах?

— К чему тогда было беспокоиться и вообще сюда являться, Уэнделл?

— Нам необходимо знать, как защитить себя! Я сделал для нас всех доброе дело, — отвечал Холмс. — Нам грозит опасность!

— Джейми, Уэнделл, прошу вас... — Филдс встал меж ними.

— Ежели вы собрались в полицию, увольте меня от этого, — с дрожью в голосе добавил Холмс и сел. — Вам придется пренебречь моим принципиальным возражением и категорическим отказом.

— Обратите внимание, джентльмены. — Лоуэлл демонстративно дернул рукой в сторону Холмса. — Когда мир нуждается в докторе Холмсе, доктор Холмс занимает свою излюбленную позицию — садится на задницу.

Холмс обвел глазами кабинет, надеясь, что хоть кто-нибудь выскажется в его поддержку, после чего еще глубже нырнул в кресло, обреченно потянул золотую цепочку, запутался в ключе «Фи-Бета-Каппы», достал хронометр и сверил его с ходиками красного дерева, едва ли не убежденный, что все часы Кембриджа готовы в любой миг встать замертво.

Речь Лоуэлла звучала убедительнее всего, когда он вел ее с мягкой самоуверенностью, — так он и заговорил, поворотившись к хозяину дома:

— Мой дорогой Лонгфелло, когда объявится офицер, нам необходимо иметь записку, адресованную шефу полиции, в коей мы и объясним все, что, по нашему разумению, только что выяснили. А значит, покончим с этим делом, как того желает наш дорогой доктор Холмс.

— Я начну. — Филдс потянулся к ящику с писчей бумагой. Холмс и Лоуэлл завели спор по новой.

Лонгфелло тихонько вздохнул. Рука Филдса повисла над ящиком. Холмс и Лоуэлл захлопнули рты.

— Умоляю, не нужно прыжков в темноту. Прежде ответьте мне, — проговорил Лонгфелло, — кто в Бостоне и Кембридже знает об этих убийствах?

— М-да, вопрос занятный. — С перепугу Лоуэлл умудрился ответить грубо даже тому единственному, не считая собственного отца, человеку, перед которым преклонялся. — Да весь наш благословенный город, Лонгфелло! Первое — на первых страницах газет. — Он сгреб заглавный лист с подробностями смерти Хили. — Тальбот же явится следом еще до того, как пропоет петух. Судья и проповедник! С тем же успехом можно прятать под замок все мясо и пиво, какое только есть в городе!

— Очень хорошо. А кто еще в городе знает о Данте? Кто знает, что такое *«le piante erano a tutti accese intrambe»*[1]? Сколь много народу гуляет по Вашингтон-стрит и Скул-стрит, разглядывает витрины, заходит в «Джордан, Марш» узнать, какие нынче в моде шляпы, и при том размышляет про себя, что *«rigavan lor di sangue il volto, che, mischiato di lagrime»*[2], а то воображает ужас *«fastidiosi vermi»* — мерзостных червей?

— Скажите мне, кто во всем городе — нет, во всей Америке, — способен декламировать наизусть Данте, всякую его работу, всякую песнь, всякую терцию? Способен настолько хорошо, чтобы хотя б помыслить о том, как, вывернув наизнанку Дантовы воздаяния из *«Inferno»*, сотворить из них образцы для убийств?

Кабинет Лонгфелло, содержавший в тот час отборнейших говорунов Новой Англии, погрузился в зловещее молчание. Никто и не думал отвечать на вопрос, ибо сам кабинет был отве-

---

[1] Данте Алигьери. Ад. Песнь XIX. «И туловищем в камень уходил».
[2] Песнь III. «Кровь, между слез, с их лиц текла струями».

том: Генри Уодсворт Лонгфелло; профессор Джеймс Расселл Лоуэлл; профессор доктор Оливер Уэнделл Холмс; Джеймс Томас Филдс; да еще весьма узкий круг их друзей и коллег.

— Но почему, о Боже! — выговорил Филдс. — Лишь малая горстка людей способна понимать итальянский, не говоря уже об итальянском Данте; и даже те, кто мог бы, обложившись учебниками и словарями, в чем-либо разобраться, не держали в руках ни единой Дантовой книги! — Кому было знать ответ, как не Филдсу. Издатель почитал своим долгом быть в курсе предпочтений литераторов, ученых мужей и всех прочих в Новой Англии и вне ее, кого следовало брать в расчет. — Можно смело сказать, — продолжал он, — что так оно и будет до той поры, пока перевод Данте станут печатать во всяком углу Америки...

— Перевод, над которым мы и работаем. — Лонгфелло поднял вверх корректуру Песни Шестнадцатой. — Едва мы разъясним полиции, что убийства были осуществлены в точности, как это описано у Данте, кого, вы полагаете, они посчитают возможным избрать для обвинения?

— Мы будем не просто первыми, на кого падет подозрение, — добавил Лонгфелло. — Мы будем главными.

— Полноте, мой дорогой Лонгфелло, — проговорил Филдс с отчаянно серьезным смешком. — Опустимся на землю, джентльмены, мы чересчур возбуждены. Оглянитесь вокруг: профессора, почетнейшие граждане штата Массачусетс, поэты, частые гости сенаторов и прочих государственных мужей, сами не раз принимавшие их в своих домах, книгочеи... кто в реальности решится вообразить, будто мы вовлечены в *убийство*? Нимало не преувеличив, я берусь утверждать: наша репутация в обществе безупречна, мы лучшие люди Бостона!

— Каковым был и профессор Вебстер. Виселицы ясно показали всем, что никакой закон не защитит от веревки человека Гарварда, — отвечал Лонгфелло.

Доктор Холмс побелел еще пуще. Хоть ему и стало легче, когда Лонгфелло взял его сторону, последнее замечание пронзило доктора в самое сердце.

— Я пробыл тогда в медицинском колледже всего несколько лет, — начал он стеклянным голосом. — С первого дня подозрение пало на всякого преподавателя либо наставника — не исключая поэтов вроде меня. — Холмс попытался рассмеяться, но тут же иссяк. — Я был внесен в список возможных обвиняемых. Ко мне в дом приходили с допросом. Уэнделл-младший и маленькая Амелия были еще детьми, Недди — грудным младенцем. Самый страшный день в моей жизни.

Лонгфелло спокойно сказал:

— Мои дорогие друзья, умоляю, подумайте вот над чем: ежели полиция и желала бы отнестись к нам с доверием, ежели они верили нам всегда и поверят теперь, нас, тем не менее, станут подозревать, пока не найдут убийцу. А когда убийца будет найден, запачканным в крови окажется Данте — еще до того, как Америка прочтет из него хотя бы слово... И это в то время, когда наша страна не может более выносить смертей. Доктор Маннинг и Корпорация желают похоронить Данте, дабы укрепить собственные курсы, а тут им в руки попадет воистину железный гроб. На голову Данте в Америке падет то же проклятие, что и во Флоренции — на тысячу лет вперед. Холмс прав: мы никому ничего не скажем.

Филдс в изумлении обернулся к Лонгфелло.

— Под этой самой крышей мы поклялись защищать Данте, — тихо сказал Лоуэлл, глядя в напряженное лицо своего издателя.

— Давайте сперва убедимся, что мы в состоянии защитить себя и свой город, иначе в нем некому станет защищать Данте! — возразил Филдс.

— Защищать себя и Данте — в данном случае равносильно, мой дорогой Филдс. — Холмс произнес это как нечто само собой разумеющееся, поддаваясь смутному ощущению, что был прав с самого начала и что не та, значит, иная беда все ж должна была на них свалиться. — Равносильно. И ежели станет известно, обвинят не нас одних, но также католиков, иммигрантов...

Филдс понимал, что его поэты правы. Явись они сейчас в полицию, их положение станет не лучше, чем у обитателей лимбо, а возможно, и гораздо хуже.

— Боже, помоги нам. Мы погибнем, — выдохнул он. Однако думал Филдс не о правосудии. Куда успешнее палачей трудились в Бостоне репутации и слухи. Капризная не менее самих поэтов публика таит в душе щепотку нездоровой ревности к своим кумирам. Весть о любой, пускай даже самой малой связи со столь скандальным убийством распространится по округе быстрее, нежели разнесенная телеграфом. Филдсу уже доводилось с отвращением наблюдать, как после ничтожнейших сплетен вываливались в уличной грязи самые безукоризненные репутации.

— Возможно, они и без того близко, — сказал Лонгфелло. — Помните это? — Он достал из ящика обрывок бумаги. — Не желаете ли взглянуть? Кое-что может проясниться.

Лонгфелло разгладил ладонью бумагу патрульного Рея. Друзья склонились над нею, вгляделись в корявую транскрипцию. Свет очага рисовал на изумленных лицах малиновые полосы.

Из-под львиной бороды Лонгфелло на них смотрело Реевское *«Deenan see amno atesennone turnay eeotur nadur lasheeato nay»*.

— Середина терции, — прошептал Лоуэлл. — Да! Как же мы смогли проглядеть *такое*?

Филдс схватил листок. Издатель не решился признать, что пока что ничего не видит — голова слишком гудела от всего произошедшего и не могла столь быстро переключиться на итальянский. Затем бумага затряслась у Филдса в руке. Он мягко опустил ее на стол и отдернул пальцы.

— *«Dinanzi a me non fuor cose create se non etterne, e io etterno duro, lasciate ogne»*, — продекламировал Лоуэлл. — Из надписи над вратами Ада, это всего лишь фрагмент! *«Lasciate ogne speranza, voi ch'intrate»*.

Перевод он прочел с плотно закрытыми глазами:

ПЕСНЬ ПЕРВАЯ

— «Древней меня лишь вечные созданья,
И с вечностью пребуду наравне.
Входящие, оставьте упованья».

Самоубийца в Центральном полицейском участке также видел перед собой эту надпись. Он видел Ничтожных: *«Ignavi»*. Они беспомощно лупили руками воздух, а после — собственные тела. Осы и мухи кружили над их белыми обнаженными фигурами. Жирные личинки выползали из гнилых щелей меж зубов, сбивались в кучи и тянули в себя кровь, перемешанную с солью слез. Души следовали за пустым флагом, символом их бесцельного пути. Самоубийца ощущал, как его собственная кожа оживает мухами, колеблется сгустками разъедающей плоти, необходимо бежать... хотя бы пытаться.

Лонгфелло нашел выверенную корректуру Песни Третьей и для сличения разложил ее на столе.

— О, небеса, — выдохнул Холмс, вцепляясь Лонгфелло в рукав. — Тот же офицер-мулат был на освидетельствовании преподобного Тальбота. И после убийства судьи Хили он пришел к *нам*! Он наверняка что-то знает!

Лонгфелло покачал головой:

— Не забывайте, что Лоуэлл — Смитовский профессор Колледжа. Патрульный желал всего лишь выяснить, что сие за язык, мы же были в тот миг слепы и не смогли распознать. В день заседания Дантова клуба некие студенты направили офицера в Элмвуд, а Мэйбл — сюда. Нет причин полагать, будто он что-либо знает о Дантовой природе злодеяния, равно как и вообще о переводе.

— Как же мы не увидали сразу? — удивлялся Холмс. — Грин отметил, что это, возможно, итальянский, а мы пропустили мимо ушей.

— И слава Богу, — воскликнул Филдс, — не то полиция вцепилась бы в нас немедля и тогда же!

Холмс продолжал с ожившим страхом:

— Но кто пересказал патрульному надпись над вратами? Совпадение слишком невероятно. Это непременно должно соотноситься с убийствами!

— Пожалуй, вы правы, — Лонгфелло спокойно кивнул.

— Кто мог такое произнесть? — настаивал Холмс, то так, то эдак вертя в руках обрывок бумаги. — Эта надпись, — продолжал он, — врата Ада — они в Песни Третьей, в той же, где Данте и Вергилий проходят сквозь Ничтожных! Образец для убийства верховного судьи Хили!

На ведущей к Крейги-Хаусу дорожке раздались шаги множества ног, Лонгфелло отворил дверь, и в дом, стуча выступающими зубами, влетел сын садовника. Выглянув на крыльцо, Лонгфелло обнаружил себя лицом к лицу с Николасом Реем.

— Он сказал, что пойдет со мной, сэр, мистер Лонгфелло, — проскрипел Карл при виде изумленного лица Лонгфелло, затем состроил кислую мину и поднял взгляд на Рея.

Тот произнес:

— Я находился по делу в Кембриджском участке, а тут является мальчик и говорит: у вас что-то стряслось. Местный офицер осматривает двор.

Рей почти слышал, как при звуках его голоса в кабинете воцарилось тяжелое молчание.

— Проходите, офицер Рей. — Лонгфелло не знал, что сказать еще. Он лишь объяснил, что́ его столь сильно напугало ранее.

Николас Рей опять оказался в передней, среди армии Джорджей Вашингтонов. Рука в кармане брюк теребила бумажные обрывки, некогда разбросанные в подземном склепе и еще влажные от сырой погребальной глины. Иные из этих клочков несли на себе одну либо две буквы, другие были грязны до неузнаваемости.

Шагнув в кабинет, Рей обвел глазами трех джентльменов: моржовоусого Лоуэлла в пальто поверх домашнего халата и клетчатых брюк и рядом с ним двух прочих — с расстегнутыми воротничками и ослабленными шейными платками. Двуствольное ружье опиралось о стену, на столе расположилась буханка хлеба.

Глаза Рея остановились на взбудораженном джентльмене с мальчишескими чертами — единственном, чье лицо не скрывала борода.

— Доктор Холмс помогал нам сегодня проводить осмотр в медицинском колледже, — объяснил Рей Лонгфелло. — То же дело привело меня и в Кембридж. Благодарю еще раз, доктор, за ваше содействие.

Доктор встал на цыпочки и отвесил вывернутый поклон от самого пояса:

— Сущая ерунда, сэр. Ежели вам когда-либо понадобится мое заключение, обращайтесь, не колеблясь, — робко пробормотал он и протянул Рею карточку, моментально забыв, что толку от него в том осмотре не было ни на грош. Холмс чересчур нервничал и вряд ли мог говорить обдуманно. — Как знать, вдруг бесполезный на первый взгляд латинский диагноз как-либо да поможет изловить убийцу, что разгуливает по нашему городу.

Рей молча и с признательностью поклонился в ответ. Сын садовника схватил Лонгфелло за руку и оттащил в сторону.

— Простите, мистер Лонгфелло, — залепетал мальчишка. — Я думал, разве ж это полицейский. Ни формы, ничего, пальто — как у всех. А другой офицер говорит, это нарочно, управление велело ему ходить в простой одежде, а то еще разозлятся, что ниггер в полиции, да и отдубасят!

Лонгфелло отпустил Карла, пообещав ему назавтра сладостей.

В кабинете Холмс перетаптывался с ноги на ногу, точно стоял на горячих угольях, и загораживал от взгляда Рея середину стола. Там лежала газета, раскрытая на материалах об убийстве Хили, английский перевод Песни Третьей, образца для того убийства, а меж них — клочок бумаги с Реевой писаниной: *«Deenan see amno atesennone turnay eeotur nodur lasheeato nay».*

Лонгфелло встал в проеме дверей чуть позади Рея. Патрульный ощутил быстрый поток его дыхания. От него не ускольнуло, как Лоуэлл и Филдс странно и пристально глядят на стол за спиной у Холмса.

Так резко, что движение вышло почти незаметным, Холмс вдруг вывернул руку и схватил со стола Реев листок.

— Да, офицер, — объявил доктор. — Хотелось бы вернуть вам это.

Рея захлестнула волна надежды. Он тихо сказал:

— Стало быть, вы...

— Да, да, — перебил его Холмс. — Частично, однако, все же. Мы сверили звуки со всеми книжными языками, мой дорогой офицер, и, боюсь, следует заключить: это ломаный английский. Частично так: — Холмс набрал побольше воздуха и, глядя прямо перед собой, продекламировал. — *«See no one tour, nay, O turn no doorlatch out today»*[1]. Напоминает Шекспира, хотя несколько бессмысленно, вы не находите?

Рей бросил взгляд на Лонгфелло, не менее сейчас удивленного, нежели он сам.

— Что ж, спасибо, что не забыли, доктор Холмс, — сказал патрульный. — Позвольте пожелать вам покойной ночи, джентльмены.

Они толклись на площадке лестницы, пока Рей не исчез в дальнем конце дорожки.

— *Turn no doorlatch?* — спросил Лоуэлл.

— Это убережет нас от его подозрений, Лоуэлл! — вскричал Холмс. — А вы могли бы держаться и потверже. Первейшее правило актера-кукольника: не показывай публике собственных ног!

— Неплохо придумано, Уэнделл. — Филдс ласково потрепал Холмса по плечу.

Лонгфелло хотел что-то сказать, но не мог. Он ушел в кабинет и закрыл дверь, оставив друзей неуклюже топтаться в прихожей.

— Лонгфелло! Мой дорогой Лонгфелло! — Филдс мягко постучал в дверь.

---

[1] Примерно соответствует: «Узри — никто не странствует, нет, о не выворачивай сегодня задвижку».

Взяв издателя за руку, Лоуэлл покачал головой. Холмс вдруг осознал, что держит нечто в ладони. Он бросил это на пол. Листок из Реева блокнота.

— Поглядите. Офицер Рей забыл.

Они более не могли видеть эту бумагу. То была холодная резная плита из бесцветного железа, водруженная над распахнутыми вратами Ада: там в растерянности замер Данте, там Вергилий подтолкнул его вперед.

Лоуэлл со злобой схватил бумагу и сунул изувеченные Дантовы строки в огонь лампы.

VII

Оливер Уэнделл Холмс опаздывал на заседание Дантова клуба, должное, как он полагал, стать для него последним. Он намеревался отвергнуть коляску Филдса, хотя небо над городом затянуло черным. Перед домом Лонгфелло поэт и доктор поскользнулся на слое листьев — последнем даре осени, — стержень зонтика треснул, однако Холмс всего лишь вздохнул. Чересчур многое в этом мире складывалось скверно, чтобы досадовать еще и на природу. В чистых и приветливых глазах Лонгфелло не было ни утешения, ни безмятежности знания, ни ответа на вопрос, перекручивавший докторские внутренности: как им жить дальше?

Холмс сообщит за ужином, что не станет более участвовать в переводе Данте. Лоуэлл сбит с толку последними событиями и вряд ли обвинит его в дезертирстве. Холмс опасался прослыть дилетантом. Однако ни при каких обстоятельствах он не мог даже вообразить, что продолжит как ни в чем не бывало читать Данте, позабыв про запах паленой плоти преподобного Тальбота. Доктор задыхался от неясной убежденности, что с какого-то боку они все ж в ответе за происшедшее: они зашли чересчур далеко, их еженедельные Дантовы чтения, их опрометчивая вера в поэзию выпустили в воздух Бостона воздаяния *«Inferno»*.

За полчаса до него кто-то с грохотом уже ввалился в дом, будто бы тысячная армия.

Джеймс Рассел Лоуэлл. Промок, хотя шел всего лишь от угла — он высмеивал зонтики, полагая их бессмысленным изобретением. Из обширного камина расходился мягкий жар кеннельского угля и поленьев орехового дерева, в этом тепле влажная борода Лоуэлла мерцала, точно внутренним светом.

Двумя днями ранее Лоуэлл явился на Угол, оттащил Филдса в сторону и объяснил, что так он жить не может. Сокрытие от полиции необходимо — прекрасно. Они принуждены защищать свои репутации — прекрасно. Они принуждены защищать Данте — так же прекрасно. Однако ни одно из этих замечательных обоснований не изглаживает простого факта: на карту поставлены жизни.

Филдс сказал, что пытается нащупать некую разумную мысль. Лонгфелло сказал, что он не представляет, что́, по разумению Лоуэлла, тут можно поделать. Холмс успешно избегал друзей. Лоуэлл делал все возможное, дабы собрать всех четверых вместе, однако до нынешнего дня они сопротивлялись сближению с категоричностью равных полюсов магнитов.

Теперь их фигуры образовывали круг — тот самый, в котором они сидели вот уже два с половиной года, и лишь по одной-единственной причине Лоуэлл не схватил и не потряс каждого за плечи. Мягко согнувшись в любимом зеленом кресле, эта причина была придавлена Дантовыми фолиантами: все четверо обещали не говорить о своем открытии Джорджу Вашингтону Грину.

Вот он — растопырив хрупкие пальцы, греется у очага. Все понимали, что слабому здоровью Грина не одолеть той неистовой волны, какую они теперь носили в себе. А потому древний историк и отставной пастор всего лишь жаловался с легким сердцем на то, что не имел достаточно времени собраться с мыслями — ведь Лонгфелло приспичило в последний миг поменять обсуждаемую песнь — и являл собою в тот вечер единственного жизнерадостного члена Дантова клуба.

Несколькими днями ранее Лонгфелло разослал друзьям уведомления: они разберут песнь Двадцать Шестую, где Данте встречает пылающую душу Улисса — грека и героя Троянской войны. Песнь была любима всеми, а оттого можно надеяться, что она поднимет им дух.

— Спасибо вам, что пришли, — сказал Лонгфелло.

Холмс вспомнил похороны, ставшие, если смотреть в прошлое, предвестием перевода Данте. Когда по городу разнеслась весть о гибели Фанни, иные из бостонских браминов ощутили едва заметную и вовсе нежеланную радость — никогда не осознанное до конца чувство, в коем не признались бы даже себе: проснуться утром и узнать, что беда настигла человека, столь невозможно наделенного счастием. Лонгфелло шел к славе и богатству, точно без малейшего напряжения. Доктор Холмс если испытывал в ту пору какое-либо менее достойное чувство, нежели полная и глубокая мука из-за гибели Фанни в ужасном огне, то разве что изумление либо эгоистичное волнение оттого, что осмелился предложить свои услуги Генри Уодсворту Лонгфелло, когда тому требовалось лечение.

Дантов клуб вернул друзей к жизни. А теперь — теперь под личиной Данте совершены два убийства. И нельзя исключить третьего, возможно — четвертого, пока они так и будут сидеть у камина, держа в руках листы корректуры.

— Как можем мы игнорировать... — выпалил Джеймс Рассел Лоуэлл и тут же проглотил слова, едва взглянув на невозмутимого Грина, ставившего сейчас отметки на полях корректуры.

Лонгфелло читал и разъяснял песнь об Улиссе, никак не отозвавшись на столь неудачное замечание. Его всегдашняя улыбка была сегодня напряженной и вялой, точно он взял ее взаймы у предыдущей встречи.

Улисс оказался в Аду среди Лукавых Советчиков, обернувшись лишенным тела пламенем, кое, будто языком, махало по сторонам своими отростками. Иные грешники не желали рассказывать Данте свою историю, некоторые были неподобающе страстны. Улисс оказался выше и той, и другой тщетности.

Он поведал Данте, как после Троянской войны, уже старым солдатом, не поплыл в Итаку к жене и детям. Он убедил немногих оставшихся с ним матросов продолжить путь и вступить за черту, каковую не должен пересекать ни один смертный — в том было презрение к судьбе и поиск истины. Поднялась буря, и море их поглотило.

Один лишь Грин и сказал нечто вразумительное. Он вспомнил поэму Теннисона, как раз и посвящённую сему эпизоду из жизни Улисса. Грустно улыбнувшись, отметил:

— Стоит, пожалуй, принять, что Данте вдохновил лорда Теннисона на интерпретацию этой сцены.

— «Как скучно было бы остановиться... — Грин стал читать поэму наизусть. — Ржавея в ножнах не блестеть при деле! Как будто жизнь — в дыханьи! Жизнь за жизнью — всё было б мало; мне ж и от одной... — Он замолчал, и глаза его заметно увлажнились. — ...осталось уж немного»[1]. Возьмём в проводники Теннисона, дорогие друзья, ибо в печали своей он прожил отчасти Улиссом, его жаждой победы в последнем походе своей жизни.

После страстных и одобрительных отзывов Лонгфелло и Филдса комментарии старика Грина перешли в тонкое похрапывание. Внеся свой вклад, старик исчерпал силы. Лоуэлл крепко держал листы корректуры, губы его сжались, точно у непокорного школяра. В нем росло раздражение этой чинной шарадой, и он готов был броситься на первого, кто попадет под руку.

Не найдя желающих высказаться, Лонгфелло умоляюще проговорил:

— Лоуэлл, нет ли у вас комментариев к сей терции?

В кабинете над зеркалом стояла белая мраморная статуэтка Данте Алигьери. Пустые глазницы смотрели на них без всякой жалости. Лоуэлл пробормотал:

— Не сам ли Данте однажды писал, что поэзия непереводима? Мы же, встречаясь еженедельно, с ликованием убиваем его слова.

---

[1] Отрывки из поэмы Альфреда Теннисона «Улисс» приведены в переводе Ильи Мандела.

— Лоуэлл, тише! — выдохнул Филдс, затем виновато поглядел на Лонгфелло. — Мы делаем, что до́лжно. — Издатель прошептал это сипло и достаточно громко, дабы призвать к порядку Лоуэлла, но при том не разбудить Грина.

Лоуэлл возбужденно подался вперед:

— Нам необходимо что-то делать... необходимо что-то решить...

Состроив большие глаза, Холмс указал на Грина, или, точнее, на его заросший волосами ушной канал. Старик мог проснуться в любой миг. Холмс покрутил пальцем и провел им поперек своей вытянутой шеи — показывая, чтоб все молчали.

— Что вы предполагаете нам делать? — спросил доктор. Он желал, чтоб слова прозвучали достаточно нелепо и заглушили даже смутные подозрения. Однако сам риторический вопрос изогнулся над их головами с величием кафедрального купола. — Ничего тут не поделаешь, к несчастью. — Холмс бормотал, растягивая шейный платок, — он пытался взять свой вопрос обратно. Безуспешно.

Он выпустил его на волю. Вызов — только и ждавший удобного момента, вызов — коего можно было избежать лишь до поры, пока в кругу этих четверых он не произнесен вслух.

Лицо Лоуэлла полыхало едва сдерживаемой страстью. Он смотрел, как ритмично дышит Грин, и в уме укладывались все звуки их нынешней встречи: отчаянье в голосе Лонгфелло, когда поэт благодарил их за то, что пришли, хриплое карканье Грина, с которым старик читал Теннисона, тяжелая одышка Холмса, магические слова Улисса, произнесенные с палубы обреченного корабля и повторенные затем в Аду. Звуки эти грохотали у Лоуэлла в мозгу и выковывались в нечто новое.

Доктор Холмс смотрел, как сжимают лоб сильные пальцы Лоуэлла. Холмс не знал, что вынудило профессора и поэта произнести именно эти слова. Он ожидал чего-то иного. Возможно, что Лоуэлл пронзительно закричит, дабы вывести всех из себя, — возможно, доктор Холмс даже надеялся на это, как люди надеются на что-либо им известное. Однако в Лоуэлле жила та утонченная чувствительность, что пробуждается в великих поэтах во времена изломов. Он заговорил умозрительным шепотом, и покрасневшее от напряжения лицо постепенно разгладилось.

— «...Матросы, трудились вы и мыслили со мной...» — то были строки из поэмы Теннисона, Улисс призывал свою команду бросить вызов смерти.

Подавшись вперед, Лоуэлл читал далее, улыбаясь, но с серьезностью, исходившей из самих слов и его железного голоса:

— «...и вы, и я стары;
У старости остались честь и долг.
Смерть скроет всё; но до конца успеем
Мы подвиг благородный совершить...»

Холмс был оглушен, но не силой этих слов, ибо давно знал наизусть поэму Теннисона. Доктора ошеломил их непосредственный смысл. Внутри все дрожало. То была не простая декламация — Лоуэлл обращался к ним всем. Лонгфелло и Филдс глядели перед собой с невыразимым восхищением и страхом, ибо слишком явственно все понимали. Словами и улыбкой Лоуэлл призывал их искать правду, скрытую за двумя убийствами.

Плач дождя за окнами — холодный покров, окутавший сперва одного, сдвинулся по часовой стрелке, дабы накинуться на другого. Вспышка, древний призыв грома, дребезг оконных рам. Прежде чем Холмс успел осознать, голос Лоуэлла на миг утонул в шуме — он более не читал.

Тогда заговорил Лонгфелло — почти без паузы он подхватил поэму Теннисона тем же заклинающим шепотом:

— «Глубины стонут. В путь, друзья,
Еще не поздно новый мир искать...»

Он повернул голову и вопросительно поглядел на издателя: ваш черед, Филдс.

В ответ на приглашение Филдс склонил голову; борода, расположившись меж лацканов распахнутого сюртука, терлась о толстую жилетную цепочку. Холмс с ужасом думал, что Лоуэлл и Лонгфелло с головой бросаются в невозможное, однако надежда еще оставалась. Ангел-хранитель своих поэтов, Филдс никогда не позволит им нестись столь безрассудно навстречу опасности. Филдс уберег от страданий свою частную жизнь: он никогда не пытался завести детей, а потому не знал того горя, когда младенец не доживает до своего первого или второго дня рождения, либо когда мать обращается в труп на родильном ложе. Свободный от семейных обязанностей, издатель обратил свое покровительство на авторов. Однажды Филдс полдня проспорил с Лонгфелло из-за поэмы, повествовавшей о гибели «Вечерней звезды». После этих пререканий Лонгфелло опоздал к назначенному ранее круизу на роскошном корабле Корнелиуса Вандербильта[1], каковой несколькими часами позднее загорелся и утонул. Пусть же и сейчас, молил про себя Холмс, Филдс тянет и топчется на месте, пока опасность не минует.

Издатель понимал, что здесь собрались люди слов, но не действий (и посвятившие словам многие годы). Безумием было то, о чем они сейчас читали, чему посвящали стихи, утоляя жажду слушателей — гуманисты в белых сорочках, воины, вступающие в битву, где им не победить никогда, начинка поэзии.

Филдс приоткрыл рот, но после замялся, точно в тяжелом сне, когда пытаешься сказать нечто, однако не можешь. Он вдруг ощутил дурноту. Холмс сочувственно вздохнул, мысленно телеграфируя свое одобрение. Однако Филдс наморщил лоб, поглядел на Лонгфелло, затем на Лоуэлла, театрально вскочил, распрямился во весь рост и зашептал далее поэму Теннисона. Он принимал все, чему суждено было случиться:

---

[1] Корнелиус Вандербильт (1794—1877) — американский промышленник, контролировавший все речное пароходство страны, а позднее — железнодорожные линии.

— «Хоть нет у нас той силы, что играла
В былые дни и небом и землею,
Собой остались мы...»

Остались мы? Достаточно ли мы сильны, чтоб распутать убийство? — спрашивал себя доктор Холмс. Пустые фантазии! Совершены два убийства, ужас и кошмар, но нет доказательств, — думал Холмс, призывая на помощь свой ученый ум, — что воспоследуют новые. Вмешательство может оказаться неуместным, хуже того — рискованным. Одна половина доктора сожалела о том, что он присутствовал при освидетельствовании в медицинском колледже, другая — что рассказал друзьям об открытии. И все же он не мог уклониться от вопроса: как бы поступил Младший? Капитан Холмс. Доктор видал жизнь со столь многих сторон, что мог легко подняться над ситуацией, заглянуть из-под низу и обойти кругом. Младший, однако, обладал талантом ограничивать задачи и принимать решения. Истинная храбрость — удел ограниченных. Холмс закрыл глаза.

Как бы поступил Младший? Холмс думал об этом и видел армейских приятелей Уэнделла-младшего, когда, сверкая синевой и золотом, они покидали тренировочный лагерь. «Удачи! Как жаль, что я стар для войны». И тому подобное. Ему не было жаль. Он благодарил небеса, что более не молод.

Лоуэлл склонился к Холмсу и повторил слова Филдса с терпеливой мягкостью — редкий для него снисходительный тон разрывал сейчас сердце:

— «Остались мы».

Остались мы — и то, для чего мы избраны. Холмс немного успокоился. Трое друзей ждут его согласия. Все ж он волен сунуть руки в карманы и уйти прочь. Доктор сделал глубокий астматический вдох, за каким обычно следует столь же явственный и освободительный выдох. Но вместо того чтобы завершить сие действие, Холмс избрал другое. Он не узнавал своего голоса — с подобной невозмутимостью могло обращаться к Данте благородное пламя. Доктор насилу осознавал, для чего решил вызвать к жизни эти свои слова — слова Теннисона:

— «...остались мы; сердца героев изношенны годами и судьбой, но воля непреклонно нас зовет бороться и искать, найти, — он помолчал, — и не сдаваться».

— Бороться... — Лоуэлл шептал медитативно, методично, поочередно изучая лица друзей и остановясь взглядом на Холмсе. — Искать. Найти...

Пробили часы, и Грин пошевелился, однако более не было нужды продолжать недомолвки: Дантов клуб возродился к жизни.

— О, тысяча извинений, мой дорогой Лонгфелло. — Под неторопливый перезвон старых часов Грин с фырканьем приводил себя в чувство. — Я многое пропустил?

ПЕСНЬ ВТОРАЯ

VIII

VIII

Неделю после того, как обнаружили тело преподобного Тальбота, бостонская преисподняя жила своей жизнью. Ничего не поменялось в треугольнике улиц, откуда трущобы, забегаловки, бордели и ночлежки заставили бежать тех жителей, кто мог себе это позволить; из кривых труб стекольного и чугунолитейного заводов вырывался пар, белый как мел, тротуары были усыпаны апельсиновой кожурой и полны развеселой публики, что дни и ночи напролет плясала и распевала песни. Конка привозила и увозила целые орды чернокожих: звяканье бус на шеях юных леди, прачек и горничных сливалось в дерзкую музыку, кричаще яркие платки стягивали волосы, а мелькавшая то и дело военная форма негритянских солдат и матросов все еще царапала взгляд. По этим-то улицам и шел мулат, выделяясь в толпе своим уверенным видом; одни не обращали на него внимания, другие смеялись, и лишь старые морщинистые негры вовсю на него таращились, ибо в мудрости своей знали, что Рей — полицейский, и тем, равно как и смешанной кровью, от всех отличен. Чернокожие в Бостоне чувствовали себя вольготно — им дозволялись совместные с белыми школы и публичный транспорт, — а потому и вели себя тихо. Патрульный Рей, однако, легко мог возбудить всеобщую ненависть, стоило ему сделать неверный шаг либо перейти дорогу не тому человеку. Оттого чернокожие изгоняли его из своего мира и были на это вправе, ни разу не снизойдя до объяснений либо сожалений.

Группка молодых женщин с корзинами на головах, не прекращая болтовни, остановилась кинуть на него взгляд — красивая бронзовая кожа мулата точно впитывала свет ламп, унося его с собой. На другой стороне улицы стоял, лениво прислонясь к углу дома, тучный мужчина, и Рей узнал в нем испанского еврея, знаменитого вора, коего он время от времени таскал допрашивать в Центральный участок. Николас Рей стал подниматься по узкой лестнице к себе в квартиру. Дверь выходила на площадку второго этажа, и, несмотря на сгоревшую лампу, Рей по расположению теней догадался: кто-то загораживает проем.

События недели были безжалостны. Когда Рей в первый раз привез Куртца поглядеть на тело преподобного Тальбота, ризничий повел шефа с сержантами вниз по лестнице. Шагнув на ступеньки, Куртц замер и, к удивлению Рея, повернул назад.

— Патрульный. — Куртц приказал Рею следовать за ним. Внутри подземного склепа Николас несколько мгновений смотрел на тело, засунутое вниз головой в грубую яму, и не сразу разглядел, что стало с торчащими оттуда ногами — обожженными, кривыми и покрытыми волдырями. Ризничий пересказал все, что видел прежде.

Пальцы ног могли в любой миг отвалиться от бескожных и бесформенных розовых культей, и тогда тяжело, наверное, станет отличить края ступней, призванные эти пальцы держать, от иных, что по старой памяти звались пятками. Сожженные ноги — деталь, которая в нескольких кварталах отсюда оказалась столь разоблачительной для знатоков Данте, — представлялась полицейским дурацкой да и только.

— Подожгли одни ноги? — спросил патрульный Рей, скосив глаза и осторожно, кончиками пальцев, коснувшись обугленной крошащейся плоти. Он поспешно отдернул руку от тлеющего жара, все еще пропекавшего эти ноги, почти убежденный, что на пальцах остались ожоги. Подумал, сколько же тепла способно провести сквозь себя человеческое тело, прежде чем навеки утратить физическую форму. Сержанты унесли труп, а ризничий Грегг сквозь ошеломление и слезы вдруг вспомнил:

— Бумажки, — проговорил он, хватаясь за Рея, последнего оставшегося в склепе полицейского. — Там среди гробниц клочки бумаги. Их прежде не было. Зачем он сюда пошел? Зачем я ему позволил? — Ризничий вновь залился слезами. Опустив фонарь, Рей разглядел дорожку из букв, подобную сожалению, что осталось невысказанным.

Газеты известили о двух ужасных злодеяниях — убийствах Хили и Тальбота — через столь малый промежуток, что в уме публики они слились воедино, и в уличных беседах теперь частенько мелькали слова об убийстве Хили-Тальбота. Не тот ли публичный синдром проявился в странном замечании доктора Оливера Уэнделла Холмса, произнесенном им в доме Лонгфелло вечером того дня, когда нашли Тальбота? Холмс предложил тогда Рею свою консультацию нервно, точно студент-медик. «Как знать, вдруг бесполезный на первый взгляд латинский диагноз как-либо да поможет изловить убийцу, что разгуливает по нашему городу». Слово пронзило Рея: *убийца*. Доктор Холмс подразумевал, что оба преступления осуществлены одним и тем же злоумышленником. Однако, помимо животной грубости, их очевидным образом ничто меж собою не связывало. Еще обнаженность тел и аккуратно сложенная одежда — однако в миг, когда Рей говорил с Холмсом, газеты не успели о том сообщить. Должно быть, маленький тщеславный доктор попросту оговорился. Должно быть.

Газеты дополняли эти два первополосные убийства крепкой дозой бессмысленных злодейств: удушений, грабежей, взломанных сейфов, в двух шагах от полицейского участка подобрали полумертвую проститутку, в ночлежке на Форт-Хилл — избитого в кровь ребенка. А еще странный бродяга на допросе в Центральном участке — тот самый, что вдруг выбросился из окна при попустительстве полиции и прямо на глазах у беспомощного шефа Куртца. Газеты кричали наперебой: «Способна ли наша полиция держать ответ за безопасность граждан?»

ДАНТОВ КЛУБ

Рей замер в темном колодце своего двора, посреди лестничного пролета, дабы убедиться, что за спиной никого нет. После опять стал подниматься, ухватясь под плащом за конец полицейской дубинки.

— Всего лишь несчастный нищий, добрый сэр. — Человека, произнесшего эти слова с верхней ступеньки лестницы, Рей узнал тотчас же, едва показались свалявшиеся брюки и башмаки с железными набойками: Лэнгдон Писли, медвежатник, невозмутимо полировал широкой рубашечной манжетой брильянтовую булавку для галстука.

— Здорово, белоснежка. — Писли улыбнулся, выставив напоказ полный набор прекрасных и острых, как сталагмиты, зубов. — Давай лапу. — Он схватил Рэя за руку. — Давненько я не видал твою симпотную рожицу, аж с того дознания. Твоя, што ль, конура? — Он с невинным видом ткнул пальцем себе за спину.

— Здравствуйте, мистер Писли. Как я понимаю, это вы два дня назад ограбили в Лексингтоне банк. — Николас Рей решил показать, что осведомлен не хуже вора.

Писли не оставлял улик, кои могли бы усложнить жизнь его адвокатам, и, помимо того, тщательно отбирал и сносил скупщикам лишь ту добычу, которую невозможно опознать.

— Скажи на милость, какой это сумасшедший в такое время полезет еще и в банк?

— Вы, безусловно. Решили явиться с повинной? — с серьезным лицом спросил Рей.

Писли презрительно рассмеялся:

— Нет-нет, мой мальчик. Все вот думаю, как же это они так скверно с тобой обошлись, а? Форму не надень, белого не арестуй, что там еще? Ужасная, ужасная несправедливость. Однако всюду есть светлая сторона. С Куртцем вот скорешился, глядишь, вдвоем и подведете кого под праведный суд. Вроде парняг, что пришили судью Хили и преподобного Тальбота, упокой Господи их души. Слыхал я, дьяконы из Тальботовой церкви подписку затеяли, награду собирают.

Рей кивнул безо всякого интереса и шагнул к своей комнате.

— Я устал, — тихо произнес он. — Ежели вы хотите сообщить, кого конкретно необходимо приводить в суд, то говорите, ежели нет — прошу меня извинить.

Закрутив вокруг руки Реев шарф, Писли заставил патрульного стоять на месте.

— Полицейским не полагается принимать награду, зато простым гражданам, вроде меня, — сколь угодно. И ежели отломить от нее кусочек да засунуть лягашу под дверь... — Лицо мулата ничего не выражало. Писли явно злился, с него слетело все его напускное обаяние. Он сильно, точно за аркан, потянул за шарф. — Вспомни оборванца на дознании, как его костлявая — чик и готово, не забыл? Слушай сюда. Есть у нас в городке фраер, на которого можно запросто повесить Тальбота, понял, дубина моя полицейская? Подставлю его лёгенько. Поможешь повязать — половина форцов твоя, — добавил он без обиняков. — Хватит, чтоб набить мошну, забирай да вали своей дорогой. Шлюзы открыты — Бостон меняется на глазах. После войны деньги на земле валяются. Не те времена, чтоб гулять просто так да не пачкаться.

— Прошу меня извинить, мистер Писли, — невозмутимо и храбро повторил Рей.

Писли подождал пару мгновений, а после разразился сокрушительным хохотом. Он стряхнул воображаемую пушинку с твидового пальто Рея.

— Ладно, белоснежка. Что с тебя возьмешь — по балахону ж видно, святой Иосиф, куда там. Жаль мне тебя, дружок, очень жаль. Цветные ненавидят за то, что белый, белые — что черный. Меня не проведешь, я людей насквозь вижу. — Он постучал себя по лбу. — Занесло меня как-то в луизианский городишко — представляешь, белоснежка, там у половины негритят намешано белой крови. Полные улицы дворняжек. Вот бы где поселиться, а?

Не обращая на него внимания, Рей полез в карман за ключами. Писли объявил, что готов посодействовать. И согнутым паучьим пальцем он легко толкнул дверь.

Рей поднял на него взгляд, впервые за все время этого визита встревожившись.

— Замки — моя специальность, — объяснил Писли, хвастливо сдвигая набок шляпу. Он дурковато выставил вперед руки, точно решил сдаться. — Арестуйте меня за вторжение, патрульный. А вот не выйдет, а? — И прощальная ухмылка.

В квартире все было на месте. Этим последним трюком великий медвежатник демонстрировал свою силу на случай, ежели Николасу Рею вдруг изменит благоразумие.

Странно было Оливеру Уэнделлу Холмсу шагать по городу совместно с Лонгфелло — среди самых обыденных лиц, звуков, удивительных и жутких уличных сцен, точно его спутник был частью того же мира, что и возница на облучке упряжки, тянувшей за собой поливальную машину. Не то чтобы поэт в последние годы вовсе не покидал Крейги-Хаус, однако его выходы были кратки и ограниченны. Доставить в «Риверсайд-Пресс» корректуру, пообедать в неурочный час с Филдсом в «Ревир» либо в «Паркер-Хаусе». Холмсу было неловко, ведь это из-за него прервалось столь непостижимым способом мирное затворничество Лонгфелло. Лучше бы на его месте оказался Лоуэлл. Тому бы и в голову не пришло винить себя, что потащил Лонгфелло в душераздирающий кирпичный Вавилон наружного мира. Холмс размышлял, сердится ли на него Лонгфелло, точнее, сердился ли бы, когда б не имел, как сейчас, иммунитета ко всяким отталкивающим человеческим чувствам.

Холмс вспомнил Эдгара Аллана По — как тот в статье под заголовком «Лонгфелло и прочие плагиаторы» обвинил поэта, а также иных его бостонских друзей в копировании всех пишущих, живых и мертвых, включая самого По. В то время Лонгфелло денежными ссудами помогал По выжить. Взбешенный Филдс заявил, что ни одна строчка По никогда более не появится в публикациях «Тикнор и Филдс». Лоуэлл забросал газеты письмами с убедительнейшим разбором чудовищных ошибок нью-йоркского щелкопера. Холмс начал проникаться мыслью, что всякое написанное им слово и вправду украдено у более талантливых предшественников, а в снах ему с тех пор частенько являлись духи умерших мастеров, требуя обратно свою поэзию. Что же касается Лонгфелло, то поэт, не сказав ничего публично, в частных беседах относил действия По на счет раздражительной и чувствительной натуры, измученной невнятным ощущением неправедности всего происходящего. И позднее — это Холмс счел наиболее важным — Лонгфелло искренне оплакивал мрачную кончину По.

Они шагали с букетиками в руках по той части Кембриджа, что менее напоминала деревню и более — город. Обошли вокруг церкви Элиши Тальбота, на каждом шагу надеясь отыскать место его страшной гибели, пригибаясь, дабы пройти под ветвями и ощупывая землю меж могильных колышков. Не раз прохожие спрашивали у них автографы — на носовых платках либо шляпных подкладках — почти всегда у доктора Холмса и всегда у Лонгфелло. Вечернее время даровало бы поэтам желанную анонимность, однако Лонгфелло решил, что лучше предстать обычными посетителями церковного кладбища, нежели сойти за прифранченных трупокрадов, высматривающих, какое бы уволочь тело.

Холмс был благодарен Лонгфелло, когда тот взял на себя главенство, раз уж все они согласились... На что они согласились в тот день, когда с языков сорвались пылкие строки «Улисса»? Лоуэлл сказал: провести расследование (да еще, как водится, грудь колесом выгнул). Холмс предпочитал именовать это «выяснением обстоятельств», подчеркивая сие всякий раз, когда обращался к Лоуэллу.

Разумеется, помимо них самих имелись и другие знатоки Данте, каковых следовало принять в расчет. Иные пребывали сейчас в Европе, постоянно либо временно; среди них Чарльз Элиот Нортон, также бывший студент поэта, и Уильям Дин Хоуэллс[1], юный помощник Филдса, назначенный по-

---

[1] Уильям Дин Хоуэллс (1837—1920) — американский романист, редактор и критик, биограф президента Авраама Линкольна.

слом в Венецию. Далее следовали семидесятичетырехлетний профессор Тикнор, что вот уже три десятилетия отсиживался в одиночестве у себя в библиотеке, Пьетро Баки — итальянский наставник, помогавший сперва Лонгфелло, затем Лоуэллу, а после выставленный из Гарварда, — и все бывшие студенты, что ходили к Лонгфелло и Лоуэллу на Дантовы семинары (не считая кучки, оставшейся со времен Тикнора). Составлен список, назначены личные встречи. Холмс молился, чтобы хоть какое толкование обнаружилось до того, как они выставят себя дураками перед уважаемыми людьми, каковые, по меньшей мере, до недавнего времени, питали к ним ответное уважение.

Если смертельная сцена и вправду разыгралась в окрестностях Второй унитарной церкви Кембриджа, отыскать ее следы в тот день не удавалось. И потом, если их рассуждения верны и во дворе и вправду осталась яма, куда закапывали Тальбота, церковные дьяконы наверняка прикрыли ее свежей травой. Мертвый пастор, засунутый вниз головою в землю, — не лучшая реклама приходу.

— Ну что ж, заглянем внутрь, — предложил Лонгфелло, нимало не обескураженный полной безуспешностью поисков.

Холмс старался приноровиться к его шагам.

В дальнем углу, где располагались кабинеты и ризницы, они увидали в стене огромную и очень старую дверь, что не вела, однако, в другое помещение: церковное крыло той стеной явственно кончалось.

Сняв перчатки, Лонгфелло провел рукой по холодному камню. За ним была жестокая стужа.

— Точно! — шепнул Холмс. Его прошиб холод, едва он открыл рот. — Склеп, Лонгфелло! Склеп под церковью...

Еще три года назад большинство окрестных церквей непременно обзаводились подземными кладбищами. Зажиточные семейства покупали в них обширные личные склепы, более же скромные публичные места за небольшую плату продавались любому прихожанину. Подобное использование церковных угодий в тесно застроенных городах издавна считалось весьма благоразумным. Но когда сотни бостонцев поумирали от желтой лихорадки, комитет по здравоохранению объявил причиной эпидемии близость разлагающейся плоти и строжайше запретил хоронить в церковных подземельях. Семьям с приличным достатком предписывалось перенести усопших либо на Гору Оберн, либо на свежеобустроенные загородные кладбища. Но укрытыми под землей от глаз остались битком набитые «публичные» — то бишь бедные — части склепов. Целые ряды никак не обозначенных гробов и древних могил — подземные трущобы для мертвых.

— Данте нашел Святоскупцев в *«pietra livida»* — в камне сероватом, — сказал Лонгфелло.

Его прервал взволнованный голос:

— Здравствуйте, джентльмены. — Церковный ризничий — тот самый, кто первым наткнулся на жареного Тальбота, — оказался высоким худым человеком в черной рясе и с белыми волосами, точнее — с белой щетиной, каковая, будто щетка, торчала во все стороны от его головы. Глаза таращились — и, чудилось, пребывали таковыми всегда, будто на портрете человека, увидавшего привидение.

— Доброе утро, сэр. — Холмс подошел поближе, помахивая зажатой в руках шляпой. Он предпочел бы, чтоб на его месте оказался Лоуэлл либо Филдс — и тот, и другой куда лучше умели напускать на себя важность. — Сэр, ежели вы не возражаете, нам с другом настоятельно необходимо посетить ваши погребальные склепы.

Ризничий ничем не выдал своего отношения к этой затее.

Холмс оглянулся. Лонгфелло стоял, положив руки на трость, невозмутимо, будто случайный очевидец.

— Видите ли, как я уже сказал, мой дорогой сэр, для нас было бы весьма важно... гм, меня зовут доктор Оливер Уэнделл Холмс. Я занимаю председательское кресло на кафедре анатомии и физиологии в медицинском колледже — в сущности, это более диван, нежели кресло, коли принять в расчет обширность предмета. Возможно, вы читали также мои стихи в...

— Сэр! — Скрипучая горечь в голосе ризничего с возвышением тона переходила в болезненный скрежет. — Неужто вам неизвестно, уважаемый, что нашего пастора давеча... — Он в ужасе запнулся и отпрянул. — Я смотрю за этим местом, мимо не пройдет ни одна душа! Клянусь Всевышним, коль это стряслось на моих глазах, я готов признать: то был не человек, но дьявольский дух, коему без надобности физическое воплощение! — Он оборвал самого себя. — Ноги, — он таращился прямо перед собой, точно не мог говорить дальше.

— Ноги, сэр. — Доктор Холмс желал услышать эту подробность опять, хотя ему была доподлинно известна злосчастная судьба Тальботовых ног — причем известна из первых рук. — Что с ними?

Члены Дантова клуба, за вычетом мистера Грина, собрали все доступные газеты, описывавшие смерть Тальбота. Если истинные обстоятельства кончины Хили, прежде чем стать достоянием публики, более месяца удерживались в тайне, то Элишу Тальбота газетные колонки расчленили всеми мыслимыми способами и с той небрежностью, что заставила бы содрогнуться самого Данте, ибо для поэта всякое воздаяние предопределялось божественной любовью. Ризничий Грегг в свой черед не нуждался в Данте. Он был очевидцем и носителем истины. В этом смысле он обладал могуществом и наивностью древнего пророка.

— Ноги, — после долгой паузы продолжил ризничий, — были объяты пламенем, уважаемый; в темноте склепа то были огненные колесницы. Прошу вас, джентльмены. — Он подавленно опустил голову и провел рукой, чтоб они уходили.

— Добрый сэр, — мягко сказал Лонгфелло. — Кончина преподобного Тальбота и привела нас сюда.

Глаза ризничего тут же сделались обычными. Холмс так и не понял, узнал ли этот человек среброборолый облик всеми любимого поэта, или ризничего, точно дикого зверя, умиротворило вдохновенное спокойствие органного голоса Лонгфелло. В тот миг доктор уяснил, что если Дантову клубу и суждено достичь успеха в своих устремлениях, то лишь благодаря той

ПЕСНЬ ВТОРАЯ

божественной легкости, каковую Лонгфелло вселял в людей своим присутствием, а в английский язык — пером.

Лонгфелло продолжал:

— И хотя мы одним лишь словом способны обосновать наши добрые намерения, мы просим у вас помощи, дорогой сэр. Умоляю, доверьтесь нам и не требуйте доказательств, ибо я почти убежден, что только мы и сможем внести в происшедшее ясность. Ничего более мы не имеем права вам сейчас открыть.

Громадная пустая пропасть клубилась туманом. Осторожно семеня к узкому склепу, доктор Холмс разгонял рукой зловоние, разъедавшее глаза и уши, подобно перемолотому в пыль перцу. Лонгфелло дышал почти свободно. Обоняние его было счастливо ограниченно: позволяя наслаждаться ароматом весенних цветов, иными приятными запахами, оно отвергало все, что могло оказаться пагубным.

Ризничий Грегг объяснил, что публичные подземные склепы тянутся в обе стороны на несколько кварталов.

Лонгфелло осветил фонарем аспидную колонну и опустил лампу, дабы разглядеть плоские каменные плиты.

Ризничий начал было говорить о преподобном Тальботе, но скоро замялся.

— Вы не должны отнестись с презрением, уважаемые, ежели я поясню, что наш дорогой пастор спускался в склеп, гм, не совсем по делам церкви, коли сказать откровенно.

— Но что же ему здесь было надо? — спросил Холмс.

— Так короче до его дома. Правду сказать, мне и самому было не особо по душе.

Заблудшая и пропущенная Реем бумажка с буквами *a* и *h*, попав доктору под каблук, утонула в жирной земле.

Лонгфелло спросил, не мог ли кто посторонний проникнуть в склеп с улицы — оттуда, где пастор выбирался наружу.

— Нет, — со всей определенностью отвечал ризничий. — Дверь отворяется только изнутри. Полиция спрашивала о том же и не нашла повреждений. И ни по чему не видно, чтобы пастор в тот последний раз вообще добрался до двери.

Холмс потянул Лонгфелло назад, дабы ризничий его не слышал. Затем прошипел:

— Вы думаете, это важно — что Тальбот таким способом сокращал себе путь? Надо бы получше расспросить ризничего. Нам не ведомо, в чем была его симония, а это может стать знаком! — До сей поры не нашлось указаний на то, чтоб Тальбот являлся кем-либо иным, нежели добрым поводырем своей паствы.

Лонгфелло ответил:

— Думается, прогулки сквозь подземный склеп можно с уверенностью назвать безрассудством, но уж никак не грехом, вы согласны? И потом, симония подразумевает плату, коя отдается либо взимается в обмен на услугу. Ризничий обожал своего пастора столь же пылко, сколь и прихожане, чересчур настойчивые расспросы о привычках Тальбота вынудят его замкнуться, и мы не узнаем даже того, что он желал бы выдать нам добровольно. Не забывайте: ризничий Грегг, как и весь Бостон, убежден, что в смерти Тальбота повинны чужие грехи, но никак не пасторские.

— Но как наш Люцифер сюда пробрался? Ежели выход на улицу только изнутри... и ризничий настаивает, что все время был в церкви, и через ризницу никто не ходил...

— Наш злоумышленник мог дождаться, пока Тальбот поднимется по лестнице и, не дав ему выйти на улицу, опять столкнуть в подземелье, — рассудил Лонгфелло.

— И столь быстро выкопать яму, в коей поместится человек? Мне видится более правдоподобным, ежели наш преступник устроил Тальботу засаду: вырыл яму, дождался, пока тот появится, схватил, засунул головой вниз и облил керосином ноги...

Шедший впереди ризничий вдруг встал. Половина его мускулов точно застыла, тогда как другую колотила дрожь. Он пытался говорить, но изо рта вырвался лишь сухой скорбный вой. Дернув подбородком, ризничий как-то умудрился показать на тяжелую плиту, опущенную на толстый ковер пыли. После чего убежал прочь под спасительный покров церкви.

Они были у цели. Они чувствовали запах.

Лонгфелло и Холмсу пришлось навалиться вдвоем, дабы сдвинуть плиту с места. В полу зияла круглая дыра, достаточно большая для человека среднего сложения. В ноздри им бросился запах, доселе скрытый под плитой, а теперь выпущенный на свободу; он был подобен вони гниющего мяса и жареного лука. Холмс прикрыл лицо шейным платком.

Опустившись на колени, Лонгфелло набрал полную горсть рассыпанной вокруг ямы земли.

— Вы правы, Холмс. Яма глубока и тщательно сработана. Должно быть, ее выкопали загодя. Убийца явственно дожидался Тальбота. Проскочил неким способом мимо нашего нервного ризничего, лишил Тальбота сознания... — Лонгфелло теоретизировал. — А после засунул головой в яму и довершил свое страшное дело.

— Помыслить только эти жуткие муки! До того, как остановилось сердце, Тальбот наверняка знал, что происходит. Когда горит заживо собственная плоть... — Холмс едва не проглотил язык. — Я не хотел, Лонгфелло... — Он проклял свой рот: сперва за чрезмерную болтливость, а после — за неумение замять оплошность. — Простите, я только имел в виду...

Лонгфелло будто бы ничего не услышал. Он пропустил пыль сквозь пальцы. Осторожно положил рядом с ямой пестрый букетик цветов.

— «Торчи же здесь, ты пострадал за дело», — повторил он строку из песни Девятнадцатой, точно та была начертана перед ним в воздухе. — Данте прокричал это Святоскупцу, Николаю III[1], мой дорогой Холмс.

Доктору Холмсу хотелось уйти. Легкие восставали против густого воздуха, собственные же опрометчивые слова разрывали сердце.

---

[1] Папа Николай III занимал папский престол с 1277 по 1280 г. Во время своего правления занимался торговлей церковными должностями.

Лонгфелло меж тем расположил свет от лампы точно над ямой, в которой, очевидно, никто с той поры и не пытался что-либо нарушить. Он желал продолжить исследования.

— Необходимо копнуть глубже, отсюда ничего невозможно разглядеть. Полиция никогда о том не подумает.

Холмс смотрел на него с недоверием:

— Я бы тоже не подумал! Тальбота сунули в яму, но не закопали в нее, мой дорогой Лонгфелло!

Лонгфелло сказал:

— Вспомните, что говорит Николаю Данте, пока грешник мечется в презренной яме своего воздаяния.

Холмс зашептал под нос:

— «Торчи же здесь, ты пострадал за дело... и крепче деньги грешные храни...» — Он на миг остановился. — Крепче деньги грешные *храни*. Но разве в том не свойственный Данте сарказм, разве он не насмехается над несчастным грешником, кто при жизни только и знал, что рыться в деньгах?

— Безусловно, именно так я и прочел эти строки, — ответил Лонгфелло. — Но призыв Данте можно понять буквально. Можно счесть, будто Дантова фраза описывает *«contra-passo»* Святокупцев: они погребены ногами вверх, и деньги, бесчестно накопленные ими в жизни, располагаются под их головами. Вполне возможно, Данте вспоминал тот отрывок из «Деяний», где Петр обращался к Симону: «Серебро твое да будет в погибель с тобою»[1]. В подобном толковании яма Дантова грешника становится его вечной мошной.

Сию трактовку Холмс прокомментировал невнятной горловой мелодией.

— Ежели мы копнем глубже, — с легкой улыбкой продолжал Лонгфелло, — вам не понадобится обосновывать ваши сомнения. — Он вытянул трость, пытаясь достать дно ямы, но та оказалась чересчур глубока. — Я, пожалуй, не вмещусь. — Лонгфелло прикинул объем. Затем перевел взгляд на маленького доктора, сейчас корчившегося от астмы.

---

[1] Деян. 8:20.

Холмс застыл недвижно.

— Но ведь, Лонгфелло... — Он заглянул в яму. — Отчего природа сотворила мою фигуру, меня не спросясь? — Спорить было не о чем. Спорить с Лонгфелло было вообще немыслимо, ибо он являл собою неодолимое спокойствие. Будь здесь Лоуэлл, он бы полез копаться в яме, точно кролик.

— Десять против одного — я сломаю себе ногти.

Лонгфелло с признательностью кивнул. Доктор зажмурился и соскользнул в яму вперед ногами.

— Тут чересчур тесно. Мне не согнуться. Я не могу сжаться так, чтобы еще и копать.

Лонгфелло помог Холмсу выбраться из дыры. Доктор опять полез в узкое отверстие, на сей раз головой вперед, Лонгфелло держал его щиколотки, обернутые серыми брючинами. Поэт обладал мягкой хваткой заправского кукловода.

— Осторожно, Лонгфелло! Осторожнее!
— Вам хорошо видно? — поинтересовался Лонгфелло.

Холмс почти не слышал. Он скреб руками землю, под ногти забирались влажные комки — одновременно отвратительно теплые, холодные и твердые, как лед. Хуже всего был запах — гнойная вонь горелой плоти, сбереженная плотной бездной. Холмс пытался задерживать дыхание, но от сей тактики, соединенной с обострившейся астмой, голова делалась легкой, будто готовилась унестись куда-то воздушным шаром.

Доктор находился там, где уже побывал преподобный Тальбот, — и так же вниз головой. Правда, вместо пламени воздаяния Холмсовы ноги ощущали крепкую хватку мистера Лонгфелло.

Приглушенный голос Лонгфелло смещался книзу, складываясь в заботливый вопрос. Сквозь расплывчатую слабость доктор его почти не слышал и лишь вяло размышлял, что будет, ежели Лонгфелло потеряет сознание и выпустит его лодыжки — может, стоит воспользоваться случаем и докувыркаться до центра земли? Холмс вдруг ощутил, какую опасность навлекли они на себя, надумав тягаться с этой книгой. Плавучему карнавалу мыслей, чудилось, не будет конца, когда вдруг руки доктора на что-то наткнулись.

С ощущением материального предмета воротилась ясность. Вроде бы тряпочка. Нет: мешочек. Гладкий матерчатый узелок.

Холмс вздрогнул. Он попытался говорить, однако вонь и пыль чинили тому серьезные препятствия. На миг доктор замер от ужаса, потом здравомыслие вернулось, и он неистово заболтал ногами.

Сообразив, что это сигнал, Лонгфелло выволок друга из полости. Холмс глотал воздух, шипел и отплевывался, пока Лонгфелло бережно приводил его в естественное состояние.

У доктора подгибались колени.

— Посмотрите, что это, ради Бога, Лонгфелло! — Он потянул за намотанный вокруг находки шнурок и рывком открыл заляпанный грязью мешочек.

Лонгфелло смотрел, как из рук доктора Холмса падают на твердую землю погребального склепа государственные казначейские билеты в одну тысячу долларов.

И крепче деньги грешные храни...

Нелл Ранни вела двух посетителей по длинному коридору величественных «Обширных Дубов», коими вот уже много поколений владело семейство Хили. Гости держались непривычно и отчужденно: по виду — деловые люди, однако глаза так и шныряют по сторонам. Необыкновенным, особенно в понимании горничной, был их облик, ибо ей редко доводилось встречать столь диковинно противоречащие друг другу наружности.

Джеймс Расселл Лоуэлл, обладая короткой бородой и свисающими усами, был одет в двубортное и весьма потертое свободное пальто, давно не чищенный шелковый цилиндр точно насмехался над тем, как до́лжно выглядеть деловому человеку, платок был повязан морским узлом, а подобные булавки в Бостоне давно уж вышли из моды. У другого гостя массивная каштановая борода завивалась жесткими кольцами, он стянул перчатки — жуткого цвета — и сунул их в карман безукоризненно сшитого шотландского твидового сюртука, под коим выпирал живот, облаченный в зеленую жилетку, а поверх, точно рождественское убранство, поблескивала золотом туго натянутая цепочка от часов.

Нелл замешкалась, покидая комнату, когда Ричард Салливан Хили, старший сын верховного судьи, приветствовал своих литературных гостей.

— Извините мою горничную, — сказал он, отослав Нелл Ранни. — Это она обнаружила тело отца и притащила его в дом; с тех пор на любого человека глядит так, будто тот в чем-либо виновен. Боюсь, в те дни ей примстилось столько же дьявольщины, сколь и нашей матери.

— Ежели вы не против, Ричард, нам было бы весьма желательно повидать дорогую миссис Хили, — очень вежливо попросил Лоуэлл. — Мистер Филдс предполагает обсудить, возможно ли «Тикнору и Филдсу» издать в память о верховном судье мемориальную книгу. — Для родственника, пусть даже столь отдаленного, было обычным делом явиться к семейству недавно почившего дядюшки, однако издатель нуждался в легенде.

Пухлые губы Ричарда Хили изогнулись любезной дугой.

— Боюсь, для нее теперь невозможны визиты, кузен Лоуэлл. Нынче совсем нехороша. Не встает с постели.

— Ох, только не говорите, что она больна. — Лоуэлл подался вперед со слегка нездоровым любопытством.

Ричард Хили замялся и пару раз тяжело моргнул:

— Не физически, по словам докторов. Но в ней развилась мания и, боюсь, в последние недели усилилась настолько, что болезнь может стать и физической. Мать ощущает в себе постоянное присутствие. Простите меня за вульгарность, джентльмены, но нечто будто ползает сквозь ее тело, и она уверилась: его необходимо расцарапывать и внедряться ногтями под кожу, сколь бы ни диагностировали доктора, что виной тому всего лишь воображение.

— Чем ей помочь, мой дорогой Хили? — спросил Филдс.

— Отыщите убийцу отца, — грустно усмехнулся тот. С некоторым беспокойством он заметил, как оба гостя ответили на его слова железными взглядами.

Лоуэлл пожелал видеть место, где было найдено тело Артемуса Хили. Столь странная просьба покоробила Ричарда, однако, приписав ее Лоуэлловой эксцентричности и поэтической чувствительности, он повел визитеров во двор. Выйдя через заднюю дверь особняка, они миновали цветочные клумбы, после чего зашагали через луг, выходивший к речному берегу. Ричард с удивлением отметил, сколь быстро шагает Джеймс Рассел Лоуэлл — походка не литератора, но атлета.

Сильный ветер швырял песчинки в рот и в бороду Лоуэлла. Совместно с терпкостью на языке, комом в горле и образом умирающего Хили в голове, Лоуэлла вдруг посетила весьма яркая идея.

Ничтожные из Третьей песни Данте не избрали ни добра, ни зла, а потому снискали презрение как Рая, так и Ада. Оттого их поместили в прихожую — в сущности, еще не Ад, где нагие трусливые тени плывут вослед пустому знамени, ибо отказались при жизни держаться какого-либо определенного курса. Их без продыху жалят слепни и осы, их кровь смешивается с солью слез, и вся картина довершается кишащими в ногах мерзостными червями. Гниющая плоть дает пищу новым червям и мухам. Осы, мухи и личинки — три типа насекомых, найденных в теле Артемуса Хили.

Через все это убийца обретал для Лоуэлла реальность.

— Наш Люцифер знал, как переносить насекомых, — заметил тогда Лоуэлл.

В первый день своего расследования они собрались в Крейги-Хаусе; небольшой кабинет был завален газетами, а пальцы друзей перепачканы чернилами и кровью от множества перелистанных страниц. Просматривая заметки, которые Лонгфелло оставлял у себя в журнале, Филдс пожелал узнать, отчего Люцифер — отныне Лоуэлл так именовал их противника — произвел в Ничтожные именно Хили.

Лоуэлл задумчиво тянул себя за моржовый ус. Он пребывал в лекторском настроении, друзьям же предназначалась роль аудитории.

— М-да, Филдс, из всей группы Невовлеченных — или Ничтожных — Данте избирает единственного — того, кто отрекся, как он говорит, от великой доли. Очевидно, это Понтий Пилат, ибо он и свершил великое отречение — самое ужасное явление невовлеченности во всей христианской истории: не одобрил, но и не воспрепятствовал распятию Спасителя. Подобно прокуратору, судья Хили мог нанести смертельный удар Закону о беглых рабах, однако попросту устранился. Спасшегося раба Томаса Симса он выслал обратно в Саванну, где того, совсем еще мальчика, до крови иссекли плетьми, а раны выставили напоказ целому городу. Старик Хили при том вопил, что не его дело ниспровергать законы Конгресса. Неправда! Во имя господа, это было нашим общим делом.

— Нам не дано знать решения головоломки *gran rifuto*, великого отречения. Данте не называет грешника по имени, — вступил в разговор Лонгфелло, отведя рукой толстый дымный хвост Лоуэлловой сигары.

— Данте не мог назвать грешника по имени, — страстно настаивал Лоуэлл. — Теням, прозевавшим собственную жизнь, душам «вовек не живших», как сказал Вергилий, потребно и в смерти оставаться ничтожными, и пусть им бесконечно досаждают самые незначительные и мерзкие из всех созданий. В том их *contrapasso,* их вечное воздаяние.

— Некий нидерландский знаток предположил, что сия фигура отнюдь не Понтий Пилат, мой дорогой Лоуэлл, скорее — юноша из Матфея, 19:22, коему была предложена вечная жизнь, однако тот ее отверг, — сказал Лонгфелло. — Мы же с мистером Грином склонны видеть в великом отступнике Папу Целестина Пятого, ибо это он встал на путь невовлеченности, когда покинул папский престол и тем расчистил дорогу продажному папе Бонифацию; сие в конечном итоге привело к изгнанию Данте.

— Ваша трактовка замыкает Дантову поэму в границах Италии! — возмутился Лоуэлл. — Типично для нашего дорогого Грина. Это Пилат. Я почти вижу: он глядит на нас столь же сердито, как тогда на Данте.

Во время сего обмена Филдс и Холмс хранили молчание. Теперь же Филдс мягко, но укоризненно произнес, что их работу не должно превращать в очередную клубную сессию. Необходимо отыскать иной способ познать убийства, а для того недостаточно обсуждать песни, давшие пищу смертям, — нужно проникнуть им внутрь.

В тот миг Лоуэлл впервые устрашился всего, что может выйти из их затеи.

— Э-э, так что вы предлагаете?

— Посмотреть своими глазами, — ответил Филдс, — на те места, где Дантовы фантазии стали жизнью.

Шагая сейчас через поместье Хили, Лоуэлл вдруг схватил издателя за руку.

— *«Come la rena quando turbo spira»*, — шепнул он.

Филдс не понял:

— Что вы сказали, Лоуэлл?

Вырвавшись вперед, тот остановился в месте, где дорожка выходила на гладкий песчаный круг. Наклонился.

— Здесь! — победно провозгласил он.

Тянувшийся чуть позади Ричард Хили подтвердил:

— Ну да. — Затем что-то сообразил, и вид у него сделался весьма изумленный. — Откуда вы знали, кузен? Откуда вам знать, что отца нашли именно здесь?

— Ну, — принялся изворачиваться Лоуэлл. — Это был вопрос. Мне почудилось, вы пошли помедленнее, оттого я и спросил: «Здесь?» Правда, мистер Хили пошел медленнее? — Он обернулся за подмогой к Филдсу.

— Думается, да, мистер Хили. — Филдс пыхтел и старательно кивал.

Ричард Хили не заметил, чтобы шел медленнее.

— В общем, да, так и есть, — ответил он, решив для себя, что незачем скрывать, как он впечатлен и встревожен интуицией Лоуэлла. — В точности здесь это и произошло, кузен. На самом жутком и уродливом участке двора, да, — горько добавил он. Из всей лужайки лишь на этом пятачке отродясь ничего не росло.

Лоуэлл провел по песку пальцем.

— Здесь, — проговорил он, точно в трансе. Впервые он искренне и глубоко пожалел Хили. Здесь, нагого и распластанного, его оставили на съедение червям. Хуже всего было то, что судья так и не понял уготованной ему кончины — ни сам, пока жил, ни жена с сыновьями после его смерти.

Ричард Хили решил, что Лоуэлл вот-вот расплачется.

— Он любил вас всем сердцем, кузен, — сказал он, опускаясь рядом с Лоуэллом на колени.

— Кто? — резко переспросил тот; всю его жалость как рукой сняло.

Столь грубый вопрос вынудил Хили отпрянуть.

— Верховный судья. Вы были любимейшим из родственников. Он читал ваши стихи с величайшей гордостью и восхищением. Когда бы ни приносили свежий выпуск «Норт-Американ Ревью», он тут же набивал трубку и прочитывал его от корки до корки. Говорил, вы невероятно тонко чувствуете истину.

— Правда? — в некотором замешательстве спросил Лоуэлл. Стараясь не видеть усмешки в глазах своего издателя, он пробормотал вымученный комплимент насчет того, каким замечательным юристом был верховный судья.

Когда они возвратились в дом, работник внес пакет из почтовой конторы. Ричарду Хили пришлось извиниться.

Филдс поспешно оттащил Лоуэлла в сторону.

— Как, черт побери, вы узнали место, Лоуэлл? Мы никогда этого не обсуждали.

— М-да, любой достойный знаток Данте, безусловно, оценит близость реки Чарльз. Вспомните: Ничтожные располагались лишь в нескольких сотнях ярдов от Ахерона, первой реки Ада.

— Да. Но газеты не сообщали, в какой именно части двора его нашли.

— Газеты не стоят и того, чтоб прикуривать от них сигару. — Уклоняясь от прямого ответа, Лоуэлл тянул время, желая вдосталь насладиться Филдсовым предвкушением. — Меня привел туда песок.

— Песок?

— Да, да. *Come la rena quando turbo spira*. Вы забыли Данте, — упрекнул он Филдса. — Вообразите: мы вступаем в круг Ничтожных. Что же мы видим поверх голов множества грешников?

Филдс был читателем-материалистом; он помнил цитаты по номерам страниц, тяжести бумаги, расположению шрифтов и запаху телячьей кожи. Он чувствовал пальцами золоченые углы Дантова тома.

— «Слова, в которых боль, — начал Филдс, осторожно переводя в уме, — и гнев, и страх, плесканье рук, и жалобы...» Он забыл. Настоятельно требовалось вспомнить следующие слова, ибо без них Филдсу было не понять, что же такое разузнал Лоуэлл, при том что это знание явно помогало ему контролировать ситуацию. Филдс кинулся листать принесенный с собой карманный том Данте на итальянском.

Лоуэлл отвел книгу в сторону.

— Далее, Филдс! *Facevano un tumulto, il qual s'aggira sempre in quell' aura sanza tempo tinta, come la rena quando turbo spira*. «Сливались в гул, без времени, в веках, как смерч песка во мгле неозаренной, как бурным вихрем возмущенный прах».

— И что... — Филдс переваривал сказанное.

Лоуэлл нетерпеливо вздохнул:

— Луг за домом либо вздымается травой, либо состоит из земли и камней. Однако ветер нес нам в лица совсем иной, мелкий сыпучий песок, и я отправился ему навстречу. Воздаяние Ничтожным в Дантовом Аду сопровождается гулом, подобным «смерчу песка во тьме неозаренной». Метафора песчаного смерча не для красного словца, Филдс! Она символ изворотливого непостоянного ума грешников, кои избрали бездействие, имея власть поступить, как должно, и в наказание потеряли в Аду свою силу!

— Оставьте, Джейми! — воскликнул Филдс несколько громче, нежели следовало. У смежной стены горничная вытряхивала перьевую наволочку. Филдс ее не замечал. — Оставьте эти фантазии! Песок, подобный смерчу! Три типа насекомых, флаг, река поблизости — вполне понятно. Но песок? Ежели наш дьявол разыгрывает в своей пьесе столь мимолетные Дантовы метафоры...

Лоуэлл мрачно кивнул.

— Значит, он истинный приверженец Данте, — произнес профессор с оттенком восхищения.

— Сэр? — Рядом с поэтами возникла Нелл Ранни, и оба отскочили назад.

Со свирепым видом Лоуэлл пожелал узнать, слушала ли она их беседу. Горничная возмущенно затрясла крепкой головой.

— Нет, добрый сэр, клянусь. Я лишь подумала... — Она нервно оглянулась через одно плечо, затем через другое. — Вы, джентльмены, не из тех, что ходят тут за ради уважения. Так на дом глядели... после во дворе... Вы в другой раз придете? Мне надо...

Появился Ричард Хили, и горничная, оборвав себя на полуслове, умчалась на другой край громадного холла — она была мастером в домашнем искусстве исчезновения. Ричард Хили тяжко вздохнул, выпустив половину воздуха из могучей и обширной, точно бочка, груди.

— С тех пор как мы объявили о награде, я всякое утро просыпаюсь в глупейшей надежде; лечу, очертя голову, за письмами и отчего-то искренне верю, что где-либо скрыта правда, что она только и ждет, когда про нее узнают. — Подойдя к камину, он швырнул в огонь свежую стопку писем. — Не понимаю: жестоки эти люди либо попросту безумны.

— Умоляю, мой дорогой кузен, — проговорил Лоуэлл, — неужто полиция вовсе не располагает утешающими известиями?

— Почтенная бостонская полиция. Могу вам сказать, кузен Лоуэлл. Они притащили в участок всех воров, коих только удалось собрать в этом чертовом городе, — и вы знаете, что из того вышло?

Ричард и вправду ждал ответа. Хриплым от подозрения голосом Лоуэлл проговорил, что нет, не знает.

— Я вам скажу. Один такой вор выпрыгнул в окно и разбился насмерть. Можете представить? Мулат-офицер, очевидно, пытавшийся его удержать, упоминал о сказанных шепотом словах, кои он не в состоянии был осмыслить.

Бросившись вперед, Лоуэлл вцепился в Хили так, точно намеревался что-либо из него вытрясти. Филдс дернул его за полу плаща.

— Мулат-офицер, вы говорите? — переспросил Лоуэлл.

— Почтенная бостонская полиция, — повторил Ричард Хили со сдержанной горечью. — Мы наймем частных детективов, — хмуро добавил он, — однако вряд ли эти менее продажны, нежели городские.

Из верхней комнаты донесся стон, на лестнице появился Роланд Хили и сбежал на пару ступеней вниз. Ричарду он сказал, что у матери новый приступ.

Тот рванулся прочь. Нелл Ранни направилась было к Лоуэллу и Филдсу, но Ричард, поднимаясь по ступеням, это заметил. Он перегнулся через широкие перила и скомандовал:

— Нелл, а не закончить ли вам работу в подвале? — Затем дождался, пока она не ушла вниз.

— Стало быть, патрульный Рей слышал шепот как раз при расследовании убийства Хили, — сказал Филдс, едва они с Лоуэллом остались одни.

— И теперь известно, кто этот шептун — он выбросился из окна Центрального участка. — Лоуэлл на миг задумался. — Необходимо выяснить, что так напугало горничную.

— Опомнитесь, Лоуэлл. Мальчишка Хили спустит с нее шкуру, как только вас увидит. — Благоразумие издателя удержало Лоуэлла на месте. — Да и потом, он же сказал: ей вечно что-то мерещится.

В тот же миг из кухни послышался громкий удар. Убедившись, что вокруг по-прежнему никого нет, Лоуэлл направился прямиком туда. Легонько постучал. Нет ответа. Толкая дверь, он услыхал сбоку от плиты некий отголосок — там тряся кухонный лифт. Только что из подвала прибыла тележка. Лоуэлл открыл деревянную дверцу. Тележка была пуста, не считая листка бумаги.

Мимо Филдса промчался Лоуэлл.

— Что там? В чем дело? — спросил издатель.

— Некогда объясняться. Я пошел в кабинет. Стойте здесь и следите, чтоб не вернулся мальчишка, — объявил Лоуэлл.

— Но Лоуэлл! — воскликнул Филдс. — Что мне делать, ежели он вернется?

Лоуэлл ничего не сказал. Вместо ответа он протянул издателю записку.

Заглядывая в открытые двери, поэт несся по коридорам, пока не наткнулся на ту, что была подперта канапе. Оттащив его с дороги, он с опаской ступил внутрь кабинета. Комнату убрали, однако не до конца, как будто посередине уборки работа стала невыносима для Нелл Ранни либо иной молодой служанки. И не оттого, что здесь умер Хили, а потому, что память о нем еще жила, питаясь запахом старых кожаных переплетов.

Стоны Эдны Хили у Лоуэлла над головой повышались в тоне устрашающим крещендо, и поэт изо всех сил отгонял мысль, что в действительности они с Филдсом попали в мертвецкую.

Оставленный в холле издатель развернул записку от Нелл Ранни: «Они велели молчать, но я так не могу, а кому сказать, не знаю. Когда я притащила судью Хили в кабинет, он умер у меня на руках, только сперва застонал. Помогите кто-нибудь».

— Господи спаси! — Филдс невольно смял бумажку. — Он еще жил!

Лоуэлл встал на колени и приблизил голову к полу кабинета.

— Ты еще жил, — шепнул он. — Ты совершил великое отречение. За то тебя казнили, — мягко разъяснил Лоуэлл Артемусу Хили. — Что сказал тебе Люцифер? Что ты сам хотел сказать нашедшей тебя служанке? О чем попросить?

На полу оставались пятна крови. Но с краю ковра Лоуэлл заметил нечто другое: расплющенных, как червяки, личинок и части странных насекомых, коих он не смог распознать, — то были крылья и туловища тех самых огнеглазых мух, что

ДАНТОВ КЛУБ

Нелл Ранни разрывала в куски, склонясь над телом судьи Хили. Порывшись в заваленном бумагами столе, Лоуэлл нашел карманную лупу и навел ее на мух. Они также были измазаны кровью.

Вдруг из-под оставленной под столом кипы бумаг вырвались четверо или пятеро огнеглазых тварей и, выстроившись в ряд, полетели на Лоуэлла.

Поэт по-дурацки разинул рот, споткнулся о тяжелое кресло, больно стукнулся ногой о чугунный стояк для зонтов и повалился на пол. Затем, подгоняемый жаждой мщения, методично обрушил на каждую муху увесистый свод законов.

— Чтоб не думали, будто Лоуэлл вас боится.

Он ощутил на лодыжке легкое шевеление. Муха забралась под брючину; когда же Лоуэлл отогнул материю, тварь растерялась, однако вывернулась и бросилась наутек. С ребячливой радостью Лоуэлл втоптал ее в ковер каблуком ботинка. И только тогда разглядел над щиколоткой красную ссадину — в том месте, которым он ударился о зонтичный стояк.

— Будьте вы прокляты, — сообщил Лоуэлл поверженной мушиной пехоте. Потом похолодел, узрев, сколь сильно головы этих тварей напоминают своими чертами лица мертвых людей.

Филдс бурчал из коридора, что неплохо бы поторопиться. Лоуэлл прерывисто дышал, однако сверху доносились голоса и шаги, и он пропускал предупреждения издателя мимо ушей. Он достал носовой платок, на котором Фанни Лоуэлл собственноручно вышила литеры «Дж Р Л», и сгреб в него свежеубитых насекомых, а заодно и все их обрывки, что только смог найти. Запихал кладь в карман пальто и выскочил из кабинета. Вместе с Филдсом они передвинули канапе на место, и как раз в тот миг начали приближаться озабоченные голоса кузенов.

Издатель сгорал от любопытства:

— Ну? Ну же, Лоуэлл? Что вы нашли?

Лоуэлл похлопал себя по карману.

— Свидетелей, дорогой мой Филдс.

IX

Неделю после похорон Элиши Тальбота священники Новой Англии провозглашали в своих проповедях страстные панегирики павшему коллеге. В воскресенье они останавливались более на заповедях, нежели на самом убийстве. Когда же стало очевидно, что загадка Тальбота и Хили ничуть не приблизилась к разрешению, бостонские клерикалы сосредоточились на всех грехах, свершенных паствой еще с довоенных времен; высшей точки, сравнимой по накалу с описаниями Страшного Суда, достигали их тирады о никчемной работе полицейского департамента, а гипнотический дух этих словотрясаний принудил бы старого тирана кембриджской кафедры Элишу Тальбота лопнуть от гордости.

Газетчики вопрошали, как можно оставлять без последствий убийства двух почтеннейших граждан города. Куда подевались деньги, выделенные Городским Управлением на улучшение полицейской службы? Их истратили на эти вульгарные серебряные бляхи для офицерских мундиров! — сардонически восклицала одна из газет. Стоило ли городу одобрять Куртцеву петицию о дозволении полицейским носить огнестрельное оружие, если офицеры не в состоянии отыскать преступника, на коего сие оружие призвано быть направленным?

Сидя за столом в Центральном участке, Николас Рей с интересом читал эту и прочие критические заметки. Вообще-то в полицейском департаменте кое-что и впрямь поменялось к лучшему. Развесили пожарные колокола, дабы сзывать полицейские силы — все либо частично — в любую часть города. Шеф приказал детективам и патрульным слать на Центральный участок регулярные рапорты, а все офицеры должны быть готовы к службе при малейшем признаке тревоги.

Куртц лично просил патрульного Рея заняться этими убийствами. Тот рассмотрел ситуацию. Он обладал редким даром сперва думать, а после говорить, и потому говорил лишь то, что воистину желал сказать.

— Когда ловили дезертира, вся дивизия отправлялась в поле; там уже была выкопана могила, и рядом с нею установлен гроб. Капеллан провожал дезертира вдоль всего строя и приказывал сесть на гроб, где несчастному завязывали глаза, руки и ноги. Расстрельная команда из его же товарищей стояла наготове и ждала команды. Товсь, целься... С командой «пли» дезертир замертво падал в гроб, каковой после закапывали и не ставили никаких памятных камней. Мы брали ружья на плечо и возвращались в лагерь.

— Хили с Тальботом угробили для образца? — скептически спросил Куртц.

— Дезертиров легко можно было расстрелять в палатке бригадного генерала либо в лесу, а то и вовсе отправить в полевой суд. Спектакль был призван показать всем, что, поскольку дезертир предал наши ряды, он и сам будет предан забвению. Ту же тактику применяли рабовладельцы к беглым рабам. Убийства Хили и Тальбота, возможно, второстепенны. Первостепенно и важно то, что мы имеем дело с воздаянием, коему были подвергнуты эти люди. Мы призваны встать в строй и наблюдать.

Куртц был восхищен, но не согласен.

— Пусть так. Однако чье воздаяние, патрульный? И за какую провинность? Ежели этим представлением нас и вправду желали чему-либо научить, какой толк производить его столь неясно? Голое тело под флагом? Ноги в огне. В том же нет ни капли смысла!

Для кого-то в том есть смысл, полагал Рей. Просто он обращен не к Рею и не к Куртцу.

— Что вы знаете об Оливере Уэнделле Холмсе? — спросил он в другой раз, сопровождая шефа полиции, когда тот спускался по ступеням Капитолия к дожидавшейся коляске.

— Холмс. — Куртц равнодушно пожал плечами. — Поэт и доктор. Любимец публики. Водил дружбу с профессором Вебстером, которого затем повесили. До самого конца не желал признавать, что Вебстер виновен. На освидетельствовании Тальбота толку от него было мало.

— Да, пожалуй, — согласился Рей, вспоминая, как Холмс распереживался при виде Тальботовых ног. — Я решил, что ему нехорошо, приступ астмы.

— М-да — астматическое помутнение мозгов, — сказал Куртц.

В день, когда нашли тело пастора, Рей показал шефу Куртцу две дюжины бумажных обрывков, собранных неподалеку от вертикальной могилы. То были мелкие квадраты величиной не более шляпок от гвоздиков, коими прибивают ковры, и всякий содержал хотя бы одну наборную букву, а иные — еще и размытые отпечатки на обратной стороне. Часть из-за постоянной сырости подземелья оказалась грязна до нераспознаваемости. Куртца удивил интерес Рея к этому мусору. Он несколько подрывал веру шефа полиции в своего мулата-патрульного.

И все же Рей аккуратно раскладывал бумажки по столу. Сквозь обрывки просвечивало нечто важное, и патрульный был убежден в заключенном в них смысле, равно как и в осмысленности шепота самоубийцы. Рей разобрал двенадцать квадратиков: *e, di, ca, t, I, vic, B, as, im, n, y* и еще одна *e*. Еще одна перепачканная бумажка содержала букву *g*, правда, с таким же успехом там могла быть *q*.

Когда Рею не требовалось везти шефа Куртца беседовать с приятелями покойников либо встречаться с капитанами полицейских участков, а значит, выдавалась свободная минута, он украдкой доставал бумажки из кармана брюк и раскидывал буквы по столу. Порой они складывались в слова, и он заносил в тетрадь приходившие на ум фразы. Он плотно зажмуривал свои тронутые золотом глаза и тут же открывал вдвое шире в неосознанной надежде, что буквы сами собою выстроятся в ряд и тем растолкуют, что произошло и что необходимо сделать: говорят, ежели блюдечко на спиритическом сеансе водит талантливый медиум, оно, случается, выписывает последние слова покойного. Как-то вечером Рей по своему разумению перевел в буквы шепот самоубийцы с Центрального участка, а после перемешал их с кучей этих новых, понадеявшись, что два затерянных голоса как-то меж собой договорятся.

У него сложились любимые комбинации: *I cant die as im...* На этом месте Рей всегда застревал, но, может, тут что-то крылось? Он пробовал сложить буквы по-другому: *Be vice as I*[1]... Что делать с этим рваным не то *g*, не то *q*?

Ежедневно Центральный участок захлестывало потоком писем, полных такой горячей убежденности, что, будь в них хоть капля правдоподобия, все вопросы были бы уж давно решены. Куртц поручил Рею изучать корреспонденцию, рассчитывая отвлечь таким способом от «мусора».

Пятеро человек утверждали, что спустя неделю после обнаружения тела видели судью Хили в мюзик-холле. Рей притащил на допрос обалдевшего господина, вычислив его по сезонному абонементу — это оказался маляр из Роксбери, который зарабатывал на жизнь росписью конных экипажей и обладал такой же, как у судьи, неукротимой шевелюрой. Анонимное письмо сообщало полиции, что убийца преподобного Тальбота, являвшийся знакомым и дальним родственником автора послания, взял без позволения чужой сюртук и отбыл на пароходе в Ливерпуль, а поступив столь непорядочным образом, ни разу не дал о себе знать (надо понимать, и сюртук никогда не будет возвращен законному владельцу). Другая записка извещала, что некая дама спонтанно призналась своему портному в убийстве из ревности судьи Хили, после чего села в поезд и отбыла в Нью-Йорк, где ее не пред-

---

[1] Я не могу умереть как есть... Будь порочен, как я... (*англ.*)

ставляет труда разыскать в одном из четырех перечисленных отелей.

Разорвав конверт с анонимной запиской, составленной всего из двух предложений, Рей тут же заподозрил открытие: бумага была первоклассной, а письмо выведено крупным изломанным каллиграфическим почерком, коим обычно маскируют истинную руку.

«Копайте глубже в яме преподобного. Нечто оставлено под его головой».

Внизу подпись: «С почтением, гражданин нашего города».

— Нечто оставлено? — насмешливо вопросил Куртц.

— Они не приводят доказательств, никакой выдуманной истории. — С необычным для него пылом отвечал Рей. — Писавший пожелал сказать то, что сказал. И вспомните: изложения Тальботовой смерти в газетах весьма разнятся. Теперь нам это на руку. Человек знает истинные обстоятельства, по меньшей мере — что Тальбот был погребен в яме, притом головой вниз. Взгляните, шеф. — Рей прочел вслух и указал пальцем: — «Под его головой».

— Рей, неужто мне мало забот! Кто-то из мэрии выболтал «Транскрипту», что одежду Тальбота сложили стопкой, в точности, как и Хили. Завтра они это напечатают, и весь наш окаянный город будет знать, что мы имеем дело с одним и тем же убийцей. Людям не нужен «преступник», им потребно имя. — Куртц вернулся к письму. — М-да, отчего здесь не сказано, какое такое «нечто» мы отыщем у Тальбота в яме? И почему бы вашему гражданину не прогуляться до Центрального участка и не сказать мне прямо в лицо, что ему известно?

Рей не стал отвечать.

— Позвольте мне взглянуть на склеп, шеф Куртц.

Тот покачал головой:

— Вы же слыхали, *что* валится нам на головы с проклятых кафедр по всему штату, Рей. Не станем мы ради вашего воображаемого сувенира являться сейчас в склепы Второй церкви и устраивать в ней раскопки!

— Мы оставили дыру как есть, на случай, ежели понадобятся новые обследования, — возразил мулат.

— Пусть так. Я не желаю более об этом слышать, патрульный.

Рей кивнул, однако убежденности в его лице не убавилось. Упрямый запрет Куртца не мог побороть решительного, хоть и безмолвного, несогласия Рея. Вечером того же дня Куртц схватил шинель. Подошел к столу Рея и приказал:

— Патрульный. Вторая унитарная церковь Кембриджа.

Новый ризничий, джентльмен с рыжими бакенбардами, более похожий на торговца, препроводил их внутрь. Его предшественник, объяснил он, ризничий Грегг, ощущая, как после истории с Тальботом его все более охватывает безумие, вышел в отставку, дабы позаботиться о здоровье. Ризничий неловко достал ключи от подземных склепов.

— Хорошо бы там что-либо нашлось, — предупредил Куртц Рея, когда их достигла подземная вонь.

Нашлось.

Понадобилось всего несколько взмахов лопаты с длинной ручкой, и Рей добыл из-под земли мешочек с деньгами — в точности оттуда, куда Лонгфелло с Холмсом его опять закопали.

— Одна тысяча. Ровно тысяча, шеф Куртц. — В свете газового фонаря Рей пересчитал деньги. — Шеф, — он вспомнил вдруг нечто важное. — Кембриджский участок — в тот день, когда нашли Тальбота. Помните, что они тогда нам сказали? Накануне убийства преподобный сообщал, что ему взломали сейф.

— Сколько было взято денег?

Рей кивнул на банкноты.

— Одна тысяча. — Куртц недоверчиво фыркнул. — М-да, не знаю, поможет это нам или еще более запутает. Будь я проклят, ежели Лэнгдону У. Писли либо Уилларду Бёрнди придет в голову взламывать пасторский сейф, назавтра прибивать его самого, а потом закапывать под башку деньги, чтоб Тальбот не скучал в могиле!

ПЕСНЬ ВТОРАЯ

В тот миг Рей едва не наступил на букетик цветов, почтительно оставленный Лонгфелло. Патрульный поднял его и показал Куртцу.

— Нет-нет, я никого более не впускал в склеп, — уверял ризничий, когда они воротились в церковь. — Он закрыт с тех пор, как... всё произошло.

— Возможно, ваш предшественник. Вы не знаете, где нам отыскать мистера Грегга? — спросил шеф Куртц.

— Да хоть здесь. Всякое воскресенье — он правоверен, как только возможно, — отвечал ризничий.

— Что ж, когда он явится опять, попросите его немедля связаться с нами. Вот моя карточка. Ежели он допустил кого-либо внутрь, мы должны о том знать.

Они вернулись в участок, ибо многое требовалось сделать. Еще раз допросить кембриджского патрульного, коему преподобный Тальбот сообщал об ограблении; удостовериться в банках, что деньги происходят в точности из сейфа Тальбота; обойти в Кембридже дома, соседствующие с пасторским — возможно, той ночью, когда взломали сейф, кто-либо что-либо слыхал; знатокам графологии предстояло изучить оповестившую записку.

Рей заметил в Куртце подлинный оптимизм — впервые с того дня, как сообщили о смерти Хили. Шеф едва не подпрыгивал.

— Хороший полицейский, Рей, — это инстинкт. Порою, он просыпается в каждом из нас. И боюсь, исчезает со всяким новым разочарованием в жизни и в карьере. Я бы выкинул это письмо вслед за прочим хламом, вы же его сохранили. А потому говорите. Что необходимо сделать из того, что еще не сделано?

Рей довольно улыбался.

— Что-то же есть. Давайте, не тяните.

— Ежели я скажу, вам не понравится, шеф, — отвечал Рей.

Куртц пожал плечами:

— Опять, что ль, ваши проклятые клочки?

Обычно Рей отвергал всякое расположение, однако теперь ему представился случай исполнить то, чего он давно жаждал. Он подошел к окну, обрамлявшему соседние с участком деревья, и выглянул на улицу.

— Существует опасность, шеф; нам отсюда она не видна, но человеку на том дознании показалась важнее, нежели его собственная жизнь. Я хочу знать, кто выбросился к нам во двор.

✠

Оливер Уэнделл Холмс был счастлив получить достойную задачу. Он не был ни энтомологом, ни вообще натуралистом, а изучение животных интересовало его постольку, поскольку соотносилось с работой внутренних органов человека, и в частности — его собственных. Однако за два дня, минувшие после того, как Лоуэлл вывалил перед ним кучу раздавленных мух и личинок, доктор Холмс собрал все книги о насекомых, что только смог отыскать в лучших бостонских научных библиотеках, и приступил к серьезному изучению.

Лоуэлл тем временем устроил встречу с Нелл, горничной Хили, в доме ее сестры на окраине Кембриджа. Служанка поведала, как это было ужасно — найти верховного судью Хили, как он вроде бы хотел ей что-то сказать, но лишь прохрипел и тут же умер. От его голоса, точно от касания божественной силы, она пала на колени и поползла прочь.

Что до раскопок в церкви Тальбота, то Дантов клуб постановил: полиция должна сама отыскать зарытые в склепе деньги. Холмс и Лоуэлл были против — Холмс из боязни, а Лоуэлл из собственничества. Лонгфелло убедил друзей не видеть в полицейских соперников, пускай даже знание об их работе и представляет для них опасность. У них одна цель — остановить убийства. Только Дантов клуб имеет дело почти всегда с литературными уликами, полиция же — с физическими. А потому, зарыв обратно мешочек со столь бесценной тысячью

ПЕСНЬ ВТОРАЯ

долларов, Лонгфелло сочинил шефу полиции простую записку: «Копайте глубже...» Они понадеялись, что среди полицейских отыщется человек с острым взглядом, он увидит и поймет достаточно, а возможно — и обнаружит в убийстве нечто новое.

Когда Холмс завершил изучение насекомых, Лонгфелло, Филдс и Лоуэлл собрались у него в доме. Из окна кабинета доктор прекрасно видел, как гости подходят к номеру 21 по Чарльз-стрит, однако он любил формальности и предпочел, чтоб ирландская горничная провела посетителей в небольшую приемную, а затем сообщила их имена. После Холмс выскочил на лестницу:

— Лонгфелло? Филдс? Лоуэлл? Вы здесь? Поднимайтесь наверх, поднимайтесь! Я покажу, что вышло.

В изящно обустроенном кабинете было более порядка, нежели в большинстве писательских комнат: книги выстроились от пола до потолка, и многие, особенно учитывая докторский рост, доставались только с раздвижной лестницы, каковую Холмс сам же и сконструировал. Он показал им свое последнее изобретение — развертывающуюся книжную полку на углу письменного стола: теперь не требовалось вставать, чтобы дотянуться до чего-либо нужного.

— Очень хорошо, Холмс, — сказал Лоуэлл, поглядывая на микроскоп.

Холмс приготовил предметное стекло.

— Сколь бы ни сменялись живущие на земле поколения, на всех своих внутренних мастерских природа неизменно вывешивает запрещающую надпись «НЕ ВХОДИТЬ». Когда ж докучливый наблюдатель рискнет приблизиться к загадкам ее желез, протоков и флюидов, она, подобно богам древности, скрывает плоды своих трудов ослепительными пара́ми и сбивающими с толку ореолами.

Он объяснил, что твари эти суть личиночные мясные мухи — то же утверждал и городской коронер Барникот в день, когда нашли тело. Сия разновидность мух откладывает яйца в мертвых тканях. Яйца затем превращаются в личинок, те в свой черед питаются разлагающейся плотью, растут, становятся мухами, и цикл начинается заново.

Раскачиваясь в одном из Холмсовых кресел, Филдс сказал:

— Но ведь горничная говорит, что Хили стонал перед смертью. Значит, он еще жил! Пусть даже удерживала его лишь последняя ниточка. Спустя четыре дня после удара... и всякая расселина в его теле была заполнена червями.

Холмса потрясла бы сама мысль о подобных страданиях, когда б идея не представлялась столь фантастичной. Он покачал головой:

— К счастью для судьи Хили и человечества, сие невозможно. Либо горстка личинок, четыре-пять, не более, на поверхности головной раны, где могли образоваться мертвые ткани, либо он был мертв. Судя по тому, сколь много, ежели верить отчетам, червей вскормилось в его теле, все ткани были мертвы. *Он* был мертв.

— Возможно, горничной и вправду померещилось, — предположил Лонгфелло, глядя на унылое лицо Лоуэлла.

— Когда б вы ее видали, Лонгфелло, — сказал Лоуэлл. — Когда б вы знали, как сверкали ее глаза, Холмс. Филдс, вы же там были!

Филдс кивнул, хотя уже не столь убежденно:

— Она видела нечто ужасное — либо полагала, что видела.

Лоуэлл неодобрительно скрестил руки:

— Ради Бога, помимо нее этого никто не может знать. Я ей верю. Мы обязаны ей верить.

Холмс говорил веско. Его открытия вносили некий порядок, некую осмысленность в их действия.

— Мне жаль, Лоуэлл. Она, несомненно, видела нечто ужасное — состояние Хили. Но здесь — *здесь* наука.

До Кембриджа Лоуэлл доехал на конке. После он шагал под алым кленовым навесом, переживая, что не смог удержать друзей от превратного толкования рассказа горничной, когда мимо проскользнул обитый плисом брогам, а в нем — великий князь бостонского рынка Финеас Дженнисон. Лоуэлл нахмурился. Он был не настроен на разговоры, хотя некая его часть молила об отвлечении.

— Здрасьте! Давайте руку! — В окно высунулся идеально сшитый рукав Дженнисона, а лошади перешли на ленивый шаг.

— Мой дорогой Дженнисон, — только и сказал Лоуэлл.

— О, как это прекрасно! Пожать руку старому другу, — проговорил Дженнисон с выверенной искренностью. Не тягаясь с рукопожатием Лоуэлла, более напоминавшим тиски, Дженнисонова манера здороваться вполне подходила бостонскому промышленнику: он встряхивал протянутую руку, точно бутылку. Дженнисон выбрался наружу и постучал в зеленую дверь отделанного серебром экипажа, приказывая возничему стоять на месте.

Из-под распахнутого белоснежного плаща виднелся темный малиновый сюртук, а под ним — зеленая бархатная жилетка. Дженнисон обхватил Лоуэлла рукой.

— Вы в Элмвуд?

— Виновен я[1], — отвечал Лоуэлл.

— Скажите, проклятая Корпорация оставила, наконец, в покое ваш Дантов курс? — Сильный лоб Дженнисона пересекла озабоченная складка.

— Слава Богу, кажется, слегка угомонились, — вздохнул Лоуэлл. — Я лишь надеюсь, они не сочтут своей победой то, что я приостановил на время Дантовы семинары.

Дженнисон застыл прямо посреди улицы, лицо его побледнело. Говорил он слабым голосом, подпирая ладонью украшенный ямочкой подбородок.

— Лоуэлл? Тот ли это Джейми Лоуэлл, коего в бытность его в Гарварде ссылали в Конкорд за непослушание? Не защитить будущих гениев Америки от Маннинга и Корпорации? Вы обязаны, в противном случае они...

---

[1] Уильям Шекспир. «Бесплодные усилия любви». Акт IV, сцена III. Перевод М. А. Кузмина.

— Это никак не соотносится с окаянными гарвардцами, — уверил его Лоуэлл. — Просто сейчас мне необходимо кое с чем разобраться, это поглощает весь мой ум, и я не могу отвлекаться на семинары. Я лишь читаю лекции.

— Домашний кот не утешит того, кто желает бенгальского тигра![1] — Дженнисон сжал кулак. Он был вполне удовлетворен своим поэтическим образом.

— Это не моя стезя, Дженнисон. Я не умею обращаться с людьми, подобными членам Корпорации. На каждом шагу лишь ослы да лоботрясы, и с ними приходится иметь дело.

— А разве где-либо иначе? — Дженнисон расплылся в своей широченной улыбке. — Открою вам секрет, Лоуэлл. Отриньте второстепенное, пока не достигните главного, — и все у вас выйдет. Вы знаете, что важнее всего и что необходимо делать — прочее же пусть катится к дьяволу! — рьяно добавил он. — Послушайте, ежели я хоть как-то могу содействовать вашей борьбе, любая помощь...

На короткий миг Лоуэлл вдруг ощутил искушение рассказать Дженнисону все и взмолиться о помощи — хоть он и не представлял, о какой. Поэт был отвратительным финансистом, вечно тасовал деньги меж бесполезных инвестиций, а потому удачливый промышленник обладал в его глазах некой высшей властью.

— Нет, нет, для своей борьбы я рекрутировал уже более помощников, нежели необходимо по здравому размышлению, однако благодарю вас от души. — Лоуэлл похлопал миллионерское плечо по крепкому лондонскому сукну. — Кстати говоря, юный Мид будет только рад отдохнуть от Данте.

— Хорошая битва требует сильных союзников, — разочарованно проговорил Дженнисон. Он, по-видимому, желал открыть Лоуэллу нечто, о чем не мог более молчать. — Я давно слежу за доктором Маннингом. Он не остановит свою кампанию, стало быть, и вы не должны останавливать

---

[1] Слова американского поэта и прозаика Джона Гринлифа Уиттьера (1807—1892), квакера и убежденного аболициониста, посвященные Аврааму Линкольну.

свою. Не верьте тому, что они вам говорят. Запомните мои слова.

После разговора о курсе, за сохранность коего он столько лет неустанно боролся, Лоуэлл чувствовал вокруг себя черное облако иронии. Подобное же неловкое замешательство он ощутил несколькими часами позднее, когда, направляясь к Лонгфелло, выходил за белые деревянные ворота Элмвуда.

— Профессор!

Обернувшись, Лоуэлл увидал молодого человека в обычном черном университетском сюртуке: тот бежал, подняв кверху кулаки, локти разведены в стороны, рот угрюмо сжат.

— Мистер Шелдон? Что вы здесь делаете?

— Мне нужно немедля с вами поговорить. — Первокурсник пыхтел от напряжения.

Всю минувшую неделю Лонгфелло и Лоуэлл составляли список бывших Дантовых студентов. Официальными гарвардскими журналами они воспользоваться не могли, поскольку боялись привлечь внимание. Для Лоуэлла сие оказалось истинной мукой, ибо он вечно терял свои записи, а в уме держал лишь горстку имен из взятого наугад периода. Даже совсем недавние его студенты, встречая профессора на улице, могли получить весьма теплое: «Мой дорогой мальчик!» — а вслед за тем: «Напомните, как вас зовут?»

К счастью, с обоих его нынешних студентов Эдварда Шелдона и Плини Мида были тут же сняты возможные подозрения, ибо Лоуэлл проводил в Элмвуде Дантов семинар как раз в тот час (при самых точных подсчетах), когда был убит Тальбот.

— Профессор Лоуэлл, я нашел у себя в ящике извещение! — Шелдон сунул Лоуэллу в руку полоску бумаги. — Это ошибка?

Лоуэлл равнодушно поглядел на листок:

— Нет, не ошибка. Возникло неотложное дело, и мне нужно освободить для него время — не более недели, я полагаю. Надеюсь — точнее, убежден, что вы достаточно заняты, дабы выбросить Данте из мыслей — хотя б на время.

Шелдон испуганно затряс головой:

— Но что же вы нам всегда говорили? Что круг приверженцев ширится и тем облегчает Дантовы скитания? Вы ведь не отступились перед Корпорацией? Вам не наскучило учить нас Данте, профессор? — нажимал студент.

Последний вопрос заставил Лоуэлла вздрогнуть:

— Я не знаю ни единого мыслящего человека, коему мог бы наскучить Данте, мой юный Шелдон! Немногие познали себя столь полно, дабы проникнуть в жизнь на такую глубину и в ней трудиться. С каждым днем я ценю его все более — как человека, поэта и учителя. Он дает надежду в самые темные наши часы — надежду на вторую попытку. И до той поры, пока я сам не встречу Данте на первом искупительном уступе, клянусь честью, я не отдам ни дюйма проклятым тиранам Корпорации!

Шелдон тяжело сглотнул:

— Значит, вы не забудете, что я очень хочу изучать «Комедию»?

Положив руку Шелдону на плечо, Лоуэлл зашагал вместе с ним:

— Знаете, мой друг, Боккаччо излагал историю о веронской женщине; та шла мимо дверей дома, где во времена своего изгнания поселился Данте. Увидав поэта с другой стороны улицы, она показала на него второй женщине и сказала: «Это Алигьери, он запросто спускается в Ад и приносит от мертвых вести». А та в ответ: «Похоже на то. Глянь-ка на его кудрявую бороду и темное лицо! Виной тому, уж наверное, жар и дым!»

Студент громко рассмеялся.

— Их речи, — продолжал Лоуэлл, — как утверждают, заставили Данте улыбнуться. Вы знаете, почему я сомневаюсь в правдивости сей истории, мой дорогой мальчик?

Шелдон размышлял над вопросом с тем же серьезным видом, каковой делался у него на Дантовых семинарах.

— Наверное, профессор, это оттого, что веронская женщина навряд ли могла знать содержание Дантовой поэмы, — предположил он. — Ведь в те времена, при его жизни, лишь считаное число людей, и среди них его покровители, видали рукопись, да и то лишь малыми частями.

— Я ни на миг не поверю, что Данте улыбнулся, — с удовлетворением отвечал Лоуэлл.

Студент начал было что-то говорить, однако Лоуэлл приподнял шляпу и продолжил свой путь к Крейги-Хаусу.

— Только не забудьте про меня, прошу вас! — крикнул ему вослед Шелдон.

Доктор Холмс сидел у Лонгфелло в библиотеке, когда на глаза ему попалась газета с поразительным иллюстрированным объявлением, которое отправил туда Николас Рей. Гравюра изображала человека, выбросившегося из окна Центрального участка. О самом происшествии в заметке не говорилось ни слова. Она лишь показывала помятое, с запавшими глазами лицо самоубийцы, каким оно было перед самым дознанием, и просила сообщить в участок либо шефу полиции любые известия о родственниках этого человека.

— Когда ищут родственников, а не самого пропавшего? — спросил друзей Холмс. — Когда человек мертв, — ответил он сам себе.

Лоуэлл изучал портрет.

— Унылый у него вид — навряд ли я когда-либо его видел. Стало быть, это настолько важно, что привлекло самого шефа полиции. Уэнделл, очевидно, вы правы. Мальчишка Хили также говорил, что полиция не нашла человека, который сперва нашептал нечто в ухо патрульному Рею, а после выбросился в окно. Тогда становится понятно, отчего они напечатали эту заметку.

Издателю газеты Филдс некогда оказывал определенные услуги. А потому, очутившись в центре города, заглянул в редакцию. Филдсу было сказано, что заметку разместил офицер-мулат.

— Николас Рей. — Филдсу это показалось странным. — При том, что творится меж Хили и Тальботом, представляется нелепым, чтобы полицейский тратил время и силы на мертвого бродягу. — Они ужинали в доме у Лонгфелло. — Неужто они знают, что меж убийствами имеется связь? Неужто патрульный догадался, что именно нашептал ему на ухо этот человек?

— Сомнительно, — сказал Лоуэлл. — Когда бы догадался, пришел бы к нам.

Холмс занервничал:

— Значит, необходимо выяснить прежде патрульного Рея, что это за человек!

— М-да, низкий поклон Ричарду Хили. Теперь известно, что привело к нам этого Рея с его иероглифами, — сказал Филдс. — Самоубийцу доставили на допрос в полицию совместно с оравой бродяг и воров. Офицеры спрашивают об убийстве Хили. Можно заключить: бедняга распознал Данте, страшно перепугался, выплеснул Рею в ухо итальянские стихи из той самой песни, что вдохновила злоумышленника, и бросился бежать — погоня же завершилась прыжком из окна.

— Чего же он так перепугался? — недоумевал Холмс.

— Можно смело утверждать, что сам он не убийца, ибо погиб за две недели до преподобного Тальбота, — рассудил Филдс.

Лоуэлл задумчиво тянул себя за ус.

— Да, но он мог знать убийцу и перепугаться столь близкого знакомства. Возможно, он знал его чересчур хорошо — в этом случае.

— Как и мы, он испугался самого знания. Так как же нам выяснить его имя прежде полиции? — спросил Холмс.

Во время всего разговора Лонгфелло хранил молчание. Сейчас он заметил:

— Против полиции у нас два естественных преимущества, друзья мои. Нам известно, что в ужасных деталях этого убийства человек разглядел Данте, а также то, что в страшный миг Дантовы строки с легкостью сорвались у него с языка. Отсюда можно заключить: бродяга — скорее всего, итальянец, весьма сведущий в литературе. И католик.

ПЕСНЬ ВТОРАЯ

У ступеней церкви Святого Креста — старейшего католического кафедрала Бостона — вяло, точно божественная статуя, лежал человек с трехдневной порослью на лице и в шляпе, надвинутой на глаза и уши. Растянувшись вдоль тротуара в наиболее ленивой позе, что только дозволяют человеческие кости, он поедал из глиняной миски свой обед. Прохожие о чем-то его спрашивали. Он не отвечал и не поворачивал головы.

— Сэр. — Николас Рей опустился на колени и протянул газету с портретом самоубийцы. — Вы узнаете этого человека, сэр?

Бродяга чуть-чуть скосил глаза. Рей достал бляху из кармана пальто.

— Сэр, меня зовут Николас Рей, я офицер городской полиции. Мне крайне важно выяснить имя этого человека. Его уже нет в живых. Ему ничего не будет. Прошу вас, возможно, вы знаете его самого либо кого-то, кто его знает?

Запустив руку в миску, человек подцепил что-то большим и указательным пальцами, затем отправил в рот. После чего покрутил головой в коротком и безмятежном отрицании.

Патрульный Рей зашагал по улице мимо ряда шумных овощных и мясных тележек.

Минуло всего около четверти часа, у соседней платформы остановилась конка, оттуда вышли два пассажира и направились к недвижному бродяге. Один нес в руке ту же газету, раскрытую на том же портрете.

— Дружище, не известен ли вам случайно этот человек? — любезно спросил Оливер Уэнделл Холмс.

Этой рекурренции оказалось почти довольно, чтоб сломать бродяжью задумчивость, однако — всего лишь почти.

Лоуэлл подался вперед:

— Сэр?

Холмс опять протянул газету:

— Умоляю, скажите, не знаком ли вам этот человек, и мы, чрезвычайно счастливые, пойдем своей дорогой, дружище.

Молчание.

Лоуэлл крикнул:

— Может, вам принести слуховую трубку?

Это ни к чему не привело. Человек подцепил из миски кусок нераспознаваемой пищи и отправил его прямиком в желудок, кажется, не потрудившись даже проглотить.

— Это немыслимо, — сказал Лоуэлл стоявшему рядом Холмсу. — Три дня — и ничего. Мало же было у него друзей.

— Мы всего лишь ушли от Геркулесовых столбов фешенебельных кварталов. Рано сдаваться. — Показывая бродяге газету, Холмс узрел у того в глазах некий проблеск. Также он узрел свисавший с шеи медальон: Сан-Паолино, святой покровитель Лукки, Тоскана. Лоуэлл проследил за Холмсовым взглядом.

— Откуда вы, синьор? — спросил он по-итальянски.

Вопрошаемый столь же непреклонно смотрел перед собою, но рот его на короткое время открылся.

— *Da Lucca, signore.*

Лоуэлл восхитился красотами тех мест. Бродяга не удивился Лоуэлловому языку. Как и прочие гордые итальянцы, этот человек был рожден в твердой убежденности, что все вокруг должны говорить на его наречии, пускай даже сам он едва ли достоин беседы. Лоуэлл опять спросил о незнакомце из газетной заметки. Очень важно, объяснил поэт, знать его имя, ибо тогда они разыщут родных и устроят приличествующее погребение.

— Кажется, этот несчастный также из Лукки, — печально добавил поэт по-итальянски. — Он достоин покоиться на католическом кладбище, рядом с католической церковью, меж единоверцев.

Лукканцу потребовалось время на размышление, но в конце концов он аккуратно переставил локоть в иную позицию и тем получил возможность ткнуть перепачканным в еде пальцем в тяжелую церковную дверь, располагавшуюся прямо за его спиной.

ПЕСНЬ ВТОРАЯ

Величественный, несмотря на тучность, католический прелат выслушал их вопрос.

— Лонца, — сказал он, возвращая газету. — Да, он здесь бывал. Кажется, его имя Лонца. Да — Грифоне Лонца.

— Вы знали его лично? — с надеждой спросил Лоуэлл.

— Он знал эту церковь, мистер Лоуэлл, — снисходительно отвечал прелат. — У нас есть фонд для иммигрантов, вверенный нам Ватиканом. Мы выдаем ссуды и оплачиваем проезд тем, кому необходимо вернуться на родину. Разумеется, мы в состоянии помочь лишь немногим. — У него было что добавить, но он сдержался. — Ради какого дела вы разыскиваете этого человека, джентльмены? Отчего портрет в газете?

— К сожалению, его уже нет в живых, святой отец. Думается, полиция желает установить его личность, — объяснил доктор Холмс.

— М-да. Боюсь, среди прихожан моей церкви и окрестных жителей мало найдется добровольцев о чем-либо говорить с полицией. Ежели помните, она пальцем не пошевелила, дабы найти управу на тех, кто сжег дотла монастырь урсулинок. При том, что в любом преступлении первым делом спешат обвинить бедных ирландских католиков. — Он поджал губы в праведном гневе истинного клерикала. — Пока богачи, уплатив мизерную плату, отсиживались дома, ирландцы умирали на войне за тех самых негров, что теперь отнимают у них работу.

Холмс хотел сказать: только не мой Уэнделл-младший, любезный отец. Однако в действительности он уговаривал Младшего поступить именно так.

— Мистер Лонца желал вернуться в Италию? — спросил Лоуэлл.

— Я не могу знать, что желает человек в своей душе. Мистер Лонца являлся за пищей, каковую мы регулярно раздаем неимущим, и за небольшими ссудами, что помогают держаться на плаву, ежели я правильно помню. Будь я итальянцем, наверное, я бы желал возвратиться к своему народу. Большинство у нас в общине — ирландцы. Боюсь, с итальянцами они не особо приветливы. В Бостоне и окрестностях живет чуть менее трехсот итальянцев, как мне представляется. Участь их незавидна, она требует от нас сочувствия и милосердия. Но чем более прибывает иммигрантов из иных стран, тем менее работы тем, кто уже здесь, — вы понимаете, какой это грозит бедой.

— Отец, а вам не известно, была ли у мистера Лонцы семья? — спросил Холмс.

Прелат задумчиво покачал головой, затем ответил:

— Скажем так: один джентльмен порою составлял ему общество. Лонца был в некотором смысле алкоголиком и, боюсь, нуждался в присмотре. Да, как же его зовут? Совершенно итальянское имя. — Прелат переместился к столу. — У нас должны быть на него бумаги, он ведь также приходил за ссудами. Ага, вот — учитель языка. В последние полтора года получил от нас пятьдесят долларов. Помнится, он утверждал, будто некогда служил в Гарвардском колледже, однако я склонен в том сомневаться. Вот. — Он прочел начертанное на бумаге имя. — Пиетро Ба-ки.

Николас Рей расспрашивал маленьких оборванцев, брызгавшихся водой из лошадиной поилки, когда вдруг увидал, как из церкви Святого Креста энергичным шагом выходят две фигуры в цилиндрах и тут же скрываются за углом. Даже издали было видно, насколько неуместны они в неряшливой толчее этой улицы. Рей вошел в церковь и попросил позвать прелата. Тот, выслушав, что Рей является офицером полиции и разыскивает одного человека, внимательно поглядел на газетное объявление сперва поверх тяжелых очков с золотыми дужками, а после — сквозь них и безмятежно извинился.

— Мне весьма жаль, офицер, но я ни разу в жизни не видал этого несчастного.

Рей, размышляя о двух фигурах в цилиндрах, спросил прелата, не заходил ли сюда кто-либо еще и не спрашивал ли о неизвестном. Прелат уложил папку Баки обратно в ящик, любезно улыбнулся и сказал «нет».

Далее патрульный Рей отправился в Кембридж. Полученная в Центральном участке телеграмма описывала в подробностях, как под покровом ночи злоумышленники пытались выкрасть из гроба останки Артемуса Хили.

— Предупреждал я их, к чему ведет известность, — воскликнул шеф Куртц, имея в виду семейство Хили и это неподобающее подтверждение своих слов. Кладбище на горе Оберн упрятало тело в железный гроб, наняло дополнительного ночного сторожа и вручило ему ружье. На склоне горы неподалеку от надгробья Хили располагалась могила преподобного Тальбота, над коей теперь возвышалась портретная статуя священника, возведенная на средства его прихожан. Памятник сиял чистой святостью, несколько приукрашавшей истинный облик пастора. В одной руке мраморный священник держал святую книгу, в другой очки — то была дань его манере произносить проповеди, странной привычке снимать большие линзы, когда он читал с пюпитра, и надевать опять, когда приходило время говорить от себя; поучительная суть сего действа заключалась в том, что человеку потребно острое зрение, дабы читать по Божьему духу.

По пути на Гору Оберн Рей был остановлен небольшим скоплением народа. Ему сообщили, что некий старик, снимавший квартиру на втором этаже соседнего дома, не показывается уже более недели — не такой уж необычный срок, ибо время от времени жилец отправлялся путешествовать. Однако соседи требовали сделать что-либо с исходящей из его комнаты отвратительной вонью. Постучав, Рей собрался уже взламывать запертую дверь, но вместо этого занял у кого-то лестницу и прислонил ее к наружной стене дома. Он взобрался к нужному окну, поднял раму, и ужасный запах едва не заставил его кувырком скатиться на землю.

Когда комната немного проветрилась и Рей смог заглянуть внутрь, ему пришлось крепко ухватиться за стену. Прошло несколько секунд, и он понял, что ничего тут уже не сделаешь. Человек выпрямился во весь рост, ноги болтались у пола, а от шеи к потолочному крюку тянулась веревка. Лицо закоченело и разложилось почти до неузнаваемости, но по одежде и все еще выпученным перепуганным глазам Рей узнал бывшего ризничего из расположенной неподалеку Унитарной церкви. Чуть позже в кресле обнаружилась карточка. То было приглашение шефа Куртца, оставленное им в церкви для Грегга. На обороте бывший ризничий написал для полиции, что непременно увидал бы человека, когда бы тот явился в склеп убивать преподобного Тальбота. Где-то в Бостоне, предупреждал ризничий Грегг, разгуливает душа демона, и он не может более с ужасом дожидаться, когда она явится за ними всеми.

Пьетро Баки, итальянский джентльмен и выпускник университета Падуи, с недовольным ворчанием брался за всякую работу частного преподавателя, что представлялась ему в Бостоне, — пускай даже самую дешевую и неприятную. После увольнения из Гарварда ему быстро наскучило разыскивать место в каком-либо ином университете.

— Для простого преподавателя французского и немецкого мы имеем сколь угодно мест, — смеясь, сказал декан нового колледжа в Филадельфии, — но итальянский! Друг мой, нельзя же предполагать, будто наши мальчики станут оперными певцами. — Колледжи атлантического побережья выпускали ничтожно мало оперных певцов. А у попечительских советов (благодарим вас, мистер Бак) хватает забот с греческим и латынью, дабы помышлять еще и о никчемном, недостойном, папистском, вульгарном современном языке.

К счастью, после войны в некоторых кварталах Бостона появился умеренный спрос. Иных торговцев-янки заботило открытие новых портов, и чем более языков они могли приобресть, тем лучше. Также новый класс видных семейств, разбогатевших на военном профите и спекуляциях, желал, помимо всего прочего, иметь культурных дочерей. Для юных леди считалось полезным овладеть основами не только французского, но и итальянского — на случай, если отцы решатся отправить их в Рим, когда придет время для путешествий (последняя мода в соцветии бостонских красавиц). Так что Пьетро Баки, столь бесцеремонно лишенный Гарвардского поста, старался не упускать из виду предприимчивых купцов и избалованных девиц. Последние нуждались в постоянном обновлении, ибо учителя пения, рисования и танцев обладали для них слишком большой притягательностью, и Баки не мог постоянно отнимать у юных леди час с четвертью.

Жизнь приводила Пьетро Баки в ужас.

Его мучили не столь сами уроки, сколь необходимость просить за них плату. Бостонские *americani* возвели себе истинный Карфаген, набитый деньгами, но начисто лишенный культуры, а потому обреченный исчезнуть, не оставив после себя и следа. Что говорил Платон о жителях Агригента? Эти люди строят так, будто они бессмертны, а едят, точно вот-вот умрут[1].

Лет двадцать пять назад, среди прекрасных пейзажей Сицилии, Пьетро Батало вослед за множеством своих итальянских предшественников влюбился в роковую женщину. Ее родные принадлежали к политическому лагерю, противоположному семейству Батало, энергично боровшемуся против папского контроля над страной. Когда женщина заподозрила, что Пьетро к ней слегка охладел, семья с удовольствием устроила ему отлучение от церкви, а затем изгнание. После серии приключений в разнообразных армиях Пьетро вместе с братом — купцом, мечтавшим вырваться из столь разрушительного политического и религиозного окружения, — сменив фамилию на Баки, поплыл через океан. В 1843 году он нашел в Бостоне радушные лица и весьма милую обстановку, мало похожую на то, во что превратился этот город к 1865-му, когда в излишне резвом умножении чужаков уроженцы увидали опас-

---

[1] В действительности фраза принадлежит греческому философу Эмпедоклу (ок. 1490—1430 до н.э.), уроженцу города Акраганта, или в латинском произношении — Агригента.

ность, а окна запестрели напоминаниями «ИНОСТРАНЦАМ НЕ БЕСПОКОИТЬСЯ». Баки тогда пригласили в Гарвардский Колледж, и некоторое время он, как и молодой профессор Генри Лонгфелло, проживал в прелестном уголке на Брэттл-стрит. В те же годы Пьетро Баки познал неведомую доселе страсть, влюбившись в ирландскую деву. Она стала его женой. А совсем скоро после свадьбы с преподавателем нашла иную страсть. Ирландка бросила мужа, как говорили студенты Баки, оставив ему в сундуке одну рубашку, а в глотке — неутолимую тягу к выпивке. Так жизнь Пьетро Баки постепенно покатилась под откос...

— Я понимаю, что девочка, ну скажем... — Насилу поспевая за Баки, собеседник подыскивал слово поделикатнее, — ...*трудная*.

— Девочка трудная? — Баки спускался по лестнице и даже не подумал остановиться. — Ха! Она не верит, что я итальянец, — объявил он. — Она говорит, что итальянцы не такие!

На верхней площадке лестницы появилась юная девица и с мрачным видом уставилась на то, как ее отец вперевалку семенит за мелкорослым инструктором.

— Что вы, девочка совсем не это имела в виду, я убежден, — провозглашал отец, стараясь говорить как можно рассудительнее.

— Я имела в виду именно это! — взвизгнула с площадки девица, так далеко перегнувшись через ореховую балюстраду, что можно было решить, она сейчас свалится прямо на вязаную шапочку Пьетро Баки. — Итальянцы вовсе не такие, папа! Он же коротышка!

— Арабелла! — закричал отец, затем с самой искренней желтозубой улыбкой — можно подумать, он полощет рот золотом — поворотился к мерцающему свечами вестибюлю. — Погодите секундочку, дорогой сэр! Давайте, раз уж подвернулся случай, пересмотрим ваш гонорар — что скажете, синьор Баки? — Бровь туго оттянулась назад, точно дрожащая в луке стрела.

Баки на миг обернулся — лицо его горело, он стискивал в руках ранец, силясь удержаться в рамках. Пересекавшие лицо паучьи линии за последние годы многократно увеличились в числе, и всякая малая неудача заставляла итальянца усомниться в смысле собственного существования.

— *Amari Cani!* — вот и все, что сказал Баки. Арабелла недоуменно таращилась вниз. Он слишком мало ее учил, чтобы она могла разобрать каламбур: слегка искаженное итальянское название американцев — *americani* — переводилось на английский как «горькая собака».

Конка в эти часы проседала, набитая народом — ровно скотом, предназначенным на бойню. Она обслуживала Бостон и окрестности и представляла собой двухтонные вагончики, вмещавшие примерно пятьдесят пассажиров каждый. Две лошади влекли их на железных колесах по плоским рельсам. Те, кому посчастливилось захватить сиденья, с отстраненным интересом наблюдали, как три дюжины прочих, и среди них Баки, силились сложиться сами в себя, сталкивались руками и лбами, норовя дотянуться до свисавших с потолка кожаных ремней. Когда кондуктор пробился сквозь толпу и собрал плату, наружная платформа уже была полна народу, дожидавшегося следующей конки. В середине душного перегретого вагона пара пьяниц, благоухая, точно куча пепла, старательно выводила на два голоса песню, слов которой не знали. Прикрыв рукой рот и оглядываясь, не смотрит ли кто, Баки выдыхал воздух в ладонь и тут же поспешно раздувал ноздри.

Он добрался до своей улицы и соскочил с тротуара прямо в подвал сумрачной многоквартирной обители под названием «Полумесяц», радостно предвкушая долгожданное одиночество. Однако на нижней ступеньке лестницы — нелепо без привычных кресел — сидели Джеймс Расселл Лоуэлл и доктор Оливер Уэнделл Холмс.

— Дам пенни, если скажете, о чем задумались, синьор? — С обаятельной улыбкой Лоуэлл схватил Баки за руку.

— Не хочу воровать у вас грошик, *professore,* — отвечал Баки. В крепком захвате Лоуэлла рука его лежала вяло, точно влажная тряпка. — Забыли дорогу в Кембридж? — Он подозрительно поглядел на Холмса, но в голосе его удивление чувствовалось более, нежели во всем облике.

— Ни в коей мере, — отвечал Лоуэлл, стаскивая с головы цилиндр и выставляя напоказ высокий белый лоб. — Знакомы ли вы с доктором Холмсом? У нас к вам несколько слов, коли не возражаете.

Баки нахмурился и толкнул дверь квартиры; кастрюли, висевшие на колышках прямо у входа, приветливо звякнули. Комната была подвальной, сквозь поднимавшуюся над улицей половинку окна в нее квадратом сочился дневной свет. Развешанная по углам одежда распространяла несвежий запах — из-за сырости она никогда не просыхала до конца, а потому костюмы Баки вечно топорщились унылыми складками. Пока Лоуэлл перевешивал кастрюли, пристраивая свою шляпу, Баки незаметно сгреб кипу бумаг со стола в ранец. Холмс старательно бормотал похвалы потертому декору.

Баки поставил чайник с водой на конфорку, встроенную в каминную решетку.

— Так что у вас за дело, джентльмены? — резко спросил он.

— Мы пришли к вам за помощью, синьор Баки, — сказал Лоуэлл.

По лицу наливавшего чай Баки проползло кривое изумление, и он вдруг приободрился.

— Будете чего-нибудь? — Он шагнул к серванту. Там стояло полдюжины грязных бокалов и три графина, на которые были наклеены этикетки: РОМ, ДЖИН и ВИСКИ.

— Спасибо, мне просто чай, — проговорил Холмс. Лоуэлл сказал, что ему тоже.

— Да бросьте вы! — настаивал Баки, протягивая Холмсу один из графинов. Дабы не обижать хозяина, тот налил себе в чай буквально две капли виски, однако Баки удержал доктора за локоть. — Этот убогий новоанглийский климат свел бы нас всех в могилу, доктор, — сказал он, — когда б хоть изредка мы не принимали внутрь чего-нибудь горячительного.

Баки притворно задумался, не налить ли чаю и себе, но предпочел полный стакан рома. Гости пододвинули кресла, одновременно сообразив, что когда-то уже в них сидели.

— Из Университетского Холла! — воскликнул Лоуэлл.

— Хотя бы этим Колледж мог со мною расплатиться, как вы думаете? — с непоколебимым добродушием объяснил Баки. — И потом, где еще я буду сидеть со столь редкостным неудобством, а? Гарвардцы могут сколь угодно величать себя унитарианцами, они все равно кальвинисты до мозга костей — кто еще так обожает страдания, свои и чужие. Скажите, джентльмены, как вы меня отыскали в этом «Полумесяце»? Здесь же на много квадратных миль одни дублинцы.

Лоуэлл развернул «Дейли Курьер» на странице с частными объявлениями. Одно было обведено карандашом.

Итальянский джентльмен, выпускник университета Падуи, весьма компетентный, обладающий глубокими познаниями и значительной практикой в преподавании испанского и итальянского языков, объявляет набор индивидуальных учеников, а также групп в школах для мальчиков, женских академиях и т.д. Рекомендации: губернатор Джон Эндрю, Генри Уодсворт Лонгфелло и Джеймс Расселл Лоуэлл, профессор Гарвардского университета. Адрес: «Полумесяц», Брод-стрит, 2.

Баки рассмеялся себе под нос.

— Заслуги у итальянцев, что таланты — их вечно зарывают в землю. Дома у нас была поговорка: хорошему вину таверна без надобности. Но в Америке сие должно звучать, как *«In bocca chiusa non entran mosche»* — «в закрытый рот и мухи не влетают». Как люди что-либо у меня купят, ежели они не знают, что я продаю? Вот и остается разевать рот да трубить в трубу.

От глотка чересчур крепкого чая Холмса передернуло.

— Джон Эндрю — также ваш поручитель, синьор? — спросил он.

— Скажите, доктор Холмс, какой ученик, заинтересованный в уроках итальянского, станет спрашивать обо мне у губернатора? Подозреваю, профессора Лоуэлла также никто до сей поры не побеспокоил.

Лоуэлл признал, что это имеет смысл. Он склонился над перепутанными кучами Дантовых текстов и комментариев, целиком покрывавшими письменный стол Баки и беспорядочно раскрытыми на разных страницах. Над столом висел небольшой портрет сбежавшей жены итальянца: деликатная мягкость кисти художника затеняла жесткость ее глаз.

— Так чем я могу вам помочь, ежели некогда сам нуждался в вашей помощи, *professore?* — спросил Баки.

Лоуэлл достал из пальто вторую газету, раскрытую на портрете Лонцы.

— Вы знаете этого человека, синьор Баки? Точнее, знали?

Вглядевшись в лицо трупа на бесцветной странице, Баки впал в глубокую печаль. Но, поднимая глаза от газеты, он был уже зол.

— Вы предполагаете, я знаю всех этих драных ослов?

— Так предполагает епископ из церкви Святого Креста, — многозначительно отвечал Лоуэлл.

Баки, похоже, перепугался и обернулся к Холмсу с таким видом, точно его загнали в угол.

— Очевидно, синьор, вы занимали у них незначительную сумму, — пояснил Лоуэлл.

Баки устыдился и решил, что откровенность дешевле. Он опустил глаза и глупо улыбнулся.

— Ох уж эти американские попы — совсем не то что в Италии. Мошна у них потолще, нежели у самого папы. Будь вы на моем месте, синьоры, для вас церковные деньги также не имели бы дурного запаха. — Откинув голову, он допил ром, затем присвистнул. Опять посмотрел в газету. — Стало быть, вас интересует Грифоне Лонца. — Он помолчал, а после указал большим пальцем на письменный стол с грудой Дантовых текстов. — Я такой же человек литературы, как и вы, джентльмены, и всегда лучше чувствовал себя в обществе мертвых, нежели живых. Их преимущество в том, что вдруг какой автор окажется плоским, тусклым, а то и попросту перестанет восхищать, ему всегда можно приказать: умолкни. — На последнем слове он пристукнул ладонью. Затем поднялся и налил себе джину. Сделал большой глоток, как бы прополаскивая слова. — В Америке одиноко. Большинство моих собратьев — те, кто принужден был сюда ехать, — насилу читают газеты, что там говорить о *La Commedia di Dante*, коя проникает человеку в самую душу со всем ее отчаянием и всею радостью. В Бостоне нас было немного, людей буквы, людей мысли: Антонио Галленга, Грифоне Лонца, Пьетро Д'Алессандро. — Вспоминая, он не смог удержаться от улыбки, будто названные располагались сейчас средь них. — Мы собирались в наших каморках и читали вслух Данте, сперва один, потом другой, проходя всю поэму, исполненную тайн. Мы с Лонцей были последними, остальные уехали, а то умерли. Теперь я один.

— Полноте, не стоит так уж презирать Бостон, — сказал Холмс.

— Мало же на свете людей, достойных провести в Бостоне всю жизнь, — отвечал Баки с сардонической искренностью.

— Вам известно, синьор Баки, что Лонца выбросился из окна полицейского участка? — мягко спросил Холмс.

Тот кивнул.

— Что-то я о том слыхал.

Вглядываясь в разложенные на письменном столе Дантовы книги, Лоуэлл произнес:

— Синьор Баки, я вам сейчас скажу одну вещь. Прежде чем выброситься из окна, Лонца прочел полицейскому офицеру строки из третьей песни «Inferno». Что вы о том думаете?

Судя по всему, Баки нимало не удивился. Вместо этого он беспечно рассмеялся. Большинство политических изгнанников из Италии со временем все более ожесточались в своей правоте, полагая даже собственные прегрешения грехами святости — с другой стороны, папу они именовали презренным псом. Но Грифоне Лонца убедил себя в том, что предал собственную веру и теперь обязан отыскать способ загладить грехи перед лицом Господа. В Бостоне Лонца помогал распространять католичество совместно с монастырем урсулинок; он надеялся, что об его усердии будет доложено папе, и тот позволит вернуться. Затем произошли беспорядки, и монастырь сожгли дотла.

— Лонца, как и следовало ожидать, был не столь возмущен, сколь разбит, он уверился, будто сотворил в своей жизни нечто глубоко отвратительное и тем заслужил страшную Божью кару. Он потерялся в Америке, потерялся в изгнании. Почти перестал говорить по-английски. Как мне представляется, некая его часть попросту забыла этот язык и знала только истинный итальянский.

— Но зачем было декламировать Данте перед тем, как выпрыгнуть в окно, синьор? — спросил Холмс.

— Дома у меня был друг, доктор Холмс, жовиальный малый, хозяин ресторана. И на любой вопрос о блюдах он отвечал цитатами из Данте. Да, это было забавно. Лонца сошел с ума. Данте открывал ему возможность пережить воображаемые грехи. К концу он полагал, что виноват во всем, что бы ему ни вменили. В последние годы он ни разу воистину не читал Данте — в том не было нужды. Всякая строка, всякое слово навечно запечатлелось в его мозгу, и в том его ужас. Он не заучивал намеренно, строки являлись ему подобно тому, как пророкам являются Божьи откровения. Тончайший образ либо случайное слово толкали его в глубь Дантовой поэмы, и уходили целые дни, чтобы вытащить его обратно и он заговорил о чем-либо ином.

— Неудивительно, что он покончил с собой, — отметил Лоуэлл.

— Я не знаю в точности, что это было, *professore*, — резко возразил Баки. — Как ни назови. Вся его жизнь была самоубийством. Он отдавал свою душу страху, каплю за каплей, пока во вселенной не осталось ничего, кроме Ада. В мыслях своих он стоял на пороге вечных мук. Я не удивляюсь, что он выбросился из окна. — Баки помолчал. — Как это непохоже на вашего друга Лонгфелло, правда?

Лоуэлл вскочил на ноги. Холмс со всей заботою усадил его обратно. Баки настаивал:

— Насколько я понимаю, профессор Лонгфелло топит свое горе в Данте — вот уже сколько? — три либо четыре года.

— Что вы можете знать о таком человеке, как Генри Лонгфелло, Баки? — сердито спросил Лоуэлл. — Ежели судить по вашему письменному столу, Данте поглощает вас точно так же, синьор. Что ищете в нем вы? В своей поэме Данте жаждет покоя. Отважусь предположить: вам потребно нечто менее благородное! — Он грубо перелистнул страницы.

Баки выбил книгу у Лоуэлла из рук.

— Не касайтесь моего Данте! Я скитаюсь по чужим углам, но не желаю оправдываться в своем чтении перед кем бы то ни было, богатым либо бедным, *professore!*

Лоуэлл покраснел от смущения:

— Я не... ежели вам нужна ссуда, сеньор Баки...

Итальянец хмыкнул:

— Эх вы, *amari cani!* Неужто я приму милостыню от вас, человека, праздно стоявшего, пока Гарвард скармливал меня волкам?

Лоуэлл был ошеломлен:

— Послушайте, Баки! Я боролся, я кулаки содрал до крови, защищая ваше место!

— Вы послали в Гарвард письмо с требованием выплатить мне отступные. Где вы были, когда я не знал, куда деваться? Где был великий Лонгфелло? За всю свою жизнь вы не защитили никого и ничего. Вы сочиняете стихи и памфлеты о рабстве и убиенных индейцах, а после надеетесь на перемены. Ваша борьба не выходит из дверей ваших кабинетов, *professore.* — Он расширил круг обвиняемых, повернувшись к обалдевшему Холмсу и, точно из вежливости, включив его в список. — Все в своей жизни вы получили в наследство, откуда ж вам знать, что это такое — слезами и потом зарабатывать хлеб! Что ж, разве не того я ждал в этой стране? Какое у меня право на жалобы? Величайший бард не имел дома, одно изгнание. Возможно, придет день, и прежде чем покинуть этот мир, я опять ступлю на родной берег, вновь обрету истинных друзей.

В следующие полминуты Баки выпил два стакана виски и, весь дрожа, повалился в кресло.

— То было вмешательство иноземца, в изгнании Данте виновен Шарль де Валуа[1]. Сей поэт — последнее, что у нас осталось, последний прах души Италии. Я не буду аплодировать, когда вы и ваш почитаемый мистер Лонгфелло отнимете Данте у его истинной родины и сделаете американцем! Запомните: он все одно возвратится к нам! Данте чересчур могуч в своей воле к жизни и не дастся в руки никому!

Холмс хотел расспросить Баки о его частных уроках. Лоуэлл поинтересовался о человеке в котелке и клетчатом плаще, к которому итальянец с таким волнением приближался в гарвардском дворе. Но, похоже, они выжали из Пьетро Баки все, что было возможно. Выбравшись из подвала, поэты обнаружили на улице злой холод. Нырнули под шаткую наружную лестницу, прозванную жильцами «Лестницей Иакова»[2], поскольку она вела наверх, к лучше оборудованным квартирам «У Хамфри».

Из окна полуподвала показалось красное лицо Баки, будто он вырос прямо из земли. Изогнув шею, итальянец пьяно заорал:

— Вам охота поговорить о Данте, *professori*? Последите за своим учебным курсом!

Лоуэлл прокричал ему нечто в ответ, желая понять, что он хотел сказать. Но трясущиеся руки с натужным хлопком закрыли оконную раму.

---

[1] Шарль де Валуа (1270—1325) — французский принц и полководец. В 1301 г. в благодарность за заслуги перед папой Бонифацием VIII был назначен правителем Флоренции и стал одним из виновников изгнания Данте.

[2] Лестница (Быт. 28:12) привиделась Иакову во сне — стояла нижним концом на земле, а верхним упиралась в небо, по ней поднимались и спускались ангелы, а на вершине стоял сам Бог. Образ трактуется как символ божественной иерархии.

X

Мистер Генри Оскар Хоутон, высокий мужчина с волнистыми волосами и квакерской полубородкой, перебирал счета; канцелярский стол рдел в тусклом свете керосиновой лампы. «Риверсайд-Пресс» располагалась на кембриджской стороне реки Чарльз и, благодаря предприимчивости этого человека, а также его неусыпной дотошности, стала ведущей печатной фирмой, услугами которой пользовались многие известные издательские компании, включая самую известную — «Тикнор и Филдс». В открытую дверь забарабанил посыльный.

Хоутон закончил выводить чернилами цифры в регистрационной книге, промокнул их и лишь тогда отозвался. Он был достойным потомком трудолюбивых пуритан.

— Входи, мальчик, — произнес он наконец, поднимая взгляд от работы.

Мальчик доставил открытку лично в руки Оскара Хоутона. Еще не прочтя, печатник оценил плотную негнущуюся бумагу. Взглянув же в свете лампы на вписанный от руки текст, Хоутон окаменел. Столь тщательно охраняемый покой был нарушен весьма существенно.

Остановясь у ступеней Центрального участка, коляска помощника Саваджа исторгла из себя шефа Куртца. На лестнице его встретил Рей.

— Ну? — поинтересовался Куртц.

— Самоубийцу зовут Грифоне, один бродяга говорит, что видал его временами у железной дороги, — ответил Рей.

— Хоть что-то, — проворчал Куртц. — Знаете, Рей, я все думаю о ваших словах. О том, что убийства эти — в некотором роде возмездие. — Рей рассчитывал услышать следом нечто обнадеживающее, но Куртц испустил всего лишь вздох. — Не идет из головы верховный судья Хили.

Рей кивнул.

— М-да, все мы совершаем поступки, в коих потом целую жизнь раскаиваемся, Рей. Пока слушалось дело Симса, *наши* же полицейские дубинками спихивали толпу со ступеней судебной палаты. *Мы,* точно пса, сперва загнали Тома Симса, а после суда поволокли в гавань отправлять хозяину. К чему я клоню? То были самые черные наши минуты, а все судья Хили — мог не признать закон Конгресса, однако ж не решился.

— Да, шеф Куртц.

Собственные мысли явственно опечалили Куртца.

— Укажите мне самых почитаемых мужей бостонского общества, патрульный, и я почти наверняка принужден буду вам сообщить, что ни единый из них не свят — такие сейчас времена. Эти люди малодушничали, отправляли на войну неправедные деньги, трусость их превосходила храбрость, а то и чего похуже.

Намереваясь продолжить, Куртц распахнул двери кабинета. Однако там у его стола перетаптывались трое в черных шинелях.

— Это еще что такое? — окликнул их Куртц и огляделся в поисках секретаря.

Гости расступились, представив взору шефа полиции рассевшегося за его столом Фредерика Уокера Линкольна. Куртц обнажил голову и слегка поклонился:

— Ваша честь.

Развалившись меж широких крыльев стола красного дерева, что по праву принадлежал Джону Куртцу, мэр Линкольн лениво и, очевидно, напоследок затянулся сигарой.

— Надеюсь, вы не в обиде, что мы расположились у вас в кабинете, шеф. — Слова потонули в кашле. Рядом с Линкольном сидел член городского управления Джонас Фитч. Ханжескую улыбку на его лице, можно подумать, вырезáли не один час. Двум шинелям из детективного бюро Фитч сообщил, что они свободны. Один остался.

— Будьте добры, обождите в приемной, патрульный Рей, — приказал Куртц.

Затем аккуратно разместился перед собственным столом. Подождал, пока закроется дверь.

— В чем, вообще говоря, дело? На кой ляд вы приволокли ко мне этих мерзавцев?

Последний оставшийся мерзавец, детектив Хеншоу, особой обиды не выказал. Мэр Линкольн объяснил:

— В последнее время вы явственно запустили прочие полицейские дела, шеф Куртц. Мы решили передать расследование убийств вашим детективам.

— Я не позволю! — объявил Куртц.

— Не перечьте, шеф. Детективы достаточно подготовлены, дабы разрешать подобные задачи с приличествующей быстротой и энергией.

— В особенности когда на кону награда, — добавил член городского управления Фитч.

Линкольн нахмурился. Куртц сузил глаза:

— Награда? Согласно вашему же постановлению, детективам не дозволено принимать наград. Какая такая награда, мэр?

Мэр погасил сигару, делая вид, что размышляет над замечанием Куртца.

— Пока мы тут с вами толкуем, городское управление Бостона готовит резолюцию за подписью мистера Фитча, в каковой и позволит членам детективного бюро получать награды. Сумма также будет несколько увеличена.

— На сколько увеличена? — спросил Куртц.

— Шеф Куртц... — начал было мэр.

— На сколько?

Куртцу привиделось, что, прежде чем ответить, Фитч ухмыльнулся.

— За арест убийцы будет установлена награда в тридцать пять тысяч долларов.

— Боже, храни наши деньги! — вскричал Куртц. — Эта публика сама поубивает кого угодно, лишь бы прибрать их к рукам! А наши окаянные детективы уж всяко!

— Кому-то же надо делать работу, шеф Куртц, — заметил детектив Хеншоу. — Видать, нам, раз более некому.

Мэр Линкольн выпустил воздух, и лицо его точно опало. Он мало походил на своего троюродного брата, последнего президента Линкольна, однако благодаря худобе производил то же впечатление неутомимой хрупкости.

— После нового срока я выйду в отставку, Джон, — мягко сказал мэр. — И хочу верить, что мой город вспомнит обо мне с гордостью. Негодяя потребно вздернуть, и чем быстрее, тем лучше, иначе здесь начнется сущий ад, как вы не понимаете? Мало нам войны и убийства президента — одному богу известно, сколько народу за эти четыре года пристрастилось к запаху крови; клянусь, сейчас они голодны, как никогда ранее. Мы с Хили вместе учились в колледже, шеф. Люди едва ли не ждут, что я сам пойду на улицу и поймаю этого сумасшедшего, а ежели нет, меня повесят в Бостон-Коммон! Умоляю, предоставьте детективам разрешить задачу и спрячьте подальше своего негра. Новых испытаний нам не снести.

— Я прошу меня простить, мэр. — Куртц распрямился, не поднимаясь из кресла. — При чем здесь патрульный Рей?

— На вашем дознании по делу судьи Хили едва не начался бунт, — с удовольствием пояснил член городского управления Фитч. — Да еще бродяга, что выбросился сквозь окно к вам во двор. Неужто для вас это новость, шеф?

— Рей в том неповинен, — упирался Куртц.

Линкольн сочувственно покачал головой:

— Городское управление назначило комиссию, дабы прояснить его роль в том деле. От полицейских мы получили жалобы, в коих утверждается, будто присутствие вашего возничего изначально вызывало беспорядок. Нам было сказано, что, когда это стряслось, бродяга пребывал под опекой мулата, шеф, а кое-кто считает... ладно, предполагает, что сей мулат мог даже вынудить несчастного броситься через окно. Возможно, неумышленно...

— Гнусная ложь! — Куртц побагровел. — Он утихомиривал их совместно со всеми полицейскими! Самоубийца был простым безумцем! Детективы намеренно препятствуют расследованию, дабы заполучить вашу награду! Хеншоу, неужто вы не знаете?

— Я знаю, что негр не оградит Бостон от беды, шеф.

— Возможно, когда губернатор прослышит, что назначение, коим он столь гордится, нарушило работу целого полицейского департамента, он со всей мудростью пересмотрит свое решение, — сообщил член городского управления.

— Патрульный Рей — один из лучших полицейских, коих я когда-либо знал.

— Что подводит нас ко второму делу, ради которого мы сюда явились. Нам также дали понять, что сей патрульный сопровождает вас по всему городу, шеф. — Мэр еще более нахмурился. — В том числе и на место кончины Тальбота. Не просто как ваш возничий, но как равноправный партнер.

— Вот ведь форменное чудо: черномазый бродит по улицам, и за ним не увязывается толпа с булыжниками и намереньем линчевать на месте! — засмеялся член городского управления Фитч.

— Мы исполнили все ограничения, наложенные городским советом на Ника Рея, и... я не понимаю, как он соотносится со всем этим!

— Совершено ужасное злодеяние. — Мэр Линкольн наставил на Куртца безжалостный перст. — А полицейский департамент разваливается на части — вот так и соотносится. Я не позволю вовлекать в это дело Николаса Рея ни под каким видом. Еще одна ошибка, и мы принуждены будем его уволить. Сегодня ко мне явились сенаторы, Джон. Ежели мы не доведем дело до разрешения, они соберут комитет, дабы упразднить по всему штату городские полицейские департаменты; все полицейские силы станут подчиняться центральным властям. Сенаторы полны решимости. Я не допущу, чтоб это происходило на моих глазах — понятно? Я не стану смотреть, как разваливается полицейский департамент моего города.

Член городского управления Фитч видел, что Куртц ошеломлен настолько, что вообще не способен произнести ни слова. Он подался вперед и расположил свои глаза на одном уровне с Куртцевыми.

— Когда бы вы помогли нам провести законы о трезвости и нравственности, шеф Куртц, весьма вероятно, все воры и мерзавцы давным-давно сбежали бы в Нью-Йорк!

Ранним утром в кабинетах «Тикнор и Филдс» то и дело мелькали безымянные мальчики-посыльные — иные воистину были мальчиками, другие обладали сединами, — а помимо того — младшие клерки. Из членов Дантова клуба доктор Холмс явился первым. Пройдясь по коридору, дабы сгладить столь ранний приход, Холмс вскоре надумал посидеть в личном кабинете Дж. Т. Филдса.

— Ох, простите, мой дорогой сэр, — пробормотал он, обнаружив там кого-то еще, и начал было закрывать дверь.

Костистое затененное лицо было повернуто к окну. Холмсу понадобилась секунда, чтобы его признать.

— О, мой дорогой Эмерсон! — разулыбался он.

Оборвав задумчивость, Холмса приветствовал Ральф Уолдо Эмерсон, обладатель орлиного профиля и долговязой фигуры, укрытой сейчас синим плащом с черной пелериной. Эмерсона, поэта и лектора, весьма редко можно было повстречать за пределами Конкорда — малой деревушки, одно время соперничавшей с Бостоном своей коллекцией литературных талантов: затворничество его усилилось в особенности с тех пор, как на лекции в богословской школе Эмерсон провозгласил смерть Унитарной церкви, после чего Гарвард запретил ему выступать в университетском городке. Из всех

ПЕСНЬ ВТОРАЯ

писателей Америки один лишь Эмерсон приближался по известности к Лонгфелло, и даже Холмс, привыкший быть в центре литературных событий, расплывался от удовольствия, попадая в общество этого человека.

— Я лишь недавно воротился из ежегодного Лицейского турне[1], что устраивает наш меценат современным поэтам. — Эмерсон, точно благословляя, воздел руку над столом Филдса — рудиментарный жест, оставшийся у него с тех времен, когда он служил священником. — Наш заступник и покровитель. Мне попросту необходимо оставить для него кое-какие бумаги.

— Что ж, вам давно пора опять в Бостон. Субботний клуб без вас скучает. Негодующее собрание уже приготовляется издать петицию с требованием вашего общества! — воскликнул Холмс.

— К счастью, я никогда не буду столь почитаем, — улыбнулся Эмерсон. — Вы же знаете, как трудно выкроить время для писем богам и друзьям — то ли дело адвокату, пожелавшему получить чего там ему причитается, а то работнику, занятому починкой вашей крыши. — Вслед за тем Эмерсон спросил, как дела у Холмса.

Тот отвечал долгими околичностями.

— А еще я задумал новый роман. — Он отнес задачу в будущее, ибо опасался властности и быстроты эмерсоновских суждений, часто заставлявших полагать, будто прочие непременно ошибаются.

— О, рад слышать, дорогой Холмс, — искренне отвечал Эмерсон. — Ваш голос доставляет одну лишь радость. Расскажите же мне о вашем лихом капитане. По-прежнему намерен стать юристом?

При упоминании о Младшем Холмс нервно рассмеялся, точно тема была комичной в самой своей сути; в действитель-

---

[1] Имеется в виду общественное движение «Лицей», члены которого выступали за распространение образования среди взрослых. Основано в 1826 году американским просветителем Джосайей Холбруком.

ности это было не так, ибо Младший вовсе не обладал каким-либо чувством юмора.

— Некогда и я пытался приложить руку к юриспруденции, однако сия наука подобна сэндвичу без масла. Младший сочиняет неплохие стихи — они не столь хороши, как мои, но явственно недурны. Ныне он опять живет дома и уподобился белокожему Отелло — сидит в библиотечном кресле-качалке и нагоняет страх на юных дездемон историями своих ран. Иногда мне, правда, мнится, будто он меня презирает. Доводилось ли вам ощущать подобное от вашего сына, Эмерсон?

Несколько напряженных секунд Эмерсон молчал.

— Сынам мужей покой неведом, Холмс.

Наблюдать за мимикой говорившего Эмерсона было равносильно наблюдению за взрослым человеком, переходящим по камням ручей; предусмотрительное себялюбие в его облике отвлекло Холмса от собственных тревог. Он желал продолжения беседы, однако помнил, что всякий разговор с Эмерсоном мог прерваться почти без предупреждения.

— Мой дорогой Уолдо, могу я задать вам вопрос? — Холмс искренне хотел совета, но Эмерсон их никогда не давал. — Что вы думаете о нас — я имею в виду Филдса, Лоуэлла, меня и наше содействие Лонгфелло в переводе Данте?

Эмерсон поднял посеребренную бровь.

— Будь среди нас Сократ, Холмс, мы говорили бы с ним прямо посреди улиц. Однако с нашим дорогим Лонгфелло такое немыслимо. У него дворец, слуги, бутылки разноцветного вина, бокалы и парадные мундиры. — Эмерсон задумчиво склонил голову. — Порой я вспоминаю дни, когда ведомый, подобно вам, профессором Тикнором, изучал Данте, — однако ничего не могу с собой поделать: Данте мне любопытен, точно некий мастодонт, реликт, чье место в музее, но не в доме.

— Но однажды вы сказали, что открытие Данте Америке станет важнейшим достижением нашего века! — настаивал Холмс.

— Да, — признал Эмерсон. Насколько возможно, он предпочитал смотреть на вещи с разных сторон. — Это также правда. И потом, знаете, Уэнделл, я всегда предпочту общество одного честного человека собранию резвых говорунов, более всего жаждущих взаимного обожания[1].

— Но чем бы стала литература, когда б не сообщества? — улыбнулся Холмс. Он от чистого сердца брал Дантов клуб под свою защиту. — Кто знает, чем мы обязаны обществу взаимного обожания Шекспира и Бена Джонсона[2], а также Бомонта и Флетчера[3]? Или возьмите Джонсона, Голдсмита, Бёрка, Рейнольдса, Боклерка и Босуэлла[4] — обожателей из обожателей, что собирались в гостиной у камина?

Эмерсон разгладил принесенные Филдсу бумаги, как бы давая понять, что цель его визита исполнена.

— Помните: не ранее, чем гениальность прошлого перейдет в энергию настоящего, появится первый истинно американский поэт. Истинный же читатель будет рожден скорее на улице, нежели в Атенеуме[5]. Принято полагать, что дух Америки робок, вторичен и послушен — ему присуща благопристойность ученого, праздность и почтительность. Принужденный стремиться к низменному, ум нашей страны питается сам собой. Не совершивший поступков книгочей — еще не мужчина. Идеи должны пройти сквозь кости и руки настоящих мужчин, в противном случае они не более чем мечты.

---

[1] «Обществом взаимного обожания» иронически называли Субботний клуб бостонских интеллектуалов.
[2] Бенджамин Джонсон (1572—1637) — английский поэт и драматург, писавший под сильным влиянием Уильяма Шекспира.
[3] Фрэнсис Бомонт (1585—1616) и Джон Флетчер (1579— 1625) — английские поэты и драматурги, писавшие совместно примерно с 1606 по 1616 г.
[4] Группа английских интеллектуалов: писатель и драматург Оливер Голдсмит (1730—1774), парламентарий, оратор и политический философ Эдмунд Бёрк (1729—1797), а также известный портретист сэр Джошуа Рейнольдс (1723—1792), юрист и биограф Джеймс Босуэлл (1740—1795) и его друг Боклерк (1739—1780) — члены литературного клуба, организованного писателем и просветителем Сэмюэлом Джонсоном (1709—1784).
[5] Храм богини Афины в Древней Греции, под этим словом обычно подразумевается библиотека.

Читая Лонгфелло, я чувствую себя вполне удобно — я в безопасности. Подобная поэзия не имеет будущего.

Эмерсон ушел, а Холмс остался размышлять над загадкой сфинкса, разрешить которую сможет только он сам. Доктор явственно ощущал, что беседа принадлежит ему одному, и,暼когда собрались друзья, не захотел с ними делиться.

— Неужто это и вправду возможно? — спросил Филдс, когда они обсудили Баки. — Неужто бродяга Лонца был проникнут поэмой столь сильно, что она переплелась с его жизнью?

— Литература не в первый и не в последний раз порабощает ослабевший ум. Возьмем хотя бы Джона Уилкса Бута, — сказал Холмс. — Стреляя в Линкольна, он кричал на латыни: «Таков удел тиранов». Слова Брута, убивающего Юлия Цезаря. В голове Бута Линкольн *был* римским императором. Бут, не забывайте, обожал Шекспира. Подобно ему, наш Люцифер помешан на Данте. Чтение, осмысление, анализ, каковыми ежедневно заняты мы сами, свершили то, чего и мы втайне желали достичь — проникли в кровь и плоть человека.

Лонгфелло поднял брови.

— Однако, похоже, это произошло безо всякого на то желания — что Бута, что Лонцы.

— Насчет Лонцы Баки наверняка что-то утаил! — расстроенно произнес Лоуэлл. — Вы же видели, Холмс, с какой неохотой он говорил. Я не прав?

— Щетинился, точно еж, да, — согласился Холмс. — Едва кто-либо начинает нападать на Бостон, как только ему становится не по нраву Лягушачий пруд либо Капитолий, можно сказать наверняка: этот человек конченый. Несчастный Эдгар По угодил в больницу и умер вскоре после того, как повел те же речи; а потому, ежели человек докатился до подобных разговоров, его можно с уверенностью перестать ссужать деньгами, ибо он более не жилец.

— Звонарь малиновый, — пробурчал Лоуэлл при упоминании о По.

— В Баки всегда имелось некое темное пятно, — сказал Лонгфелло. — Несчастный Баки. Лишение работы лишь усугубило его беды, и можно не сомневаться: в своем отчаянном положении он винит также и нас.

Лоуэлл избегал его взгляда. Он умышленно скрыл ту тираду Баки, что была направлена против Лонгфелло.

— Полагаю, сей мир более испытывает недостаток в благодарности, нежели в хороших стихах, Лонгфелло. В Баки столько же чувства, сколь в корне хрена. Возможно, тогда, в полицейском участке, Лонца потому столь сильно и напугался — он знал, кто убил Хили. Знал, что Баки преступник, а то и сам помогал убивать судью.

— Упоминание о Дантовой работе Лонгфелло обожгло его, подобно люциферовой спичке, — подтвердил Холмс, хоть и был настроен скептически. — И все же убийца был силен — он протащил Хили из кабинета во двор. Баки столь сильно закладывает за воротник, что и пройти прямо не сможет. И потом, пока что не видно связи между Баки и жертвами.

— В связи нет нужды! — воскликнул Лоуэлл. — Вспомните Данте — скольких он поместил в Ад, не видя ни разу в жизни. Баки обладает двумя чертами, каковые перевешивают личную связь с Хили либо Тальботом. Первая — безукоризненное знание Данте. За пределами нашего клуба лишь он и, возможно, старик Тикнор могут похвастать пониманием, способным соперничать с нашим.

— Допустим, — сказал Холмс.

— Второе — мотив, — продолжал Лоуэлл. — Баки беден, что крыса. Он одинок в нашем городе и находит утешение в вине. Случайная работа частного преподавателя — вот все, что держит его на плаву. Он обижен на меня и Лонгфелло, полагая, будто мы не ударили пальцем о палец, когда его лишали места. Баки предпочтет видеть Данте поверженным, нежели вознесенным американскими предателями.

— Но почему, дорогой мой Лоуэлл, Баки избрал Хили и Тальбота? — спросил Филдс.

— Из тех, чьи грехи соответствуют назначенной каре, он мог избрать кого угодно, важно, чтобы рано или поздно источник злодейства обнаружился именно в Данте. Таким способом он запятнает его имя в глазах Америки еще до выхода поэмы.

— Но может ли Баки быть нашим Люцифером? — спросил Филдс.

— Но точно ли Баки наш Люцифер? — откликнулся Лоуэлл и тут же сморщился, ухватившись за лодыжку.

Лонгфелло воскликнул:

— Лоуэлл? — и поглядел вниз на Лоуэллову ногу.

— Ох, спасибо, не беспокойтесь. Должно быть, наткнулся в «Обширных Дубах» на железный стояк, лишь сейчас вспомнил.

Доктор Холмс подался вперед и вынудил Лоуэлла закатать брючину.

— Она не увеличилась, Лоуэлл? — Красная припухлость, бывшая прежде величиной с пенни, ныне разрослась до целого доллара.

— Откуда мне знать? — Поэт не относился всерьез к собственным недугам.

— Хорошо бы вам уделять себе хотя бы столько внимания, сколь вы расходуете на Баки, — брюзгливо выговорил ему Холмс. — Раны так не заживают. Скорее наоборот. Говорите, просто ударились? На инфекцию не похоже. Она как-то вас беспокоит, Лоуэлл?

Лодыжка вдруг заболела сильнее.

— Время от времени. — Лоуэлл вдруг о чем-то вспомнил: — А может, все оттого, что там у Хили мне под брючину залетела мясная муха. Такое возможно?

— Понятия не имею, — ответил Холмс. — Ни разу не слыхал, чтоб мясные мухи умели жалить. Может, какое другое насекомое?

— Нет, я бы понял. Я распластал ее, точно устрицу в конце сезона. — Лоуэлл усмехнулся. — Эту муху я принес вам совместно с прочими, Холмс.

Холмс задумался.

ПЕСНЬ ВТОРАЯ

— Вы не знаете, Лонгфелло, профессор Агассис[1] уже воротился из Бразилии?

Лонгфелло ответил:

— Кажется, да, как раз на этой неделе.

— Давайте пошлем мушиный образец Агассису в музей, — предложил Холмс Лоуэллу. — Думается, нет на свете такой твари, о которой бы он не знал.

Лоуэллу уже более чем хватило разговоров о его самочувствии.

— Сколько угодно. И все же я предлагаю последить несколько дней за Баки — будем надеяться, он еще не умер с перепою. Надобно посмотреть, не разоблачит ли он себя каким-либо способом. Двое будут ждать в коляске у его дома, двое оставаться здесь. Ежели нет возражений, я возглавлю группу слежки. Кто пойдет со мной?

Добровольцев не нашлось. Филдс бесстрастно вытянул цепочку от часов.

— Ну же! — подгонял Лоуэлл. Затем хлопнул издателя по плечу. — Филдс, давайте вы.

— Простите, Лоуэлл. Я обещал Оскару Хоутону, что мы с Лонгфелло пойдем сегодня с ним обедать. Вчера он получил извещение: Огастес Маннинг принуждает его остановить печать перевода Лонгфелло, в противном случае Гарвард вовсе отказывается иметь с ними дело. Нужно срочно что-либо предпринять, иначе Хоутон сдастся.

— У меня в «Одеоне» лекция о последних достижениях в гомеопатии и аллопатии; отменить нельзя — организаторы понесут существенные денежные потери, — не дожидаясь вопроса, пояснил доктор Холмс. — Разумеется, все вы также приглашены!

— Но мы же только-только нащупали след! — воскликнул Лоуэлл.

— Лоуэлл, — сказал Филдс. — Ежели, увлекшись этим делом, мы позволим доктору Маннингу завладеть Данте, то

---

[1] Жан-Луи-Рудольф Агассис (1807—1873) — швейцарско-американский натуралист, геолог и педагог.

весь перевод, все наши устремления пойдут прахом. Довольно часа, дабы успокоить Хоутона, после чего мы в полном вашем распоряжении.

В тот же день Лонгфелло стоял напротив каменного греческого фасада Ревир-Хауса, вдыхая густой запах жареного мяса и слушая приглушенные, однако приятные звуки обеда. Встреча с Оскаром Хоутоном обещала долгожданный часовой отдых от бесед об убийствах и насекомых. Филдс, прислонясь к облучку своей коляски, говорил возничему, чтобы тот возвращался на Чарльз-стрит — Энни Филдс намеревалась отправиться в Кембридж, в дамский клуб. Из окружения Лонгфелло один лишь Филдс обзавелся персональным выездом — не столь благодаря выдающимся издательским доходам, но также и потому, что ценил роскошь превыше головной боли, вызываемой дурным нравом кучеров и хворями лошадей.

Через Боудойн-сквер прошла задумчивая дама в черной вуали. В руке она держала книгу, ступала легко и неторопливо, потупив взор. Лонгфелло вспомнил, как давным-давно сталкивался на Бикон-стрит с Фанни Эпплтон, как она вежливо кивала, но никогда не останавливалась для разговора. Они познакомились в Европе, где Лонгфелло, готовясь к преподаванию, стремился погрузиться в языки; там она была весьма любезна с профессором, водившим дружбу с ее братом. Все поменялось, когда они воротились в Бостон — будто Вергилий нашептал ей на ухо тот же совет, что давал паломнику в круге Ничтожных: «Не стоит слов, взгляни — и мимо». Лишенный бесед с молодой красивой женщиной, Лонгфелло нежданно для себя обнаружил, что прекрасную деву в «Гиперионе» он пишет с нее.

Шли месяцы, и юная леди никак не отвечала на этот жест человека, которого она звала профессором или «профом», хотя можно было не сомневаться: если она прочла книгу, то уж всяко узнала в героине себя. Когда они все же встретились, Фанни ясно дала понять, что ее вовсе не радует этот почет, равно как и то, что после профессорской книги она оказалась выставлена на всеобщее обозрение. Лонгфелло и не подумал извиниться, однако в ближайшие месяцы обнаружил в себе чувства, каковых не знал ранее даже по отношению к Мэри Поттер, своей юной невесте, умершей от выкидыша через несколько лет после их женитьбы. Мисс Эпплтон и профессор Лонгфелло стали встречаться. В мае 1843 года Лонгфелло отправил записку с предложением Фанни Эпплтон выйти за него замуж. В тот же день он получил ее согласие. «Благословен будет день, что привел нас к *Vita Nuova*, к Новой жизни и счастию!» Он опять и опять повторял эти слова, они обретали форму, тяжесть, их можно было, точно детей, обнять и укрыть от невзгод.

— Куда же запропастился Хоутон? — поинтересовался Филдс, когда уехала коляска. — Хорошо бы он не забыл про наш обед.

— Должно быть, задержался в «Риверсайде». Мадам. — Приподняв шляпу, Лонгфелло приветствовал дородную женщину, шедшую мимо них по тротуару — та ответила застенчивой улыбкой. Сколь бы мимолетно поэт ни обращался к какой угодно даме, это выглядело так, будто он преподносил ей букет цветов.

— Кто она? — Брови Филдса встали домиком.

— Эта женщина, — отвечал Лонгфелло, — два года назад у Коупленда подавала нам за ужином тарелки.

— А, ну да. Кстати говоря, ежели его и вправду что-либо задержало в «Риверсайде», хорошо бы то были печатные формы *«Inferno»* — пора уже слать оттиски во Флоренцию.

— Филдс, — сквозь зубы проговорил Лонгфелло.

— Не сердитесь, Лонгфелло, — сказал Филдс. — Когда она мне встретится в следующий раз, я непременно сниму шляпу.

Лонгфелло качнул головой:

— Нет. Вон там.

Проследив за его взглядом, Филдс увидал нелепо согнутого человека с блестящим клеенчатым ранцем, чересчур суетливо шагавшего по другой стороне улицы.

— Это Баки.

— Это *он* преподавал в Гарварде? — изумился издатель. — Отчего ж он такой багровый — точно осенний закат? — У них на глазах итальянец вошел в крещендо, пустился рысью и одним резким прыжком перенесся в угловую лавчонку под кровельной крышей и с обшарпанной вывеской в окне: «Уэйд, Сын и Компания».

— Вы знаете, что это за лавка? — спросил Лонгфелло.

Филдс не знал.

— Куда-то он спешит — похоже, нечто важное.

— Мистер Хоутон не обидится, ежели пять минут обождет. — Лонгфелло взял Филдса под руку. — Попробуем захватить Баки врасплох — может, что и выведаем.

Однако, направляясь к другому углу перекрестка, они одновременно заметили, как из аптеки Меткалфа, держа покупки в охапке, с раздраженным видом осторожно выходит Джордж Вашингтон Грин; отягощенный множеством болезней, сей ученый муж ублажал себя новыми пилюлями подобно тому, как кто-либо иной баловался бы мороженым. Друзья Лонгфелло не раз сокрушались, что Меткалфовы снадобья от невралгии, дизентерии и тому подобных хворей — не зря на аптечной вывеске красовалась мудрая фигура с исполинским носом — вносили весомый вклад в чары, насланные ранее на Рип ван Винкля[1], а теперь на Грина в часы их переводческих сессий.

— Господи боже, это же Грин, — воскликнул Лонгфелло. — Как угодно, Филдс, но мы ни в коем случае не должны допустить, чтоб он заговорил с Баки.

— Почему? — спросил издатель.

Однако приближение Грина оборвало дискуссию.

— Мой дорогой Филдс. И Лонгфелло! Что погнало вас из дому, джентльмены?

— Мой дорогой друг, — Лонгфелло с тревогой поглядывал через улицу на дверь «Уэйда и Сына» под тентом: не появит-

---

[1] Рип ван Винкль — герой одноименной новеллы американского писателя Вашингтона Ирвинга (1783—1859), проспавший 20 лет.

ся ли оттуда Баки. — Мы пришли обедать в Ревир-Хаус. Но вы отчего не в Ист-Гринвич?

Грин кивнул и вздохнул одновременно:

— Шелли не желает меня отпускать, пока не улучшится здоровье. Однако не могу же я целый день лежать в постели, как настаивает ее доктор! Никто еще не умер от боли, но делить с нею ложе весьма некомфортно. — Он принялся расписывать в подробностях новые симптомы своей болезни. Слушая этот лепет, Лонгфелло и Филдс не сводили глаз с другой стороны улицы. — Но довольно надоедать всем подряд своими унылыми хворями. Не срывать же из-за них Дантову сессию — однако вот уже которую неделю я не слышу о том ни слова! Я уже начал думать, что вы и вовсе забросили наше предприятие. Умоляю, дорогой Лонгфелло, убедите меня, что это не так.

— Мы всего лишь установили небольшой перерыв. — Лонгфелло вытянул шею, дабы разглядеть на другой стороне витрину и видневшуюся сквозь нее фигуру Пьетро Баки. Итальянец энергично жестикулировал.

— Мы весьма скоро их возобновим, можете не сомневаться, — добавил Филдс. На противоположном углу остановилась карета, загородив витрину лавки, а с ней и Баки. — Боюсь, нам пора, мистер Грин, — поспешно проговорил Филдс, хватая Лонгфелло за локоть и устремляясь вместе с ним вперед.

— Но вам же не туда, джентльмены! Ревир-Хаус в другой стороне, вы прошли мимо! — засмеялся Грин.

— А, да... — Пока Филдс подыскивал подходящее извинение, через оживленный перекресток проехали две новых коляски.

— Грин, — перебил его Лонгфелло. — Нам сперва необходимо заглянуть в одно место. Умоляю, отправляйтесь в ресторан, а после пообедайте с нами и с мистером Хоутоном.

— Я бы рад, да боюсь, моя дочь будет зла как собака, ежели я не явлюсь в срок, — забеспокоился Грин. — О, смотрите, кто идет! — Шагнув назад, он слетел с узкого тротуара. — Мистер Хоутон!

— Мои нижайшие извинения, джентльмены. — Рядом с ними возник неуклюжий человек, весь в черном, точно гробовщик, и вложил свою непомерно длинную руку в первую подвернувшуюся ладонь, каковая оказалась принадлежащей Джорджу Вашингтону Грину. — Я уже направлялся в Ревир-Хаус, когда вдруг краем глаза увидал вас троих. Надеюсь, вы не чересчур давно ждете; мистер Грин, дорогой сэр, вы с нами? Как поживаете, милый человек?

— Я измучен голодом. — Теперь Грин облачился в пафос. — Как возможно иначе, когда еженедельные Дантовы круги были моей единственной в этой жизни пищей?

Лонгфелло и Филдс наблюдали за улицей, отворачиваясь по очереди каждые пятнадцать секунд. Вход в «Уэйд и Сын» все также заслоняла назойливая коляска, на облучке терпеливо сидел возничий, точно ему было специально поручено вывести из себя господ Лонгфелло и Филдса.

— Вы сказали «были»? — удивленно переспросил Хоутон. — Филдс, это как-то соотносится с доктором Маннингом? Но ведь во Флоренции ждут к юбилею специальное издание первого тома! Ежели публикация будет отложена, я должен о том знать. Я не могу оставаться в неведеньи!

— Что вы, Хоутон, разумеется, нет, — уверил его Филдс. — Мы всего лишь слегка отпустили поводья.

— Но что же делать человеку, привыкшему получать раз в неделю свой кусочек рая, кто мне ответит? — театрально сокрушался Грин.

— Понимаю, — отвечал Хоутон. — Однако я волнуюсь: с вечно вздутыми ценами на печать подобных книг... я принужден спросить, способен ли ваш Данте компенсировать то, что намерены отнять Маннинг и Гарвард?

Грин воздел трясущиеся руки:

— Когда б возможно было единственным словом в точности передать мысль Данте, мистер Хоутон, таковым стало бы слово «Величие». В вашей памяти его мир навечно займет место подле мира реального. Одни лишь начертанные им звуки сохраняются в ушах со всей их резкостью, громкостью, либо сладостью, дабы возвращаться всякий раз ревом моря, стоном ветра, щебетанием птиц.

Баки вышел из лавки, и теперь им было видно, с каким восторгом он изучает содержимое своего ранца.

Грин оборвал сам себя:

— Филдс? Послушайте, в чем дело? Что вы там высматриваете на другой стороне улицы?

Слегка дернув запястьем, Лонгфелло подал Филдсу знак отвлечь собеседника. В трудную минуту партнеры умудряются простыми жестами передавать друг другу сложные мысли, так что вяло приобняв старого товарища за плечи, Филдс разыграл перед ним спектакль.

— Видите ли, Грин, с тех пор как завершилась война, в печатном деле случились некоторые изменения...

Лонгфелло оттащил Хоутона в сторону и еле слышно проговорил:

— Боюсь, нам придется назначить наш обед на иное время. Конка уходит в Бэк-Бей через десять минут. Умоляю, проводите к ней мистера Грина. Посадите в вагон и не уходите, пока он не тронется. Следите, чтоб старик не вышел. — Все это Лонгфелло проговорил, слегка приподняв брови, что недвусмысленно передавало крайнюю серьезность поручения.

Не требуя разъяснений, Хоутон по-солдатски дернул подбородком. Разве прежде Генри Лонгфелло просил о личной услуге его самого либо кого-то из его знакомых? Хозяин «Риверсайд-Пресс» продел руку под локоть Грина.

— Мистер Грин, не проводить ли вас до конки? Очевидно, она вот-вот подойдет, нехорошо вам пребывать столь долго на ноябрьском холоде.

Наскоро попрощавшись, Лонгфелло и Филдс застыли в ожидании, пока по улице, предупредительно звеня колокольчиками, проползли два тяжелых омнибуса. Поэты одновременно узрели, что итальянского преподавателя на углу нет, и помчались через дорогу. Они оглядели квартал впереди и квартал позади, но никого не нашли.

— Куда, черт возьми?.. — поинтересовался Филдс.

Лонгфелло махнул рукой, и Филдс обернулся как раз в срок, дабы разглядеть, как Баки с комфортом устраивается на заднем сиденье той самой коляски, что загораживала им обзор. Лошадь поцокала прочь, явно не разделяя нетерпения своего пассажира.

— И как назло ни одного кэба! — воскликнул Лонгфелло.

— Можно догнать, — сказал Филдс. — В паре кварталов отсюда Пайк держит прокат кэбов. За проезд в карете мошенник берет четвертак, а в особо грабительском настрое — и все полдоллара. В целой округе его может выносить один лишь Холмс, да и сам он терпит только доктора.

Быстро пройдя пару кварталов, Филдс и Лонгфелло нашли Пайка не у себя в конюшне, но твердо застывшим на посту перед кирпичным особняком номер 21 по Чарльз-стрит. Дуэт взмолился о Пайковой услуге. Филдс протянул ему полную горсть меди.

— Я не смогу вам помочь, джентльмены, даже за все деньги штата Массачусетс, — угрюмо объявил Пайк. — Я нанят, дабы везти доктора Холмса.

— Послушайте нас внимательно, Пайк. — Филдс заметно усилил природную властность своего голоса. — Мы весьма близкие компаньоны доктора Холмса. Он наверняка сам приказал бы вам нас везти.

— Вы друзья доктора? — переспросил Пайк.

— Да! — с облегчением выкрикнул Филдс.

— Но даже друзьям не дозволяется брать этот кэб. Я нанят доктором Холмсом, — любезно повторил Пайк и уселся на облучок догрызать остатки зубочистки из слоновой кости.

— Эй! — Оливер Уэнделл Холмс, сияя, прошествовал из дверей на переднее крыльцо; в руках он нес чемоданчик, на самом же докторе красовался черный камвольный костюм с прекрасной белой розой в петлице и белым шелковым платком, перетянутым галстучным узлом. — Филдс. Лонгфелло. Вы все же решили послушать об аллопатии!

ПЕСНЬ ВТОРАЯ

Задевая фонарные столбы и подрезая взбешенных возничих, лошади Пайка неслись по Чарльз-стрит в переплетенье центральных улиц. Ветхая коляска дребезжала, однако места в ней хватило бы четырем пассажирам, причем так, чтоб не тереться друг о друга коленями. Доктор Холмс сперва приказал кучеру править в тот квартал, откуда ближе всего было до «Одеона», однако теперь их цель поменялась — вопреки желанию доктора и расчету возничего, — а число пассажиров утроилось. Пайк был полон решимости так или иначе доставить их всех в «Одеон».

— Как же моя лекция? — спрашивал Холмс Филдса. — Вы же знаете, на нее проданы все билеты!

— Пайк мигом доставит вас на место, едва мы догоним Баки и зададим ему один-два вопроса, — ответил Филдс. — А я позабочусь, чтобы газеты не упомянули о вашем опоздании. И зачем я отослал Энни коляску? Не пришлось бы плестись позади!

— Но как вы себе это представляете — чего вы собираетесь добиться, если мы его поймаем? — не унимался Холмс.

Лонгфелло объяснил:

— Баки явно чем-то встревожен. Ежели удастся поговорить с ним вдали от дома — и от виски — возможно, он окажется более покладист. Не впутайся Грин, мы наверняка поймали бы его безо всякой погони. Я порой жалею: напрасно мы не объяснили бедному старику, что происходит, — хотя правда стала бы чересчур сильным потрясением для столь хилого здоровья. У Грина довольно несчастий, а еще — убежденности, что на него ополчился целый мир. Куда ему еще такой удар.

— Вот она! — вскричал Филдс. Он указывал на коляску в нескольких сотнях ярдов впереди. — Лонгфелло, это она?

Лонгфелло вытянул шею, подался в сторону и, чувствуя, как ветер вцепился в бороду, утвердительно махнул рукой.

— Кэб, правьте за ним, — скомандовал Филдс.

Пайк подстегнул лошадей, и те понеслись много резвее предельной скорости, каковую бостонский совет по безопасности движения незадолго до того установил на отметке «умеренная рысь».

— Мы чересчур забираем на восток! — прокричал Пайк сквозь цокот копыт по булыжнику. — Далековато до «Одеона», знаете ли, доктор Холмс!

Филдс спросил Лонгфелло:

— Зачем было прятать Баки от Грина? Они разве знакомы?

— Весьма давно, — кивнул Лонгфелло. — Мистер Грин повстречался с Баки в Риме, тогда итальянец еще не поддался худшей из хворей. Я боялся, что, ежели мы остановим Баки при нашем друге, тот наговорит ему лишнего о Дантовом начинании — как он обыкновенно поступает, напав на сочувствующего; вряд ли Баки захотелось бы после того вообще на нас смотреть, в его положении мы лишь добавили бы ему страданий.

Пайк потерял объект из виду, но после быстрых поворотов, тщательно отмеренных галопов и терпеливых замедлений опять получил преимущество. Другой возница столь же явственно торопился и почти наверняка — не из-за погони. Незадолго до гавани дорога сузилась, и добыча ускользнула. Затем показалась опять, вынудив Пайка всуе помянуть имя Божье, после извиниться, после резко встать, отчего Холмс, перелетев через всю карету, упал на колени Лонгфелло.

— Вот она! — воззвал Пайк, увидав, как противник погоняет лошадей ему навстречу, то бишь прочь от бухты. Пассажирское место было пусто.

— Он, должно быть, ушел в гавань! — воскликнул Филдс.

Пайк опять пустил лошадей шагом и вскоре высадил пассажиров. Трио вонзилось в плотную массу крикливых возбужденных людей, что глядели вслед исчезающим в тумане судам, размахивали платками и желали отбывавшим счастливого пути.

— Большинство кораблей сейчас у Длинной пристани, — сказал Лонгфелло. В прежние времена он частенько гулял у причалов, дабы полюбоваться на величественные суда из Германии либо Испании, а еще послушать, как мужчины и женщины говорят на своих языках. В Бостоне не сыскать лучшего

Вавилона, нежели гавань — со всеми ее говорами и оттенками кожи.

Филдс насилу поспевал за ними в толпе.

— Уэнделл?

— Сюда, Филдс! — прокричал Холмс из людской толчеи.

Холмс увидал, как Лонгфелло расписывает наружность Баки чернокожему стивидору, в это время грузившему бочонки. Филдс надумал пройти в другую сторону и расспросить пассажиров, но вскоре остановился перевести дух на краю пирса.

— Эй, в костюмчике! — Грузный сальнобородый распорядитель грубо схватил Филдса за руку и оттащил прочь. — Коли нет билета, так и не лезь на борт.

— Любезный, — сказал Филдс. — Мне потребна немедленная помощь. Невысокий человек в мятом синем сюртуке и с красными глазами — не видали такого?

Занятый сортировкой пассажиров по классам и каютам, распорядитель пропустил эти слова мимо ушей. Он стащил фуражку (чересчур маленькую для его слоновьей головы) и жесткой рукой взъерошил спутанные волосы.

Слушая его странные пылкие команды, Филдс, точно в трансе, прикрыл глаза. В голове возникла полутемная комната, камин, на полке — свеча, горящая беспокойной энергией.

— Готорн, — выдохнул он чуть ли не против своей воли.

Распорядитель вдруг застыл и обернулся к Филдсу.

— Что?

— Готорн, — Филдс улыбнулся, понимая, что не ошибся. — Вы поклонник романов Готорна.

— Послушайте-ка... — Распорядитель пробормотал себе под нос не то благословение, не то проклятие. — Откуда вы узнали? А ну, говорите немедля!

Пассажиры, каковых он только что распределял по категориям, тоже затихли и прислушались.

— Неважно. — Филдс был в восторге от того, что в нем еще живо умение читать людей, — ведь именно сей талант нес ему удачу в те давние годы, когда издатель был юн и служил книготорговцем. — Напишите мне адрес, и я пришлю вам новое сине-золотое собрание лучших романов Готорна, отобранных для издания его вдовой. — Филдс достал листок и сунул распорядителю в ладонь. — Но вы должны мне помочь, сэр.

Человек согласился — в суеверном страхе перед Филдсовым могуществом. Встав на цыпочки, издатель увидал, что Лонгфелло и Холмс идут в его сторону. Он закричал:

— Проверьте тот пирс!

Холмс и Лонгфелло перехватили начальника порта и описали, как выглядит Баки.

— Но кто вы такие?

— Мы его хорошие друзья, — вскричал Холмс. — Умоляю, куда он ушел? — Филдс их уже догнал.

— Ага, видал я такого у входа в порт. — Начальник отвечал неторопливо и уклончиво, чем раздражал неимоверно. — Вроде вон на ту лодку со всех ног несся. — Он указал в море, на небольшую посудину, вмещавшую не более пяти пассажиров.

— Славно, столь мелкому баркасу далеко не уплыть. Куда же он направляется? — спросил Филдс.

— Этот? То ж портовый катер, сэр. «Анонимо» больно велик для такого пирса. Вот и стоит на рейде. Видите?

Едва различимый в тумане силуэт корабля то появлялся, то исчезал опять, однако столь огромного парохода друзьям до сих пор видеть не доводилось.

— Вот-вот, оттого ваш друг и торопится. Катер подхватил последних опоздавших. Пароход уже отходит.

— Куда? — спросил Филдс. Сердце екнуло.

— Как куда — через Атлантику, сэр. — Начальник порта заглянул в бумаги. — Заход в Марсель, а после, гм, ага, вот оно, после — в Италию!

Доктор Холмс добрался до «Одеона» как раз в срок, чтобы прочесть пристойную и недурно встреченную лекцию. Более того, благодаря опозданию аудитория сочла его весьма важным оратором. Лонгфелло и Филдс внимательно слушали из второго ряда, сидя по соседству с Недди, младшим сыном доктора Холмса, двумя Амелиями и Холмсовым братом Джоном. В этой второй из трех организованных Филдсом лекционных серий Холмс соотносил медицинские методы с войной.

Лечение — живой процесс, объяснял Холмс слушателям, на который весьма существенно влияют ментальные условия. Доктор рассказывал, как полученные в сражениях схожие раны прекрасно заживают на солдатах-победителях, но оказываются фатальны для побежденных.

— Сие уводит нас в ту срединную область меж наукой и поэзией, куда благоразумные, назовем их так, люди заглядывают с чрезвычайной робостью.

Холмс смотрел на тот ряд, где сидели его друзья и родные и где было оставлено пустое место — на случай, если появится Уэнделл-младший.

— Будучи на войне, мой старший сын получил не одну такую рану, и в конце концов Дядя Сэм отправил его домой обладателем дополнительных пуговичных петель на том жилете, что дает человеку природа. — Смех. — Война явила нам множество пронзенных сердец, не имевших видимых следов от пуль.

После выступления и необходимого числа посвященных доктору восхвалений Лонгфелло и Холмс в сопровождении издателя воротились на Угол и устроились в Авторской Комнате поджидать Лоуэлла. Пока что они решили назначить собрание переводческого клуба на следующую среду в доме Лонгфелло.

Сия запланированная сессия призвана была послужить двум целям. Во-первых, она развеет подозрения Грина как из-за перевода, так и по поводу странного поведения друзей, коему старик с Хоутоном стали свидетелями, и тогда, может статься, в будущем Дантов клуб избегнет вмешательства, стоившего на этот раз сведений, каковыми предположительно обладал Баки. Второе и, возможно, более важное: требовалось как-то сдвинуть с мертвой точки работу Лонгфелло. Поэт не желал нарушать обещание и надеялся до конца года отправить готовый перевод *Inferno* во Флоренцию, к шестисотлетию Данте, рожденному, как известно, в 1265 году.

ДАНТОВ КЛУБ

Лонгфелло не желал признавать, что шансы довершить работу до конца 1865-го чересчур малы — разве только некое чудо подтолкнет вперед их расследование. И все же он работал: ночами, один, втайне умоляя Данте наделить его мудростью и тем помочь распутать непостижимую кончину Хили и Тальбота.

— Мистер Лоуэлл здесь? — прозвучал негромкий голос, и в дверь Авторской Комнаты постучали.

Поэты обессиленно шевельнулись.

— Боюсь, что нет, — отозвался Филдс с неприкрытой досадой на невидимого гостя.

— Отлично!

Князь бостонского рынка Финеас Дженнисон — в неизменном щегольском белом костюме и цилиндре — проскользнул в комнату и закрыл за собой двери так, что никто не ощутил даже слабого дуновения.

— Ваш клерк сказал, что вы, очевидно, здесь, мистер Филдс. Я намерен открыто поговорить о Лоуэлле, пока старик не объявился сам. — Дженнисон швырнул цилиндр на железную вешалку; блестящие волосы его были уложены налево великолепной дугой, напоминавшей лестничные перила. — Мистер Лоуэлл попал в беду.

Увидав двух поэтов, гость едва не задохнулся. Он чуть не опустился на колено, когда пожимал руки сперва Холмсу, а затем Лонгфелло, встряхивая их, точно бутыли редчайшего и нежнейшего вина.

Дженнисон с упоением тратил свое обширное состояние на покровительство художникам, лелеял в себе восхищение беллетристикой и никогда не переставал поражаться гениям, знакомству с которыми был обязан исключительно богатству. Дженнисон уселся в кресло.

— Мистер Филдс. Мистер Лонгфелло. Доктор Холмс, — поименовал он всех троих с высочайшей церемонностью. — Вы близкие друзья Лоуэлла, ваша связь куда глубже того приятельства, коим награжден я, ибо гения способен понять только гений.

Холмс нервно его оборвал:

— Мистер Дженнисон, с Джейми что-то стряслось?

— Я все знаю, доктор. — Дженнисон тяжело вздохнул, однако принужден был уточнить. — Я знаю эту проклятую Дантову историю, я здесь, дабы сделать все необходимое и тем повернуть ее в нужное русло.

— Дантову историю? — надтреснутым голосом отозвался Филдс.

Дженнисон многозначительно кивнул:

— Проклятая Корпорация вознамерилась упразднить Дантов курс Лоуэлла. Они желают также погубить ваш перевод, мои дорогие джентльмены! Лоуэлл говорил мне о том, однако он чересчур горд, чтобы просить о помощи.

Уточнение исторгло из-под трех жилетов три приглушенных вздоха.

— Ныне, как вам наверняка известно, Лоуэлл отменил на время свой семинар, — продолжал Дженнисон, не скрывая разочарования тем, что его собеседников с очевидностью заботили собственные дела. — Я утверждаю: сие непозволительно. Уступка недостойна гения такого калибра, каковым является Джеймс Расселл Лоуэлл, — этот человек не имеет права сдаваться без борьбы. Я всерьез опасаюсь, что, встав на путь примирения, Лоуэлл неминуемо останется ни с чем! По всему Колледжу только и слышно ликование Маннинга, — добавил Дженнисон с мрачной озабоченностью.

— Так что же, по-вашему, мы должны делать, дорогой мистер Дженнисон? — с преувеличенным почтением поинтересовался Филдс.

— Убедите его призвать на помощь все его мужество. — Эту мысль Дженнисон подчеркнул ударом кулака по ладони. — Уберегите его от малодушия, в противном случае наш город лишится одного из самых храбрых сердец. У меня также есть иное предложение. Создайте постоянную организацию и посвятите ее постижению Данте — дабы способствовать вам, я сам изучу итальянский! — На этом месте возникла ослепительная улыбка Дженнисона, а вместе с нею — кожаный бумажник, из которого хозяин принялся отсчитывать крупные банкноты. — Дантова ассоциация, либо что-то в этом роде, призванная оберегать столь любезную вашему сердцу литературу, джентльмены. Что скажете? Никто не будет знать о моем участии, и вы обратите собратьев в бегство.

Прежде чем ему успели ответить, дверь Авторской Комнаты резко распахнулась. Перед ними стоял Лоуэлл с безрадостной миной на лице.

— Лоуэлл, что с вами? — спросил Филдс.

Лоуэлл начал говорить, но тут увидал постороннего.

— Финни? Что вы здесь делаете?

Дженнисон беспомощно оглянулся на Филдса:

— Мы с мистером Дженнисоном обсуждали кое-какие дела, — пояснил Филдс, запихивая бумажник промышленнику в руки и подталкивая его к двери. — Но он уже уходит.

— Надеюсь, у вас все благополучно, Лоуэлл. Я вскоре свяжусь с вами, друзья мои!

Разыскав в холле ночного посыльного Теала, Филдс попросил его проводить Дженнисона вниз. После запер дверь Авторской Комнаты.

У стойки Лоуэлл наливал себе выпить.

— Вы не поверите в мою удачу, друзья. Я только что шею не свернул, разыскивая Баки по всему «Полумесяцу», и знали бы вы, сколь мало я продвинулся в своих поисках! Никто не видал, никто понятия не имеет, где искать — местные дублинцы не станут разговаривать с итальянцем, хоть сажайте их вместе на тонущий плот и вручайте итальянцу затычку. С подобным же успехом я мог сегодня, подобно вам, предаваться безделью.

Филдс, Холмс и Лонгфелло хранили молчание.

— Что? Что происходит? — заволновался Лоуэлл.

Лонгфелло предложил отправиться на ужин в Крейги-Хаус, и по пути они растолковали Лоуэллу, что стряслось с Баки. Дожидаясь еды, Филдс рассказал, как возвратился к начальнику порта и убедил того — не без помощи золотого тельца — свериться по судовым ролям, куда отправился Баки. Бумаги сообщили, что итальянец купил по дешевке билет в оба конца и согласно сему билету он сможет вернуться в Бостон не ранее января 1867 года.

Уже в гостиной у Лонгфелло ошеломленный Лоуэлл плюхнулся в кресло.

— Он сообразил, что мы его вычислили. Ну да, конечно — мы же дали ему понять, что знаем про Лонцу! Наш Люцифер утек, точно песок сквозь пальцы!

— Так это же потребно отметить, — рассмеялся Холмс. — Ежели вы правы, неужто вы не видите, что сие означает? Ну же, друзья, ваши бинокли повернуты не тем концом, однако наставлены на нечто, весьма ободряющее.

Филдс склонился к Лоуэллу:

— Джейми, ежели убийца — Баки...

Улыбаясь во весь рот, Холмс завершил мысль:

— То мы спасены. И город спасен. И Данте! Ежели наше знание вынудило Баки спасаться бегством, сие знаменует нашу победу, Лоуэлл.

Сияющий Филдс поднялся на ноги:

— Ох, джентльмены, я закачу в честь Данте такой ужин, что позавидует Субботний клуб. И пусть баранина будет столь же нежна, сколь стихи Лонгфелло! «Муэ» искрометно, как шутки Холмса, а ножи остры, точно сатиры Лоуэлла!

Ответом ему было троекратное ура.

Все это несколько ободрило Лоуэлла, равно как известие о новой Дантовой сессии: возвращается нормальная жизнь, а с нею чистое наслаждение их изысканий. Он очень надеялся, что никто более не лишит его удовольствия, обратив Дантово знание на столь отвратительный предмет.

Лонгфелло, по-видимому, понял, что тревожит Лоуэлла.

— Во времена Вашингтона, — сказал он, — трубы церковных органов переплавляли в пули, мой дорогой Лоуэлл. Тогда не было выбора. Теперь же — Лоуэлл, Холмс, не спуститься ли нам в винный погреб, а Филдс тем временем проследит, как там дела на кухне? — предложил он, забирая со стола свечу.

ДАНТОВ КЛУБ

— О, истинное основание всякого дома! — Лоуэлл выпрыгнул из кресла. — У вас хорошая коллекция, Лонгфелло?

— Вам известно мое главное правило, мистер Лоуэлл:

> Коли друга в гости ждешь,
> Лучшее вино берешь.
> Коль двоих ты ждешь на ужин,
> Можешь взять вино похуже.

Компания рассыпалась колокольчиками смеха, что питался общим облегчением.

— Но у нас четыре глотки, и все умирают от жажды, — возразил Холмс.

— Стало быть, не рассчитывайте ни на что особенное, мой дорогой доктор, — посоветовал Лонгфелло. Вослед за ним и за серебристым мерцанием свечи Холмс и Лоуэлл двинулись в подвал. Смехом и разговорами профессор отвлекал себя от стреляющей боли, что расходилась теперь по всей ноге, ударяя вверх от покрывшего лодыжку красного диска.

В белом плаще, желтом жилете и заметной издали белой широкополой шляпе Финеас Дженнисон спускался по ступеням своего Бэк-Бейского особняка. Он шел и насвистывал. Он покручивал окованной золотом тростью. Он искренне смеялся, точно слушал у себя в голове некую шутку. Финеас Дженнисон частенько смеялся про себя, когда прогуливался вечерами по Бостону — городу, который он покорил. И лишь один мир оставался незавоеванным — тот, где не имели полной власти деньги, а кровь более, нежели везде, определяла положение; но и этот мир готов был пасть к ногам Дженнисона, несмотря на недавние преграды.

С другой стороны улицы за ним наблюдали — шаг за шагом с той минуты, как он оставил позади особняк. Еще одна душа требовала воздаяния. Дженнисон шел и насвистывал, точно не ведая зла, не ведая ничего вообще. Шаг за шагом. Бесчестье этого города, который не станет более определять будущее. Города, что отринул свою душу. Человек, пожертвовавший тем, что могло объединить всех. Наблюдатель окликнул Дженнисона.

Тот остановился, потирая знаменитую ямочку на подбородке. Вгляделся в ночь.

— Кто меня звал?

Нет ответа.

Дженнисон пересек улицу и с легким сердцем всмотрелся вперед, почти узнав человека, неподвижно стоявшего у церкви.

— А, вы, я вас помню. Что вам угодно?

Человек вдруг оказался позади, и нечто вонзилось в спину рыночного князя.

— Забирайте мои деньги, сэр, забирайте все! Молю вас! Забирайте и уходите! Сколько вам нужно? Говорите! Сколько?

— Я увожу к погибшим поколеньям. Я увожу.

Садясь наутро в карету, Дж. Т. Филдс менее всего рассчитывал обнаружить труп.

— Вперед, — скомандовал он кучеру. Чуть позже Филдс и Лоуэлл ступили на тротуар и дошли пешком до «Уэйда и Сына». — Сюда заходил Баки, прежде чем отправиться в гавань, — объяснил Филдс Лоуэллу.

Они так и не обнаружили этой лавки ни в одном городском справочнике.

— Пускай меня повесят, ежели Баки не проворачивал тут какие-либо темные делишки, — проворчал Лоуэлл.

Они осторожно постучали, но не получили ответа. Затем дверь широко распахнулась, и мимо них пронесся человек в длинной синей шинели с блестящими пуговицами. В руках он держал коробку, доверху наполненную разнообразным добром.

— Прошу прощения, — сказал Филдс. Подошли еще двое полицейских, еще шире распахнули двери «Уэйда и Сына» и втолкнули Лоуэлла с Филдсом внутрь. Прямо на прилавке лежал старик с очень впалыми щеками: в руке он сжимал карандаш, точно ему не дали дописать последнюю фразу.

Стены и полки были пусты. Лоуэлл осторожно приблизился. Шею мертвеца все еще обматывал телеграфный провод. Поэт не мог оторвать глаз — старик гляделся совсем как живой.

Подскочил Филдс, схватил Лоуэлла за руку и потянул к дверям:

— Он мертв, Лоуэлл!

— Мертв, точно Холмсова тушка из медицинского колледжа, — согласился тот. — Боюсь, столь земное убийство отнюдь не в духе нашего дантефила.

— Пошли отсюда, Лоуэлл! — Филдс волновался, ибо лавка все более и более наполнялась полицейскими: те были заняты осмотром и пока что не удостаивали вниманием двух незваных гостей.

— Филдс, с ним рядом чемодан. Он собирался бежать, как Баки. — Лоуэлл опять перевел взгляд на карандаш в руке покойника. — Я бы сказал, он надумал завершить сперва некие дела.

— Лоуэлл, прошу вас! — вскричал Филдс.

— Хорошо, Филдс. — Однако Лоуэлл воротился к трупу и, замешкавшись у оставленного на столе почтового подноса, смахнул в карман пальто верхний конверт. — Вот теперь пошли. — Он двинулся к дверям. Филдс вырвался вперед, но тут же встал и оглянулся, вдруг ощутив, что Лоуэлла у него за спиной нет. С перекошенным от боли ртом тот застыл посредине лавки.

— Что стряслось, Лоуэлл?

— Лодыжка чертова.

Когда издатель вновь обернулся к дверям, там с удивленным видом их поджидал полицейский.

— Мы попросту искали нашего друга, офицер, вчера он у нас на глазах заходил в эту лавку.

Выслушав историю, полицейский решил записать ее к себе в книжку.

— Повторите, пожалуйста, его имя, сэр. Этого льянца вашего?

— Баки. Ба-ки.

ПЕСНЬ ВТОРАЯ ✻

Уже после того как Лоуэллу и Филдсу позволили уйти, явился Хеншоу, с ним двое других детективов и коронер — мистер Барникот; Хеншоу отпустил почти всех полицейских.

— Закопайте его на кладбище вместе с прочим сбродом, — распорядился он, оглядев мертвеца. — Икебод Росс. Только зря трачу драгоценные минуты. Мог сейчас спокойно завтракать.

Филдс потянул время, пока глаза Хеншоу не встретились с его внимательным взглядом.

В вечерней газете небольшая заметка оповещала, что был ограблен и убит мелкий торговец Икебод Росс.

На конверте, украденном Лоуэллом, стояла надпись: «ХРОНОМЕТРЫ ВЭЙНА». Так звался ломбард в одном из наименее привлекательных районов восточного Бостона.

Войдя на следующее утро в лавку без единого окна, они наткнулись там на огромного мужчину не менее трехсот фунтов весом, с лицом красным, точно помидор в разгар сезона, и покрывавшей грудь зеленоватой бородой. Громадная связка ключей свисала на веревке с его шеи и звякала при каждом шаге.

— Мистер Вэйн?

— В точку, — отвечал тот, но улыбка застыла, едва он оглядел сверху донизу наряд посетителей. — Я же сказал тем нью-йоркским детективам, что не подписывал никаких фальшивых счетов!

— Мы не детективы, — успокоил его Лоуэлл. — По-видимому, это ваше. — Он положил конверт на прилавок. — От Икебода Росса.

Широченная улыбка заползла на прежнее место.

— Ну, прям красота. Ох ты ж! А я уж думал, все — придушили старика, и плакали мои денежки!

— Мистер Вэйн, примите наши соболезнования по поводу смерти вашего друга. Вы не знаете, отчего с мистером Россом так обошлись? — спросил Филдс.

— А? Чего-то вы сильно любопытные. Однако ж вы свое добро на верный базар своло́кли. Чем платить будем?

— Мы же доставили вам плату от мистера Росса, — напомнил Филдс.

— Это мои деньги! — объявил Вэйн. — Скажете, нет?

— Неужто все на свете делается из-за денег? — уперся Лоуэлл.

— Лоуэлл, прошу вас, — шепнул Филдс.

Улыбка Вэйна застыла опять, он вперил взор в гостей. Глаза увеличились вдвое.

— Лоуэлл? Поэт Лоуэлл!

— Ну, да... — признался тот несколько сконфуженно.

— Что может быть звонче июньского дня, — объявил хозяин, а после расхохотался и продолжил:

> Что может быть звонче июньского дня?
> Он теплую лишь обещает погоду.
> Небесное ухо к земле прислоня,
> Воздушной струною играет природа.
> Чего ни услышишь, куда ни взглянешь,
> Увидишь мерцанье, почувствуешь дрожь.

— Во второй строке должно быть «мягкую», — с легким негодованием поправил Лоуэлл. — Понимаете: он мягкую лишь обещает...

— И кто-то еще не верит, что это величайший поэт Америки! О, бог и дьявол, у меня ж ваш дом имеется! — объявил Вэйн, добыл из-под прилавка обитую кожей книгу «Дома и пристанища наших поэтов» и принялся в ней рыться, пока не добрался до главы, посвященной Элмвуду. — О, еще и автограф в каталоге. Рядом с Лонгфелло, Эмерсоном и Уиттьером. Продается по самой дорогой цене. Этот плут Оливер Уэнделл Холмс тоже хорош, уходил бы еще дороже, когда б не расчеркивался где ни попадя.

Покраснев от возбуждения, точно Бардольф[1], хозяин отпер ящик болтавшимся на шее ключом и выудил оттуда полоску бумаги с именем Джеймса Расселла Лоуэлла.

— Но это вовсе не мой автограф! — воскликнул Лоуэлл. — Кто бы сие ни выводил, этот человек едва умеет касаться пе-

---

[1] Персонаж драмы Шекспира «Король Генрих IV».

ром бумаги! Я требую, чтоб вы немедля передали мне все хранящиеся у вас поддельные автографы всех авторов — в противном случае вы будете иметь дело с мистером Хиллардом, моим адвокатом, прямо сегодня!

— Лоуэлл! — Филдс оттащил его от прилавка.

— Как я смогу спокойно спать ночью, зная, что в книге сего добропорядочного гражданина имеется план моего дома! — кричал Лоуэлл.

— Нам потребна помощь этого человека!

— Да. — Лоуэлл одернул пальто. — В церкви почет святым, а в кабаке — грешникам[1].

— Будьте так любезны, мистер Вэйн. — Филдс опять обернулся к хозяину и раскрыл бумажник. — Нам необходимо выяснить, кто такой мистер Росс, после чего мы вас покинем. Сколько стоят ваши знания?

— За медный грош я их не отдам! — Вэйн от души рассмеялся, при этом глаза его едва не провалились прямо в мозг. — Неужто все на свете делается из-за денег?

Вместо денег Вэйн потребовал сорок Лоуэлловских автографов. Многозначительно подняв бровь, Филдс поглядел на Лоуэлла, и тот кисло согласился. Двумя колонками он вывел на бумаге свое имя.

— Отлично сработано, — одобрил Вэйн Лоуэлловы труды, после чего поведал Филдсу, что Росс некогда печатал газеты, однако вскоре занялся фальшивыми деньгами. Он совершил ошибку, согласившись отправлять свои поделки крупье, обиравшему с их помощью местных игроков, и совершенно напрасно пользовался услугами определенных ломбардов, каковые, сами того не желая, служили ему складом всякого добра, купленного на деньги от этих операций (на словах «сами того не желая» рот джентльмена невероятно изогнулся, а высунутый язык навис над губами, едва не лизнув нос). Рано или поздно затея должна была сожрать устроителя с потрохами.

---

[1] Чуть измененная цитата из Песни XXII «Ада». «Но в церкви, говорят, почет святым, а в кабачке — кутилам».

Вернувшись на Угол, Филдс и Лоуэлл пересказали все Лонгфелло и Холмсу.

— Нетрудно догадаться, что было в ранце у Баки, когда он покидал лавку Росса, — сказал Филдс. — Мешок фальшивых денег — на всякий случай. Но как вообще его занесло к фальшивомонетчикам?

— Ежели деньги не зарабатываются, их необходимо делать, — произнес Холмс.

— Как бы то ни было, — сказал Лонгфелло, — мне представляется, что сеньор Баки унес ноги как раз в срок.

Пришла среда, наступил вечер, и Лонгфелло, следуя давнему обычаю, встречал друзей в дверях Крейги-Хауса. Войдя в дом, они получили еще одно приветствие — на этот раз от повизгивающего Трэпа. Джордж Вашингтон Грин уверил друзей, что, узнав о предстоящей встрече, почувствовал себя много бодрее, а потому весьма надеется на возобновление прежнего расписания. Он как всегда прилежно изучил назначенную песнь.

Лонгфелло объявил начало работы, и друзья расселись по местам. Хозяин роздал Дантову песнь на итальянском и соответствующие гранки английского перевода. Трэп наблюдал за процедурой с напряженным интересом. Удостоверившись, что все идет как положено и хозяин весьма доволен, пес-часовой улегся под продавленным креслом Грина. Трэп знал, что старик питает к нему особую слабость — это не раз подтверждалось хорошими кусками от ужина, а помимо того, бархатное кресло Грина располагалось ближе прочих к уютному теплу очага.

— *Там сзади дьявол с яростью во взорах.*

Покинув Центральный участок и направляясь в конке к дому, Николас Рей изо всех сил старался не задремать. Лишь теперь дал о себе знать явный недостаток ночного сна, хотя

ПЕСНЬ ВТОРАЯ

по приказу мэра Линкольна Рей оказался едва ли не прикован к своему рабочему столу несмотря на то, что имел не так уж много занятий. Куртц подобрал себе нового возничего — совсем зеленого патрульного из Уотертауна. Стоило легкой дреме все ж прорваться сквозь резкие рывки вагона, неизвестный бес тут же принялся шептать Рею в ухо:

— *I can't die as I am here*[1], — даже сквозь сон Рей понимал, что слово *here* не было частью головоломки, оставленной ему на месте кончины Элиши Тальбота. *I can't die as I'm*. Разбудили его двое мужчин, которые, держась за вагонные ремни, завели спор насчет права голоса для женщин, и тут пришло вялое решение и осмысление: привидевшаяся патрульному бесовская фигура обладала лицом самоубийцы с Центрального участка, хоть и превосходила его в три, а то и четыре раза. Вскоре звякнул колокольчик, и кондуктор прокричал:

— Гора Оберн! Гора Оберн!

Дождавшись, когда отец уйдет на заседание Дантова клуба, восемнадцатилетняя Мэйбл Лоуэлл остановилась у французского письменного стола красного дерева, пониженного в звании до бумажного склада, ибо отец предпочитал писать на старой картонке, пристроив ее на углу кресла.

В Элмвуде Мэйбл скучала — в особенности когда отец бывал не в духе. Ей не интересно было кокетничать с гарвардскими мальчишками либо сидеть в швейном кружке младшей Амелии Холмс, болтая о том, кого бы они в свой кружок приняли, а кого нет (речь не шла об иноземных девочках — эти отвергались без обсуждения): можно подумать, весь цивилизованный мир только и мечтал вступить в их клуб белошвеек. Мэйбл хотела читать книги и путешествовать по свету, дабы поглядеть на жизнь, о которой прочла перед тем в книгах — сочиненных как отцом, так и некими другими провидцами.

---

[1] Я не умру, пока я здесь... (*англ.*)

Отцовские бумаги располагались в столь привычном беспорядке, что требовали по отношению к себе особой деликатности, дабы, опрокинувшись все сразу, эти громоздкие стопки не перепутались еще более. Мэйбл находила там исписанные огрызки перьев и множество доведенных до середины стихов с раздраженными чернильными кляксами и росчерками как раз там, где ей хотелось продолжения. Отец то и дело повторял, чтобы она не вздумала сочинять стихов, ибо в большинстве те оказываются плохи, а тем, что хороши, слишком часто недостает завершенности — совсем как красивым людям.

Еще ей попался странный рисунок — карандашный набросок на линованной бумаге. Он был выполнен с неестественной тщательностью — так представлялось Мэйбл, — точно автор, заблудившись в лесу, принужден был рисовать карту, либо — это она так же навоображала — копировал иероглифы в мучительной попытке расшифровать некий смысл, а может — наставление. Когда она была еще мала, а отец отправлялся путешествовать, на полях своих писем он набрасывал небрежные фигурки — портреты распорядителей лекций либо заморских чиновников, с которыми ему доводилось ужинать. Теперь, вспомнив, как смеялась некогда над теми забавными картинками, Мэйбл сперва подумала, что на рисунке изображены человеческие ноги, утяжеленные коньками с полозьями и дополненные чем-то вроде плоской доски там, где полагалось начинаться туловищу. Не удовлетворясь трактовкой, она перевернула листок сперва набок, а затем еще раз. Зазубренные линии на ногах стали более похожи на языки пламени, нежели на коньки.

Лонгфелло читал перевод Песни Двадцать Восьмой с того места, где они прервались в прошлую сессию. Он хотел завезти Хоутону финальную корректуру всей части и тем отметить ее в списке, хранящемся в «Риверсайд-Пресс». То была физически наиболее отталкивающая часть *Inferno*. Вергилий ведет Данте по обширной части Ада, известной как

Malebolge, Злые Щели, и спускается вместе с поэтом в девятый ров. Там собраны Зачинщики Раздора — те, кто при жизни ссорил меж собой народы, религии и семьи, в Аду оказались разделены телесно: искалечены и разрублены на куски.

— «У одного зияло, — прочел Лонгфелло свою версию Дантова стиха, — от самых губ дотуда, где смердят».

Он глубоко вздохнул, прежде чем двинуться дальше.

> Копна кишок между колен свисала,
> Виднелось сердце с мерзостной мошной,
> Где съеденное переходит в кало.

До этого момента Данте был сдержан. Сия же песнь свидетельствует о его истинной приверженности Богу. Лишь глубоко веруя в бессмертную душу, можно помыслить о столь страшных муках бренного тела.

— Мерзости сих пассажей, — проговорил Филдс, — достойны пьяного барышника.

> Другой, с насквозь пронзенным кадыком,
> Без носа, отсеченного по брови,
> И одноухий, на пути своем
> Остановясь при небывалом слове,
> Всех прежде растворил гортань, извне
> Багровую от выступившей крови.

И то были люди, коих Данте знал ранее! Грешник с отрезанным носом и ухом, Пьер да Медичина из Болоньи, не причинил зла самому Данте, он лишь сеял раздор среди граждан его родной Флоренции. Описывая путешествие в загробный мир, Данте так никогда и не смог расстаться в мыслях с любимым городом. Он должен был видеть, как его герои искупают вину в Чистилище и вознаграждаются в Раю; он жаждал повстречать злодеев в нижних кругах Ада. Поэт не воображал Ад как возможность, но ощущал его реальность. Среди разрубленных на части он отыскал своего родича Алигьери: тот указывал на Данте перстом, требуя отмщения за собственную погибель.

Протирая глаза, точно силясь изгнать из них сон, из вестибюля в подвальную кухню Крейги-Хауса забрела маленькая Энни Аллегра.

Питер в тот миг заталкивал уголь из корзины в плиту.

— Мисс Энни, а не вам ли масса Лонгфелло спать велели? Энни очень старалась не закрыть глаза.

— Я хочу молока, Питер.

— Я вам сейчас принесу, мисс Энни, — певуче проговорил другой повар. Энни же загляделась, как печется хлеб. — С радостью, дорогая, с радостью.

В передней послышался негромкий стук. Энни восторженно объявила, что сама отворит — ей ужасно нравилась роль помощницы, особенно когда надо было встречать гостей. Выбравшись в прихожую, маленькая девочка толкнула тяжелую дверь.

— Ш-ш-ш! — прошептала Энни Аллегра Лонгфелло, не успев еще разглядеть миловидное лицо гостя. Тот поклонился. — Сегодня *среда*, — по секрету сообщила она, складывая ладоши вместе. — Ежели вы к папе, то надо подождать, пока он с мистером Лоуэллом и прочими. Такое тут правило, знаете. Можно побыть здесь, а то в гостиной, как пожелаете, — добавила девочка, предоставляя гостю выбор.

— Простите за вторжение, мисс Лонгфелло, — отвечал Николас Рей.

Энни Аллегра любезно кивнула, и тут же принялась карабкаться по угловатой лестнице, сражаясь с отяжелевшими веками и напрочь забыв, для чего вообще отправлялась в столь долгое путешествие.

Николас Рей остался в обширной прихожей Крейги-Хауса среди портретов Вашингтона. Достал из кармана бумажки. Он опять пришел за помощью: на сей раз он покажет им обрывки, подобранные у смертельной дыры Тальбота, — патрульный весьма надеялся, что ученые мужи увидят связь, каковую сам он разглядеть не мог. Кто-то из болтавшихся у порта иноземцев узнал портрет самоубийцы, а потому Рей еще более уверился, что бродяга также был иноземцем и шептал ему в ухо слова чужого языка. Убежденность настойчиво возвращала патрульного к мысли, что доктор Холмс и прочие знали более того, что смогли ему сказать.

Рей зашагал в гостиную, однако, не дойдя до конца прихожей, вдруг встал. В изумлении обернулся. Что его зацепило? Что за слова он услыхал только что? Прошагав обратно, Рей пододвинулся к двери кабинета.

— *Che le ferite son richiuse prima ch'altri dinanzi li rivada...*[1]

Патрульный вздрогнул. Отсчитал еще три беззвучных шага к дверям кабинета. *«Dinanzi li rivada».* Выдернув из жилетного кармана листок, он нашел на нем слово: *Deenanzee.* То самое слово, что насмехалось над Реем с того мига, когда бродяга выбросился из окна Центрального участка; то самое слово, что звучало во сне и стучало в сердце. Прислонясь к двери кабинета, Рей прижал пылающее ухо к холодному белому дереву.

— Бертран де Борн, служивший связным между отцом и сыном и подстрекавший их к войне друг с другом, подобно фонарю, держит на весу собственную отсеченную голову, каковая и разговаривает отделенным ртом с флорентийским паломником, — звучал умиротворяющий голос Лонгфелло.

— Совсем как всадник без головы у Ирвинга[2]. — Смеющийся баритон Лоуэлла невозможно было спутать ни с чьим более.

Перевернув бумагу, Рей записал услышанное.

> Я связь родства расторг пред целым светом;
> За это мозг мой отсечен навек
> От корня своего в обрубке этом:
> Как все, я *contrapasso* не избег.

Contrapasso? Мягкое носовое сопение. Храп. Рей взял себя в руки и сам постарался дышать потише. Звучала шершавая симфония скребущих по бумаге перьев.

---

[1] «Затем что раны, прежде чем мы снова к нему дойдем, успеют зарасти» (*ит.*) — Ад. Песнь XXVIII.
[2] Всадник без головы — герой новеллы Вашингтона Ирвинга «Легенда о сонной лощине».

— Лучшее воздаяние во всей поэме, — сказал Лоуэлл.
— Данте, пожалуй, согласился бы, — ответил кто-то иной.
Всё смешалось в голове у Рэя — он уже не различал голоса, да и диалоги, слившись воедино, перешли в хор.
— ...Единственное место в поэме, где Данте столь открыто привлекает внимание к самой идее *contrapasso* — слово не имеет ни точного перевода, ни удовлетворительного толкования, ибо толкует самое себя... Что ж, мой дорогой Лонгфелло, я бы назвал это обращенным страданием... ежели иметь в виду, что грешник наказан злом, каковое совершил сам, однако примененным уже к нему... взять тех же разрубленных зачинщиков раздора...

Рей пятился задом до самой двери.
— Урок окончен, джентльмены.
Захлопали книги, зашелестели бумаги, никем не замечаемый Трэп затявкал на окно.
— Своими трудами мы заслужили скромный ужин...

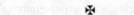

— Что за жирный фазан! — с преувеличенным пылом воскликнул Джеймс Расселл Лоуэлл, тыча пальцем в странный широкий скелет с большой плоской головой.
— Тут нет ни единой твари, чье нутро он не растащил бы на части, а после не сложил бы заново, — отвечал доктор Холмс со смехом — как померещилось Лоуэллу, несколько деланым.

Стояло раннее утро следующего после заседания Дантова клуба дня, и Лоуэлл с Холмсом находились в лаборатории профессора Луи Агассиса, в Гарвардском музее сравнительной зоологии. Хозяин их встретил, взглянул на рану Лоуэлла, после чего ушел в кабинет заканчивать некое дело.

— Судя по замечаниям, Агассис по меньшей мере заинтересовался образцами насекомых. — Лоуэлл старался напустить на себя беспечный вид. Теперь он был убежден, что в кабинете Хили его-таки укусила муха, и весьма волновался, что скажет Агассис о столь жутком результате. «Ни малейшей надежды, мой бедный Лоуэлл, какая жалость». Лоуэлл не доверял Холмсовым заверениям, что сей вид насекомых никогда не жалит. Как это: муха величиной с десятицентовую монету — и не жалит? Лоуэлл ожидал смертельного прогноза и готов был выслушать его едва ли не с облегчением. Он не сказал Холмсу, насколько за последние дни увеличилась рана, сколь часто он ощущает в ноге пульсацию и как боль час за часом пронзает все его нервы. Он не выдаст Холмсу своей слабости.

— Вам нравится, Лоуэлл? — Луи Агассис держал образцы насекомых в мясистых ладонях, кои вечно пахли маслом, рыбой и спиртом, сколь бы старательно он их ни отмывал. Лоуэлл успел позабыть, что стоит перед скелетом чудища, подобного гиперболической курице.

Агассис гордо произнес:

— Пока я путешествовал, консул Маврикия подарил мне два скелета птицы додо! Это ли не сокровище?

— Они были недурны на вкус, как вы думаете, Агассис? — спросил Холмс.

— О да. Какая жалость, что нам не дано полакомиться додо в Субботнем клубе! Величайшее людское благословение — добрый ужин. Какая жалость. Ну что ж, мы готовы?

Лоуэлл и Холмс последовали вслед за ним к столу и сели в кресла. Агассис бережно вынул насекомых из бутылочки со спиртовым раствором.

— Первым делом скажите мне вот что. Где вы отыскали этих маленьких зверьков, доктор Холмс?

— В действительности их нашел Лоуэлл, — осторожно ответил Холмс. — Неподалеку от Бикон-Хилл.

— Бикон-Хилл, — эхом отозвался Агассис, и слово, произнесенное с сильным немецко-швейцарским акцентом, прозвучало совершенно по-иному. — Скажите мне, доктор Холмс, что вы сами об этом думаете?

Холмс не одобрял манеру задавать вопросы, ответы на которые будут заведомо неверны.

— Не совсем моя область. Но ведь это мясные мухи, разве не так, Агассис?

— Да-да. Род? — спросил Агассис.
— *Cochliomyia,* — отвечал Холмс.
— Вид?
— *Mascellaria.*
— Ах-ха! — Агассис рассмеялся. — Весьма подобны им, ежели верить книгам, не правда ли, дорогой Холмс?

— Так значит они — не... то? — спросил Лоуэлл. Кровь отлила от его лица. Ежели Холмс ошибся, значит, мухи могут быть отнюдь не безобидны.

— Два вида мух почти идентичны физически, — сказал Агассис и глубоко вздохнул, точно отметая возражения. — Почти. — Он подошел к книжным полкам. Крупные черты лица и дородное тело более подошли бы удачливому политику, нежели биологу и ботанику. Новый музей сравнительной зоологии стал вершиной его карьеры — наконец-то он получит необходимые образцы и завершит классификацию мириад безымянных видов животных и растений. — Позвольте вам кое-что показать. В Северной Америке нам известны поименно примерно две с половиной тысячи видов мух. Притом, согласно моим предположениям, летучих видов среди нас обитает не менее десяти тысяч.

Он разложил по столу диаграммы. То были небрежные рисунки человеческих лиц, однако вместо носов — нелепые провалы, закрашенные черным.

Агассис объяснил:
— Несколько лет назад хирург французского императорского флота доктор Кокерель был направлен в колонию на остров Дьявола, что во Французской Гвиане, Южная Америка, чуть севернее Бразилии. Пятеро колонистов оказались в госпитале со схожими, но неопознаваемыми симптомами. Вскоре по прибытии доктора Кокереля один умер. Когда доктор промыл на мертвеце телесные пазухи, там обнаружилось более трехсот личинок мясных мух.

Холмс перестал что-либо понимать.
— Личинки в человеке — в *живом* человеке?
— Не перебивайте, Холмс! — выкрикнул Лоуэлл.

Тяжелым молчанием Агассис ответил на вопрос Холмса утвердительно.

— Но ведь *Cocliomyia macellaria* усваивают лишь мертвые ткани, — запротестовал Холмс. — Личинки вовсе не способны паразитировать.

— Вспомните восемь тысяч неописанных видов мух, каковых я только что упоминал, Холмс! — упрекнул его Агассис. — То была не *Cocliomyia macellaria*. Совершенно иной вид, друзья мои. Один из тех, что нам никогда не доводилось встречать прежде, либо мы предпочитали не верить в их существование. Самка этого вида отложила яйца в ноздри больного, из яиц вылупились личинки и принялись вгрызаться прямо ему в голову. От инвазии на острове Дьявола умерли еще двое. Двух оставшихся доктор спас, вырезав червей из носа. Личинки *macellaria* обитают в мертвых тканях и потому предпочитают трупы. Однако личинки *этого* вида, Холмс, выживают исключительно в живых.

Агассис дождался, пока сказанное как-то отразится на лицах гостей. Затем продолжил:

— Мушиная самка спаривается лишь однажды, но всякие три дня откладывает великое множество яиц — итого десять либо одиннадцать раз за весь жизненный цикл длиною в месяц. За один присест одна муха способна оставить до четырехсот яиц. Для гнезд они ищут теплые раны животных и людей. Яйца превращаются в личинок, заползают в ткань, а после прорываются сквозь тело наружу. Чем более плоть кишит червями, тем она привлекательнее для взрослых мух. Личинки кормятся живыми тканями, пока не выпадают из тела и спустя несколько дней не становятся мухами. Мой друг Кокерель назвал сей вид *Cochliomyia hominivorax*.

— *Homini... vorax,* — повторил Лоуэлл. Не сводя глаз с Холмса, он перевел осипшим голосом. — Людоеды.

— Именно, — согласился Агассис с несколько натянутым энтузиазмом ученого, вынужденного объявлять об ужасном открытии. — Кокерель отправил статьи в научные журналы, однако ему мало кто поверил.

— Но вы поверили? — спросил Холмс.

— Более чем, — сурово подтвердил Агассис. — Как только Кокерель переслал мне этот рисунок, я сел изучать истории болезней и прочие записи за тридцать последних лет, надеясь отыскать описания подобных случаев — их могли сделать те, кто не знал подробностей сей истории. Исидор Сент-Илер упоминал личинок, найденных под кожей младенца. Доктор Ливингстон, согласно Кобболду, обнаружил несколько личинок *diptera* в плече раненого негра. В Бразилии, как я выяснил в путешествии, этих мух называют *Warega,* они паразитируют как на людях, так и на животных. А во время Мексиканской войны, согласно записям, имели место случаи, когда так называемые «мясные мухи» откладывали яйца в ранах солдат, оставленных до утра на поле боя. В некоторых ситуациях личинки не причиняли вреда, питаясь исключительно мертвыми тканями. То были обычные мясные мухи, обычные личинки *macellaria,* столь хорошо вам знакомые, доктор Холмс. Но случалось, тело раненого покрывалось опухолями, и тогда уже остатков солдатской жизни спасти не удавалось. Черви проедали несчастных изнутри. Понимаете? То были *hominivorax*. Этим мухам надобно молиться на беспомощных людей и животных — для мушиного потомства это единственный способ существования. Их жизнь требует инъекций иной жизни. Исследования лишь в самом начале, друзья мои, но они весьма захватывающи. Почему я и привез из Бразилии свои первые образцы *hominivorax*. При беглом взгляде два вида мясных мух неотличимы. Необходимо присмотреться к оттенкам, провести измерения весьма чувствительными инструментами. Именно так я распознал вчера принесенные вами образцы.

Агассис подтащил другой табурет.

— Что ж, Лоуэлл, давайте еще разок поглядим на вашу многострадальную ногу.

Лоуэлл хотел было что-то сказать, но у него чересчур дрожали губы.

— Да не волнуйтесь вы так, Лоуэлл! — Агассис разразился смехом. — Стало быть, вы ощутили у себя на ноге эту маленькую мушку, а после смахнули?

— Я ее убил! — напомнил Лоуэлл.

Агассис достал из ящика скальпель.

— Хорошо. Доктор Холмс, будьте добры, введите скальпель в центр раны и достаньте оттуда эту штучку.

— Вы уверены, Агассис? — нервно спросил Лоуэлл.

Холмс сглотнул и опустился на колени. Расположил скальпель над лодыжкой Лоуэлла и заглянул другу в лицо. Отвесив челюсть, тот глядел прямо перед собой.

— Вы почти ничего не почувствуете, Джейми, — тихо пообещал Холмс, дабы это увещевание осталось меж ними. Стоявший в нескольких дюймах Агассис любезно притворился, будто не слышит.

Лоуэлл кивнул и уцепился за спинку стула. Холмс сделал все, как велел Агассис, — ввел острие скальпеля в центр припухлости на Лоуэлловой лодыжке. Когда доктор вытащил его опять, на лезвии извивалась твердая белая личинка не более четырех миллиметров длиной — живая.

— Ага, вот и она! Прекрасная hominivorax! — победно засмеялся Агассис. Он осмотрел рану Лоуэлла, нет ли там других экземпляров, после чего забинтовал лодыжку. Любовно взял личинку в ладонь. — Видите, Лоуэлл, ваша бедная маленькая мушка имела в своем распоряжении лишь несколько секунд, пока вы ее не убили, а потому успела отложить всего одно яйцо. Рана неглубока, заживет полностью, и все будет в порядке. Но обратите внимание, как разрослась ссадина у вас на ноге от одной-единственной ползающей внутри личинки; хорошо бы вы себя чувствовали, когда бы она прорвалась сквозь ткани. Теперь вообразите, что личинок сотни. Сотни тысяч — и всякую минуту они распространяются у вас по телу.

Лоуэлл улыбался так широко, что концы усов устремлялись в разные стороны.

— Вы слышите, Холмс? Все будет хорошо! — Он засмеялся и кинулся обнимать Агассиса, затем Холмса. Потом до него стало доходить, что все это значит — для Артемуса Хили, для Дантова клуба.

Агассис также сделался серьезен и вытер полотенцем руки.

— Еще одно, дорогие друзья. В действительности — самое странное. Эти маленькие твари — они здесь не водятся, ни в Новой Англии, ни вообще поблизости. Они уроженцы нашего полушария — это представляется очевидным. Однако требуют жаркого болотистого климата. В Бразилии я видал их целые рои, однако в Бостоне сие немыслимо. Никто и никогда не наблюдал их здесь, никто не описывал — ни под истинным именем, ни под каким иным. Как они сюда попали, желал бы я знать. Возможно, случайно, с табунами скота, либо... — Что-то в ситуации показалось ему забавным. — Не так уж это важно. Нам несказанно повезло оттого, что сим красавицам не выжить в северном климате — им не по нраву ни погода, ни среда. *Waregas* — не самые приятные соседи. Те, что как-то сюда добрались, наверняка уже передохли от холода.

В соответствии с тем, как видоизменяется испуг, Лоуэлл уже совершенно забыл о своей недавней участи: пережитое испытание заставляло его радоваться, что он остался цел и невредим. Но когда вместе с Холмсом они молча шагали прочь от музея, Лоуэлл мог думать лишь об одном.

Холмс заговорил первым.

— Что за глупость — верить газетам и заключениям Барникота. Хили умер не от удара в голову! Насекомые были вовсе не *tableau vivant*[1] в Дантовом стиле, отнюдь не декорацией, призванной заставить нас распознать Дантово воздаяние. Их выпустили ради вызываемой ими боли, — с горячностью добавил Холмс. — Мухи не резьба на рукояти, они — само оружие!

— Наш Люцифер пожелал, чтоб жертвы не просто умерли, но страдали подобно душам в *«Inferno»*. Состояние между жизнью и смертью, одновременно содержащее в себе и то, и другое, но также исключающее и то, и другое. — Обернувшись к Холмсу, Лоуэлл взял его за руку.

---

[1] Живая картина (*фр.*).

— Взываю к вашим собственным страданиям. Уэнделл, эта тварь проела меня насквозь. Она была во мне. Она едва закусила малым кусочком моих тканей, однако я чувствовал, как она ползет сквозь кровь и проникает в душу. Служанка говорила правду.

— Видит бог, это так, — Холмс ужаснулся. — Так значит, Хили... — Ни Холмс, ни Лоуэлл не могли говорить о страданиях, коим, теперь они это знали, был подвергнут верховный судья. Он намеревался покинуть загородный дом субботним утром, тело обнаружили во вторник. Четыре дня Хили жил, предоставленный заботам десятков тысяч *hominivorax,* они пожирали его внутренности... мозг... дюйм за дюймом, час за часом.

Холмс заглянул во взятую у Агассиса стеклянную банку с образцами насекомых.

— Лоуэлл, я должен кое-что сказать. Но я не хотел бы с вами ссориться.

— Пьетро Баки.

Холмс осторожно кивнул.

— Это не вяжется с тем, что мы о нем знаем, правда? — уточнил Лоуэлл. — Это разносит в прах наши теории!

— Подумайте сами: Баки озлоблен, у Баки ужасный характер, Баки пьяница. Но столь методичная, продуманная жестокость! По-вашему, она ему свойственна? Честно? Баки мог устроить представление, дабы показать, сколь ошибочен был его приезд в Америку. Но воспроизвести Дантовы возмездия столь скрупулезно и полно? Наши ошибки разбухают, Лоуэлл, будто саламандры после дождя. А из-под всякого перевернутого листа ползут новые. — Холмс неистово размахивал руками.

— Куда вы? — До Крейги-Хауса было рукой подать, однако доктор повернул в другую сторону.

— Там впереди пустая коляска. Погляжу еще разок в микроскоп на сии образцы. Напрасно Агассис убил личинку — природа с большей охотой говорит правду, когда имеешь дело с живыми, нежели с мертвыми. Я не верю его заключению, что все насекомые передохли. Твари еще расскажут нам об убийствах. Агассис не желает прислушиваться к теории Дарвина, и это сужает его взгляд.

— Уэнделл, но сие же — его вотчина.

Однако Холмс отмел Лоуэллово недоверие:

— Великие ученые не раз становились преградой на пути науки, Лоуэлл. Революции не делаются в очках, и первый шепот новой правды вряд ли услышит тот, кому необходима слуховая трубка. Месяц назад я читал книгу о Сэндвичевых островах[1]; путешественники забрали с собой фиджийца — тот, однако, молил доставить его домой, дабы, согласно обычаю, его сын мог спокойно выбить ему из головы мозги. Не твердил ли после смерти Данте его сын Пьетро, что поэт вовсе не утверждал, будто и в самом деле побывал в Раю и в Аду? Наши сыновья с регулярностью вышибают мозги из отцовских голов.

А из иных отцовских уж точно, сказал про себя Лоуэлл, имея в виду Оливера Уэнделла Холмса-младшего, пока Холмс-старший забирался в кэб.

Лоуэлл поспешно направился в Крейги-Хаус, жалея, что нет лошади. Но, переходя улицу, он вдруг увидал нечто, вынудившее его бдительно застыть на месте.

То был высокий человек с помятым лицом, в котелке и клетчатой жилетке — тот самый, что внимательно наблюдал за поэтом, прислонясь к вязу в Гарвардском дворе, а после в университетском городке шел навстречу Баки: сей незнакомец возвышался теперь над рыночной толпой. Возможно, этого не достало бы, чтоб привлечь внимание Лоуэлла, в особенности после открытий Агассиса, но человек говорил с Эдвардом Шелдоном, студентом Лоуэлла. Точнее, Шелдон говорил с ним, и не столько говорил, сколько орал на незнакомца, будто принуждая непокорного слугу выполнить нежеланную для того работу.

Вскоре Шелдон ушел, раздраженно пыхтя и плотно запахнув свой черный плащ. Лоуэлл не сразу придумал, за кем ему отправиться следом. За Шелдоном? Но того легко найти в колледже. Он решил заняться незнакомцем, каковой сейчас то

---

[1] Старинное название Гавайских островов.

огибал, то проталкивался сквозь людские скопления и движущиеся экипажи.

Лоуэлл побежал через рыночные ряды. Торговец сунул ему в лицо омара. Лоуэлл отбился. Девушка опустила ему в карман пальто бумажку.

— Объявление, сэр?
— Не сейчас! — крикнул ей Лоуэлл. В следующую секунду он узрел своего фантома на другой стороне дороги. Тот втиснулся в битком набитую конку и теперь ждал от кондуктора сдачи.

Лоуэлл рванулся к задней подножке как раз в тот миг, когда кондуктор звякнул колокольчиком и вагон покатил по рельсам к мосту. Пробежавшись по ходу конки, Лоуэлл без труда заскочил бы в вагон. Однако стоило ему покрепче ухватиться за перила площадки, как обернулся кондуктор.

— Лини Миллер?
— Сэр, мое имя Лоуэлл. Мне необходимо поговорить с вашим пассажиром.

Лошади пошли быстрее, а Лоуэлл поставил ногу на ступеньку.

— Лини Миллер? Опять ты за свои шутки? — Вытянув трость, кондуктор принялся стучать ею по Лоуэлловой перчатке. — Ты не станешь более позорить нашу конку, Лини! Я не позволю!

— Да нет же! Сэр, я не Лини! — Палка кондуктора вынудила Лоуэлла разжать руку. Ноги опять соскользнули на рельсы.

Перекрикивая стук копыт и звон колокольчика, Лоуэлл доказывал разгневанному кондуктору свою невиновность. Затем до него дошло, что колокольчик звенит позади, а значит, его догоняет другая конка. Он обернулся, замедлил шаг, и передний экипаж умчался вдаль. Задние лошади наступали на пятки, и Лоуэллу не оставалось ничего иного, кроме как соскочить с рельсов.

А тем временем в Крейги-Хаусе Лонгфелло вводил в парадную гостиную некоего Роберта Тодда Линкольна — сына покойного президента и Дантова студента Лоуэлла 1864 года выпуска. Лоуэлл пообещал встретиться с ним в доме Лонгфелло после того, как уйдет от Агассиса, однако опаздывал, а потому хозяин сам начал расспрашивать Линкольна.

— Ой, папочка! — Это прискакала Энни Аллегра — А мы уже почти доделали последний номер «Секрета»! Хочешь посмотреть?

— Конечно, милая, только, боюсь, я сейчас занят.

— Ну что вы, мистер Лонгфелло, — воскликнул молодой человек. — Я никуда не тороплюсь.

Лонгфелло взял рукописный журнал, который периодически «выпускали» три его девочки.

— Ого, кажется, этот получается лучше всех. Отлично, Лютик. Сегодня же вечером прочту от начала до конца. Эту полосу ты составляла?

— Ага! — подтвердила Энни Аллегра. — Вот моя колонка, и вот еще. И загадка. Отгадаешь?

— Озеро в Америке величиной с три штата. — Лонгфелло улыбнулся и пробежал глазами всю страницу. Там был ребус и основная статья «Мой наполненный вчерашний день (от завтрака до ночи)» за подписью Э. А. Лонгфелло.

— Замечательно, моя радость. — Будто в чем-то усомнившись, Лонгфелло задержался над последними строками. — Лютик, тут написано, что вчера перед сном ты впустила в дом посыльного.

— Ну да. Я пошла вниз за молоком, кажется. Неужто он не сказал, что я хорошая хозяйка, папа?

— Когда это было, Лютик?

— Пока вы заседали со своим клубом, когда ж еще? Ты же сказал, что ежели вы не закончили, тебя не беспокоить.

— Энни Аллегра! — позвала с нижней площадки Эдит. — Элис нужно проверить оглавление. А ну неси журнал сюда!

— Всегда она редактор, — пожаловалась Энни Аллегра, отбирая у Лонгфелло журнал. Отец проследил глазами, как она шла по коридору, и окликнул, когда девочка уже приближалась к издательству «Секрет» — спальне старшего брата. — Лютик, дорогая, так что там был за посыльный?

— Что, папа? Я никогда его раньше не видала.

— Вспомни, пожалуйста, как он выглядел. Может, это стоит добавить в «Секрет»? Почему бы не взять у него интервью, пусть расскажет что-нибудь интересное.

— Ой, как здорово! Высокий негр, такой симпатичный, в широком пальто. Я сказала, чтобы он тебя подождал — точно. Неужто не дождался? Наверное, заскучал стоять просто так, вот и ушел домой. Папа, а ты знаешь, как его зовут?

Лонгфелло кивнул.

— Так скажи! А я возьму у него интервью.

— Патрульный Николас Рей из Бостонской полиции.

В дверь ворвался Лоуэлл.

— Лонгфелло, мне столько нужно вам рассказать... — Он застыл, увидав мрачную завесу на лице соседа. — Лонгфелло, что стряслось?

✠

Патрульный Рей, мелькавший в тот день во многих приемных, остановился поглазеть на растопыренные, точно перчатки, ветви вяза, что раскинул свою тень по всему Двору. В Холл стекалось убеленное сединами общество, одинаковые черные фраки по колено и цилиндры напоминали монастырские одеяния.

Рей шагнул в зал Корпорации, откуда и выходили эти люди. Он представился Президенту — преподобному Томасу Хиллу, — прервав его беседу с весьма неспешным членом управления Колледжа. Услыхав, что Рей из полиции, этот второй застыл на месте.

— Соотносится ли ваш визит с кем-либо из наших студентов, сэр? — Доктор Маннинг оборвал свой разговор с Хиллом. Он развернул к офицеру-мулату беломраморную бороду.

— У меня вопросы к Президенту Хиллу. В действительности они касаются профессора Джеймса Расселла Лоуэлла.

Маннинг выпучил желтые глаза и настоял на своем присутствии. Затворив двойные двери, он уселся у круглого стола красного дерева рядом с президентом Хиллом и напротив полицейского. Рей сразу отметил, с какой неохотой президент уступил этому человеку право вести беседу.

— Президент Хилл, меня интересует, сколь много вам известно о начинании, над которым работает сейчас мистер Лоуэлл, — начал Рей.

— Мистер Лоуэлл? Один из лучших поэтов и сатириков Новой Англии, разумеется, — отвечал Хилл с легким смешком. — «Записки Биглоу», «Видение сэра Лонфэла», «Басня для критиков» — моя любимая, должен признаться. Не считая его обязательств перед «Норт-Американ Ревью». Вы знаете, что он был первым редактором «Атлантик»? Как видите, наш трубадур вовлечен во множество начинаний.

Достав из жилетного кармана обрывок блокнотного листа, Николас Рей принялся крутить его меж пальцев.

— Я относил мой вопрос к поэме, каковую, как мне представляется, он помогает перевести с иноземного языка.

Сцепив вместе кривые пальцы, Маннинг уставился на бумажную папку в руке у патрульного.

— Мой дорогой офицер, — произнес он. — Нет ли относительно этого начинания каких-либо осложнений? — Судя по вниманию, он желал утвердительного ответа.

Dinanzi. Рей изучал лицо Маннинга: тугие углы губ ученого мужа будто чуть подергивались отвращением.

Маннинг провел рукой по гладкой лысине. *Dinanzi a te*.

— Что я хочу сказать... — Маннинг сменил тактику, теперь он несколько успокоился. — Нет каких-либо осложнений? Возможно, жалоб?

Президент Хилл сидел, защемив пальцами подбородок, и более всего жалел о том, что Маннинг не убрался в срок совместно с собратьями по Корпорации.

— Я подумал, не позвать ли нам профессора Лоуэлла и не обсудить ли совместно с ним.

> Dinanzi a me non four cose create
> Se non etterne, e io etterno duro.

Что это? Если Лонгфелло и его поэты распознали слова, то почему они прячут их от Рея?

ПЕСНЬ ВТОРАЯ

— Чепуха, преподобный президент, — оборвал Маннинг. — Нет нужды беспокоить профессора Лоуэлла из-за всяких пустяков. Офицер, я настаиваю: ежели имеются осложнения, вам необходимо без обиняков указать нам на них, и мы разрешим их с приличествующей быстротой и прозорливостью. Поймите, патрульный, — Маннинг со всем радушием подался вперед, — профессор Лоуэлл и некоторые его литературные коллеги намерены привнести в наш город сочинение совершенно неприемлемого для него сорта. Сие учение лишит покоя миллионы невинных душ. Как член Корпорации, я полагаю своим долгом защитить доброе имя университета и не допустить появления на нем подобных пятен. Девиз Колледжа — *«Christo et ecclesiae»*[1], сэр, и мы обязаны быть достойны христианского духа сего идеала.

— Хотя ранее девиз был *«Veritas»*, — тихо добавил президент. — Истина.

Маннинг стрельнул в него острым взглядом.

Поколебавшись еще миг, патрульный Рей отправил бумагу обратно в карман.

— Меня весьма интересует поэзия, каковую переводит мистер Лоуэлл. Он счел, будто вы, джентльмены, подскажете мне лучшее место для знакомства с нею.

Щеки доктора Маннинга покрылись красными полосами.

— Не хотите ли вы сказать, что ваш визит имеет чисто литературные основания? — с отвращением спросил он. Рей ничего не ответил, и Маннинг уверил его, что Лоуэлл посмеялся над ним — а заодно и над Колледжем — просто из досужего интереса. Если Рей желает изучать дьявольскую поэзию, то пускай к дьяволу и убирается.

Рей шел через Гарвардский Двор, где среди старых кирпичных корпусов свистели холодные ветра. Устремления его были туманны и путаны. Но тут ударили в пожарный колокол — он звонил и звонил, точно со всех углов вселенной. И Рей побежал.

---

[1] Христос и церковь (*лат.*).

XI

Оливер Уэнделл Холмс, поэт и доктор, направил стоявшую у микроскопа свечу на предметные стекла с насекомыми.

Затем он согнулся и, расположив стекло поточнее, вгляделся сквозь увеличительные линзы в мясную муху. Насекомое изгибалось и подпрыгивало, точно его переполнял гнев на соглядатая.

Нет. Дело не в мухе.

Тряслось само предметное стекло. По улице прогромыхали конские копыта и, точно оборвавшись, встали. Поспешив к окну, Холмс резко отдернул шторы. Из коридора явилась Амелия. С пугающей серьезностью доктор приказал ей стоять на месте, но она все ж прошла за ним до входных дверей. Дородная фигура в темно-синем полицейском мундире, загораживая половину неба, изо всех сил удерживала на месте запряженных в повозку серых в яблоко неспокойных кобыл.

— Доктор Холмс? — уточнил с облучка полицейский. — Вам следует поехать со мной немедля.

Амелия шагнула вперед.

— Уэнделл? В чем дело?

Холмс уже дышал с присвистом.

— Амелия, пошли в Крейги-Хаус записку. Скажи им: произошло нечто странное, пускай ждут меня через час на Углу. Прости, что так вышло, ничего не могу поделать.

Прежде чем она успела возразить, Холмс забрался в полицейскую коляску, и лошади сорвались в бешеный галоп, под-

ПЕСНЬ ВТОРАЯ

няв смерч пыли и гнилых листьев. На третьем этаже сквозь занавески гостиной вниз глядел Оливер Уэнделл Холмс-младший — недоумевая, в какую новую чепуху впутался его отец.

Серый холод завладел воздухом. Небо разверзлось. Опять галопом примчалась другая карета и встала на том самом месте, с которого только что убралась первая. То был брогам Филдса. Резко распахнув дверцу, Джеймс Рассел Лоуэлл выплеснул на миссис Холмс требование незамедлительно отыскать доктора. Миссис Холмс подалась вперед ровно настолько, чтоб разглядеть в глубине кареты профили Генри Уодсворта Лонгфелло и Дж. Т. Филдса.

— Правду сказать, мистер Лоуэлл, я не знаю, куда он уехал. Его увезла *полиция*. Он велел мне послать записку в Крейги-Хаус, чтоб вы ждали его на Углу. Джеймс Лоуэлл, я желаю знать, в чем дело!

Лоуэлл беспомощно выглянул из брогама. На углу Чарльз-стрит двое мальчишек раздавали газетные листки, выкрикивая:

— Розыск! Розыск! Возьмите листок. Сэр. Мэм.

Лоуэлл сунул руку в карман пальто — пустой ужас иссушил ему горло. Пальцы нащупали скомканную бумажку, что впихнули ему на рыночной площади Кембриджа, пока он разглядывал Эдварда Шелдона и того фантома. Лоуэлл расправил листок рукавом.

— О господи. — Рот у него задрожал.

✠

— После убийства преподобного Тальбота мы расставили по всему городу патрульных и охрану. Но никто ничего не видал! — прокричал с облучка сержант Стоунвезер, едва пара серых в яблоко лошадей, подрагивая мускулами, умчалась прочь от Чарльз-стрит. Каждые две минуты сержант доставал трещотку и принимался ее раскручивать.

Под хруст колес по гравию и цокот крепкой рыси мысли Холмса плыли против течения. Из слов возничего было ясно лишь одно — точнее, только это и смог додумать до конца перепуганный пассажир: патрульный Рей приказал сержанту немедля отыскать Холмса. У гавани коляска резко встала. Полицейская лодка повезла Холмса к сонному островку, где располагалась крепость, сложенная из гранитных глыб, что добывали в каменоломнях Куинси; она была без окон и совсем заброшенная, внутри хозяйничали крысы, а снаружи тянулись пустые бастионы, в которых возле поникших звездно-полосатых флагов валялись снятые с колес пушки. Люди прибыли в Форт Уоррен — впереди офицер, следом доктор, мимо ряда белых, точно привидения, полицейских, что уже заняли места на этой сцене, сквозь лабиринт комнат, вниз, в холодный и черный, как деготь, каменный тоннель, затем, наконец, — в давно разграбленную складскую камеру.

Маленький доктор споткнулся и едва не упал. Мысли его неслись сквозь время. Учась в Париже в *École de Médecine*[1], юный Холмс раз или два наблюдал *combats des animaux* — варварские драки бульдогов, которых спускали затем на волков, медведей, диких кабанов, буйволов и привязанных к столбам ослов. Даже во времена своей дерзкой молодости Холмс понимал: сколько бы ни сочинял он стихов, ему никогда не избавить свою душу от оков кальвинизма. Всегда оставался соблазн поверить, что этот мир — не более чем ловушка для людского греха. Однако грех, как понимал его Холмс, есть всего только невозможность для несовершенного существа соблюсти совершенный закон. Холмсовы предки величайшей загадкой жизни почитали грех, сам же доктор — страдание. Никогда прежде он не ожидал найти его столь много. Доктор смотрел перед собой, и оцепенелый ум терзали черная память, нечеловеческий хохот и веселье.

Из центра комнаты, с крюка для мешков с солью либо каких иных сыпучих запасов, на него глядело лицо. Вернее, нечто, бывшее когда-то лицом. Нос аккуратно отрезан по всей длине меж лбом и усатой верхней губой, кожа от этого завернулась по краям. Сбоку, точно вялый лист, болталось ухо — достаточ-

---

[1] Медицинская школа (*фр.*).

но низко, чтобы тереться о жестко изогнутое плечо. Обе щеки разрублены, челюсть висела, и открытый рот будто в любой миг был готов заговорить — однако вместо слов из горла текла черная кровь. Прямая кровавая линия тянулась от тяжелого изломанного подбородка к репродуктивному органу, и сам этот орган, последний чудовищный признак пола, был ужасающим образом рассечен пополам, непостижимо даже для доктора. Мускулы, нервы и кровеносные сосуды являли себя в неизменной анатомической гармонии и нелепом беспорядке. Беспомощно свисавшие по бокам руки заканчивались темной мякотью, обмотанной набухшими жгутами. Кистей не было.

Прошла секунда, прежде чем доктор понял, что видел ранее это уничтоженное лицо, и еще одна — до того, как он узнал изувеченную жертву: по отчетливой ямочке, упрямо державшейся на подбородке. *О, нет.* Меж двух секунд узнавания Холмса не существовало.

Он шагнул назад, и башмак скользнул по блевотине, оставленной тем, кто первым увидел эту сцену, — бродягой, искавшим пристанище. Изогнувшись, Холмс рухнул в кресло, поставленное будто специально, чтобы наблюдать из него всю картину. Он не мог совладать с хриплым дыханием и не замечал сбоку от своей ноги аккуратно сложенную жилетку вызывающе яркого цвета, под нею — модных белых брюк, а также разбросанных по всему полу клочков бумаги.

Он услыхал свое имя. Рядом стоял патрульный Рей. Точно сам воздух сотрясался в этой комнате, стремясь перевернуть все вверх ногами.

Холмс, качаясь, поднялся и сквозь дурноту кивнул Рею.

Детектив-сыщик, широкоплечий, с густой бородой, шагнув поближе, принялся кричать, что патрульному здесь не место. Вмешался шеф Куртц и оттащил детектива в сторону.

Из-за дурноты и проклятого дыхания доктор застыл гораздо ближе к перекрученной туше, чем ему хотелось бы, но, не успев подумать о том, что надо бы отойти, вдруг ощутил, как о его руку потерлось нечто влажное. Похоже на ладонь, но в действительности то была кровавая перетянутая жгутом культя. Сам Холмс не сдвинулся ни на дюйм — он был в том уверен. Потрясение оказалось чересчур сильным, чтоб хотя бы пошевелиться. Все происходило будто в ночном кошмаре, когда можно лишь молиться о том, чтобы сон оказался сном.

— Боже, помоги нам, он жив! — взвизгнул детектив, рванулся прочь, и голос захлебнулся в плотной массе поднявшейся из желудка жидкости. Шеф Куртц тоже крикнул и куда-то пропал.

Поворачиваясь, Холмс смотрел в пустые выпученные глаза Финеаса Дженнисона, на его изувеченное обнаженное тело, а еще на то, как трепещут и дергаются конечности. То был всего миг, воистину — десятая часть от сотой доли секунды, тело тут же застыло, чтоб никогда более не шевельнуться, — и все же Холмс ни разу не усомнился в том, чему был свидетелем. Доктор замер, маленький рот пересох и дернулся в судороге, глаза непроизвольно моргали, наполняясь нежеланной влагой, а пальцы отчаянно гнулись. Доктор Оливер Уэнделл Холмс понимал, что последнее шевеление Финеаса Дженнисона вовсе не было сознательным движением живого существа, добровольным жестом осознающего себя человека. Всего лишь замедленные бездумные конвульсии непостижимой смерти. Но от понимания легче не делалось.

Касание смерти заморозило кровь, и Холмс насилу осознавал, как его везли обратно — по водам гавани, а после в полицейской коляске, именуемой «Черная Мария»; рядом лежало тело Дженнисона, направлялись они в медицинский колледж, и по пути доктору объяснили, что эксперт-медик Барникот в борьбе за повышение жалованья слег в постель с тяжелой пневмонией, профессора же Хэйвуда никак невозможно сейчас сыскать. Холмс кивал, точно и вправду слушал. Студент Хэйвуда вызвался помочь доктору на вскрытии. Холмс едва отметил в голове этот торопливый обмен словами; в темном верхнем кабинете медицинского колледжа он почти не ощущал своих рук, когда те соединялись со столь невозможно иссеченным телом.

— Я *contrapasso* не избег.

ПЕСНЬ ВТОРАЯ

В голове щелкнуло, точно он услыхал голос зовущего на помощь ребенка. Рейнольдс, студент-помощник, обернулся, Рей и Куртц поворотились также, а еще — двое других офицеров, вошедших в комнату незаметно для Холмса. Доктор вновь поглядел на Финеаса Дженнисона — рот трупа был раскрыт из-за разрезанной челюсти.

— Доктор Холмс? — окликнул его студент-помощник. — Вам дурно?

Просто всплеск воображения — голос, который он только что услыхал, шепот, приказ. Но руки у Холмса тряслись так, что он вряд ли смог бы разрезать даже индюшку; пришлось извиниться и предоставить помощнику Хэйвуда завершение операции. Холмс брел по переулку к Гроув-стрит, по каплям, по струйкам собирая дыхание. Кто-то приблизился сзади. Патрульный Рей утянул доктора обратно в переулок.

— Прошу вас, я не могу сейчас говорить. — Холмс не поднимал глаз.

— Кто изрубил Финеаса Дженнисона?

— Откуда мне знать? — вскричал Холмс. Он шатался, пьяный от застрявшего в голове искалеченного видения.

— Переведите, доктор Холмс, пожалуйста, — взмолился Рей, вкладывая Холмсу в руку листок из блокнота.

— Прошу вас, патрульный. Мы ведь уже... — Он теребил бумагу, рука неистово тряслась.

— «Я связь родства расторг пред целым светом, — продекламировал Рей услышанное накануне вечером. — За это мозг мой отсечен навек. Как все, я *contrapasso* не избег». Мы только что видели, правда? Как переводится *contrapasso*, доктор Холмс? Обращенное страдание?

— Это не совсем... как вы... — Вытянув шелковый шарф, Холмс пытался дышать сквозь ткань. — Я ничего не знаю.

Рей продолжал:

— Вы прочли о том убийстве в поэме. Вы знали о нем до того, как случилось, и ничем не помешали.

— Нет! Мы делали, что могли. У нас ничего не вышло. Прошу вас, патрульный Рей, я не могу...

289

— Вы знаете этого человека? — Рей достал из кармана газету с портретом Грифоне Лонцы и протянул ее доктору. — Выпрыгнул из окна в полицейском участке.

— Прошу вас! — Холмс задыхался. — Довольно! Уходите!

— Эй! — По переулку, смакуя дешевые сигары, прогуливались трое студентов медицинского колледжа; они принадлежали к той простоватой породе, каковую Холмс именовал своими юными варварами. — Эй, чернушка! А ну отзынь от доктора Холмса!

Холмс хотел им что-то сказать, но из забитой глотки не вылетало ни звука.

Прыткий варвар двинулся на Рея, нацелив кулак в офицерский живот. Рей ухватил мальчишку за вторую руку и как можно мягче отбросил в сторону. Двое других налетели на патрульного, но в тот миг Холмс обрел голос.

— Нет! Нет! Мальчики! А ну прекратить! Пошли вон! Это друг! Брысь отсюда!

Они покорно убрались прочь. Холмс помог Рею подняться. Нужно было как-то загладить вину. Он взял газету и развернул ее на странице с рисунком.

— Грифоне Лонца, — признал Холмс.

У Рэя вспыхнули глаза — он был рад и признателен.

— Переведите записку, доктор Холмс, прошу вас. Лонца сказал эти слова перед смертью. Что они значат?

— Итальянский язык. Тосканский диалект. Нужно отметить, некоторые слова вы пропустили, но для человека, незнакомого с языками, транскрипция замечательно точная. *Deenan see am...* «*Dinanzi a me... Dinanzi a me non four cose create se non etterne, e io etterno duro*»: ранее меня — ничего созданного, ежели оно не вечно, и вечен пребуду я. «*Lasciate ogne speanza, voi ch'intrate*»: о ты, кто входит, оставь надежду.

— Оставь надежду. Он меня предупреждал, — сказал Рей.

— Нет... Не думаю. Очевидно, он верил, будто читает эти слова на вратах Ада — можно судить из того, что мы знаем о его умственном состоянии.

— Отчего вы не сказали полиции? — воскликнул Рей.
— Было б только хуже! — прокричал в ответ Холмс. — Вы не понимаете, вы не можете понять, патрульный. Только мы и способны его отыскать! Мы думали, что уже нашли — мы думали, он убежал. Полиция умеет лишь пустить в глаза пыль! Без нас это не остановится никогда! — Говоря все это, Холмс набрал в рот свежевыпавшего снега. После приложил ко лбу и щекам, вычищая пот из каждой поры. Доктор предложил Рею зайти в какое-либо помещение. У него есть для патрульного история, в которую тот навряд ли поверит.

Оливер Уэнделл Холмс и Николас Рей расположились в пустом лекционном зале.

— Год был 1300-й. На полпути сквозь земную жизнь поэт по имени Данте очутился в темном лесу, обнаружив, что утратил верную дорогу. Джеймс Расселл Лоуэлл любит повторять, патрульный, что все мы входим в темный лес дважды — сперва в середине нашей жизни, а после опять, когда на него оглядываемся...

Тяжелая обшитая панелями дверь Авторской Комнаты отворилась на дюйм, и трое мужчин повскакивали со своих мест. В щель неуверенно просунулся черный башмак. Холмс не мог более стоять за дверью, раздумывая, куда бы спрятаться. Мрачный и мертвенно-бледный, он опустился на диван рядом с Лонгфелло, напротив Лоуэлла и Филдса, сочтя, что одного кивка будет довольно для ответа на все их приветствия.

— Я сперва заглянул домой. Амелия не хотела отпускать, напугалась моего вида. — Холмс нервно засмеялся, в углу его глаза подрагивала капля влаги. — Известно ли вам, джентльмены, что мышцы, каковыми мы смеемся и рыдаем, расположены бок о бок? Моих юных варваров сие обычно весьма трогает.

Они ждали, когда Холмс заговорит о деле. Лоуэлл протянул ему смятый листок, объявлявший о розыске Финеаса Дженнисона и обещавший награду во много тысяч за его возвращение.

— Тогда вы уже знаете, — сказал Холмс. — Дженнисон мертв.

Он говорил путано и отрывисто, начав с того, как у дома 21 по Чарльз-стрит нежданно объявилась полицейская коляска. Лоуэлл повторил, наливая себе третий стакан портвейна:

— Форт Уоррен.

— Остроумный выбор со стороны нашего Люцифера, — сказал Лонгфелло. — Боюсь, песнь о Зачинщиках Раздора в наших головах еще более чем свежа. Трудно поверить: лишь вчера мы переводили ее среди прочих песней. Злые Щели — обширная каменная пустошь, Данте описывает ее как крепость.

Лоуэлл сказал:

— И опять мы, очевидно, имеем дело с уникальным и блестящим ученым умом, превосходно вооруженным, дабы детально передавать избранную им атмосферу Данте. Наш Люцифер весьма почтителен к Дантовой поэзии. В Аду Мильтона царит дикость, Дантов же разделен на круги с детально вычерченными границами. Его Ад не менее реален, нежели наш собственный мир.

— Особенно теперь, — надтреснуто проговорил Холмс.

Филдсу в тот миг было вовсе не до литературных споров.

— Уэнделл, вы говорите: когда произошло убийство, полиция была расставлена по всему городу? Как же вышло, что Люцифера никто не видал?

— Потребно обладать гигантскими руками Бриарея и сотней глаз Аргуса, дабы увидеть его либо коснуться, — тихо произнес Лоуэлл.

Холмс досказал остальное:

— Дженнисона нашел пьяница, который изредка ночует в покинутом форту. Бродяга оставался там в понедельник, и все было как обычно. Он воротился в среду и увидал этот ужас. С перепугу молчал до следующего дня — то бишь до нынешнего. В последний раз Дженнисона видели во вторник после полудня, в ту ночь он не спал в своей постели. Полиция допросила всех, кого смогла сыскать. Портовая проститутка говорит, что видала во вторник вечером, как некто появился из тумана. Она сперва пошла за ним — полагаю, как того велит ее профессия, — но лишь до церкви, а далее ей неизвестно, в какую сторону он свернул.

— Стало быть, Дженнисона убили во вторник ночью. Однако полиция нашла тело лишь в четверг, — сказал Филдс. — Но Холмс, вы сказали, он был еще... такое возможно столь долгое время?..

— Оно... он... был убит во вторник, и еще жил, когда я появился сегодня утром. Да, ибо тело билось в таких конвульсиях, что, даже испив из Леты все до последней капли, я не забуду того зрелища! — отчаянно воскликнул Холмс. — Несчастного Дженнисона изувечили, не оставив ни единого шанса выжить — это очевидно — однако связали и иссекли так, чтоб он медленно терял кровь, а вместе с нею жизнь. С тем же успехом можно инспектировать пятого июля остатки от фейерверка — однако я отметил, что не был повреждён ни один жизненно важный орган. В столь дикой резне столь тонкое искусство — человек, его производивший, должен быть близко знаком с внутренними ранами, возможно, это сделал врач, — тускло добавил он, — острым и длинным ножом. Наш Люцифер произвел над Дженнисоном свое возмездие через страдание, самое точное свое *contrapasso*. Шевеление, каковому я стал свидетелем, не было жизнью, мой дорогой Филдс, а всего лишь последним спазмом умирающих нервов. Момент гротеска, как и все, измышленное Данте. Смерть стала бы подарком.

— Но жить два дня после таких ран, — настаивал Филдс. — Что я хочу сказать... в медицинском смысле... помилуйте, это невозможно!

— Существование в этом случае означает незавершённую смерть, но никак не частичную жизнь — оно ловушка меж смертью и жизнью. Имей я тысячу языков, я и тогда не решился бы описать его мучения!

— Но отчего Дженнисон был наказан как Зачинщик Раздора? — Лоуэлл изо всех сил старался держаться отвлеченного наукообразного тона. — Кого обнаруживает Данте в сем адском круге? Магомета, Бертрана де Борна — злобного советчика, разлучившего короля и принца, отца и сына, как прежде Авессалома и Давида — сии грешники разламывали изнутри религии и семьи. Но отчего Финеас Дженнисон?

— Несмотря на все старания, мы не ответили на подобный вопрос также и в отношении Элиши Тальбота, мой дорогой Лоуэлл, — сказал Лонгфелло. — Симония в тысячу долларов — за что? Два *contrapasso*, два невидимых греха. У Данте было преимущество — он мог расспросить самих грешников о том, что привело их в Ад.

— Не вы ли близко сходились с Дженнисоном? — Филдс спросил Лоуэлла. — И вы ничего не можете предположить?

— Он был мне другом, я не следил за его оплошностями! Он терпеливо сносил мои жалобы на биржевые проигрыши, лекции, доктора Маннинга и проклятую Корпорацию. Он был ходячим паровым котлом, я допускал иногда, что он слишком уж лихо заламывает шляпу: за прошедшие годы он успел приложить руки к столь многим громким делам, что всяко не обошлось без чьих-либо слез. Железные дороги, фабрики, домны — я с трудом постигаю деловые материи, вы же знаете, Филдс. — Лоуэлл уронил голову на руки.

Холмс тяжело вздохнул.

— Патрульный Рей проницателен, точно клинок, и, возможно, подозревал о нашем знании с самого начала. Подслушав разговоры у нас на Дантовой сессии, он разглядел в них гибель Дженнисона. Логику *contrapasso*, Зачинщиков Раздора — он соединил их с Дженнисоном, а стоило мне объяснить прочее, тут же распознал Данте в гибели верховного судьи Хили и преподобного Тальбота.

— Как и Грифоне Лонца, перед тем как выброситься из окна Центрального участка, — сказал Лоуэлл. — Несчастной душе повсюду мерещился Данте. В тот раз он не ошибся. В каком-то смысле сие перекликается с метаморфозами самого

Данте, я часто о том думаю. Ум поэта, лишенного пристанища на захваченной врагами земле, все более и более выстраивал себе дом в ином кошмарном мире. Не естественно ли: человек, лишенный всего, что любил в жизни, размышляет об одной лишь жизни грядущей? Мы отдаем щедрую дань его таланту, однако Данте Алигьери не имел выбора: он мог писать ту поэму, кою писал, и ничего более, мог писать ее одной лишь кровью своего сердца. Неудивительно, что он умер вскоре после завершения.

— Что же офицер Рей станет делать со своим знанием? — спросил Лонгфелло.

Холмс пожал плечами:

— Свое мы утаили. Мы помешали раскрытию двух самых ужасных убийств, какие только видел Бостон, а теперь их три! Пока мы тут говорим, Рей вполне может выдать — и нас, и Данте! Какую преданность ему необходимо хранить к поэтической книге? И сколь далеко простирается наша?

Холмс заставил себя подняться и нервно зашагал по комнате, держась за пояс мешковатых панталон. Филдс поднял голову от рук, заметив, как доктор берет пальто и шляпу.

— Я намеревался поделиться с вами новостями, — выговорил Холмс тихим полумертвым голосом. — Я более не могу продолжать.

— Вам необходим отдых, — начал было Филдс.

Холмс покачал головой:

— Нет, мой дорогой Филдс, не только сегодня.

— Что? — воскликнул Лоуэлл.

— Холмс, — сказал Лонгфелло, — я понимаю, это кажется неисполнимым, но мы обязаны продолжить борьбу.

— Вы не можете вот так запросто уйти в сторону! — закричал Лоуэлл. Голос заполнил все вокруг, и поэт опять чувствовал в себе силу. — Мы зашли чересчур далеко, Холмс!

— Мы зашли чересчур далеко с самого начала — чересчур далеко от места, где нам надлежит быть. Да, Джейми, мне очень жаль, — спокойно отвечал Холмс. — Я ничего не знаю о том, что решит патрульный Рей, но буду помогать любым способом, каковой будет ему угоден, и ожидаю того же от вас. Я лишь молю, чтобы нас не обвинили в препятствовании расследованию — либо хуже: в соучастии. Не так ли это в действительности? Мы все виновны в том, что убийства продолжились.

— Вы не имели права предавать нас Рею! — Лоуэлл вскочил на ноги.

— А что бы сделали на моем месте вы, профессор? — поинтересовался Холмс.

— Уходить в сторону — не выход, Уэнделл! Слово произнесено. Вместе с нами в доме у Лонгфелло вы поклялись защищать Данте, даже когда разверзнутся небеса! — Но Холмс лишь нахлобучил шляпу и застегнул пальто. — *Qui a bu boira,* — сказал Лоуэлл. — Кто выпил однажды, будет пить вновь.

— Вы же ничего не видали! — Холмс обернулся к Лоуэллу, и сдерживаемые чувства извергились наружу. — Почему я, а не вы, храбрые ученые мужи, принужден глядеть на эти жуткие искромсанные тела? Я, а не вы, лазил в огненную щель Тальбота и впитывал ноздрями запах смерти! Я выносил сей кошмар, пока вы, с удобством устроившись у камина, расчленяли и пропускали его сквозь свои алфавиты!

— С удобством? Вы забыли про муху-людоеда, из-за которой я едва не лишился жизни! — вскричал Лоуэлл.

Холмс язвительно рассмеялся:

— За все увиденное мною я отдал бы десять тысяч мясных мух!

— Холмс, — вступил в разговор Лонгфелло. — Вспомните, что сказал паломнику Вергилий: страх — вот главная преграда на его пути.

— Я не дам за то и ломаного гроша! Довольно, Лонгфелло! Я уступаю свое место! Не мы первые решились выпустить на волю поэзию Данте, и, возможно, наша попытка также ни к чему не приведет! Вам никогда не приходило на ум, что Вольтер прав, и Данте всего лишь безумец, а его работа чудовищна. Потеряв Флоренцию, он отплатил самому себе — создал

ПЕСНЬ ВТОРАЯ

поэму и возомнил себя Богом. Мы же выпустили этого монстра в город, который полагаем, что любим, и нам всю жизнь надлежит за то расплачиваться!

— Довольно, Уэнделл! Довольно! — Лоуэлл выкрикнул это, становясь перед Лонгфелло, точно желая огородить поэта от слов.

— Родной сын Данте счел наваждением отцовскую веру в странствие по Аду и не пожалел целой жизни, дабы опровергнуть его слова! — не унимался Холмс. — Отчего же мы, дабы его сохранить, принуждены жертвовать своею безопасностью? «Комедия» — не любовное письмо. Данте не заботили ни Беатриче, ни Флоренция! В изгнании он всего лишь дал выход хандре, воображая, как его враги корчатся от боли и молят о пощаде! Встречалось ли вам хотя б раз упоминание его жены? Так он посчитался за свои разочарования! Я желаю лишь одного: не допустить, чтоб мы потеряли все, что нам дорого! Ни к чему более я и не стремился изначально!

— Вы не желаете видеть ничьей вины, — сказал Лоуэлл. — Точно так вы и думать не хотели, будто Баки может быть в чем-либо замешан; в вашем воображении профессор Вебстер был невиновен даже в тот миг, когда болтался на веревке!

— Неправда! — вскричал Холмс.

— Хорошо же вы поступаете с друзьями, Холмс. Просто замечательно! — Лоуэлл орал в голос. — В вас столько же твердости, сколь и в вашей бессвязной лирике! Нам следовало изначально пригласить в клуб Уэнделла-младшего, а не вас. Тогда бы у нас был хотя бы шанс на победу! — Он еще многое готов был сказать, однако почувствовал у себя на плече заботливую руку Лонгфелло — несгибаемую, точно железная рукавица.

— Мы напрасно зашли столь далеко, мой дорогой друг. Умоляю, отдохните как следует и передайте наше глубокое почтение миссис Холмс, — мягко сказал тот.

Холмс зашагал прочь из Авторской Комнаты. Но стоило Лонгфелло ослабить хватку, как Лоуэлл помчался за доктором к дверям. Холмс выскочил в коридор, оглядываясь через плечо и натыкаясь на ледяной взгляд друга. Свернув за угол, доктор врезался в тележку с бумагами; ее толкал Теал, приставленный к конторе Филдса ночной посыльный; он как всегда что-то жевал, а может, просто двигал челюстью. Холмс повалился на пол, тележка опрокинулась, бумаги полетели по всему коридору, а заодно и на поверженного доктора. Отпихнув их ногой, Теал с сочувственным видом бросился поднимать Оливера Уэнделла Холмса. Лоуэлл сперва также рванулся к доктору, но враз остановился, и со стыда за секунду слабости разъярился еще более.

— Довольны, Холмс? Мы были нужны Лонгфелло! Вы наконец-то его предали! Вы предали Дантов клуб!

Вытаращив с перепугу глаза на твердившего обвинения Лоуэлла, Теал поставил доктора вертикально.

— Мои извинения, — шепнул он в Холмсово ухо. И хотя вина за оплошность целиком лежала на докторе, Холмс не мог извиниться в ответ. Тяжелая хрипящая астма исчезла. На ее место пришла иная — плотная и судорожная. Эту вторую доктор ощущал так, будто ему требовалось все более и более воздуха, однако весь воздух был теперь ядом.

Хлопнув за собой дверью, Лоуэлл ворвался обратно в Авторскую Комнату. И очутился перед непостижимым в тот миг взглядом Лонгфелло. В своем доме поэт при первых же знаках грозы закрывал ставни, объясняя, что не переносит подобных разладов. Сейчас на его лице читалась та же отрешенность. Очевидно, он что-то говорил Филдсу, ибо издатель, подавшись вперед, замер в ожидании.

— Скажите же, — взмолился Лоуэлл, — скажите, Лонгфелло, отчего он так поступил? Как мог Холмс сделать это *сейчас*?

Филдс покачал головой:

— Лоуэлл, Лонгфелло тут кое о чем подумал. — Он перевел в слова выражение лица Лонгфелло. — Вспомните, только вчера мы взялись за песнь о Зачинщиках Раздора.

— Помню. В чем дело, Лонгфелло? — спросил Лоуэлл.

Глядя в окно, тот принялся разворачивать пальто.

ПЕСНЬ ВТОРАЯ

— Филдс, мистер Хоутон еще в «Риверсайде»?
— Хоутон всегда в «Риверсайде», помимо тех случаев, когда он в церкви. На что он вам, Лонгфелло?
— Поехали немедля, — приказал Лонгфелло.
— Вы придумали что-то хорошее, мой дорогой Лонгфелло? — Лоуэлла переполняла надежда.

Сперва он решил, что Лонгфелло размышляет над его вопросом, однако за всю дорогу до Кембриджа поэт так ничего и не сказал.

Войдя в огромное кирпичное здание «Риверсайд-Пресс», Лонгфелло потребовал от Г. О. Хоутона все записи, касавшиеся перевода Дантова *Inferno*. Зная о предмете, то бишь о переводе, понаслышке, литературный мир, тем не менее, с любопытством ждал того дня, когда работа самого почитаемого за всю историю страны поэта разрушит наконец тщательно охраняемое молчание. Филдс уже был готов трубить и звонить о выпуске на весь свет, первый тираж в пять тысяч экземпляров должен был разойтись за месяц. В предвкушении сего Оскар Хоутон сразу, едва Лонгфелло доставлял корректуру, подготавливал наборы, всякий раз детально и с безупречной точностью записывая даты.

Трое друзей оккупировали личную канцелярию печатника.

— Я ничего не понимаю. — У Лоуэлла не достало бы сил сосредоточиться на деталях собственных публикаций, не говоря уже о чужих.

Филдс показал ему записи:

— Лонгфелло относил исправленную корректуру примерно через неделю после наших переводческих сессий. А потому, какой бы день Хоутон ни отмечал в своих книгах, можно с уверенностью сказать, что собрание нашего Дантова клуба происходило в предыдущую среду.

Перевод Песни Третьей, Ничтожных, обсуждался спустя три либо четыре дня после убийства судьи Хили. Преподобный Тальбот погиб за три дня до той среды, на которую были назначены Песни Семнадцатая, Восемнадцатая и Девятнадцатая — последняя как раз и описывает воздаяние Святоскупцам.

— Но ведь именно тогда мы и узнали об убийстве! — воскликнул Лоуэлл.

— Да, и я в последнюю минуту назначил песнь с Улиссом, дабы мы несколько пришли в себя, а над промежуточными частями решил работать сам. Теперь последнее: резня, учиненная над Финеасом Дженнисоном, по всем расчетам, произошла в этот вторник — всего за день до вчерашнего перевода тех самых стихов, что дали повод страшному злодеянию.

Лоуэлл побелел, затем покраснел и покрылся испариной.

— Я все вижу, Лонгфелло! — воскликнул Филдс.

— Все — все убийства свершены точно перед тем, как наш Дантов клуб брался переводить песнь, на каковой они были и основаны, — сказал Лонгфелло.

— Как же мы не замечали прежде? — воскликнул Филдс.

— С нами играют! — прорычал Лоуэлл. Затем резко понизил голос до шепота: — С самого начала за нами следят, Лонгфелло! Те, кому известно о Дантовом клубе. Кто соединил убийства с нашим переводом!

— Минутку. Но ведь сие может быть дичайшим совпадением. — Филдс опять взглянул на график. — Судите сами. Мы перевели без малого две дюжины песней *Inferno*, однако убийств всего три.

— Три дичайших совпадения, — сказал Лонгфелло.

— Это не совпадения, — настаивал Лоуэлл. — Наш Люцифер затеял скачки, желая знать, какой из переводов придет первым — чернильный либо кровавый! И всякий раз мы отстаем на два, а то и три корпуса!

Филдс запротестовал:

— Но кто мог знать заранее о наших планах? Столь заранее, чтоб успеть замыслить и тщательно исполнить злодеяния? Мы не составляем расписаний. Порою пропускаем неделю. Иногда Лонгфелло перескакивал через одну-две песни, ежели ощущал, что мы не готовы, а то менял порядок.

— Даже моя Фанни не знала, над какой песнью мы сейчас сидим, да ей и неинтересно, — признал Лоуэлл.
— Кто же мог вникнуть в подобные частности, Лонгфелло? — спросил Филдс.
— Ежели сие правда, — перебил его Лоуэлл, — то в первую голову мы сами вовлечены в убийства — в то, что они вообще начались!

Все молчали. Филдс глядел на Лонгфелло, точно желая огородить от чего-либо.

— Чепуха! — произнес он. — Это чепуха, Лоуэлл! — Никаких иных возражений издатель измыслить не мог.
— Я не стану делать вид, будто понимаю сей странный порядок. — Лонгфелло встал из-за стола Хоутона. — Но нам невозможно остаться в стороне. Какие бы шаги ни предпринял патрульный Рей, мы не вольны более считать это дело нашей прерогативой. С тех счастливейших дней, когда я впервые сел за стол переводить «Комедию», минуло уж тридцать лет. Я брал ее в руки с глубочайшим почтением, порою доходившим до боязни. Однако сейчас время торопиться: либо мы завершим работу, либо потеряем все.

Филдс отправился в брогаме в Бостон, а Лоуэлл и Лонгфелло пешком сквозь снегопад к своим домам. Весть об убийстве Финеаса Дженнисона молнией пронеслась по округе. Тишина вязов на кембриджских улицах оглушала. Поднимавшиеся из труб кольца белоснежного дыма таяли, будто привидения. Не прикрытые ставнями окна загораживало изнутри белье; рубахи и блузы болтались как попало, было чересчур холодно сушить их на улице. На дверях — засовы. В домах, где по совету патрульных установили железные замки и металлические цепочки, все они были сейчас плотно заперты; иные жильцы даже приладили нечто вроде сигнальных звонков, воспользовавшись токопроводящей конструкцией, кою продавал, расхаживая по домам, коммивояжер с запада Джереми Дидлерс. В роскошных сугробах не играли дети. После трех убийств уже невозможно было скрыть, что все зверства — дело одних и тех же рук. Газеты не замедлили объявить, что одежда всех троих была сложена рядом аккуратными стопками, и весь город вдруг почувствовал себя голым. Ужас, что начался кончиной Артемуса Хили, ныне спустился по Бикон-Хилл, прополз вдоль Чарльз-стрит, пересек Бэк-Бей и по мосту перебрался в Кембридж. Все это совместно давало иррациональный, однако ощутимый повод поверить в Божью кару, в апокалипсис.

Лонгфелло остановился за квартал от Крейги-Хауса.

— Неужто все из-за нас? — Его ушам собственный голос представлялся пугающе слабым.

— Не пускайте в свой мозг червей. Я сам не понимал, что говорю, Лонгфелло.

— Не лгите мне, Лоуэлл. Вы полагаете...

Слова раскололись. Сотрясая сами основания домов, по Брэттл-стрит прокатился крик маленькой девочки.

У Лонгфелло подкосились колени — кричали из его дома. Нужно мчаться что есть мочи по Брэттл-стрит и укрывшему ее одеялу девственного снега. Но в первый миг собственные мысли приковали Лонгфелло к земле, страшные видения опутали, как это бывает, когда, пробудившись от ночного кошмара, ищешь в мирных стенах следы кровавой беды. Воспоминания затопили воздух. *Отчего я не спас тебя, моя любовь?*

— Я возьму ружье! — точно безумный, выкрикнул Лоуэлл.

Лонгфелло рванулся к дому.

До крыльца Крейги-Хауса друзья домчались почти одновременно — для Лонгфелло это было истинным подвигом, ибо, в отличие от соседа, он пренебрегал физическими упражнениями. Плечом к плечу они ворвались в прихожую. И обнаружили в гостиной Чарли Лонгфелло; стоя на коленях, тот силился утихомирить Энни Аллегру, радостно вопившую и визжавшую над привезенными братом подарками. Трэп восторженно лаял, чертил круги обрубком хвоста, выставлял напоказ сразу все свои зубы, и это мало чем отличалось от человеческой улыбки. Элис Мэри выскочила в коридор поздороваться.

ПЕСНЬ ВТОРАЯ

— Ой, папа, — воскликнула она. — Чарли приехал на День благодарения! Он привез нам французские жакетки в красно-черную полоску! — Элис повертелась, демонстрируя обновку Лонгфелло и Лоуэллу.

— Ну и кокетка! — Чарли захлопал в ладоши. Затем обнял отца. — Что стряслось, папа, ты белее простыни! Тебе дурно? Я всего лишь желал устроить маленький сюрприз! Неужто ты постарел? — Он засмеялся.

Краска вернулась на бледное лицо Лонгфелло, и он потянул Лоуэлла за рукав.

— Мой Чарли приехал, — по секрету сообщил поэт, будто сам Лоуэлл ничего не видал.

Позднее этим же вечером, когда дети уснули на верхнем этаже, а Лоуэлл ушел домой, Лонгфелло вдруг ощутил глубинное спокойствие. Прислонясь к конторке, он провел рукой по гладкой крышке, на которой был записан почти весь его перевод. Беря впервые в руки Дантову поэму, Лонгфелло принужден был сказать самому себе, что в нем нет веры в великого поэта. Он опасался окончания того, что начиналось славою. Однако Данте шел вперед с такой отвагой, что Лонгфелло оставалось лишь все более и более изумляться — не только величию, но и неиссякаемой энергии. Тема влекла за собою слог, тот разрастался, точно море в прилив, и поток уносил читателя а с ним — тяжесть сомнений и страхов. Почти всегда Лонгфелло представлялось, будто сам он служит Флоренции, однако временами Данте становился дерзок, и замысел бежал от слов, от самого языка. В такие минуты Лонгфелло ощущал себя скульптором, который, будучи не в силах воспроизвести в мраморе живую красоту человеческого глаза, прибегает ко всевозможным уловкам, делая его глубже, а лоб выпуклее, нежели у живой модели.

И опять Данте противостоял механическому нажиму, он уходил в себя и требовал терпения. Упершись в подобный тупик, Лонгфелло прекращал работу и задумывался: здесь Данте откладывал перо; все, что будет далее, пока пусто. Чем заполнить лакуну? Какую ввести новую фигуру? Новые имена? Поэт опять брался за перо и с радостью либо негодованием на лице вел свою книгу вперед — отбросив робость, Лонгфелло шел следом.

Послышалось слабое царапанье, точно водили пальцами по грифельной доске; звук достиг треугольных ушей Трэпа, свернувшегося клубком у ног Лонгфелло. Точно по оконному стеклу скреб на ветру лед.

В два часа ночи Лонгфелло все еще сидел над переводом. Так и не заставив ртутный столбик вскарабкаться по лесенке выше шестидесятой ступеньки, полыхавший во всю мощь очаг наконец лишился мужества и стал гаснуть. Поставив свечу на одно окно, Лонгфелло засмотрелся сквозь другое на прекрасные деревья, точно пухом и перьями, украшенные снегом. Воздух застыл недвижно, и в своем убранстве деревья сливались в громадную невесомую рождественскую елку. Опуская жалюзи, поэт узрел на окне странные отметины. Он опять потянул за шнурок. Несколько часов назад в окно скреблись не льдинки, а нечто иное — резак для стекла. От их соперника Лонгфелло отделяло лишь несколько футов. В первый миг слова на стекле показались нераспознаваемыми: ƎNOIZUDAAT IAM AJ Он расшифровал их почти сразу, однако надел шляпу, шаль, пальто, вышел во двор, откуда угроза читалась совсем явственно, и провел пальцами по острым зигзагам слов.

ƎNOIZUDAAT IAM AJ: МОЙ ПЕРЕВОД.

XII

Шеф Куртц объявил на Центральном участке, что через несколько часов отбывает на поезде в лекционное турне по Новой Англии, дабы растолковывать городским комитетам и Лицейским группам новые методы ведения полицейской службы. Рею он объяснил так:

— Спасать репутацию города, как утверждают члены совета. Вранье.

— Тогда зачем же?

— Убрать меня подальше — подальше от детективов. По установлению из всех офицеров департамента один лишь я наделен властью над детективным бюро. У мерзавцев развязаны руки. Отныне расследование целиком на них. Никто более не в силах их сдержать.

— Но, шеф Куртц, они ищут не там. Им только и потребно — арестовать все равно кого для доклада.

Куртц смотрел прямо на Рея:

— А вам, патрульный, предписано делать то, что приказано. И вам это известно. До той поры, пока все не прояснится. А до того еще — как до луны.

Рей моргнул:

— Но у меня есть о чем сказать, шеф...

— Да будет вам известно, что мне предписано проинструктировать вас, дабы вы сообщали детективу Хеншоу и его людям все, что знаете либо полагаете, что знаете.

— Шеф Куртц...

— Все, Рей! Отвести вас к Хеншоу?

Рей замялся, затем покачал головой. Куртц протянул руку:

— Порой нам остается лишь радоваться, что ничего более невозможно сделать, Рей.

Этим вечером Рей шел домой, когда рядом возникла закутанная в накидку фигура. Запыхавшись, она опустила капюшон; пар изо рта прорывался сквозь черную сетку. Мэйбл Лоуэлл, откинув вуаль, глядела на патрульного Рея.

— Патрульный. Вы должны меня помнить с того вечера, когда искали профессора Лоуэлла. Я полагаю, вы захотите взглянуть вот на это, — сказала она, достав из-под плаща толстый пакет.

— Как вы меня нашли, мисс Лоуэлл?

— Мэйбл. Неужто вы думаете, в Бостоне трудно сыскать единственного мулата — офицера полиции? — Она дополнила фразу кривоватой усмешкой.

Рей ничего не ответил и взглянул на пакет. Достал несколько листков.

— Не знаю, могу ли я это взять. Бумаги вашего отца?

— Да, — ответила Мэйбл. То была корректура Дантова перевода Лонгфелло, вся исчерканная пометками Лоуэлла. — Мне думается, отец распознал в тех странных убийствах черты поэзии Данте. Я не представляю деталей — они наверняка известны вам — и никогда не смогу заговорить о том с отцом: он сразу же выйдет из себя. Прошу вас, не рассказывайте ему о нашей встрече. Мне стоило немалого труда, офицер, пробраться в отцовский кабинет, чтоб он не заметил.

— Прошу вас, мисс Лоуэлл, — вздохнул Рей.

— Мэйбл. — Заметив честный блеск в глазах патрульного, она не могла более скрывать отчаяния. — Прошу вас, офицер. Отец почти ничего не говорит миссис Лоуэлл, а мне и того менее. Но я знаю, ведь его Дантовы книги всегда в беспорядке. Недавно я слыхала, как он беседовал с друзьями, они лишь про то и твердили — с таким принуждением и мукой не говорят в сообществе переводчиков. Потом я нашла рисунок: там у человека горели ноги, а к бумаге приколота вырезка о преподобном Тальботе — это ведь его нашли с обугленными ногами. И не я ли слыхала, как всего два месяца назад отец разбирал с Мидом и Шелдоном песнь о бесчестных клерикалах?

Рей провел ее в соседний дворик, они нашли там пустую скамейку.

— Мэйбл, вы никому более не должны о том говорить, — сказал патрульный. — Сие запутает расследование и бросит опасную тень на вашего отца и его друзей — боюсь, и на вас также. В дело вовлечены интересы неких персон, каковые не преминут тем воспользоваться.

— Стало быть, вы уже и так знаете? Ну да, вы намерены что-то предпринять, как-то остановить это безумие.

— Не знаю, сказать по правде.

— Но не будете же вы просто так стоять и смотреть, пока мой отец... простите. — Она опять вложила ему в руки пакет с корректурой. Глаза вопреки желанию наполнились слезами. — Возьмите. Прочтите, пока он не хватился. Ваш приход в Крейги-Хаус, должно быть, как-то соотносился с этим делом, я знаю, вы ему поможете.

Рей изучал пакет. Он не читал книг с довоенной поры. Некогда он поглощал литературу с противоестественной жадностью, особенно после смерти приемных родителей и сестер — читал биографии, исторические романы, даже любовные. Однако теперь даже помыслить о книге представлялось оскорбительным и самонадеянным. Он предпочитал газеты и рекламные листки — у тех не было шанса завладеть его мыслями.

— С отцом порой ужасно трудно — я знаю, каким его видят другие, — продолжала Мэйбл. — Но за свою жизнь он прошел через такое сильное напряжение, вдоль и поперек. Он все время боится, что не сможет более писать, но я всегда видела в нем не поэта, но лишь отца.

— Вам нет нужды волноваться о мистере Лоуэлле.

— Стало быть, вы ему поможете? — Она вцепилась Рею в руку. — А я могу что-то сделать? Что угодно, патрульный, лишь бы знать, что отцу более ничего не грозит.

Рей молчал. Прохожие поглядывали на них, и он отвернулся. Грустно улыбнувшись, Мэйбл отодвинулась на дальний край скамейки.

— Я понимаю. Вы точно как отец. Дочери нельзя доверить важного дела. Отчего-то представлялось, что с вами будет иначе.

Секунду Рей не мог ничего ответить — ему было слишком ее жаль.

— Мисс Лоуэлл, любой человек, будь у него выбор, ни за что не полез бы в это дело.

— Но у меня нет выбора. — Она опустила вуаль и пошла к остановке конки.

Профессор Джордж Тикнор, человек преклонных годов, велел жене отправить визитера наверх. Распоряжение сопровождалось странной улыбкой на крупном своеобразном лице. Некогда черные волосы профессора поседели у висков и на затылке, а под шапочкой сделались жалостливо редкими. Хоутон как-то заметил, что у Тикнора утиный нос — до курносого либо вздернутого он явно не дотягивал.

Профессор никогда не обладал богатым воображением и был тому рад — нехватка сего качества защищала его от причуд, на кои были столь падки его друзья-бостонцы, а друзья-писатели в особенности: во времена реформ они надеялись, будто что-то может поменяться. И тем не менее, когда слуга поднимал Тикнора из кресла, тот не мог не вообразить на его месте взрослого Джорджа-младшего, каковой в действительности умер пяти лет от роду. Несмотря на минувшие тридцать лет, Тикнор до сей поры оплакивал кончину ребенка и жестоко страдал без его ясной улыбки и радостного голоса — профессор поворачивал голову туда, откуда прежде доносились знакомые звуки, но мальчика не было, он прислушивался к легким шагам своего сына, но тот не появлялся.

ПЕСНЬ ВТОРАЯ

Застенчиво прижимая к груди подарок, в библиотеку заглянул Лонгфелло. Он принес мешочек, снабженный застежкой и золотой бахромой.

— Пожалуйста, сидите, профессор Тикнор, — настойчиво произнес гость.

Тикнор стал угощать Лонгфелло сигарами, каковые, ежели судить по растрескавшимся оберткам, вот уже много лет предлагались нечастым гостям профессора и отвергались ими.

— Мой дорогой Лонгфелло, что привело вас сюда?

Лонгфелло положил мешочек Тикнору на стол.

— Я подумал, что вы как никто иной будете счастливы это видеть.

Тикнор смотрел на гостя с радостным предвкушением. Черные глаза оставались непроницаемы.

— Пришло сегодня утром из Италии. Вот сопроводительное письмо, можете прочесть. — Лонгфелло протянул листок Тикнору. Письмо было от Джорджа Марша[1] и от Юбилейного Дантова комитета во Флоренции. Марш уверял Лонгфелло, что Флорентийский комитет без малейших колебаний примет его перевод *Inferno*.

Тикнор начал читать:

— «Герцог Каэтанский и Комитет с благодарностью примут первое американское переложение великой поэмы, сочтя его наиболее почитаемым вкладом в юбилейные торжества, а с другой стороны, достойным знаком признательности, оказанным Новым Светом главному достоянию страны, что дала миру Колумба».

— Отчего же в вас не ощущается уверенности? — смущенно спросил Тикнор.

Лонгфелло улыбнулся:

— Полагаю, столь любезным способом мистер Марш призывает меня поторопиться. Разве не общеизвестно, что Колумб не отличался пунктуальностью?

---

[1] Джордж Перкинс Марш (1801—1882) — дипломат и ученый, один из самых выдающихся географов и экологов XIX века.

— «Прошу принять от нашего Комитета, — продолжил чтение Тикнор, — в признание ценности вашего будущего вклада один из семи пакетов с прахом Данте Алигьери, изъятым недавно из его гробницы в Равене».

Щеки Тикнора вспыхнули радостным румянцем, он перевел взгляд на мешочек. Лицо профессора давно утратило ту красноватую смуглость, каковая вкупе с черными волосами вынуждала в юности принимать его за испанца. Тикнор разнял застежку, открыл мешочек и вгляделся в то, что вполне могло быть угольной пылью. Тем не менее профессор пропустил ее сквозь пальцы, точно усталый пилигрим, добравшийся наконец до святой воды.

— Столько лет искать по всему свету коллег, готовых изучать Данте, и столь малого добиться, — проговорил Тикнор. Он тяжело сглотнул и задумался: сколько же лет? — Я устал разъяснять родным, сколь сильно Данте преобразил мою душу, — чересчур мало они меня понимают. Вы заметили, Лонгфелло, в минувшем году в Бостоне не нашлось клуба либо сообщества, не отдавшего дань трехсотлетию Шекспира. И сколь немногие за границами Италии полагают, что наступающее вскорости шестисотлетие Данте достойно хотя бы упоминания? Шекспир помогает нам познать себя. Данте, препарируя иных, приглашает нас узнавать друг друга. Расскажите же, сколь далеко вы продвинулись с переводом.

Лонгфелло глубоко вздохнул. После чего изложил историю убийств: рассказал о судье Хили, причисленном к Ничтожным, об Элише Тальботе — Святоскупце и о Финеасе Дженнисоне — Зачинщике Раздора. Он изложил, как Дантов клуб по всему городу разыскивал Люцифера, пока не пришло понимание: тот сам идет след в след за их переводом.

— Вы должны нам помочь, — сказал Лонгфелло. — Отныне борьба входит в новый этап.

— Помочь... — Тикнор попробовал слово на вкус, как если бы то было новое вино, и с отвращением выплюнул. — В чем помочь, Лонгфелло?

Поэт несколько опешил.

— Глупо даже пытаться остановить подобное, — безо всякого сожаления продолжал Тикнор. — Вы знаете, Лонгфелло, я начал избавляться от своих книг. — Тростью черного дерева он указал на заполнявшие комнату полки. — Я уже отдал без малого три тысячи томов новой публичной библиотеке, один за одним.

— Изумительный поступок, профессор, — искренне признал Лонгфелло.

— Один за одним, пока вдруг не устрашился, сколь мало остается от меня самого. — Черным блестящим скипетром он надавил на роскошный ковер. Усталый рот шевельнулся в кривой не то усмешке, не то хмурой гримасе. — Мое первое в жизни воспоминание попадает на смерть Вашингтона. Воротившись в тот день домой, отец не мог говорить — столь потрясло его это известие; я же перепугался и стал умолять маму послать за доктором. Более месяца все, даже малые дети, носили на рукавах черные ленты. Доводилось ли вам задумываться, что убивший одного считается злодеем, погубивший же тысячи — героем, подобно Вашингтону? Некогда я намеревался обеспечить нашей литературе будущее посредством науки и наставлений, посредством защиты традиций. Данте молился о новом доме для своей поэзии, и сорок лет я неустанно ради него трудился. Сбывается пророчество мистера Эмерсона: событиями, что вы описали, судьба литературы становится явью — книга дышит жизнью и смертью, она умеет карать и прощать.

— Но не станете же вы одобрять происшедшее, профессор Тикнор, — задумчиво сказал Лонгфелло. — Данте низведен до орудия убийства и персональной мести.

У Тикнора тряслись руки.

— Наконец-то у нас на глазах, Лонгфелло, текст прошлого превращен в энергию настоящего, в энергию воздаяния! Нет, коли изложенное вами правда, когда бы мир ни узнал о происшедшем в Бостоне — пусть хоть десять веков спустя, — Данте ни в коей мере не будет низведен, запятнан либо унижен. Он будет чтим, как первое истинное создание американского гения, первый поэт, смогший обрушить на скептиков магическую силу литературы!

— Данте писал, дабы вызволить людей из тех времен, когда смерть была непостижимой. Он сочинял, желая вселить в нас веру, профессор, в миг, когда ничто более не указывает на то, что наша жизнь, наши молитвы небезразличны Богу.

Тикнор беспомощно вздохнул и отодвинул от себя мешочек с золотой бахромой:

— Не забудьте свой подарок, мистер Лонгфелло.

Поэт улыбнулся:

— Вы первым поверили, что сие возможно.

Лонгфелло вложил мешочек с прахом в старческую руку Тикнора, и тот жадно за него ухватился.

— Я слишком стар помогать кому-либо, Лонгфелло, — повинился Тикнор. — Но желаете совет? Ваш враг не Люцифер — он не похож на злодея, которого вы описали. Люцифер, коего Данте встречает наконец в ледяном Коците, — всего лишь бессмыслица, рыдающая и безмолвная. Убедитесь сами, Данте и здесь торжествует над Мильтоном — мы предполагаем увидеть Люцифера, сраженного озарением, что победа над ним возможна, однако все оказывается много труднее. Нет. Ваш враг Данте — именно Данте и никто иной решал, кого до́лжно покарать и где, равно как и избирал муки, кои суждено испытать грешникам. Поэт самолично отмерял страдания, однако, сделав себя паломником, едва не принудил нас о том забыть — мы полагаем, что он лишь очередной безвинный свидетель Божьих деяний.

Меж тем в Кембридже Джеймс Расселл Лоуэлл наблюдал привидений.

Он сидел в мягком кресле, в лучах зимнего света, как вдруг явственно увидал Марию, свою первую любовь, и потянулся к ней, пораженный сходством.

— Погоди, — повторял он опять и опять. — Погоди. — Она держала на коленях Уолтера и успокаивала Лоуэлла:

— Смотри, как он вырос, красивый сильный мальчик.

Фанни говорила, что у Лоуэлла ужасный вид, и настаивала, чтобы профессор лег в постель. Она пошлет за доктором, либо за мистером Холмсом, как ему угодно. Но Лоуэлл не обращал на ее слова внимания — он был нынче счастлив; он покинул Элмвуд черным ходом. Лоуэлл вспомнил свою бедную мать: уже в приюте для безумных она уверяла, что лучше всего чувствует себя именно в часы приступов. Данте говорил, что самая глубокая печаль — воспоминание о минувшем счастии, но в своей формуле Данте ошибся, жестоко ошибся, думал Лоуэлл. Нет счастья подобного печали, нет сожалеющего счастья. Радость и грусть — родные сестры, весьма друг с дружкой схожие; в точности о том говорил Холмс, с чего бы иначе и одна, и другая несли с собою слезы. Уолтер — несчастный сынишка, наследник, младший умерший ребенок Марии — был с ним по праву, и Лоуэлл ощущал его, когда шел по улице, пытаясь думать о чем-либо ином, о чем угодно, только не о милой Марии, о чем угодно. Но дух Уолтера становился теперь даже не образом, а нахлынувшим на Лоуэлла детским лепетом: ребенок скрывался в нем подобно тому, как беременные женщины ощущают у себя в животе давление жизни. После профессору почудилось, будто мимо по улице прошел Пьетро Баки, махнул рукой и насмешливо произнес: «Я всегда буду здесь, дабы напоминать тебе о твоем ничтожестве». *За всю свою жизнь вы не защитили никого и ничего, Лоуэлл.*

— Тебя нет! — бормотал Лоуэлл, а в голове звенела мысль: когда бы он изначально не был столь убежден в виновности Баки, когда бы прислушался к нервному скепсису Холмса, они отыскали бы убийцу, и Финеас Дженнисон оставался бы жив. И тут, прежде чем Лоуэлл успел спросить стакан воды у уличного торговца, впереди сверкнул яркий белый плащ и белый шелковый цилиндр — они радостно уплывали вдаль, опираясь на окованную золотом прогулочную трость.

Финеас Дженнисон.

Лоуэлл протер глаза — он достаточно осознавал свое состояние, дабы им не поверить, однако плечи Дженнисона все так же расталкивали одних прохожих, тогда как другие со странными лицами шарахались от него сами. Он телесен. Плоть и кровь.

Он жив...

Дженнисон! Лоуэлл хотел закричать, но во рту пересохло. Глаза приказывали бежать, но нечто сковало ноги.

— О, Дженнисон! — Он вновь обрел свой сильный голос, и в тот же миг из глаз сами собой потекли слезы. — Финни, Финни. Я здесь, я здесь! Джемми Лоуэлл, слышишь? Ты до сих пор со мной!

Лоуэлл ринулся сквозь толчею, ухватил Дженнисона за плечо, развернул. Представший его глазам гибрид был ужасен. Сшитые у лучшего портного цилиндр и плащ Дженнисона, его блестящая трость, но под всем этим — старик в изорванном жилете, перепачканное грязью лицо, небритое и бесформенное. Бродяга трясся в руках Лоуэлла.

— Дженнисон, — сказал профессор.

— Не выдавайте меня, сэр. Мне же надо как-то согреться...

Старик все объяснил: он был тем самым бродягой, что обнаружил тело Дженнисона, когда переплыл на заброшенный остров с близлежащего, где стояла ночлежка. С потолка складской камеры свисало тело Дженнисона, а на полу лежала аккуратная стопка очень красивой одежды — вот старик кой-чего и позаимствовал.

Лоуэлл вспомнил и остро ощутил ту самую, уже изъятую из его тела одинокую личинку: на круче, на узкой тропке, она въедается в его внутренности. Он ощущал оставленную ею пустоту, когда выпускал из себя все, что перекручивало его нутро.

Гарвардский двор был задушен снегом. Бесплодно Лоуэлл искал по всему университетскому городку Эдварда Шелдона. В четверг, когда Шелдон ругался с фантомом, Лоуэлл вечером послал студенту письмо, требуя немедля явиться в Элмвуд. Однако тот не ответил. Знавшие его не встречали

ПЕСНЬ ВТОРАЯ

соученика уже несколько дней. Затем другие школяры обогнали Лоуэлла, напомнив, что он опаздывает на лекцию. Профессор вошел в лекционный зал Университетского Холла, огромное помещение, где прежде располагалась церковь Колледжа, и обратился к слушателям с обычным приветствием:

— Джентльмены и собратья мои студенты... — За сим последовал привычный в таких случаях смех. «Собратья грешники» — так начинали свои проповеди священники-конгрегационалисты его детства. Его отец — для ребенка глас Божий. Отец Холмса говорил так же. *Собратья мои грешники*. Ничто не могло поколебать искреннее благочестие отца Лоуэлла, его веру в Бога, которому тот был обязан своей силой.

— Тот ли я человек, чтоб вести за собою простодушную молодость? Ни в коей мере! — Лоуэлл услыхал собственные слова, прочтя треть лекции о «Дон-Кихоте». — С другой стороны, — рассуждал он, — мое профессорство не приносит мне добра, мой порох отсырел, ежели и был когда сухим, а мой ум хоть и способен воспламениться, отнюдь не вспыхивает от первой искры, а ползет вместо того по неуступчивому шнуру.

Двое заботливых студентов подхватили профессора под руки, когда тот едва не упал. Лоуэлл добрел до окна и, прикрыв глаза, выставил наружу голову. Но вместо ожидаемого холодного и жесткого воздуха его вдруг обдало жаром, точно сам Ад пощекотал ему нос и щеки. Лоуэлл провел руками по моржовым усам — они также были теплыми и влажными. Открыв глаза, профессор увидал внизу треугольник пламени. На нетвердых ногах бросился из классной комнаты и вниз по каменной лестнице Университетского Холла. Вниз, в Гарвардский Двор, где с аппетитом потрескивал костер.

Встав полукругом, на пламя с величайшим интересом глядели августейшие особы. Они брали из высоких стопок книги и кидали их в огонь. Здесь собрались местные конгрегационистские и унитарианские священники, собратья по Гарвардской

Корпорации и несколько представителей Попечительского Совета. Один взял в руки брошюру, смял ее и, точно мячик, кинул в огонь. Книжка занялась пламенем, все захлопали. Бросившись вперед, Лоуэлл упал на колено и достал брошюру из костра. Обложка обуглилась, прочесть ее было невозможно, и он открыл опаленную титульную страницу. «В защиту Чарльза Дарвина и его эволюционной теории».

Лоуэлл не мог более этого выносить. По другую сторону пламени стоял профессор Луи Агассис, лицо его сквозь дым искажалось и выгибалось. Ученый муж любезно махал Лоуэллу обеими руками.

— Как ваша нога, мистер Лоуэлл? Ах, это — это необходимо, мистер Лоуэлл, хотя жаль, конечно, хорошую бумагу.

Сквозь задымленное окно подчеркнуто готического гранитного Гор-Холла, где располагалась библиотека Колледжа, наблюдал за происходящим доктор Огастес Маннинг, казначей Корпорации. Лоуэлл бросился к массивной двери и помчался через неф, благодаря небеса за рассудительность и хладнокровие, что возвращались к нему с каждым гигантским шагом. Из-за опасности пожара свечи и газовые лампы были в Гор-Холле под запретом, а потому зимой библиотечные альковы и сами книги скрывались в полумраке.

— Маннинг! — проревел Лоуэлл, за что получил от библиотекаря выговор.

Маннинг скрывался на помосте, нависавшем над читальным залом, и отбирал там книги.

— У вас же лекция, профессор Лоуэлл. Вы оставили студентов без присмотра: Гарвардская Корпорация вряд ли одобрит сей поступок.

Прежде чем забраться на помост, Лоуэллу пришлось вытереть лицо платком.

— Вы смеете жечь книги в учебном заведении! — Медные трубы технического новшества — отопительной системы Гор-Холла — всегда пропускали пар, отчего библиотека заполнялась вздымающимися клубами, оседавшими каплями на окнах, книгах и студентах.

ПЕСНЬ ВТОРАЯ

— Религиозный мир должен быть благодарен нам, а в особенности — вашему другу профессору Агассису за победоносную борьбу с чудовищным учением, согласно которому мы все произошли от обезьяны, профессор. Ваш отец, вне всякого сомнения, согласился бы с нами.

— Агассис чересчур умен, — сказал Лоуэлл, добравшись наконец сквозь пар до помоста. — Он непременно вас покинет — имейте в виду! Отвергающее разум перед разумом бессильно!

Маннинг улыбался, и улыбка представлялась врезанной в его череп.

— Известно ли вам, что я через Корпорацию собрал сто тысяч долларов для музея Агассиса? У меня есть основания полагать, что он пойдет в точности туда, куда я его пошлю.

— Но что, Маннинг? Что заставляет вас столь ненавидеть чужие идеи?

Маннинг искоса посмотрел на Лоуэлла. Отвечал он, слегка ослабив жесткий контроль над своим голосом.

— Мы были благородной страной, искренне приверженной морали и справедливости — сиротой, последним ребенком великой Римской республики. Наш мир задыхается и гибнет по вине наймитов безнравственности и новомодных аморальных воззрений; всякий чужестранец, всякая новая идея подрывают сими веяниями американские принципы. Вы и сами видите, профессор. Неужто двадцать лет назад мы могли хотя бы помыслить, что станем воевать сами с собой? Мы отравлены. Война, наша война, далека до завершения. Она лишь начинается. Мы выпустили на волю демонов, и они заполнили собою воздух, коим мы дышим. Революции, убийства и грабежи рождаются в душах, выходят на улицы и проникают в дома. — Столь близко к выражению чувств Маннинг, на памяти Лоуэлла, еще не подходил. — С верховным судьей Хили мы вместе учились в последнем классе, Лоуэлл, — он был одним из самых прекрасных блюстителей закона, а ныне убит чудовищем, чье единственное знание — это знание о смерти! Лучшие умы Бостона ежечасно принуждены отражать атаки. Гарвард — последний оплот нашего величия. И я за него в ответе! — И довершил свои рассуждения Маннинг так: — Вы, профессор, позволяете себе роскошь вольнодумства лишь в отсутствие ответственности. Вы истинный поэт.

Впервые после смерти Финеаса Дженнисона Лоуэлл смог распрямиться. К нему возвращалась сила.

— Сто лет назад мы заковали в кандалы целую расу — тогда и началась война. Сколь много умов, Маннинг, ни закуете вы в кандалы, вам не остановить мужания Америки. Мне известно, какими последствиями вы угрожали Оскару Хоутону, ежели тот не отвергнет публикацию Дантова перевода.

Поворотившись к окну, Маннинг смотрел на оранжевое пламя:

— Так оно и будет, профессор Лоуэлл. Италия — страна низменных страстей и вольной морали. Предлагаю вам подарить Гор-Холлу пару экземпляров вашего Данте, как это сделал ученый шут со своими дарвинскими книжками. Огонь поглотит их незамедлительно — в назидание всем, кто желает превратить наше общество в приют для идей жестокости и грязи.

— Я этого не допущу, — отвечал Лоуэлл. — Данте — первый христианский поэт, первый, чья система мыслей окрашена в чистые цвета христианской теологии. Но и это не все: поэма подходит к нам еще ближе. Она — живая история нашего брата, история соблазна, очищения и, наконец, триумфа человеческой души, она учит нас милосердно сострадать горю. Данте — первый парусник, что осмелился выйти в открытое море людской мысли, дабы открыть новый поэтический мир. Двадцать лет он сносил горе и муку, не позволяя себе умереть, пока не довершит начатое. То же будет и с Лонгфелло. И со мной.

Лоуэлл развернулся и стал спускаться по лестнице.

— Браво, профессор. — Маннинг бесстрастно глядел с помоста ему вслед. — Но что ежели сей взгляд разделяют с вами не все? Не столь давно мне нанес странный визит полицейский, патрульный Рей. Он интересовался вашей работой над Данте. Не объяснил причин и ушел внезапно. Не могли бы вы растолковать, отчего ваш труд привлекает полицейских в наше «учебное заведение»?

Лоуэлл замер и оглянулся на Маннинга. Тот, составив башенкой длинные пальцы, расположил их у груди.

— Тем, кто благоразумен, станет тесен ваш круг, и они предадут вас, Лоуэлл, — я вам обещаю. Конгрегация вольнодумцев не способна долго оставаться вместе. Ежели мистер Хоутон откажется с нами сотрудничать, вас остановит кто-либо иной. Доктор Холмс, к примеру.

Лоуэлл хотел уйти, однако стал ждать продолжения.

— Я рекомендовал ему много месяцев назад выйти из вашего переводческого начинания, в противном случае серьезно пострадает его репутация. И что же, по-вашему, он сделал?

Лоуэлл покачал головой.

— Он явился ко мне домой и заверил, что я был прав в своих установках.

— Вы лжете, Маннинг!

— Неужели? Так значит, доктор Холмс до сей поры пребывает в числе посвященных? — спросил Маннинг так, будто знал много более, нежели Лоуэлл мог вообразить.

Лоуэлл закусил дрожащую губу. Маннинг улыбнулся и встряхнул головой.

— Жалкий ничтожный человечек — этот ваш Бенедикт Арнольд[1] в ожидании инструкций, профессор Лоуэлл.

— Уверьтесь же в том, что, назвавшись человеку другом, я останусь таковым навсегда — а потому не трудитесь понапрасну. И ежели кому-либо угодно почитать себя моим врагом, я не стану платить ему тем же, пока сам того не пожелаю. Всего доброго. — Лоуэлл умел завершить разговор так, чтобы собеседнику требовалось продолжение.

---

[1] Бенедикт Арнольд (1741—1801) — бригадный генерал, участник Войны за независимость. В 1780 г., будучи комендантом форта Вест-Пойнт, передал англичанам план укреплений и перешел на сторону противника.

Маннинг, точно тень, сопроводил Лоуэлла до читального зала и там поймал за руку.

— Объясните, как можно ставить свое доброе имя, труд целой жизни в один ряд с *этим*, профессор.

Лоуэлл выдернул руку:

— Неужто вы завидуете, Маннинг?

Он воротился в класс как раз в срок, чтоб отпустить студентов.

Если убийца как-то следил за переводом Лонгфелло и бежал наперегонки с Дантовым клубом, то последнему не оставалось ничего иного, кроме как довершать тринадцать оставшихся песней *Inferno* сколь возможно быстро. Друзья согласились разделиться на два меньших лагеря: следственную группу и группу перевода.

Лоуэлл и Филдс станут трудиться над разбором улик, тогда как Лонгфелло и Джордж Вашингтон Грин — в кабинете над переводом. К великой радости старого пастора, Филдс сообщил, что ради скорейшего завершения работа отныне будет производиться строго по расписанию: оставалось еще девять вовсе неразобранных песней, одна частично переведенная и две, в коих Лонгфелло не все удовлетворяло. Слуга Питер будет доставлять корректуру в «Риверсайд» сразу по завершении работы, а по пути прогуливать Трэпа.

— Это не имеет смысла!

— Тогда предложите лучшее, Лоуэлл. — Филдс сидел в глубоком библиотечном кресле, некогда принадлежавшем деду Лонгфелло, великому генералу Революции. Издатель внимательно поглядел на Лоуэлла. — Сядьте. У вас горит лицо. Вы вообще спали в последнее время?

Лоуэлл проигнорировал вопрос:

— Что позволило причислить Дженнисона к Зачинщикам Раздора? В этом поясе Ада в особенности — всякая избираемая Данте душа недвусмысленно указывает на определенный грех.

ПЕСНЬ ВТОРАЯ

— Пока мы не нашли, отчего Люцифер избрал Дженнисона, мы должны извлечь все, что возможно, из деталей убийства, — сказал Филдс.

— Ну что ж, оно еще раз подтвердило Люциферову силу. Дженнисон состоял в Адирондакском клубе и лазал по горам. Он был спортсменом, охотником, однако Люцифер с легкостью схватил его, а после изрубил на куски.

— Без сомнения, он взял его под дулом пистолета, — сказал Филдс. — Даже самый сильный способен напугаться оружия, ежели он дорожит жизнью, Лоуэлл. Также известно, что наш убийца умеет прятаться. После истории с Тальботом патрульные стоят на всех улицах в любой час. И пристальное внимание Люцифера к подробностям всякой Дантовой песни — сие также очевидно.

— В любую минуту, пока мы здесь говорим, — отрешенно произнес Лоуэлл, — в любую минуту, пока в соседней комнате Лонгфелло переводит новый стих, может свершаться новое убийство, и мы бессильны его предотвратить.

— Три злодеяния и ни единого свидетеля. Точное совпадение с нашими переводами. Что же нам делать — бродить по улицам и ждать? Будь я не столь образован, я бы давно поверил, что нам на голову свалился гениальный злой дух.

— Необходимо сосредоточиться на связи убийств с нашим клубом, — сказал Лоуэлл. — Давайте переберем всех, кто может знать о распорядке перевода. — Лоуэлл перелистал специально отведенный под расследование блокнот, затем отрешенно тронул библиотечный сувенир — пушечное ядро, коим британцы стреляли по Бостону и по армии генерала Вашингтона.

Во входную дверь постучали уже дважды, однако друзья не обратили внимания.

— Я послал Хоутону записку с просьбой удостовериться, что из «Риверсайда» не исчезла ни единая корректура перевода, — сказал Филдс Лоуэллу. — Как известно, все убийства возникли из песней, кои к тому времени еще не успели обсудить в клубе. Лонгфелло будет по-прежнему пересылать в печать корректуры, будто ничего не поменялось. А кстати, что с юным Шелдоном?

Лоуэлл нахмурился:

— Он так и не ответил, и в университете его не видали. Теперь, когда Баки нет, никто, помимо Шелдона, не расскажет нам о том фантоме.

Филдс встал и нагнулся к Лоуэллу.

— Вы убеждены, что видели вчера «фантома», Джейми? — спросил он.

Лоуэлл изумился:

— Что значит — убежден, Филдс? Я же вам все сказал: он наблюдал за мной в Гарвардском дворе, в другой раз поджидал Баки. А после — тот резкий разговор с Эдвардом Шелдоном.

Филдс невольно сжался:

— Все оттого, что мы во власти мрачных предчувствий, наш ум чересчур тревожен, мой дорогой Лоуэлл. Мои ночи также проходят в тяжких обрывках сна.

Лоуэлл захлопнул блокнот:

— Вы хотите сказать, что мне померещилось?

— Вы же сами упомянули, будто думали, что видели сегодня Дженнисона, Баки, вашу первую жену и умершего сына. Ради всего святого! — воскликнул Филдс.

У Лоуэлла дрожали губы:

— Знаете что, Филдс. Далее эту гайку заворачивать некуда...

— Умоляю, успокойтесь, Лоуэлл. Я напрасно повысил голос. Я ничего не имел в виду.

— Полагаю, вы хорошо осознаете, что необходимо делать. Мы, в конце концов, всего лишь поэты! Полагаю, вам доподлинно известно, как можно проследить расписание наших переводов!

— Что вы имеете в виду, мистер Лоуэлл?

— Что я имею в виду? Кто, помимо нас, столь подробно уведомлен о деятельности Дантова клуба? Ученики печатников, наборщики, переплетчики — все они приписаны к «Тикнор и Филдс»!

— Знаете что! — Филдс был поражен. — Не валите с больной головы на здоровую!

Отворилась дверь, соединявшая библиотеку с кабинетом.

— Джентльмены, боюсь, мне придется вас прервать, — объявил Лонгфелло, вводя в комнату Николаса Рея.

Ужас скользнул по лицам Лоуэлла и Филдса. Лоуэлл тут же выпалил целый список доводов, согласно которым членов Дантова клуба никак невозможно в чем-либо обвинить.

Лонгфелло едва заметно улыбался.

— Профессор Лоуэлл, — сказал Рей. — Пожалуйста. Я здесь для того, чтобы просить вас принять мою помощь.

В тот же миг Лоуэлл и Филдс, позабыв раздоры, восторженно приветствовали Рея.

— Пожалуйста, поймите, я делаю это, дабы остановить убийства. — Рей желал ясности. — Ни для чего более.

— Это не единственная наша цель, — сказал Лоуэлл после долгого молчания. — Но мы ничего не достигнем в одиночку — так же, как и вы. Злоумышленник оставил Дантову подпись на всем, к чему прикоснулся — для вас это более нежели очевидно, раз вы безо всяких переводчиков шагнули в верную сторону.

Лонгфелло оставил их в библиотеке и воротился в кабинет. Начав в шесть утра и не прерываясь до полудня, они с Грином прошли в тот день уже две песни и сейчас занялись третьей. Лонгфелло послал Холмсу записку, в каковой просил содействия в переводе, однако ответа из дома 21 по Чарльз-стрит так и не пришло. Лонгфелло спросил Филдса, нельзя ли убедить Лоуэлла помириться с Холмсом, но издатель посоветовал предоставить обоих самим себе.

Весь день Лонгфелло принужден был то и дело прерываться, ибо на удивление много народу являлось с обычными вопросами. Гость с Запада принес «заказ» на поэму о птицах; он желал, чтоб ее сочинил непременно Лонгфелло и обещал заплатить круглую сумму. Женщина, привычный уже посетитель, поставив у дверей саквояж, объясняла, что она жена Лонгфелло и вот теперь прибыла домой. Якобы раненый солдат умолял дать денег; сжалившись, Лонгфелло что-то ему сунул.

— На кой, Лонгфелло? У этого «калеки» под рубахой рука спрятана! — воскликнул Грин, едва Лонгфелло захлопнул дверь.

— Да, я знаю, — отвечал поэт, возвращаясь в кресло. — Но кто, мой дорогой Грин, его пожалеет, ежели не я?

Лонгфелло опять открыл свои записи *Inferno* — Песнь Пятую, завершение которой он откладывал уже много месяцев. То был круг Сладострастников. Там грешников беспрерывно и бесцельно треплют ветры, подобно тому, как необузданное распутство бесцельно трепало их в жизни. Паломник спрашивает позволения поговорить с Франческой, прекрасной молодой женщиной, убитой мужем, когда тот застал ее в объятиях своего брата Паоло. Совместно с безмолвным духом запретного возлюбленного она подплывает к Данте.

— Франческа, плача, рассказывает Данте, что они с Паоло всего-навсего уступили собственной страсти, однако суть ее истории не столь проста, — отметил Грин.

— Верно, — согласился Лонгфелло. — Она рассказывает Данте, как они читали о поцелуе Гиневеры и Ланселота; их глаза встретились над книгой, и «никто из нас не дочитал листа», — стыдливо говорит женщина. Паоло заключает ее в объятия, целует, однако в их падении Франческа обвиняет не возлюбленного, но книгу — за то, что соединила их друг с другом. Автор романа — вот их предатель.

Грин прикрыл глаза, однако не уснул, как это часто случалось во время их встреч. Старик полагал, что переводчик обязан забыть о себе ради автора, — к тому он и стремился, желая помочь Лонгфелло.

— Любовники получили идеальное воздаяние — быть вместе, но не знать поцелуя, никогда не ощутить радости флирта, одни лишь муки — бок о бок.

Пока они говорили, Лонгфелло приметил в дверях золотые локоны, а после в проеме показалось серьезное личико Эдит. Под взглядом отца девочка спряталась в коридоре.

ПЕСНЬ ВТОРАЯ

Лонгфелло предложил Грину ненадолго прерваться. В библиотеке также прекратили дискуссию, предоставив Рэю изучать журнал расследования, что ранее вел Лонгфелло. Грин вышел в сад размять ноги.

Лонгфелло отложил в сторону книги, и мысли его понеслись в другие известные дому времена, когда поэт еще не был здесь хозяином. В этом кабинете генерал Натаниэл Грин[1], дед их Грина, обсуждал с Джорджем Вашингтоном стратегию; в тот миг пришла весть о приступе англичан, и генералы бросились вон из комнаты искать свои парики. В этом кабинете, согласно историям Грина, клялся в верности коленопреклоненный Бенедикт Арнольд. Выбросив из головы сей последний эпизод истории дома, Лонгфелло направился в гостиную, где в кресле Людовика XVI свернулась калачиком его дочь Эдит. Кресло она пододвинула к мраморному бюсту матери: бледно-розовый лик Фанни всегда был на месте, если девочка в нем нуждалась. Лонгфелло не мог смотреть на изображение жены без той радостной дрожи, что охватывала его в давние времена их неловких ухаживаний. Он помнил, что когда бы Фанни в те годы ни выходила из комнаты, с нею вместе пропадала частица света.

Желая спрятать лицо, Эдит, точно лебедь, изогнула шею.

— Ну что, душа моя? — мягко улыбнулся Лонгфелло. — Как моя радость сегодня поживает?

— Прости, что подслушивала, папа. Я хотела тебя кое о чем спросить; но не смогла уйти. Эта поэма, — сказала она робко, точно примериваясь, — очень грустная.

— Да. Порою муза лишь для того и является. Долг поэта рассказывать о самых тяжелых наших днях столь же честно, сколь мы говорим о радостных, Эдит, ибо выходит так, что, лишь пройдя сквозь тьму, возможно обрести свет. Так случилось с Данте.

---

[1] Натаниэл Грин (1742—1786) — американский военачальник, ставший генералом во время Войны за независимость, главнокомандующий армии Род-Айленда.

— Эти мужчина и женщина в поэме — зачем их наказывать за то, что они друг друга любят? — Небесно-голубые глаза заволокло слезами.

Лонгфелло опустился в кресло, посадил девочку к себе на колени и устроил ей из рук нечто вроде трона.

— Поэму сочинил джентльмен, в детстве окрещенный Дуранте, однако позднее он поменял свое имя на детское и шутливое Данте. Он жил чуть менее шестисот лет тому назад. Он сам любил очень сильно — оттого и писал. Помнишь мраморную статуэтку над зеркалом в кабинете?

Эдит кивнула.

— Это и есть синьор Данте.

— Правда? У него такой вид, точно в голове — весь тяжелый мир.

— Да. — Лонгфелло улыбнулся. — Давным-давно он повстречал девушку и очень ее полюбил; ей тогда было чуть менее годков, нежели тебе, моя радость, примерно как Лютику, а звали ее Беатриче Портинари. Ей было девять лет, когда Данте увидал ее на фестивале во Флоренции.

— Беатриче, — повторила Эдит, а после проговорила это имя про себя по складам, вспоминая кукол, которых пока не придумала как назвать.

— Биче — так величали ее друзья. Но Данте — никогда. Он всегда называл ее полным именем, Беатриче. Ежели она проходила мимо, его сердце охватывала такая неловкость, что он не мог поднять глаз и даже ответить на приветствие. В иные разы он почти отваживался заговорить, но она шла далее, едва его заметив. Соседи шептались у нее за спиной: «Смертные такими не бывают. Она благословенна Богом».

— Они говорили про Беатриче?

Лонгфелло усмехнулся:

— Так слыхал Данте, ибо он очень сильно ее любил, а когда человек любит, то и все кругом восхищаются тем, кем восхищается он сам.

— А Данте просил ее руки? — с надеждой спросила Эдит.

— Нет. Она лишь раз заговорила с ним, просто поздоровалась. Беатриче вышла замуж за другого флорентийца. А Данте женился на другой женщине, и у них родились дети. Но он никогда не забыл свою любовь. Он даже дочь назвал Беатриче.

— И что жена — не сердилась? — с негодованием воскликнула девочка.

Лонгфелло дотянулся до мягкой щетки Фанни и провел ею по волосам Эдит.

— Мы совсем мало знаем о донне Джемме. Однако известно точно, что когда в середине жизни к поэту пришла беда, ему привиделась Беатриче: из небесного дома она послала к Данте проводника, дабы тот помог ему пройти сквозь самое темное место и встретиться с нею. Данте бросало в дрожь от одной лишь мысли об испытании, но провожатый напоминал: «Увидав опять ее прекрасные очи, ты вновь познаешь путь своей жизни». Понимаешь, милая?

— Но как он мог столь сильно любить Беатриче, ежели ни разу с нею не говорил?

Удивленный столь трудным вопросом, Лонгфелло все водил щеткой по девочкиным волосам.

— Однажды он сказал, милая, что Беатриче будит в нем чувства столь сильные, что он не может найти слов, дабы их описать. Данте — поэт, так что же могло захватить его более, нежели чувства, притягивающие рифмы?

Он мягко продекламировал, все так же поглаживая гребешком волосы Эдит.

— Девочка моя,

> Ты лучше всех баллад,
> Что сочиняли мы,
> Ведь ты — живая песня,
> А прочие мертвы.

Ответом на стихи была обычная улыбка той, кому они посвящались, и отец остался наедине со своими мыслями. Прислушиваясь к детским шагам на лестнице, Лонгфелло не покидал теплой тени светло-розового мраморного бюста. Поэта переполняла печаль дочери.

— Ах, вот вы где. — Разведя в стороны руки, в гостиную вошел Грин. — А я, похоже, задремал прямо на садовой скамейке. Зато теперь вполне готов вернуться к нашим песням! Послушайте, а куда запропастились Лоуэлл и Филдс?

— Ушли гулять, по-видимому. — Лоуэлл извинился перед Филдсом за горячность, и они вместе отправились глотнуть немного воздуху.

Лонгфелло только теперь осознал, как долго сидел, не шевелясь. Он выбрался из кресла, и суставы звучно хрустнули.

— Кстати говоря, — он поглядел на хронометр, вытащенный до того из жилетного кармана, — их нет уже давно.

Они шли по Брэттл-стрит, и Филдс старательно приноравливался к широким шагам Лоуэлла.

— Не пора ли возвращаться, Лоуэлл?

Филдс весьма обрадовался, когда поэт вдруг встал. Однако тот испуганно таращился куда-то вперед. Затем без предупреждения уволок Филдса под крону вяза. Шепотом скомандовал смотреть вон туда. На другой стороне улицы сворачивала за угол высокая фигура в котелке и клетчатой жилетке.

— Лоуэлл, спокойно! Кто это? — спросил Филдс.

— Он следил за мной в Гарвардском Дворе! Потом дожидался Баки! А после ругался с Эдвардом Шелдоном!

— Ваш фантом?

Лоуэлл торжествующе кивнул.

Прячась, они двинулись следом; незнакомец свернул в переулок, и Лоуэлл велел издателю не подходить близко.

— Евина дщерь! Он же идет к вашему дому! — воскликнул Филдс. Незнакомец миновал белый забор Элмвуда. — Лоуэлл, с ним необходимо поговорить.

— И отдать все козыри? У меня для сего мерзавца есть кое-что получше, — объявил Лоуэлл и повел Филдса вокруг конюшни и сарая к черному ходу в Элмвуд. Он велел горничной встретить гостя, ибо тот вот-вот должен позвонить. От служанки требовалось провести его в особую комнату на третьем этаже, после чего запереть дверь. Прихватив из библиотеки охотничье ружье и проверив его, Лоуэлл поволок Филдса вверх по узкой черной лестнице.

— Джейми! Во имя господа, что вы собрались делать?
— Я собрался делать так, чтоб фантом не улизнул — по меньшей мере, пока я не выясню все, что мне надо, — объяснил Лоуэлл.
— Да вы просто сбрендили! Давайте пошлем за Реем.
Яркие карие глаза Лоуэлла вспыхнули серым:
— Дженнисон был моим другом. Он приходил на ужин в этот самый дом и сидел за тем самым столом: вытирал рот моими салфетками и пил из моих бокалов. Ныне он разрублен на куски! Я не желаю более робко бултыхаться в двух шагах от правды, Филдс!
Комната располагалась на самом верху — то была детская спальня Лоуэлла, ныне пустая и холодная. Из окна мансарды открывался широкий зимний вид, включавший также часть Бостона. Выглянув в окно, Лоуэлл увидал знакомый продолговатый изгиб реки Чарльз и широкие поля между Элмвудом и Кембриджем; на ровных тихих болотах по ту сторону русла поблескивал снег.

— Лоуэлл, вы же всех поубиваете! Как ваш издатель, я приказываю вам немедля спрятать ружье!
Лоуэлл прикрыл Филдсу рот рукой и указал на закрытую дверь, требовавшую постоянного наблюдения. Минуты прошли в молчании, затем послышались шаги — служанка вела гостя по парадной лестнице — и оба ученых мужа, присев на корточки, скрылись за диваном. Горничная сделала все, как ей велели: проводила визитера в бывшую детскую и тут же захлопнула за ним дверь.

— Эй? — проговорил человек в пустую и отвратительно холодную комнату. — Что за странный прием? Что вообще все это значит?

ДАНТОВ КЛУБ

Поднявшись из-за дивана, Лоуэлл наставил ружье прямиком на клетчатую жилетку.

Незнакомец разинул рот. После чего сунул руку за отворот сюртука, вытащил револьвер и направил его на ствол лоуэлловского ружья.

Поэт не шевельнулся.

Правая рука незнакомца неистово тряслась, торчавший впереди пальца кожаный отросток перчатки терся о курок.

На другом конце комнаты Лоуэлл поднял ружье чуть ли не к моржовым усам — очень черным в слабоватом свете, — один глаз закрыл, а вторым нацелился вдоль ствола. И произнес сквозь стиснутые зубы:

— Попробуй выстрелить — ты проиграл и так, и эдак. Либо ты отправишь нас на небеса, — он взвел курок, — либо мы тебя в ад.

XIII

Подержав револьвер еще секунду, незнакомец швырнул его на ковер.

— На том свете я видал такую работу!

— Подымите, пожалуйста, пистолет, мистер Филдс, — сказал Лоуэлл, точно это входило в издательские обязанности. — А теперь, негодяй, рассказывай, кто ты и зачем явился. Что у вас общего с Пьетро Баки и чего хотел от тебя мистер Шелдон прямо посреди улицы. И что тебе понадобилось в моем доме!

Филдс поднял с пола револьвер.

— Уберите ружье, профессор, а то я не скажу ничего, — отвечал человек.

— Послушайте его, Лоуэлл, — шепнул Филдс; похоже, он решил взять на себя роль посредника.

Лоуэлл опустил ружье.

— Хорошо, однако, ради вашего же блага призываю вас отвечать честно. — Пока он приносил заложнику стул, тот несколько раз повторил, что все эти развлечения он «на том свете видал».

— Очевидно, до того, как вы наставили мне на голову дуло, я не имел чести быть с вами знаком, — сказал гость. — Я Саймон Кэмп, детектив из агентства Пинкертона[1]. Выполняю поручение доктора Огастеса Маннинга из Гарвардского Колледжа.

---

[1] Алан Пинкертон (1819—1894) — знаменитый частный детектив и основатель одноименного сыскного агентства, автор нескольких книг.

— Доктора Маннинга? — вскричал Лоуэлл. — Но с какой целью?

— Он пожелал, чтоб я изучил соотнесенные с Данте курсы и определил, возможно ли представить дело так, будто они оказывают на студентов «разрушительное воздействие». Мне поручено вникнуть в предмет, составить заключение и доложить об оном.

— И что же вы заключили?

— Я назначен Пинкертоном отвечать за Бостон и прилегающие окрестности. Сия чушь не является для меня наивысшим приоритетом, профессор, но я честно исполнил свою часть работы. Я предложил бывшему преподавателю мистеру Баки встретиться со мною в университете, — сказал Кэмп. — Также расспросил кое-кого из студентов. Сей дерзкий молодой человек, мистер Шелдон, ничего от меня не хотел, профессор. Он растолковывал, куда я должен отправиться с моими вопросами, однако применил чересчур мудреные выражения, дабы повторять их в обществе столь замечательных бархатных воротничков.

— Что же сказали прочие? — поинтересовался Лоуэлл.

Кэмп расхохотался:

— Моя работа конфиденциальна, профессор. Однако я решил, что настало время встретиться с вами лицом к лицу и спросить личного мнения об этом вашем Данте. Сие и понадобилось мне у вас в доме. Но каков прием!

Филдс смущенно скосил глаза:

— Стало быть, доктор Маннинг послал вас говорить с Лоуэллом напрямую?

— Я не исполняю его приказов, сэр. Это мое расследование. Я выношу собственные суждения, — надменно отвечал Кэмп. — Вам несказанно повезло, что я не дал воли лежавшему на курке пальцу, профессор Лоуэлл.

— О, какие проклятия посыплются на голову Маннинга! — Лоуэлл подскочил к Саймону Кэмпу. — Вы явились послушать, что я скажу, сэр? Немедля прекратите охоту на ведьм! Вот что я вам скажу!

— Да я гроша медного не дам за то, что вы скажете, профессор! — Кэмп рассмеялся Лоуэллу в лицо. — Я взялся за расследование и не намерен ни перед кем отступаться, будь то гарвардские шишки либо подобные вам старые олухи! Стреляйте, коли вам угодно, однако я доведу это дело до конца! — Он помолчал, а после добавил — Я профессионал.

По небрежности последних слов Филдс сразу понял, для чего явился детектив.

— Пожалуй, кое о чем возможно договориться. — Издатель вынул из кошелька несколько золотых монет. — Что, ежели отложить на неопределенное время ваше расследование, мистер Кэмп?

Филдс уронил монеты в подставленную руку Кэмпа. Детектив терпеливо ждал, и Филдс добавил еще две, сопроводив их жесткой улыбкой.

— Мое оружие?

Филдс вернул ему револьвер.

— Осмелюсь сообщить, джентльмены, от случая к случаю расследования завершаются удовлетворительно для всех вовлеченных лиц. — Саймон Кэмп поклонился и зашагал вниз по парадной лестнице.

— Откупаться от подобных типов! — воскликнул Лоуэлл. — Но как вы знали, что он возьмет деньги, Филдс?

— Билл Тикнор не раз говорил, что людям приятно ощущать в руках золото, — отметил издатель.

Прижав лицо к стеклу мансарды, Лоуэлл со спокойной злостью наблюдал, как Саймон Кэмп перешагивает через выложенную кирпичом дорожку и направляется к воротам — с виду беспечен, позвякивая золотыми монетами, оставляя на снегу Элмвуда свои грязные следы.

В тот вечер измученный Лоуэлл сидел в музыкальной комнате — недвижно, точно статуя. Ранее, до того как войти, он нерешительно замер в проеме дверей, будто ожидал найти в кресле у камина истинного хозяина этого дома.

Из арочного проема выглянула Мэйбл.

— Отец? Что-то происходит. Почему ты ничего мне не говоришь?

Галопом прискакала Бесс, щенок ньюфаундленда, и лизнула Лоуэллу руку. Поэт улыбнулся, однако тут же опечалился вне всякой меры, ибо вспомнил вялые приветствия Аргуса, их старого ньюфаундленда, — тот проглотил смертельную дозу разбросанной по соседской ферме отравы.

Мэйбл оттолкнула Бесс прочь, дабы не нарушала серьезность момента.

— Отец, — сказала она. — Мы в последнее время так редко бываем вместе. Я знаю... — Она не позволила себе завершить мысль.

— Что? — спросил Лоуэлл. — Что ты знаешь, Мэб?

— Я знаю, тебя что-то волнует и не дает покоя.

Он нежно взял ее руку в свою.

— Я просто устал, мой дорогой Хопкинс[1]. — Когда-то давно Лоуэлл сочинил для нее это имя. — Высплюсь, и станет лучше. Ты очень добрая девочка, моя радость.

В конце концов она механически поцеловала его в щеку.

Наверху в спальне Лоуэлл, не взглянув на жену, повалился лицом в подушку, расшитую листьями лотоса. Однако вскоре он лежал, уткнувшись головой в колени Фанни Лоуэлл, и плакал без перерыва почти полчаса; все чувства, когда-либо им испытанные, проходили сквозь мозг и выплескивались наружу; на плотно сжатых веках возникал Холмс, опустошенный, распластанный на полу, доктора сменял изрезанный Финеас Дженнисон, он умолял Лоуэлла спасти, уберечь его от Данте.

Фанни знала: муж не станет говорить о том, что мучает его столь сильно, а потому лишь водила рукой по золотисто-рыжим волосам и ждала, когда Лоуэлл успокоится и уснет прямо посреди рыданий.

— *Лоуэлл. Лоуэлл. Прошу вас, Лоуэлл. Вставайте. Вставайте.*

---

[1] Происхождение прозвища дочери Лоуэлла неясно — возможно, поэт называл ее так в честь героя одноименной книги Корнелиуса Мэтьюса (1817—1880) «Паффер Хопкинс», написанной в 1841 г.

ПЕСНЬ ВТОРАЯ

Разлепив кое-как веки, Лоуэлл едва не ослеп от солнечного света.

— Что? Что это, Филдс?

Филдс сидел на краю кровати, крепко прижимая к груди свернутую газету.

— Все хорошо, Филдс?

— Все скверно. Уже полдень, Джейми. Фанни говорит, во сне вы вертитесь, будто юла, все кругом да кругом. Вам дурно?

— Сейчас много лучше. — Лоуэлл немедля сосредоточился на предмете, который Филдсовы руки будто желали скрыть из виду. — Что-то произошло, да?

Филдс уныло проговорил:

— Я привык думать, что умею выходить из всяких положений. Сейчас я — точно ржавый гвоздь, Лоуэлл. В самом деле, посмотрите на меня! Разжирел столь безобразно, что меня не узнают старейшие кредиторы.

— Филдс, прошу вас...

— Вам нужно стать сильнее меня, Лоуэлл. Ради Лонгфелло, мы обязаны...

— Новое убийство?

Филдс протянул ему газету:

— Пока нет. Люцифера арестовали.

✠

Карцер в Центральном участке имел три с половиной фута в ширину и семь в длину. Внутренняя дверь — железная. Снаружи — другая, из крепкого дуба. Когда ее закрывали, клетка превращалась в склеп без малейшего проблеска света и надежды на оный. Узника запирали на много дней, пока он не мог более сносить тьму и не соглашался на все, чего бы от него ни желали.

Уиллард Бёрнди, второй после Лэнгдона У. Писли бостонский медвежатник, услыхал, как в дубовой двери поворачивается ключ, и миг спустя его ослепил бледный свет газовой лампы.

— Да хоть десять лет и один день продержи меня здесь, свинья! Чтоб я дал повесить на себя мокруху?!
— Заткнись, Бёрнди, — рявкнул охранник.
— Клянусь честью...
— Чем клянешься? — охранник засмеялся.
— Честью джентльмена!

В наручниках Уилларда Бёрнди повели по коридору. Мимо внимательных глаз обитателей прочих камер, кто знал Бёрнди по имени, но не в лицо. Южанин, перебравшийся в Нью-Йорк, дабы пощипать отъевшихся на войне северян, он вскоре направил стопы в Бостон, решив, что сыт по горло нью-йоркскими «Могилами». Там он постепенно узнал, что среди обитателей подпольного мира приобрел репутацию человека, питающего слабость ко вдовам богатых браминов — сам он ни разу не замечал подобной закономерности. Его не прельщала слава борца со старыми пердушками. Он никогда не считал себя мелкой вошью. Бёрнди был весьма сговорчив, и, если объявлялась награда за украденный антиквариат либо драгоценности, то в обмен на некоторую сумму возвращал часть добра услужливым детективам.

Теперь, как следует заломив руку, охранник втолкнул его в комнату, а после пинком усадил на стул. Медвежатник был красноморож и лохмат, а испещренное крест-накрест морщинами лицо напоминало карикатуры Томаса Наста[1].

— И в чего ж играем? — растягивая слова, спросил Бёрнди сидевшего перед ним человека. — Я б пожал тебе руку, да вишь — браслетики. Погоди... Я ж про тебя читал. Первый негр-полицейский. Герой войны. Ты ж был на дознании, когда тот мудя в окно сиганул! — Вспомнив несчастного самоубийцу, Бёрнди рассмеялся.

— Прокурор округа желает отправить вас на виселицу. — Тихие слова Рея содрали с Бёрнди ухмылку. — Жребий брошен. Ежели вам известно, почему вы здесь, — говорите.

---

[1] Томас Наст (1840—1902) — политический карикатурист и иллюстратор. Республиканская и Демократическая партии обязаны ему популяризацией своих символов осла и слона. Он также ввел в обиход современное изображение Санта-Клауса и Дяди Сэма.

— Моя игра — сейфы. Я первый в Бостоне, это я вам говорю — щенок Лэнгдон Писли мне в подметки не годится! Но я не мочил мирошника, а попа того и подавно никуда не запихивал! Я вытащу из Нью-Йорка сквайра Хоу[1] — вот поглядишь, я выиграю суд!

— Почему вы здесь, Бёрнди? — спросил Рей.

— Козлы-детективы сами распихивают под все столбы улики!

Это было похоже на правду.

— Двое свидетелей видали, как вы прятались у дома Тальбота в ту ночь, когда его ограбили, то бишь за день до убийства. Пока все по закону, верно? Оттого детектив Хеншоу вас избрал. На вас довольно грехов, чтоб повесить еще и это обвинение.

Бёрнди готов был все отрицать, однако замялся:

— Стану я верить черной обезьяне!

— Я вам кое-что покажу. — Рей смотрел на него очень внимательно. — Ежели вы это поймете, будет весьма полезно. — Он протянул через стол запечатанный конверт.

Мешали наручники, но Бёрнди умудрился порвать конверт зубами, а после развернуть сложенный втрое листок дорогой почтовой бумаги. Пару секунд изучал его, затем в дикой злобе разорвал пополам, отшвырнул прочь и, точно маятник, принялся биться головой о стол и о стену.

Оливер Уэнделл Холмс наблюдал, как газетная бумага сперва скручивается по углам, затем лишается краев, а после проваливается в огонь.

...седатель Верховного Суда штата Массачусетс найден обнаженным, покрытым насекомыми и л...

Доктор скормил огню новую заметку. Пламя благодарно вспыхнуло.

Холмс вспомнил, как взорвался тогда Лоуэлл. Поэт был не совсем прав: пятнадцать лет назад Холмс не так уж слепо до-

---

[1] Уильям Ф. Хоу (1821—1900) — знаменитый нью-йоркский адвокат, специализировавшийся на защите криминальных авторитетов и прославившийся неразборчивостью в средствах защиты.

верял профессору Вебстеру. Все верно, Бостон в те дни постепенно отворачивался от столь низко павшего профессора медицины, однако у Холмса были свои резоны держаться до конца. Он видел Вебстера через день после пропажи Джорджа Паркмана и даже говорил с профессором о той загадочной истории. На приветливом лице не мелькнуло и тени лжи. Всплывшая потом версия самого Вебстера ничуть не противоречила фактам: Паркман пришел за просроченным долгом, Вебстер отдал деньги, Паркман вернул расписку, Паркман ушел. Холмс послал какие-то деньги на адвокатов, обернув купюры в письмо с утешениями для миссис Вебстер. В нем доктор подтверждал: характер Вебстера весьма устойчив, и подобный человек не может быть замешан в столь страшном преступлении. Он также растолковал присяжным, что по найденным в комнате Вебстера людским останкам невозможно с достоверностью судить, принадлежат ли они доктору Паркману, — они могли ему принадлежать, но могли и нет.

Нельзя сказать, будто Холмс не сочувствовал Паркманам. В конце концов, Джордж был самым давним покровителем Медицинского колледжа, именно он построил здание на Норт-Гроув-стрит и даже субсидировал пост Паркмановского профессора анатомии и физиологии — именно это кресло и занимал доктор Холмс. На его мемориальной службе Холмс прочел панегирик. Однако Паркман вполне мог лишиться рассудка, заплутать и уйти куда глаза глядят. Он мог быть жив — а в то самое время на основании чудовищно косвенных улик люди готовились повесить джентльмена их собственного круга! Не мог ли привратник, кого несчастный Вебстер застал за игрой, перепугаться за свое место и, прихватив из обширных запасов Медицинского колледжа пару костей, невзначай припрятать их в профессорской комнате?

Как и Холмс, Вебстер до поступления в Гарвардский колледж рос в весьма комфортном окружении. Два медика не были столь уж близки друг другу. И все же в день ареста, когда бедняга Вебстер в отчаяньи от собственного позора и бесчестья семьи пытался проглотить яд, а затем и все последующие дни ни с кем иным Холмс не ощущал себя связанным столь прочно. Не мог ли он сам с той же легкостью оказаться в том же кошмаре? Невысокие, с длинными бакенбардами и чисто выбритыми щеками два профессора были схожи телесно. Холмс не сомневался, что он еще внесет свой скромный, однако заметный вклад в неминуемое оправдание собрата-лектора.

Затем все они оказались у виселицы. Долгие месяцы слушаний и апелляций тот день представлялся столь далеким и столь невозможным, что думалось, его отменят. Стыдясь своего соседа, благонравные бостонцы в большинстве остались дома. Возничие и грузчики, фабричные рабочие и прачки — вот кто публично приветствовал казнь и падение брамина.

Сквозь кольцо зевак к Холмсу протиснулся покрытый испариной Дж. Т. Филдс.

— Нас ждет коляска, Уэнделл, — сказал он. — Поехали домой, к Амелии, побудьте с детьми.

— Филдс, неужто вы не видите, к чему все пришло?

— Уэнделл. — Филдс положил руки на плечи своего автора. — Есть же улики.

Полиция намеревалась перекрыть подходы, но не хватило веревок. Все крыши, все окна домов вокруг запруженного толпой тюремного двора на Леверетт-стрит занимали простолюдины. Холмса в тот миг едва не парализовало желание сделать что угодно, лишь бы не попросту смотреть. Он обратится к толпе с речью. Да, он сочинит на ходу стихи об ужасающей глупости этого города. В конце концов, не Уэнделл ли Холмс числится лучшим в провозглашении здравиц? Стихотворное восхваление доктора Вебстера слово за словом выкладывалось у него в голове. И одновременно Холмс то и дело вставал на цыпочки, всматриваясь в проезд позади Филдса, дабы первым увидеть, как приносят письмо о помиловании, либо как шагает, будто ни в чем не бывало, якобы убитый Джордж Паркман.

— Ежели Вебстер сегодня умрет, — объявил Холмс издателю, — он не умрет бесславно.

Доктор протиснулся к эшафоту. Однако, увидав петлю, замер и едва не задохнулся. В последний раз мистическое кольцо попадалось ему на глаза, когда Холмс еще мальчишкой притащил младшего брата Джона на Виселичный холм Кембриджа, где в последних муках извивался осужденный. Это зрелище — Холмс был в том убежден — сделало из него врача и поэта.

По толпе пронесся шорох. Холмс встретился взглядом с Вебстером: тот, шатаясь, восходил на помост, охранник крепко держал его руки.

Холмс отпрянул — и тут, прижимая к груди конверт, перед ним возникла дочь Вебстера.

— О, Мэриэнн! — воскликнул доктор и крепко обнял маленького ангела. — От губернатора?

Мэриэнн Вебстер вытянула вперед руку с письмом.

— Отец велел передать вам, пока он еще жив, доктор Холмс.

Он вновь обратился к виселице. Вебстеру на голову натягивали черный мешок. Холмс разорвал конверт.

Мой дорогой Уэнделл.

Где взять мне храбрости, дабы выразить ничтожными словами благодарность за все, что вы для меня сделали? Вы верили в меня без тени сомнения в мыслях, и сие чувство всегда будет мне поддержкой. Вы один оставались верны моей истинной натуре с того дня, когда полиция увела меня из дому и когда прочие отрекались один за одним. Представьте, как тяжело это снести: люди твоего круга, с кем ты сидел за столом и молился в церкви, смотрят на тебя со смертельным ужасом. Когда даже глаза моих милых дочерей невольно отражают заднюю мысль касательно чести их бедного папы.

За все то я почитаю своим долгом сказать вам, дорогой Холмс, что я это сделал. Я убил Паркмана, разрубил его тело и сжег в моей лабораторной печи. Поймите, я был всего лишь ребенком, потакающим своему желанию, я никогда не властвовал над моими страстями; сей навык необходимо приобрести ранее; оттого и произошло — все это! Судебное разбирательство привело, не могло не привести, к смерти на эшафоте согласно приговору. Все правы, а я нет, сегодня утром я разослал истинный и полный отчет об убийстве в несколько газет, а также храброму привратнику, коего я оболгал столь малодушно. Ежели моя жизнь искупит, пусть частично, надругательство над законом, сие послужит утешением.

Разорвите письмо, не глядя в него другой раз. Вы пришли наблюдать, как я ухожу с миром, а потому не глядите на письмо с таким ужасом, ибо я жил с ложью на устах.

Записка выпала у Холмса из рук, и в тот же миг железная платформа, что держала человека с черным мешком на голове, упала, с клацаньем ударившись об эшафот. Дело было даже не в том, что Холмс не верил более в невинность Вебстера — просто доктор знал, что любой из них мог оказаться виновен, попади он в те же отчаянные обстоятельства. Как врач, Холмс всегда понимал, сколь приблизительно и ненадежно сконструировано человеческое существо.

И потом, есть ли злодеяние, что прежде не стало грехом?

Разглаживая платье, в комнату вошла Амелия. Окликнула мужа:

— Уэнделл Холмс! Я с тобой говорю. Не понимаю, какая муха тебя в последнее время кусает?

— Знаешь, что мне в детстве вдолбили в голову, Амелия? — спросил Холмс, отправляя в огонь стопку корректур, сбереженных после заседаний Дантова клуба.

Некогда он завел специальный ящик для клубных документов; там лежали корректуры Лонгфелло, собственные аннотации Холмса, записки Лонгфелло с просьбами не забыть о ближайшей среде. Холмс подумывал написать как-нибудь мемуары об их встречах. Однажды он походя упомянул о затее Филдсу, и тот немедля взялся перебирать, кто составит отзыв на Холмсову работу. В первую голову издатель, всегда издатель. Холмс швырнул в огонь новую пачку.

— Наши деревенские кухарки рассказывали, что в сарае полно демонов и чертей. Другой мужик сообщил, что когда я напишу свое имя своей же собственной кровью, надежный посланец сатаны, ежели не сам враг рода человеческого, приберет начертанное к рукам, и с того дня я стану его слугой. — Холмс невесело усмехнулся. — Куда как легче научить суевериям человека, от них свободного, он как та француженка с привидениями: *Je n'y crois pas, mais je les crains* — не верю, но все одно боюсь.

— Ты говорил, что люди выкалывают на себе веру, точно островитяне южных морей — татуировку.

— Неужто я так говорил, Амелия? — удивился Холмс, затем повторил эти слова про себя. — Графичная фраза. Должно быть, я и впрямь ее произнес. Женщины подобных фраз не изобретают.

— Уэнделл! — Встав напротив мужа, Амелия топнула по ковру — в шляпе и в башмаках Холмс был примерно одного с нею роста. — Ежели бы ты только объяснил, что тебя тревожит, я смогла бы тебе помочь. Откройся мне, дорогой Уэнделл.

Холмс поерзал. И ничего не ответил.

— А не сочинял ли ты новых стихов? Я давно дожидаюсь почитать их на ночь, правда.

— В библиотеке довольно книг, — ответил Холмс. — И Мильтон, и Донн, и Китс[1], полные собрания, для чего же дожидаться моих, дорогая Амелия?

Улыбаясь, она подалась вперед.

— Мне более по нраву живые поэты, нежели умершие, Уэнделл. — Она взяла его руки в свои. — Скажи, что тебя мучает. Прошу тебя.

— Простите, что помешала, мэм. — В дверь заглянула рыжеволосая служанка и объявила посетителя к доктору Холмсу. Тот неуверенно кивнул. Горничная исчезла, а после воротилась с гостем.

---

[1] Джон Донн (1572—1631) — английский поэт, родоначальник метафизической школы поэтов. Джон Китс (1795—1821) — английский поэт-романтик, в своих стихах обращался к идеалам античности.

— Весь день не показывается из своей берлоги. Что ж, он в ваших руках, сэр! — всплеснув своими, Амелия закрыла за собою дверь кабинета.

— Профессор Лоуэлл.

— Доктор Холмс. — Джеймс Расселл Лоуэлл снял шляпу. — Я ненадолго. Просто хотел поблагодарить вас за всю ту помощь, что вы нам оказали. Простите меня, Холмс, за излишнюю горячность. И за то, что не помог вам подняться тогда с полу. И за все, что наговорил...

— Не нужно, не нужно. — Доктор сунул в огонь очередную пачку корректуры.

Лоуэлл смотрел, как Дантовы бумаги пляшут и сражаются с пламенем, рассыпая искры испепеленных стихов. Холмс отрешенно ждал, что от такого зрелища Лоуэлл вскрикнет, но тот молчал.

— Я знаю лишь одно, Уэнделл, — проговорил поэт, склоняя голову над погребальным костром. — «Комедия» дала мне все то немногое, чем я владею. Данте решился сотворить поэму целиком из собственной плоти; он первым поверил, что эпична жизнь не одной лишь героической личности, но и простого человека, любого человека; а также в то, что Небо не чуждо миру, но пронизывает его насквозь. Уэнделл, с тех пор, как мы взялись помогать Лонгфелло, мне всегда хотелось сказать вам одну вещь.

Холмс изогнул непослушные брови.

— Когда я лишь узнал вас, много лет назад — возможно, то был мой первый к вам визит, — я подумал, сколь сильно вы напоминаете мне Данте.

— Я? — переспросил Холмс с притворным смирением. — Я и Данте?

Но Лоуэлл был чересчур серьезен:

— Да, Уэнделл. Данте был образован во всех областях науки, какие только существовали в его время: он знал астрономию, философию, юриспруденцию, теологию и поэзию. Говорят, он прошел через медицинскую школу, и потому столь много размышлял над страданиями человеческого тела. Подобно вам, он все делал хорошо. Чересчур хорошо, ибо иным это не давало покоя.

— Я всегда полагал, что вытянул призовой билет в интеллектуальной лотерее жизни — долларов на пять, не менее. — Точно повинуясь тяжести Лоуэллова приказа, Холмс поворотился спиной к очагу и сложил листы с корректурой обратно в ящик. — Я могу быть ленив, Джейми, безразличен либо необязателен, но я ни в коей мере не отношусь к тем, кто... просто я искренне убежден, что мы не можем ничего предотвратить.

— Хлопок пробки резок и силен, более всего он будоражит воображение. — Лоуэлл рассмеялся с подавленной грустью. — Полагаю, на несколько благословенных часов мне удавалось забыть о своем профессорстве и ощутить, будто я занят чем-то настоящим. Увы, «поступай, как должно, и пусть разверзнутся небеса» — восхитительное правило, но лишь до той поры, пока небеса не поймают вас на слове. Я знаю цену сомнению, мой дорогой друг. Но ежели вы отрекаетесь от Данте, то и нам придется сделать то же.

— Когда б вы знали, сколь прочно останки Финеаса Дженнисона впечатались в мой внутренний взор... расщепленные, изломанные... Последствие сей ошибки...

— Может случиться новая беда, еще страшнее, Уэнделл. Вот чего нужно опасаться. — Торжественным шагом Лоуэлл направился к двери кабинета. — Что ж, я в общем-то хотел лишь извиниться, да и Филдс всяко настаивал. Воистину благая идея: из-за дурацкого характера потерять вдобавок ко всему настоящего друга. — Не дойдя до дверей, Лоуэлл обернулся. — А ведь я люблю ваши стихи. Знайте это, мой дорогой Холмс.

— Да? Ну, спасибо, хотя, пожалуй, они несколько вихляют. Мне свойственно рвать плоды познания, надкусывать поглубже с солнечной стороны, а после бросать свиньям. Я — маятник с весьма коротким периодом осцилляции. — Холмс встретился взглядом с большими широко раскрытыми глазами друга. — Как вы-то себя чувствуете, Лоуэлл?

Тот в ответ лишь слегка пожал плечами. Холмс не желал, чтобы его вопрос пропадал втуне.

— Я не говорю вам «держитесь», ибо человек идеи не станет поддаваться несчастию ни на день, ни на год.

— Все мы вертимся вокруг Господа, Уэнделл, кто по большой, кто по малой орбите; сперва на свет выходят одни, после другие. Иные точно всегда в тени. Вы один из тех немногих, ради кого я готов распахнуть свое сердце... Ладно. — Поэт хрипло прокашлялся и понизил голос. — Мне пора в замок Крейги на важный совет.

— Вот как? А что же арест Уилларда Бёрнди? — осторожно и с притворным равнодушием спросил Холмс, когда Лоуэлл был уже в дверях.

— Пока мы тут говорим, патрульный Рей умчался узнавать, в чем там дело. Думаете, фарс?

— Совершеннейшая чепуха, какие вопросы! — объявил Холмс. — А газеты, меж тем, твердят, что обвинитель потребует виселицы.

Лоуэлл затолкал под шелковый цилиндр непослушные кудри.

— Стало быть, необходимо спасать еще одного грешника.

Когда на лестнице стихли шаги, Холмс еще долго сидел над Дантовым ящиком. Решившись закончить мучительный труд, он все так же бросал листы в огонь, однако не мог уклониться от Дантовых строк. Сперва он лишь просматривал их с безразличием наемного корректора, не вникая в детали и не поддаваясь чувствам. Затем стал читать быстро и жадно, ухватывая почерневшие строфы до того, как они уходили в небытие. Предчувствие открытия напомнило доктору времена, когда профессор Тикнор с искренней верой предсказывал, что придет день, и Дантовы странствия окажут на Америку самое невероятное воздействие.

К Данте и Вергилию приближаются демоны *Malebranche*... Данте вспоминает: «Так видел я: боялся ратный взвод, по уговору выйдя из Карпоны и недругов увидев грозный счет».

Данте помнил битву Карпоны и Пизы, в коей сам и сражался. В список Дантовых талантов Лоуэлл занес не все: поэт был солдатом. *Подобно вам, он все делал хорошо*. И в противоположность мне также, думал Холмс. Со всяким своим шагом солдат берет на себя вину, молча и без раздумий. Стал ли Данте лучшим поэтом, глядя, как рядом гибнут его друзья — во имя духа Флоренции, во имя бессмысленного стяга гвельфов? В гарвардских состязаниях Уэнделл-младший некогда числился лучшим поэтом — многие полагали, что лишь благодаря общему с отцом имени, — сейчас же Холмс задумался: возможно ли после войны для Младшего понимание поэзии? В битвах его сын видал иное, нежели Данте, и оно выбило из него поэзию — и поэта, — оставив ее одному лишь доктору Холмсу.

Перелистывая страницы корректур, Холмс читал около часа. Позарез была необходима вторая песнь *«Inferno»*, где Вергилий убеждает Данте совершить их паломничество, но тот опасается за прочность на сей раз своей защиты. Вершина храбрости: поворотиться лицом к смертельной муке иных людей и явственно представить, что ощущает всякий из них. Однако Холмс успел сжечь корректуру этой песни. Он нашел итальянское издание «Комедии». *«Lo giorno se n'andava»* — «День уходил...» Данте замедляет рассуждения, приготовляясь вступить в царство Ада: *«...e io sol uno»* — «и только я один...» — как же он одинок! Повторено трижды! *«Io, sol, uno...m'apparecchiava a sostener la guerre, si de la pietate»*. Холмс не помнил, как Лонгфелло перевел этот стих, а потому, прислонясь к облицовке камина, сложил его сам, слыша в потрескивании огня совещательные комментарии Лоуэлла, Грина, Филдса и Лонгфелло. Они подбадривали.

— И я один, и только я, — вслух получалось лучше, — приготовлялся выдержать баталью... Нет, *guerra*. ...Выдержать войну... и с тягостным путем, и с сожаленьем.

Вылетев из мягкого кресла, Холмс рысью помчался на третий этаж.

— И я один, и только я, — повторял он, скача по ступеням.

ПЕСНЬ ВТОРАЯ

За джином-тодди и сигарами Уэнделл-младший обсуждал с Уильямом Джеймсом, Джоном Грэем и Минни Темпл[1] применимость метафизики. Во время едва ли не самого извилистого рассуждения Джеймса они услыхали на лестнице сперва тихий, а после все более тяжелый стук отцовских шагов. Младший вздрогнул. В последние дни отца с очевидностью занимало нечто отличное от собственной персоны — похоже, дело было серьезным. Джеймс Лоуэлл почти не появлялся в окрестностях Адвокатской школы, и Младший мог лишь догадываться, что их с доктором Холмсом захватила одна и та же забота. Сперва он думал, что отец приказал Лоуэллу держаться от Младшего подальше, но, неплохо зная профессора, был убежден, что тот не стал бы слушаться. Да и отцу вряд ли пришло бы в голову отдавать Лоуэллу приказы.

Напрасно он сказал доктору о своей дружбе с профессором. И уж конечно он умолчал о тех всегда нежданных и пагубных восхвалениях доктору Холмсу, в какие время от времени пускался Лоуэлл.

— Знаете, Младший, он не просто дал имя «Атлантику», — сказал однажды профессор, вспоминая, как отец Уэнделла-младшего сочинил название для «Атлантик Мансли», — своим «Деспотом» он его сделал. — Отцовские таланты к крещению всех и вся никого не удивляли: Холмс был крупным специалистом в разложении на категории внешних сторон вещей. Сколько раз Младший принужден был слушать совместно с гостями про то, как отец сочинил слово «анестезия», преподнеся его в дар дантисту, ее изобретшему? И при всем при этом, недоумевал Младший, неужто доктор Холмс не мог измыслить ничего лучшего, нежели дать Уэнделлу-младшему свое собственное имя.

---

[1] Уильям Джеймс (1842—1910) — философ и физиолог, в философии — один из основателей прагматизма, а в физиологии — функционализма. Джон Чипман Грэй (1839—1915) — известный адвокат и преподаватель права, автор фундаментальных трудов по системе преподавания. Минни (Мэри) Темпл — кузина Уильяма Джеймса, была музой этого маленького кружка, но, к несчастью, умерла совсем молодой, в 22 года.

Постучавшись ради приличия, доктор Холмс с диким блеском в глазах ввалился в комнату.

— Отец. Мы несколько заняты.

Пока длились чересчур уважительные приветствия друзей, лицо Младшего оставалось непроницаемым.

Холмс вскричал:

— Уэнди! Мне необходимо сейчас же! Я должен знать, понимаешь ли ты что-либо в червях! — Он говорил столь быстро, что голос напоминал пчелиное жужжание.

Младший пыхнул сигарой. Сможет ли он когда-либо привыкнуть к собственному отцу? Подумав так, Уэнделл-младший рассмеялся вслух, а вслед за ним — и его друзья.

— Ты сказал «в червях», отец?

— А что ежели он и есть наш Люцифер — сидит за решеткой и разыгрывает дурачка? — тревожно спросил Филдс.

— Он не понимает итальянского, по глазам видно, — уверил его Николас Рей. — От вашей записки только более разъярился. — Они собрались в кабинете Крейги-Хауса. Грин, всю вторую половину дня помогавший Лонгфелло с переводом, был ближе к вечеру водворен в бостонский дом своей дочери.

Короткую записку, переданную Реем Уилларду Бёрнди: «*A te convien tenete altro viaggio se vuo' campar d'esto loco selvaggio*», — можно было перевести так: «Тебе надлежит избрать иной путь, ежели ты хочешь избежать сего зловещего места». Слова Вергилия, сказанные Данте, заблудившемуся в темной чаще и напуганному дикими зверями.

— Записка была всего лишь мерой предосторожности. В этом человеке нет и намека на то, что мы знаем о злоумышленнике. — Лоуэлл стряхнул в окно сигарный пепел. — Бёрнди необразован. И никакой связи с жертвами ни по каким позициям.

— Однако газеты пишут, будто собраны улики, — возразил Филдс.

Рей кивнул:

— Свидетели наблюдали, как поздно вечером за день до убийства Бёрнди шнырял вокруг дома преподобного Тальбота, в ту же ночь из Тальботова сейфа украли тысячу долларов. Свидетелей допрашивали толковые патрульные. Бёрнди не будет со мной особо откровенен. Однако такова всегдашняя манера детективов: раскопать косвенную улику и выстроить на ней ложное доказательство. Их всяко водит за нос Лэнгдон Писли. Желает избавиться от главного конкурента по бостонским сейфам, да еще детективы отстегнут хороший куш от наградных денег. Когда их только объявили, он предлагал сию сделку мне.

— А вдруг мы что-либо упустили? — жалобно проговорил Филдс.

— Неужто вы верите, будто мистер Бёрнди способен на подобные убийства? — строго спросил Лонгфелло.

Филдс лишь покачал головой и выпятил красиво очерченные губы:

— Понимаете, хочется найти ответ и вернуться к обычной жизни.

Слуга объявил, что мистер Шелдон из Кембриджа разыскивает мистера Лоуэлла. Выйдя в наружный коридор, поэт отвел Шелдона в библиотеку. Шляпа у студента была надвинута на самые уши.

— Простите за беспокойство, профессор. Но ваша записка показалась мне весьма срочной, а в Элмвуде ответили, что вы, должно быть, здесь. Скажите, мы опять начинаем наши Дантовы уроки? — спросил он с простодушной улыбкой.

— Я отослал записку почти неделю назад! — воскликнул Лоуэлл.

— Ну, понимаете... я получил ее лишь сегодня. — Он глядел в пол.

— Замечательно! И снимите шляпу, когда находитесь в доме джентльмена, Шелдон! — Лоуэлл смахнул со студента шляпу. Под глазом у Шелдона красовался лиловый синяк, челюсть распухла.

Лоуэлл тут же раскаялся.

— Боже, Шелдон! Что с вами стряслось?

— Куча всякого ужаса, сэр. Я как раз хотел вам сказать: отец отослал меня в Сэйлем, к близким родственникам, чтобы я приходил там в себя. А возможно, и в наказание — «чтоб думал, что творю», — Шелдон застенчиво улыбнулся. — Оттого я и не получил вашу записку. — Он шагнул на свет подобрать шляпу и лишь тогда заметил ужас на лице Лоуэлла. — Ой, да уже все прошло, профессор. В последние дни глаз ничуть не болит.

Лоуэлл сел.

— Расскажите, что стряслось, Шелдон.

Тот смотрел в пол.

— А что я мог поделать! Вы, должно быть, знаете, тут одно мурло бродит — Саймон Кэмп. Ежели нет, я вам расскажу. Остановил меня посреди улицы. Говорит, гарвардская профессура поручила ему опрос, может либо нет ваш Дантов курс дурно влиять на студентов. Едва не дал ему в морду, знаете, за такие инсинуации.

— Стало быть, это Кэмп вас так изукрасил? — спросил Лоуэлл, неистово проникшись вдруг отеческой заботой.

— Нет-нет, этот сразу отполз, как водится у подобных гадов. Понимаете, на следующее утро я случайно наткнулся на Плини Мида. Предатель, каких свет не видывал!

— То есть?

— Сообщил с довольным видом, как сел с этим Кэмпом и расписал ему весь «ужас» Дантова сплина. Я переживаю, профессор, вдруг даже самый малый скандал скажется дурно на вашем курсе. Ясно ведь, Корпорация не отступится. Ну и говорю Миду, что хорошо бы ему найти Кэмпа, да и отказаться от сей низости, а он вместо того принялся кричать всякую гадость — ну, вам тоже досталось, профессор, и знаете, как я взбеленился! Вот мы и подрались, прямо на старом кладбище.

Лоуэлл гордо улыбался:

— Вы начали драку, мистер Шелдон?

— Я ее начал, сэр, — отвечал Шелдон. Затем нахмурился и погладил челюсть. — Да только он закончил.

Проводив Шелдона и посулив, что Дантовы уроки возобновятся в самое ближайшее время, Лоуэлл поспешил в кабинет, но тут постучали опять.

— Черт возьми, Шелдон, я же сказал, что мы начнем в любой день! — Лоуэлл распахнул двери.

За ними доктор Холмс от возбуждения стоял на цыпочках.

— Холмс? — В лоуэлловском вопле звучало столь необузданное ликование, что Лонгфелло помчался бегом через весь коридор. — Вы опять в клубе, Уэнделл! Мы ж тут без вас с ума посходили! — Лоуэлл заорал еще громче, чтоб услыхали в кабинете. — Холмс вернулся!

— Не просто вернулся, друзья мои, — объявил Холмс, заходя в дом. — Похоже, я знаю, где искать убийцу.

XIV

Квадратная библиотека Лонгфелло некогда идеально служила офицерской столовой адъютантам генерала Вашингтона, а много позднее — банкетным залом миссис Крейги. Теперь Лонгфелло, Лоуэлл, Филдс и Николас Рей сидели за тщательно отполированным столом, Холмс же выписывал вокруг них круги и объяснения:

— Мне трудно следить за мыслями, они чересчур скоры. Только не рубите с плеча — прежде чем соглашаться либо отвергать, выслушайте. — Последние слова предназначались в основном Лоуэллу, и все, кроме Лоуэлла, это поняли. — Я убежден: Данте всегда говорит правду. Описывая свои чувства, он приготавливает себя к тому, чтоб вступить в Ад, сделать первый шаг — неуверенный и шаткий. — *«E io sol»* и далее. Мой дорогой Лонгфелло, как вы это перевели?

— ...Лишь я один, бездомный,
Приготовлялся выдержать войну.
И с тягостным путем, и с состраданьем,
Которую неложно вспомяну.

— Точно! — гордо провозгласил Холмс, вспомнив, что сам перевел эти строки весьма схоже. Теперь не время было задерживаться на собственных талантах, но все же доктора занимало, что сказал бы Лонгфелло о его интерпретации. — Сию войну — *guerra* — поэт ведет на два фронта. Его мучает физическое нисхождение в Ад, но не менее того — долг поэта: он принужден обратиться к собственной памяти, дабы жизненный опыт обернулся поэзией. Сей образ Дантова мира у меня в голове воистину несется вскачь.

Николас Рей слушал внимательно, и даже открыл блокнот.

— Данте знал войну не понаслышке, мой дорогой офицер, — сказал Лоуэлл. — В двадцать пять лет — ровесником наших мальчиков в синих мундирах — он сражался с гвельфами при Кампальдино, и в том же году под Капроной. На сей опыт он опирался, когда, проходя через *Inferno,* описывал страшные муки Ада. Однако своим изгнанием он был обязан не соперникам-гибеллинам, но внутреннему расколу гвельфов.

— Последствия гражданских войн во Флоренции как раз породили в Данте картину Ада и побудили мечтать об искуплении, — продолжал Холмс. — Подумайте еще и о том, как Люцифер восстает против Бога и как в своем низвержении с небес прекраснейший ангел обращается в источник всякого зла, кое свершалось от грехопадения Адама. Физически соприкоснувшись с нашим миром, небесный изгнанник сотворил бездну, подземелье, где Данте и отыскивает Ад. Выходит, Сатану сотворила война. Ад сотворила война: *guerra.* Ни единое слово у Данте не случайно. А потому я смею предположить, что все наши события с очевидностью указывают на одну-единственную гипотезу: убийца — ветеран войны.

— Солдат! Верховный судья штата, видный унитарианский священник, богатый промышленник, — перечислил Лоуэлл. — Побежденный мятежник мстит рычагам северной системы! Ну конечно! Какие же мы идиоты!

— Данте не был механистично предан тому либо иному политическому ярлыку, — сказал Лонгфелло. — Более всего он возмущался теми, кто разделял с ним воззрения, но не исполнял обязательств, — предателями; то же, возможно, ощущает и ветеран Союза. Вспомните: всякое убийство явственно показывает, насколько хорошо и естественно наш Люцифер знает Бостон.

— Да, — нетерпеливо вступил Холмс. — Оттого я и счел, что убийца — не просто солдат, но Билли-Янки. Взгляните на ветеранов, что разгуливают в армейских мундирах по улицам и рынкам. Для меня эти особи — загадка: воротиться домой и не снять солдатского облачения! На чьей войне они сражаются ныне?

— Но совпадает ли это с тем, что нам известно об убийце, Уэнделл? — возразил Филдс.

— Весьма точно, я полагаю. Начнем с Дженнисона. В свете открывшегося я отчетливо представляю, каким оружием воспользовался злоумышленник.

Рей кивнул:

— Армейская сабля.

— Верно! — воскликнул Холмс. — Ее лезвие согласуется с ранами. А кто обучен столь хорошо обращаться с армейской саблей? Солдат. И Форт Уоррен — место убийства; солдат, ежели он проходил там подготовку либо был расквартирован, уж всяко знает его как нельзя лучше! Далее: эти кошмарные личинки *hominivorax,* устроившие пиршество в судье Хили, — они не водятся в Массачусетсе, но лишь в жарком болотистом климате, профессор Агассис в том убежден. Допустим, солдат захватил сии сувениры из глубоких болот Юга. Уэнделл-младший говорит, что поля сражений кишели червями и мухами, ибо тысячи раненых оставались там целый день либо целую ночь.

— Иногда личинки никак не влияли на раны, — сказал Рей. — А порою точно сжирали человека, и хирурги лишь разводили руками.

— То были *hominivorax*, хотя военные врачи не могли знать сей разновидности. Некто, хорошо знакомый с их воздействием на раны, привез личинок с Юга и напустил на Хили, — продолжал Холмс. — А вспомните, как мы изумлялись физической силе Люцифера, как он доволок тучного судью до речного берега. Но представьте, скольких товарищей вынес солдат из боя на руках, не задумавшись перед тем ни на миг! Также очевидно, сколь играючи наш Люцифер подчинил себе преподобного Тальбота, а после с явственной легкостью изрубил крепкого Дженнисона.

Лоуэлл воскликнул:

— Холмс, да вы же воистину открыли нам слово «сезам»!
Холмс продолжал:

— Злодеяния совершены человеком, посвященным в искусство засады и убийства, а также знакомым с боевыми ранами и страданиями.

— Но отчего юноша Севера избрал целью своих же? И почему Бостон? — спросил Филдс, решив, что кому-то необходимо поработать скептиком. — Ведь мы победители. И мы боролись за правое дело.

— Со времен Революции никакая иная война не порождала подобного смятения, — сказал Рей.

Лонгфелло добавил:

— Она не похожа на схватки с индейцами либо мексиканцами, что лишь немногим отличны от колонизации. Тем солдатам, кто давал себе труд подумать, за что же он воюет, предлагались лозунги о чести Союза, свободе порабощенной расы и утверждении в мире должного порядка. И что же они видят дома? Те самые барышники, что некогда поставляли им дрянные ружья и мундиры, ныне раскатывают на брогамах и нежатся в дубовых особняках Бикон-Хилла.

— Данте, — сказал Лоуэлл, — будучи изгнанным из дому, населил Ад обитателями своего города и даже родственниками. В Бостоне довольно солдат, и многим не на что опереться, помимо окровавленных мундиров и будоражащих словес о моральном долге. Они изгнаны из прежней жизни; подобно Данте, они сами себе партия. Взгляните: конец войны следует по пятам за началом убийств. Их разделяют считаные месяцы! Да, похоже, все встает на свои места, джентльмены. Война велась во имя абстрактной цели — свободы, — однако солдаты сражались на вполне конкретных полях и фронтах, объединенных в полки, отряды и армии. Выпады Дантовой поэзии по природе своей быстры, решительны и тверды едва ли не по-военному. — Он встал и обнял Холмса. — Сие озарение, мой дорогой Уэнделл, пришло к вам с небес.

В воздухе носилось предчувствие победы, все ждали кивка Лонгфелло, и он воспоследовал, сопроводившись тихой улыбкой.

— Холмсу — троекратное ура! — прокричал Лоуэлл.
— А почему не тридцатикратное? — с притворным недовольством спросил доктор. — Я вынесу!

Огастес Маннинг, расположившись за секретарским столом, барабанил по крышке пальцами.

— Стало быть, Саймон Кэмп так и не ответил на мое приглашение?

Секретарь Маннинга лишь покачал головой:

— Нет, сэр. И в отеле «Мальборо» сообщают, что он у них более не живет. Адрес для пересылки также не оставил.

Маннинг был вне себя. Он изначально не особо доверял детективу Пинкертона, однако не предполагал, что сей мошенник окажется столь отпетым.

— Не представляется ли вам странным: сперва к нам является офицер полиции расспрашивать о Лоуэлловом курсе, а после исчезает из виду детектив Пинкертона, коему я как раз уплатил за подробные сведения о Данте?

Секретарь ничего не сказал, но после, видя, что от него ждут ответа, с тревогой согласился. Маннинг поворотился лицом к окну, где, точно в раме, красовался Гарвардский Холл.

— Осмелюсь предположить, Лоуэлл имеет к сему некое отношение. Напомните мне, мистер Криппс. Кто записан на его Дантов курс? Эдвард Шелдон и... Плини Мид, верно?

Секретарь отыскал ответ в стопке бумаг.

— Эдвард Шелдон и Плини Мид, совершенно точно.

— Плини Мид. Лучший студент, — отметил Маннинг, поглаживая жесткую бороду.

— Бывший лучший, сэр. В последних зачетах его баллы весьма снизились.

Явно заинтересовавшись, Маннинг обернулся к секретарю.

— Да, в своей группе он опустился без малого на двадцать мест. — Секретарь отыскал нужные документы и с гордостью подтвердил свое заключение. — О, да, опустился, и весьма существенно, доктор Маннинг! Очевидно в минувшем семестре и более всего из-за балла профессора Лоуэлла за курс французского.

Маннинг взял у секретаря бумаги и прочел сам.

— До чего же обидно за нашего мистера Мида, — проговорил он, улыбаясь про себя. — Ужасно, ужасно обидно.

Позднее тем же вечером Дж. Т. Филдс позвонил в дверь адвокатской конторы Джона Кодмана Роупса, горбатого стряпчего, который после гибели в сражении родного брата сделался экспертом по войне с мятежниками. Говорили, что он разбирается в баталиях получше генералов, их проводивших. С приличествующей подлинному знатоку скромностью стряпчий ответил Филдсу на все вопросы. У Роупса имелся обширный список солдатских домов: благотворительных заведений, что обустраивались — одни в церквях, другие в заброшенных домах и складах, — дабы кормить и одевать ветеранов, либо просто бедных, либо тех, кому тяжело было воротиться к цивильной жизни. Ежели искать изломанных войной солдат, сии дома подходили как нельзя лучше.

— Никаких записей там всяко не ведется, и, я бы сказал, бедолаг возможно отыскать, только ежели они сами того пожелают, мистер Филдс, — заметил Роупс под конец разговора.

Филдс резво шагал по Тремонт-стрит к Углу. Вот уже более месяца он уделял своему делу лишь часть всегдашнего времени, а потому весьма беспокоился, что корабль сядет на мель, если в самое ближайшее время не взяться за штурвал.

— Мистер Филдс.

— Кто здесь? — Филдс замер, а после тем же путем воротился в переулок. — Вы ко мне, сэр?

В тусклом свете он не видел говорящего. Филдс медленно шагнул в пахнущий нечистотами проем меж домами.

— Так точно, мистер Филдс. — Из тени вышел высокий человек и стащил с вытянутой головы шляпу. Филдсу в лицо скалился Саймон Кэмп, детектив Пинкертона. — Ваш друг профессор нынче не станет махать у меня перед носом ружьем, как вы думаете?

— Кэмп! Что за наглость! Я заплатил вам более чем достаточно, дабы никогда вас не видеть. Убирайтесь прочь.

— Заплатили, а то как же. Сказать по правде, мне самому это дело — что твоя муха в кружке с чаем, на том свете я их всех видал. Но вы с дружком задали мне загадку. Столь важные шишки — и ни с того ни с сего выкладывают золото, чтоб я не лез в несчастные литературные уроки профессора Лоуэлла. А сам профессор перед тем устраивает мне допрос, будто я, по меньшей мере, пристрелил Линкольна.

— Человеку, подобному вам, никогда не понять, сколь много для иных означает литература — увы, — нервно отвечал Филдс. — Это наша профессия.

— Бросьте, все я понимаю. Теперь-то уж точно. Не зря закопошился этот жук, доктор Маннинг. Сболтнул, что к ним являлся полицейский разузнавать про Дантов курс профессора Лоуэлла. Старый хрыч только что на стенку не лез от злости. Вот я и прикинул: чем же так занята в последнее время бостонская полиция? Уж не чепухой ли какой, вроде недавних убийств?

Филдс весьма старался не показать, сколь сильно переполошился.

— Я тороплюсь на встречу, мистер Кэмп.

Кэмп блаженно улыбался.

— А еще я прикинул, как плевался тот мальчишка, Плини Мид — у Данте, мол, что ни казнь, то жуть нецивилизованная и варварство нечеловеческое. Тут-то оно все и сложилось. Потолковал еще разок с вашим мистером Мидом и разузнал поподробнее. Мистер Филдс... — Кэмп с довольным видом подался вперед. — Мне известна ваша тайна.

— Чудовищная белиберда, я представления не имею, о чем вы говорите, Кэмп, — закричал Филдс.

— Мне известна тайна Дантова клуба, Филдс. Я знаю, что вы знаете правду о сих убийствах, оттого-то и заплатили мне отступные.

— Что за нелепая и злобная клевета! — Филдс зашагал по переулку.

— Я пойду в полицию, — холодно произнес Кэмп. — А после к газетчикам. А по пути загляну в Гарвард к доктору Маннингу — он, кстати, давненько меня ищет. Тогда и поглядим, что они сотворят с вашей «чудовищной белибердой».

Филдс обернулся и твердо посмотрел на Кэмпа:

— Ежели вам известно то, что, как вы полагаете, вам известно, отчего бы вам не счесть, что мы и есть убийцы и в скором времени убьем также и вас, Кэмп?

Кэмп улыбался:

— Славно блефуете, Филдс. Да только вы — книжники, таковыми и останетесь, пока сей мир не поменяет своего природного порядка.

Филдс остановился и сглотнул. Огляделся по сторонам, убеждаясь, что никто не подслушивает.

— Сколько вам нужно, чтоб вы оставили нас в покое, Кэмп?

— Три тысячи для начала — ровно через две недели, — сказал Кэмп.

— Ни за что!

— Награда за всякие сведения назначена куда бо́льшая, мистер Филдс. Может статься, Бёрнди и не имеет к тому касательства. Я не знаю, кто их там поубивал, да и знать не хочу. Но вообразите, каков будет у вас вид, когда присяжные пронюхают, что стоило мне заикнуться о Данте, как вы уплатили отступные — а перед тем завлекли к себе домой, дабы наставить ружье!

Филдс вдруг сообразил, что Кэмп затеял все это из мести за собственную трусость перед дулом Лоуэллова ружья.

— Ты мелкий вонючий клоп! — не сдержался издатель.

Тот, похоже, не возражал.

— Однако мне можно верить — до поры, пока вы исполняете наше соглашение. Даже клопам полагается платить по долгам, мистер Филдс.

Филдс согласился встретиться с Кэмпом на этом самом месте ровно через две недели.

ДАНТОВ КЛУБ

Он пересказал новость друзьям. Придя в себя от неожиданности, Дантов клуб постановил, что не в состоянии повлиять на исход дела, затеянного Кэмпом.

— Какой смысл? — проговорил Холмс. — Вы раз уже дали ему десять золотых монет, и это не пошло на пользу. Он так и будет ходить за нами с протянутой рукой.

— Филдс его лишь более разохотил, — сказал Лоуэлл. Они не верили, будто какие угодно деньги сберегут их тайну. Помимо того, Лонгфелло и слышать не хотел о том, чтобы какими-либо взятками защищать Данте и самих себя. Уплатив деньги, Данте мог отменить изгнание, однако отверг сделку — несмотря на минувшие века, письмо с отказом дышало все тем же негодованием. Они обещали друг другу забыть о Кэмпе. Требовалось со всей решительностью исследовать вновь открывшуюся военную сторону дела. В тот вечер они изучили принесенные Реем списки армейских пенсий и навестили несколько солдатских заведений.

Филдс воротился домой лишь к часу ночи — и к великому недовольству Энни Филдс. Еще в прихожей он отметил, что цветы, посылаемые им всякий день домой, не стоят в вазе, но свалены на столике многозначительной кучей. Филдс выбрал самый свежий букет и отыскал Энни в приемной комнате. Устроившись на голубом бархатном диване, та читала «Журнал литературных событий и беглый взгляд на жизнь замечательных людей».

— Воистину невозможно видеть тебя реже, дорогой. — Она не подняла глаз, лишь надула хорошенькие губки. Волосы цвета жасмина были зачесаны на уши с обоих боков.

— Вскоре наладится, обещаю. Летом — послушай, я постараюсь разделаться с работой, и мы каждый день будем ездить в Манчестер. Осгуд почти что готов сделаться партнером. Какие мы тогда устроим танцы!

Отвернувшись, она вперила взор в серый ковер:

— Знаю я твои обещания. Столько отдавать домашним делам, а в награду я даже не могу побыть с тобою. Мне и часа не выкроить на учебу либо чтение, пока с ног не свалюсь. Катрин опять хворает, и прачка с камеристками принуждены спать втроем в одной кровати.

— Но я ведь дома, любовь моя, — напомнил Филдс.

— Какое там. — Взяв у горничной пальто и шляпу, она протянула их мужу.

— Дорогая? — Филдс спал с лица.

Запахнув потуже пеньюар, Энни направилась к лестнице.

— Час назад примчался с Угла посыльный — совсем не в себе. Искал тебя.

— Неужто в самую что ни на есть ведьмину полночь?

— Он сказал, чтоб ты немедля шел туда, а не то первой явится полиция.

Филдсу более всего хотелось подняться вслед за Энни наверх, но вместо этого он домчался по Тремонт-стрит до Угла, где в задней комнате обнаружил Дж. Р. Осгуда, своего старшего клерка. В уютном кресле, рыдая и пряча лицо, расположилась Сесилия Эмори, секретарша из приемной. Дан Теал, ночной посыльный, молча прижимал платок к окровавленной губе.

— В чем дело? Что стряслось с мисс Эмори? — поинтересовался Филдс.

Осгуд увел его прочь от истеричной барышни.

— Это все Сэмюэл Тикнор. — Осгуд замолчал, подбирая слова. — Когда все закрылось, Тикнор полез за конторку целоваться с мисс Эмори. Она вырывалась, кричала, чтоб он перестал, тут и вмешался мистер Теал. Боюсь, Теал применил к мистеру Тикнору физическую силу.

Филдс подтащил стул и принялся вкрадчиво расспрашивать Сесилию Эмори.

— Вам нет нужды таиться, моя дорогая, — пообещал он.

Мисс Эмори весьма старалась сдержать рыдания:

— Простите меня, мистер Филдс. Мне эта работа необходима, а он говорит, что ежели я не буду делать, как он хочет... ну, он ведь сын Уильяма Тикнора, и все думают, что вы скоро назначите его младшим партнером, с таким именем ... — Она прикрыла рукой рот, точно желая удержать страшные слова.

— Вы... оттолкнули его? — деликатно спросил Филдс.

Она кивнула.

— Он ведь такой сильный. Мистер Теал... слава богу, он оказался рядом.

— Как долго все это продолжалось с мистером Тикнором, мисс Эмори? — спросил Филдс.

Сесилия прорыдала в ответ:

— Три месяца. — Почти с первого дня ее работы. — Но видит Бог, я никогда того не желала, мистер Филдс! Поверьте мне!

Похлопывая ее по руке, Филдс заговорил отеческим тоном:

— Моя дорогая мисс Эмори, послушайте меня. Поскольку вы сирота, я закрою на все глаза и позволю вам остаться на вашем месте.

Она благодарно кивнула и обняла Филдса за шею. Тот поднялся.

— Где? — спросил он Осгуда. В издателе все кипело. Брешь оказалась худшей из возможных — пробило лояльность его людей.

— Мы оставили его в соседней комнате — дожидаться вас, мистер Филдс. Вынужден предупредить, он отрицает все, что она говорила.

— Ежели я хоть что-либо понимаю в людской природе, барышня абсолютно невиновна, Осгуд. Мистер Теал, — Филдс обернулся к посыльному. — Вы подтверждаете то, о чем говорила мисс Эмори?

Теал отвечал с черепашьей быстротой, по обыкновению двигая ртом:

— Я собирался уходить, сэр. Вижу, мисс Эмори вырывается и говорит мистеру Тикнору ее оставить. Ну я и поколотил его малость, чтоб не лез.

— Молодец, Теал, — одобрил Филдс. — Спасибо за помощь, я не забуду.

Теал не знал, что ответить.

— Сэр, мне с утра на другую работу. Я днем уборщиком в Колледже.

ПЕСНЬ ВТОРАЯ

— Правда? — удивился Филдс.

— Эта работа для меня — всё, — быстро добавил Теал. — Ежели вам когда-либо станет что нужно, вы только скажите.

— Будьте добры, перед тем, как уйти, запишите все, что здесь произошло, мистер Теал. Когда вдруг случится привлечь полицию, нам необходимы записи. — Он кивнул Осгуду, чтобы тот дал Теалу бумагу и перо. — Как только она успокоится, пускай тоже напишет, — приказал Филдс старшему клерку.

Но Теал, несмотря на все старания, смог вывести лишь несколько букв. Филдс осознал, что парень полуграмотен, а может, и вовсе неграмотен, а после подумал: как странно, должно быть, всякую ночь работать среди книг, не обладая столь простым умением.

— Мистер Теал, — сказал он, — вы лучше продиктуйте, мистер Осгуд запишет, и все выйдет по закону.

Теал благодарно согласился и вернул Осгуду бумагу.

Почти пять часов истратил Филдс на то, чтоб вытянуть из Сэмюэла Тикнора правду. Издатель был несколько обескуражен смиренным видом и разбитым лицом своего служащего. Нос у Тикнора точно сдвинулся набок. В ответах его болтало меж самонадеянностью и ограниченностью. В конце он все ж признался в интрижке с Сесилией Эмори и даже выложил, как волочился за другой секретаршей.

— Вы немедля покинете «Тикнор и Филдс» и никогда более сюда не вернетесь! — объявил Филдс.

— Ха! Эту фирму основал мой отец! Вы были жалким оборванцем, когда он взял вас к себе в дом! Без него не видать бы вам ни такого особняка, ни такой жены! В имени нашего предприятия мое имя стоит впереди вашего, мистер Филдс!

— Вы сломали жизнь двум женщинам, Сэмюэл! — сказал Филдс. — Это не считая растоптанного покоя вашей жены и бедной матушки. Ваш отец счел бы сие даже большим позором, нежели я!

Сэмюэл Тикнор едва не плакал. Уходя, он прокричал:

— Вы еще прослышите обо мне, мистер Филдс! Богом клянусь! Ежели вы и ввели меня за руку в круг ваших знакомств... — Он замер на миг, а после добавил: — Я все одно считался в обществе самым разумным юношей!

Неделя прошла впустую — они так и не нашли солдат, кто мог также знать Данте. В ответ на запрос Филдса Оскар Хоутон написал, что все корректуры на месте. Надежды таяли. Николас Рей знал, что в участке с него не спускают глаз, однако все же попытался достучаться до Уилларда Бёрнди. Следствие основательно измотало медвежатника. Когда он молчал и не шевелился, то походил на мертвеца.

— Одному вам не справиться, — сказал Рей. — Я знаю, вы невиновны, но мне также известно, что в день, когда ограбили сейф, вас видели у дома Тальбота. Вы либо скажете, что там делали, либо пойдете на эшафот.

Поразглядывав Рея, Бёрнди вяло кивнул:

— Я сделал Тальботов сейф. А вроде как и не делал. Ты не поверишь. Ты не... да я сам себе не верю! Этот дурик сказал, что отвалит две сотни, ежели я научу, как взять за лапу одного медведя. Я и подумал: дело плевое, сам всяко не прогорю. Слово джентльмена, я понятия не имел, что дом поповский. Сам того медведя не трогал! А то хрен бы оставил хоть одну бумажку!

— Что вы тогда делали в доме у Тальбота?

— Приглядывался. Дурик пронюхал, что поп где-то шляется, вот я и пошел проведать, что к чему. Поглядеть, чье клеймо на сейфе. — Глуповатой улыбкой Бёрнди точно вымаливал сочувствие. — Никого не тронул, ничего не поломал, верно? Медведь ерундовый, я за пять минут растолковал хмырю, что с ним делать. В кабаке намалевал, на салфетке. Откуда мне было знать, что дурик больной на голову. Говорит, кусок долларов, а более не возьмет ни цента. Можешь такое представить? Только знаешь, обезьяна, не говори мне, что либо я гробанул попа, либо полезу на виселицу! Полоумного ищи, который мне за медведя отвалил: — он их всех и замочил — и Тальбота, и Хили, и Финеаса Дженнисона!

— Так и скажите, кто он, — спокойно предложил Рей. — А не то все ж попадете на виселицу, мистер Бёрнди.

— Ночью дело было, понимаешь, а я еще слегонца набрался в «Громоотводе». Все так быстро вышло, точно приснилось, я только потом допетрил. И не разглядел его толком, а может, и разглядел, да ни черта не помню.

— Вы ничего не видели или ничего не запомнили, мистер Бёрнди?

Бёрнди жевал собственную губу. Потом с неохотой проговорил:

— Одно только. Он был из ваших.

Рей подождал.

— Негр?

Красные глаза Бёрнди вспыхнули — можно было подумать, с ним сейчас случится припадок.

— Нет! Билли-Янки. Ветеран! — Он попробовал взять себя в руки. — Сидит солдат при всем параде, точно в Геттисберге[1] флагом махать собрался!

Солдатские дома в Бостоне управлялись местными властями, были неофициальны и никак себя не раскрывали — разве только через разговоры, каковыми обменивались заходившие туда ветераны. В большинстве подобные заведения получали корзинки с провиантом, дабы дважды либо трижды в неделю раздавать их солдатам. Шесть послевоенных месяцев Городское Управление высказывало все менее и менее желания субсидировать эти дома. Лучшие из них привязывались к церквям, тщеславно желавшим наставлять бывших солдат. В дополнение к пище и одежде там предлагались поучения и проповеди.

Холмс и Лоуэлл прочесывали южный квадрат города. Сперва они наняли кэбмена Пайка. Дожидаясь у солдатских домов пассажиров, тот развлекал себя морковкой: хрумкал сам, затем давал укусить старым кобылам, после съедал еще, и так

---

[1] Населенный пункт на юге штата Пенсильвания, около которого 1—3 июля 1863 г. состоялось одно из крупнейших сражений Гражданской войны.

далее, не забывая подсчитывать, сколько человеческих и лошадиных укусов приходится в среднем на одну морковку. Скука не стоила запрошенного тарифа. А поинтересовавшись однажды, с чего это им приспичило кататься от одного дома к другому, кэбмен — обретший прозорливость от долгой жизни среди лошадей, — вдруг обнаружил, что от лживого ответа ему стало не по себе. Так что Холмс и Лоуэлл наняли легкую коляску с одною лошадью, каковая вместе с возничим имела привычку засыпать на всякой стоянке.

Последний солдатский дом из всех, что они посетили, с виду был организован много лучше прочих. Располагался он в пустой Унитарной церкви, некогда весьма пострадавшей в долгих баталиях с конгрегационалистами. Здесь местные солдаты могли сидеть за столами и не менее четырех раз в неделю получали горячий ужин. Вскоре после того, как явились Холмс с Лоуэллом, этот ужин как раз завершился, и солдаты заторопились на церковный проприй.

— Тесно тут, — заметил Лоуэлл, заглянув в зал, где все скамьи были заняты синими мундирами. — Давайте сядем. Хоть ноги отдохнут.

— Честное слово, Джейми, я не вижу в том толку. Может, лучше поехать в следующий дом?

— Этот и есть следующий. Другой в списке Роупса открыт лишь по средам и воскресеньям.

Холмс смотрел, как некий солдат везет по двору инвалидную коляску с товарищем — вместо ноги у того была одна лишь культя. Первый также был не красавец — рот проваливался вовнутрь, а все зубы повыпадали от цинги. Им открывалась та сторона войны, о которой публика вряд ли могла узнать из офицерских рапортов и газетных заметок.

— Какой толк пришпоривать загнанную лошадь, мой дорогой Лоуэлл? Мы же не Гидеоны[1], дабы наблюдать, как наши солдаты пьют из колодца воду. Глядя по сторонам, мы ничего

---

[1] По библейской легенде, описанной в Книге Судей, Гидеон — герой, призванный Богом, чтобы спасти народ Израиля от нашествия кочевников-мидян. Из многочисленной армии, собравшейся по призыву Гидеона, Гос-

не увидим. Пробуя на вкус альбумин и разглядывая в микроскоп волокна, невозможно отыскать ни Гамлета с Фаустом, истинных либо ложных, ни людского мужества. Меня не покидает мысль, что нам потребен иной путь.

— Вы с Пайком заодно. — Лоуэлл грустно покачал головой. — Но вместе мы что-либо да отыщем. Погодите минутку, Холмс, давайте решим, останемся мы здесь либо скажем возничему, чтобы вез к иному солдатскому дому.

— Эй, мужики, вы тут вроде новенькие, — перебил их одноглазый солдат; его лицо туго обтягивала рябая кожа, а изо рта торчала черная глиняная трубка. Не предполагая посторонних разговоров, Лоуэлл и Холмс сперва лишились от неожиданности дара речи, а после каждый стал из вежливости ждать, пока ответит другой. Человек был облачен в полный парадный мундир, очевидно, не стиранный еще с довоенных времен.

Солдат зашагал далее в церковь, лишь однажды оглянувшись, чтобы бросить коротко и с некоторой обидой:

— Прошу прощения. Просто подумал, вы пришли слушать про Данте.

В первый миг ни Лоуэлл, ни Холмс не отозвались никак. Оба решили, что им попросту померещилось.

— Эй, погоди! — крикнул Лоуэлл, от возбуждения весьма невразумительно.

Поэты помчались в церковь, как выяснилось — весьма слабо освещенную. Выловить в море синих мундиров неизвестного поклонника Данте не представлялось возможным.

— А ну сядь! — сердито крикнул кто-то в сложенные рупором ладони.

Ощупью найдя места, Холмс и Лоуэлл кое-как устроились по краям разных скамеек и, отчаянно изгибаясь, принялись выискивать в толпе нужную физиономию. Холмс поворотился к выходу — на случай, если солдат надумает сбежать. Ло-

---

подь повелел ему оставить лишь тех, кто пил воду прямо из источника, а не черпал ее рукой, встав на колени, ибо считалось, что они научились этому от язычников-мидян.

уэлл прочесывал глазами темные зрачки и пустые лица, коими полна была церковь, пока наконец не остановился на рябой коже и единственном сверкающем глазе их недавнего собеседника.

— Я нашел его, — прошептал Лоуэлл. — Вот он, Уэнделл. Я его нашел! Я нашел Люцифера!

Холмс изогнулся, натужно хрипя от предчувствия.

— Я никого не вижу, Джейми!

Сразу несколько солдат зашикали на двоих нарушителей.

— Вот там! — нетерпеливо зашептал Лоуэлл — Один, два... четвертый ряд спереди!

— Где?

— Вон там!

— Благодарю вас, мои дорогие друзья, за то, что вновь пригласили меня к себе, — перебивая разговор, поплыл с кафедры дрожащий голос. — Ныне продолжатся воздаяния Дантова Ада...

Лоуэлл и Холмс немедля переключили внимание на переднюю часть душной и темной церкви. Немощно покашливая, переминаясь с ноги на ногу и пристраивая руки по бокам аналоя, там стоял их старый друг, Джордж Вашингтон Грин. Аудитория же, затаив дыхание от ожидания и преданности, жадно предвкушала, как пред нею вновь растворятся врата Ада.

ПЕСНЬ ТРЕТЬЯ

XV

XV

— О пилигримы! Вступим же в последний круг темницы, что открывается Данте на его извилистом нисхождении, на пути, каковой предопределила ему судьба, дабы избавить от мук род человеческий! — Джордж Вашингтон Грин воздел руки над узким аналоем, упиравшимся в его чахлую грудь. — Ибо Данте в своих исканиях не приемлет меньшего; его собственная судьба для поэмы вторична. Человеческий род — вот чему суждено возвыситься в сем странствии, и рука об руку, от огненных врат до небесных сфер, шагаем мы вслед за поэтом, очищаясь от девятнадцати веков скверны!.. О, сколь неразрешимая задача распростерлась пред Данте, пока в Веронском заточении горькая соль изгнания разъедает ему нёбо. И вопрошает он: как явить мне слабым своим языком бездну вселенскую? И мыслит он: как пропеть мне песнь чудотворную? Но знает Данте, в чем долг его: обрести свой город, обрести свой народ, обрести будущее; ныне же мы — мы, что собрались в сем возрожденном храме, дабы нести душу Данте, его величественную песнь Новому Свету, — мы, как и он, вольны вновь обрести самое себя! Ибо ведомо поэту: во всяком поколении родится малое число счастливцев, кому доступна истина. Перо его — пламя, чернила — сердца кровь. О Данте, о светоч! Да пребудут в счастии леса и горы, да будет вечно повторяться их голосами песнь твоя!

Набрав полные легкие воздуху, Грин повел рассказ о том, как Данте спускается в последний круг Ада к замерзшему озеру Коцит, гладкому, будто стекло, и со льдом столь толстым, что такого не случается на реке Чарльз даже в самую лютую зиму. Из ледяной пустыни окликает Данте сердитый голос. «Шагай с оглядкой! — кричит он. — Ведь ты почти что на головы нам, злосчастным братьям, наступаешь пяткой!»

— Откуда же пришли разоблачительные слова, что впиваются в уши преисполненному благих намерений поэту? Поглядев вниз, Данте видит вмороженные в озеро головы — они торчат надо льдом, конгрегация умерших душ — тысячи лиловых голов, согрешивших против самóй глубинной природы, что ведома сынам Адама. Но что же заточило их в сию промерзшую равнину Ада? Разумеется, Предательство! И в чем состоит воздаяние, *contrapasso* за холод их сердец? Они погребены в ледяной могиле: от шеи и ниже, дабы глаза их вечно созерцали все то горе, что сотворило их же вероломство.

Холмс и Лоуэлл были вне себя, сердца колотились у горла. У Лоуэлла обвисла борода, Грин же, сияя жизненною силой, описывал, как Данте хватает за голову бранящегося грешника и, грубо вцепившись в самые корни волос, требует назвать имя. «Раз ты мне космы рвешь, я не скажу, не обнаружу, кто я!» Дабы прекратить эти надсадные вопли, другой грешник окликает товарища по несчастью и, к удовлетворению Данте, нечаянно называет его имя. Теперь оно сохранится для потомков.

На следующей проповеди Грин пообещал добраться до мерзостного Люцифера — худшего из предателей и грешников, трехглавого чудища, что воздает за грехи и само получает воздаяние. Проповедь завершилась, и вместе с нею иссякла питавшая старого пастора энергия, оставив после себя лишь круги жара на его щеках.

В полутьме церкви Лоуэлл протискивался сквозь толпу, расталкивая солдат, что, лопоча, сгрудились в нефах. Холмс старался не отставать.

— Неужто вы, мои дорогие друзья! — радостно воскликнул Грин, едва завидев Лоуэлла и Холмса. Они утащили старика в клетушку у дальней стены церкви, Холмс захлопнул дверь. Пристроившись на скамью у растопленной печки, Грин вытянул вперед ладони.

— Пожалуй, друзья, — он огляделся по сторонам, — с этой жуткой погодой и свежим кашлем, я бы не прочь, ежели бы мы...

Лоуэлл взревел:

— Выкладывайте все начистоту, Грин!

— Позвольте, мистер Лоуэлл, у меня нет ни малейшего представления, о чем вы, — смиренно проговорил Грин и поглядел на Холмса.

— Мой дорогой Грин, Лоуэлл хотел сказать... — Однако доктору Холмсу также не удалось сохранить спокойствие. — Черт возьми, Грин, чем вы тут занимаетесь?

Грин явно обиделся:

— Да будет вам известно, мой дорогой Холмс, я читаю проповеди во множестве церквей по всему городу, а также в Ист-Гринвиче, ежели меня о том просят и я в то время свободен. Лежать в постели — не самое веселое занятие; в моем случае, особенно в последний год, сие болезненно и тяжело, а потому я с еще большей готовностью откликаюсь на подобные просьбы.

Лоуэлл перебил:

— Все знают о ваших проповедях. Однако прямо здесь вы только что проповедовали Данте!

— Ах, вот вы о чем! Безобидное увлечение, право слово. Проповедовать сим мрачным солдатам оказалось весьма непросто — и мало похоже на все, что я когда-либо делал. В первые недели после войны и в особенности после убийства Линкольна, говоря с этими людьми, я видел, насколько они измучены мыслями о собственной судьбе и о том, что ждет их в ином мире. Однажды — кажется, то был конец лета — вдохновленный успехами Лонгфелло в переводе, я включил в проповедь несколько Дантовых описаний — их воздействие оказалось более чем удачным. С той поры я стал излагать в общих чертах духовную историю Данте и его странствие. Простите, ежели что не так. Видите, я даже покраснел от неловкости — вообразил, будто и сам могу толковать Данте и что эти храбрые юноши станут моими учениками.

— И Лонгфелло ничего не знал? — спросил Холмс.

— Сперва мне хотелось поделиться с ним плодами сих скромных опытов, однако, гм... — Грин был бледен и не сводил глаз с огненной амбразуры горячей печки. — Должен сказать, дорогие друзья, мне отчасти конфузно признаться человеку, подобному Лонгфелло, в том, что я осмелился учить людей Данте. Только не говорите ему о том, пожалуйста. Это лишь расстроит его, вы же знаете, сколь он не любит подчеркивать свое...

— Ваша нынешняя проповедь, Грин, — оборвал его Лоуэлл. — Она же вся — вся посвящена Дантовым беседам с Предателями.

— Да, да! — Напоминание придало Грину сил. — Это ли не потрясающе, Лоуэлл! Весьма скоро я заметил, что, пересказывая солдатам целиком одну либо две песни, я удерживаю их внимание вчетверо крепче, нежели излагая свои собственные ничтожные мысли, вдобавок сии проповеди вооружали меня к нашей следующей Дантовой сессии. — Грин рассмеялся с нервной гордостью ребенка, достигшего чего-то вопреки ожиданиям взрослых. — Едва Дантов клуб приступил к *Inferno*, я взял себе за правило пересказывать в проповедях песнь, избранную к переводу на ближайшую нашу встречу. Осмелюсь предположить, ныне я вполне готов к обсуждению той многоголосой части, что Лонгфелло назначил как раз на завтра! Обычно я проповедовал по четвергам, дабы успеть к поезду в Род-Айленд.

— Каждый четверг? — переспросил Холмс.

— Бывало, я принужден был оставаться в постели. А в те недели, когда Лонгфелло отменял наши Дантовы сессии, увы, мне также недоставало мужества говорить о Данте, — отвечал Грин. — Зато всю минувшую — как это было прекрасно! — Лонгфелло продвигался в своем переводе столь быстрыми энергичными шагами, что я все это время пробыл в Бостоне и проповедовал Данте едва ли не всякий вечер!

Лоуэлл рванулся вперед:

— Мистер Грин! Освежите в памяти все дни, что вы пробыли здесь, минуту за минутой! Какие-либо солдаты высказывали особый интерес к содержанию этих ваших Дантовых проповедей?

Грин поднялся на ноги и смущенно огляделся, точно вдруг забыв, зачем они здесь.

— Дайте подумать. На любой встрече таких бывало двадцать либо тридцать, понимаете, но всякий раз новые. Как я сожалею о дурной памяти на лица. Многим случалось восторгаться моими речами. Поверьте — ежели бы я только знал, как вам содействовать...

— Грин, ежели вы незамедлительно... — начал Лоуэлл дрожащим голосом.

— Лоуэлл, прошу вас! — Холмс принял на себя всегдашнюю роль Филдса по укрощению их друга.

Испустив огромный, как волна, вздох, Лоуэлл махнул рукой Холмсу, чтобы тот продолжал. Холмс начал свою речь:

— Мой дорогой мистер Грин, вы непременно нам посодействуете — неоценимо, я в том убежден. Ради всех нас, ради Лонгфелло, вы обязаны вспомнить — и как можно скорее. Вернитесь мысленно ко всем солдатам, с кем вы говорили за это время.

— Ох, погодите. — Глаза-полумесяцы Грина открылись необычайно широко. — Погодите. Да, некий военный обратился ко мне с особенным вопросом: он желал самостоятельно читать Данте.

— Вот оно! Что вы ему ответили? — Холмс сиял.

— Я спросил, владеет ли сей юноша иноземными языками. Он признался, что читает весьма бегло с раннего детства, однако лишь по-английски — я и посоветовал ему заняться итальянским. Упомянул также, что помогаю Лонгфелло завершить первый американский перевод, ради чего наш маленький клуб и собирается в доме у поэта. Судя по виду, солдат весьма заинтересовался. Я велел ему в начале следующего года спрашивать у книготорговца о новых публикациях «Тикнор и Филдс». — Грин произнес это с таким усердием, точно читал рекламную заметку Филдса на полосе «Слухи».

Холмс помолчал, поглядел с надеждой на Лоуэлла, но тот опять сделал ему знак продолжать.

— Этот солдат, — медленно проговорил доктор, — Возможно, он назвал вам свое имя? — Грин лишь покачал головой. — А не помните ли вы, как он выглядел, мой дорогой Грин?

— Нет, нет, мне ужасно жаль.

— Это много важнее, нежели вы можете вообразить, — взмолился Лоуэлл.

— Я весьма смутно вспоминаю даже сам разговор, — Грин прикрыл глаза. — По-видимому, он был скорее высок, с русыми усами скобкой. И, возможно, слегка хромал. Но ведь столь многие из этих людей и вовсе превратились в обрубки. Миновал не один месяц, и я тогда не уделил тому человеку особенного внимания. Говорю же, я не одарен памятью на лица — оттого-то, наверное, и не писал никогда беллетристики, друзья мои. Литература — это лица. — Грин рассмеялся, последняя фраза пришлась ему по вкусу. Однако вся мука с лиц его друзей перешла в их тяжелые взгляды. — Джентльмены! Умоляю, скажите, неужто я сделался виной какому-либо несчастию?

Осторожно пробравшись сквозь группки ветеранов, они вышли наружу, где Лоуэлл усадил Грина в коляску. Холмсу пришлось потрясти лошадь и возничего, дабы последний отворотил голову своей летаргической кобылы прочь от старой церкви.

И все то время, что компания поспешно отъезжала от солдатского дома, сквозь тусклое окно их пожирал настороженным взглядом тот, кого Дантов клуб звал Люцифером.

В Авторской Комнате Джордж Вашингтон Грин был усажен в откидывающееся кресло. Туда же на Угол явился и Николас

ПЕСНЬ ТРЕТЬЯ

Рей. Разнокалиберными вопросами из старика по клочкам вытащили все, что было возможно, о его Дантовых проповедях и о ветеранах, всякую неделю торопившихся их послушать. После Лоуэлл весьма резко изложил Грину хронику Дантовых убийств, на что старик так и не смог выдавить из себя какого-либо ответа.

Чем более подробностей вываливалось из уст Лоуэлла, тем явственнее ощущал Грин, что у него отбирают его тайную связь с великим поэтом. Скромную кафедру в солдатском доме, обращенную к ошеломленным слушателям; особое место на библиотечной полке в Род-Айленде, где стоит «Божественная Комедия»; еженедельные сидения у камина в кабинете Лонгфелло — все, что столь постоянно и прекрасно подтверждало преданность Грина гениальному Данте. И совместно с тем прочие дивные вещи, составлявшие смысл стариковской жизни и лежавшие, как ему представлялось, столь близко, что достаточно протянуть руку, а возможно, и того ближе. Столь многое, оказывается, вовсе не зависело от его знания, да и вообще никак с ним не соотносилось.

— Мой дорогой Грин, — мягко сказал Лонгфелло. — Пока все не разрешится, вы не должны говорить о Данте ни одной живой душе за стенами сей комнаты.

Грин умудрился как-то даже кивнуть. Вид у него был никчемный и беспомощный, точно у часов с вырванными стрелками.

— И завтрашняя встреча нашего Дантова клуба? — вяло спросил он.

Лонгфелло грустно покачал головой. Филдс позвонил мальчику и приказал отвезти Грина к дочери. Лонгфелло взял пальто — помочь старику одеться.

— Никогда так не поступайте, мой дорогой друг, — сказал Грин. — Молодому сие без надобности, а старый не пожелает. — Прежде чем выйти в коридор, уже под руку с посыльным, Грин вдруг встал и заговорил, ни на кого не оглядываясь: — Знаете, а вы ведь могли мне сказать, в чем дело. Всякий из вас мог сказать. Я, возможно, не так уж силен... Но я ведь мог быть чем-либо полезен.

Они молчали, пока в холле не стихли шаги.

— Ежели бы мы ему сказали, — проговорил Лонгфелло. — Что за глупость втемяшилась мне в голову о гонках в переводе!

— Не так, Лонгфелло! — воскликнул Филдс. — Подумайте, что нам отныне известно: Грин проповедовал всякий четверг, перед тем как воротиться в Род-Айленд. Он выбирал песнь, дабы освежить ее в памяти — одну из двух либо трех, что вы назначали на следующую переводческую сессию. Наш окаянный Люцифер слушал про то же воздаяние, каковое мы намеревались разбирать — за шесть дней до нас! Достаточный срок, чтоб устроить собственное *contrapasso* — убийство — за день либо два до того, как мы воплотим его на бумаге. Оттого-то с нашей весьма ограниченной колокольни сии совпадения и представлялись скачками, затеянными насмешником, пожелавшим обогнать наш перевод.

— Но куда девать предупреждение, вырезанное на окне мистера Лонгфелло? — спросил Рей.

— *La Mia Traduzione*. — Филдс всплеснул руками — Мы напрасно поторопились приписать сей труд убийце. Шакалы Маннинга из окаянного Колледжа готовы всяко прогнуться, лишь бы напугать нас и отвлечь от перевода.

Холмс обернулся к Рею:

— Патрульный, не сообщил ли Уиллард Бёрнди вам чего-либо полезного?

Тот ответил:

— По его словам, некий солдат предложил ему плату за инструкцию, как открыть сейф преподобного Тальбота. Бёрнди, решив, что деньги легкие, а риск невелик, отправился к Тальботу домой разведать обстановку — тогда-то его случайно и увидали. После убийства Тальбота детективы разыскали свидетелей и, не без содействия Лэнгдона Писли, соперника Бёрнди, завели судебное дело. Бёрнди был пьян и помнит в том человеке лишь солдатский мундир. Я бы не стал доверять ему даже в этом, когда бы вы не указали источник, из коего убийца черпал свои знания.

ПЕСНЬ ТРЕТЬЯ

— Повесить Бёрнди! Всех повесить! — вскричал Лоуэлл. — Теперь вы видите, джентльмены? Все проясняется. Мы столь близко к Люциферовой тропе, что просто немыслимо не наступить ему на ахиллесову пяту. Посудите сами: вся та чепуха, коей заполнены убийства, наконец-то обретает смысл. Люцифер — не Дантов изыскатель, он Дантов прихожанин. Он убивал, лишь прослушав Гринову проповедь о воздаянии. Грин пересказал Песнь Одиннадцатую: Вергилий с Данте сидят на стене, дабы приучить себя к зловонию Ада, и обсуждают его устройство с невозмутимостью двух инженеров; в той песни нет воздаяний — нет и убийств. Следующую неделю Грин болен, его нет у нас в клубе и он не читает проповеди — опять нет убийств.

— Да, Грин болел до того еще раз, и мы обсуждали перевод *«Inferno»* без него. — Лонгфелло перелистал страницы своих записок. — И раз после. Убийств также не происходило.

Лоуэлл продолжал:

— А потом мы прервали на время собрания нашего клуба, когда Холмс освидетельствовал тело Тальбота, и мы решили начать расследование — убийства также прекратились, ведь Грин прекратил свои проповеди! В точности до срока, когда мы надумали сделать «передышку» и разобрать Зачинщиков Раздора, отправив тем самым Грина на кафедру, а Дженнисона — на смерть!

— Также понятно, отчего убийца спрятал деньги под головой Святоскупца, — с раскаянием произнес Лонгфелло. — Мистер Грин предпочитал сию интерпретацию. Как же я не распознал в убийствах его манеру трактовать Данте?

— Не вините себя, Лонгфелло, — возразил доктор Холмс. — Детали злодеяний таковы, что знать их мог лишь тот, кто глубоко проник в Данте. Кому пришло бы в голову, что Грин стал невольным источником для сих злодеяний.

— Боюсь, однако, что, поддавшись моим резонам, — отвечал Лонгфелло, — мы совершили непоправимую ошибку. Из-за частоты наших собраний противник за неделю узнал от Грина то, на что ранее ушел бы месяц.

— А давайте отправим старика опять в ту церковь, — разошелся Лоуэлл. — И пусть на сей раз проповедует что угодно, помимо Данте. Мы будем наблюдать за аудиторией, найдем, кто возбудился более всех, и так схватим Люцифера!

— С Грином подобные игры чересчур опасны! — предупредил Филдс. — Трюки не для него. И потом, солдатский дом уже, считайте, закрыт, ветераны, очевидно, разбрелись по городу. Для сложных планов у нас нет времени. Люцифер способен напасть в любой миг — ему потребно лишь избрать того, кто в его искаженном миропонимании грешен!

— И все же у него должна быть некая причина, Филдс, — отвечал Холмс. — Столь буквальный мозг обязан быть обременен логикой.

— Как известно, после всякой проповеди злоумышленнику требовалось не менее двух дней, дабы подготовить убийство, иногда более, — сказал патрульный Рей. — Теперь, когда вы знаете, что именно из Данте мистер Грин изложил солдатам, у нас есть шанс предсказать возможную жертву?

Ответил Лоуэлл:

— Боюсь, нет. Прежде всего, на Люцифера обрушилась не одна проповедь, а целый поток, и потому невозможно предугадать, что придет ему на ум. Полагаю, песнь о Предателях, слышанная нами давеча, воздействует сильнее прочих. Но как предположить, кто именно в сознании этого безумца окажется предателем?

— Ежели бы только Грин получше запомнил человека, что спрашивал, нельзя ли ему самому читать Данте, — вздохнул Холмс. — Мундир, русые усы скобкой, легкая хромота. Также физическая сила, что очевидна во всяком убийстве, а еще проворство — его не видали ни до, ни после злодеяния. Я бы сказал, серьезный недуг тут маловероятен.

Лоуэлл встал и, притворно хромая, шагнул к Холмсу:

— Почему бы не выработать у себя подобную походку, Уэнделл, ежели хотите спрятать от мира даже самый намек на физическую силу?

— Не то, у нас нет свидетельств какой-либо маскировки —

убийцу попросту никто и никогда не замечал. Подумать только, Грин смотрел в глаза демону!

— Либо созерцательному джентльмену, сраженному Дантовой мощью, — предположил Лонгфелло.

— Видно же, с каким восторгом принимали солдаты рассказы о Данте, как они желали слушать еще и еще, — согласился Лоуэлл. — Читатели Данте становятся учениками, ученики — зилотами, и то, что начиналось простым любопытством, оборачивается религией. Бездомный изгнанник обретает пристанище в тысячах благодарных сердец.

Вспыхнул свет, и разговор прервал тихий голос из коридора. Филдс сердито мотнул головой:

— Осгуд, разберитесь, пожалуйста, кто там!

Под дверь скользнул сложенный листок бумаги.

— Просто записка, извините, мистер Филдс.

Филдс, поколебавшись, развернул листок.

— Печать Хоутона. «Памятуя о вашем недавнем запросе, я подумал, вам будет важно узнать, что корректуры Дантова перевода мистера Лонгфелло, очевидно, исчезли. Подпись: Г.О.Х.».

В наступившей тишине Рей спросил, в чем дело. Филдс объяснил:

— Когда мы по ошибке вообразили, будто убийца затеял с нами бег наперегонки, офицер, я просил печатника, мистера Хоутона, удостовериться, не покушался ли кто на корректуру мистера Лонгфелло — ведь таким способом злоумышленник мог проникнуть в распорядок наших переводческих сессий.

— Бог с вами, Филдс! — Лоуэлл вырвал у него из рук записку Хоутона. — Стоило лишь подумать, будто проповеди Грина что-либо объясняют. Сия бумажка переворачивает всю нашу картину, точно блин на сковородке!

Лоуэлл, Филдс и Лонгфелло застали Генри Оскара Хоутона за сочинением грозного письма нерадивому поставщику наборных форм. Клерк объявил о приходе гостей.

— Вы же сказали, что из вашей канцелярии не пропала ни одна корректура, Хоутон! — Филдс поднял крик, не успев толком снять шляпу.

Хоутон отпустил клерка.

— Вы абсолютно правы, мистер Филдс. Они в сохранности, — объяснил печатник. — Но, видите ли, на случай пожара я размещаю у себя в подвале дополнительные копии наиболее важных наборов и корректур — там они будут целы, даже когда вся Садбери-стрит выгорит дотла. Я полагал, мои мальчики не полезут в хранилище. В том нет смысла — мало найдется покупателей для ворованных корректур, сами же чертенята-печатники скорее затеют игру в бильярд, нежели надумают читать книги. Кто там сказал: «Пусть ангел пишет, печатать должен черт»? Я подумываю взять сие изречение своим девизом. — Хоутон прикрыл рукой высокомерный смешок.

— Томас Мур[1], — Лоуэлл не мог удержаться от всем известного ответа.

— Хоутон, — попросил Филдс, — умоляю, покажите, где были корректуры.

Хоутон повел Филдса, Лоуэлла и Лонгфелло в подвал — вниз на целый пролет по узкой лестнице. В конце длинного коридора он отворил дверь, набрав несложную комбинацию, и гости оказались в герметичном хранилище величиной с комнату; Хоутон купил его у почившего банка.

— Я проверил в канцелярии бумаги, обнаружил все на месте, а после решил заглянуть в подвал. И вот те на! Часть ранних корректур *Inferno*, очевидно, отправилась на прогулку.

— Когда они пропали? — спросил Филдс.

Хоутон пожал плечами.

— Видите ли, я не спускаюсь в хранилище с такой уж регулярностью. Корректуры могли пропасть дни либо месяцы тому назад, а я и не заметил.

---

[1] Томас Мур (1779—1852) — английский поэт ирландского происхождения. Приведенная выше цитата взята из книги «Мошенники в Англии», изданной в 1835 г.

Лонгфелло отыскал ящик со своим именем, и вместе с Лоуэллом они просмотрели страницы «Божественной Комедии». Не доставало песней из *Inferno*.

Лоуэлл зашептал:

— Похоже, их брали наобум. Нет куска от Песни Третьей, но иные пропажи с убийствами не соотносятся.

Просунув голову в образовавшееся вокруг двух поэтов пространство, печатник прокашлялся:

— Ежели вы к тому расположены, я соберу в одном месте всех, кому известен дверной шифр. Я намерен докопаться до истины. Ежели я прошу мальчишку повесить мой плащ, то рассчитываю, что постреленок вернется и доложит об исполнении.

Печатники гоняли прессы, устанавливали в ячейки литеры и соскребали всегдашние лужи темных чернил, когда вдруг зазвенел Хоутонов колокольчик. Все гурьбой потянулись в кофейную комнату «Риверсайд-Пресс».

Хоутон хлопнул в ладони, обрывая обычную болтовню.

— Мальчики. Прошу вас, мальчики. Небольшая неприятность потребовала моего внимания. Вы всяко узнали среди наших гостей мистера Лонгфелло из Кембриджа. Его работы образуют важную деловую и гражданскую часть наших литературных публикаций.

Один из мальчиков — рыжеволосый простачок с желтоватым и перепачканным чернилами лицом — вдруг заерзал и стал нервно поглядывать на Лонгфелло. Тот заметил и подал знак Лоуэллу с Филдсом.

— По-видимому, часть корректур, что хранились у нас в подвале оказалась... не на месте, скажем так. — Открыв рот и намереваясь продолжить речь, Хоутон также узрел беспокойство на лице бледно-желтого чертенка. Лоуэлл осторожно положил руку на заходившее ходуном плечо. Ощутив прикосновение, мальчишка повалил на пол своего ближайшего коллегу и бросился бежать. Лоуэлл незамедлительно кинулся за ним и повернул за угол как раз в срок, чтобы услыхать на черной лестнице быстрые шаги.

Выбежав в приемную, поэт понесся вниз по боковой лестнице. После выскочил на улицу и бросился наперерез беглецу, мчавшемуся теперь вдоль речного берега. Лоуэлл швырнул в него толстую палку, но чертенок увернулся, съехал по обледенелой насыпи и тяжело плюхнулся в реку Чарльз неподалеку от мальчишек, накалывавших на гарпуны угрей. Хрустнула ледяная корка.

Отобрав гарпун у возмущенного рыболова, Лоуэлл подцепил ошеломленного чертенка за мокрый фартук, успевший запутаться в пузырчатке и старых лошадиных подковах.

— Для чего ты утащил корректуры, мерзавец?

— Чё пристал? А ну пусти! — бурчал тот сквозь клацающие зубы.

— Ты мне скажешь! — пообещал Лоуэлл; руки и губы у него дрожали не менее, чем у пленника.

— Закрой варежку, старая жопа!

У Лоуэлла горели щеки. Схватив пацана за волосы, он макнул его головой в реку; чертенок шипел и плевался обломками льда. К тому времени Хоутон, Лонгфелло и Филдс — а следом полдюжины орущих печатников от двенадцати до двадцати одного года — вытолкались из передних дверей типографии поглядеть, что творится.

Лонгфелло схватился за Лоуэлла.

— Загнал я твои бумажки, понял! — орал чертенок, глотая воздух. Лоуэлл поставил его на ноги, крепко схватил за руку и приставил к спине гарпун. Мальчишки-рыболовы затеяли примерку трофея — круглой серой шапочки пленника. Загнанно дыша, чертенок отряхивался от жгучей ледяной воды.

— Простите, мистер Хоутон. Откуда ж мне было знать, что они кому-то надо! Я думал, лишние!

Хоутон был красен, как помидор.

— Все в типографию! Все на место! — кричал он болтавшимся вдоль реки растерянным мальчишкам.

Филдс призвал на помощь свою снисходительную властность.

— Чем быстрее и откровеннее вы нам все расскажете, юноша, тем лучше будет для вас. Отвечайте честно: кому вы продали бумаги?

— Полоумному одному. Доволен? Подкатил ночью, как я с работы шел; хочу, говорит, двадцать-тридцать страниц новой работы мистера Лонгфелло, любых, говорит, что только найдешь, всего ничего, чтоб не хватились. Ну и про то, как я «пару монет в кошель суну».

— Чтоб ты пропал, рыжий черт! Кто это был? — вскричал Лоуэлл.

— Хлыщ натуральный — цилиндр, шинель с накидкой, борода. Говорю: будь по-твоему, а он знай по плечу хлопает. Только я того борова и видал.

— Как же вы отдали ему корректуры? — спросил Лонгфелло.

— То ж не ему. Хлыщ велел отвезти по адресу. Дом вроде чужой — как он говорил, непохоже, чтоб его. Не помню ни улицы, ни номера, но вроде тут неподалеку. Отдам, говорит, бумажки назад, и ничего тебе от мистера Хоутона не будет — ага, только я того хмыря и видал.

— Он знал мистера Хоутона по имени? — спросил Филдс.

— Слушай внимательно, парень, — сказал Лоуэлл. — Нам нужно знать точно, куда ты отнес корректуры.

— Говорю же, — дрожа, отвечал чертенок, — забыл я тот номер!

— Не разыгрывай передо мной дурачка! — воскликнул Лоуэлл.

— Сам дурачок! А вот прокачусь по улицам на моей кобылке, точно вспомню!

Лоуэлл улыбнулся:

— Вот и отлично, мы поедем с тобой.

— Да чтоб я, да стукачом? Пускай тогда меня с работы не гонят!

Печатая шаг, Хоутон приблизился к берегу.

— Никогда, мистер Колби! Будете собирать чужие урожаи — сеять вскоре будете в одиночку!

— Притом новая работа тебя будет ждать за решеткой, — добавил Лоуэлл, очевидно, не вникнув в постулат Хоутона. — Ты отвезешь нас к дому, в который доставил ворованные корректуры, Колби, либо тебя отвезет туда полиция.

— Погодите маленько, пускай стемнеет, — рассмотрев открывавшиеся перед ним возможности, печатник не без достоинства признал поражение. Лоуэлл выпустил его руку, и чертенок умчался в «Риверсайд-Пресс» отогреваться у печки.

Тем временем Николас Рей с доктором Холмсом воротились в солдатский дом, где Грин читал ранее свою проповедь, но не нашли никого, подходившего под стариковское описание Дантова поклонника. Не наблюдалось в церкви и обычных приготовлений к вечере. Закутанный в тяжелую синюю шинель ирландец уныло заколачивал окна.

— Все деньги на протопку пошли. Город не дает более фондов помогать солдатам, так я слыхал. Закрывайтесь, говорят, хотя б на зиму. Между нами, господа, сомнительно мне, что после откроются. Слишком уж сильно эти дома, да и калеки также, напоминают про все, что мы натворили.

Рей с Холмсом попросили позвать распорядителя. Бывший церковный дьякон лишь подтвердил сказанное работником. Все из-за погоды, объяснил он — у них попросту нет денег на протопку. Еще он сказал, что нет и не было списков либо регистраций тех солдат, что пользовались их помощью. Заведение благотворительное, приходи всяк, кому надо, из любых полков и городов. И не только самые бедные, хотя благотворительность как раз для них. Иным необходимо попросту побыть среди своих — тех, кто их понимает. Кого-то дьякон знал по имени, и совсем малую часть — по номерам полков.

— Мы ищем одного человека, возможно, вы знаете. Это очень важно. — Рей пересказал приметы, кои сообщил им Джордж Вашингтон Грин.

Распорядитель лишь покачал головой:

— Я б с радостью написал для вас имена джентльменов, кого знаю, да что толку. Солдаты временами держатся так, будто сами себе государство. Как они понимают друг друга, нам в жизни не понять.

Холмс раскачивался в кресле, пока дьякон с мучительной медлительностью грыз взъерошенный хвост своего пера.

Лоуэлл вывел коляску Филдса из ворот «Риверсайд-Пресс». Рыжий чертенок восседал верхом на старой пятнистой кобыле. Вдоволь наскандалившись, что из-за них его лошадь рискует подхватить мып, а комитет по здравоохранению предупреждал, что сие неминуемо при смене прежде постоянных условий, Колби проскакал по маленьким улочкам, а после свернул к замерзшему пастбищу. Путь их был столь извилист и неясен, что даже Лоуэлл, с младенчества знавший Кембридж, вовсе запутался и ехал вперед, ориентируясь по одному лишь раздававшемуся впереди стуку копыт.

У заднего двора скромного колониального дома чертенок натянул поводья; сперва он проехал мимо, но после повернул кобылу обратно.

— Вот вам дом, сюда я и притащил корректуры. Пихнул под заднюю дверь, как было велено.

Лоуэлл остановил коляску.

— Чей это дом?

— Тут уж вам самим разбираться, орлы! — прорычал Колби, сдавил кобылу пятками и помчал галопом по замерзшей земле.

Подсвечивая себе фонарем, Филдс повел Лоуэлла и Лонгфелло к задней веранде.

— Там нет света. — Лоуэлл соскреб с окна наледь.

— Давайте обогнем дом, запомним адрес, а после вернемся с Реем, — шепнул Филдс. — Мошенник Колби запросто мог нас надуть. Он же вор, Лоуэлл! Что, ежели в доме поджидают грабители?

Лоуэлл постучал медным кольцом.

— В последние дни сей мир ведет себя столь любезно, что, ежели мы сейчас уйдем, этот дом наутро попросту испарится.

— Филдс прав. Необходимо ступать осторожно, мой дорогой Лоуэлл, — шепотом возразил Лонгфелло.

— Эй! — крикнул Лоуэлл, стуча теперь кулаком. — Никого нет. — Он толкнул дверь, и та на удивление легко распахнулась. — Видите? Звезды нынче с нами.

— Джейми, ну нельзя же просто так вламываться! А ежели это дом Люцифера? Недоставало нам самим угодить за решетку! — не унимался Филдс.

— Стало быть, познакомимся с Люцифером, — отвечал Лоуэлл, отбирая у Филдса фонарь.

Лонгфелло остался на улице следить, чтобы никто не приметил коляску. Филдс с Лоуэллом вошли в дом. Они крались по темному холодному коридору, и Филдс то и дело вздрагивал от случайного скрипа либо стука. Из-за ветра, прорывавшегося сквозь незакрытую дверь, шторы на окнах выписывали загробные пируэты. В иных комнатах стояла кое-какая мебель, прочие были совсем пусты. Заброшенность сносила в этот дом плотную вязкую тьму.

Лоуэлл заглянул в целиком заставленную овальную комнату со сводчатым, точно в церкви, потолком; шедший следом Филдс вдруг стал отплевываться, скрести лицо и бороду. Лоуэлл поводил фонарем вдоль широкой арки.

— Паутина. Половину уже оплели. — Он поставил фонарь на стол в середине этой библиотеки. — Тут никто не живет весьма приличный срок.

— Либо живет, но не возражает против паучьего соседства.

Лоуэлл помолчал, размышляя над такой возможностью.

— Давайте смотреть по сторонам: вдруг что-либо подскажет, зачем было платить мерзавцу, чтоб он тащил корректуры именно сюда.

Филдс начал что-то отвечать, как вдруг по всему дому пронесся искаженный эхом крик и следом — тяжелая поступь. Лоуэлл и Филдс обменялись полными ужаса взглядами и приготовились драться за свою жизнь.

— Разбойники! — Боковая дверь распахнулась, и в библиотеку ввалился коренастый человек в шерстяном домашнем платье. — Разбойники! Отвечайте, кто вы, а не то буду орать «грабеж»!

Выставив далеко вперед мощную лампу, человек ошеломленно застыл. Глядел он не столько на лица, сколько на покрой одежды.

— Мистер Лоуэлл? Это вы? И мистер Филдс?

— Рэндридж? — воскликнул Филдс. — Рэндридж, портной?

— Ну да, — робко подтвердил Рэндридж и шаркнул шлепанцем.

Вычислив источник беспокойства, в комнату примчался Лонгфелло.

— Мистер Лонгфелло? — Рэндридж стащил с головы ночной колпак.

— Это ваш дом, Рэндридж? На что вам понадобились корректуры? — строго спросил Лоуэлл.

Рэндридж сконфузился:

— Мой? Мой дом за два отсюда, мистер Лоуэлл. Я услыхал шум и явился проверить. Подумал, вдруг какой мародер разгулялся. Они ж не все пока увезли. До библиотеки, как видите, и вовсе не добрались.

Лоуэлл спросил:

— Кто не все увез?

— Ну так родственники. Кто ж еще?

Филдс отступил назад, помахал лампой над книжными полками — и глаза его стали вдвое шире от неправдоподобного числа Библий. Их там стояло не менее тридцати, а то и сорока. Издатель снял с полки самую большую.

Рэндридж все говорил:

— Явились из Мэриленда разбираться с имуществом. Несчастные племянники от такого ужаса вовсе растерялись, доложу я вам. А кто б не растерялся? После всех дел, я ж говорю, слышу, шумят, ну и пришло на ум: может, ребята какие надумали прихватить чего на память — вы знаете, все ж сенсация. Как поселились в округе ирландцы... м-да, вечно чего-нибудь не досчитаешься.

Лоуэлл хорошо знал, где в Кембридже располагается дом Рэндриджа. С неистовством Пола Ревира[1] он мысленно проскакал по всему району, охватывая взором по два дома сразу в каждую сторону. Затем приказал собственным глазам приноровиться к темноте комнаты и отыскать знакомое лицо среди развешанных по стенам темных портретов.

— Нет в наше время покоя, скажу я вам, друзья мои, — продолжал портной свои стенания. — Даже мертвым.

— Мертвым? — повторил Лоуэлл.

— Мертвым, — шепнул Филдс, передавая поэту раскрытую Библию. На внутренней стороне обложки красовалась аккуратно выведенная полная семейная родословная; сделано сие было рукой последнего хозяина дома, преподобного Элиши Тальбота.

---

[1] Пол Ревир (1735—1818) — участник Войны за независимость. Прославился тем, что, проскакав за очень короткое время 16 миль, принес повстанцам весть о наступлении англичан.

XVI

Университетский Холл, 8 октября 1865 г.

Мой дорогой преподобный Тальбот,
Я желал бы добавочно подчеркнуть, что язык и форма изложения данной серии предоставлены на полное Ваше усмотрение, и Вы совершенно свободны в выборе оных. Мистер _____ дал нам всяческие уверения, что с нетерпением ожидает и почтет за величайшую честь опубликовать все четыре части в своем литературном обозрении, каковое в глазах публики является главнейшим и равным соперником «Атлантик Мансли» мистера Филдса. Вам необходимо лишь придерживаться основных направлений, долженствующих способствовать скромным целям, в настоящий момент вставшим перед Корпорацией.

Первая из статей будет призвана посредством Ваших глубоких познаний в материях подобного сорта, а также исходя из религиозных и моральных оснований разоблачить поэзию Данте Алигьери. В продолжении Вы изложите бесспорные и неопровержимые аргументы, доказывающие, что литературным шарлатанам, каковым и является Данте (равно как и подобным ему иноземным щелкоперам, что все чаще вторгаются в нашу жизнь) не место на книжных полках честных американских граждан, а также разъясните, почему «Т, Ф и Кº» — издательский дом, наделенный «международной известностью» (как частенько похваляется мистер Филдс), должен понесть ответственность по всей строгости гражданской позиции. Две финальные части Вашей серии, дорогой преподобный Тальбот, призваны будут проанализировать перевод

Генри Уодсворта Лонгфелло и на том основании обвинить доселе «национального» поэта в попытке внедрить в американские библиотеки аморальную и антирелигиозную литературу. При тщательном планировании и высочайшим содействии две первых статьи опередят на несколько месяцев перевод Лонгфелло, дабы привлечь на нашу сторону общественное мнение; третья же и четвертая выйдут одновременно с похвальбами самому переводу и тем отвратят от покупки здравомыслящее общество.

Разумеется, мне нет нужды подчеркивать Вашу моральную стойкость, на каковую мы все столь уповаем, равно как и соотнесенные с Вашими статьями ожидания. И хотя, смею думать, Вы не нуждаетесь в напоминаниях об опыте, приобретенном Вами в бытность юным учащимся нашего учреждения, напротив, Ваша душа испытывает совместно со всеми нами те же каждодневные тяготы, все же было бы недурно сопоставить варварскую природу иноземной поэзии, олицетворяемой Данте, с высококачественной классической программой, каковую вот уже два столетия отстаивает Гарвардский Колледж. Поток добродетели, извлекаемый Вами из Вашего пера, дорогой преподобный Тальбот, послужит достаточным основанием для отсылки незваного Дантова парохода обратно в Италию, к Папе, каковой давно его там дожидается, и тем позволит нам всем отпраздновать торжество *Christo et ecclesiae*.

Засим остаюсь искренне Ваш,

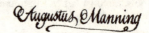

В Крейги-Хаус трое друзей воротились с четырьмя письмами, адресованными Элише Тальботу и украшенными геральдической печатью Гарварда, а еще с пачкой Дантовой корректуры — той, что пропала из подвального хранилища «Риверсайд-Пресс».

— Тальбот был для них идеальным рычагом, — отметил Филдс. — Пастор, почитаемый всеми добрыми христианами, и признанный критик католичества; как человек, не принадлежащий к гарвардским кругам, он оказал бы Колледжу услугу, сохранив видимость непредвзятости, а заодно отточил бы на нас свое перо.

— И уж всяко нет нужды звать гадалку с Энн-стрит, дабы знать, какую сумму получил Тальбот за свои старания, — сказал Холмс.

— Тысячу долларов, — отвечал Рей.

Лонгфелло кивнул и протянул им письмо, где называлась плата.

— Мы держали их в руках. Тысяча долларов на «расходы», соединенные со статьями и сопутствующими изысканиями. Эти деньги — сейчас можно сказать с уверенностью — стоили жизни Элише Тальботу.

— Стало быть, убийца знал точную сумму перед тем, как изымать ее из Тальботова сейфа, — заметил Рей. — Знал подробности соглашения, видал письма.

— «И деньги грешные храни», — продекламировал Лоуэлл, а после добавил: — Тысяча долларов — награда за голову Данте.

В первом из четырех писем Маннинг приглашал Тальбота в Университетский Холл обсудить предложение Корпорации. Во втором намечал содержание статей и прикладывал плату, сумма которой оговаривалась лично. Между вторым и третьим письмом Тальбот, очевидно, жаловался своему корреспонденту на бостонских книготорговцев, у коих никак не возможно отыскать английской версии «Божественной комедии» — очевидно, для своей критики Тальбот намеревался воспользоваться последним британским переложением преподобного Г. Ф. Кэри[1]. Соответственно, третье письмо Маннинга, точнее, записка, сулила доставить Тальботу отрывок непосредственно из перевода Лонгфелло.

Давая подобное обещание, Огастес Маннинг прекрасно сознавал, что после развернутой им кампании Дантов Клуб ни за что не станет делиться с ним образцом перевода. А потому, догадались ученые мужи, либо сам казначей, либо кто-то из его подручных отыскал нечистого на руку печатника, то бишь

---

[1] Генри Фрэнсис Кэри (1772—1844) — английский переводчик, автор переводов многих классических авторов. В 1814 г. перевел белым стихом «Божественную Комедию» Данте.

Колби, и, соблазнив деньгами, склонил выкрасть страницы перевода.

Теперь становилось ясно, где искать ответы на иные вопросы, касавшиеся Маннингова плана, — в Университетском Холле. Однако днем там постоянно толклись собратья, и Лоуэллу не представлялось возможным добраться до бумаг Гарвардской Корпорации; проникнуть в Университетский Холл ночью он также не мог. Планы взлома и подкупа упирались в сложную систему замков и цифровых комбинаций, призванных стеречь гарвардские секреты.

Крепость представлялась неприступной до той поры, пока Филдса вдруг не осенило, кто именно их туда проведет.

— Теал!

— Вы о чем, Филдс? — спросил Холмс.

— Мой ночной посыльный. В отвратительной истории с Сэмом Тикнором именно он спас бедняжку мисс Эмори. И тогда же упомянул, что еженедельно, помимо нескольких ночей на Углу, днем работает в Колледже.

Лоуэлл спросил, убежден ли Филдс, что посыльный согласится.

— Отчего ж нет, он весьма предан «Тикнор и Филдс», — отвечал издатель.

Выйдя из Угла часов в одиннадцать вечера, преданный «Тикнор и Филдс» работник с удивлением обнаружил, что у крыльца его дожидается Дж. Т. Филдс. В считаные минуты посыльный был усажен в издательскую колесницу и представлен другому пассажиру — профессору Джеймсу Расселлу Лоуэллу! Как же часто Теал воображал себя среди столь высокопоставленных особ. Судя по виду, он попросту не знал, как ответить на столь редкостное обращение. Он внимательно выслушал их просьбу.

В Кембридже Теал провел их через Гарвардский Двор мимо неодобрительного жужжания газовых фонарей. Посыльный медлил и постоянно оглядывался через плечо, будто опасаясь, что его литературный отряд исчезнет столь же быстро, сколь и возник.

— Вперёд! Мы здесь, молодой человек. Мы следуем за вами! — подбадривал его Лоуэлл.

Он теребил концы своих усов. Он волновался не столько из-за того, что кто-либо из Колледжа обнаружит их в университете, сколько о том, что же они отыщут в бумагах Корпорации. Лоуэлл рассуждал, что, ежели привяжется какой надоеда из живущих при университете преподавателей, то он, профессор, уж как-нибудь да сочинит подходящее объяснение — соврёт, что забыл в лекционном зале свои записки. Присутствие Филдса выглядело куда менее естественным, однако обойтись без него было никак невозможно, ибо кто, помимо издателя, способен уговорить капризного посыльного — совсем ведь мальчишка, на вид от силы лет двадцать. Дан Теал обладал гладко выбритыми ребяческими щеками, круглыми глазами и хорошеньким почти женским ртом, которым он постоянно что-то жевал.

— Не думайте ни о чём, мой дорогой мистер Теал. — Филдс взял юношу за руку, ибо они приблизились к внушительной лестнице, ведущей к классным комнатам и кабинетам Университетского Холла. — Нам необходимо всего лишь взглянуть на кой-какие бумаги, после мы уйдём, ничего не тронув и не нарушив. Вы совершаете благое дело.

— Мне большего и не надо, — искренне отвечал Теал.

— Молодец, — улыбнулся Филдс.

Дабы разделаться с чередой замков и засовов, Теал пустил в ход доверенную ему связку ключей. Оказавшись у цели, Лоуэлл и Филдс зажгли предусмотрительно захваченные свечи и стали перекладывать книги Корпорации из ящиков на длинный стол.

— Погодите, — сказал Лоуэлл Филдсу, когда издатель решил отпустить Теала. — Взгляните, Филдс, сколь много томов нам предстоит изучить. Втроём дело пойдёт скорее, нежели вдвоём.

Теал заметно нервничал, однако приключение его захватило.

— Пожалуй, я смогу быть полезен, мистер Филдс. Ежели вам угодно, — предложил он свои услуги. Но после ошеломленно обвел глазами книжные развалы. — Только сперва растолкуйте, чего вам необходимо отыскать.

Филдс начал было говорить, но, вспомнив жалкую попытку Теала написать объяснение, предположил, что читает этот парень немногим лучше.

— Вы уже сделали более, чем от вас требовалось, отправляйтесь спать, — сказал он. — Я непременно позову вас вновь, ежели вы нам понадобитесь. Примите нашу совместную благодарность, мистер Теал. Вам не придется сожалеть о своем доверии.

Заседания Корпорации проходили раз в две недели, и в неясном свете Филдс и Лоуэлл перечли все страницы протоколов. Сквозь куда более скучные университетские дела в них то и дело проступали осуждения Дантова класса профессора Лоуэлла.

— Ни слова об упыре Саймоне Кэмпе. Должно быть, Маннинг нанимал его лично, — отметил Лоуэлл. Иные дела сомнительны даже для Гарвардской Корпорации.

Пролистывая бесконечные стопки бумаг, Филдс нашел то, что им требовалось: в октябре четверо из шести членов Корпорации с готовностью одобрили идею, согласно которой преподобному Элише Тальботу поручалось настрочить разгромную критику на грядущий перевод Данте; казначейскому же комитету — то бишь Огастесу Маннингу — предписывалось выплатить «приличествующую компенсацию за истраченное время и усердие».

Филдс взялся листать записи Попечительского совета Гарварда — сия управляющая группа состояла из двадцати персон и избиралась ежегодно законодательным собранием штата; от Корпорации совет отделяла всего одна ступень. Бегло проглядев попечительские книги, Филдс и Лоуэлл нашли в них немало упоминаний о верховном судье Хили, каковой состоял членом совета вплоть до самой своей кончины.

Время от времени Совет Гарварда избирал двух так называемых «адвокатов» — рассматривать безотлагательные вопросы и разрешать разногласия. Пуская в ход присущий ему дар убеждения, один миропомазанный попечитель принужден был выступать «обвинителем», тогда как противоположный держал сторону оправдания. От избранного попечителя-адвоката не требовалась убежденность в правоте отстаиваемого дела; более того, сия персона предоставляла совету непредвзятое измышление и честный взгляд, свободный от личных принципов.

В кампании, развязанной Корпорацией против разнообразной, но всяко соотносящейся с Данте деятельности, а также тех персон, кто, принадлежа к университету, таковой деятельностью занимался — сюда входили Дантов курс Джеймса Расселла Лоуэлла и перевод Генри Уодсворта Лонгфелло с прилагавшимся к нему Дантовым клубом, — попечители постановили избрать адвокатов, дабы те ради справедливого разрешения противоречий представили обе стороны. Защиту Данте совет поручил блестящему исследователю и аналитику верховному судье Артемусу Прескотту Хили. Тот, однако, никогда не причисляя себя к литераторам, отнесся к делу без особой страсти.

Просьбу стать защитником Данте Совет высказал Хили несколько лет тому назад. Очевидно, мысль о принятии чьей-либо стороны, пускай и за пределами судебной палаты, доставляла верховному судье неудобства, и он ответил отказом. Не готовый к такому обороту совет пустил дело на самотек и в день, когда решалась судьба Данте Алигьери, не высказал своей позиции вовсе.

История отречения Хили занимала в записях Корпорации две строки. Разглядевший подтекст Лоуэлл заговорил первым:

— Лонгфелло был прав, — прошептал он. — Хили — не Понтий Пилат.

Филдс взглянул на него поверх золотой оправы очков.

— Ничтожный — тот, кто свершил, по словам Данте, Великое Отречение, — объяснил Лоуэлл. — Лишь одна душа, избранная Данте на пути сквозь преддверье Ада. Я видел в нем Понтия Пилата, умывшего руки, когда решалась судьба Христа — так умывал руки Хили, когда пред судом представал Томас Симс и прочие беглые рабы. Однако Лонгфелло — нет, Лонгфелло и Грин! — убеждены, что Великое Отречение свершил Целестин, ибо он отверг пост, но не человека. Целестин отрекся от папского престола, дарованного ему в пору, когда католическая церковь более всего в том нуждалась. За отречением последовало возвышение Бонифация и в конечном итоге — изгнание Данте. Отказавшись встать на защиту поэта, Хили отверг пост величайшей важности. Данте был изгнан вновь.

— Простите меня, Лоуэлл, но я не стал бы сравнивать отказ от папства с нежеланием защищать Данте в зале попечительского совета, — несколько раздраженно отвечал Филдс.

— Как же вы не видите, Филдс? Это не мы сравниваем. Убийца.

За стеной Университетского Холла вдруг треснула толстая ледяная корка. Звук приближался.

Лоуэлл бросился к окну.

— Чтоб тебе провалиться, окаянный наставник!

— Вы в том убеждены?

— Нет, пожалуй, не разглядеть... кажется, их двое...

— Они видели свет, Джейми?

— Не знаю, не знаю — уходим!

Высокий мелодичный голос Горацио Дженнисона заглушал звуки фортепьяно:

> — Все прошло — тиранов гнет,
> Притеснения владык.
> Больше нет ярма забот,
> Равен дубу стал тростник[1].

То было едва ли не лучшее его переложение Шекспировой песни, но зазвенел звонок, чего никто не ждал, ибо четверо приглашенных гостей уже расселись в зале и наслаждались

---

[1] У. Шекспир. Цимбелин. Действие IV, сцена II. Перевод Н. Мелковой.

музыкой с такою полнотой, что, чудилось, готовы были впасть в истинный экстаз. За два дня до того Горацио Дженнисон послал записку Джеймсу Расселлу Лоуэллу, спрашивая, не согласится ли тот в память о Финеасе Дженнисоне заняться эдициями его дневников и писем — Горацио хоть и был назначен литературным душеприказчиком, предпочел передать дело в более достойные руки: Лоуэлл служил первым редактором «Атлантик Мансли», ныне выпускал «Норт-Американ Ревью», а помимо того числился лучшим дядюшкиным другом. Горацио никак не ожидал, что Лоуэлл заявится к нему домой с подобной бесцеремонностью, да еще в столь поздний час.

Горацио Дженнисону было немедля сообщено, сколь сильно привлекла Лоуэлла изложенная в записке идея, а потому поэту срочно, точнее — безотлагательно — необходимы последние дневники Дженнисона; он оттого и привел с собою Т. Филдса, дабы серьезно говорить о публикации.

— Мистер Лоуэлл? Мистер Филдс? — Горацио Дженнисон выскочил на крыльцо, когда оба гостя, подхватив дневники и не сказав более ни слова, помчались прочь к дожидавшейся их карете. — Я надеюсь, мы получим за публикацию соответствующее вознаграждение?

В те часы время стало бесплотным. Вернувшись в Крейги-Хаус, изыскатели набросились на неразборчивые каракули, что составляли дневники Финеаса Дженнисона. После открытий, окружавших Хили и Тальбота, знатоки Данте ничуть не удивились — в умственном смысле, — что «грех», за который Люцифер покарал Дженнисона, также соотносился с Данте. И лишь Джеймс Расселл Лоуэлл не верил — не мог поверить, что его многолетний друг оказался на такое способен, однако сомнения утонули в свидетельствах.

Во множестве своих дневниковых записей Финеас Дженнисон выражал всепоглощающее желание занять место в Гарвардской Корпорации. Тогда, мечтал промышленник, он наконец-то добьется почета, каковой не шел ему в руки из-за неучебы в Гарварде и непринадлежности к бостонским фамилиям. Вступление в Корпорацию знаменовало бы вступление в мир, всю предшествующую жизнь от него запертый. И что за божественное могущество ощутил бы Финеас Дженнисон, когда с той же легкостью, с какой расправлялся со своею коммерцией, стал бы руководить лучшими умами Бостона!

И пусть корежится дружба — ее не жаль принести в жертву.

В последние месяцы он частенько заглядывал в Университетский Холл, ибо, числясь финансовым патроном Колледжа, имел там множество дел; в личных беседах Дженнисон умолял собратьев запретить преподавание абсурдной дисциплины, столь милой сердцу профессора Джеймса Расселла Лоуэлла, тем более что дисциплина эта стараниями Генри Уодсворта Лонгфелло могла вскоре распространиться повсеместно. Влиятельнейшим членам попечительского совета Дженнисон обещал полную финансовую поддержку в их кампании за реформацию департамента новых языков. И в ту же самую пору — читая дневник, с горечью вспоминал Лоуэлл — Дженнисон призывал профессора бороться со все более дерзкими попытками Корпорации задушить его работу.

Из дневников выходило, что не менее года Дженнисон забавлялся планами расчистить для себя место в университетском управлении. Сея распри среди администрации Колледжа, он намеревался создать повод для отставки, а затем претендовать на вакансию. Дженнисон был вне себя, когда после смерти Хили на место судьи избрали промышленника, в половину состоятельного и в четверть смышленого, нежели он сам, и лишь оттого, что тот по праву рождения принадлежал к браминской аристократии, чуть ли не к самим Чотам[1]. Финеасу Дженнисону было известно, кто в Корпорации заправлял политикой — негласно, однако едва ли не единолично — доктор Огастес Маннинг.

---

[1] Чоты — новоанглийское семейство, исправно поставлявшее Америке юристов, ученых, дипломатов и политических деятелей. Самые известные из них: юрист и конгрессмен Руфус Чот (1799—1859) и его племянник Джозеф Ходжес Чот (1832—1917) — юрист и дипломат, американский посол в Великобритании.

ПЕСНЬ ТРЕТЬЯ

Прознав о всепоглощающем желании доктора Маннинга уберечь университет от какого-либо касательства к Дантову начинанию, Дженнисон увидал в том возможность занять кресло в Университетском Холле.

— Меж нами не было даже намека на распрю, — грустно сказал Лоуэлл.

— Дженнисон призывал вас бороться с Корпорацией и Корпорацию — с вами. Борьба измотала бы Маннинга. Каким бы ни стал финал, образовались бы вакансии, а сам Дженнисон сделался бы героем, ибо поддержал Колледж в трудную минуту. В том и была его давняя цель, — пояснил Лонгфелло, желая убедить Лоуэлла, что поэт нимало не погрешил против дружбы Дженнисона.

— Это не укладывается у меня в голове, Лонгфелло, — пожаловался Лоуэлл.

— Он стремился отсечь вас от Колледжа, Лоуэлл, за что его самого рассекли на части, — сказал Холмс. — Таков *contrapasso*.

Вслед за Николасом Реем Холмс погрузился в загадку бумажных обрывков, найденных у тел Тальбота и Дженнисона; совместно с патрульным доктор часами выкладывал из букв возможные комбинации. Сейчас он также собирал слова либо части слов из переписанных у Рея значков. Можно было не сомневаться — такие же точно обрывки остались и у тела судьи Хили, однако за миновавшие после убийства дни речной бриз унес их прочь. Недостающие буквы довершили бы послание убийцы, Холмс был в том убежден. Без них то всего лишь разрозненная мозаика. *We cant die without it as im upon*[1]...

Лонгфелло перевернул страницу в журнале расследований. Но, уже обмакнув перо, поэт застыл, глядя прямо перед собой, — и так сидел, пока не просохли чернила. Он не мог заставить себя написать очевидное заключение: Люцифер вершил свои воздаяния ради них — ради Дантова клуба.

---

[1] *Зд.*: Мы не можем умереть без этого, пока я призван... (*англ.*)

Парадные ворота Бостонского Капитолия возвышались высоко на Бикон-Хилл; здание венчала медная крыша с короткой острой башенкой, подобной маяку, наблюдающему за Бостон-Коммон. Муниципальный центр штата охраняли пирамидальные вязы, ныне обнаженные и побеленные декабрьским инеем.

Губернатор Джон Эндрю с выбившимися из-под черного шелкового цилиндра черными же кудрями и всем величием, каковое позволяла его грушевидная фигура, приветствовал сенаторов, местных сановников и облаченных в мундиры солдат, одаривая всякого одной и той же равнодушной улыбкой политика. Маленькие очки в оправе чистого золота служили ему единственной уступкой материальным привилегиям.

— Губернатор. — Мэр Линкольн слегка поклонился; он сопровождал миссис Линкольн вверх по ступеням ко входу. — Сей солдатский сбор глядится лучшим за все времена.

— Благодарю вас, мэр Линкольн. Миссис Линкольн, добро пожаловать, прошу вас. — Губернатор Эндрю радушно взмахнул рукой. — Общество представительно, как никогда.

— Говорят, в список приглашенных включен сам Лонгфелло, — добавил мэр Линкольн и одобрительно похлопал по плечу губернатора Эндрю.

— Вы многое делаете для этих людей, губернатор, и мы — я имею в виду город — вам аплодируем. — По-королевски шагнув в фойе, миссис Линкольн с легким шуршанием приподняла подол платья. Низко повешенное зеркало позволяло ей, как и прочим леди, разглядеть со всех боков свой наряд и тем убедиться, что по пути на прием никакая его деталь не сместилась неподобающим образом — от мужей в том случае толку было мало.

В обширном зале особняка мешались друг с другом и с двумя-тремя дюжинами гостей семьдесят не то восемьдесят военных; участники пяти кампаний были облачены в парадные мундиры с епанчами. Самые активные полки могли похвастать лишь малым числом живых ветеранов. Хотя советники губернатора Эндрю и настаивали, чтобы приглашения высы-

ПЕСНЬ ТРЕТЬЯ

лались наиболее почтенным представителям солдатского сообщества — иные солдаты, утверждали чиновники, после войны сделались истинной бедой, — Эндрю приказал отбирать гостей исходя из военных заслуг, но не из положения в обществе.

Губернатор Эндрю чеканным шагом прошествовал через середину продолговатого зала, радуясь волне самоудовольствия, разглядывая лица и прислушиваясь к звонким именам тех, с кем ему посчастливилось свести дружбу за годы войны. Не раз и не два в те вывихнутые времена Субботний клуб принужден был слать в Капитолий кэб, дабы насильно изымать Эндрю из кабинета ради веселого вечера в теплых гостиных Паркер-Хауса. Время разделилось надвое: до войны и после. В Бостоне — думал Эндрю, смягчаясь и оттаивая среди белых галстуков и шелковых цилиндров, блеска мундиров и офицерских галунов, разговоров и комплиментов старых друзей, — мы выжили.

Мистер Джордж Вашингтон Грин расположился напротив гладкой мраморной статуи Трех Граций, мягко опиравшихся одна на другую: лица их были ангельски холодны, глаза полны покоя и безразличия.

— Как мог ветеран из солдатского дома не только слушать проповеди Грина, но и знать в подробностях о наших трениях с Гарвардом?

Вопрос прозвучал еще в кабинете Крейги-Хауса. Ответа не было, и все понимали, что найти его — означало найти убийцу. Отец либо дядя молодого человека, увлеченного проповедями Грина, мог состоять в Гарвардской Корпорации либо в попечительском совете; ему ничего не стоило пересказать за ужином сию историю, ни на миг не заподозрив, сколь сильно она воздействует на нестойкую душу соседа по столу.

Ученым мужам предстояло выяснить, кто присутствовал на заседаниях совета, когда речь заходила о Хили, Тальботе, Дженнисоне и об их роли в борьбе с Данте; список надлежало сравнить с именами и биографиями тех ветеранов из солдатского дома, о которых удалось разузнать хоть что-то. Видимо, придется опять просить мистера Теала свести их в кабинет Корпорации; Филдс договорится с посыльным, когда тот появится на Углу.

Пока же издатель приказал Осгуду составить список всех работников «Тикнор и Филдс», кто участвовал в сражениях, соотнесясь для того с «Реестром Массачусетских полков в войне с бунтовщиками». Этим же вечером Николас Рей и прочие отправлялись на прием, что устраивал губернатор в честь бостонских военных.

Лонгфелло, Лоуэлл и Холмс пробирались сквозь заполненный народом приемный зал. Не спуская глаз с мистера Грина, они, пользуясь случайными предлогами, расспрашивали ветеранов о человеке, которого старик им описывал.

— Это не Капитолий, это задняя комната таверны! — пожаловался Лоуэлл, разгоняя блуждающий дым.

— Полноте, мистер Лоуэлл, не вы ли похвалялись, что выкуривали в день по десятку сигар и тем вызывали присутствие музы? — упрекнул его Холмс.

— Хуже всего мы переносим в иных аромат собственных пороков, Холмс. Давайте куда-либо пристанем и выпьем по бокалу-другому, — предложил Лоуэлл.

Доктор Холмс прятал руки в карманах жилета муарового шелка, словами же сыпал, точно сквозь сито.

— Все, с кем я говорил, либо вовсе не встречали даже отдаленно напоминавших солдата, коего описывал нам Грин, либо совсем недавно видали в точности такого, однако не знают ни его имени, ни места, где он может находиться. Хорошо бы Рею повезло больше.

— Данте, мой дорогой Уэнделл, был человеком великого достоинства, секрет же сего в том, что он никуда не торопился. Никто и никогда не заставал его в неподобающей спешке — это ли не превосходный пример для подражания?

Холмс скептически рассмеялся:

— И часто вы ему следуете?

Лоуэлл раздумчиво втянул в себя «бордо», а после произнес:
— Признайтесь, Холмс, в вашей жизни была Беатриче?
— Простите, Лоуэлл?
— Женщина, что испепелила до дна ваше воображение.
— А как же, моя Амелия!
Лоуэлл закатился от хохота:
— О, Холмс! Все ваши заходы исключительно направо. Жена не может быть Беатриче. Поверьте моему опыту, он подобен опыту Петрарки, Данте и Байрона: я отчаянно влюбился, не успев дорасти до десяти лет. Что за муки мне пришлось перенесть — о том знает лишь мое сердце.
— Как счастлива была бы Фанни послушать сей разговор, Лоуэлл!
— Фи! У Данте была Джемма, мать его детей, но не властительница вдохновения! Вам известно, как они повстречались? Лонгфелло в то не верит, однако Данте упоминает Джемму Донати в *Vita Nuova* — это она утешала его после кончины Беатриче. Посмотрите вон на ту молодую особу.
Проследив за взглядом Лоуэлла, Холмс увидал субтильную девицу с иссиня-черными волосами, что сверкали ярко в брильянтовом блеске канделябров.
— Я все помню — 1839 год, галерея Оллстона. Прекраснейшее из созданий, когда-либо представавших моему взору, ничего общего вон хотя бы с той записной красоткой, что прельщает за стойкой друзей своего мужа. Черты ее были чисто еврейскими. Лицо смугло, но открыто настолько, что всякое чувство проплывало по нему, точно по траве тень от облака. С места, где я стоял, не видно было абриса глаз, они прятались в тени бровей и в смуглости кожи — одно лишь сияние, неясное и волшебное. Но что за очи! Они повергли меня в трепет. Сама память о том ангельском очаровании несет в себе более поэзии...
— Она была умна?
— О боже, я не знаю! Она взмахнула ресницами, и я не мог извлечь из себя ни слова. Когда встречаешься с кокеткой, Уэнделл, остается лишь одно — бежать. Минуло более чет-

верти века, а я все не могу изгнать ее из памяти. Уверяю, Беатриче есть у всех, живет ли она подле нас либо только в воображении.

Подошел Рей, и Лоуэлл умолк.

— Офицер Рей, ветер переменился и сделался попутным — так мне ныне представляется. Мы счастливы тем, что вы на нашей стороне.

— Благодарите за то свою дочь, — сказал Рей.

— Мэйбл? — ошеломленный Лоуэлл поворотился к нему лицом.

— Она говорила со мной, джентльмены, убеждала вам помочь.

— Мэйбл втайне говорила с вами? Холмс, вы о том знали? — спросил Лоуэлл.

Холмс покачал головой:

— Вовсе нет. Стало быть, необходимо за нее выпить!

— Ежели вы станете ее ругать, профессор Лоуэлл, — предупредил Рей, со всей серьезностью вздернув подбородок, — я вас арестую.

Лоуэлл искренне рассмеялся:

— Весьма убедительно, офицер Рей! А теперь продолжим.

Заговорщически кивнув, Рей опять зашагал через зал.

— Как вам это нравится, Уэнделл? За моей спиной Мэйбл занимается подобными делами — она думает, так что-либо поменяется!

— Ее фамилия Лоуэлл, мой дорогой друг.

— Мистер Грин держится твердо, — доложил Лонгфелло, присоединяясь к Лоуэллу и Холмсу. — Одно меня беспокоит... — Он оборвал себя. — А вот и мистер Линкольн, губернатор Эндрю.

Лоуэлл закатил глаза. Общественное положение обязывало терпеть докучливость вечера, равно как и пожимание рук, оживленные разговоры с профессорами, священниками, политиками, университетскими распорядителями — и все это лишь отвлекало от главного.

— Мистер Лонгфелло.

Обернувшись в другую сторону, Лонгфелло обнаружил там трио светских львиц из Бикон-Хилл.

— О, добрый вечер, леди, — произнес Лонгфелло.

— На отдыхе в Буффало мы только о вас и говорили, сэр, — выступила из троицы черноволосая красотка.

— Неужто? — удивился Лонгфелло.

— Да, да, с мисс Мэри Фрер. Она отзывается о вас с такой любовью, имеет редким человеком. Она так замечательно провела в Наханте лето — с вами и вашим семейством, это стоило послушать. А теперь я встречаю вас. Поразительно!

— Правда? Как это мило с ее стороны. — Лонгфелло улыбнулся, но тут же взглянул в сторону. — Куда же подевался профессор Лоуэлл? Вы с ним знакомы?

Лоуэлл громогласно излагал небольшой аудитории одну из своих выдержанных временем историй.

— И тут с угла стола раздался рык Теннисона: «Да, черт побери. Я с радостью схватил бы нож и выпустил им кишки!» Как истинный поэт, король Альфред презирает иносказания — не называть же эту часть организма «абдоминальными внутренностями»!

Слушатели закатились от смеха.

— Ежели двое мужчин желали бы походить один на другого, — заметил Лонгфелло, вновь оборачиваясь к трем леди, что застыли с пламенеющими щеками и беспомощно разинутыми ртами, — им не удалось бы это лучше, нежели лорду Теннисону и профессору нашего университета Ловерингу[1].

Черноволосая красотка благодарно вспыхнула, радуясь, что Лонгфелло увел беседу от лоуэлловских непристойностей.

— Тут, пожалуй, есть над чем поразмыслить, — сказала она.

Получив от отца записку о том, что доктор Холмс также приглашен на солдатский банкет в Капитолий, Оливер Уэн-

---

[1] Джозеф Ловеринг (1813—1892) — математик и естествоиспытатель, профессор Гарвардского университета.

делл Холмс-младший сперва вздохнул, затем перечел послание и, наконец, выругался. Дело было не столько в недовольстве Младшего отцовским участием в приеме, сколько в тех забавах, каковые устраивали для себя иные люди из тонкостей их отношений. «Как там ваш дорогой папаша? Все кропает стишата в перерывах меж лекциями? Все бормочет лекции в перерывах меж стишатами? А правду говорят, будто маленький доктор способен произнести _____ слов в минуту, капитан Холмс?» Ну отчего ему вечно докучают вопросами о любимом предмете доктора Холмса — докторе Холмсе?

В толпе однополчан Младший был представлен нескольким шотландским джентльменам, участвовавшим в приеме как официальная делегация. Когда прозвучало его полное имя, начались обычные расспросы о родстве.

— Не сын ли вы Оливеру Уэнделлу Холмсу? — поинтересовался шотландец примерно одних лет с Младшим, представившийся кем-то вроде мифолога и опоздавший к разговору.

— Да.

— Не по душе мне его книги. — Мифолог улыбнулся и зашагал прочь.

В тишине, что повисла вокруг прерванного на полуслове Младшего, Оливеру Уэнделлу оставалось лишь в который раз обозлиться на вездесущесть в этом мире отца и выругаться вторично. Кто еще способен столь наплевательски относиться к собственной репутации, что его смеет судить даже такое червеобразное, с коим только что познакомился Младший? Обернувшись, капитан Холмс увидел, что доктор Холмс стоит подле губернатора, в середине же образовавшегося круга жестикулирует Джеймс Лоуэлл. Доктор поднимался на цыпочки, рот его то и дело открывался — он подстерегал случай влезть в разговор. Младший попытался обогнуть группу, дабы попасть на тот конец зала.

— Уэнди, это ты? — Младший притворился, что не слышит, но голос раздался опять, и доктор Холмс уже протискивался к нему сквозь военных.

— Привет, отец.

ПЕСНЬ ТРЕТЬЯ

— Уэнди, неужто ты не желаешь поздороваться с Лоуэллом и губернатором Эндрю? Дай я покажу им тебя в этаком щегольском мундире! Ох, погоди.

У отца вытаращились глаза.

— Это, должно быть, тот самый шотландский кружок, о котором говорил Эндрю — вон туда смотри, Младший. Я непременно хочу познакомиться с юным мифологом мистером Лэнгом[1], поделиться с ним размышлением о том, для чего Орфей выманил Эвридику из подземного мира. Ты про то читал, Уэнди?

Схватив Младшего за руку, доктор Холмс потащил его на другой конец зала.

— Нет. — Младший резко вырвал руку, и отец застыл на месте. Вид у доктора Холмса сделался обиженным. — Я пришел лишь представить мой полк, отец. В доме Джеймса меня будет ждать Минни. Пожалуйста, извинись за меня перед своими друзьями.

— Ты видел нас? Мы счастливы в своем братстве, Уэнди. Все более и более, сколь ни терзали б нас года. Мой мальчик, плыви на корабле юности и наслаждайся ею, ибо слишком скоро уйдет он в море!

— Да, отец, — согласился Младший, глядя через докторское плечо на ухмыляющегося мифолога. — Я слыхал, сей негодный Лэнг непозволительно отзывался о Бостоне.

Холмс сделался серьезен:

— Правда? Тогда он не стоит нашего внимания, мой мальчик.

— Как угодно, отец. Скажи, ты еще работаешь над своим романом?

От столь личного интереса Младшего на лице Холмса вновь растянулась улыбка:

— Безусловно! В последнее время меня отвлекают некоторые предприятия, однако Филдс обещает, что публикация обернется

---

[1] Эндрю Лэнг (1844—1912) — шотландский поэт, романист и литературный критик, получил известность также как фольклорист и собиратель сказок.

кой-какими деньгами. Ежели сего не случится, придется нырять в Атлантику — я про большую лужу, а не про то, что Филдс выпускает раз в месяц.

— Ты опять раззадоришь критиков. — Младший задумался, стоит ли продолжать мысль. Ему вдруг более всего на свете захотелось, размахивая своей парадной саблей, гнать через весь зал этого гнусного червяка-мифолога. Младший пообещал сам себе непременно изучить работу Лэнга, дабы удостовериться в ее глупости и ничтожности. — Пожалуй, я почитаю твой новый роман, отец, ежели будет время.

— Я буду очень, очень рад, мой мальчик, — тихо проговорил Холмс, и Младший зашагал прочь.

Рей отыскал на приеме одного из тех военных, коих упоминал дьякон солдатского дома, — однорукий ветеран только что завершил танец со своею женой.

— Мне тут один знаешь чего сказал, — с гордостью сообщил он Рею. — Когда они вас, мужики, снаряжали. Я, говорит, на черномазой войне не воюю. Представь, я прям даже рассвирепел.

— Прошу вас, лейтенант, — взмолился Рей. — Этот джентльмен, которого я вам только что описал, — вспомните, может, вы его видали в солдатском доме?

— А то как же. Усы скобкой, русый. Всегда в мундире. Блайт его фамилия. Точно тебе говорю, хоть и не уверен. Капитан Декстер Блайт. Хитрый черт, вечно с книжкой. Офицер, видать, был хороший, каких мало.

— Прошу вас, скажите — его сильно интересовали проповеди мистера Грина?

— А то как же, старый бандюга их страсть как любил! И скажу я тебе, эти речи и впрямь свежий воздух. Четче я отродясь не слыхал. Ага, точно. Кэп их обожал более всех солдат вроде бы!

Рей насилу сдерживался.

— А вы не знаете, где мне отыскать капитана Блайта?

Хлопнув по культе здоровой ладонью, солдат задумался. Затем той же единственной рукой обнял жену.

— А знаешь, мистер офицер, моя красотка — нынче твой талисман.

— Ой, ну что ты, лейтенант, — запротестовала жена.

— Да знаю я, знаю, где его искать, — сжалился ветеран. — Вон там.

Декстер Блайт, капитан 19-го Массачусетского полка, обладал русыми усами в форме перевернутой буквы U, в точности, как описывал Грин.

Рей таращился на него долгих три секунды — благоразумно, однако бдительно. Его самого удивляло, с какой жадностью он рассматривает всякую черточку этого лица.

— Патрульный Николас Рей? Неужто вы? — Вглядевшись в напряженную физиономию Рэя, губернатор Эндрю церемонно протянул ему руку. — Мне и не сказали, что вы также будете!

— Я вообще-то не собирался, губернатор. Но боюсь, мне придется перед вами извиниться.

С этими словами патрульный ретировался в толпу солдат; губернатор же — тот самый, что назначил Рея в Бостонскую полицию, — ошеломленно застыл, не веря своим глазам.

Человек, на которого в этом обществе, кажется, и вовсе не обращали внимания, был последовательно замечен всеми членами Дантова клуба и одним своим нежданным присутствием повыбивал у них из голов все прочие мысли. Друзья испепеляли его коллективным взором. Мог ли капитан, столь обычный с виду и неотличимый от смертных, пленить Финеаса Дженнисона, а после порубить его на куски? Сильное задумчивое лицо ничем особым не выделялось, равно как черная фетровая шляпа и однобортный парадный мундир. Неужто он? Переводчик-самоучка, что, обратив в деяния Дантово слово, раз за разом наносил поражения Дантову клубу?

Извинившись перед поклонниками, Холмс поспешил к Лоуэллу.

— Этот человек... — зашептал доктор: его переполняла ужасающая убежденность, что все идет не так.

— Я знаю, — так же шепотом отвечал Лоуэлл. — Рей его видал.

— Может, свести их с Грином? — предложил Холмс. — Что-то в нем не то. Он не похож...

— Смотрите! — перебил его Лоуэлл.

В тот миг капитан Блайт узрел праздношатавшегося Грина. Широкие солдатские ноздри раздулись от любопытства. Грин же самозабвенно бродил среди картин и скульптур, точно на воскресном вернисаже. Поразглядывав секунду старика, Блайт медленно и неуверенно шагнул в его сторону.

Рей также подошел поближе, однако, обернувшись, дабы проверить, там ли еще Блайт, вдруг увидал, что Грин беседует с собирателем книг, а капитан исчезает в дверях.

— Держи! — закричал Лоуэлл. — Уходит!

Воздух был чересчур тих для облаков и снегопада. На широко распахнутом небе красовалась половинка луны, очерченная столь ровно, что можно было подумать, ее отсекли свеженаточенным клинком.

В Бостон-Коммон Рей увидал фигуру в военном мундире. Блайт ковылял прочь, опираясь на палку слоновой кости.

— Капитан! — окликнул Рей.

Поворотившись, Декстер Блайт вперил в ходатая тяжелый прищуренный взгляд.

— Капитан Блайт.

— Кто вы, черт побери? — Голос гудел глубоко и властно.

— Николас Рей. Мне необходимо с вами поговорить. — Рей достал полицейскую бляху. — Всего минуту.

Уперев палку в лед, Блайт метнулся вперед быстрее, нежели Рэю представлялось возможным.

— Нечего мне вам сказать!

Рей ухватил его за руку.

— Только попробуй меня арестовать, сука, я твои кишки по Лягушачьему пруду раскидаю! — взревел Блайт.

Рей все более опасался, что они совершают страшную ошибку. Столь нерасчетливый гнев и неуправляемые чувства выдавали человека напуганного, но не храбреца — не того, кого они искали. Оглядываясь на Капитолий, по ступеням которого со светящимися надеждой лицами сбегали члены Дантова клуба, Рей видел также лица иных бостонцев — тех, кто заставил его включиться в преследование. Шеф Куртц — всякая новая смерть сокращала его срок на посту защитника города, что с такой готовностью принимал всех, желавших звать его своим домом. Эдна Хили — неясное лицо в тусклом свете спальни — она вбирает в горсть собственную плоть, надеясь хоть чем-то наполнить руки. Ризничий Грегг и Грифоне Лонца — две других жертвы не самого убийцы, но несокрушимого ужаса, порожденного его злодеяниями.

Рей крепче вцепился в вырывавшегося Блайта и встретился взором с широко распахнутыми внимательными глазами доктора Холмса — тот со всей очевидностью разделял сомнения Рея. Патрульный благодарил Бога, что у них еще есть время.

Наконец-то. Огастес Маннинг застонал в голос, отвечая на звонок и впуская гостя.

— Не желаете ли в библиотеку?

Плини Мид самонадеянно расположился на самом удобном месте — посередине обитого молескином канапе.

— Благодарю, что согласились встретиться со мной в столь поздний час, мистер Мид, вдали от стен Колледжа, — сказал Маннинг.

— Да, извиняюсь за опоздание. В записке вашего секретаря говорилось, что дело касается профессора Лоуэлла. Дантов курс?

Маннинг провел рукой по голой ложбине меж двух всклокоченных гребней седых волос:

— Совершенно верно, мистер Мид. Прошу, скажите, вы говорили о том с мистером Кэмпом?

— Вроде да, — отвечал Мид. — Часа два проболтали. Все выведывал про Данте. Сказал, это для вас.

— Так и есть. Однако он не изъявляет желания со мною встречаться. И мне странно, отчего.

Мид сморщил нос:

— Откуда ж мне знать про ваши дела, сэр?

— Конечно, сын мой, конечно. И все ж я надеялся, что вы поможете мне кое в чем разобраться. Недурно бы сопоставить наши познания и уяснить, чем вызвана столь резкая перемена в его поведении.

Мид тупо смотрел перед собой, явно расстроенный: аудиенция, похоже, не принесет ему ни пользы, ни радости. На каминной полке стоял ящик с курительными трубками. Мида слегка развеселила идея покурить у камина члена Гарвардской Корпорации.

— Отлично выглядят, доктор Маннинг.

Маннинг радушно кивнул и принялся набивать гостю трубку.

— Раз уж мы не в университете, можно курить открыто. И открыто говорить — слова наши пусть исходят столь же свободно, сколь и дым. В недавнее время случились странные события, мистер Мид, на каковые хотелось бы пролить свет. Являлся полицейский: сперва спрашивал о вашем Дантовом курсе, но вскоре умолк — точно изначально желал сообщить нечто важное, однако после изменил своему намерению.

Мид прикрыл глаза и с наслаждением выдохнул дым. Огастесу Маннингу было не занимать терпения.

— Известно ли вам, мистер Мид, что в последнее время ваши учебные результаты весьма катастрофично снизились?

Мид резко выпрямился — школьник, готовый к порке.

— Сэр, доктор Маннинг, поверьте, это ни в коей мере не...

Маннинг перебил:

— Знаю, мой дорогой мальчик. Знаю, как это вышло. Курс профессора Лоуэлла в минувшем семестре — вот что тому виной. В своих выпусках ваши братья числились первыми учениками. Я прав?

Ощетинившись гневом и унижением, студент глядел в сторону.

— Пожалуй, мы смогли бы несколько улучшить вашу позицию в классе, дабы вы сравнялись с прочими, кем столь гордится ваше семейство.

Изумрудные глаза Мида тут же ожили:

— Правда, сэр?

— Пожалуй, я тоже закурю. — Маннинг усмехнулся и, потянувшись в кресле, принялся исследовать свои превосходные трубки.

Плини Мид лихорадочно раздумывал, что же вынудило Маннинга к столь щедрому предложению. Минуту за минутой вспоминал он беседу с Саймоном Кэмпом. Пинкертоновский детектив собирал все дурное о Данте, намереваясь доложить о том доктору Маннингу и Корпорации, дабы те укрепили свою позицию против реформации и учреждения новых учебных курсов. В другой раз Кэмп был заинтересован вне всякой меры мнением о том его самого. Но откуда Миду знать, что на уме у частного детектива? И какая такая нужда заставила бостонского полицейского выспрашивать о Данте? Мид размышлял о недавних больших событиях, об окутавших город страхе, о злодеяниях. Кэмпа более всего вроде бы заинтересовало воздаяние Святоскупцам, когда Мид упомянул об оном в длинном списке примеров. Он вспомнил, сколь много слухов сопровождало смерть Элиши Тальбота, — поговаривали, хоть и расходясь в деталях, о сожженных ногах священника. О ногах *священника*. А несчастный судья Хили, коего нашли голым и покрытым...

Черт побери их всех! Дженнисон также! Неужто возможно? И ежели Лоуэлл обо всем знает, не тем ли объясняется столь нежданная отмена Дантовых семинаров безо всяких толковых объяснений? И не навел ли, сам того не желая, Мид в точности на такую догадку Саймона Кэмпа? И не скрыл ли

Лоуэлл свое знание от Колледжа и от города? Да его ж за это попросту уничтожат! Будь они все прокляты!

Мид вскочил на ноги:

— Доктор Маннинг, доктор Маннинг!

Маннинг успел зажечь спичку, однако отвел ее в сторону и вдруг понизил голос до шепота:

— Вы ничего не слыхали?

Мид затих, потом покачал головой:

— Миссис Маннинг, сэр?

Маннинг приставил ко рту длинный скрюченный палец. Выскользнул из гостиной в коридор.

Мгновение спустя он воротился к гостю.

— Почудилось. — Он взглянул Миду прямо в глаза. — Я лишь хочу удостовериться, что беседа останется меж нами. В глубине души я убежден: вы сообщите мне о чем-то важном, мистер Мид.

— Может, и так, доктор Маннинг. — Мид ответил насмешливо; пока Маннинг убеждался, что их никто не подслушивает, он успел избрать стратегию. *Данте — страшный убийца, доктор Маннинг. О да, я сообщу вам нечто воистину важное.* — Поговорим сперва о баллах, — предложил Мид. — А после перейдем к Данте. То, что я вам скажу, весьма и весьма вас заинтересует, доктор Маннинг.

Маннинг просиял:

— Пожалуй, я достану чего-либо расслабляющего в дополнение к нашим трубкам.

— Мне херес, ежели не затруднит.

Маннинг принес затребованное спиртное, и Мид одним махом отправил порцию в рот.

— Как насчет добавки, дорогой Огги? Отчего бы нам не устроить добрую попойку?

Склонясь над буфетом и наливая в бокал новую порцию хереса, Огастес Маннинг думал, что самому же студенту явственно пойдет на пользу, ежели сообщенное окажется воистину важным. Раздался громкий стук, и Маннинг, не глядя, решил, что мальчишка уронил на пол нечто ценное. Раздраженно посмотрел через плечо. Бесчувственный Плини Мид растянулся по всей длине канапе, с боков вяло болтались руки.

Маннинг резко развернулся, графин упал на пол. Администратор Колледжа глядел в лицо облаченному в мундир солдату, человеку, которого он едва ли не ежедневно встречал в коридорах Университетского Холла. Солдат смотрел недвижно и спорадически жевал; когда рот открывался, на языке возникали мягкие белые точки. Солдат сплюнул, и одна белая точка приземлилась на ковер. Маннинг невольно опустил взгляд — на мокром бумажном клочке были отпечатаны две буквы — *L* и *I*.

Маннинг бросился в угол комнаты, где стену украшало охотничье ружье. Он вскарабкался за ним на кресло, и уже оттуда проговорил, запинаясь:

— Нет, нет.

Дан Теал забрал ружье из дрожащих рук и безо всякого усилия стукнул Маннинга стволом по лицу. А после стоял и смотрел — смотрел, как объятый холодом до самого сердца, молотит руками и корчится на полу Предатель.

XVII

По высокой лестнице доктор Холмс добрался до Авторской Комнаты.

— Офицер Рей не возвращался? — отдуваясь, спросил он.

Сдвинутые брови Лоуэлла выражали одно лишь расстройство.

— Ну, может, Блайт... — начал Холмс, — может, он что-либо знает, и Рей принесет хорошие вести. А что повторный визит в канцелярию Университетского Холла?

— Боюсь, не выйдет, — ответил Филдс, вздыхая себе в бороду.

— Почему? — спросил Холмс.

Филдс молчал.

— Мистер Теал так и не объявился, — пояснил Лонгфелло. — Возможно, заболел, — поспешно добавил он.

— Сомнительно, — уныло проговорил Филдс. — По записям юный Теал за много месяцев ни разу не пропустил смены. Я навлек беду на голову несчастного мальчика, Холмс. И это за всю его преданность, столь многократно доказанную.

— Что за чушь... — начал Холмс.

— Чушь? Я не имел права втягивать его в эти дела! Маннинг мог прознать, что Теал водил нас в канцелярию, и арестовать его. А то окаянный Сэмюэл Тикнор надумал отомстить — ведь Теал помешал его постыдным шашням с мисс Эмори. Кстати, я говорил почти со всеми моими людьми, кто побывал на войне. Ни один не признался, что заглядывает в солдатский дом, и ни в ком не открылось чего-либо хоть отдаленно стоящего внимания.

Размашистыми шаркающими шагами Лоуэлл мерил комнату, то и дело вытягивая шею к холодному окну и глядя вниз на пасмурные сугробы.

— Рей убежден, что капитал Блайт — всего лишь обычный военный, захваченный проповедями Грина. Навряд ли он скажет патрульному о прочих солдатах, даже когда успокоится — скорее, он попросту ничего про них не знает! Без Теала нам не проникнуть в кабинет Корпорации. Может, довольно черпать воду из сухих колодцев?

Стук в дверь принес Осгуда, доложившего, что Филдса ждут в буфете еще двое работников-ветеранов. Ранее старший клерк сообщил издателю имена всех отставных военных, что служили в «Тикнор и Филдс». Их было двенадцать: Хит, Миллер, Уилсон, Коллинс, Холден, Сильвестер, Рэпп, Ван Доррен, Дрэйтон, Флэгг, Кинг и Келлар. Изгнанный Сэмюэл Тикнор также был призван, но, покрасовавшись две недели в мундире, уплатил подмандатные три сотни и тем купил себе замену.

Предсказуемо, подумал Лоуэлл, затем сказал:

— Филдс, дайте мне адрес Теала, я пойду его искать. Все равно более нечем заняться, пока не возвратится Рей. Холмс, хотите со мной?

Филдс велел Осгуду оставаться в помещении для клерков на случай, ежели он вдруг понадобится. С усталым вздохом помощник повалился в мягкое кресло. Дабы чем-то себя занять, он снял с ближайшей полки книгу Гарриет Бичер Стоу, но, когда открыл, из-под обложки, специально подписанной Стоу для Филдса, посыпались обрывки бумаги величиной со снежинку. Полистав книгу, Осгуд убедился, что подобным образом осквернены и прочие страницы.

— Как занятно! — проговорил он.

В конюшне Лоуэлл и Холмс обнаружили к своему ужасу, что одна кобыла Филдса корчится на земле и не может встать. Ее соратница глядела с тоской и лягалась на всякого, кто смел приблизиться. Лошадиный мып парализовал публичный транспорт, так что пришлось поэтам через весь город тащиться пешком.

Тщательно выведенный адрес в рабочей карточке Теала указывал на скромный домик в южной части Бостона.

— Миссис Теал? — В дверях появилась изнуренная женщина, и Лоуэлл приподнял шляпу. — Я мистер Лоуэлл. И позвольте также представить вам доктора Холмса.

— Миссис Гальвин, — отвечала женщина, сложив на груди руки.

Лоуэлл опять сверил номер дома с цифрами на бумаге.

— Нет ли у вас жильца по имени Теал?

Она смотрела на него смурными глазами.

— Я Гарриет Гальвин, — повторила женщина с расстановкой, точно говорила с детьми либо слабоумными. — Мы живем в этом доме с мужем, и у нас нет жильцов. Я никогда не слыхала о мистере Теале, сэр.

— А вы давно здесь живете? — спросил доктор Холмс.

— Уже пять лет.

— Опять старый колодец, — пробормотал Лоуэлл.

— Мадам, — попросил Холмс. — Нельзя ли нам войти на минутку, дабы мы могли сориентироваться?

Она провела их в дом, и внимание Лоуэлла незамедлительно привлек висевший на стене ферротипический портрет.

— А нельзя ли побеспокоить вас насчет стакана воды, моя дорогая? — попросил Лоуэлл.

Едва она вышла, как он метнулся к взятому в рамку портрету солдата в новеньком обмундировании — явственно большем на размер, чем требовалось.

— Дщерь Феба! Это он, Уэнделл! Не сойти мне с этого места, Дан Теал!

Это был он.

— Теал служил в армии? — спросил Холмс.

— Его имени нет в Осгудовском списке солдат, каковых допрашивал Филдс!

ПЕСНЬ ТРЕТЬЯ

— И вот почему. «Младший лейтенант Бенджамин Гальвин», — прочел Холмс выгравированное под портретом имя. — Теал — измышление. Быстро, пока она не воротилась. — Доктор заглянул в соседнюю комнатушку; она была набита военным снаряжением, аккуратно разложенным и выставленным напоказ, но один предмет тут же приковал Холмсов взор — на стене висела сабля. Ощущая в позвоночнике озноб, он позвал Лоуэлла. Поэт вошел, и по всему его телу пробежала дрожь.

Холмс отмахнулся от кружащейся мошки, которая, впрочем, тут же прилетела обратно.

— Да оставьте вы эту муху! — Лоуэлл раздавил ее рукой.

Холмс осторожно снял со стены оружие.

— В точности тот сорт клинка... Ими наделяли наших офицеров — в напоминание о более благородных видах сражений. У Уэнделла-младшего в точности такая, на банкете таскался с нею, будто с младенцем... Этот клинок мог рассечь Финеаса Дженнисона.

— Нет. Пятен не видно. — Лоуэлл с осторожностью приблизился к блестящему инструменту.

Холмс провел пальцем по стали.

— Невооруженным глазом не вдруг разглядишь. Следы подобной резни не смыть в несколько дней даже всеми водами Нептуна. — И тут его взгляд остановился на кровавом пятнышке, что осталось на стене от мошки.

Воротившись с двумя стаканами воды и увидав в руках доктора Холмса саблю, миссис Гальвин потребовала незамедлительно вернуть ее на место. Не обращая внимания на хозяйку, Холмс прошагал за дверь. Женщина принялась кричать, что они намеренно явились в ее дом и теперь похищают имущество, пригрозила вызвать полицию.

Протиснувшись, Лоуэлл застыл на месте. Холмс стоял на тротуаре, слушал краем уха возмущенные крики хозяйки и держал перед собой тяжелую саблю. К лезвию, точно железный опилок к магниту, прилепилась крошечная мушка. Не успел доктор моргнуть глазом, как появилась другая, следом еще две, а после — три, слипшимся комком. Через считаные мгновения целый мушиный рой жужжал и шебуршился над въевшейся в клинок кровью.

От такого зрелища Лоуэлл умолк на полуслове.

— Срочно посылайте за всеми! — вскричал Холмс.

Гарриет Гальвин перепугали их неистовые требования немедля разыскать мужа. Она впала в ступор и лишь молча глядела, как, сменяя друг друга и отчаянно жестикулируя, Лоуэлл и Холмс что-то ей разъясняют — точно два черпака в колодце, — пока стук в дверь не подвесил их на крючок. Дж. Т. Филдс назвал себя, однако Гарриет, не отрываясь, глядела на стройную фигуру с львиной гривою, замершую позади этого пухлого и чего-то от нее желавшего человека. В серебряном обрамлении небес в проеме двери не было ничего чище и прекраснее, чем его спокойствие. Женщина простерла трясущиеся руки, точно желая коснуться его бороды, и в самом деле, когда вслед за Филдсом поэт вошел в дом, ее пальцы перемешались с седыми локонами. Лонгфелло отступил на шаг. Она принялась умолять его войти.

Лоуэлл и Холмс переглянулись.

— Наверное, нас она еще не узнала, — шепнул Холмс. Лоуэлл согласился.

Она кинулась объяснять свое изумление: как читает стихи Лонгфелло ежевечерне перед сном; как декламировала вслух «Эванджелину», когда муж, воротившись с войны, не вставал с постели; и как нежный трепетный напев, легенда о верной, но несчастливой любви успокаивала его даже во сне — даже теперь порою успокаивает, грустно добавила женщина. Она знает наизусть «Псалм жизни», весь до последнего слова, и научила мужа, и когда его нет дома, эти стихи спасают ее от страха. Однако все объяснения были в действительности лишь вопросом.

— Отчего, мистер Лонгфелло... — молила она опять и опять, пока не разразилась тяжелыми рыданиями.

Лонгфелло мягко сказал:

— Миссис Гальвин, лишь вы и можете нам сейчас помочь, никто более. Нам необходимо найти вашего мужа.

— Эти люди желают ему зла, — отвечала она, имея в виду Лоуэлла и Холмса. — Я не понимаю. Отчего... Отчего, мистер Лонгфелло, как вообще вы можете знать Бенджамина?

— Боюсь, у нас нет времени на удовлетворительные объяснения, — сказал Лонгфелло.

Она впервые оторвала от поэта взгляд:

— Я не знаю, где он, и мне за то неловко. Он теперь редко бывает дома, а когда бывает, почти не говорит. Его нет по многу дней.

— Когда вы в последний раз его видали? — спросил Филдс.

— Он заскочил ненадолго, часа за три до вас.

Филдс достал часы.

— Куда он ушел?

— Когда-то ему было до меня дело. Сейчас я для него разве что дух бесплотный.

— Миссис Гальвин, это вопрос... — начал Филдс.

Опять стук в дверь. Она промокнула глаза платком и разгладила платье.

— Какой еще кредитор явился меня мучить?

Женщина прошла в коридор, а гости, склонившись друг к другу, принялись лихорадочно шептаться. Лоуэлл сказал:

— Его нет более трех часов, вы слыхали! И на Углу также — всяко можно не сомневаться, что он натворит, ежели мы его не отыщем!

— Он способен быть где угодно в городе, Джейми! — возразил Холмс. — Все ж необходимо вернуться на Угол и дождаться Рэя. Что мы сделаем сами?

— Ну, хоть что-то! Лонгфелло! — воскликнул Лоуэлл.

— Лошадей — и тех нет... — пожаловался Филдс.

Лоуэлл замер, услыхав нечто из коридора. Лонгфелло вгляделся ему в лицо.

— Лоуэлл?

— Лоуэлл, вы слушаете? — спросил Филдс.

Поток слов прорвал дверное заграждение.

— Голос, — ошеломленно проговорил Лоуэлл. — Этот голос! Слушайте!

— Теал? — переспросил Филдс. — Она скажет, чтоб он бежал, Лоуэлл! Мы никогда его не поймаем!

Лоуэлл сорвался с места. Промчался по коридору к дверям, где его ждал усталый взгляд налитых кровью глаз. С победным кличем поэт набросился на жертву.

XVIII

Заключив человека в объятия, Лоуэлл поволок его в дом.

— Вот он! — орал поэт. — Вот он!

— Что вы делаете? — верещал Пьетро Баки.

— Баки! Что вы здесь делаете? — воскликнул Лонгфелло.

— Как вы меня здесь нашли? Прикажите своему псу убрать руки, синьор Лонгфелло, не то я начну выяснять, чего этот тип стоит! — рычал Баки, пихаясь локтями и выкручиваясь из железных объятий.

— Лоуэлл, — попросил Лонгфелло. — Давайте поговорим с сеньором Баки наедине.

Они препроводили его в другую комнату, и Лоуэлл потребовал, чтоб Баки выкладывал, что ему здесь нужно.

— От вас ничего, — отвечал итальянец. — Я пришел говорить с женщиной.

— Прошу вас, синьор Баки. — Лонгфелло покачал головой. — Доктору Холмсу и мистеру Филдсу необходимо кое о чем ее расспросить.

Лоуэлл не унимался:

— Что за дела у вас с Теалом? Где он? И не корчите из себя мелкого беса. Вы как тот фальшивый шиллинг — вечно там, где ковы.

Баки состроил кислую мину:

— Какой еще Теал? И кто вам дал право обращаться со мной подобным образом?

— Ежели он сию минуту не ответит, я сволоку его прямиком в полицию — пускай знают! — не выдержал Лоуэлл. — Говорил я вам, Лонгфелло, он водит нас за нос!

— Ха! Зовите полицию, чего ж вы ждете! — воскликнул Баки. — Пускай вытрясают для меня деньги! Вы хотели знать, что мне здесь надо? Я пришел получить с этой нищей тряпки мои же собственные деньги. — Кадык на его шее дернулся, точно со стыда за такое намерение. — Как вы могли догадаться, я несколько утомился от подобного учительства.

— Учительства? Вы давали ей уроки? Итальянского? — переспросил Лоуэлл.

— Не ей, а мужу, — отвечал Баки. — Три урока, с месяц назад — даром, как он, по-видимому, счел.

— Но вы же уплыли в Италию! — проговорил Лоуэлл.

Баки с сожалением рассмеялся:

— Ежели бы так, синьоры! Ближе всего я был к Италии, когда встречался с моим братом Джузеппе. Боюсь, противоположная, так сказать, сторона не допустит моего возвращения, по меньшей мере, весьма долго.

— С вашим братом? Что за наглая ложь? — вскричал Лоуэлл. — Вы в дикой спешке вскочили в лодку, дабы успеть на пароход! И волокли с собой полный ранец фальшивых денег — мы все видели!

— Нет, вы только посмотрите! — возмутился Баки. — Откуда вам известно, где я в тот день был?

— Отвечайте!

Баки наставил на Лоуэлла указующий перст, однако промахнулся, и сразу стало очевидно, что итальянец нездоров и, скорее всего, пьян.

К горлу его подступала тошнотная волна. Баки совладал с нею, отправил обратно в желудок, после чего рыгнул, прикрыв рот ладонью. Когда итальянец вновь обрел дар речи, дыхание его было зловонным, однако он держал себя в руках.

— Да, я успел на пароход. Но никаких денег у меня не было — ни фальшивых, ни настоящих. Я не отказался бы, *professore,* ежели б Юпитер сбросил мне на голову мешок золота. В тот день я передавал рукопись моему брату, Джузеппе Баки, ибо он взялся сопроводить ее в Италию.

— Рукопись? — переспросил Лонгфелло.

— Перевод на английский Дантова *Inferno*, ежели вам столь необходимо знать. Я слыхал о вашей работе, синьор Лонгфелло, о вашем драгоценном Дантовом клубе — и как же я смеялся! В этих ваших Афинах для янки только и разговоров про то, как бы сочинить для себя собственный голос. Ныне всем сделалось желательно, чтоб деревенщина взбунтовались против британского засилья в своих библиотеках. Но приходило ли вам на ум, что я, Пьетро Баки, также могу привнести что-либо в вашу работу? Как сын Италии, как человек, взращенный в ее истории, в ее расколах и борьбе с тяжелой пятой церкви — что вообще может сравниться с моей любовью к свободе, по которой столь тосковал Данте? — Баки перевел дух. — Куда там. Вы не позвали меня в Крейги-Хаус. Неужто тому виной злобные наветы о моем пьянстве? Немилость Колледжа? Где ваша хваленая американская свобода? Вы с радостью отсылаете нас прочь — на фабрики, на войны и в забвение. Вы лишь глядите, как попирается наша культура, заглушается наш язык, и ваша одежда становится нашей. А после с улыбкой крадете с полок нашу литературу. Пираты. Проклятые литературные пираты, вот кто вы все.

— Мы проникли в сердце Данте глубже, нежели вам представляется, — отвечал Лоуэлл. — Это ваши люди, ваша страна сделали его изгнанником, позвольте вам напомнить!

Махнув Лоуэллу, чтобы тот помолчал, Лонгфелло сказал:

— Синьор Баки, мы видели вас в гавани. Умоляю, объяснитесь. Для чего вы послали ваш перевод в Италию?

— Мне сказали, что на заключительных Дантовых празднествах сего года Флоренция намерена присудить награду вашей версии *Inferno*, однако работа не закончена, и есть опасность не поспеть к сроку. Я столько лет переводил Данте — бросал и вновь принимался, когда в одиночестве, а когда при содействии синьора Лонцы, ежели он был не совсем плох. Как и я, мой друг полагал, что, ежели Данте на английском зазвучит для нас не менее живо, чем на итальянском, мы совместно с поэтом расцветем в Америке. Я никогда не помышлял о публикации. Но с той поры, как бедный Лонца погиб от рук чужих людей, мог думать лишь об одном: наша работа должна жить. С условием, что я сам решу, как напечатать перевод, брат согласился доставить его знакомому римскому переплетчику, а после лично снести в Комитет и разъяснить наши обстоятельства. Что ж, я отыскал печатника игральных брошюр, и, как сие принято в Бостоне, отдал ему перевод за неделю с чем-то до того дня, как Джузеппе отправлялся в Италию — взял проходимец недорого. Известно ли вам, что сей обалдуй тянул до последней минуты и, очевидно, не исполнил бы работу вовсе, ежели б не нужда в моих пусть даже столь ничтожных монетах? У мошенника случились неприятности из-за фальшивых денег, которые он сбывал в местные игорные дома; ежели я верно понял, он принужден был спешно запирать двери и уносить ноги... Ну а на пирсе оставалось лишь молить нечистого на руку Харона, дабы тот усадил меня на баркас «Анонимо». Я передал рукопись на пароход и воротился на берег. И все впустую, можете радоваться. Комитет «в данный момент не заинтересован в дополнительных вложениях в наше празднество». — Баки ухмыльнулся собственному провалу.

— Так вот почему председатель Комитета прислал вам Дантов прах! — Лоуэлл обернулся к Лонгфелло. — Дабы заверить, что место американского представительства остается на празднествах за вами!

Поразмышляв мгновение, Лонгфелло сказал:

— Трудность Дантова текста столь велика, что интересующиеся читатели будут только рады, ежели им достанутся два либо три переложения, мой дорогой синьор.

Баки чуть смягчился:

— Поймите. Я всегда дорожил тем доверием, что вы оказали мне, приняв на работу в Колледж, я ни разу не усомнился в ценности вашей поэзии. Ежели я и совершал что постыдное, то лишь оттого, что в моем положении... — Он вдруг умолк. Через миг продолжил: — Изгнание не оставило мне ничего, помимо слабой надежды. Я полагал, вдруг возможно — лишь возможно, — что мой перевод откроет Данте путь в Новый Свет. Что же они теперь обо мне думают там, в Италии!

— Вы, — вдруг набросился на него Лоуэлл. — Это вы нацарапали на окне Лонгфелло угрозу, дабы мы устрашились и оставили перевод!

Баки передернулся, однако притворился, будто не понял. Достав из-под полы черную бутылку, он плотно прижал ее ко рту, точно его горло было воронкой, соединенной с чем-то отсюда весьма далеким. Допив, Баки затрясся.

— Не сочтите меня пьяницей, *professori*. Я не беру в рот лишнего, разве только в хорошей компании. Беда, ежели человек один — чем ему занять себя в столь гнусную новоанглийскую зиму? — Баки потемнел лицом. — Ну вот. Вы все уяснили? Желаете и далее докучать мне моими неудачами?

— Синьор, — сказал Лонгфелло. — Нам необходимо знать, чему вы обучали мистера Гальвина. Он теперь говорит и читает по-итальянски?

Откинув назад голову, Баки расхохотался:

— Крайне мало, ежели вам угодно! Этот олух не прочтет и по-английски, когда рядом не будет стоять сам Ноа Вебстер[1]! Вечно в этой своей синей военной рванине с золотыми пуговицами. Данте ему подавай, Данте и Данте. Даже на ум не пришло, что хорошо бы сперва язык выучить. *Che stranezza!*[2]

— Вы показывали ему свой перевод? — спросил Лонгфелло.

Баки покачал головой:

— Все мои надежды состояли в том, чтоб удержать предприятие в полном секрете. Нам с вами доподлинно известно, как привечает ваш мистер Филдс всех решившихся составить

---

[1] Ноа Вебстер (1758—1843) — филолог и лексикограф, автор широко известного «Американского словаря английского языка».
[2] Просто поразительно (*ит.*).

конкуренцию его авторам. Но как бы то ни было, я старался угодить сеньору Гальвину в его странных желаниях. Я предложил, чтоб вступительные уроки итальянского мы провели за совместным чтением «Комедии», строку за строкой. Но с тем же успехом ее можно читать совместно с тупой скотиной. После он пожелал от меня *проповеди*, посвященной Дантову Аду, но я отверг сие из принципа — ежели он нанял меня преподавать, пускай учит итальянский.

— Вы сказали ему, что не станете продолжать уроки? — спросил Лоуэлл.

— Сие доставило бы мне величайшее удовольствие, *professore*. Но в один день он попросту не дал о себе знать. Я не могу его отыскать — и до сей поры не получил плату.

— Синьор, — сказал Лонгфелло. — Это очень важно. Говорил ли мистер Гальвин о каких-либо наших современниках, людях нашего города, на ком отражалось его понимание Данте? Подумайте, не упоминал ли он хоть кого-нибудь. Возможно, персон, связанных с Колледжем, — из тех, кто заинтересован в дурной славе Данте.

Баки покачал головой:

— Он вообще едва говорил, сеньор Лонгфелло, тупая скотина. Сие как-то соединяется с недавней кампанией Колледжа против вашей работы?

Лоуэлл вскинулся:

— Что вам о том известно?

— Я предупреждал, когда вы ко мне приходили, синьор, — отвечал Баки. — Я велел вам позаботиться о вашем Дантовом курсе, неужто забыли? Помните, как за пару месяцев до того мы встретились во дворе Колледжа? Я получил тогда записку от некоего джентльмена с пожеланием увидеться для конфиденциальной беседы — о, я был весьма убежден, что Гарвардские собратья желают вернуть мне мой пост! Вообразите подобную глупость! В действительности мерзавцу было поручено выявить «болезненное воздействие», каковое Данте оказывает на студентов, и он желал, чтоб я ему в том споспешествовал.

— Саймон Кэмп, — проговорил Лоуэлл сквозь сжатые зубы.

— Едва не набил ему морду, могу вам сказать, — сообщил Баки.

— Более всего на свете я желал бы, чтоб вы это сделали, синьор Баки, — отвечал Лоуэлл, обменявшись с итальянцем улыбкой. — Посредством своего шпионства он и по сию пору способен уничтожить Данте. Что вы ему ответили?

— А что я мог ему ответить? «Пошел к дьяволу» — только и пришло мне на ум. Мне, у кого после стольких лет в Колледже едва достает денег на хлеб — кто же в администрации придумал нанять подобного кретина?

Лоуэлл усмехнулся:

— Кто же еще. Только доктор Ман... — Он вдруг умолк, резко обернулся и значительно поглядел на Лонгфелло. — Доктор Маннинг.

Кэролайн Маннинг смела с пола осколки.

— Джейн — швабру! — в другой раз позвала она служанку, сердясь на лужу хереса, что подсыхала на ковре мужниной библиотеки.

Служанка вышла из комнаты, и тут позвонили в дверь. На дюйм отодвинув занавеску, миссис Маннинг увидала Генри Уодсворта Лонгфелло. Откуда он в такой час? В те считаные за последние годы разы, когда сей бедняга встречался ей в Кембридже, миссис Маннинг едва осмеливалась поднять на него взгляд. Она не представляла, как такое возможно пережить. До чего же он беззащитен! И вот она стоит перед ним с совком для мусора, будто горничная какая.

Миссис Маннинг принялась извиняться: доктора Маннинга нету дома. Она объяснила, что ранее он ожидал гостя и просил не беспокоить. Должно быть, они вместе отправились на прогулку, хотя это немного странно в столь жуткую погоду. Да и в библиотеке битое стекло.

— Но вы же знаете, что бывает, когда мужчины выпьют, — добавила миссис Маннинг.

— Могли они взять коляску? — спросил Лонгфелло.

Миссис Маннинг отвечала, что конский мып тому препятствие: доктор Маннинг строжайше запретил запрягать лошадей даже для короткой поездки. Все же она согласилась проводить Лонгфелло на конюшню.

— Ради всего святого, — взмолилась миссис Маннинг, когда там не обнаружилось даже следов кареты и лошадей. — Что-то стряслось, да, мистер Лонгфелло? Ради всего святого, — повторяла она.

Лонгфелло не отвечал.

— Что с ним? Вы должны мне сказать!

Лонгфелло заговорил очень медленно:

— Оставайтесь в доме и ждите. Он вернется в целости, миссис Маннинг, я обещаю.

Кембриджский ветер дул все неистовее и больно жег кожу.

— Доктор Маннинг, — двадцатью минутами позднее проговорил Филдс, не отводя глаз от ковра. Покинув дом Гальвина, они разыскали Николаса Рея; патрульный сумел раздобыть полицейскую коляску со здоровой лошадью, на которой и привез их в Крейги-Хаус. — Изначально наш главнейший недоброжелатель. Отчего Теал не добрался до него ранее?

Холмс встал и привалился к письменному столу.

— Именно оттого, что главнейший, мой дорогой Филдс. Чем более углубляется и сужается Ад, тем страшнее, преступнее грешники — и тем менее раскаиваются они в содеянном. Вплоть до Люцифера, положившего начало злу всего мира. Хили первым получил воздаяние, а ведь он едва осознавал свое отречение — природа его «греха» зиждется на равнодушии.

Патрульный Рей поднялся на ноги и теперь возвышался в центре кабинета.

— Джентльмены, вы обязаны вспомнить все те проповеди, что прочел в последнюю неделю мистер Грин — только так мы сможем уяснить, куда Теал потащил Маннинга.

ПЕСНЬ ТРЕТЬЯ

— Грин начал серию с Лицемеров, — стал объяснять Лоуэлл. — Затем перешел к Поддельщикам Металлов и Слов, кои включают также Фальшивомонетчиков. Наконец, на той проповеди, где были мы с Филдсом, он говорил о Предателях.

Холмс сказал:

— Маннинг не Лицемер — он противник Данте душой и телом. И Предательство Родных с ним никак не соотносится.

— Значит, остаются Поддельщики Металлов и Предатели Родины, — вступил Лонгфелло.

— Маннинг не плел истинных заговоров, — сказал Лоуэлл. — Он скрывал от нас свои деяния, это правда, но то не был его главный метод. Души в Дантовом Аду волокут за собой целый воз грехов, но лишь один определил некогда их деяния, а значит, и судьбу в Аду. Поддельщики во исполнение своего *contrapasso* меняют одно обличье на другое — подобно греку Синону, кто обманом вынудил троянцев приветствовать деревянного коня.

— Предатели Родины несут беду целому народу, — проговорил Лонгфелло. — Они в девятом круге — в последнем.

— В данном случае он боролся с Дантовым начинанием, — сказал Филдс.

Холмс задумался.

— Так и есть, пожалуй. Теал облачался в мундир всякий раз, когда дело касалось Данте, изучал ли он его поэзию либо готовился к убийству. Сие проливает свет на путаницу в его голове: безумный солдат подменяет защиту Союза защитой Данте.

Лоуэлл добавил:

— А прознать о планах Маннинга Теал мог, работая уборщиком в Университетском Холле. Маннинг для него — один из худших предателей того дела, ради которого Теал и ведет свою войну. Оттого он и приберег казначея напоследок.

Николас Рей спросил:

— Какое же за то воздаяние?

Все ждали, пока ответит Лонгфелло:

— Предатели погружены по самую шею в замерзшее озеро: лед в нем от холода подобен стеклу, воды нет.

Холмс застонал.

— Лужи Новой Англии позамерзали вот уже две недели как. Маннинг может быть где угодно, а у нас на все про все одна измученная лошадь!

Рей покачал головой:

— Джентльмены, вы остаетесь в Кембридже искать Теала и Маннинга. Я отправляюсь в Бостон за подмогой.

— А что нам делать, ежели мы и вправду наткнемся на Теала? — спросил Холмс.

— Для этого — вот. — Рей протянул им полицейскую трещотку.

Четверо друзей взялись обходить дозором пустынные берега реки Чарльз, Бобрового ручья, что тек рядом с Элмвудом, и Свежего пруда. Они с такой тревогою вглядывались в бледные ореолы газовых фонарей, что едва замечали, сколь безразлично проходит мимо них ночь, не снисходя даже до легчайшего намека. Они натянули на себя все, что было теплого, и не обращали внимания на изморозь, что покрывала их бороды (либо, в случае доктора Холмса, густые брови и бакенбарды). Сколь странен и тих представлялся мир, лишенный случайного перестука лошадиной рыси. Тишина растягивалась во все бока, по всему северу, лишь изредка нарушаемая грубой отрыжкой пузатых локомотивов, что где-то в отдалении везли от станции к станции свои грузы.

Друзья представляли в подробностях, как в этот самый миг патрульный Рей преследует по всему Бостону Дана Теала, догоняет и арестовывает его именем штата Массачусетс, как Теал объясняется, бесится, оправдывается, однако смиряется пред лицом правосудия и, подобно Яго, никогда более не говорит о своих злодеяниях. Они сходились и расходились вновь — Лонгфелло, Холмс, Лоуэлл и Филдс, — подбадривали друг друга на круговом пути по замерзшим водным тропам.

ПЕСНЬ ТРЕТЬЯ

Они начали говорить — первым, разумеется, доктор Холмс. Но прочие также успокаивали себя и других приглушенным шепотом. Они говорили, как напишут в память о том стихи, о новых книгах, о политических делах, кои до недавнего времени мало их влекли; Холмс пересказал историю из первых лет своей врачебной практики: он вешал тогда доску «ДАЖЕ ЛЕГКИЕ ПРОСТУДЫ ПРИНИМАЮТСЯ С БЛАГОДАРНОСТИЮ», и тут вдруг явились пьяницы да расколотили окно.

— Я говорю слишком много, да? — Увещевая сам себя, Холмс покачал головой. — Лонгфелло, мне совестно, я не даю вам и слова сказать.

— Нет, — задумчиво отвечал Лонгфелло. — Пожалуй, я все одно не стал бы.

— Я знаю! Но ведь однажды вы мне кое в чем признались. — Холмс задумался, стоит ли продолжать. — Когда вы познакомились с Фанни.

— Нет, не думаю.

Они обменивались партнерами, точно в танце; они обменивались разговорами. Иногда все четверо шли вместе, и тогда под их весом грозила треснуть промерзшая земля. Они шли рука об руку, сцепленные друг с другом.

Ночь стояла хотя бы ясная. Звезды распределились идеальным порядком. Послышался цокот копыт, лошадь привезла Николаса Рея, укутав его паром своего дыхания. При его появлении все безмолвно вообразили те непомерные достижения, что таились за подозрительным спокойствием молодого человека, однако в лице его было лишь стальное ожесточение. Никаких следов Теала либо Огастеса Маннинга, доложил патрульный. Он поручил полудюжине полицейских прочесать по всей длине реку Чарльз, однако свободными от карантина оказались всего четыре лошади. Рей получил от «поэтов у очага» порцию увещеваний и призывов сохранять осторожность, после чего ускакал прочь, обещав утром продолжить поиски.

Кто из них предложил в половине четвертого чуток отдохнуть у Лоуэлла в доме? Они растянулись — двое в музыкальном салоне, двое в соседнем с ним кабинете; комнаты своим расположением составляли зеркальное отражение друг дружке, очаги находились бок о бок. Тревожный щенячий лай вынудил Фанни Лоуэлл спуститься вниз. Она приготовила чаю, однако Лоуэлл не стал ей ничего объяснять и лишь пожаловался на окаянный мып. Фанни чуть с ума не сошла от волнений, пока его не было. Все вдруг осознали, как уже поздно, и Лоуэлл снарядил слугу Уильяма разнести по прочим домам записки. Они назначили себе получасовой отдых — не более — и вытянулись у двух очагов.

В час недвижного мира тепло ударило Холмсу в лицо. Усталость столь глубоко проникла в тело, что доктор не заметил, как опять оказался на ногах, вышел из дому и легко зашагал вдоль узкой изгороди. Нежданно потеплело, лед на земле быстро таял, и среди комков снежной грязи потоками текла вода. Под ногами у Холмса был крутой склон, и, пробираясь вперед, доктор ощущал, что карабкается наверх. Он глядел вниз на Кембридж-Коммон, где кашляли дымными клубами орудия времен Войны за независимость, а могучий вяз Вашингтона тянул во все бока тысячепалые ветви. Обернувшись, Холмс увидал, как его медленно и плавно догоняет Лонгфелло. Доктор взмахнул рукой, призывая друга поторопиться. Ему не хотелось, чтобы Лонгфелло чересчур долго был один. Но тут его отвлекло некое громыхание.

Два коня — в яблоках, с белоснежными копытами — неслись прямо на доктора, волоча за собой шаткие повозки. Холмс сжался и упал на колени; ухватившись за лодыжки, он поднял взгляд — и тут увидал Фанни Лонгфелло: огненные цветы разлетались от ее свободно парящих волос и широкого корсажа, она держала за поводья одного коня, тогда как другим уверенно правил Младший — так, будто занимался тем с первого дня своей жизни. Кони на всем скаку обогнули маленького доктора — тому не осталось более никакой возможности удержать равновесие, и он скользнул в темноту.

ПЕСНЬ ТРЕТЬЯ

Холмс выскочил из кресла, встал; от каминной решетки и трескучих дров чесались колени. Доктор поглядел на потолок. Там брякали подвески канделябра.

— Который час? — спросил Холмс и лишь тогда осознал, что спал. Стенные часы ответили: без четверти шесть. Лоуэлл вытаращил глаза, точно хмельной мальчишка, и поерзал в своем плетеном кресле. Спросил, в чем дело. Мешала горечь во рту, а то бы он его разинул от любопытства.

— Лоуэлл, Лоуэлл. — Холмс отодвинул занавески. — Там кони.

— А?

— Я будто слыхал пару коней. Да нет, я в том убежден. Они пронеслись под окнами три секунды назад, совсем рядом, и умчались прочь. Две лошади, несомненно. У патрульного Рея нынче всего одна. Лонгфелло говорит, Теал забрал у доктора Маннинга двоих.

— Все уснули, — с тревогой отвечал Лоуэлл, моргая, дабы привести себя в чувство — в окне уже светало.

Лоуэлл разбудил Лонгфелло и Филдса, отыскал бинокль и повесил на плечо ружье. Уже в дверях он увидал, как в прихожую, укутавшись в домашнее платье, спускается Мэйбл. Он замер, ожидая выговора, но та лишь стояла и глядела на него издали. Лоуэлл резко поменял курс, крепко ее обнял. Он услыхал собственный шепот:

— Спасибо, — и она отозвалась тут же, тем же словом.

— Будь осторожен, отец. Ради меня и мамы.

Они выбрались из тепла на уличный холод, и Холмсова астма разошлась во всю мощь. Лоуэлл бежал впереди по свежим следам копыт, тогда как трое других осмотрительно огибали вязы, что тянули к небу голые ветви.

— Лонгфелло, мой дорогой Лонгфелло... — говорил Холмс.

— Холмс? — мягко отвечал поэт.

Обрывки сна еще вживую стояли у Холмса перед глазами, он всякий раз вздрагивал, глядя на друга. Доктор опасался, что вдруг сболтнет: я только видал, как за нами гонится Фанни, правда!

— Мы забыли у вас дома полицейский пугач, да?

Филдс успокаивающе опустил руку на маленькое докторское плечо:

— Унция храбрости стоит ныне всех сокровищ короля, мой дорогой Уэнделл.

Впереди Лоуэлл припал на колено. Теперь он обводил биноклем весь пруд. Губы тряслись от страха. Сперва он подумал, что это рыбачат мальчишки. Однако, подкрутив колесико, разглядел землистое лицо своего студента Плини Мида — только лицо.

Голова Мида торчала из узкой щели, прорубленной во льду озера. Голое тело скрывала ледяная вода, ноги связаны. Зубы неистово стучали. Язык загнулся в глубину рта. Голые руки вытянулись на льду, их обматывала веревка. Она тянулась от запястий к оставленной неподалеку коляске доктора Маннинга. Мид был в полусознании и, когда бы не эта веревка, наверняка соскользнул бы в свою смертельную яму. У коляски стоял Дан Теал, облаченный в блистательную военную форму; он подсунул руки под другое голое туловище, поднял его и понес по непрочному льду. Теал держал на весу дряблое белое тело Огастеса Маннинга, борода неестественно повисла над тощей мальчишечьей грудью, ноги опутаны веревкой до самых бедер. Казначей весь трясся, пока Теал пробирался с ним по скользкому пруду.

Нос Маннинга был багров, под ним собрался толстый слой сухой бурой крови. Теал опустил Маннинговы ноги в другую прорубь, примерно в футе от Мида. Потрясение от ледяной воды пробудило казначея к жизни: он брызгался и, как сумасшедший, хватался за лед. Теал развязал Миду руки, и теперь лишь одно не позволяло двум голым людям соскользнуть каждому в свою пучину — неистовая, осмысленная инстинктом и мгновенно предпринятая обоими попытка сцепить протянутые руки.

Взобравшись по насыпи, Теал наблюдал за их борьбой, и тут раздался выстрел. На дереве за спиной убийцы раскололась кора.

ПЕСНЬ ТРЕТЬЯ

Подхватив ружье и неловко скользя по льду, Лоуэлл бросился вперед.

— Теал! — крикнул он и наставил ружье для другого выстрела. Лонгфелло, Холмс и Филдс ковыляли позади.

Филдс заорал:

— Мистер Теал, вы обязаны это прекратить!

Лоуэлл не верил тому, что открывалось поверх ствола его глазам. Теал оставался совершенно невозмутим.

— Стреляйте, Лоуэлл, стреляйте! — кричал Филдс.

На охоте Лоуэлл любил целиться, но не любил стрелять. Солнце поднялось уже высоко и развернулось над громадным кристальным пространством.

На миг их ослепило отражение. Когда глаза привыкли к свету, Теал исчез, и среди зарослей отозвались эхом мягкие бегущие шаги. Лоуэлл выстрелил по деревьям.

Плини Мид непроизвольно вздрогнул и обмяк, голова упала на лед, тело медленно поползло в мертвую воду. Маннинг силился удержать его скользкие предплечья, запястья, пальцы, но юноша был чересчур тяжел. Мид провалился под воду. Доктор Холмс полез за ним, растянувшись на льду. Погрузил в прорубь обе руки, ухватил Мида за волосы и за уши, тянул, тянул, пока не достал до груди, опять тянул, пока не уложил на лед. Филдс с Лоуэллом подцепили Маннинга под руки и выволокли из проруби, не дав провалиться вниз. Развязали ноги.

Послышалось щелканье хлыста, Холмс поднял голову и увидал Лоуэлла на облучке брошенной коляски. Тот поворачивал лошадей к зарослям. Вскочив на ноги, Холмс помчался следом.

— Джейми, стоп! — кричал он. — Их нужно отвезти в тепло, иначе смерть!

— Теал уйдет, Холмс! — Остановив лошадей, Лоуэлл воззрился на жалкую фигуру доктора Маннинга, что неуклюже билась сейчас о замерзший пруд, точно вытащенная из воды рыба. В нем мало оставалось от прежнего казначея, и Лоуэлл не ощущал ничего, помимо сострадания. Лед прогибался под тяжестью Дантова клуба и предполагаемых жертв, сквозь новые скважины под их шагами, бурля, прорывалась вода. Лоуэлл спрыгнул с облучка ровно в тот миг, когда обутая в галошу нога Лонгфелло проломила слабую корку. Лоуэлл успел его подхватить.

Доктор Холмс стащил перчатки, шляпу, затем пальто, сюртук и навалил все это на Плини Мида.

— Оборачивайте их во все, что есть! Закрывайте головы и шеи! — Разорвав шарф, он обмотал его мальчику вокруг шеи. Скинул башмаки, носки и натянул Миду на ноги. Прочие, внимательно наблюдая за пляшущими руками Холмса, делали то же самое.

Маннинг желал что-то сказать, но выходило неразборчивое бормотание, приглушенная песня. Он приподнял надо льдом голову, но в тот же миг Лоуэлл натянул на него шляпу, и казначей запутался окончательно.

Доктор Холмс кричал:

— Не давайте им спать! Ежели уснут, все пропало!

Кое-как они доволокли замерзшие тела до коляски. Лоуэлл отдернул вниз рукава рубашки и уселся на облучок. Подчиняясь Холмсовым указаниям, Лонгфелло и Филдс терли несчастным шеи и плечи, задирали ноги в надежде разогнать кровь.

— Скорее, Лоуэлл, скорее, — подгонял Холмс.

— Скорее невозможно, Уэнделл!

Холмс предполагал изначально, что из этих двоих хуже Миду. Ужасная рана на затылке, нанесенная, очевидно, Теалом, была опасна сама по себе, а тут она еще подверглась смертоносным воздействиям. Весь короткий путь до города Холмс яростно разгонял мальчишке кровь. И, сам того не желая, повторял стихи, что сочинил для студентов, дабы те помнили, как подобает обращаться с пациентами.

Ежели больного надобно простукать,
Знай: не наковальня пред тобой, а грудь.
(Коновалу-доктору следует не путать

ПЕСНЬ ТРЕТЬЯ

> Молоточек с молотом, уж не обессудь.)
> Вот совет толковый: чтоб не было беды,
> Не бросай больного уж вовсе без воды.
> Он тебе не устрица, что суют в очаг,
> Ты же не Агассис, он же не червяк.

Тело Мида было таким холодным, что больно коснуться.

✣

— Мальчик был обречен еще до того, как мы появились на Свежем пруду. Тут ничего не поделаешь. Вам необходимо смириться, мой дорогой Холмс.

Доктор Холмс водил взад-вперед пальцами по чернильнице, подаренной Лонгфелло Теннисоном; Филдса он не слушал, а пальцы все перемазались в чернилах.

— Огастес Маннинг обязан вам жизнью, — сказал Лоуэлл. — А мне шляпой, — добавил он. — Ежели серьезно, Уэнделл, без вас он не воротился бы на землю. Это вы понимаете? Мы расстроили планы Люцифера. Мы вырвали человека из зубов Дьявола. Мы победили, оттого что вы отдали себя без остатка, мой дорогой Уэнделл.

В дверь кабинета постучали все три дочери Лонгфелло — они были одеты, чтоб играть на улице. Первой вошла Элис.

— Папа, Труди с девочками катаются с горки. А нам можно?

Лонгфелло оглянулся на друзей, что распластались сейчас в креслах по всему кабинету. Филдс пожал плечами.

— Прочие дети там будут? — спросил Лонгфелло.

— Весь Кембридж! — объявила Эдит.

— Ну и славно, — сказал Лонгфелло, но после взглянул так, будто ему нечто пришло на ум. — Энни Аллегра, тебе лучше остаться с мисс Дэви.

— Ну, пожалуйста, папа! У меня же новые сапожки! — Энни взмахнула ногой, обутой в этот свой аргумент.

— Мой дорогой Лютик, — улыбнулся отец. — Обещаю, это лишь сегодня.

Старшие умчались, а младшая отправилась в холл искать гувернантку.

Явился Николас Рей в парадной военной форме — синей шинели и таком же мундире. Доложил, что пока ничего нового. Однако сержант Стоунвезер отрядил для поисков Бенджамина Гальвина все полицейские расчеты.

— Комитет здравоохранения объявил, что мып идет на убыль, и вывел из карантина дюжины лошадей.

— Отлично! Есть команда, можно начинать поиски, — сказал Лоуэлл.

— Профессор, джентльмены. — Рей опустился в кресло. — Вы установили убийцу. Вы сберегли человеку жизнь — а возможно, и не одному, кто знает.

— Только подверглись опасности они также из-за нас, — вздохнул Лонгфелло.

— Нет, мистер Лонгфелло. Все, что Бенджамин Гальвин отыскал в Данте, он мог найти где угодно в своей жизни. В сих ужасах нет вашей вины. Свершенное же вами под их сенью неоспоримо. И при том вам посчастливилось уберечься самим. Ради всеобщей сохранности предоставьте полиции довершить начатое.

Холмс спросил Рея, для чего тот надел военный мундир.

— Губернатор Эндрю опять устраивает в Капитолии солдатский банкет. Гальвин явственно соединяет себя с армейской службой. Он может там объявиться.

— Офицер, нам неведомо, как он ответит на помеху в этом последнем убийстве, — сказал Филдс. — Что, ежели он вновь надумает покарать Предателей? Что, ежели он вернется за Маннингом?

— Патрульные стерегут дома всех членов Гарвардской Корпорации и всех попечителей, включая доктора Маннинга. Мы также разыскиваем в отелях Саймона Кэмпа на случай, ежели Гальвин изберет Предателем Данте его. Наши люди расставлены в квартале Гальвина и весьма пристально следят за домом.

ПЕСНЬ ТРЕТЬЯ

Подойдя к окну, Лоуэлл взглянул на дорожку перед Крейги-Хаусом: мимо ворот прошел человек в тяжелой синей шинели — сперва в одну, а после в другую сторону.

— Здесь также? — спросил Лоуэлл.

Рей кивнул.

— Перед всеми вашими домами. Ежели судить по отбору жертв, Гальвин назначил себя вашим заступником. Возможно, после столь резкого поворота он надумает обратиться к вам. Ежели так, мы его схватим.

Лоуэлл кинул сигару в огонь. Собственные оправдания вдруг сделались ему отвратительны.

— Офицер, так дела не делаются. Не сидеть же нам бесцельно весь день в одной комнате!

— Я вам этого и не предлагаю, профессор Лоуэлл, — отвечал Рей. — Возвращайтесь домой, будьте с родными. Защита города возложена на меня, джентльмены, ваше присутствие необходимо в иных местах. С этой минуты ваша жизнь вновь начинает возвращаться к норме, профессор.

Лоуэлл ошеломленно глядел на Рея.

— Но...

Лонгфелло улыбнулся.

— Счастье жизни по большей части составляют не баталии, мой дорогой Лоуэлл, но уклонение от оных. Мастерское отступление — само победа.

Рей сказал:

— Встретимся вечером, прямо здесь. Милостью фортуны я буду счастлив доставить вам добрые вести. Справедливо?

Друзья уступили со сложным чувством жалости и облегчения.

Всю вторую половину дня патрульный Рей набирал офицеров, хотя многие в прошлом осмотрительно держались от него подальше. Однако Рей видел издали, кто есть кто. Он знал с первого мгновения, смотрит на него человек, как на другого человека, либо как на чернокожего, мулата, а то и ниггера. Прямой взгляд глаза в глаза делал ненужными всякие обоснования.

Рей приказал патрульному быть у сада перед домом Маннинга. Пока они говорили, остановившись под кленом, из боковых дверей вдруг вывалился сам Огастес Маннинг.

— Прочь! — возопил он, потрясая ружьем.

Рей обернулся.

— Мы полиция — полиция, доктор Маннинг.

Казначей трясся так, точно его все еще сковывал лед.

— Ваша армейская форма, я заметил через окно, офицер. Подумалось, этот сумасшедший...

— Вам незачем волноваться, — сказал Рей.

— Вы... вы меня охраняете? — спросил Маннинг.

— Пока в том есть необходимость, — отвечал Рей, — офицер будет наблюдать за вашим домом. Он вооружен.

Распахнув шинель, второй патрульный показал револьвер.

Маннинг жалобно, однако согласно кивнул и, нетвердо протянув руку, позволил мулату-полицейскому препроводить себя в дом.

Чуть позже Рей ехал на коляске по Кембриджскому мосту. Перегораживая путь, впереди застряла другая повозка. Над колесом склонились два человека. Рей встал у края дороги, спешился и зашагал к этой странной компании поглядеть, не нужна ли помощь. Но стоило ему подойти ближе, как эти двое вдруг распрямились в полный рост. Позади что-то застучало, и, обернувшись, Рей увидал, как другая коляска встала следом за его собственной. Из нее ступили на мостовую два человека в ниспадающих пальто. Образовав квадрат вокруг чернокожего полицейского, все четверо оставались недвижны не менее двух минут.

— Детективы. Чем могу служить? — спросил Рей.

— Подумалось, Рей, что неплохо бы нам заехать в участок и кое о чем потолковать, — сказал один.

— Боюсь, у меня нет на то времени, — отвечал патрульный.

— Нам сообщили, что вы взялись за дело, не испросив полагающегося дозволения, — выступив вперед, произнес другой.

— Не думаю, что это имеет к вам касательство, детектив Хеншоу, — помолчав, сказал ему Рей.

Детектив прищелкнул пальцами. Другой угрожающе придвинулся. Рей обернулся.

— Я офицер и служу закону. Покушаясь на меня, вы покушаетесь на штат Массачусетс.

Детектив ударил кулаком патрульного в живот, а другим — в челюсть. Рей сложился вдвое, подбородок уткнулся в воротник пальто. Пока детективы затаскивали патрульного в свою карету, изо рта его текла кровь.

Доктор Холмс сидел в глубоком кожаном кресле-качалке, дожидаясь, когда наступит время идти к Лонгфелло на объявленную встречу. Полузадвинутые шторы отбрасывали на стол тусклый благоговейный свет. Мимо доктора на второй этаж промчался Уэнделл-младший.

— Уэнди, мой мальчик, — окликнул его Холмс. — Ты куда?

Младший медленно попятился вниз.

— Как ты, отец? Что-то тебя не видно.

— Можешь присесть на минутку?

Младший примостился на краю зеленой качалки.

Доктор Холмс спросил его о юридической школе. Младший отвечал коротко, ожидая обычных колкостей о науке крючкотворства, но их не последовало. Никогда у него не получалось добраться до сути закона, признавался сам себе доктор Холмс, хотя, закончив колледж, он честно пытался это сделать. Второе издание всяко лучше первого, так он полагал.

Тихий циферблат стенных часов делил их молчание на долгие секунды.

— Тебе не было страшно, Уэнди? — произнес в тишине доктор Холмс. — На войне, я хочу сказать.

ДАНТОВ КЛУБ

Из-под темных бровей Младший пристально поглядел на отца, затем ласково улыбнулся:

— Ужасно глупо, папочка, натягивать на себя скорбную мину всякий раз, когда человек уходит воевать либо погибать. В баталиях нет поэзии.

Доктор Холмс отпустил сына к его делам. Младший кивнул и продолжил свой путь наверх.

Холмсу пора уже было отправляться на встречу. Он решил захватить кремниевый мушкет своего деда, хотя в последний раз из него стреляли в пору Войны за независимость. Иное оружие в доме Холмса не дозволялось, мушкет же хранился в подвале как историческая реликвия.

Конка еще не работала. Безо всякого успеха водители и кондукторы пытались собственными силами сдвинуть вагоны с места. Городская железная дорога надумала запрячь волов, но их копыта оказались чересчур мягки для твердых мостовых. Так что Холмс отправился пешком — по кривым улочкам на Бикон-Хилл, лишь мгновениями разминувшись с экипажем, в котором Филдс подъехал к дому Холмса спросить, не желает ли доктор прокатиться. По Западному мосту он перешел полузамерзший Чарльз и зашагал далее по Висельничному холму. Было очень холодно, люди хватались за уши, прятали головы в плечи и пускались бегом. Из-за астмы прогулка Холмса вышла вдвое дольше. Доктор вдруг обнаружил, что стоит у «Первого Молитвенного дома» — старой кембриджской церкви, бывшей вотчины преподобного Абеля Холмса. Проскользнув в пустую молельню, Холмс примостился с краю скамьи. Сиденья тут были обычными, продолговатой формы и со специальными рейками, дабы подпирать прихожанам молитвенники. Еще в церкви установили роскошный орган, чего ни в коем случае не допустил бы преподобный Холмс.

Отец Холмса лишился своей церкви, когда раскололась паства: часть прихожан пожелала, чтоб с их кафедры читали проповеди также и приглашенные унитарианские священники. Преподобный Холмс отверг предложение и с небольшим числом верных сторонников перебрался в другой молитвенный дом. Унитарные церкви были в те времена в большой моде, ибо «новая религия» оберегала людей от доктрин первородного греха и людской слабости, коих твердо держался преподобный совместно со всей своей огнедышащей братией. В такой же точно церкви, отринув веру отца, после нашел приют и доктор Холмс — в разумной религии, но не в Божьем страхе.

Под полом имеется иной приют, подумал Холмс, — его соорудили, как только за дело взялись аболиционисты, о том, по меньшей мере, ходили слухи: когда верховный судья Хили и прочие его соратники, поддержав закон о беглых рабах, вынудили негров искать убежища, под многими унитарными церквями люди прорыли тоннели, дабы прятать в них беглецов. Что бы, интересно, сказал на это преподобный Абель Холмс...

Всякое лето, когда в Гарварде проводилась выпускная церемония, Холмс являлся в старый молитвенный дом своего отца. Уэнделл-младший — в год завершения учебы объявленный первым поэтом класса. Миссис Холмс упросила тогда доктора ничего не говорить Младшему, ибо советы и критика окажут на него излишнее давление. Младший занял свое место, доктор же Холмс сидел в отобранном у его отца молитвенном доме, и с лица его не сходила неловкая улыбка. Все взгляды были на нем, всем делалось любопытно, как отзовется доктор на поэзию своего сына, сочиненную в часы подготовки к войне, куда вскоре отправлялась их рота. *Cedat armis toga,* думал Холмс — пусть мантия школяра уступит место оружию солдата. Оливер Уэнделл Холмс нервно сопел, наблюдая за Оливером Уэнделлом Холмсом-младшим и желая при том провалиться в сказочные тоннели, что предположительно тянулись под церквями, ибо что теперь толку от сих кроличьих нор, когда штык и «энфилд» вот-вот покажут предателям-сесешам, чего стоят их рабские законы.

Холмс вытянулся во фрунт, не поднимаясь с пустой скамьи. Тоннели! Так вот отчего Люцифер пропадал незамеченным, даже когда на улицу выводилась вся городская полиция! Так вот почему, по словам проститутки, Теал растворился в тумане рядом с церковью! Так вот отчего пугливый ризничий Тальбота не видал убийцу ни входящим, ни выходящим! Хор распевал аллилуйю в душе доктора Холмса. Погружая Бостон в Ад, Люцифер не прогуливается пешком и не раскатывает в каретах, кричал про себя Холмс. Он скребется в норе!

✠

Подгоняемый тревогой, Лоуэлл отправился в Крейги-Хаус загодя и первым приветствовал Лонгфелло. По пути профессор не заметил, что патрульных нет ни у Элмвуда, ни у Крейги-Хауса. Лонгфелло как раз дочитал Энни Аллегре книжку. Проводил девочку в детскую.

Вскоре явился Филдс.

Однако миновало двадцать минут, и ни звука — ни от Холмса, ни от Николаса Рея.

— Нельзя было оставлять Рея, — пробурчал Лоуэлл себе в усы.

— Я не понимаю, отчего до сих пор нет Уэнделла, — нервно проговорил Филдс. — Я остановился у его дома, однако миссис Холмс сказала, что он уже ушел.

— Еще не так поздно, — сказал Лонгфелло, но глаза его были прикованы к стенным часам.

Лоуэлл опустил голову в ладони. Когда он опять поглядел сквозь пальцы, прошло еще десять минут. Лоуэлл вновь закрыл лицо, и тут его пронзила леденящая мысль. Он бросился к окну.

— Нужно искать Уэнделла, немедля!

— Что стряслось? — Филдс перепугался, такой ужас был сейчас на лице Лоуэлла.

— Теперь Уэнделл, — простонал он. — Тогда на Углу я назвал его предателем!

Филдс мягко улыбнулся:

ПЕСНЬ ТРЕТЬЯ

— Всё давно позабыто, мой дорогой Лоуэлл.

Чтобы не свалиться, поэт вцепился издателю в рукав.

— Как вы не понимаете? У вас на Углу, в день, когда нашли изрезанного Дженнисона, мы с Уэнделлом повздорили, он тогда решил выйти из клуба. Теал, то бишь Гальвин, как раз в тот миг шел по коридору. Он, должно быть, слыхал все наши разговоры — так же, как заседания Гарвардского совета! Я гнался за Холмсом по проходу из Авторской Комнаты, я кричал ему вслед — вспомните, что я ему кричал! Ну же, напрягитесь! Я кричал, что Холмс предал Дантов клуб. Я кричал, что он предатель!

— Возьмите себя в руки, пожалуйста, — попросил Филдс.

— Грин читал проповеди, Теал обращал их в убийства. Я обвинял Уэнделла в предательстве, Теал был бдительным слушателем! — Лоуэлл кричал. — О, мой дорогой друг, я погубил его. Я убил Уэнделла!

Он помчался в переднюю за пальто.

— Холмс сейчас придет, я в том убежден, — сказал Лонгфелло. — Прошу вас, Лоуэлл, давайте подождем хотя бы офицера Рея.

— Нет, я иду искать Уэнделла сей же миг!

— Но где вы будете его искать? И вам нельзя одному, — сказал Лонгфелло. — Мы идем вместе.

— Я пойду с Лоуэллом, — сказал Филдс; он взял оставленный Реем полицейский пугач и потряс, проверяя, как тот работает. — Я убежден, что все в порядке, Лонгфелло, — может, вы дождетесь Уэнделла здесь? А мы первым делом пошлем за Реем патрульного офицера.

Лонгфелло кивнул.

— Идемте, Филдс! Быстрее! — прорычал Лоуэлл; он почти рыдал.

Они бежали по дорожке к Брэттл-стрит, и Филдс весьма старался не отстать от Лоуэлла. Вокруг — ни души.

— Черт возьми, где патрульный? — спросил Филдс. — Точно вымерло все...

ДАНТОВ КЛУБ

В деревьях за высоким забором что-то зашуршало, Лоуэлл прижал палец к губам, призывая Филдса молчать, после чего подобрался ближе к месту, откуда доносился звук, и там застыл, надеясь определить, что это такое.

К их ногам выпрыгнул кот и тут же умчался прочь, растворясь в темноте. Лоуэлл испустил облегченный вздох, но в тот же миг с забора упал человек и со всего маху опустил кулак Лоуэллу на голову. Поэт рухнул враз, подобно парусу на разломленной пополам мачте; лицо его на земле показалось Филдсу столь непостижимо бездвижным, что он почти его не узнавал.

Издатель отшатнулся, поднял голову, встретился глазами с Даном Теалом. Теперь они двигались вместе: Филдс назад, а Теал вперед — в удивительно изящном танце.

— Мистер Теал, прошу вас. — У Филдса подгибались колени.

Теал смотрел на него, не моргая.

Издатель споткнулся о сук, нескладно обернулся, побежал. Он с пыхтением несся по Брэттл-стрит, запинался, хотел позвать на помощь, закричать, но выходил лишь грубый лошадиный хрип — заглушая его, в ушах выл холодный ветер. Филдс поглядел назад и выхватил из кармана полицейский пугач. Преследователя не было. Но, оборачиваясь через другое плечо, издатель ощутил, как его хватают за руки и со всей силы швыряют в воздух. Тело кувырком покатилось по улице, пугач полетел в кусты с мягким звоном — мягким, точно чириканье воробья.

Филдс мучительно вывернул голову к Крейги-Хаусу. Из окна кабинета пробивалось слабое сияние газовой лампы, и он в один миг вдруг понял, в чем цель убийцы.

— Только не трогайте Лонгфелло, Теал. Он сегодня уехал из Массачусетса — сами увидите. Клянусь честью. — Филдс плакал, подобно ребенку.

— Разве я не исполнял свой долг? — Солдат воздел над головой дубинку и ударил ею Филдса.

ПЕСНЬ ТРЕТЬЯ

Преемник Элиши Тальбота во Второй унитарной церкви Кембриджа завершил беседу с дьяконами за пару часов до того, как в церковь явился доктор Оливер Уэнделл Холмс; вооруженный древним мушкетом и добытой в ломбарде керосиновой лампой доктор вошел внутрь и проскользнул в подземный склеп. Перед тем Холмс обсудил с самим собой, стоит ли прежде поделиться теорией с друзьями, однако решил убедиться самостоятельно. Если Тальботово подземелье и вправду сообщается с заброшенными тоннелями беглых рабов, эти ходы выведут полицию в точности на убийцу. Они также объяснят, каким способом Люцифер проник загодя в склеп, убил Тальбота и ушел незамеченным. Если интуиция доктора Холмса раз втянула Дантов клуб в расследование злодеяний, то, пускай для продолжения и понадобилась ссора с Лоуэллом, почему бы доктору Холмсу не положить самолично конец этим ужасам?

Холмс спустился в склеп и принялся ощупывать стены гробницы, рассчитывая найти ответвление в другой тоннель либо в камеру. Он отыскал проход, однако не руками, а носком ботинка, по чистой случайности угодившим в пустоту. Встав на колени, Холмс взялся осматривать пол и обнаружил узкую щель. Маленькое тело с удобством в ней уместилось, и доктор потянул за собою лампу. Сперва пришлось ползти на четвереньках, затем тоннель сделался выше, и Холмс спокойно встал во весь рост. Пора возвращаться на твердую землю, подумал он. О сколь обрадуются друзья его открытию. Как скоро они увидят поверженного врага! Однако острые углы и склоны лабиринта сбили маленького доктора с пути. Сунув на всякий случай руку в карман и расположив ее на рукоятке мушкета, доктор принялся настраивать свой внутренний компас, когда все его чувства раскидал по сторонам голос.

— Доктор Холмс, — сказал Теал.

XIX

Бенджамин Гальвин ушел на войну с первым массачусетским призывом. Ему было двадцать четыре года, и он без того полагал себя солдатом, ибо несколько лет до официального начала войны водил беглых рабов сквозь городскую сеть убежищ, укрытий и тоннелей. Числился он и среди тех добровольцев, что сопровождали выступавших против рабства политиков в Фэнл-Холл[1] и обратно, либо в другие залы и обратно, загораживая собственными телами от любителей пошвыряться кирпичами и булыжниками.

Нужно признать, что, в отличие от прочих молодых людей, Гальвин был чужд политике. Он не мог прочесть большие плакаты либо газеты, когда в них разъяснялось, как того или иного продажного кандидата необходимо провалить на выборах, а та или иная партия либо законодательный орган пекутся о расколе или о соглашательстве. Однако он хорошо понимал самопровозглашенных ораторов, горланивших о том, что порабощенная раса должна обрести свободу, а виновные — понесть подобающее наказание. Также Бенджамину Гальвину представлялось очевидным, что он может не вернуться домой к молодой жене — как там сулили рекрутеры: ежели не размахивая «звездами и полосами», значит, обернутым в них. Ни разу до того Гальвин не фотографировался, и сделанный перед самым призывом портрет его расстроил. Фуражка и

---

[1] Фэнл-Холл — здание в Бостоне на рыночной площади, где во время Войны за независимость собирались патриотически настроенные граждане.

ПЕСНЬ ТРЕТЬЯ

штаны сидели кое-как, а взгляд вышел слишком уж перепуганный.

Земля была горяча и суха, когда третья рота десятого полка выступила из Бостона сперва в Спрингфилд, а после в военный лагерь Брайтвуд. Пыльные облака, оседая на новеньких солдатских мундирах, покрывали их столь ровной коркой, что синее войско делалось неотличимо от тупых и серых своих врагов. Полковник предложил Гальвину стать ротным адъютантом, дабы составлять списки потерь. Гальвин отвечал, что алфавит он знает, однако правильно читать и писать у него не выходит: много раз собирался выучиться, однако буквы и значки путаются в голове, разбегаются по страницам, сталкиваются и обращаются друг в дружку. Полковник удивился. Неграмотность не была среди новобранцев редкостью, однако рядовой Гальвин представлялся ему весьма смышленым, ибо глядел на все большими задумчивыми глазами и сохранял в лице такое спокойствие, что кое-кто стал звать его Опоссумом.

В Виргинии разбили лагерь, и в первые же дни всех взволновало странное происшествие: в лесу обнаружили солдата, заколотого штыком и с простреленной головой, а рот и лицо его столь плотно облепили личинки, что можно было подумать: там поселился целый пчелиный рой. Говорили, это мятежники, дабы поразвлечься, послали своего черного подстрелить янки. Капитан Кингсли, друг убитого солдата, принудил Гальвина и прочих поклясться, что они не будут жалеть сесешей, когда придет время задать им трепку. Все столь пылко рвались в бой, что, представлялось, никогда его не дождутся.

Бо́льшую часть жизни проработав на земле, Гальвин до сей поры не видал ползучих тварей, что заполняли эту часть страны. Ротный адъютант, встававший за час до побудки, дабы, расчесав густую шевелюру, сесть за составление реестра больных и умерших, не позволял убивать сих копошащихся созданий; он нянчился с ними, точно с детьми — притом, что Гальвин видал собственными глазами, как из-за кишевших в ранах белых червяков в соседней роте умерло четверо солдат. Это случилось, когда третья рота шла маршем к новому лагерю — поближе, как говорили, к полям настоящих сражений.

Никогда ранее Гальвин не представлял, что смерть с такой легкостью будет забирать вокруг него людей. У «Ясных Дубов» от дымной грохочущей вспышки упали замертво шесть человек: глаза вытаращены, точно мертвым было любопытно, что же будет с прочими. В те дни Гальвина изумляло не число убитых, но число живых, будто это было невозможно и даже неправильно — пройти через все и выжить. Непостижимое множество трупов — людей и коней — собирали, точно дрова, а после сжигали. С той поры, стоило ему закрыть глаза, в кружащейся голове раздавались стрельба и взрывы, и вечно чудилась вонь растерзанной плоти.

Однажды вечером Гальвин, мучась от голода, воротился к себе в палатку, где обнаружил, что из вещмешка пропала порция галет. По словам соседа, их забрал ротный капеллан. Гальвин не желал верить в столь скверный поступок, ибо у всех одинаково свербело от голода в одинаково пустых животах. Но винить кого-то было трудно. Каким бы маршем ни шла рота, сквозь ливень либо парящий зной, рацион неминуемо сокращался до проеденных долгоносиками галет, коих солдатам явственно недоставало. Хуже всего были ежевечерние «облавы», когда, стащив с себя одежду, солдаты принуждены были выколупывать из нее жучков и клещей. Адъютант, знавший толк в подобных тварях, говорил, что они лезут на человека, когда тот стоит на месте, а потому необходимо все время двигаться вперед, все время двигаться.

Ползучая мерзость населяла питьевую воду, ибо солдаты иногда строили переправы через реки из дохлых лошадей и гнилого мяса. Всякие хвори, от малярии до дизентерии, именовались тифом, а полковой лекарь, не умея отличить больного от симулянта, почитал за лучшее причислять всех к последним. В один день Гальвина вытошнило восемь раз, в конце — чистой кровью. Он сидел у полевого лазарета, надеясь получить от доктора хинин либо опиум, а из окна каждые десять минут вылетали то руки, то ноги.

В лагерях не обходилось без болезней, зато были книги. Свалив у себя в палатке все, что присылали солдатам из дому, помощник лекаря устраивал библиотеку. В книгах попадались иллюстрации, Гальвину нравилось их разглядывать, а временами адъютант либо соседи по палатке читали вслух рассказ либо стихотворение. В фельдшерской библиотеке Гальвин отыскал блестящий сине-золотой сборник поэм Лонгфелло. Он не смог прочесть на обложке имя, но узнал портрет, выгравированный на первой странице, — такой же точно был в книжке его жены. Гарриет Гальвин неустанно повторяла, что поэмы Лонгфелло выводят своих героев к свету и счастью, даже когда те ступают на мрачную тропу; так случилось с Эванджелиной и ее кавалером — новая страна разлучила возлюбленных, однако лишь для того, чтоб те вновь отыскали друг друга, когда она служила санитаркой, а он умирал от тифа. Гальвин воображал, что поэма — про них с Гарриет, и легче становилось смотреть, как падают вокруг солдаты.

Вскоре после того, как, наслушавшись странствующего оратора, Бенджамин оставил тетушкину ферму и явился в Бостон помогать аболиционистам, случилась драка меж ним и двумя ирландцами, что своими воплями пытались сорвать аболиционистский митинг. Один из организаторов взял Гальвина к себе домой приходить в чувство, и Гарриет, дочь этого политика, тут же в бедолагу влюбилась. До той поры она не встречала человека, даже среди друзей отца, кто столь же уверенно отличал правое дело от неправого — без нездоровых разглагольствований о политике и влияниях.

— Порой я думаю, что свою миссию ты любишь более, нежели людей, — обронила Гарриет во времена их ухаживаний, однако Гальвин был слишком простодушен, дабы счесть свое занятие миссией.

У нее сердце обливалось кровью, когда он рассказывал, как от пятнистой лихорадки умерли его родители — сам Гальвин был тогда совсем юн. Она научила его алфавиту, заставляя выводить буквы на грифельной доске: теперь он умел писать собственное имя. Они поженились в тот день, когда Гальвин решил пойти на войну добровольцем. Когда он воротится, пообещала Гарриет, она научит его читать целые книги. А потому, сказала она, он обязан прийти живым. Лежа на жесткой койке, Гальвин ворочался под одеялом и вспоминал ровный мелодичный голос своей жены.

Под обстрелом солдаты непроизвольно хохотали либо дико визжали, а лица чернели от пороха, ибо гильзы они принуждены были в дикой спешке вскрывать зубами. Другие заряжали и стреляли, не целясь, и Гальвин полагал, что все эти люди посходили с ума. Оглушающая канонада прокатывалась по земле, неся такой страх, что перепуганные зайцы содрогались своими крошечными телами, перескакивали через трупы, мчались к норам и распластывались по траве, укрытой кровавым паром.

У выживших недоставало сил выкапывать для товарищей подобающие могилы, оттого то там, то здесь из земли торчали колени, руки и макушки. Первый же дождь разоблачал их целиком. Соседи по палатке строчили домой письма, говорили в них о боях, и Гальвин лишь удивлялся, как можно пересказать все то, что он видел, слышал и чувствовал, ибо оно превосходило всякие известные ему слова. Один солдат сказал, что в последнем сражении, когда они потеряли едва ли не треть роты, обещанное подкрепление было отозвано неким генералом, желавшим подложить свинью командующему Бёрнсайду[1] и тем обеспечить его смещение. Сей генерал позднее был повышен в чине.

— Такое возможно? — спросил рядовой Гальвин сержанта из другой роты.

— Подумаешь, подстрелили — двух ослов да солдата, — хрипло хмыкнул сержант Лерой, дивясь на все еще зеленого рядового.

---

[1] Эмброз Эверетт Бёрнсайд (1824—1881) — военачальник, бригадный генерал армии Севера, губернатор Род-Айленда и сенатор США.

ПЕСНЬ ТРЕТЬЯ

По ужасам и людскому мясу эта кампания пока не превзошла поход Наполеона в Россию — благоразумно предупредил Бенджамина Гальвина начитанный адъютант.

Гальвину не хотелось просить других писать за него письма, как это делали иные неграмотные либо полуграмотные, а потому, если у какого мертвого мятежника обнаруживалось неотправленное послание, он переправлял его в Бостон Гарриет — пускай знает о войне из первых рук. Он подписывал внизу свое имя, чтоб она видала, откуда письмо, а еще вкладывал в конверт лепесток либо необычный древесный лист. Он не желал утруждать даже тех солдат, которым нравилось писать письма. Они очень тогда уставали. Все они очень тогда уставали. Часто перед боем Гальвин угадывал по застывшим лицам — те точно спали, — кого из роты они не досчитаются утром.

— Добраться б домой, и к черту Союз, — услыхал как-то Гальвин слова офицера.

Сокращения рациона, бесившего столь многих, Гальвин не замечал вовсе, ибо давно не чувствовал вкусов, запахов и почти не слыхал собственного голоса. Раз уж недоставало еды, он взял в привычку жевать сперва камешки, а после клочки бумаги, отрывая их от таявшей в переходах фельдшерской библиотеки либо от писем мятежников — это помогало держать рот влажным и хоть чем-то его заполняло. Обрывки делались все меньше и меньше, сберегая то, что мог сыскать Гальвин.

Как-то в лагере оставили солдата, ибо на марше он чересчур сильно хромал; через два дня принесли тело — солдата убили и забрали кошелек. Гальвин говорил всем, что война сделалась хуже, нежели поход Наполеона в Россию. Он накачивался морфием и касторкой от поноса, доктор давал еще порошки, от них кружилась голова и все становилось безразлично. Сносив последние кальсоны, Гальвин отправился к маркитантам, продававшим свое добро с повозок, однако за тридцатицентовые подштанники те запросили с него два с половиной доллара. Маркитант пригрозил, что не снизит цену, а может, и повысит, если Гальвин надумает дожидаться чересчур долго. Очень хотелось размозжить сквалыге голову, однако Гальвин этого не сделал. Он попросил адъютанта написать письмо Гарриет Гальвин, чтоб та прислала ему две пары толстых шерстяных кальсон. Единственное его письмо за всю войну.

Нужны были мотыги — иначе как отодрать от земли примерзшие тела. Потом вновь потеплело, и третьей роте открылось целое поле стерни и незахороненных трупов. Откуда столь много чернокожих в синих мундирах? — изумлялся Гальвин, пока не понял, что же это такое: оставленные на весь день под августовским солнцем трупы обгорели дочерна, а после их изъели паразиты. Мертвые лежали во всех мыслимых позах, а лошадей — не счесть, многие изысканно стояли, подогнув колени, точно подставляя спину ребенку.

Вскоре Гальвину рассказали про каких-то генералов, что возвращают хозяевам беглых рабов и болтают с плантаторами, точно за карточной игрой. Возможно ли такое? Война не имеет смысла, если она ведется не за свободу рабам. На марше Гальвин видал мертвого негра — за попытку сбежать его уши гвоздями приколотили к дереву. Хозяин заставил раба раздеться, зная наверное, сколь тому обрадуются прожорливые мухи и москиты.

Гальвин не понимал протестов, распространившихся среди солдат Союза, когда Массачусетс решился формировать негритянский полк. Встреченный ими полк из Иллинойса пригрозил дезертировать в полном составе, коли президент Линкольн освободит еще хоть одного раба.

В первые месяцы войны Гальвину случилось попасть на негритянское молитвенное собрание — там благословляли проходивших через город солдат:

— Милосердна Божа, забери скорбящих сих, тряхани их хорошенька над адом, да гляди, не отпускай.

И они пели:

> Мне дьявол брат, а я и рад — Славься Аллилуйя!
> Он вытряс души из солдат — Славься Аллилуйя!

ПЕСНЬ ТРЕТЬЯ

— Негры всегда нам помогали — выведывали, что и как. Мы также должны им помочь, — сказал Гальвин.

— Пусть лучше подыхает Союз, нежели его отвоюют негры! — выкрикнул в лицо Гальвину их ротный лейтенант.

Не раз видел Гальвин, как солдат подхватывал сбежавшую от хозяина негритяночку и тащил в кусты под радостные вопли прочих.

Провизии недоставало по обе стороны фронта. Как-то утром в лесу у лагеря поймали троих мятежников — они выискивали среди отбросов что-либо съедобное. Совершенно изможденные, с отвисшими челюстями. С ними оказался дезертир из отделения Гальвина. Капитан Кингсли приказал рядовому Гальвину расстрелять дезертира. Гальвин чувствовал, что его вырвет кровью, ежели он произнесет хоть слово.

— Без должных формальностей, капитан? — спросил он наконец.

— Мы идем маршем, дабы принять сражение, рядовой. Нет времени на суд, вешать также некогда, а потому стреляйте прямо здесь! Товьсь... целься... пли!

Гальвин знал, какое наказание ждет рядовых, ежели те отказываются выполнять подобные приказы. Это называлось «кляп растяпе» — солдату привязывали руки к коленям, один штык засовывали меж рук и ног, а другой — в рот. Дезертир, голодный и измотанный, особо не возражал:

— Стреляй, чего там.

— Рядовой, немедля! — приказал капитан. — Вы хотите встать рядом с ним?

Гальвин застрелил дезертира в упор. Другие солдаты раз десять, а то и более прошлись остриями штыков по обмякшему телу. Капитан передернулся от омерзения и, сверкнув ледяными очами, приказал Гальвину, не сходя с места, расстрелять трех пленных мятежников. Гальвин замялся, капитан схватил его за руку и оттащил в сторону.

— Все приглядываешься, да, Опоссум? Все приглядываешься, думаешь, самый умный. Так вот, сейчас ты будешь делать то, что я сказал. Разрази меня гром! — Он скалил зубы, выкрикивая все это.

Мятежников выстроили в ряд. После «товсь, целься, пли» Гальвин застрелил их по очереди, в голову, из винтовки «энфилд». Чувств в нем было не более, нежели вкусов, запахов и звуков. Не прошло и недели, как на глазах у Гальвина четверо солдат, включая двоих из его роты, надумали приставать к девушкам из соседнего городка. Гальвин доложил начальству: всех четверых в назидание прочим привязали к пушечным колесам и отлупили по задам хлыстом. Гальвину, как доносчику, также досталась порция кнута.

В следующем сражении Гальвин не понимал, на какой стороне воюет и против кого. Он просто дрался. Весь мир нещадно бился сам с собой, грохот не утихал ни на миг. Гальвин всяко не отличал мятежников от янки. За день до того он пробирался сквозь ядовитые заросли, и к ночи не мог разлепить глаз; все над ним смеялись, ибо пока прочим простреливали открытые зенки либо отрубали головы, Бенджамин Гальвин дрался, как лев, и не получил ни царапины. В тот день Гальвина едва не убил солдат, угодивший после в сумасшедший дом: приставив к его груди ружье, солдат объявил, что ежели Гальвин не бросит жевать эти проклятые бумажки, он застрелит его на месте.

После первой раны — пулей в грудь — Гальвина отправили в Бостонскую гавань, точнее — в Форт Уоррен, поправлять здоровье и сторожить пленных мятежников. Там арестанты, у которых водились деньги, покупали себе камеры попросторнее, кормежку получше, и никому не было дела до их вины либо до того, сколь много народу они уложили ни за что ни про что.

Гарриет умоляла Бенджамина не уходить опять на войну, однако он знал, что нужен своим людям. Когда, мучась от беспокойства, Гальвин догнал в Виргинии третью роту, там после боев и дезертирства оказалось так много свободных должностей, что его повысили в чине до младшего лейтенанта.

ПЕСНЬ ТРЕТЬЯ

От новых рекрутов он узнал, что дома богатые мальчики за триста долларов откупаются от службы. Гальвин кипел от злости. У него схватывало сердце, он спал ночами не более считаных минут. Необходимо было двигаться, все время двигаться. В следующем бою он упал посреди мертвецов и заснул с мыслью о богатых мальчиках. Его подобрали мятежники, протыкавшие в ту ночь штыками трупы, и отправили в Ричмонд, в тюрьму Либби. Рядовых они отпускали, ибо те не представляли интереса, но Гальвин был младшим лейтенантом, а потому просидел в Либби четыре месяца. Из своего пленения он помнил лишь смутные картинки и звуки. Точно все так же спал, а тюрьма ему попросту снилась.

Отпущенный в Бостон Бенджамин Гальвин совместно с остатками своего полка был приглашен на ступени Капитолия для большой церемонии. Рваный ротный флаг сложили и передали губернатору. Из тысячи солдат в живых остались две сотни. Гальвин не мог уразуметь, отчего все считают, будто война окончена. Они ведь и близко не подошли к своей цели. Рабы сделались свободными, однако враг не перестал быть врагом, ибо не получил воздаяния. Не будучи политиком, Гальвин понимал: неважно, в рабстве либо на свободе — черным не отыскать на Юге покоя, — равно как и то, что было неведомо не побывавшим на войне: враг повсюду, всегда и вовсе не намерен сдаваться. И никогда, никогда, ни на единый миг враг не был одним лишь южанином.

Гальвин говорил будто на ином языке — штатские его не понимали. Либо даже не слышали. Одни лишь солдаты, про́клятые пушками и снарядами, были на то способны. В Бостоне Гальвин привязывался к ним все теснее. Вид у всех был изможденный и замученный, будто у отбившихся от стаи животных, что порой попадались им в лесах. Но даже эти ветераны, многие из которых, потеряв работу и семью, твердили, что лучше бы им погибнуть — жены, по меньшей мере, получали бы пенсию — только и высматривали, где б добыть денег либо красотку, напиться да перевернуть все вверх дном. Они позабыли, что нельзя спускать глаз с врага, и сделались не менее слепы, чем прочие.

Не раз, проходя по улицам, Гальвин ощущал за спиной чье-то дыхание. Он резко останавливался, делал страшные глаза, оборачивался, однако враг успевал исчезнуть за углом либо раствориться в толпе. *Мне дьявол брат, а я и рад...*

Он спал с топором под подушкой едва ли не всякую ночь. В грозу пробудился и наставил на Гарриет ружье, сочтя ее шпионом мятежников. В ту же ночь он облачился в мундир и битый час простоял под дождем в карауле. Бывало, запирал жену в комнате и сторожил, объясняя, что кто-то на нее покушается. Она работала прачкой, чтобы платить их долги, и умоляла Гальвина пойти к доктору. Доктор сказал: у него «солдатское сердце» — учащенное сердцебиение под воздействием боев. Гарриет устроила его в солдатский дом, где, по словам прочих жен, помогают пережить солдатские беды. Первая же проповедь Джорджа Вашингтона Грина стала для Гальвина лучиком света — единственным за долгое время.

Человек, о котором рассказывал Грин, жил много веков назад, все понимал и носил имя Данте Алигьери. Также бывший солдат, он пал жертвой великого раскола в своем позорном городе и отправился странствовать по загробному миру, дабы наставить человечество на праведный путь. Но что за невероятные картины жизни и смерти открылись ему там! Ни единая капля крови не проливается в Аду случайно, всякая душа заслуживает в точности того воздаяния, что несет ей Божья любовь. Сколь превосходны были *contrapasso,* коим словом преподобный Грин именовал воздаяния, назначенные за грехи, что свершают на земле всякий мужчина и всякая женщина — вечно, до страшного суда!

Гальвин понимал и тот гнев, что изливал Данте на своих сограждан, друзей либо, напротив, недругов, знавших лишь материальное и физическое, наслаждение и деньги, не замечавших высшего суда, что давно шел за ними по пятам.

ПЕСНЬ ТРЕТЬЯ

Бенджамину Гальвину не дано было вникнуть в глубины еженедельных проповедей преподобного Грина, половины он и вовсе не слыхал, однако не мог выбросить их из головы. Выходя всякий раз из церкви, он сам себе представлялся на два фута выше.

Прочие ветераны также восхищались проповедями, хотя, считал Гальвин, понимали их по-иному. Задержавшись как-то в церкви, он таращился на преподобного Грина, пока тот говорил с другим военным.

— Мистер Грин, могу я выразить восхищение вашей сегодняшней проповедью? — спрашивал капитан Декстер Блайт, русый, с усами скобкой и сильной хромотой. — Могу я спросить вас, сэр, где бы мне прочесть поболе о Дантовых странствиях? Почти все мои ночи проходят без сна, у меня довольно на то времени.

Старый пастор поинтересовался, читает ли капитан по-итальянски.

— Что ж, — сказал Джордж Вашингтон Грин, получив отрицательный ответ. — Дантовы странствия выйдут на английском, со всеми подробностями, кои только будут вам желательны, весьма скоро, мой дорогой друг! Видите ли, мистер Лонгфелло в Кембридже завершает перевод — нет, трансформацию — поэмы на английский язык, и для того всякую неделю заседает кабинет, то бишь специально созванный Дантов клуб, среди коего числится и моя скромная персона. В будущем году спрашивайте книгу у вашего торговца, добрый человек, она выйдет из-под несравненного пресса «Тикнор и Филдс»!

Лонгфелло. Лонгфелло и Данте. Сколь верной представлялась эта связь Гальвину, слышавшему стихи Лонгфелло из уст Гарриет. Он назвал городскому полицейскому «Тикнор и Филдс» и был отправлен к громадному особняку на углу Тремонт-стрит и Гамильтон-плейс. Демонстрационный зал простирался на восемьдесят футов в длину и тридцать в ширину, там поблескивало дерево, возвышались резные колонны, а под огромными люстрами сияли конторки из западной пихты.

В дальнем конце зала под изящной аркой красовались лучшие образцы книг от «Тикнор и Филдс» с синими, золотыми и шоколадными корешками, чуть далее в специальном отделении располагались последние номера издательской периодики. Гальвин вступил в зал с неясной надеждой на то, что его будет дожидаться тут сам Данте. Шагнул вперед благоговейно, сняв шляпу и прикрыв глаза.

Издательство перебралось в новый дом лишь за пару дней до того, как в него вошел Бенджамин Гальвин.

— Вы по объявлению? — Нет ответа. — Отлично, отлично. Будьте любезны, заполните вот это. Вам не сыскать лучшего патрона, нежели Дж. Т. Филдс. Гений, ангел-хранитель для своих авторов, вот он кто. — Человек представился как Спенсер Кларк, финансовый клерк фирмы.

Гальвин взял бумагу, ручку и, вытаращив глаза, перекинул от щеки к щеке обрывок бумаги, что всегда был у него во рту.

— Вы уж напишите как-нибудь свое имя, надо ж вас как-то величать, сынок, — проговорил Кларк. — Ну же, а не то придется отослать вас прочь.

Клерк указал нужную графу, Гальвин приставил ручку и вывел: «Д А Н Т Е А Л». Он задумался. Как пишется «Алигьери»? *Али? Але?* Он раздумывал о том, пока на пере не высохли чернила. Кларк, ранее отозванный на другой конец зала, громко прокашлялся и забрал у Гальвина бумагу.

— Да не тушуйтесь вы так, что там у нас? — Он скосил глаза. — Дан Теал. Молодец. — Кларк разочарованно вздохнул. С таким письмом клерка из парня не выйдет, но с переездом в шикарный особняк на Новом Углу издательству не будут лишними ни одни руки. — Даниэль, дружище, молю вас, скажите ваш адрес, и вы прямо сегодня заступите ночным посыльным, четыре вечера в неделю. Старший клерк, мистер Осгуд, до того как уйти, покажет, где тут у нас что. Ох, да, поздравляю вас, Теал. Вы начинаете новую жизнь совместно с «Тикнор и Филдс»!

— Дан Теал. — Новый работник опять и опять повторял свое новое имя.

ПЕСНЬ ТРЕТЬЯ ✧

Теала бросало в дрожь всякий раз, когда, прокатывая тележку с бумагами из одного кабинета в другой, где поутру с ними предстояло работать клеркам, он слыхал из Авторской Комнаты беседы о Данте. Фрагменты тех дискуссий мало походили на речи преподобного Грина, ибо пастор говорил более о чудесах Дантова странствия. Теал мало чего узнавал на Углу о Данте — мистер Лонгфелло, мистер Филдс и прочее Дантово войско не столь уж часто там собиралось. И все же здесь, в «Тикнор и Филдс», были люди, чем-то Данте обязанные, ибо говорили они о том, как его защитить.

У Теала закружилась голова; он выскочил на улицу, где его вытошнило прямо на аллею Бостон-Коммон — Данте потребна защита! Теал вслушивался в разговоры мистера Филдса с Лонгфелло, Лоуэллом, доктором Холмсом и постепенно уяснял, что Гарвардский колледж плетет против Данте заговор. В Бостоне говорили, что Гарвард также нанимает новых работников, ибо многие прежние убиты на войне либо воротились калеками. Колледж предложил Теалу дневной пост. Неделю спустя ему удалось переместиться уборщиком с Гарвардского Двора в Университетский Холл, поскольку именно там, как сообщили другие работники, совет Колледжа принимает наиважнейшие свои решения.

В солдатском доме преподобный Грин переключился с общих слов на рассказы о Дантовом паломничестве. Путь сквозь Ад был разделен кругами, и всякий новый приближал поэта к воздаянию великого Люцифера, владыки всего зла. Сперва Грин ввел Теала в преддверие Ада, в землю Ничтожных, среди каковых находился худший из преступников — тот, кто свершил Великое Отречение. Имя отступника, некоего папы, ничего не говорило Теалу, однако само отречение от грандиозной и необходимой миссии судить по справедливости миллионы людей воспламенило Теала негодованием. Ранее он слыхал через стены Университетского Холла, что верховный судья Хили категорически отверг предложенную ему миссию непревзойденной важности — миссию защитника Данте.

Теал вспомнил смышленого адъютанта третьей роты — как тот во время перехода по сырым болотистым штатам тысячами собирал насекомых, отсылая их домой в им же изобретенных ящичках, дабы по пути до Бостона твари не передохли. Теал купил у него коробку смертоносных мясных мух и личинок, а заодно полный осиный улей, после чего прошел за судьей Хили от судебной палаты до «Обширных Дубов», где и подглядел, как судья прощался с семейством.

Пробравшись наутро через задний ход в дом, Теал расколотил судейскую голову рукояткой пистолета. Снял с Хили одежду и аккуратно сложил, ибо трусу не подобает носить людское облачение. После отволок Хили на задний двор и выпустил на раненую голову мух, ос и личинок. Неподалеку воткнул в песок пустой флаг, ибо под таким предупреждающим знаком поэту предстали Ничтожные. Теал будто на миг соединился с Данте, встал на долгий и опасный путь спасения — один среди погубленных душ.

Он места себе не находил, когда Грин из-за болезни пропустил неделю в солдатском доме. Но священник вернулся и поведал о Святоскупцах. Теала давно мучил сговор меж Гарвардской Корпорацией и преподобным Тальботом, каковое обсуждение он слыхал не раз в Университетском Холле. Как не совестно пастору брать деньги за то, чтобы скрыть Данте от людей, разменивать власть, ему дарованную, на жалкую тысячу долларов? Однако Теал не мог ничего предпринять до той поры, пока не уяснил, каким должно стать воздаяние.

Ранее ночью в трактире у глухого переулка Теал познакомился с медвежатником по имени Уиллард Бёрнди. После ему не составило труда отыскать Бёрнди в некой таверне — там, хоть и злясь, что вор не вяжет лыка, Дан Теал за небольшую мзду вынудил его научить, как добыть тысячу долларов из сейфа преподобного Элиши Тальбота. Бёрнди говорил и говорил про то, как Лэнгдон Писли все одно прибирает к рукам улицы. Что худого, ежели он расскажет единственному человеку, как вскрыть единственный сейф?

ПЕСНЬ ТРЕТЬЯ ✻

По тоннелю для беглых рабов Теал подбирался ко Второй унитарной церкви и там наблюдал, как всякий день, трясясь от волнения, преподобный Тальбот спускается в подземный склеп. Он считал Тальботовы шаги — один, два, три — желая знать, сколь долго тот идет по ступеням. Он прикинул пасторский рост и, когда тот ушел, отчертил его на стене мелом. После вырыл яму, отмерив поточнее, дабы Тальботовы ноги болтались в воздухе, когда Теал засунет в нее священника вниз головой; на дне он спрятал поганые деньги. Наконец, ранним воскресным вечером Теал схватил пастора, отнял лампу и полил керосином ноги. Свершив воздаяние над преподобным Тальботом, Дан Теал не слишком явственно, но все ж уверился, что Дантов клуб будет гордиться его работой. Интересно, в какой день недели проходят заседания в доме мистера Лонгфелло, о каковых упоминал преподобный Грин? Несомненно, в воскресенье, думал Теал — святой день.

Порасспросив в Кембридже, он с легкостью отыскал желтый колониальный особняк. Однако, заглянув в боковое окно, не обнаружил в нем каких-либо сборищ. Да и вообще, стоило Теалу прижаться лицом к стеклу, как в доме что-то загрохотало — должно быть, в лунном свете ярко блеснули пуговицы на его мундире. Теал не желал беспокоить Дантов клуб, ежели он в тот день собирался, не желал мешать заступникам Данте, ежели они исполняют свой долг.

Но сколь ошеломлен был Теал, когда Грин вновь оставил свой пост в солдатском доме, на сей раз даже не сообщив о болезни либо какой иной причине! Теал спросил в публичной библиотеке, где ему взять уроки итальянского языка, ибо тому капитану Грин первым делом посоветовал читать Данте в оригинале. Библиотекарь отыскал газету с объявлением Пьетро Баки, и Теал договорился с итальянцем об уроках. Инструктор принес малую стопку книг по грамматике, а также упражнения, в большинстве составленные им самим — сие никак не соотносилось с Данте.

Баки готов был продать *«Divina Commedia»*, издание венецианского века. Теал держал в руках том в тяжелом кожаном переплете, но, сколь ни распространялся Баки о его красоте, так и не ощутил интереса. Опять не Данте. К счастью, вскоре после того Грин вновь ступил на кафедру солдатского дома, и началось поразительное нисхождение Данте в адскую щель Зачинщиков Раздора.

То был глас судьбы, громкий, точно канонада. Теал наблюдал сей непростительный грех: человек разделял людей и сеял средь них раздор — человек по имени Финеас Дженнисон. Теал слыхал, как в кабинетах «Тикнор и Филдс» промышленник разглагольствовал о защите Данте и призывал Дантов клуб бороться с Гарвардом, но слыхал он и другое — в кабинетах Гарвардской Корпорации тот же Финеас Дженнисон порицал Данте и призывал академиков остановить Лонгфелло, Лоуэлла и Филдса. По тоннелю беглых рабов Теал отвел Дженнисона к Бостонской гавани, где пустил в дело самый кончик сабли. Дженнисон молил, плакал и предлагал Теалу деньги. Теал посулил ему праведный суд и разрубил на куски. Аккуратно обмотал раны. Он никогда не полагал, что свершает убийства, ибо всякое воздаяние требовало долгих страданий в темнице чувств. Сие было в Данте самым для него убедительным. Воздаяния не открывали ничего нового. Теал видел их несчетно — больших и малых — и в мирной бостонской жизни, и в битвах по всей стране.

Дантов клуб, должно быть, рад поражению своих врагов, полагал Теал, ибо преподобный Грин вдруг разразился шквалом восторженных проповедей: Данте подходит к ледяному озеру Предателей — худших из грешников, коих он видал и описывал до сей поры. Так Огастес Маннинг и Плини Мид оказались скованы льдом, а облаченный в мундир младшего лейтенанта Теал смотрел на них в утреннем свете; так же при полном параде смотрел он, как Ничтожный, нагой Артемус Хили, корчился под одеялом из мух и личинок; смотрел, как Святоскупец Элиша Тальбот, упираясь в изголовье из проклятых денег, дергается и молотит горящими ногами, смотрел на Финеаса Дженнисона, когда тот трепетал и извивался телом, подвешенным и расщепленным на куски.

Но явились Лоуэлл, Филдс, Холмс, Лонгфелло — и вовсе не для того, чтобы представить Теала к награде! Лоуэлл стрелял в него из ружья, а мистер Филдс кричал, чтоб Лоуэлл стрелял. У Теала заболело сердце. Теал полагал, будто столь обожаемый Гарриет Гальвин Лонгфелло, да и прочие собиравшиеся на Углу покровители, принимают душой Дантовы устремления. Теперь он осознал, сколь далеки они от тех трудов, для каковых воистину потребен Дантов клуб. Столь много незавершенных дел, столь много кругов необходимо открыть, пока Бостон не очистится от скверны. Теал вспомнил, как тогда на Углу столкнулся с доктором Холмсом, а Лоуэлл кричал, преследуя его от самой авторской комнаты:

— Вы предали Дантов клуб, вы предали Дантов клуб.

— Доктор, — сказал ему Теал, когда они встретились в рабском тоннеле. — Поворотитесь, доктор Холмс. Я лишь подошел на вас взглянуть.

Холмс повернулся спиной к облаченному в мундир солдату. Приглушенный свет докторского фонаря пробивал в каменной бездне длинный трясущийся канал.

— Очевидно, это судьба — вы ведь сами меня нашли, — добавил Теал и приказал доктору идти вперед.

— Господи Боже, — прохрипел Холмс. — Куда?

— К Лонгфелло.

XX

Холмс шел. Этого человека он наблюдал ранее лишь мельком и знал его как Теала — порождение ночи, сказал тогда на Углу Филдс: их Люцифер. Теперь, оглядываясь, доктор примечал, что шея у него крепкая, точно у боксера, однако бледно-зеленые глаза и почти девичий рот представлялись несообразно детскими, а ноги — возможно, то было следствие долгих переходов — держали тело слишком уж напряженно перпендикулярно, по-отрочески. Теал, совсем еще мальчишка, был их врагом и противником. Дан Теал. *Дан Теал!* Как же он, Оливер Холмс, кузнец слов, не распознал столь блестящего хода? ДАНТЕАЛ... ДАНТЕ АЛ...! И какой дырой открывалось теперь воспоминание о басовитом крике Лоуэлла — там, на Углу, когда Холмс несся по коридору прямо на убийцу: «Холмс, вы предали Дантов клуб!» Теал подслушивал всегда, должно быть, как и в гарвардских кабинетах. Со всею мстительностью, что копил в нем Данте.

Ежели Холмс избран для последнего суда, то он не потащит за собой Лонгфелло либо кого иного. Тоннель шел с горы вниз, и Холмс встал.

— Я далее не пойду! — объявил он, пытаясь ободрить самого себя неестественно храбрым голосом. — Я сделаю все, что вы пожелаете, но не позволю вовлекать Лонгфелло!

Теал отвечал ровно, сочувственно и тихо:

— Двое ваших людей получат воздаяние. Вы растолкуете сие Лонгфелло, доктор Холмс.

Холмс уразумел, что Теал не числит Предателем его самого. Он отчего-то вывел, что Дантов клуб не на его стороне, что они отвернулись от его стараний. Ежели Холмс — предатель Дантова клуба, как, вовсе того не желая, сообщил Теалу Лоуэлл, то, значит, Холмс отныне друг истинного Дантова клуба — безмолвного сообщества, что располагалось у Теала в голове и было призвано обрушить на Бостон Дантовы воздаяния.

Холмс вытянул платок и приложил его ко лбу.

В тот же миг сильная рука Теала ухватилась за докторский локоть.

Холмс, сам того от себя не ожидая и не имея дальнейших планов, отбросил руку столь резко, что Теал врезался в стену из крошащегося камня. Маленький доктор бросился бежать, удерживая обеими руками лампу.

Он мчался сквозь темные извилистые тоннели, задыхался, оглядывался, прислушивался ко всяческим звукам, но не мог отличить наружные от тех, что раздавались у него в голове либо в тяжко вздымавшейся груди. Астма оборачивалась цепью, она приковывала его к ноге призрака, тянула назад. Поравнявшись с чем-то вроде подземной впадины, Холмс бросился вовнутрь. Там он обнаружил меховой армейский спальный мешок и твердые огрызки некой субстанции. Один такой огрызок Холмс попробовал на зуб. Сухой хлеб — из тех, какими на войне принуждены были поддерживать свою жизнь солдаты. То был дом Теала. Очаг из поленьев, миски, сковорода, оловянная кружка и кофейник. Холмс уже убегал прочь, когда вдруг услыхал шорох и едва не подпрыгнул на месте. Посветив лампой, он разглядел, что у дальней стены каморки сидят на полу Лоуэлл и Филдс со связанными руками, ногами и кляпами во рту. Борода Лоуэлла тяжело свисала на грудь, он не шевелился.

Холмс повытаскивал кляпы у друзей изо ртов и принялся безуспешно развязывать руки.

— Вы ранены? — спрашивал он. — Лоуэлл! — Доктор потряс Лоуэлла за плечи.

— Он оглушил нас и приволок сюда, — отвечал Филдс. — Лоуэлл орал и ругался на Теала, пока тот возился с веревкой — я велел ему закрыть свой чертов рот! — а Теал стукнул его опять. Он попросту без сознания, — с мольбой добавил Филдс. — Правда ведь?

— Что ему от вас нужно? — спросил Холмс.

— Не знаю! Я не понимаю, отчего мы до сих пор живы и что он вообще делает!

— Этому чудовищу для чего-то понадобился Лонгфелло!

— Он идет сюда, слышите! — вскричал Филдс. — Скорее, Холмс!

У Холмса тряслись руки, скользкие от пота, узлы же были стянуты чересчур туго. Он почти ничего не видел.

— Уходите. Уходите немедля! — проговорил Филдс.

— Секунду... — Пальцы опять соскользнули с Филдсова запястья.

— Будет поздно, Уэнделл, — сказал Филдс. — Он сейчас придет. Не время возиться с нами, в таком виде мы ничего не сделаем с Лоуэллом. Бегите в Крейги-Хаус! Оставьте нас — спасайте Лонгфелло!

— Я не могу один! Где Рей? — кричал Холмс.

Филдс мотнул головой:

— Он так и не объявился, патрульных у домов нет! Их отозвали! Лонгфелло один! Бегом!

Выскочив из каморки, Холмс помчался по тоннелям быстрее, нежели когда-либо в жизни, пока далеко впереди не блеснул луч серебряного света. Приказ Филдса заполнял всю докторскую голову: БЕГОМ БЕГОМ БЕГОМ.

Детектив, не торопясь, снисходил по сырым ступеням в подвал Центрального участка. По выложенным кирпичом коридорам неслись стоны и злобные проклятия.

Николас Рей подскочил с твердого пола камеры:

— Вы не имеете права! Пострадают невинные люди, ради всего святого!

ПЕСНЬ ТРЕТЬЯ ✴

Детектив пожал плечами:

— Эй, обезьяна, ты, что ль, и вправду поверил в этот свой бред?

— Держите меня здесь, ежели вам хочется. Но верните к домам патрульных, прошу вас. Умоляю. Преступник на свободе, он замыслил новое злодеяние. Вы же знаете, что Бёрнди не убивал ни Хили, ни прочих! Убийца на свободе и ждет случая! Остановите его!

Детектив с интересом наблюдал за попытками Рея склонить его на свою сторону. Он вдумчиво побарабанил по лбу пальцами:

— Я знаю, что Уиллард Бёрнди вор и лжец, и более мне ничего не известно.

— Выслушайте меня, умоляю.

Взявшись за прутья дверной решетки, детектив уставился на Рея.

— Писли велел не спускать с тебя глаз, а то все лезешь не в свое дело да под ногами путаешься. Тяжко, должно быть: сидишь взаперти, никуда не сунуться, да и посодействовать некому.

Детектив вытащил связку ключей и с улыбкой ею помахал.

— Этот день будет тебе уроком. Верно говорю, обезьяна?

Стоя у конторки в своем кабинете, Генри Уодсворт Лонгфелло несколько раз едва слышно вздохнул.

Энни Аллегра перебрала множество игр, которыми хорошо было бы заняться. Однако он мог сейчас лишь одно — стоять у конторки с Дантовыми песнями и переводить, переводить, снимать с себя ношу и растворять ворота храма. Там неразборчивым рокотом отступал гомон мира, и вечною своею судьбою жили слова. Там в сумраке долгого нефа мелькал силуэт Поэта, и переводчик прибавлял шагу. Поступь Поэта тиха и торжественна. Он в длинных ниспадающих одеждах, голову прикрывает шапочка, на ногах сандалии. Сквозь скопище мертвых, сквозь недвижное эхо, что плывет от могилы к могиле, сквозь плач и стенания подземелий доносится голос той, кто ведет Поэта вперед. Она впереди, в недосягаемой манящей дали, абрис в алых огненных одеждах, призрак под белоснежной вуалью, и чудится Лонгфелло: подобно снегу в горных высях, тает лед в сердце Поэта — ибо ищет он в истинном мире подлинное прощение.

Энни Аллегра высматривала по всему кабинету пропавшую бумажную коробочку, без которой никак невозможно отпраздновать день рождения куклы. Девочка наткнулась на недавно открытое письмо Мэри Фрер из Оберна, Нью-Йорк. От кого письмо, спросила она.

— А, мисс Фрер, — обрадовалась Энни. — Как здорово! Этим летом она опять будет с нами в Нахантэ? С ней всегда так весело, правда, папа?

— Вряд ли. — Лонгфелло постарался улыбнуться.

Энни расстроилась.

— Наверное, коробка в чулане в гостиной, — резко сказала она и побежала за гувернанткой, чтоб та помогла ей в поисках.

Во входную дверь замолотили столь требовательно, что Лонгфелло застыл на месте. Стук сделался еще злее, еще настойчивее.

— Холмс, — услыхал он собственный выдох.

Энни Аллегра, бедная соскучившаяся Энни Аллегра, бросив гувернантку, с криком понеслась к дверям. Она ткнулась в них с разбегу и широко распахнула. Уличный холод был чудовищен и всеобъемлющ.

Энни стала что-то говорить, и Лонгфелло ощутил даже из кабинета, сколь сильно она перепугалась. Невнятный голос не принадлежал никому из его друзей. Лонгфелло вышел в холл и встретился лицом к лицу с солдатом при всех регалиях.

— Отошлите ее прочь, мистер Лонгфелло, — тихо потребовал Теал.

Лонгфелло отвел Энни в коридор и опустился на колени.

— Лютик, помнишь, мы говорили о том твоем материале для «Секрета» — надо бы завершить его прямо сейчас.

ПЕСНЬ ТРЕТЬЯ

— О каком материале, папа? Интервью?..

— Да, постарайся завершить его прямо сейчас, Лютик, пока я говорю с этим джентльменом.

Он хотел, чтобы она поняла, его округлившиеся глаза приказывали: «Бегом!» — ее глазам, таким же, как у матери. Она медленно кивнула и умчалась в дом.

— Вы нужны, мистер Лонгфелло. Вы нужны прямо сейчас. — Теал ожесточенно жевал, затем громко выплюнул клочки бумаги прямо на ковер, стал жевать опять. Запас бумажных обрывков у него во рту представлялся неисчерпаемым.

Лонгфелло неловко обернулся, дабы взглянуть на Теала, и сразу распознал ту власть, каковой обладает лишь жестокость, ставшая привычкой.

Теал заговорил опять:

— Мистер Лоуэлл и мистер Филдс — они вас предали, они предали Данте. Вы все видали. Вы видали, что Маннинг должен умереть, но вы ничего не сделали. Вы — их воздаяние.

Теал вложил в руку Лонгфелло армейский револьвер, и холодная сталь обожгла мягкую ладонь поэта — ту самую, с которой не сошли следы от прежних ран. В последний раз Лонгфелло прикасался к оружию ребенком — тогда он прибежал домой в слезах, ибо старший брат надумал учить его стрелять в малиновку.

Фанни презирала войну и оружие, и Лонгфелло благодарил Бога, что она хотя бы не видела, как уходил сражаться ее сын Чарли, а после возвратился домой с простреленной лопаткой. Для мужчин стать солдатом — это всего лишь напялить на себя нарядный мундир, говорила она, забывая об убийственном оружии, каковое тот мундир в себе скрывает.

— Так-то, сэр, наконец-то вы обучитесь сидеть тихо и вести себя, как подобает беглому негритосу. — Глаза детектива искрились смехом.

— Тогда почему вы еще здесь? — Рей теперь был повернут спиной к решетке.

Вопрос сбил детектива с толку.

— Надо ж знать, как ты усвоил урок, а не то зубы повыбиваю, понял?

Рей медленно обернулся:

— Напомните, что за урок.

Детектив побагровел и с хмурым видом прислонился к решетке.

— Хоть раз в жизни посиди тихо, обезьяна, и дай жить тем, кто лучше разумеет, что к чему!

Глаза с золотыми прожилками смотрели вниз. Вдруг, ни единым движением тела не выдав своих намерений, Рей выбросил вперед руку, сцепил пальцы у детектива на шее и вдавил его голову в решетку. Другой рукой он разогнул ему пальцы и забрал связку ключей. Затем ослабил хватку, и детектив тут же ухватился за горло, силясь восстановить дыхание. Рей отпер дверь, обыскал пальто детектива и вытащил оттуда пистолет. Заключенные в других камерах веселились вовсю.

Патрульный помчался по лестнице в вестибюль.

— Рей, это вы? — воскликнул сержант Стоунвезер. — Что стряслось опять? Я стоял на посту, всё как вы велели, а после являются детективы и говорят, будто вы приказали всем расходиться! Где вы были?

— Они заперли меня в «Могилах», Стоунвезер! Мне нужно немедля в Кембридж! — отвечал Рей. Но вдруг он увидал на другом конце вестибюля маленькую девочку и гувернантку. Он бросился к ним, отворил железные ворота, что отгораживали приемную от полицейских офицеров.

— Молю вас, — все повторяла Энни Аллегра, пока гувернантка пыталась что-то втолковать, но тем лишь сильнее запутывала Рея. — Молю вас.

— Мисс Лонгфелло. — Рей присел перед девочкой на корточки. — В чем дело?

— Помогите папе, офицер Рей! — Она плакала.

В вестибюль ввалилось целое стадо детективов.

— Держи! — заорал один. Он схватил Рея за руку и швырнул к стене.

ПЕСНЬ ТРЕТЬЯ

— Прочь отсюда, сучара! — Сержант Стоунвезер обрушил на спину детектива полицейскую дубинку.

На его зов сбежались облаченные в мундиры полицейские, однако троим детективам удалось управиться с Николасом Реем: повиснув у него на руках, они поволокли прочь отбивавшегося патрульного.

— Нет! Вы нужны папе, офицер Рей! — кричала Энни.

— Рей! — орал Стоунвезер, но в него уже летел стул, а в ухо впечатывался кулак.

Шеф Куртц ворвался в участок; всегда горчичного цвета лицо его сейчас полыхало багровым. Привратник волок следом три саквояжа.

— Хуже этого чертова поезда... — начал Куртц. — Что за черт подери! — едва уяснив ситуацию, заорал он на весь вестибюль, полный полицейских и детективов. — Стоунвезер?

— Они заперли Рея в «Могилах», шеф! — возмущенно объявил Стоунвезер; из распухшего носа у него текла кровь.

Рей сказал:

— Шеф, мне нужно срочно в Кембридж!

— Патрульный Рей... — начал Куртц. — Неужто вы влезли в мое...

— Потом, шеф! Сейчас не время!

— Отпустите его! — рявкнул Куртц на детективов, и те разлетелись от Рея по сторонам. — Всем окаянным мерзавцам явиться ко мне в кабинет! Сей же миг!

Оливер Уэнделл Холмс постоянно оглядывался, нет ли позади Теала. Дорога была пуста. За доктором никто не шел с самого подземного тоннеля.

— Лонгфелло... Лонгфелло, — повторял он про себя, шагая по Кембриджу.

Затем увидал впереди, как Теал ведет по тротуару Лонгфелло. Поэт осторожно ступал по тонкому снегу.

С перепугу Холмс думал в тот миг лишь о том, как бы ему не свалиться без чувств. Нужно действовать — и без промедления. Потому он и заорал во все горло:

— Теал! — Странно, что от столь пронзительного вопля не вывалила из домов вся улица.

Теал обернулся, весьма настороженно.

Достав из-под полы мушкет, Холмс трясущимися руками наставил его на Теала.

Тот будто и вовсе не удостоил оружие вниманием. Он подвигал челюстью и, выпуская на волю, сплюнул на белый покров у себя под ногами мокрую сироту алфавита: F.

— Мистер Лонгфелло, доктор Холмс будет первый, — сказал он. — Он первый получит от вас воздаяние за все, что вы сделали. Он сделается нашим образцом для всего мира.

Теал взял Лонгфелло за руку, куда был вложен армейский револьвер, поднял ее и направил на Холмса.

Холмс подошел поближе, все так же направляя мушкет на Теала.

— Ни с места, Теал! А не то я выстрелю! Я буду стрелять! Отпустите Лонгфелло и забирайте меня.

— Это воздаяние, доктор Холмс. Все, кто самовольно покинул Божий суд, принуждены сейчас услыхать окончательный приговор. Мистер Лонгфелло, слушайте мою команду. Товсь... целься...

Холмс твердо шагнул вперед и наставил мушкет Теалу в шею. В лице этого человека не было и унции страха. Он вечный солдат, ему нечего терять. Для Теала не существовало выбора, лишь безнадежное усердие, с коим он исполнял все, что проливается потоком сквозь человеческий род — в то время, либо в иное, — а после с шипением уносится прочь. Холмс передернулся. Он не знал, достанет ли у него подобного усердия, дабы отвести от Дана Теала судьбу, в которую затягивало сейчас его самого.

— Стреляйте, мистер Лонгфелло, — сказал Теал. — Стреляйте немедля! — Он взялся за руку Лонгфелло и обвил его пальцы своими. Тяжело сглотнув, Холмс отвел мушкет от Теала и наставил его на Лонгфелло. Поэт качнул головой. Теал в замешательстве отпрянул, утаскивая за собой пленника. Холмс твердо склонил голову.

— Я его убью, Теал, — сказал он.

— Нет. — Теал поспешно затряс головой.

— Да, Теал! И тогда он не получит своего воздаяния! Он будет мертв, он будет прах! — кричал Холмс, направляя мушкет выше, Лонгфелло в голову.

— Это невозможно! Он должен взять с собою прочих. Еще рано!

Холмс направил мушкет поточнее. Лонгфелло стоял с плотно закрытыми от ужаса глазами. Теал еще пуще затряс головой, и на миг подумалось, что он сейчас завизжит. Но вместо этого он обернулся, будто кто-то стоял за спиной, сперва налево, потом направо и, наконец, бросился бежать, бежать, что есть мочи от всех этих людей. Прежде чем он домчался до конца улицы, раздался выстрел, затем другой, разрыв повис в воздухе, смешавшись с умирающим криком.

Лонгфелло и Холмс не могли отвести глаз от зажатого в их руках оружия. Они обернулись на крик. Там в снежной постели лежал Теал. Горячая кровь текла из него, прорезаясь ручьем сквозь нетронутую белизну не желавшего этой крови снега. На мундире пузырились два красных пятна. Холмс опустился на колени, его ловкие руки взялись за работу — нащупывать жизнь.

Лонгфелло подобрался поближе.

— Холмс?

Руки замерли.

С выпученными сумасшедшими глазами над Теалом стоял Огастес Маннинг — дрожа всем телом, стуча зубами и трясся пальцами. Он уронил ружье на снег у самых своих ног. Жесткой бородой указал на дом. Он очень старался собраться с мыслями. Прошла не одна минута, прежде чем он изрек нечто связное.

— Патрульные оставили мой дом много часов назад! А только что я услыхал крики и увидал его в окно, — проговорил Маннинг. — Его, этот мундир... я все понял, все. Он содрал с меня одежду, мистер Лонгфелло, и, и... он связал меня... поволок меня без одежды...

ДАНТОВ КЛУБ

Лонгфелло в утешение протянул руку. Маннинг разрыдался у поэта на плече, а из дома тем временем уже мчалась казначеева жена.

Полицейская карета остановилась у небольшого кольца, каковое они все образовали вокруг тела. Торопясь к ним, Николас Рей сжимал в руке револьвер. Подъехала другая коляска с сержантом Стоунвезером и двумя полицейскими.

Лонгфелло взял Рея за руку, поглядел пристально и вопросительно.

— С ней все в порядке, — ответил Рей еще до того, как прозвучал вопрос. — Патрульный присматривает за нею и за гувернанткой.

Лонгфелло благодарно кивнул. Вцепившись в ограду Маннингова дома, Холмс силился ухватить собственное дыхание.

— Холмс, это поразительно! Может, вам стоит пройти в дом и лечь. — У Лонгфелло еще кружилась с перепугу голова. — Все кончено! Это все вы! Но как...

— Мой дорогой Лонгфелло, я убежден, дневной свет прояснит все то, что в свете фонаря представлялось сомнительным, — ответил Холмс. И повел полицейских через весь город к церкви и подземным тоннелям вызволять Лоуэлла и Филдса.

XXI

— Эй, эй, погоди минутку. — Испанский еврей брызгал слюной на хитроумного ментора. — Ты к чему клонишь, Лэнгдон, — ты, что ль, у нас теперь последний из Бостонской пятёрки?

— Бёрнди там отродясь не стояло, жидуля, — со всей осведомленностью отвечал Лэнгдон Писли. — В пятёрке значились — благослови, Господи их души, как полетят в Ад, а заодно и мою, коли кинусь вдогонку: Рэндалл — мотает полгода в «Могилах»; Додж на западе — как нервишки сдали, так и завязал; Тёрнер залип на своей птичке — два годка с четвертью, ежели сие не отвадит человека от женитьбы, то я прям не знаю, что тогда; а дорогой Саймондс залег в верфях и прикладывается так, что детский горшок не вскроет.

— Жалко-то как. Ох, жалко, — заныл один из четверых, составлявших аудиторию Писли.

— Что ты сказал? — Писли с упреком поднял проворные брови.

— Жалко, сволокут ведь мужика на виселицу! — не унимался косоглазый вор. — Хоть и не видал его, не пришлось ни разу. Да вот народ болтает, почти что лучший медвежатник Бостона! Всякий сейф, говорят, перышком вскроет!

Три других слушателя разом примолкли, и, когда б они стояли, а не сидели, от подобных замечаний, обращенных не к кому-нибудь, а к Лэнгдону У. Писли, зашаркали бы нервно по грубому ракушечнику, выстилавшему пол этого бара, а то и вовсе побрели бы прочь. Пока же им оставалось лишь тихо

481

тянуть помойное виски либо рассеянно сосать скверно скрученные сигары, что роздал перед тем Писли.

Дверь таверны широко распахнулась, какая-то муха принялась летать над разделявшими бар перегородками и жужжать над столиком Писли. Небольшое число братьев и сестриц этой твари выжили зимой, а еще меньшее по сей день благоденствовало в лесах и рощах Массачусетса, вовсе не намереваясь дохнуть, хотя, прознай о том Гарвардский профессор Агассис, он всяко назвал бы такое дело нелепицей. Мельком взглянув на муху, Писли отметил странные огненно-красные глаза и большое синеватое туловище. Взмахом руки он отправил тварь на другой конец бара, где некое сообщество принялось наперегонки ее ловить.

Лэнгдон потянулся за крепким пуншем — особым коктейлем, что смешивали в одной лишь таверне «Громоотвод». Доставая левой рукой до стакана, Писли сидел недвижно на стуле из твердого дерева, хотя ранее специально отодвинулся подальше от столика, дабы обращаться с удобством к сему кривобокому полукружью апостолов. Паучьи руки Писли добирались до многих в этой жизни вещей, не утруждая своего хозяина шевелением.

— Поверьте моим словам, добрые собратья, наш мистер Бёрнди, — Писли пукнул это имя сквозь крупную щель в зубах, — был разве что самым громким медвежатником, что только видал наш бобовый городишко[1].

На сей жест, призванный разрядить обстановку, аудитория ответила поднятыми кружками и непомерно звонким хохотом, от которого и без того обширная ухмылка Писли сделалась еще шире. Однако, поглядев над краем своего стакана, смеющийся еврей вдруг застыл.

— Ты чего, жидок? — Вывернув шею, Писли взглянул на стоявшего над ним человека. Ворье и карманники без слов повскакивали с мест и вскоре рассосались по углам, предоставив тяжелому облаку дыма бесцельно растворяться в ки-

---

[1] «Бобовый город» — старое ироническое обозначение Бостона.

пящем воздухе безоконного бара. Остался лишь один косоглазый плут.

— Кыш! — прошипел Писли. Последний из когорты также исчез в толпе.

— Ну-ну. — Писли оглядел гостя сверху донизу. Затем прищелкнул пальцами официантке, едва прикрытой платьем с глубоким вырезом. — Пропустим по одной? — поинтересовался медвежатник, сияя улыбкой.

Взмахом руки Николас Рей любезно отпустил девицу и уселся напротив Писли.

— Брось, патрульный. Ну, пыхни хотя бы.

Однако Рей отверг и протянутую ему длиннолистовую сигару.

— Чего ж рожа у тебя нынче постная? Самое ж время попихаться! — Писли освежил ухмылку. — Глянь-ка, фраера лаву на фараона выкладывают. У нас тут через ночь дуются, не знал? Давай, они тебя примут. Ежели бобов наскребёшь, на кон ставить.

— Спасибо, мистер Писли, не нужно, — отвечал Рей.

— Ладно. — Писли поднес палец к губам, затем подался вперед, по-видимому, желая сообщить секрет. — Не думай, патрульный, — начал он, — никто тебя не пас. Поговаривают, однако, что сцапал ты олуха, который чуть было не пришил Гарвардского осла Маннинга, а еще ты вбил себе в башку, будто оно как-то соотносится с мокрухой Бёрнди.

— Все верно, — сказал Рей.

— Твой фарт, наружу пока что не вышло, — продолжал Писли. — Ты ж знаешь, с той поры, как пришибли Линкольна, жирней награды не бывало, однако я за свой кусок на рожон не попру. Коли Бёрнди вздернут, моей части хватит, чтоб набить мошну — все как я говорил, старина Рей. Мы еще за тобой приглядим.

— Вы промахнулись с Бёрнди, но вам нет нужды приглядывать за мной, мистер Писли. Как только у меня достанет улик, чтоб выпустить Бёрнди, я их предъявлю, невзирая на последствия. И вы не получите своей части награды.

При упоминании Бёрнди Писли задумчиво поднял стакан с пуншем.

— Знаешь, адвокаты сказку сочинили — вроде как Бёрнди взъелся на судью Хили, что тот до Закона о беглых навыпускал сильно много рабов, а Тальбот с Дженнисоном вроде как выманили у этого олуха все фанзы. Он еще дождется своего Ватерлоо, о да. А помирать будет, так и попляшет. — Писли надолго приложился к стакану, затем помрачнел. — Поговаривают, как ты в участке поскандалил, так губернатор надумал детективное бюро разогнать, а городское управление напротив — старого Куртца снять, да и тебя разжаловать. Послушай доброго совета, белоснежка, беги, пока не поздно. Многовато ты себе врагов нажил.

— И друзей также, мистер Писли, — помолчав, ответил Рей. — Я уже сказал, вам нет нужды за меня беспокоиться. Хотя есть за что другое. Ради этого я и пришел.

Жесткие брови Писли, поднявшись вверх, задрали его рыжий котелок.

Обернувшись на стуле, Рей бросил взгляд на высокого неуклюжего человека, что расположился на табурете у стойки.

— Вон тот парень вынюхивает что-то по всему Бостону. Сдается мне, он сочинил иное объяснение убийствам, нежели то, что преподносите вы. По его словам, Уиллард Бёрнди не имеет к тому никакого касательства. Сие любопытство будет стоить вам остатков вашей награды, мистер Писли, — до последнего цента.

— Дрянь дело. Что ж ты предлагаешь? — спросил Писли.

Рей задумался.

— На вашем месте? Я бы, пожалуй, убедил его распрощаться с Бостоном как можно скорее и сколь можно надольше.

У стойки бара «Громоотвод» Саймон Кэмп, детектив Пинкертона, назначенный наблюдать за центральным Бостоном, в который уже раз перечел записку от Рея, в каковой патрульный просил его явиться в это место и это время для важной беседы. Со своего табурета Кэмп со все большей растерянностью и злостью поглядывал на то, как пляшут воры с дешевыми проститутками. Через десять минут он положил на стойку монеты и встал, чтобы взять пальто.

— Ой, и куда ж вы так скоро убегаете. — Испанский еврей ухватил Кэмпа за руку и как следует встряхнул.

— Что? — удивился Кэмп, отшвыривая руку еврея. — Черт побери, это еще что за швабра? Держись подальше, а не то рассержусь.

— Дорогой незнакомец. — С улыбкой шириною в милю Лэнгдон Писли раздвинул, точно Красное море, своих соратников и встал перед пинкертоновским детективом. — Полагаю, вам стоит пройти в заднюю комнату да сыграть с нами в фараона. Как можно допустить, чтоб гости нашего города скучали в одиночестве.

Несколько дней спустя в час, назначенный Саймоном Кэмпом, Дж. Т. Филдс шагал по бостонскому переулку. Он перебирал в замшевой сумке монеты, проверял, на месте ли шуршащие банкноты. Услыхав чье-то приближение, вновь сверился с карманными часами. Издатель невольно удержал дыхание, напомнил себе о необходимости стоять твердо и, прижав к груди сумку, обернулся к устью переулка.

— Лоуэлл? — воскликнул Филдс.

Голова Джеймса Расселла Лоуэлла была обмотана черной повязкой.

— Но Филдс, я... почему вы...

— Видите ли, я попросту... — залепетал Филдс.

— Мы же договорились, что не станем платить Кэмпу, пускай творит что угодно! — Лоуэлл узрел у Филдса сумку.

— Тогда для чего вы здесь? — поинтересовался Филдс.

— Всяко не для того, чтоб отступаться и расплачиваться с ним под покровом ночи! — объявил Лоуэлл. — Ну, вы же знаете, мне не собрать стольких денег. По меньшей мере, сразу. Просто решил поделиться с ним кое-какими мыслями, скажем так. Нельзя же вовсе без борьбы позволять дьяволу утаскивать Данте в преисподнюю. Ну то есть...

— Да, — согласился Филдс. — Но, пожалуй, нам не стоит говорить о том Лонгфелло...

Лоуэлл кивнул:

— Нет, нет, мы не станем говорить Лонгфелло.

В совместном ожидании прошло минут двадцать. Друзья смотрели, как фонарщики посредством длинной палки зажигают фонари.

— Как поживает ваша голова, мой дорогой Лоуэлл?

— Точно ее разломали пополам и кое-как сложили, — со смехом отвечал тот. — Но Холмс уверяет, что за неделю-две боль пройдет. А ваша?

— Лучше, много лучше. Слыхали новость про Сэма Тикнора?

— Этот ваш прошлогодний осел?

— С какими-то своими несчастными братьями открывает в Нью-Йорке издательский дом! Написал, что выживет нас с Бродвея. То-то бы обрадовался Билл Тикнор, узнав, что его сын надумал разрушить издательство, носящее его имя.

— Пускай резвятся упыри! О, я напишу для вас лучшую свою поэму, еще в этом году — специально по такому случаю, мой дорогой Филдс.

— Вы знаете, — сказал Лоуэлл, когда они прождали еще немного. — Ставлю пару перчаток за то, что Кэмп одумался и решил бросить свои игрушки. Полагаю, сей божественной луне и тихим звездам оказалось под силу утащить грехи обратно в ад.

Филдс приподнял сумку, смеясь над ее тяжестью.

— Ну, ежели так, то отчего бы нам не истратить малую часть сего узла на поздний ужин у Паркера?

— За ваш счет? Не вижу препятствий! — Лоуэлл зашагал вперед, Филдс же принялся кричать ему вслед, чтоб тот подождал. Лоуэлл не останавливался.

ПЕСНЬ ТРЕТЬЯ

— Да погодите вы! Проклятая тучность! Мои авторы никогда меня не ждут, — роптал издатель. — Могли бы и с большим почтением отнестись к моим телесам!

— Хотите похудеть, Филдс? — Лоуэлл оглянулся. — Добавьте вашим авторам десять процентов, и я гарантирую — вам станет меньше на что жаловаться!

Следующие месяцы целый сноп дешевых криминальных журналов, страстно ненавидимых Дж. Т. Филдсом за их развращающее воздействие на падкую до скандалов публику, с наслаждением обсасывал историю младшего пинкертоновского детектива Саймона Кэмпа, каковой, сбежав из Бостона после продолжительной беседы с Лэнгдоном У. Писли, был вскоре обвинен генеральным прокурором в попытке выведать военные секреты сразу у нескольких высших государственных чинов. За три года, предшествующие разбирательству, Кэмп положил себе в карман десять тысяч долларов, выманив их у тех, кто был связан с его расследованиями. Аллан Пинкертон вернул гонорары всем клиентам, что работали с Кэмпом, исключая одного, а именно доктора Огастеса Маннинга из Гарварда, коего так и не удалось отыскать, хотя за дело взялся самый известный детектив агентства.

Выйдя из Гарвардской Корпорации, Огастес Маннинг, прихватив семейство, покинул Бостон. Перед тем его жена говорила, что за последние месяцы слыхала от мужа разве что несколько слов; кто-то утверждал, что он перебрался в Англию, иные — что на остров в не открытом до сей поры море. Закономерная встряска Гарвардской администрации ускорила внеочередные выборы, и в попечительский совет вошел Ральф Уолдо Эмерсон — сия идея вынашивалась издателем философа Дж. Т. Филдсом и была поддержана президентом Хиллом. Так завершилось двадцатилетнее отлучение мистера Эмерсона от Гарварда, а поэты Кембриджа и Бостона с большой радостью заполучили своего человека в управлении колледжа.

ДАНТОВ КЛУБ

Личный тираж перевода «Inferno» Генри Уодсворда Лонгфелло был отпечатан перед самым концом 1865 года и с благодарностью принят Флорентийским Комитетом по организации празднеств в честь шестисотлетия рождения Данте. Ожидания перевода Лонгфелло сделались еще более нетерпеливыми, а сама работа в высших литературных кругах Берлина, Лондона и Парижа загодя обрела титул «весьма недурственной». Лонгфелло преподнес сигнальные экземпляры всем членам Дантова клуба, а также прочим друзьям. Не упоминая о том особенно часто, одну книгу он отправил подарком к помолвке в Лондон, куда перебралась, дабы оказаться поближе к жениху, Мэри Фрер, молодая леди из Оберна, штат Нью-Йорк. Лонгфелло был чересчур занят своими дочерьми и новой большой поэмой, чтоб искать лучший подарок.

«Без вас в Нахантe осталась дыра, точно от снесенного дома на улице». Лонгфелло отметил, сколь похожим на Данте делается его стиль.

Из Европы воротились Чарльз Элиот Нортон и Уильям Дин Хоуэллс — как раз в срок, дабы помочь Лонгфелло в аннотировании готового перевода. В ореоле заграничных приключений Хоуэллс и Нортон посулили друзьям истории о Раскине, Карлайле, Теннисоне и Браунинге[1] — иные хроники лучше излагать лично, нежели в письмах.

Лоуэлл прервал их россказни радушным смехом.

— Неужто вам неинтересно, Джеймс? — спросил Чарльз Элиот Нортон.

— Наш дорогой Нортон, — сказал Холмс, приглушая веселье Лоуэлла. — Наш дорогой Хоуэллс, да мы сами, не пересекая океан, свершили вояж, подробности коего невозможно доверить даже посмертным запискам. — После чего Лоуэлл взял с Нортона и Хоуэллса клятву строжайше хранить секрет.

---

[1] Джон Раскин (1819—1900) — английский критик и социолог. Томас Карлайль (1795—1881) — английский писатель. Роберт Браунинг (1812—1889) — английский поэт.

ПЕСНЬ ТРЕТЬЯ

Когда завершилась работа, а с нею — и заседания Дантова клуба, Холмс подумал, что Лонгфелло будет нелегко. А потому предложил встречаться субботними вечерами в поместье Нортона «Тенистый Холм». Там они станут обсуждать постепенно продвигавшийся перевод Нортона Дантовой *La Vita Nuova* — «Новой Жизни», истории любви Данте к Беатриче. В иные дни их небольшой кружок расширялся за счет Эдварда Шелдона; юноша начал составлять конкорданс к Дантовым стихам и коротким работам, перед тем как, он надеялся, на год либо два отправиться на учебу в Италию.

Лоуэлл также решился отпустить свою дочь Мэйбл на шесть месяцев путешествовать по Италии. Сопровождать ее будут Филдсы, намеревавшиеся в новом году сесть на пароход, дабы отпраздновать передачу текущих издательских дел Дж. Р. Осгуду.

Филдс тем временем занялся организацией банкета в самом знаменитом Бостонском «Объединенном клубе» — не дожидаясь того, как Хоутон возьмется печатать «Божественную комедию» Данте Алигьери в переводе Лонгфелло; добравшись до книжных полок, сии три тома обещали стать главным событием сезона.

В день банкета Оливер Уэнделл Холмс всю вторую половину дня провел в Крейги-Хаусе; там же, прибыв из Род-Айленда, находился и Джордж Вашингтон Грин.

— Да-да, — подтвердил Холмс, когда старик упомянул великое множество распроданных экземпляров нового докторского романа. — Наиважнейшее для нас — это отдельные читатели, ибо их глазами устанавливается истинная ценность работы. Из книг выживают не те, что подходящи, но те, что живы. А критики? Они сделали все, что в их силах, дабы принизить меня и сбросить со счетов — ежели я сего не снесу, значит, я того и стою.

— Вы говорите в точности как в былые времена мистер Лоуэлл, — смеясь, отвечал Грин.

— Пожалуй, так и есть.

Трясущимися пальцами Грин стащил со складчатой шеи неудобный шарф.

— Несомненно, мне нужен воздух. — Он зашелся в приступе кашля.

— Ежели б я только мог вам помочь, мистер Грин, я бы, пожалуй, опять сделался врачом. — Холмс вышел посмотреть, готов ли уже Лонгфелло.

— Нет-нет, лучше не надо, — шепнул Грин. — Давайте подождем во дворе, пока он соберется.

На середине наружной лестницы Холмс сказал:

— Я полагал, что с меня довольно, однако, поверите ли, мистер Грин, опять взялся перечитывать Дантову «Комедию»! Нужно сказать, после всего пережитого просто немыслимо усомниться в ценности нашей работы. Вам никогда не приходило на ум — вдруг мы что-либо упустили?

Грин прикрыл глаза-полумесяцы:

— Вы, доктор Холмс, да и прочие джентльмены всегда полагали Дантову историю величайшей фантазией из когда-либо слыханных. Но я — я верил: Данте воистину свершил свое странствие. Я верил, что Господь даровал сие — поэту и поэзии.

— А теперь? — спросил Холмс. — Вы и теперь в то верите?

— О, более прежнего, доктор Холмс. — Грин улыбнулся, оглядываясь на окно кабинета Лонгфелло. — Более прежнего.

Лампы в Крейги-Хаусе были притушены, Лонгфелло шагал по лестнице вверх мимо портрета Данте работы Джотто, откуда поэт глядел безучастно одним своим бесполезным полустертым глазом. Лонгфелло подумал, что, возможно, этот глаз — будущее поэта, тогда как другой хранит прекрасную загадку Беатриче, что предопределила всю Дантову жизнь. Лонгфелло слушал молитвы своих дочерей, а после смотрел, как Элис Мэри укрывает одеялами младших сестер: Эдит и маленькую Энни Аллегру, а еще — их простудившихся кукол.

— Но когда же ты воротишься домой, папа?

— Весьма поздно, Эдит. Вы уже будете спать.

ПЕСНЬ ТРЕТЬЯ

— А ты станешь там что-либо говорить? А кто еще там будет? — спросила Энни Алегра — Скажи, кто еще.

Лонгфелло разгладил рукой бороду:

— Кого я упоминал, моя радость?

— Да ну, папа, совсем никого! — Она достала из-под одеяла блокнот. — Мистер Лоуэлл, мистер Филдс, доктор Холмс, мистер Нортон, мистер Хоуэллс... — Энни Аллегра собирала материалы для книги под названием «Воспоминания маленького человека о великих», каковую намеревалась опубликовать в «Тикнор и Филдс», а начать решила с описания Дантова банкета.

— Ах, да, — прервал ее Лонгфелло. — Добавь мистер Грина, потом твоего доброго друга мистера Шелдона, ну конечно же, мистера Эдвина Уиппла, дивного журнального критика Филдса.

Энни Аллегра очень старалась писать без ошибок.

— Я очень вас люблю, мои маленькие девочки, — приговаривал Лонгфелло, целуя нежные лобики. — Я очень вас люблю, ибо вы мои дочки. И мамины дочки, и она вас любила. И любит по сию пору.

Яркие лоскуты детских одеял вздымались и опадали, точно симфонические аккорды, и Лонгфелло оставил их в покое и безбрежном безмолвии ночи. Он выглянул в окно: неподалеку от дома ждала новая карета Филдса — очевидно, неновых у издателя не бывало вовсе, — а старый гнедой, ветеран Союзной кавалерии, ныне отданный заботам Филдса, пил воду, что собралась в неглубокой канаве.

Шел дождь — мягкий, ночной, благодатный дождь. Дж. Т. Филдсу, должно быть, неудобно было править из Бостона в Кембридж лишь для того, чтоб после опять возвращаться в Бостон, однако он сам на том настоял.

Холмс и Грин оставили меж собой довольно места для Лонгфелло, напротив разместились Филдс и Лоуэлл. Забираясь в карету, Лонгфелло надеялся, что его не станут просить говорить на банкете речь, но если все-таки станут, он поблагодарит друзей, что захватили его с собой.

ИСТОРИЧЕСКАЯ СПРАВКА

✠

В 1865 году Генри Уодсворт Лонгфелло, первый всемирно признанный американский поэт, основал у себя в доме, в Кембридже, штат Массачусетс, клуб переводчиков Данте. Поэты Джеймс Расселл Лоуэлл и доктор Оливер Уэнделл Холмс, историк Джордж Вашингтон Грин, а также издатель Джеймс Т. Филдс стали сотрудничать с Лонгфелло, помогая ему закончить первый в стране полнообъемный перевод Дантовой «Божественной Комедии». Ученым противостоял как литературный консерватизм, отстаивавший в академических кругах господство греческого и латыни, так и культурный нативизм, стремившийся ограничить американскую литературу рамками доморощенных работ — это движение поддерживал, но не всегда возглавлял Ральф Уолдо Эмерсон, близкий друг участников кружка Лонгфелло. К 1881 году первоначальный «Дантов клуб» был преобразован в Американское Общество Данте, и первыми тремя президентами этой организации стали Лонгфелло, Лоуэлл и Чарльз Элиот Нортон.

Хотя до начала движения некоторые американские интеллектуалы и были знакомы с Данте — чаще всего по британскому переводу «Божественной Комедии», — для широкой публики его поэзия оставалась в той или иной степени закрыта. Рост общественного интереса отражает то обстоятельство, что итальянский текст «Комедии» был напечатан лишь в 1867 году почти одновременно с переводом Лонгфелло. В своих интерпретациях Данте настоящий роман ставит своей целью не столько соответствовать канонам привычного чтения, сколько соблюсти историческую справедливость по отношению к характерным персонажам и обстановке, их окружавшей.

«Дантов клуб» в языке и диалогах цитирует и адаптирует отрывки из стихов, эссе, романов, дневников и писем членов Дантова клуба, а также их ближайшего окружения. Мои собственные визиты в дома, где жили ученые, прогулки по окрестностям, изучение городских хроник, карт, воспоминаний и документов позволили восстановить Бостон, Кембридж и Гарвардский университет такими, какими они были в 1865 году. Свидетельства современников, в особенности беллетризированные воспоминания Энни Филдс и Уильяма Дина Хоуэллса стали тем незаменимым окном в каждодневную жизнь группы, которое помогло мне сконструировать повествовательную ткань романа, в котором даже второстепенные персонажи срисованы, насколько это возможно, с исторических личностей, если они могли присутствовать во времена описанных событий. Пьетро Баки, обиженный Гарвардом преподаватель итальянского языка, в действительности представляет собой комбинацию Баки и Антонио Галленги, другого бостонского учителя итальянского. Два члена Дантова клуба, Хоуэллс и Нортон, несмотря на то что практически не участвуют в описанной истории, внесли свой вклад в освещение работы группы и весьма просветили меня.

Сами вдохновленные Данте убийства не имеют исторических аналогов, но биографии полицейских и городские хроники свидетельствуют о том, что в Новой Англии сразу после Гражданской войны резко возросла численность тяжких преступлений, а также о широко распространившейся коррупции и тайном сговоре между детективами и профессиональными преступниками. Николас Рей — персонаж вымышленный, однако вставшие перед ним задачи отражают те реальные трудности, с которыми приходилось сталкиваться в XIX столетии первым афро-американским полицейским: многие из них воевали в Гражданскую войну и многие были смешанного происхождения; обзор условий их работы можно найти в книге У. Марвина Дулани «Черная полиция Америки». Военный опыт

ДАНТОВ КЛУБ

Бенджамина Гальвина почерпнут из истории 10-го и 13-го Массачусетских полков, а также из личных воспоминаний солдат и журналистов. Понять психологическое состояние Гальвина мне в особенности помогло недавнее исследование Эрика Дина «После тряски над Адом», где автор убедительно доказывает наличие посттравматических расстройств у ветеранов Гражданской войны.

И хотя интрига, захватившая персонажей романа, целиком вымышлена, следует отметить одну незадокументированную историю, упомянутую в черновой биографии поэта Джемса Расселла Лоуэлла: как-то в среду вечером обеспокоенная Фанни Лоуэлл согласилась отпустить своего мужа пешком на заседание Дантова клуба Лонгфелло лишь после того, как поэт пообещал взять с собой охотничье ружье — это свидетельствует о ее нешуточном волнении из-за невиданной волны преступности, захлестнувшей Кембридж.

БЛАГОДАРНОСТИ

✠

Проект основан на академическом исследовании, успешно проведенном под руководством Лино Пертиле, Ника Лолордо и Гарвардского отделения английской и американской литературы. Том Тейхольц первым предложил мне сконструировать вымышленный нарратив и воплотить этот уникальный материал в литературную историю.

Превращение «Дантова клуба» из рукописи в книгу сильнее всего зависело от двух талантливых и вдохновленных профессионалов: моего агента Сюзанны Глак, чья сверхъестественная увлеченность, воображение и дружба вскоре стали такой же неотъемлемой частью романа, как и его персонажи; и редактора Джона Карпа, отдавшего себя целиком работе над книгой со всем присущим ему терпением, великодушием и вниманием.

Многие внесли свой вклад в работу, начиная от замысла и кончая завершением, за что заслуживают самой искренней благодарности. За изобретательность и честность читателей и советчиков: Джулия Грин, которая всегда была рядом, если возникали новые идеи или препятствия; Скотт Уэйнгер; мои родители Сьюзен и Уоррен Пёрл, а также брат Иэн, нашедшие время и силы для самой разнообразной помощи. Особые благодарности первым читателям Тоби Эсту, Питеру Хокинсу, Ричарду Гуровицу, Джину Ку, Джули Парк, Синтии Посиллико, Лино и Тому, а также консультантам по всевозможным вопросам Линкольну Кэплану, Лесли Фолк, Майке Грину, Дэвиду Корзенику и Киту Полякоффу. Спасибо Энн Годофф за крепкую поддержку, а также издательству «Рэндом Хаус»; мои благодарности Дженет Кук, Тодду Даути, Джанелл Дурайа, Джейку Гринбергу, Айвану Хелду, Кэрол Лоуэнстин, Марии Масси, Либби Макгуайр,

ДАНТОВ КЛУБ

Тому Перри, Эллисон Салцман, Кэрол Шнайдер, Эвану Стоуну и Веронике Уиндхольц; Дэвиду Эберсхоффу из Библиотеки современной литературы; Ричарду Эбейту, Рону Бернстину, Маргарет Холтон, Карен Кеньон, Бетси Роббинс и Кэролайн Спэрроу из агентства «ICM»; Карен Гервин и Эмили Нуркин из агентства «Уильям Моррис», а также Кортни Ходделл, вложившей в проект всю свою изобретательность и усердие.

Моим исследованиям содействовали библиотеки Гарварда и Йейла, Джоан Норделл, Дж. Чесли Мэтьюс, Джим Ши, а также Нил и Анжелика Руденстайн, позволившие мне совместно с гидом Ким Цеко осмотреть их дом (бывший Элмвуд). Огромные благодарности за подробные консультации в области судебной энтомологии Робу Холлу, Нилу Хэскеллу, Борису Кондратьеву, Дэниэлу Майелло, Мортену Старкби, Джеффри Уэллсу, Ральфу Уильямсу и Марку Бенеке — в особенности за их лекции и новые идеи.

Особая признательность — хранителям истории дома Лонгфелло, где мы входили в комнаты, некогда занимаемые Дантовым клубом, и Американскому обществу Данте, прямому наследнику Дантова клуба по праву и по духу.

АРХИВ «ДАНТОВА КЛУБА»
УТРАЧЕННЫЕ ГЛАВЫ

✠

АССАМБЛЕЯ

✠

Пламя с трудом прорывало полусферу тьмы. По сути, костер всего лишь сгущал этот мрак, и невозможно было понять, гаснет он сам или темнее делается ночь.

К огню жались четверо, найдя в его сиянии тепло, защиту, а возможно, и некое подобие музы, что помогала в раздумьях коротать время. Обернутые в смесь греческих и римских лохмотьев, эти люди слились бы друг с другом до неразличимости, когда бы время не вылепило их черты столь отчетливо. Один из группы, ростом пониже прочих, держался в отдалении. Очевидно, он делал это нарочно — возможно, из почтения к старшим либо от неуверенности в собственном величии. То был *Marcus Annaeus Lucanus,* известный как Лукан[1], и стоял он позади *Publus Ovidius Naso,* или Овидия из Сульмоны. Когда-то лирика Овидия побудила юного Лукана к сочинению. Головы этих двоих склонялись друг к другу, образуя неровный треугольник; учитель и ученик вели едва слышную и не предназначенную для записи беседу.

Лицо стоявшего в стороне *Quintus Horatius Flaccus*, или Горация, оставалось отчужденным, точно сей муж пребывал от прочих в великом удалении. При том сатирик из Венозы, первым в латинской поэзии давший пристанище греческому метру, в действительности находился в центре круга, и рука его покровительственно обнимала четвертого. Этот четвертый, единственный в обществе грек, был в великом собрании стар-

---
[1] Марк Анней Лукан (39—65) — римский поэт.

ше и представительнее прочих. Он казался выше, чему обязан был отнюдь не только росту, большая голова его уравновешивалась длинной густой бородой, и поэт эпоса возвышался над своими собратьями, покачивая, точно прутиком, тяжелым мечом. Для стороннего наблюдателя безмятежное лицо Гомера не выражало ни меланхолии, ни радости, а лишь то великое воплощение веры, что именуют *ожиданием*. Гомер ждал, как представлялось, терпеливее прочих.

Но что за ассамблея! Голова идет кругом от одной лишь мысли о философской беседе, коя только возможна меж этих поэтов. И все же великий Гомер явственно не выказывал интереса к разговору. Он целиком погрузился в ожидание, хоть ему и не суждено было увидеть того, чего он ждал. Когда бы слепота во времена оны не обрушилась на него, темнота леса все едино мешала бы зрению. И, тем не менее, Гомер явственно чувствовал, как с востока, из густых кустов появляется пятый. Увенчанный лаврами *Publius Virgilius Marco*, Вергилий из Мантуи, перейдя границу тьмы, присоединился к собравшимся у костра поэтам. Лик его казался бледен и вытянут от мысли о столь долгой разлуке с друзьями. Заговори он сейчас, у него дрожал бы голос. Вергилий возвращался от начала пути, коего не ведали прочие поэты; и никогда не изведают — так сложилось. Предвидя новые приказы отправляться в дорогу — приказы, кои нельзя отринуть, — Вергилий был более чем счастлив оттянуть их насколько возможно.

Позади Вергилия в скромном ожидании и с приличествующей моменту серьезностью застыл новичок; в лице его, как и в лике вожатого, виделась изысканность кожи, а в одежде, намекавшей на итальянское происхождение, — роскошь. Он стоял рука об руку со старшим поэтом и выделялся четким профилем, еще более, нежели у Вергилия, напоминавшим орлиный; на смуглом лице притягивала взгляд крупная челюсть, нижняя губа выдавалась вперед, а пронзительный блеск в глазах намекал на великую стойкость, которую трудно ожидать от человека средних лет. И хотя Гомер никогда ранее не встречал странника, он сразу почувствовал, что гость — один из них, по меньшей мере — пока с ними остается. Гомер приветливо поднял руку, приглашая новичка насладиться теплом их костра. Вергилий улыбнулся: он, очевидно, не задумывался ранее, как великий Гомер отнесется к его найденышу — Данте Алигьери из Флоренции — и все ж не сомневался, что прием возможен лишь самый радушный.

— Великая честь великому поэту. Его душа, что отлетела прежде, ныне возвращается!

Мерцание костра громадными яркими всполохами лишь подчеркивало серость фона. Рамка, должно быть, оригинальная, подумал Чарльз Элиот Нортон, цитата вырезана мастерски и на отличном дереве, бок о бок по-английски и по-итальянски.

— Великая честь великому поэту, безусловно, — сказал Лонгфелло, читая ту же надпись из-за плеча Нортона. — Данте воздержался бы от подобного промаха.

Нортон кивнул:

— Как мог Дантов читатель даже помыслить о том, чтоб поместить Лимбо в настоящий лес?

— Невнимательность, — предположил Лонгфелло. — Неверно прочитанное «selva» в «ma passavam la selva tuttavia, la selva, disco, di spiriti spessi»[1].

— Разумеется, Данте с радостью прибегает к метафоре, описывая Лимбо как лес душ, — добавил Нортон. — Несомненно, он осознанно привлекает отзвук того леса, где паломник начал свое странствие, — равно как и предвидит ужасный лес Самоубийц. Кто поверит, что поэт стал бы помещать путников в еще один древесный лес столь рано, в четвертой песни? Бог с ними, — завершил Нортон свою критику; Лонгфелло меж тем уже вглядывался в репродукцию портрета Данте работы Джотто. Подобный оттиск висел над верхним лестничным пролетом в доме самого Лонгфелло, а

---

[1] И мы все время шли великой чащей. Я разумею — чащей душ людских (*ит.*) Данте. Ад. Песнь IV.

также в кабинете Нортона, библиотеке Лоуэлла, лаборатории Холмса, гостиной Филдса и, хотя членам Дантова клуба сие было неведомо, — в задней комнате конкордского дома Ральфа Уолдо Эмерсона.

Лонгфелло переключился на два взятых в рамки рисунка Рецша[1], развешанных по бокам репродукции Джотто: они изображали Ад, одна — Насильников над Божеством, пытавшихся укрыться от огненного ливня, другая — несчастных Прорицателей с повернутыми задом наперед головами и острыми обнаженными лопатками, по которым текли горестные слезы.

После, догнав в коридоре старшего друга и поэта, Нортон понизил голос едва не до шепота:

— И все ж я не убежден в том, что он нам скажет. Возможно, сие бесплодно вовсе!

Лонгфелло всегда говорил осмотрительно, ему не было нужды шептать.

— Мой дорогой Нортон, ежели, пока мы уединялись под апельсиновыми деревьями у меня в саду, где-либо в городе был обнаружен Данте, нам потребно сделать все, дабы определить, где именно.

В холл вернулась племянница Тикнора:

— Джентльмены? Профессор с радостью вас примет.

---

[1] Фридрих Рецш (1799—1857) — немецкий живописец, гравер и иллюстратор.

ЯВЛЕНИЕ ЭМЕРСОНА

✠

— Пройдя сквозь врата Ада и не вступив еще в круг Лимбо, Данте видит процессию грешников, чьи жизни привели их в ловушку — в вестибюль, приемную Ада, ежели можно так выразиться. Данте искренне изумлен тем, сколь много душ он здесь обнаруживает.

> А вслед за ним столь длинная спешила
> Чреда людей, что верилось с трудом,
> Ужели смерть столь многих истребила[1].

Их души негодны для Рая, но и недостаточно плохи для собственно Ада — они подобны ангелам, кои в потрясшем небеса мятеже не встали на сторону ни Бога, ни Люцифера. Данте избирает лишь одну человеческую душу, он указывает на ее обладателя, как на «того, кто от великой доли отрекся в малодушии своем». Данте не называет его имени, равно и Вергилий не позволяет своему подопечному останавливаться и говорить с этим несчастным. Грешника, который в мире живых игнорировал всех прочих, они также игнорируют в мире мертвых. Как мы отмечали в переводческой сессии, посвященной данной песни, итальянские ученые полагают сего безымянного грешника Целестином V, отвергшим папскую мантию, когда церковь более всего в нем нуждалась. Нортон, не могли бы вы прочесть нам о *contrapasso* Ничтожных — о воздаянии, коему Данте стал свидетелем.

---

[1] Данте Алигьери. Ад. Песнь III.

— Полагаю я не забыл перевод, на котором мы остановились в нашем заседании, Лонгфелло:

> Вовек не живший, этот жалкий люд
> Бежал нагим, кусаемый слепнями
> И пчелами, роившимися тут.
> Кровь, между слез, с их лиц текла струями
> И мерзостные скопища червей
> Ее глотали тут же под ногами.

— Хорошо сказано, мой дорогой Чарльз! Однако я по-прежнему умоляю, Лонгфелло, перевести *vespe* как «осы», а не «пчелы», — выйдет гораздо жестче. Как бы то ни было, здесь Данте понимает, за что наказаны Ничтожные. То же говорит нам Откровение о Лаодикийской церкви: «Знаю твои дела; ты ни холоден, ни горяч; о, если бы ты был холоден или горяч! Но как ты тепл, а не горяч и не холоден, то извергну тебя из уст Моих»[1]. Ежели у вас имеется под рукой Библия, могу указать строку.

— Не сомневаюсь, вы воспроизвели ее в точности, Лоуэлл.

— Очень хорошо. В любом случае, я все же полагаю, что избранная Данте душа вовсе не обязательно Целестин. Иногда ее соотносят с юношей из Матфея, 19:22, отвергшем предложенную ему вечную жизнь. Я же склонен думать, что речь идет о Понтии Пилате, ибо он свершил великое отречение — *gran rifuto*, — когда не одобрил, но и не предотвратил распятие Христа.

— Верно, Лоуэлл. Таково не только мое мнение: его также придерживается в своих заметках профессор Тикнор, равно как и Грин, и некоторые филологи в Италии. В деле Симса верховного судью Хили просили похоронить Закон о беглых рабах, однако вместо этого он не сделал ничего вовсе. Несчастного мальчика Томаса Симса, едва успевшего припасть к роднику свободы, доставили в Бостонскую гавань, оттуда при-

---

[1] Откровение 3:15. Лаодикия — город в Малой Азии в провинции Фригия. В I в. в нем была община верующих, которой Господь через апостола Иоанна послал строгие предупреждения.

везли в Саванну, где семнадцатилетнего подростка до крови исхлестали плетьми, и, выставив его раны целому городу напоказ, опять отправили в рабство. Судья Хили объяснил, что не в его компетенции ниспровергать закон, легитимно проведенный через Конгресс. Какой стыд, как могли мы, сами некогда бежавшие от угнетения, унизиться до охоты на рабов! Подобная мерзость в городе, во всю глотку орущем о свободе.

— Возможно, Данте и вправду имел в виду Пилата, Лонгфелло. Так либо иначе, давайте рассмотрим схожесть. Хили умыл руки, отрекшись от Симса и сохранив в силе Закон о беглых рабах; Пилат так же умыл руки, отрекшись от Христа.

— Неплохо сочетается, мой дорогой Нортон.

В углу кабинета, кто-то звонко чихнул.

— Будьте здоровы. Это вы, Филдс?

— Нет. Я.

— А, простите, пожалуйста, Холмс. Может, закрыть окна? Боюсь, я устроил тут сквозняк.

— Нет-нет. Все в порядке, Лонгфелло. Прошу вас, продолжайте.

— Что ж, я полагаю, мы выяснили несколько важных моментов. Во-первых, наш убийца весьма пристально следил за делом Симса, а стало быть, скорее всего, за всем, что касается рабства и аболиционистов.

— Как и весь... — опять чих, — ...прошу прощения, весь Бостон.

— Будьте здоровы. Я не имел в виду противоположение, мой дорогой Холмс. Однако, дабы понять состояние ума сего злоумышленника, нам необходимо вникнуть в чувства, коими он руководствовался, избирая грешников для своего воздаяния.

— Давайте перейдем к убийству Тальб... аааа-пчхи!.. о, простите... Пожалуй, я закрою окно, ежели только найду... Да, так много лучше... К убийству Тальбота.

— Очень хорошо, Холмс. Святоскупцы в *Inferno* перевернуты и помещены вниз головой в свои вечные могилы, ноги же их преданы огню. Лоуэлл, вы оставили весьма красноречивое замечание по истории сего воздаяния.

ДАНТОВ КЛУБ

— Что ж, благодарю, мой дорогой Лонгфелло. Клерикалы перевернули с ног на голову предназначение церкви, когда извлекали выгоду из своего сана; подобным образом поступил их близкий родич волхв Симон[1], вознамерившийся оплатить золотом (подумать только!) слияние со Святым Духом. А потому и в Аду сии грешники оказались перевернуты вверх ногами — телесно. Погребение живьем головой вниз было в Дантову эпоху, согласно муниципальному закону Флоренции, общепринятым воздаянием для наемных убийц. *Propagginare* — их закапывали в землю подобно бутылям вина. В некотором смысле клеймление, дегуманизация. Данте добавил к тому кошельки с деньгами, зарытые под головами Святоскупцев.

— Мне сомнительна подобная интерпретация.

— Да, да, я знаю, Лонгфелло. Вполне возможно, паломник со свойственным ему сарказмом попросту насмехается над погребенными негодяями: «Торчи же здесь, ты пострадал за дело. И крепче деньги грешные храни!» И все же я склонен верить, что слова «грешные деньги» Данте употребил буквально.

— Я согласен с Уэнделлом в том, что весь Бостон мог наблюдать за тем, как верховный судья Хили провел дело Симса. Сколь же много в те горячие пятидесятые доставлялось мне в издательский дом аболиционистских книг, памфлетов, трактатов, эссе — и все они обвиняли Хили в трусливом нежелании отвергнуть Закон о беглых рабах! Но история Тальбота, очевидно, вовсе не такова. Природа его грехов, ежели таковые имеются, совершенно иная. Либо никакая вообще!

— Возможно и так, Филдс, — раздался голос Лонгфелло. — И все же мы обязаны предположить, что у нашего Люцифера имелась причина избрать именно Тальбота для подобного воздаяния.

Хотя в смоляной темноте кабинета никто из друзей не мог разглядеть Лонгфелло, его осанка оставалась столь же безупречной, как если бы дело происходило на торжественном обеде в его честь. Слышно было, как ерзает в кресле Лоуэлл

---

[1] Деяния 8:9—24.

и водит пальцем по конторке. Час назад, когда друзья собрались, Лонгфелло предложил погасить лампы — сие призвано было помочь размышлениям. Подобную рекомендацию он почерпнул из рассказов шевалье Дюпена[1]. Отделенные от тел голоса свободно парили в темноте, выделить говорившего из пяти его друзей можно было лишь по излюбленным словам. Лоуэлл, выражая извечную неприязнь к сыскным историям По, дышал громко, будто желал перебить темноту.

Лонгфелло вел подробные записи о Тальботе, Хили и Люцифере (этим ярлыком Лоуэлл снабдил злоумышленника), выводя строки на разложенном на коленях бюваре. Годами ранее у него вдруг ухудшилось зрение, и поэт стал диктовать стихи Фанни, именуя ее своей лучшей парой глаз. Первую версию «Эванджелины» он нацарапал сам, сидя у очага и не глядя на бумагу. Долго еще после того, как глаза излечились от столь зловещего напряжения, поэт сохранял умение сочинять в темноте — дар был полезен, если хотелось записать цитату во время театрального действа. Даже когда Лонгфелло набрасывал что-либо, не видя, почерк его оставался четким и округлым, без наклонов влево либо вправо, с равными полудюймовыми интервалами меж строк. Знавшие поэта могли заметить, что в часы напряжения буквы отчетливо уменьшаются.

Пять пар глаз привыкали к темноте и вновь начинали различать контуры и знакомые лица друзей.

— Я вспоминаю одного пастора, отцовского приятеля, — сказал Холмс. — Как и все его друзья-кальвинисты, он был отчасти косноязык, а потому любое благословение выходило у него перекошенным. Позднее он явил подобный, однако намного более устрашающий перекос также и в своих моральных воззрениях. Я не удивлюсь, ежели в истории Тальбота отыщется что-либо сомнительное.

— Ежели наш Люцифер и знал, что Тальбот как-либо осквернил дух пастырства, сие знание не было почерпнуто из га-

---

[1] Огюст Дюпен — главный герой детективных новелл Эдгара Аллана По: «Убийство на улице Морг» (1841), «Тайна Мари Роже» (1850) и «Украденное письмо» (1845).

зет. В том возможен важный ключ. Пожалуй, надо составить список прихожан Старой Пресвитерианской церкви, с коими Тальбот поддерживал связь, — сказал Лоуэлл.

— Стоит попробовать, — согласился Лонгфелло. — Лоуэлл, мы как-либо продвинулись в поисках нашего дорогого синьора Баки?

— Ах да, хорошие вести! Я умудрился раздобыть адрес, по которому Гарвард отправил ему выходное пособие, — объявил Лоуэлл. — Сие оказалось доменной печью. Я заглянул в контору и выяснил, что Баки работал у них после увольнения из Колледжа, однако нынче уже не работает. И все же леди Фортуна мне улыбнулась. Дожидаясь клерка, я заглянул в «Репортер» за прошлый месяц и наткнулся на объявление, данное преподавателем итальянского и испанского языков: обращаться письменно к мистеру П. Баки, Энн-стрит! Тут я вспомнил, что сам рекомендовал Баки заняться после увольнения из Колледжа частными уроками. Завтра же буду побираться у него под дверью. Не звезды ли на нашей стороне, Лонгфелло?

— Превосходно! Мы узнаем, где Баки был все последнее время, по меньшей мере, он укажет в нашем городе тех итальянцев, с кем необходимо свести знакомство. Филдс, мистер Хоуэллс что-либо прояснил в нашем списке Дантовых студентов?

— Да, на это ушло три дня работы, ради которой он забросил все дела в «Атлантике», должен сказать, — и это не считая того, что он лишь недавно оправился от недельной болезни. В сей проклятой темноте я не могу прочесть список, но, кажется, помню цифры и, ежели хотите, могу их назвать.

— Как вам угодно. Я лишь воспользовался советом мсье Дюпена о том, что темнота помогает разобраться в сложных обстоятельствах. Она изымает из наших мыслей физические отвлечения.

— М-да, лично меня физическое прельщает весьма немало, при всем почтении к мистеру По. — Филдс выдержал паузу, однако Лонгфелло, судя по всему, решил не менять своего мнения касательно света.

— Звонарь малиновый, — пробурчал себе под нос Лоуэлл при упоминании о По.

— Что ж, прекрасно. — Преамбулой к выступлению в горле у Филдса что-то неровно булькнуло. — Хоуэллс выяснил, что из восьмидесяти одного гарвардца, посещавшего Дантовы уроки — ваши, профессор Лонгфелло, а после — ваши, профессор Лоуэлл, — пятнадцать более не являются жителями Новой Англии. Тридцать погибли на войне. Еще шестеро мирно почили от болезней. Десять студентов, ежели можно так выразиться, не нашли в себе довольно учености, дабы продолжать заниматься Данте. Итого, к нашему рассмотрению остается около двадцати молодых людей.

— Что вы сказали Хоуэллсу? — спросил Нортон.

— Я попросту намекнул, что к весенней книжной кампании нам необходимо знать обо всех наших собратьях-дантефилах.

— Не люблю я лгать близким друзьям.

— Самое важное, Нортон, — сказал Лонгфелло, — не впутывать этих близких друзей в неприятности, ежели это не представляется столь необходимым. Надеюсь, нам не придется беспокоить мистера Грина и мистера Хоуэллса столь мрачной реальностью сих дел.

— Боюсь, рано или поздно у нас не останется выбора, кроме как просить помощи у прочих. Сегодня мы несколько ближе к убийце, чем две недели назад, и, ежели действуем несколько сумбурно, то...

Бледная полоска горящей свечи вдруг прорвала недвижную темноту, осветив лицо говорившего Лоуэлла. В изломе света меж дверью и коридором стояла маленькая Энни Аллегра и крепко прижимала к груди большой конверт.

— Папа? Прости, пожалуйста. Посыльный сказал, чтобы ты прочел это безотлагательно.

Лонгфелло поднялся из кресла и забрал у дочери письмо. Поблагодарил ее, и девочка присела в реверансе перед невидимыми гостями и удалилась.

Лонгфелло силился разобрать надпись на конверте.

— Что там, Лонгфелло? — спросил Лоуэлл.

— Боюсь, — сдался Лонгфелло, — нам потребен свет.

— Я зажгу лампу! — Филдс выпрыгнул из кресла и, нащупав стол, как-то умудрился отыскать там всего лишь свечу. Несколько раз он попытался ее зажечь. — Дрянной фитиль, — пробормотал издатель в жесткую лопату бороды. Наконец он справился со свечой, однако ее хилого света Лонгфелло явственно не хватило.

— Записка от профессора Тикнора. Сообщает, что, памятуя о нашем желании иметь любые сведения, касающиеся Дантовых читателей, он числит своим долгом поделиться вложенным матерьялом.

— Что же там? — спросил Филдс.

— Телеграмма от профессора Лоренцо Дапонте[1] из Нью-Йорка, — продолжал Лонгфелло, склонившись к свету.

— Дапонте из Колумбийского колледжа? Либреттист? — переспросил Нортон. — Он же умер тридцать лет назад, какой нам толк в нем сейчас?

— Телеграмма гласит: «Профессор Тикнор, мое внимание было обращено к тому, что Кембридж не признает роли Лоренцо Дапонте как первого и единственного жителя Америки, принесшего в эту страну Данте. Прошу Вас принять меры. Лоренцо Дапонте».

— Что ж, должен отметить, он высоко себя ценит, — проговорил Нортон.

— Тикнор, должно быть, вспомнил о том, когда мы ушли, — сказал Лонгфелло. — В телеграмме больше ничего не сказано. Приложено письмо, очевидно, также от Дапонте.

Холмс и Нортон подвинулись ближе к Лонгфелло, Лоуэллу и Филдсу; теперь все они сгрудились вокруг дрожащего света. Друзья читали про себя, однако неразборчивое письмо, составленное на итальянском, расшифровать было непросто, и сей работе мало способствовал скудный свет.

---

[1] Лоренцо Дапонте (1749—1838) — американский филолог итальянского происхождения, специалист по латинской культуре. Писал и переводил либретто ко многим классическим операм.

— Смотрите, — воскликнул Лоуэлл, вырывая листы у Лонгфелло. — Он объявляет себя первым американцем, когда-либо читавшим Данте, и предлагает издать петицию, дабы воздвигнуть в Центральном парке памятник Данте, а рядом — именную доску, посвященную Дапонте! Этот человек повредился в рассудке!

— Однако он давно умер, — повторил Нортон. — Что в том для нас интересного?

— Возможно, на старого Тикнора что-то нашло, — предположил Лоуэлл.

— Возможно, мы чего-то недодумали, — сказал издатель. — Дайте-ка сюда письмо, джентльмены. И нельзя ли побольше света?

— Нортон, не могли бы вы поискать лампу? — попросил Лонгфелло.

— Уже ищу.

— Боюсь, мне потребны разъяснения касательно этого синьора Дапонте, — сказал Холмс. — Он преподавал в Колумбии Данте?

— Итальянский, — отвечал Лонгфелло. — Но не Данте. Администрация не допускала литературных курсов без предварительного одобрения. Он написал пару эссе о Данте, однако не опубликовал.

— Да, много лет назад в Нью-Йоркском архиве я на одно наткнулся, — отвечал Лоуэлл. — Пена и патока. Пусто, как у Бентли[1] о Мильтоне.

— Возможно, Дапонте как-то пытался преподавать Данте вне Колледжа? — предположил Филдс.

— Да. Похоже, вы что-то ухватили, Филдс! — Лоуэлл едва не утыкался носом в письмо. — Здесь упоминается... Ради святого Павла! Нельзя ли побольше света, Чарльз?

— Филдс, — попросил Нортон, — не могли бы вы дотянуться до той лампы, что над столом?

---

[1] Ричард Бентли (1662—1742) — английский критик и филолог, его работы считаются основополагающими в английской критической школе.

В конце концов Нортон зажег лампу с круглым колпаком.

— Лонгфелло! — Пока прочие изучали каракули письма, Филдс рассматривал телеграмму. — Взгляните! Посмотрите на дату!

Все обратились к телеграмме.

— Тридцатое октября, — сказал Лонгфелло, — 1865 года.

— Как, телеграмма послана менее недели назад! — вскричал Нортон.

— Сие немыслимо, — сказал Филдс. — Человек мертв уже не одно десятилетие!..

Все уставились на телеграмму, будто в дрожащем мерцании лампы им явился призрак самого Дапонте.

— Па-па? — Энни Аллегра вновь робко толкнула дверь. От ее голоса друзья подпрыгнули на месте.

Дверь и окно кабинета оказались открыты, сквозняк задул хилые свечи и лампу. Нортон, спотыкаясь, прошел через весь кабинет, ударился о книжный шкаф, но все ж нащупал лампу.

— Папа? — вновь раздался из коридора голос Энни.

— Лютик, дорогая, — мягко проговорил Лонгфелло, — подожди, пожалуйста, в детской, я скоро приду и пожелаю вам доброй ночи.

— Лонгфелло, но возможно ли, чтобы Дапонте был жив? — прошептал Лоуэлл сколь можно тише. — Кому-то необходимо немедля отбыть в Нью-Йорк и разобраться на месте! Филдс, мы с вами отправляемся завтра первым же утренним поездом!

— Папа, прошу тебя, послушай, — опять проговорила от дверей Энни. — К тебе гость.

— Кто? — спросил Лонгфелло. — Энни Аллегра?

— Джентльмены, — прервал их посторонний голос. — Я от души благодарю вас, юная леди, вы прелестнейшая хозяйка. Могу я войти?

Лонгфелло обернулся к прямому тонкому силуэту.

Холмс узнал этот голос еще до того, как глаза узрели орлиный и единственный в своем роде профиль.

УТРАЧЕННЫЕ ГЛАВЫ �֍

Нортон наконец-то добыл вторую газовую лампу, и она позолотила комнату густым мерцанием кьяроскуро. Под ошеломленными взглядами силуэт обрел черты.

— Ежели позволите, мой дорогой Лоуэлл, я сберегу вам время, необходимое для поездки в Нью-Йорк. Могу я сесть?

И, тепло улыбнувшись, Ральф Уолдо Эмерсон стащил с головы блестящий цилиндр.

ПАДЕНИЕ ЛОУЭЛЛА

✠

ЛОУЭЛЛ ПРОБИРАЛСЯ ПО ТРОПИНКЕ, что вела к неприметной проволочной ограде. Профессор лишь приблизительно помнил дорогу, каковую в прошлый раз ему указывал песок. И все же, как выяснилось, память снабдила Лоуэлла более-менее точным компасом, и в одиночестве ему шагалось свободнее, нежели в обществе тяжеловесного издателя.

— Эгей, — весьма удовлетворенно сообщил себе Лоуэлл.

Профессор добрался до лежавшего у ограды валуна. Затем, упершись одной ногой, он перенесся на ту песчаную площадку, где нашел свою гибель верховный судья Артемус Хили. С собой Лоуэлл нес стеклянный ящик, дабы заточить в него образцы насекомых, обвиняемых в нападении на судью. В миг, когда Лоуэлловы башмаки подняли в воздух клубы песка, поэт вдруг заметил краем глаза примостившуюся на высоком камне тощую фигуру. Но этот выжженный в мозгу образ оказался чересчур мимолетным, ибо на затылок Лоуэлла почти сей же миг обрушился тяжелый удар, от которого профессор рухнул лицом в грубый песок.

Немедленно из-под камней выполз малый отряд крапчато-бурых жуков и тощих скорпионов — исследовать новую плоть. Один немедля воткнулся в подстриженную профессорскую бороду.

— Лоуэлл! — прокричал с горной дорожки некто. Жук пополз прочь из обширного и удобного пристанища в Лоуэлловой бороде. Услыхав голос, злоумышленник повернулся кругом и бросился бежать, а к поверженному учителю уже мчался юный гарвардский студент.

Придя в себя, Джеймс Расселл Лоуэлл обнаружил нависшего над его головой Эдмунда Шелдона с носовым платком в руке; на миг Лоуэлл решил, что находится среди беспорядочных книжных шкафов своего кабинета в Элмвуде и ведет урок Данте. Однако необъятная тишина и ранняя прохлада холмов напомнили поэту о происшедшем, и он поспешно вскочил на ноги.

— Ой, потише, профессор! — взмолился Шелдон.

— Что стряслось?

— А вы не помните? — спросил Шелдон.

— Помню, на меня кто-то кинулся. Вы его видали?

— Извините, профессор, что так вышло, но нет, не видал. — Шелдон слегка покраснел. — Я заметил вас в тот миг, когда вы рухнули на землю, профессор Лоуэлл, точно парус на мачте, расколотой надвое (так Данте говорил). Я стал звать. Затем смотрю: над вами кто-то стоит — ну призрак, а не человек: глянул на меня — и бежать. Я еще подумал, хорошо бы пуститься в погоню.

— Подумали? Вы должны были раздавить этого дьявола, как устрицу в конце сезона! — вскричал Лоуэлл.

— Ну, только я увидал, что с вами стряслось, профессор Лоуэлл, я решил лучше заняться вашими ранами, а еще убрать этих странных жуков и гусениц, что собрались у вас на лице и одежде.

— Шелдон... Это же попросту немыслимо! Для начала — что вам понадобилось в горах?

— В последние дни я квартирую в Стокбридже, сэр, у родственников, а тут выехал покататься на старой кобыле кузена и вижу вдалеке, как вы подымаетесь в гору. Я поспешил сказать «здравствуйте», да только нагнать не смог — вот, пока не увидал, как на вас кто-то кидается!

ДАНТОВ КЛУБ

— Но вы хоть разглядели этого негодяя, Шелдон? Сие много важнее, нежели вы себе представляете. Умоляю, скажите «да»! — Лоуэлл схватил Шелдона за обшлаг и тут заметил, что платок в руке юноши пропитан кровью. Лишь в этот миг профессор Лоуэлл ощутил, как на затылке пульсирует рана.

Шелдон грустно покачал головой.

— Сей скелет сбежал так поспешно, как я не видал в жизни, профессор Лоуэлл, — я глазом не успел моргнуть, как его и след простыл.

«КОЛОКОЛЬКА»

Лейтенант Рей нашел Стоунвезера у стойки над полупустым стаканом рома.

— Пойдемте, сержант, — поторопил его Рей.

— Еще немножко. — В подкрепление своей просьбы Стоунвезер поднял стакан и протянул его лейтенанту. — Выпейте, дружище! Вам неведома и половина радостей сей работы.

Рей плюхнулся на табурет и положил руки на стойку. Пока Стоунвезер лопотал что-то сидевшему с другого боку судебному репортеру, лейтенант вглядывался в слои непроницаемого дыма, что распределяли посетителей словно бы по личным кабинкам.

— С какой такой литературой станет воевать колледж? — полушепотом спросил Рей.

— А? — Стоунвезер обернулся к лейтенанту.

Рей выпрямился:

— Скажите, сержант, вы что-либо знаете о мистере Джеймсе Расселле Лоуэлле?

— Кушинг, — со смехом обратился Стоунвезер ко второму соседу, — поглядите, что я терплю? — Он опять повернулся к Рею. — Ага, слыхал. Некий литератор. Вроде того поэта с длинной седой бородой. — Стоунвезер отпрянул, будто заподозрил в вопросе подвох. — А что я должен о нем знать?

— Ну... — Рей громко прокашлялся и вдруг ощутил спиной тепло взгляда.

— Эй, белоснежка!

Крутнувшись на табурете, Рей обнаружил себя лицом к лицу с дородным детиной в коричневом твидовом сюртуке — незнакомец вовсю таращился на лейтенанта. Детину тянул за рукав приятель, понуждая уйти.

— Ты какого черта тут расселся? — рявкнул коричневый сюртук. — Что, весь мусор с улиц уже вымели?

Стоунвезер тоже развернулся и вскочил на ноги. Рей спокойно поднялся с табурета — его шести-с-лишним-футовая фигура теперь возвышалась над нежданным надоедой. Рей положил руку на шаткое плечо сержанта.

— Оставьте, Рей, я с ним разберусь. Тебе чего, пропойца? — Стоунвезер смотрел сверху вниз на коричневый сюртук.

— Чего? А того, что я не желаю пить рядом с обезьяной! — Детина сплюнул и опять повернулся к Рею. — У меня брат голову сложил за этих рабских ублюдков, а сколько тысяч южных парней мы укокошили почем зря? И что, теперь я должен сидеть и смотреть, как ты все это просираешь?

— Довольно! — проговорил Стоунвезер почти столь же пьяно, как и этот человек. — Считаю до трех: либо ты отсюда выметаешься, либо просидишь неделю в кутузке!

Парень в коричневом сюртуке неучтиво сунул руку в карман и отступил назад. Он предупреждающе скрипнул зубами, после чего вперед, целя Стоунвезеру в челюсть, вылетел кулак, теперь одетый в железную оболочку. Лейтенант Рей перехватил руку и одним рывком отправил ее хозяина на пустую лавку. Кастет стукнулся об пол, Стоунвезер нагнулся, поднял и положил в карман.

— На месяц упрячу! — возопил сержант.

Сгрудившиеся вокруг завсегдатаи насмехались над побежденной стороной. Нарушитель спокойствия готов был взорваться опять, однако сочувственный шепот — «это легавые», «он же герой Хани-Хилл»[1], «он офицер полиции!» — его успокоил.

---

[1] Сражение при Хани-Хилл состоялось в ноябре 1864 г., когда армия Юга пыталась захватить железнодорожную ветку. Если бы им это удалось, стала бы возможна эвакуация из Саванны значительных сил, и Гражданская война тянулась бы дольше.

— Я ж не знал, — проныл бузотер.

— Ну, хватит, — сказал Рей Стоунвезеру.

— Перебрал слегка мой приятель. — Ухватив за рукав, спутник утащил буяна прочь. Зеваки разбрелись по дымным отсекам, и веселье продолжилось.

Рей повернулся к Стоунвезеру.

— Теперь вы готовы?

— Сейчас, последнюю, — взмолился сержант

— Пойду подышу воздухом. Пять минут? — И для ясности Рей подчеркнул сей вопрос крепким ударом по стойке.

✠

Проскользнув в «Колокольку», Блэйк Сперн повесил промокшую шляпу на ближайший к двери железный крюк. Как обычно субботними вечерами, в баре толклись репортеры всех главных бостонских газет. Хотя в последние годы издания наперегонки ставили у себя самые сложные телеграфные системы, Блэйк Сперн полагал, что в гонке за новостями таверна «Колоколька» даст фору любой неповоротливой проволоке.

— Сперн! — проревел Лэнгли из «Бостон Рекордер»; он сидел с молодым репортером из того же «Рекордера» и незнакомым Сперну тощим парнем с короткими усиками. Крепкий новоанглийский медведь Лэнгли не уставал умиляться тому, что Сперн — англичанин, пусть всего лишь по рождению. — Я уж решил, что вас нынче не будет! Мало ли, женились на этой вашей соловушке.

— Насколько мне известно, Лэнгли, пока никоим образом, — отвечал Сперн, пожимая огромную лапу своего подчас конкурента.

— Слыхали, чего болтают о том убийстве в горах? — спросил Лэнгли проспиртованным шепотом.

— А? — Сперн подался вперед. О голом трупе, притащенном две недели назад в мертвецкую, он ничего нового не слыхал.

— Поговаривают, история Куртца о том, что это бродяга, может пойти путем всей бренной плоти, Сперн. Возможно, это некто из городских джентльменов.

Сперн пригнулся еще ниже, ожидая продолжения.

— Это все, мой друг, больше не знаю! — Лэнгли пожал плечами. — Болтовня. Возможно, однако, вскорости нам подадут на стол дело нового Вебстера. Ничто так не радует Бостон, как дохлый брамин, клянусь! А уж убитый своими же!..

Лэнгли от души рассмеялся и прикурил сигару, однако внимание Сперна переключилось на нечто иное. Он с тщанием разглядывал бар в поисках человека, знавшего о той истории поболее. Уши Лэнгли хорошо ловили слухи, но он хватал все подряд, щедро разбрасываясь ими сам и предоставляя вносить ясность кому-либо иному.

Лэнгли едва не ткнул сигарой прямо Сперну в лицо. Тот отвел ее в сторону вместе с заблудшим клочком дыма. Лэнгли обернулся к сидевшему с другого боку соседу, будто видел его впервые.

— О, куда нынче сбежали мои хорошие манеры? Блэйк Сперн, позвольте представить вам Дж. Р. Осгуда. Он работает на «Тикнор и Филдс» — выдающееся издательство. Мистер Осгуд, это Блэйк Сперн, всегда на первых полосах «Вечернего Телеграфа»

Сперн вежливо пожал протянутую руку.

— Что хорошего?

— Все хорошо, спасибо, мистер Сперн.

— Вы уже, наверное, перезнакомились с завсегдатаями? — Сперн спросил это отсутствующим тоном, изучая бар сквозь плотные баррикады дыма.

— Должен признаться, это мой первый визит в «Колокольку», мистер Сперн, хотя я о ней наслышан. Мы весьма регулярно публикуем у вас в «Телеграфе» списки наших книг. Вы дружны с кем-либо из штатных критиков?

В другом углу бара расчистился от дыма пятачок, и старания Сперна были вознаграждены. Там, где совсем недавно происходил некий беспорядок, сидел сержант Роланд Стоунвезер и болтал с соседом. Влажные кольца на стойке не позволяли предположить, что стоявший перед здоровяком-Стоунвезером стакан был первым за вечер. Как правило, офицеры полиции избегали «Колокольки», однако шеф Куртц, зная, что репортеры зачастую добывают вести прежде его людей, на всякий случай не менее раза в неделю слал в таверну делегата послушать свежие сплетни. Без индиговой формы Стоунвезер оставался неузнанным для большинства репортеров, но Сперн обладал острой памятью на лица и не раз видел, как сержант следует по пятам за шефом Куртцем.

Николас Рей, солдат, назначенный губернатором Эндрю первым цветным полицейским, проталкивался к дверям, оставляя позади тропу неприязненных взглядов. Пока он шел, Сперн прятался за массивной тушей Лэнгли. Он намеренно дожидался, когда лейтенант оставит Стоунвезера в одиночестве.

— Прошу прощения, — сказал Сперн Осгуду и зашагал извилистым путем на тот конец бара.

— Ох, да не обращайте на него внимания, Джемми! — Лэнгли закинул лапищу на хилое плечо Осгуда. — Не сидится человеку на месте! Держу пари, сию привычку он привез из мамы-Англии. — Лэнгли отобрал у Осгуда полупустой стакан и раскрутил в воронке херес. — Давайте я вам закажу еще.

Едва Рей выскользнул за дверь, Блэйк Сперн занял табурет рядом со Стоунвезером и подвинулся ближе. Стоунвезер в тот миг говорил о чем-то с Кушингом, судебным репортером из «Геральда».

— Вот я и спрашиваю повежливее, не была ли его подруга нимфой на Энн-стрит, ежели вы понимаете, о чем я. — Стоунвезер тщательно прилаживал свою речь к быстро затуманивающимся мыслям. Ему не раз доводилось слышать выступления члена городского совета Гаффилда с призывами служить примером трезвости, а ныне он не мог вспомнить, в какой же такой миг поддался на уговоры бармена и согласился выпить. — А он смотрит на меня и говорит: «Что вы, офицер. Сия леди — всего лишь горничная моей жены!» Можно подумать, это что-либо меняет к лучшему! Не хотел бы я видеть на слушаниях лицо его супруги.

— Так когда же назначат к разбору второе дело? — Кушинг не выказал даже поддельного удивления историей сержанта.

— До нового убийства, разумеется, — ответил Сперн, точно полноправный участник беседы.

— Убийства? — Кушинг поднял кверху колючие брови. Если предполагалось быть расследованию, в обязанности Кушинга входило о том знать. — Вы про случай в горах? Тем человеком был Джон Доу[1].

— Кушинг. — Сперн нахмурился и подался к нему так, будто не хотел, чтобы слыхал Стоунвезер. — Не последить ли вам несколько за вашими речами?

— Я вас не понимаю, Сперн.

— Я лишь имел в виду, что жертва была весьма важной персоной и сердечным другом сержанта.

Стоунвезер в замешательстве оглядел пространство вокруг своего табурета, проверяя, не объявился ли в нем иной сержант.

— Моим другом? — спросил он.

— Разумеется. — Сперн бросил на офицера строгий взгляд. — Я лишь сегодня о том услыхал. Понимаю, отчего вы так сломлены.

— Сломлен! — воскликнул Стоунвезер, недоумевая, в чем тут соль.

— Гиль и вздор, — сказал Кушинг. — Бродяга из Провинстауна. Так я слыхал.

— Пару часов назад мэр объявил траур. Сколь долго, джентльмены, вы тут сидите? Друг сержанта Стоунвезера! — Сперн с отвращением отодвинул табурет и поднялся. — Не сломлен? Подумать только: друг покойного и офицер Бостонской полиции в день поминовения пьет, как ни в чем не бывало.

---

[1] Джон Доу — в юридической практике условное обозначение лица мужского пола, чье имя неизвестно или не оглашается по каким-либо причинам.

— Я не желаю о том слышать, сэр, — гневно провозгласил Стоунвезер; теперь он возвышался над Сперном, однако нуждался в стойке бара, дабы держаться вертикально. — Я охранял при этом человеке зал суда, однако не сидел с ним за одним столом! Я не полагаю сие близкой дружбой. — Свою тираду Стоунвезер подкрепил фальшивым британским акцентом.

— Что ж, мои извинения, сержант. Прошу вас. — Сперн сделал знак бармену, чтобы тот принес Стоунвезеру новую порцию.

Сержант кивнул Сперну — недовольно, однако примирительно, — после чего благополучно взгромоздился на табурет. Но с первым же горьким глотком он все понял. Не раз в ту неделю шеф Куртц убеждал своих людей сколь можно дольше держать в секрете имя судьи Хили, дабы департамент оставался на голову впереди любой сенсации. Ныне же Сперну потребно лишь снарядить в суд кого-либо из лакеев «Телеграфа», дабы тот выяснил, кто из судей отсутствовал на прошлой неделе в своем кабинете, после чего он мгновенно выйдет на Хили. С разинутым ртом, намереваясь как угодно отречься от сказанного, Стоунвезер развернулся на табурете, однако Сперна рядом не было — а в заголовках завтрашнего вечернего выпуска уже печаталось имя судьи Хили.

ПРОРИЦАТЕЛЬ

✠

Лейтенант Рей привел Хоуэллса в заднюю комнату салуна «Улей». Седоватый негр-швейцар не пустил их к столам, покрытым зеленым сукном и окруженным целой армией типов торгашеской наружности — они выкрикивали имена карт, которые после доставал из деревянных ящиков крупье. Мимо швейцара протиснулись двое официантов, держа на плечах подносы устриц и копченой пикши, дабы пополнить буфет, и без того ломившийся от закусок, — располагался он рядом с выставкой бесплатных вин и прочих напитков и был призван склонить постоянных гостей не покидать заведения, по меньшей мере, до того, как выйдут все деньги. По бокам от крупье два помощника заносили в блокноты исходы игр и следили, чтобы никто не жульничал (иными словами, жульничество заведением не поощрялось).

— Мы ищем мистера Баруэлла, — сказал Рэй.

— Не могу, друзья. Нет его тут, — отвечал швейцар.

— Вы в этом прочно уверены? — Рей помахал удостоверением.

Ливрейный швейцар, разинув рот, уставился на Рея и его карточку.

— О, так вы с 55-го Массачусетского?

Рей кивнул.

— О, так под вами мой племянник служил! Рядовой Сайкс?

— Да, я его помню, — сказал Рей.

— Мальчишка — первый цветной сержант во всей Союзной армии, — похвастался швейцар Хоуэллсу, затем широко улыбнулся и рукой в желтой перчатке похлопал Рея по спине.

— Прошу вас, сэр. Нам нужно срочно поговорить с Баруэллом.

— Нет его тут, правду говорю, офицер.

— Может, мы сами посмотрим? — предложил Рей.

— Выпрут меня с работы, ежели пущу вас ломать игру. Не надо, пожалуйста. Господом богом клянусь, нет его тут. — Помощник крупье бросил на гостей злобный взгляд. Швейцар оттащил их в сторону и зашептал: — Заведение уже неделю как отошло к Саймону Тренту — ставки на скачках и лотереи в придачу. Баруэлл пропал, обоих подпевал тоже не видать. Вы в пустой склад у железки не заглядывали?

Рей покачал головой.

— Ежели кто прознает, что я вам сказал... — попросил швейцар.

— Никто не узнает, — пообещал Рей.

— Болтают, будто никто и на выстрел не подойдет. Сдается мне, что-то вышло там неладное, и Баруэлл со своими рванул в Канаду, а может, еще куда. Привратники ходили глядеть, да только мчались прочь без оглядки, и теперь слова не вытянешь. Будь я поглупее, офицер, решил бы — там привидения.

— Должен сказать, лейтенант, я не знал, что вы первый цветной офицер в нашей армии, — заметил Хоуэллс, пока они с Реем шли вниз мимо тесных бараков и ночлежек Эннстрит.

— Негритянскому полку была обещана та же плата, что и прочим, однако после призыва мы стали получать на три доллара меньше. Семьи бедствовали, пока мы дожидались жалованья, жены и дети болели, многие умирали без лечения. Вот полковник Хартуэлл и решил назначить офицером негра, — объяснил Рей, — дабы успокоить солдат.

— И все же, — улыбнулся Хоуэллс, — можете гордиться, что этим офицером оказались вы! — Он вгляделся Рею в лицо, но прочесть на нем что-либо не представилось возможным.

— Не могли бы вы кое-что прояснить, мистер Хоуэллс, — попросил Рей. — Данте, по его словам, спускался в Ад в 1300 году. Через два года его изгнали из Флоренции. Доктор Холмс говорит, что осужденные на муки души, коих Данте видит в Аду, знали о его изгнании. Верно ли я понял — души, сосланные в Ад, обладают даром предвидения, однако за сам этот дар наказаны лишь Прорицатели?

— Отличный вопрос, лейтенант Рей, — отвечал Хоуэллс. — Весьма вероятно, что способность предвидеть будущее, дарованная грешникам в Аду, — уже воздаяние. Судите сами: души помнят прошлое и, да, знают о будущем, однако не ощущают настоящего. Некий грешник описывает Данте сие состояние как умение видеть лишь находящееся в отдалении. «Что близится, что есть, мы этим трудим наш ум напрасно»[1]. Ад *sanza tempo,* вне времени — как благодаря своей вечности, так и оттого, что отделен от времени, так представляется.

Склад у железной дороги оказался поразительно тих, дверь не заперта, и Рей махнул Хоуэллсу, чтобы тот следовал за ним. Ступив внутрь, и Рей, и Хоуэллс одновременно и почти непроизвольно прижали к лицам рукава пальто. В дальнем углу помещения, прислоненные к спинке скамьи, сидели три трупа. Их туловища, руки и ноги выглядели вполне нормально. Однако над шеями вместо лиц были волосы — всклокоченные космы отросших волос. Рей обогнул скамейку и обратился лицом к спинам. Только здесь обнаружил он бороды, глаза, носы и щеки. На подбородках и в колтунах засохли слюна и кровь.

— Баруэлл, — прошептал Рей, опускаясь на колени осмотреть трупы. — А это — Лути и Майклз, его главные помощники. Люцифер сломал им шеи, — Рей склонился ниже, — и своротил головы...

— «За то, что взором слишком вдаль проник, — продекламировал Хоуэллс, — он смотрит взад, стремясь туда, где пятки»[2].

---

[1] Данте. Ад. Песнь XX.
[2] Данте. Ад. Песнь XX.

— Я бы сказал, они сидят так по меньшей мере неделю, — заметил Рей.

Хоуэллс не смог удержаться и тоже не обойти скамейку и поглядеть на свернутые головы. Не дойдя нескольких шагов, он ступил в лужу блевотины.

— Кто-то, очевидно, их уже видал, — отпрянув, воскликнул Хоуэллс. — Отчего же не сообщили?

— Вся округа была бы рада их в расход пустить, — объяснил Рей. — Тут безопаснее просто ждать.

— Ежели Люцифер свершил убийство на прошлой неделе, — сказал Хоуэллс, — значит, должно произойти еще одно. Необходимо вернуться в Крейги-Хаус, — добавил он.

ПОМЕШАТЕЛЬСТВО

✠

Выскочив из кэба на Коммонуэлс-авеню, двое поэтов быстро пересекли дорогу перед домом Макдоналда, где Холмсу пришлось на миг встать и восстановить дыхание. Пока доктор складывался вдвое, силясь ослабить нежданную хватку астмы, Лоуэлл смотрел на толпу зевак, что выстроились полукругом у каретного сарая Макдоналда. Сквозь их ряды навстречу Лоуэллу и Холмсу протискивался Нортон.

— Ради бога, что здесь происходит? — вопросил Лоуэлл.

— Наш сосед и партнер не нашел ничего разумнее, как поднять крик и собрать весь квартал, — объяснил Нортон, весь белый после своего открытия. — Полиция еще не объявилась, однако игроки в бридж и священник проявили достойную прыть!

— Он заслужил сего сполна, — услыхал Лоуэлл чье-то бормотание, но, пока он тащил Холмса сквозь толчею, говоривший, оставаясь неузнанным, спрятался в суматохе. Доктор прижимал к груди замшевую медицинскую сумку, точно броневой щит.

Священник удрученно качал головой. Увидев доктора Холмса с медицинскою сумкою, он с важностью обрадованно отступил от визжащего и извивающегося Гаррета Макдоналда.

— Добрый день, доктор, — конфиденциально шепнул священник. — Многого я бы не ожидал. Никогда такого не видел. Боюсь, ваш пациент весьма плох — он умирает.

— Да, — кивнул Холмс, прямо на земле открывая сумку и со щелчком натягивая резиновые перчатки, — и притом направляется в ад.

— Я только что провел соборование — вы не имеете права говорить подобные вещи!

— Ежели вы с такой легкостью излагаете медицинское заключение, преподобный, то я имею столько же прав на теологическое. Ныне я не планировал допускать смертный исход, если вы не возражаете, однако, ежели вы хотите мне содействовать, уберите прочь вашу паству.

Холмс достал из сумки дюжину компрессов и принялся оборачивать Макдоналду руки и ноги.

— Мистер Макдоналд, вы меня слышите? Я доктор Холмс. Я сейчас обмотаю вам пальцы, и вы не сможете более себя расцарапывать, вы меня понимаете? Я знаю, вас мучает ужасный зуд, вам хочется чесать, но сие непозволительно.

Макдоналд хотел что-то сказать, но изо рта влекся лишь шепот. Струпья уже покрывали дно его рта и превратили язык в гнойный комок.

— Ежели понимаете, просто кивайте, мистер Макдоналд. Вот так, хорошо. Эти салфетки пропитаны ментолом, он успокоит зуд. Понимаете, мистер Макдоналд? Хорошо. Я смажу струпья цинковым кремом. Это снимет воспаление, понимаете?

Занимаясь практикой, доктор Холмс не бывал чересчур внимателен к повседневным нуждам пациентов, однако среди друзей и коллег славился успокаивающей манерой, к каковой прибегал при тяжелых хворях и несчастных случаях. Заболевший в 1864 году, Готорн не допускал к осмотру никого, кроме Холмса. Состояние сэйлемского романиста потрясло доктора, и в последние дни он мало что мог сделать для больного сверх простого облегчения мук.

Одежда на Макдоналде была изодрана в клочья. Царапины на теле напоминали следы звериных когтей, однако Холмс догадался, что это внедрялись под кожу ногти самого страдальца. Обернутый в компрессы, Макдоналд почти перестал извиваться.

Салфетку, смоченную камфарным маслом, Холмс осторожно просунул перекупщику в рот, расположив ее напротив миндалин.

— Сожмите зубы, мистер Макдоналд, — крепко, как голодный человек укусил бы сочный бифштекс. В первый миг вкус ужасный, однако это приглушит боль на языке, вы меня понимаете?

Макдоналд набросился на тряпку и сильно ее укусил. От лекарства он сперва передернулся, но вскоре притих и застыл. Холмс медленно извлек салфетку. Он стал было подниматься, однако Макдоналд отчаянно ухватил его за бархатный воротник: перекупщик силился разглядеть Холмса через опухшие веки, а нежданно обретенный голос мешал слова в невнятную путаницу.

— ...убили! Вы меня убили! Зачем вы меня убили! — Голос был подобен расщепившей воздух молнии и вскоре стих, будто укатывающийся гром. Холмс отцепил руку Макдоналда от сюртука и чистой салфеткой вытер от камфары свои ладони.

— Полицейская коляска! — объявил кто-то зевакам, и те приободрились, радуясь появлению на сцене новых игроков.

Нортон махнул Холмсу и Лоуэллу, чтобы те шли к пустому углу каретного сарая.

Он уже готов был впасть в безумство.

— Макдоналд нечто шептал, весьма бессвязно, когда я обтирал его холодным полотенцем — еще никого вокруг не было!

— Вы его поняли? — спросил Лоуэлл.

— Он смог произнести две либо три фразы, он был в совершеннейшем ужасе, и все же — да.

— Ну и?

Нортон попытался взять себя в руки.

— Джеймс, похоже, Макдоналд описал мне Люцифера, у нас есть его портрет!

Полицейская коляска исторгла из себя двух офицеров. Они подскочили к Макдоналду и, взявшись вдвоем, подняли тело. Выбравшийся из экипажа детектив Рэнтул повернулся кругом как раз вовремя, дабы заметить, как трое джентльменов в цилиндрах удаляются прочь.

✠

— Макдоналд выживет, Уэнделл? — спросил Нортон, когда они замедлили шаг. — Как Люцифер это устроил, вы знаете?
— Думается, я представляю его метод, — отвечал Холмс, шагая меж Нортоном и Лоуэллом по Коммонуэлс-авеню. — Имеется сильное средство, в малых дозах ослабляющее инфекцию. Без сомнения наш Люцифер наблюдал его действие в каком-либо ужасном военном госпитале. Введенный в большом количестве под кожу — умышленно либо по неопытности врачей, — сей препарат вызывает непрекращающийся зуд, струпья, а следом — делирий. Макдоналд едва ли мог передвигаться или открывать глаза, мгновенно сделался беспомощен, покрылся струпьями и ссадинами. С некоторой уверенностью можно сказать, что Люцифер сделал Макдоналду инъекцию, пока тот спал, и беднягу понесло к каретному сараю — он надеялся до кого-либо достучаться. На его беду никто из домочадцев не видал, как он пришел в себя, а после вновь потерял сознание — все, должно быть, попросту заключили, что его нет в доме. Сие побудит обзавестись женою даже самого стойкого холостяка (вроде моего несчастного брата) — потребно же хоть кому-либо в целом свете знать, куда ты подевался! Я даю Макдоналду месяц, чтобы вернуться к некой нормальности. Да, перекупщик выживет и будет от того страдать. Я лишь молю, чтобы в лазарете им не пришло в голову пустить ему кровь.

— Ежели Макдоналд был в здравом уме, когда говорил мне о нападавшем, Лоуэлл, пока вы ходили за Холмсом... — Нортон остановился, заметив, что Холмс будто вспомнил нечто и встревожился.
— Ежели только я был бы с вами, когда вы его нашли! — себе под нос пробормотал Холмс. — Способны ли вы представить, через что прошел этот человек? Ежеминутная бездна страдания. Вы слыхали, что он мне сказал?

— Уэнделл, — проговорил Лоуэлл. — Он был близок к помешательству. Сие предназначалось не вам.

— Да, но не напрасно ли?

— Макдоналд не страдал бы, — с натугой проговорил Нортон, — когда бы не занялся грабежом нашего национального достояния.

— Уэнделл, — начал Лоуэлл, — вы свершили добрый поступок. И мы благодарны вам за него. Нортон, я заеду в Элмвуд. Уэнделл, вы доберетесь домой сами?

— Нам с Нортоном необходимо вернуться в Крэйги-Хаус и сообщить обо всем Лонгфелло, — отвечал Холмс.

— Уэнделл? — Мгновение Лоуэлл изучал серьезное лицо Холмса, затем широко улыбнулся. — Что ж, давайте руку! — пробасил он, схватил маленькую докторскую ладонь и энергично сжал.

— Прежде чем все это кончится, меня отправят за реку в Сомервилль, я в том убежден, — сказал Холмс.

БЕЗДЕЛУШКА

✠

Подвальный этаж был светел и сух, являясь более демонстрационным залом, нежели просто подвалом; именно этого, и никак не менее, потребовал Филдс от команды архитекторов, когда те чертили план перестройки дома номер 125 по Тремонт-стрит для новой штаб-квартиры «Тикнор и Филдс». Однако в этот знойный день лишь немногие дома на кривых и узких улочках центрального Бостона могли дать приют от жары.

Лонгфелло водил большим пальцем по железной раме — там в печатной форме были отлиты более чем 60 000 имен и адресов жителей Бостона, когда-либо подписавшихся на публикации «Тикнор и Филдс». Лонгфелло вздохнул и, отвлекшись от своего занятия, бросил взгляд на четыре ряда металлических ящиков с экземплярами книг — там имелись два широких ряда, окрещенные Филдсом «Холм Холмса» и «Аллея Лонгфелло».

— Мистер Лонгфелло, — воскликнул Уильям Дин Хоуэллс, спускаясь с первого этажа. — Что за неожиданность — обнаружить вас в городе за столько часов до банкета!

— Да. — Лонгфелло улыбнулся. — Но что привело сюда вас, мистер Хоуэллс?

— Филдс носится весь день как угорелый, — в Паркер и обратно. А я довершал последний номер «Атлантика». Могу ли вам в чем-либо помочь, коль уж оказался поблизости?

— Я надеялся на титанический адресный свиток Филдса: он мог содержать то, чего нет в городском справочнике, — однако, боюсь, здесь то же самое.

— Нечто важное?

Лонгфелло неубедительно пожал плечами.

— Мой дорогой Лонгфелло, — предпринял вторую попытку Хоуэллс, — ежели я в силах оказать вам какую-либо помощь, я был бы куда как счастлив...

— Боюсь, вы сочтете меня глупцом после сих объяснений, мистер Хоуэллс. Но у меня не идет из головы человек, впавший в такое уныние на декабрьском губернаторском приеме. Это жадность, я знаю, однако мне крайне нужны о нем сведения. Сколь угодно мало, дабы хоть что-то понять. Хотя бы в будущем.

— Кто-нибудь может вам в том содействовать, как вы полагаете?

— Да, я узнал от жены Арнольда, как зовут друга этого человека. Однако адрес она помнит лишь приблизительно.

— Ну что ж, — сказал Хоуэллс, — ежели вы не возражаете против компании, я рад буду с вами прогуляться. Возможно, кто-либо из соседей укажет нам, в какую идти сторону. Помимо прочего, Филдс снесет мне голову, ежели я допущу, чтобы нынче вас заботило нечто сверх безмятежных мыслей о Дантовом банкете.

Хоуэллс и Лонгфелло остановились у двух многоквартирных домов на пристани Гриффина — именно этот склон в Северном районе указала миссис Арнольд. Но никто из жителей не знал Эллиса Гальвина — имя также сообщила миссис Арнольд.

— Пожалуй, надо поворачивать назад, — сказал Лонгфелло, — день уходит чересчур быстро.

Хоуэллс оттер платком пот с шеи и подбородка.

— Давайте спросим вон того человека. — Он приметил старика в не по сезону тяжелом синем плаще, весьма старательно вымерявшего обхват вяза замызганной измерительной лентой. — Пожалуй, стоит попытаться, а ежели и от него не будет толку, оставим эту затею.

Хоуэллс вежливо обратился к старцу, каковой тут же выставил напоказ открытый рот и любопытный глаз, точно переключая интерес на незнакомую пару.

— Гальвин, говорите? О, да, да! — старик рассмеялся (или заплакал, что было трудно различить), потрясая широкой седой бородою. — Гальвин, да — они с сестрой живут неподалеку от моего дома.

Хоуэллс послал Лонгфелло торжествующую полуулыбку.

— А не будете вы так любезны, добрый человек, показать нам, где они живут? — попросил он.

Старик сунул в распахнутый рот палец и плотно закрыл левый глаз — можно было предположить, что открывал он его лишь для того, чтобы произвести на незнакомцев приятное впечатление.

— Значит, джентльмены, вы не местные?
— В общем, нет, — подтвердил Хоуэллс. — Мы из Кембриджа.
— Ишь, значит, видали Вяз Вашингтона! — Старик вновь не то засмеялся, не то заплакал. — Да, да, Вяз Вашингтона! Вот этот красавчик, — он похлопал по дереву, которое только что измерял, — и близко не сравнится с вашим Вашингтоном, однако старается, старается.

Хоуэллс распрямил верхнюю губу под изогнутым усом.

— Боюсь, для беседы у нас совсем мало времени, сэр. Однако нам крайне необходимо отыскать мистера Гальвина, ежели вы будете так добры.

Зрячий глаз старца потух, а челюсть разочарованно повисла. Хоуэллс беспомощно пожал плечами и поворотился к другу-поэту.

— Разумеется, — мягко заметил Лонгфелло, — в Кембридж-Коммон мы не раз любовались Вязом Вашингтона, сэр.

— А знаете, — объявил старец, — что у меня есть ветка того великого дерева, коим вы столь часто любуетесь!

— Даже так? — сказал Хоуэллс, и краткость сего замечания призывала к закрытию темы.

— Именно! — радостно выкрикнул старец. — Знаете, что я вам скажу, друзья мои, — ежели вы пройдете со мной к дому, я подарю вам кусочек!

— Кусочек? — переспросил Хоуэллс.

— Кусочек от ветки знаменитого Вяза Вашингтона!

— Правду сказать, — начал Лонгфелло, — это было бы прекрасно, однако...

— Видите ли, нам необходимо поговорить с мистером Гальвином, а после нас ждут дела, мой дорогой сэр, — подчеркнул Хоуэллс.

— Пойдемте, пойдемте, я живу совсем рядом с Ханной Гальвин, мы заглянем по пути ко мне, и вы возьмете кусочек от ветки! Не пожалеете!

Внутренность шаткой лагчуги старца более напоминала внутренность дровяного сарая либо уборной, нежели дома. Скудная мебель, некогда роскошная, была грязной и изношенной, на полу валялся потрепанный ковер. Жужжа на солнце, мухи находили безвременную смерть в паутинах, чьи хозяева, очевидно, получили в неоспоримое владение все окна домика. Посреди комнаты стоял небольшой верстак.

— У Вашингтона была крупная рука, — объяснил старец, копаясь в расставленных за верстаком ящиках с инструментами. — Замечательный знак. Маленькие руки бывают у злодеев. Наполеон — воплощение убийцы — обладал очень маленькой рукой.

Хоуэллс не удержался и принялся изучать собственную руку, задавшись вопросом, какова она в сравнении со средней рукой убийцы.

На верстаке, который, судя по обилию крошек, служил также обеденным столом, старец расположил тяжелую и длинную — пять или шесть футов — подгнившую ветку и принялся увесистой пилой отпиливать от нее конец.

— Вправду, сэр, — сказал Хоуэллс, — мы очень торопимся! Видите ли, нынче вечером нам необходимо присутствовать в одном месте. Дабы прояснить ситуацию, сэр, мой спутник — мистер Генри Уодсворт Лонгфелло...

Однако визг пилы был чересчур громок и для старца — чтобы он мог участвовать в разговоре, и для Хоуэллса — чтобы его продолжить.

— Лонгфелло, — обернулся к поэту Хоуэллс, — может, оставим сие создание и пойдем по своим делам?

— Он покажет нам дорогу, и взгляните: он почти закончил, — терпеливо проговорил Лонгфелло, после чего удовольствовался тем, что спрятал руки в карманы сюртука и принялся изучать хижину.

— Здесь нет часов? — Хоуэллс закатил глаза. — Филдс будет рвать и метать, ежели мы опоздаем в Паркер! Сэр, есть ли у вас стенные либо какие иные часы?

Опять визг пилы, весьма утомлявший престарелого джентльмена и не оставлявший места для какой-либо роли в беседе. Из-под заржавленного полотна летели по сторонам искры, умножая клейкую жару вокруг.

— Не помочь ли мне вам? — сказал наконец Хоуэллс. Помощник редактора «Атлантика» ухватился за другую ручку пилы и надавил лезвием на неподатливый сук.

Лонгфелло разглядывал занимавшие всю стену безделушки — не менее причудливая, нежели сук от Вяза Вашингтона, коллекция располагалась над глиняным камином. Она включала две или три стеклянные побрякушки, чучело белой совы с неправдоподобно раскоряченными когтями, странный риф из кристаллических минералов и камней, пыльную медную урну, а также миниатюру, изображавшую обелиск на острове и оплетенную дорогими серебряными нитями. Глаза Лонгфелло замерли, наткнувшись на размещенную над сувенирами репродукцию: смущая взор ярко-желтой и красной краской, она прорывала темноту лачуги, подобно безразличному сиянию восходящего солнца.

— Хоуэллс! — выдохнул Лонгфелло.

— Я помогаю нашему дорогому другу пилить сук, мистер Лонгфелло! — отвечал Хоуэллс.

Лонгфелло попятился от стены.

— Хоуэллс! — повторил он.

ДАНТОВ КЛУБ

Хоуэллс допилил, и отделенная часть с победным грохотом упала на пол; туда же, чтобы ее подобрать, повалился старец.

— Готово, Лонгфелло! Вы только поглядите, какой отличный кусок мы отхватили! — Хоуэллс улыбнулся и прищурился в темноту, следуя за взглядом Лонгфелло. Пожалуй, следовало бы поосторожнее и понадежнее укладывать пилу на загроможденный верстак, ибо Хоуэллс едва не уронил сей острый металлический инструмент, когда вытягивал шею к висевшей на стене знакомой картине — портрету Данте Алигьери работы Джотто. Тот самый Данте — с чистым лицом, высокими скулами и выдающейся вперед нижней губой; Данте, увенчанный ярко-зеленым лавровым венком; юный солдат; глаза полны надежд, проницательны, невинны.

МИСТЕР БАЧИ

✠

В груди Холмса, прямо под прижатой к ней замшевой медицинской сумкой, быстро колотилось. Они ехали с Реем из мертвецкой, где доктор почти час осматривал раздутые и полуразложившиеся останки Лэнгдона Писли. Холмс успел поделиться результатами своего анализа: Писли умер в конвульсиях от множественных ядовитых укусов в голову, грудь и ноги. Гремучие змеи с бубновыми тузами на спинах были найдены неподалеку от его квартиры: их, несомненно, принесли и оставили дожидаться, пока Писли не окажется достаточно недвижим для атаки, — это произошло, когда медвежатник разделся донага и улегся в ванну.

Повозка встала на дорогу из города в Конкорд, и тут мимо нее к Норт-стрит пронеслась полицейская коляска.

— Что это? — Холмс подпрыгнул на месте.

— Рэнтул, — сказал Рей. — Как узнал о Писли, совсем обезумел.

— Неужто желает отомстить за этого вора? — спросил Холмс.

— Вряд ли. Рэнтул боится, что кем бы ни был человек, добравшийся до Писли, следующим станет он сам. И, возможно, он прав. Опять копает дело Арнольда, перебрал все запакованные ящики. Давайте поглядим, куда это он так спешит. Но-о!

Лейтенант Рей натянул поводья, и величавые серые кобылы помчались догонять своих сородичей. Две коляски пронеслись по Бикон-хилл и свернули на Энн-стрит. Прибыв на место,

Рей и Холмс обнаружили, что повозка Рэнтула оставлена перед домом Пьетро Баки. Дверь в квартиру была открыта.

— ...Я понятия не имею, о чем вы! — с отвращением произнес Баки.

— Так я вам напомню, — прорычал Рэнтул. — Ваша визитная карточка вложена в книгу, которую я нашел в доме Маркуса Арнольда! Вы знали этого человека?

— Впервые слышу, — отвечал Баки.

Рэнтул хлопнул потрепанной «Божественной Комедией» по письменному столу. Вместе с его ножками закачались две полупустые бутылки джина. Над столом висело большое распятие и карандашный портрет симпатичной женщины с лучистыми глазами.

— Я не позволю водить меня за нос, понятно? Я желаю знать, что это такое, Бач-чи?

— Бак-ки, — с убийственной серьезностью поправил сицилиец.

— Либо вы нам помогаете, либо с первым же пароходом отправитесь в свою вонючую дыру!

Рэнтул схватил Баки за воротник; в этот миг и объявились Рей с Холмсом.

— Что вам здесь нужно? — обернулся к ним Рэнтул, чуть отпуская широкое пальто Баки.

Холмс тут же узнал кожаный переплет книги — редкое венецианское издание Дантовой «Комедии», 1811 год.

— Мы заметили вашу коляску, — без колебаний ответил Рей.

— Стойте и смотрите — возможно, вы научитесь распутывать дела, Рей. Итак, мистер Бачи, я полагаюсь на ваше здравомыслие. Что-то подсказывает мне: сия книга соотносится с преступлением. Я нашел ее не так давно в доме человека по имени Маркус Арнольд, в деревянном ящике, установленном под кроватью таким образом, будто его намеренно прятали от глаз. Скажите мне, что это за книга, что значат отмеченные страницы, и я забуду о том, что ваше имя встречается в списке вещей убитого. — Холмс рванулся вперед, однако Рей, вытянув руку, оттащил его обратно. Рэнтул обнял Баки за плечи и обвел глазами тесную неприбранную комнату. — Нам также не придется тащить ваше имя туда, где им могут заинтересоваться — в долговое разбирательство, к примеру.

Баки побелел. Схватив книгу, итальянец развернул ее на отмеченных и слипшихся от влажной жары страницах. Чтобы их расклеить, он смочил пальцы в стакане растаявшего льда. Поля были испещрены рукописными отметками, черными либо красными: судя по виду, они оставлялись не один год и не одними руками. Холмс отчаянно затряс головой, но Баки на него не смотрел. Он перелистывал книгу, вглядывался в слова, читанные много раз в те минуты, когда он совсем терялся в этом мире.

— Что здесь отмечено? — Рэнтул указал на неровную запись красными чернилами. Он взял бутылку, налил джин в стакан с растаявшим льдом, пододвинул сицилийцу. — Говорите, приятель, и я отвяжусь от вас, не успеете вы освежить душу и тело этим напитком. Просто скажите, что за книга, а? Это ведь итальянский язык, да?

— Да, — сказал наконец Баки, захлопнул книгу и передал ее Рэнтулу. — Итальянский. Итальянская невнятица. Не знаю, где ваш друг ее нашел и откуда взялось мое имя, но я рад, что он не пожелал по ней учиться. Это попросту груда бессмысленных слов, детектив. — Рэнтул покраснел. Баки взял стакан и стал медленно пить, поднимаясь со стула. По пути в спальню учителю итальянского языка пришлось опереться о стену. — *Ci vediamo*[1], джентльмены.

Холмсу лишь наполовину удалось сдержать улыбку. Рэнтул швырнул книгу на пол, бросился к Рею и схватил лейтенанта за руку.

— Ежели вы хоть что-то знаете, Рей, заклинаю вас именем отца... — Рэнтул угрожал.

— Скажите, детектив, вы нашли в квартире наградные деньги Писли? Ежели нет, вы вправе заключить, будто мы со Сто-

---

[1] До встречи (*ит.*).

унвезером были там ранее. Может, эти банкноты наведут вас на след, детектив Рэнтул?

Тот ослабил хватку и без слов выскочил из квартиры.

— Поехали-ка лучше в Конкорд, — сказал Рей Холмсу, также направляясь к дверям.

Холмс нагнулся, укладывая книгу в медицинскую сумку и телеграфируя благодарную улыбку Пьетро Баки, которую итальянец из спальни, разумеется, не видел. Однако не успел Холмс выйти, Баки появился вновь, покачивая золоченым мешочком.

— Доктор Холмс? Полагаю, сие принадлежит вашим друзьям, — сказал он по-итальянски. — Я слыхал от итальянских коллег Дапонте, что Комитет по организации Дантова юбилея отсылал Филдсу и Лонгфелло мешочек с Дантовым прахом. Я сказал о том своему другу — он убирает ночами в кабинетах «Тикнор и Филдс», и... клянусь, я бы вернул. Я лишь хотел побыть с ним некоторое время.

— Я не могу отвечать за Лонгфелло. Но думаю, он позволил бы вам оставить это себе, Баки, — поколебавшись, ответил Холмс по-итальянски.

— Нет-нет. — Баки вложил мешочек Холмсу в руку. — Сие принадлежит не мне.

— *Mille grazie*[1], — поблагодарил Холмс и поспешил к коляске догонять Рея.

---

[1] Тысяча благодарностей (*ит.*).

«КОКУС»[1]

✠

В ПЕРВЫЕ ДВА ДЕСЯТИЛЕТИЯ XIX ВЕКА полоска земли между Бостоном и Роксбери, чуть ниже Дувр-стрит, была всего лишь проходом меж двух мутных потоков. В начале 1820-х предприимчивые застройщики начали сваливать тонны гравия в воду у южной стороны Бостонской перемычки, а после строить там кварталы колониальных особняков, окружая их парками и садами так, что к середине 1830-х южная оконечность Бостона стала не хуже Бикон-хилл. Но, как это случается с большинством городских начинаний, старое с годами крепчало, новое же старело, а потому к 1860-м эти замечательные особняки уступили место тавернам и убогим меблирашкам; иные респектабельные семейства счастливы были выручить за свои новые дома хотя бы часть тех денег, что уплатили ранее, лишь бы в городской адресной книге их имя не стояло более рядом с Чонси-сквер.

Большинство оставшихся жителей принадлежали к изгоям трех категорий: молодые пары, принужденные жить на сущие гроши, старые пары, выдавленные из более дорогих районов, и юные джентльмены странных наклонностей. Исходя из этого, лейтенант Николас Рей мало удивился, обнаружив, что последний адрес медвежатника Лэнгдона У. Писли соотносится с многоквартирным домом у Коламбиа-сквер, выходив-

---

[1] Закрытое собрание членов политической партии или фракции для выдвижения кандидатов на предстоящие выборы или выработки политической линии.

шим одним боком на железную дорогу, а другим — к заведению сомнительной репутации.

После того как мистер Лоуэлл убедил Рея и Дантов Клуб, что именно Писли набросился на него в горах Питтсфилда, они пришли к заключению, что во время лоуэлловой энтомологической экспедиции медвежатник также занимался сбором насекомых, дабы с их помощью оклеветать Уилларда Бёрнди. Детектив Рэнтул, решили они, затем приказал Писли убрать Маркуса Арнольда, чье имя Рэнтул выяснил в солдатском доме.

Через пару недель после убийства Рей уговорил видавшего виды шефа Саваджа припереть Писли к стенке. Блэйк Сперн из «Вечернего Телеграфа», после встречи с Бёрнди нечто заподозривший, как водится, был в курсе всего. Вор, меж тем, напрочь исчез из Бостона. Рей подозревал, что Рэнтул приказал своей юркой когорте не показывать носа в город до той поры, пока Бёрнди не осудят окончательно, и они не заберут все наградные деньги.

На тех сенсационных слушаниях Бёрнди разве что не выставили соучастником убийства президента Линкольна; утром перед виселицей злосчастный медвежатник, должно быть, сам уже почти верил в широко распространяемые утверждения о том, что он — воплощение всего национального зла. Бёрнди повесили, награду выплатили, и инстинкт говорил Рею, что самолюбие не позволит Писли чересчур долго оставаться вне Бостона. Особенно ежели подумать обо всех тех сейфах, что после кончины Бёрнди остались без присмотра. В марте «Вечерний Телеграф» сообщил, что по некоторым признакам пройдоха-медвежатник мелькнул у своей любимой кормушки — таверны «Громоотвод». Пару дней спустя Рей вычислил Писли на южной окраине Бостона.

— Ежели не заговорит, — наставлял Рей сержанта Стоунвезера, — арестовывайте и ведите в участок.

Стоунвезер кивнул.

— Рэнтул не узнает, верно, Рей? — спросил он.

Лейтенант приложил палец к губам. Открыв тяжелую дверь орехового дерева с богатой резьбой — остатком былой славы Южного Района, — он поднялся по лестнице к комнате, которую Писли снял неделей раньше у двух вдов, владевших этой недвижимостью.

— Писли, — позвал Рей из коридора.

Постучав несколько раз и не получив ответа, Рей определил, что дверь не заперта, и махнул Стоунвезеру, чтобы тот шел за ним. Гостиная и спальня были пусты и являли совсем мало признаков жизни. Уже готовясь войти в туалетную комнату, Рей краем глаза отметил некое быстрое и резкое движение. Он выхватил револьвер.

Приказав Стоунвезеру не шевелиться, он указал на дверь.

В проеме двери туалетной комнаты на миг показалась пепельно-серая рептилия футов семи длиной, вся разукрашенная бурыми шестиугольниками, с подозрением глянула на них, резко отшатнулась и уползла обратно. Квартира вдруг наполнилась шелестом и шорохом, которые еще мгновение назад можно было принять за тишину.

Через арочный проем Рей с сержантом вошли в туалетную.

Вытянувшись во весь рост, в ванне лежал обнаженный труп жилистого мужчины со свешенными по краям руками. По телу ползали — Рей насчитал семь, а Стоунвезер десять — отмеченных бубновыми тузами змей; в честь победы, а может, предостережения ради они трясли хвостами с черными и белыми кольцами. Две рептилии обвивали руки, точно связывая их. Две других впивались жалами в ввалившиеся щеки, прочие же распластались во всю длину по бедрам и чреслам трупа. Самая большая змея (футов одиннадцать, прикинул Стоунвезер), повернулась к гостям и выставила два клыка, обложенных мешочками со смертоносным ядом.

Отчаянно трясущимися руками Стоунвезер вытащил револьвер и принялся бесцельно палить по ванне.

— Стойте! — вскричал Рей. — Он уже мертв. Оставьте их.

Стоунвезер опустил оружие, успев расколошматить несколько стенных плиток. Змеи едва обратили внимание на шум и лишь отворотили носы от столь жалкой несдержанности. Сии изящные создания настолько полно переплелись с частями тела Лэнгдона Писли, что сами его тощие исколотые конечности также представлялись змеями и точно вздымались в том же ритме, что их родственницы.

Николас Рей не мог заставить себя выйти из туалетной — его гипнотизировали плавные мягкие движения этих гадин.

Рей вспомнил строки из перевода мистера Лонгфелло — поэт прислал ему подарочный выпуск, снабдив его наилучшими пожеланиями. Воздаяние ворам в Восьмом круге Ада — грешников поглощают чудовищные змеи, а после эти души сами принимают змеиное обличье. В голове отдавались эхом строки Лонгфелло — строки Данте:

«О, божья мощь! Сколь праведный ты мститель, когда вот так сражаешь не щадя!»[1]

---

[1] Данте. Ад. Песнь XXIV.

ЭПИЛОГ К «ДАНТОВУ КЛУБУ»

✠

Осенним вечером 1872 года в Бостоне ревел пожар. Реки пламени поглотили целых шестьдесят пять акров деловой части центра, задушили целый район между Вашингтон-стрит на западе, Самнер-стрит на юге, заливом, Оливер-стрит и Либерти-сквер на востоке и Стэйт-стрит на севере; потом контуры зданий исчезли, и центр города стал кратером темно-красных угольев. Едва желтый дым начал застилать город, торговцы и промышленники кинулись спасать свое добро. Воры ломились в дома, разрушенные настолько, что охранять их было бессмысленно. Ошеломленные зеваки не могли даже пошевелиться. «У меня на глазах огонь проедал дорогу прямо к моим сейфам», — жаловался поэт и доктор Оливер Уэнделл Холмс в письме к своему другу, мистеру Джеймсу Расселу Лоуэллу, служившему теперь за морем, послом в Англии. В действительности, пострадали не только личные вложения — к утру 11 ноября 1872 года, когда столбы дыма еще липли к нависшим над Бостоном облакам, общественного и частного имущества погибло на семьдесят пять миллионов долларов. Склады потеряли миллионы перчаток, тюки кружев, кучи одежды, ковры (коих хватило бы, надо полагать, целому городу), тысячи цилиндров, котелков, импортных шелковых шляп; променад меж Самнер и Франклин-стрит наблюдал кончину швейных фабрик, ювелирных магазинов, фотографических салонов, табачных лавок, кондитерских, ресторанов, цирюлен, граверных мастерских, оптовых аптек и канцелярских палаток; совсем немного зданий уцелело на Милк-стрит, обжитой ранее многочисленными портными, шорниками, мануфактурщиками, книготорговцами, водопроводчиками, печатниками, поставщиками кожи, сапог и ботинок, часовщиками, издателями, изготовителями наборных досок, шляпниками, продавцами галош, шерстниками и аукционными залами посуды, скобяных товаров, химикалий и паровых котлов.

Все двенадцать часов, пока не стихал пожар, в городе стоял неумолчный грохот. Из восьмисот гибнущих зданий непрерывно выпадали камни и стекла. Гранит крошился и трескался, точно мел. Стены рушились, сотрясая землю. Кричали люди, гудели и свистели паровые машины. Пожарные в резиновых накидках громко вопили из-за ограждений, а убегавшие зеваки затаптывали перепутанные шланги. Ветер пронзительно выл в надтреснутых, но еще стоявших башнях. Ветер во время того пожара был воистину поразителен. Сильный неутолимый жар создал мощный воздушный поток, отчего вихри свистели на углах и в переулках, неслись сквозь искрошенные башни, яростные и холодные, точно в январскую ночь. От неистовых порывов в иные минуты сложно было устоять на ногах.

Озаренный пожаром Бостон преобразился. Огонь высветил темные углы и камни фундаментов, переулки, что ранее прятались от солнца и газовых фонарей. Лица мужчин и женщин стали ужасающе румяны. Тротуары, дома, деревья — все дрожало от мерцающих полутеней.

На следующий после пожара день в методистской церкви на Хановер-стрит преподобный Дж. Р. Кушинг, молясь вместе со своими прихожанами, зачитывал цитаты из «К евреям: 13:14»: «Ибо не имеем здесь постоянного града, но ищем будущего». Пастор завершил свою проповедь перечнем следующих практических мер, в коих по-прежнему нуждался Бостон: 1. Строить крепко. Не делать вычурных мансард. 2. Всякому плоду (как вещественному, так и духовному) Господь отвел свое время. 3. Он порицает расточительность. 4. Земля —

недостойное место, дабы хранить в ней сокровища. 5. «Приготовься к сретенью Бога твоего»[1]. Пожар — не время для молитв.

Проведя расследование, начальники пожарных команд заключили, что огонь занялся от искр, разлетевшихся вокруг пустого склада в доме номер 83 по Самнер-стрит, и в какой-то миг разошелся по всем сторонам. Распространению также способствовали факторы, и прежде вызывавшие недовольство публики и городского управления: узкие улицы, высокие дома, деревянные мансардные крыши. Но сие было лишь предположением. Первопричины наших потрясений являют себя крайне редко.

---

[1] Амос 4:12.

НОВАЯ ЖИЗНЬ

✠

Тем вечером Эмерсон без всякого интереса резал ломтиками ростбиф. Не слишком ли надолго он уединился в этой густой Лете Конкорда? Не стал ли Кембридж излишне далеким прибежищем? Лонгфелло и его «Поэты у камина» — Джеймс Расселл Лоуэлл, Оливер Уэнделл Холмс, Чарльз Элиот Нортон — никогда не были особенно близки Эмерсону; то ли дело его Торо, Готорн, Маргарет Фуллер, Олкотт[1]. Всего пару лет назад Холмс обращался к нему «мистер Эмерсон», и сам Эмерсон не делал почти ничего, дабы облегчить доктору эту ношу.

— Ты намерен пожертвовать свое *Filet de Bœuf*[2] благотворительному обществу? — спросила Мэри Муди, уже доевшая свою порцию. — Или у тебя на уме нечто иное?

— Кембриджские поэты совместно с Лонгфелло вскоре завершат переложение Данте. Уэнделл Холмс позвал меня составить им компанию.

— А доктор Холмс не посоветовал тебе стать вегетарианцем, Ральф Уолдо?

— Вспомните, тетушка, совсем недавно я просил всех моих друзей звать меня попросту Уолдо.

---

[1] Маргарет Фуллер (1810—1850) — американская писательница и филолог. Преподаватель и убежденная феминистка, она была в свое время весьма влиятельной персоной в литературных кругах. Луиза Мэй Олкотт (1832—1888) — новоанглийская писательница, сочинявшая под сильным влиянием Р. У. Эмерсона.

[2] Говяжья вырезка (*фр.*).

— Помню. Однако я тебе не просто друг. Твоя мать доверила мне заботу о твоем благополучии.

— И как же ныне, в шестьдесят два года, сие благополучие соотносится с моим христианским именем?

— Ты будешь с ним жить, пока я не умру, а это настанет скоро, не обманывайся, — добавила она. — К ближайшему Рождеству.

Эмерсон ничем не ответил на столь мрачное пророчество. Племянник тетушки Муди, как и прочие ее друзья и родственники, давно уже привык к этой озабоченности кончиной. Саладин[1], говорят, имел привычку брать с собой в битвы погребальный саван — он был его знаменем. Тетушка Муди всю жизнь занималась тем же: шила себе саван, потом ей становилось жаль, что он будет лежать до ее смерти, и она его надевала вместо ночной рубашки, а то и дневного платья, пока не снашивала и не заказывала новый. С некоторых пор она привыкла спать в весьма схожей с гробом кровати, каковую соорудил для нее знакомый плотник, и тетушкины четыре фута и три дюйма чувствовали себя там вполне вольготно.

— Ты намерен преподать им уроки Данте?
— Они знатоки, тетушка.
— О, а как же твой перевод?

Эмерсон положил вилку и посмотрел тетушке в глаза, требуя объяснений.

— Мне сказала Маргарет. Говорит, это — что ж, прости мою восторженность, божественно. *Nuova Vita»*, верно?

— *«La Vita Nuova»*. Новая жизнь. Сия вещь предвосхищает прочие Дантовы труды — небольшая книга, кою он писал, приготовляя себя к «Божественной Комедии», к поискам утерянной Беатриче. Именно в ней, а не в адской бездне видна та сила, что вела Дантову руку: не политика, не религия и не месть, но закрытая темница его сердца. Что ж, я вижу, мадам Фуллер так и не научилась хранить в гостиных секреты.

---

[1] Саладин (1137—1193) — мусульманский полководец и султан Египта.

— От старухи с острым глазом не укроется ничто. Так почему ты их не публикуешь?

— Маргарет тоже настаивала. Приступая к сей работе, я изучил Данте, как никто иной. Маргарет повторяла, что для переводчика главнейшее — достоинство перевода. Данте не обладает поверхностным обаянием и способен привлечь читателя, только ежели переводчик сам войдет в Дантовы небеса.

— А ты чересчур хорош и не желаешь входить в эти небеса совместно с кембриджскими профессорами — в том причина, Ральф Уолдо?

— Когда бы Сократ жил в наше время, мы говорили бы с ним прямо посреди улиц, тетушка. Однако с Лонгфелло и ему подобными сие немыслимо. К нему не пробиться — дворец, слуги, бокалы для вина и парадные сюртуки. Я не любитель профессоров и предпочел бы жить, а не умствовать. Я могу допустить к себе лишь одного «Профессора» из Конкорда — пса моего соседа Чаннинга[1].

— А совсем недавно жаловался, что тебе так не хватает притягательных умов! — настаивала тетушка.

— Да, но я уже сказал доктору Холмсу — я не стану разыскивать их в больших ассамблеях. Соберите вместе лучшие умы, и они окажутся столь нетерпимы друг к другу, столь суетны, ребячливы, а то стары, сонливы и озабочены, что не выйдет никакой академии. Слыхали историю о последнем заседании Атлантического клуба, тетушка? Когда внесли кипу свежих номеров, все принялись толкаться, желая взять себе журнал, точно там содержались ответы на все вопросы. А после расселись и стали читать каждый свой матерьял. Субботний клуб, Атлантический клуб, Союзный клуб — при мне все в них носятся со своим самолюбием.

Вытянув к племяннику обманчиво длинную шею, тетушка Муди бросила на Эмерсона острый взгляд. С запрятанными под чепец подстриженными светлыми волосами она весьма

---

[1] Уильям Эллери Ч а н н и н г (1780—1842) — унитарианский священник, философ, публицист.

напоминала монахиню, готовую наказать воспитанника за то, что он говорит, когда его не спрашивают.

— Ты, мой дорогой Ральф Уолдо, весьма одинок в своих интеллектуальных поисках и напрасно сие отрицаешь. Ты жаждешь единомышленников и страшишься их.

— Тетушка, когда в колледже я не вступил в «Фи-Бетта-Каппа», когда в отличие от Уильяма и Чарльза меня не избрали для прощальной речи, вы одна не высказали недовольства.

— Да.

— А теперь, когда иные настаивают на том, чтобы внести мое имя в реестр величайших мыслителей нашего века, из всех моих знакомых на вас одну сие не произвело впечатления. Дабы поддерживать уверенность в себе, не нужны последователи. У меня всего один приверженец, и да — мне в радость отказывать прочим. Я горд тем, что не имею ни школы, ни последователей.

Тетушка Муди оттолкнулась от стола всем своим крошечным телом. Ей было известно, что некогда ученики у Эмерсона имелись. Торо, Маргарет Фуллер, Джонс Вери, Джордж Рипли, Алва Пэйдж[1], Эллери Ченнинг. Однако со временем они полюбили его чересчур сильно, либо чересчур сильно возненавидели, либо то и другое поочередно. Не обладая ни терпением, ни умением вновь наводить поломанные мосты, Эмерсон лишь наблюдал, как расщепляется и рушится его конкордский кружок.

— Подобно Цицероновой, — сказала она с нажимом, — твоя поэзия много лет не будет иметь цены, поскольку проза много лучше.

— Я благодарю вас, как всегда, тетушка, за то, что вы начисто лишены почтения. Сие весьма освежает. И при этом вы — в реестре величайших мужей Америки.

Тетушка Муди вызывающе кивнула, затем извинилась и отбыла. Эмерсон взял в руки лежавший неподалеку «Бостон-

---

[1] Джонс Вери (1813—1880) — американский поэт-мистик. Джордж Рипли (1802—1880) — американский публицист, философ. Уильям Пэйдж (1811—1885) — американский историк и портретист.

ский Вечерний Телеграф». По неясной причине «Телеграф» был единственной газетой, каковую Мэри Муди соглашалась терпеть в своем маленьком доме. На первой странице сообщалось о последних мерах Джонсона[1] против инфляции. Эмерсон старался игнорировать бросавшуюся в глаза заметку, озаглавленную «Мерзостное деяние», что обсыпала читателя ворохом новостей о жуткой гибели неизвестного, чей обнаженный труп кишел червями и мухами, когда его обнаружили. Сии ужасные подробности служат платой за чтение «Телеграфа», думал Эмерсон, обращаясь к биографиям кандидатов в муниципалитет, выдвинутых к ближайшим выборам.

— Ты отстаешь от времени, дорогой Ральф Уолдо, — проговорила тетушка Муди, внося большую миску клубники со сливками. — Это вчерашняя газета. Эдак ты попадешь впросак в любой светской беседе — не зря ты их столь тщательно избегаешь.

Муди достала свежий выпуск и положила рядом с ягодами.

— Жаль, что мое присутствие не способно питать твой интерес, — вздохнула она. — Ежели я в чем-то и подавляю тех, кто умнее меня, то лишь оттого, что чересчур хорошо их знаю.

Эмерсон подумал было отложить газету и уверить тетушку Муди в ценности ее общества, однако его привлекла новая заметка о жертве убийства. Эмерсон едва не стал читать вслух — с такой жадностью он набросился на изложенные в заметке новости. «Телеграф» сообщал, что жертвой убийства стал председатель Верховного суда штата Массачусетс Артемус Шоу Хили: пока полиция занималась расследованием, родные похоронили судью скромно и почти без церемоний. Эмерсон в изумлении нахмурил чело. Он питал мало уважения к судье Хили и после ужасающего дела Симса обвинял его в профессиональной трусости. Но столь унизительная кончина — опуститься до нелепых кривотолков в «Бостонском Вечернем Телеграфе»! Имелись несколько главных подозреваемых, и в данный момент полиция допрашивала двоих, каковым Хили ссудил значительную денежную сумму,

---

[1] Эндрю Джонсон (1808—1875) — 17-й президент США (1865—1868).

дабы те могли начать собственное дело. Предположение Эмерсон нашел весьма странным. Какой нервный должник способен измыслить столь безжалостное убийство?

В этот миг Эмерсон был весьма рад своему уединению в Конкорде, а еще более — тому, что вскоре на несколько недель вновь покинет Новую Англию. Бо́льшую часть той ночи мысль о судьбе верховного судьи Хили не давала Эмерсону заснуть. Несмотря на всех реформаторов, аболиционистов, долгую войну, свободу порабощенной расы и победу, никуда не делись варварство и жертвы. Содрогаясь над газетой, Эмерсон вдруг подумал, что вся его жизнь состоит лишь из чтения и письма. Сколь же мало сии занятия оставляли места для жизни! Он знал тех, кто, подобно Торо, пытался вырваться, хотя, возможно, и Торо в конце концов признал бессмыслицей проведение десятой либо двенадцатой части активной жизни на берегу Уолдена с выдрами и жареной рыбой. Эмерсон так и не познал ни добродетели, ни зла. Только по книгам. Сколь же отлично чтение газеты от чтения книг. Внимая последним новостям мира, он желал оставить всякие надежды на Бостон и на будущее. Читая хорошую книгу, Эмерсон не мечтал более ни о чем, кроме как жить три тысячи лет.

Он силился игнорировать прочитанные новости, но в мозгу уже крутились вопросы. Меж прошлым и настоящим они прочертили волнистую линию. Что станет со «Вселенской Осью»?

ПОРТРЕТ ПОЭТА

✠

Чарльз Элиот Нортон погрузился в ближайшее к камину кресло. Вскоре он отправится в Крэйги-Хаус на вечернее заседание, где поделится последними открытиями с Лонгфелло и прочими, однако перед тем Нортон пожелал провести время со Сьюзен и малышом. Пока же он хотел уединения.

Всю свою жизнь Чарльз Элиот Нортон прожил в «Тенистом Холме». Особняк принадлежал их семейству не одно поколение, и Нортон наслаждался душевным покоем, возникавшим от того, что все его важные воспоминания собраны в одном физическом пространстве; в этой комнате также обитало и множество умственных картин. Нортон помнил, как однажды вечером, Томас Уэнтворт Хиггинсон[1], унитарианский священник, ученик преподобного Эндрю Нортона, а тогда еще мальчишка, схватив ножницы, отрезал Чарльзу со лба локон, и закричал детям, собравшимся к миссис Нортон на урок танцев:

— У меня волосы Папы! У меня волосы Папы! — Окрестные дети всегда называли Нортона Папой Чарльзом. Несомненно, то была дразнилка, однако Нортон втайне гордился этим знаком.

Он вспоминал, как в десять лет, проболев несколько недель, с трудом добрался до кабинета, дабы объявить матери:

---
[1] Томас Уэнтворт Хиггинсон (1823—1911) — унитарианский священник, публицист, лидер аболиционистского движения.

— Только бы я выжил — иначе кто же издаст отцовские работы?

Это было за много лет до того, как Эндрю Нортона предала та самая группа молодых унитарианских теологов (если их можно так назвать), которых профессор Нортон столь самоотверженно обучал в Богословской школе; за много лет до того, как преподобный Нортон истощил силы, оберегая Церковь от неустанных нападок трансценденциалистов Эмерсона и их стремлений переместить божественную епархию в область интуиции и природы.

Взгляд Чарльза Элиота Нортона отдыхал на репродукции портрета Данте работы Джотто. То было одно из немногих украшений кабинета, привнесенное самим Чарльзом Элиотом, а не кем-либо из его предков. Недавно обнаруженный, сей портрет стал главной темой эссе Нортона «О портретах Данте» — предполагаемого приложения к переводу Лонгфелло. Художник изобразил Данте еще до того, как на поэта обрушилась мука изгнания; пока он — поклонник Беатриче, веселый наперсник принцев, друг поэтов и почитаемый всей Флоренцией мастер любовных стихов. Почти женская мягкость его черт сочетается с нежной и серьезной чувствительностью, столь подобающей пылкому влюбленному.

Нортон воображал, как бы он вел беседу с поэтом на улицах Тосканы. Боккаччо вспоминал, что Данте редко говорил, если его не спрашивали. Когда в обществе ему приходило на ум некое особо приятное рассуждение, не соотносившееся с заданным вопросом, он не отвечал до той поры, пока не завершал либо не обрывал нить своих мыслей. Однажды Данте, отыскав в лавке Сиены книгу, погрузился в чтение и целый день провел на скамье, даже не заметив проходившего у него перед носом уличного карнавала: он попросту не видел ни музыкантов, ни танцовщиц.

Фреску Джотто отыскал американский историк Ричард Генри Уайлд[1], когда, наткнувшись в старой рукописи на упомина-

---

[1] Ричард Генри Уайлд (1789—1847) — американский историк и филолог ирландского происхождения.

ние, предпринял во Флоренции попытку реставрировать эту работу. Соскребя со стен древнего Барджелло не один слой побелки, реставраторы добрались до сокровища. Помогавший им англичанин Сеймор Киркуп[1] скопировал портрет на бумагу. Рисунок Киркупа лишь один и остался от фрески, когда в попытках восстановить ее погубили неосторожные чиновники. Английская печатная компания выпустила репродукции портрета в трактовке Киркупа, кои со всей осторожностью, через английских друзей либо обитавших в гавани сомнительных перекупщиков иностранных картин, и добыл Кембриджский кружок. Позднее Киркуп объявил открытие фрески исключительно своей заслугой. Уайлд, который провел во Флоренции не один год, изучая жизнь Данте, умер, так и не успев завершить работу и поделиться с Америкой своей версией происхождения портрета.

Чарльз Элиот Нортон не мог сейчас не вспомнить и не прочесть про себя стихи Джеймса Расселла Лоуэлла, которые тот сочинил, получив репродукцию портрета молодого Данте:

> Приглушен взор, темно обличье
> Ты смотришь вдаль — за ней сокрыт
> Прекрасный образ Беатриче
> Средь безмятежных Гесперид.
> И к многолюдью безучастен,
> Хранимый ею, ты шагов
> Своих не слышишь; дар богов
> В руке твоей — букет цветов,
> Не тронутый дождем несчастий.
>
> Лишь возле рта неясной скобкой
> Злой вестник, сумеречный мрак
> Оставил след насечкой робкой,
> Твоей беды зловещий знак.

---

[1] Сеймор Киркуп (1788—1880) — британский художник и литератор, долго жил во Флоренции и был центром литературного кружка.

УТРАЧЕННЫЕ ГЛАВЫ ✠

О том, что ждет тебя в грядущем,
Гонитель знает. Взгляд опущен,
Еще повсюду суета,
Пусты Флоренции врата,
И волен дух твой — всемогущий.

Мэтью Перл
ДАНТОВ КЛУБ

Ответственный редактор Н. Холодова

Редактор М. Немцов

Корректор Е. Варфоломеева

Компьютерная верстка К. Москалев

В оформлении использован фрагмент гравюры Гюстава Дорэ

ООО «Издательство «Эксмо».
125299, Москва, ул. Клары Цеткин, д. 18/5.
Интернет/Home page — www.eksmo.ru
Электронная почта — info@eksmo.ru

Подписано в печать 27.09.2005. Формат 84×108 $^1/_{32}$.
Гарнитура Литературная. Печать офсетная.
Усл. печ. л. 29,4.
Тираж 10 100 экз. Заказ № 1117.

Отпечатано в полном соответствии
с качеством предоставленных диапозитивов
в ОАО «Можайский полиграфический комбинат».
143200, г. Можайск, ул. Мира, 93.